国家社科基金
后期资助项目

詩賦興替與六朝文學的演進

Between Poetry and Rhapsody: the evolution of literature in Early Medieval China

陳 特 著

上海古籍出版社

2021年度國家社會科學基金後期資助項目

（項目編號：21FZWB076）

國家社科基金後期資助項目
出版説明

　　後期資助項目是國家社科基金設立的一類重要項目,旨在鼓勵廣大社科研究者潛心治學,支持基礎研究多出優秀成果。它是經過嚴格評審,從接近完成的科研成果中遴選立項的。爲擴大後期資助項目的影響,更好地推動學術發展,促進成果轉化,全國哲學社會科學工作辦公室按照"統一設計、統一標識、統一版式、形成系列"的總體要求,組織出版國家社科基金後期資助項目成果。

全國哲學社會科學工作辦公室

序

陳引馳

二〇一六年六月二十六日,學期臨近結束的忙亂中,專程飛了一次香港。陳特在香港中文大學張健教授門下攻讀博士學位三年,完成論文之後的答辯,我作爲他本科階段的老師和碩士時期的導師,承邀參加了。

記得那次的行程安排非常之密集,二十六日下午抵達,二十七上午答辯,下午就返滬了。雖然時間緊而節奏快,但十分愉快,除了張健教授之外,還與剛從北京返港的嶺南大學汪春泓教授、一同參加陳特學位論文答辯的嚴志雄與陳煒舜兩位中文大學的教授等重逢晤談,不期然再見的是來講演的哈佛大學李惠儀教授,我們在華瑋教授的研究室匆匆聊了幾句。

當然,此行最高興的是陳特完成學業,通過了博士論文的答辯。我對於當時已很厚重的論文所進行的工作,抱持相當積極的肯定態度,二十七日午後在復旦時同事過的沈培教授的研究室,現場寫出了對論文的評議意見:

> 本論文所討論之詩賦演替關係,實爲六朝文學發展之重要而具核心性之問題,因而具有突出之學術意義。論文運用多重統計、分析方法,對該時期詩賦作者、作品數量、題材、體式等進行系統的處理,輔以文學史、作家個案等研討,澄清了諸多文學史既有的歧見,得到若干新的學術認知,并確證晉宋之際詩賦創作重心的轉移,可謂很有意義和價值的成果。論文參稽、采擷學界既有成果并做辨證,顯示作者頗佳之學養。作者在口頭答辯中亦有較好的表現,較滿意地回應了答辯教授的提問。

這些話是匆促間寫下的,但確實表達了我對陳特學位論文的感知;評議表留給的空間有限,如果可能,我有更多的話想説。

二十年來,文體學成爲古典文學研究界非常之熱的一個方面,這當然有豐富的時代文化因素,很大程度上,是對中國固有的文學傳統再體認的結果。不過,對於中古文學而言,注重文體的形成和衍生有特殊的重要意義。在那個時代,各色文體的發展日繁,真切體現了文學的興盛,這一事實映現在當時的文學理論之中:從漢代開始,①到曹丕《典論·論文》("奏議宜雅,書論宜理,銘誄尚實,詩賦欲麗")、陸機《文賦》("詩緣情而綺靡,賦體物而瀏亮")、摯虞《文章流別論》,②都注重從文體的角度觀察文學的特質和演變,《文心雕龍》作爲王運熙先生所謂的文章寫作指南,其文體論部分當初既是該書的重要部分,也是近現代之際學者關注的焦點(以《文心雕龍》論文體諸篇與《文選》所録各體文章對讀,是此前中古文學研究者的重要研究路徑,劉師培授《文心雕龍》課留下的兩篇記録,即關於《頌讚》與《誄碑》③)。二〇〇三年中山大學主辦的第一屆文體學會議在番禺召開,吳承學教授高看,命我做會議小結,當時特別提到應着力於在文學史的流程之中把握文體生、住、異、滅的"活的文體學",以與就文體而描摹、勾勒文體特徵的靜態的文體學相區別,以爲前者纔是真正有意義的學術工作。稍後的二〇〇七年,在與普林斯頓大學柯馬丁(Martin Kern)教授同遊杭州歸滬的火車上,談到籌劃有關中古文學的小型工作坊,我即建議以"六朝文類與文學傳統"(Genre and Literary Tradition in Early Medieval China)爲題,次年的五月和九月便在普林斯頓接連進行了兩場會議。因此,我自然高度肯定陳特此書討論文體興替與六朝文學的演變,是得其關鍵的,走在了中古文學研究的通途大道上。

若深一層論,中古時期,在南朝漸興的"文筆之辨"之前,詩賦關係是最值得重視的有關文學文體的問題。賦的興起,是漢代文學極重要的一個收穫。"不歌而誦謂之賦"(《漢書·藝文志》),賦大約可以算是中國文學歷史上第一個脱離了音樂的重要文類(Genre)。此前,文學與音樂始終交纏,詩樂的綰合是基本的藝術史和文學史的事實,"詩三百"作爲周禮樂文化建構的一部分,是如此,而屈原名下的楚辭作品雖顯示了與音樂的離心取向,但如《九歌》之詩、舞、樂之結合也是無疑的;④與之相應,早期的詩學與樂論無法割離,論詩必關合着論樂。祇有到了漢賦這裏,不復合樂歌唱的文本逐漸

---

① 待刊拙稿《漢代文學觀念之脈絡與中古文學之肇端》於此有所討論。
② 該論現存的文字中論涉了頌、賦、詩、七、箴、銘、誄、哀辭、哀策、對問、碑銘等十一種文類。
③ 初刊《國文月刊》,拙編《劉師培中古文學論集》(北京:中國社會科學出版社,1997年)收録。
④ 參見拙文《由句中"兮"字之位置推擬楚辭歌誦之别》(2006),收入《文學傳統與中古道家佛教》(上海:復旦大學出版社,2015年)。

顯示了文字自身連屬排比的自覺和特性,獲得了前所未有的"文學性"——畢竟,文學是以語言文字爲媒介的藝術樣式,當文字與音樂結合的時候,"音樂性"一定是佔據主導地位而對"文學性"構成相當壓力的,由後世的詞樂與詞的文本之間的複雜關係及相關爭議就可以想見;也正是在對賦的討論中,產生了所謂"麗"的意識,由此通向中古文學的文學之美的追求。① 因而賦作爲中古地位最受尊崇的文學文類(我曾將一時代中居於核心地位的文類稱爲"中心文類"②),從《漢書·藝文志》那裏就獲得了高度的關注,"詩賦略"中的"賦"具有的比重和地位是顯而易見的。在作爲中心文類的賦的旁邊,不同於之前"詩三百"的"詩"(中古時期主要是五言詩),迅速地成長着,最終進入聞一多所謂"詩的唐朝",③因而詩賦兩者的交錯影響和演變,正是六朝文學的流變過程之中值得高度重視和探究的課題。

因爲素懷此念,十五年前,我曾指導一位門下的碩士生撰寫魏晉之際詩賦關係的學位論文(劉嘉惟,復旦大學2008年)。八年之後,陳特在張健教授指導下完成通貫考察整個六朝文學詩賦關係的博士學位論文,再經打磨,更進一步,貢獻出一部厚重的大書,我的欣悅可想而知。

陳特的書對於此一課題,在觀念上做了更清晰的構設,提出了所謂"文體秩序"和"文體生命"的概念,并嘗試交織這兩個角度,描摹文體演替和文學演變的關係:

> 不同的文體之間既有區隔(也就有高低尊卑)又有交互(也就可流轉互動),因此各類文體按照一定的秩序共同構築了整體之"文學",此一秩序即"文體秩序"。
>
> 文體間之秩序既非一成不變,文體本身亦是如此,文體如人體,自有盛衰起落。文體本身之發展流變,即"文體生命"。
>
> ……"文學"的演變直接經由各文體展開。……生命力旺盛的文體往往會隨着時間的推移在"文體秩序"中逐漸上升并影響低位階的文體。
>
> ……文體間的"秩序"和各文體的"生命"共同作用,直接推動了所謂"文學"的變化。④

---

① 待刊拙稿《漢代文學觀念之脈絡與中古文學之筆端》對此綫索有勾勒。
② 見《斷裂還是延續:中國文學近現代之變折》(2011)第四節"文學類型的消長",收入《文學傳統與中古道家佛教》。
③ 鄭臨川述評《聞一多論古典文學》(重慶:重慶出版社,1984年),頁82—87。
④ 參見本書,頁2—3。

由此可知，陳特的研究是抱有高度的理論自覺，而後進入具體的工作的。

他的具體工作，特色同樣非常鮮明，行文之内及篇章後附的表格多達三十餘種，隨手翻檢，目不暇接，大體可説是基於文獻梳理與統計，給出許多值得探索的空間和題目，宏觀把握與具體入微相與結合，形成了充實的框架和論説。全書的主旨與結構，書的《引論》已有説明，毋庸辭費。我想説的是，書中的一些論題在詩賦關係的視野下予以觀照并展開討論，顯示了前所未有的新意，如第六章探勘鍾嶸《詩品》内含的基於"賦"的觀念影迹，如第七章聚焦於晉宋之際身處詩賦關係轉折重大關頭的陶淵明、謝靈運、鮑照三位，透視他們在不同文體之間的趨避傾側，切入明利，足以引人矚目、遐思。最後一章論六朝最後的大賦家也是大詩人庾信，這自然是不能不濃墨重彩落筆的部分，不過，同時也讓我期望，詩賦交織時代最初的大賦家和大詩人曹植與陸機，若能攬入書中，更能令人生前後照應、首尾周全之感。

陳特認識我大概近二十年了，那時候他還是一位中學生，我奉初中時候的語文教師、當時的校長何曉文老師之命，回母校華東師大二附中講演。我認識陳特要晚一些，應該是他投考復旦接受面試的時候。那以後，我們從中學的校友變成了大學的師生。再後來，陳特在張健教授門下完成博士學位回復旦，我們又成爲了同事。這樣的緣分不常有，所以當陳特將書稿轉給我，請我寫幾句的時候，我的愉快是發自内心的。

近來日子忙到幾無間隙，這篇文字是在火車站的候車室、高鐵列車上和一天會議結束後的賓館房間裏斷續寫出的，這也真是前所未有的。

二〇二三年十一月五日

目　次

序 ……………………………………………………………… 陳引馳　1

引論　文體秩序與文體生命：尋求文學演進的內在動力 …………… 1
　一、"一代有一代之文學"與"嚴分體製，細別品類" ………… 1
　二、漢賦和唐詩之間 ………………………………………………… 3
　三、豐厚的基礎 ……………………………………………………… 5
　四、本書的展開 ……………………………………………………… 7
　五、方法論反思與技術性説明 …………………………………… 10

第一章　位序轉移：從賦重心到詩中心 ……………………………… 13
　第一節　作者、作品數量所見之魏晉南北朝詩賦演進 ………… 13
　第二節　"重要"作者之分析 ……………………………………… 19
　第三節　三個特殊群體：皇族、釋道與女性 …………………… 28
　　一、皇族："邊緣作者"創作情形之變化 ……………………… 38
　　二、釋道：宗教與文藝的"二重奏" …………………………… 42
　　三、女性："才女"標準的嬗變 ………………………………… 45
　小結　晉宋之際："文學"特立與創作重心的轉移 ……………… 47

第二章　題材與手法：廣狹、分合及流轉 …………………………… 50
　第一節　題材：廣狹有別與變化不一 …………………………… 50
　第二節　手法：描寫、敘述、議論與抒情之分合 ……………… 58
　第三節　流轉的題材與手法 ……………………………………… 61

第三章　體式："變"與"不變" ………………………………………… 64
　第一節　走向唐詩：一個相對清晰的過程 ……………………… 64
　　一、四言、五言與七言的起落 ………………………………… 65

二、句式：對固定的追求 ………………………………………… 74
　　三、四言八句詩與五言八句詩：一個猜想 ……………………… 83
　第二節　相對穩定：辭賦的篇幅及其他 …………………………… 87
　小結　再思"詩化"與"賦化" ……………………………………… 105

第四章　功能：異同離合之間 …………………………………………… 109
　第一節　賦序所見辭賦之撰作因緣與功能 ………………………… 111
　　一、魏晉南北朝賦序概覽 ………………………………………… 111
　　二、融合事、物、情、理諸端的賦序 …………………………… 112
　第二節　詩序所見詩歌之撰作因緣與功能 ………………………… 163
　　一、魏晉南北朝詩序概覽 ………………………………………… 163
　　二、詩序中的事、情、理 ………………………………………… 163
　第三節　"序"之外：幾種特殊的文學現象 ………………………… 188
　　一、面對傳統的不同步：擬賦與擬詩 …………………………… 188
　　二、社交種種：同題共作、應(奉)詔之作與贈答酬唱 ………… 210
　　三、特殊的瞬間：臨終 …………………………………………… 215
　小結　傳統與現實之間 ……………………………………………… 217

第五章　正史中的詩與賦 ………………………………………………… 219
　第一節　正史引詩賦的"表"與"裏" ………………………………… 221
　　一、相關正史引詩述略 …………………………………………… 221
　　二、相關正史引賦述略 …………………………………………… 248
　　三、歷史、文學、文獻的不均衡作用：正史引詩、引賦之作用 … 263
　第二節　《文苑(文學)傳》中的詩蹤賦影 ………………………… 269
　　一、九史《文苑(文學)傳》述略 ………………………………… 270
　　二、兩晉南朝的不同"文"風和相應"文風"下的詩賦 ………… 295
　小結　"一般"視野中的詩賦圖景 …………………………………… 301

第六章　文論中的詩與賦 ………………………………………………… 304
　第一節　"文的自覺"與文體觀念的演變：從曹丕到陸機 ………… 305
　　一、《典論·論文》：廣義之"文章"與批評之偏重 …………… 305
　　二、《文賦》："撰文"之鋪展和用心於詩賦 …………………… 309
　　三、曹丕和陸機：文體側重與理論異同 ………………………… 318
　第二節　《文心雕龍》：不平衡的文體與備眾體的文論 ………… 324

一、多重的"文" ……………………………………………… 324
　　二、劉勰文學史圖景中的詩賦 …………………………… 327
　　三、"泛論寫作方法與技巧"背後的詩與賦 ……………… 343
　第三節　《詩品》與賦：不在場的在場者 ……………………… 349
　　一、《詩品》中人作詩賦情況述略 ………………………… 353
　　二、"風力"與"丹彩"背後——兼說"用事" ……………… 359
　第四節　文體側重與文學史觀 ………………………………… 367
　　一、劉勰：不同的層次與波動的文學史 ………………… 368
　　二、鍾嶸與蕭統：跌宕和平穩 …………………………… 371
　第五節　說"曹王"與"曹劉" …………………………………… 376
　小結　多重的"文"與多變的"論" ……………………………… 379

第七章　轉捩之際的多元路徑：陶淵明、謝靈運與鮑照 ……… 381
　第一節　陶淵明："詩人"的誕生 ……………………………… 381
　　一、迥異時流的"詩人" …………………………………… 382
　　二、"塵網"內外：陶詩的廣闊世界 ……………………… 385
　　三、不止詩賦：觸碰"文"的境界 ………………………… 390
　第二節　謝靈運："模山範水"與詩賦離合 …………………… 394
　　一、《山居賦》：是否"山水"？如何"山水"？ …………… 395
　　二、山水詩："模山範水"的另一可能 …………………… 401
　　三、山水詩與山水賦的不同命運和走向 ………………… 406
　第三節　鮑照：詩歌內部的新姿與裂變 ……………………… 407
　　一、批評指向何方？ ……………………………………… 407
　　二、批評背後：鮑照樂府詩的特點 ……………………… 409
　　三、五言徒詩和辭賦：不同的面目 ……………………… 413
　小結　幸與不幸：變革時代與個體選擇 ……………………… 416

第八章　最後的詩人與賦家：庾信的詩和賦 …………………… 418
　第一節　"知人論世"與比次作品 ……………………………… 418
　　一、豐富的考訂 …………………………………………… 419
　　二、考訂背後：觀念與邏輯 ……………………………… 422
　第二節　功能分類與詩賦異同 ………………………………… 424
　　一、爲人爲己：分類的另一種嘗試 ……………………… 424
　　二、南北不同：生命歷程與文體差異 …………………… 428

三、《擬詠懷》：尚不够用心結撰的"言志抒情" ……………… 432
第三節　海涵地負：《哀江南賦》的"集成"與"優先" ……………… 435
一、"集"庾信各體創作之"成" ……………… 436
二、"集"先前辭賦傳統之"成" ……………… 441
三、《哀江南賦》與文學家庾信 ……………… 444
小結　從《哀江南賦》到《北征》 ……………… 446

結語　文體的遠與近：結構文學史的另一種可能 ……………… 461

附錄　從"詩賦"到"詩文" ……………… 466
一、正史及相關文獻中的"詩賦"與"詩文" ……………… 467
二、對現象的解釋 ……………… 471

主要參考文獻 ……………… 487

後記 ……………… 497

圖 表 目 次

表1.1	魏晉南北朝各朝代詩賦作者、作品數量分佈與作品比例	14-15
圖1.2	魏晉南北朝朝代間詩人、賦家數量分佈	15
圖1.3	魏晉南北朝朝代間詩、賦篇章數量分佈	15
圖1.4	魏晉南北朝朝代間年均詩、賦篇章數量	16
表1.5	魏晉南北朝"重要"作者詩賦創作數量簡表	20-25
表1.6	魏晉南北朝"重要"作者朝代間詩賦創作數量與比例	26
表1.7	魏晉南北朝皇族作者詩賦數量簡表	29-32
表1.8	魏晉南北朝釋道作者詩賦數量簡表	32-34
表1.9	魏晉南北朝女性作者詩賦數量簡表	35-37
表3.1	魏晉南北朝"代表性"詩人詩歌分佈狀況	66-68
表3.2	魏晉南北朝"代表性"詩人四、五、七言詩數量與比例	69-71
表3.3	魏晉南北朝"代表性"詩人五言詩中四句、八句詩之數量與比例	76-79
表3.4	曹、阮、陸、陶詩歌句數分佈情況	81
表3.5	陸雲四言詩出處、句式概覽	84-86
表3.6	魏晉南北朝可能完整辭賦作品情況一覽	89-96
表3.7	魏晉南北朝可能完整辭賦的篇幅及時代分佈	97-101
附表4.1	魏晉南北朝賦序概覽	131-162
表4.2	魏晉南北朝賦序所含信息一覽	117-129
表4.3	魏晉南北朝詩序所含信息一覽	164-170
附表4.4	魏晉南北朝詩序概覽	172-188
附表4.5	魏晉南北朝部分擬詩概覽	196-210
表4.6	魏晉南北朝明確提及前代賦家或賦作之賦序一覽	192-194
表4.7	魏晉南北朝應(奉)詔類詩賦簡表	212-213

表4.8	魏晉南北朝臨終詩一覽	215－216
附表5.1	《三國志》《晉書》及二史八書存錄魏晉南北朝詩歌一覽	223－248
附表5.2	《三國志》《晉書》及二史八書存錄魏晉南北朝辭賦一覽	251－262
附表5.3	九史《文苑(文學)傳》中人受學、創作、著述一覽表	270－295
附表6.1	現代學者對《文賦》的不同分段及要旨概述	322－323
表6.2	劉勰《明詩》《樂府》中的詩人、詩作與評價	327－329
表6.3	劉勰《詮賦》中的賦家、賦作與評價	331－332
表6.4	《時序》篇中的時代、作者與評價	336－340
附表6.5	《詩品》詩人詩作、賦作數量及相關比例簡表	354－359
表6.6	《詩品》三十六詩人源流關係及作賦情況一覽	360－361
附表8.1	庾信詩賦繫年各家說簡彙	447－458

引論　文體秩序與文體生命：尋求文學演進的内在動力

一、"一代有一代之文學"與"嚴分體製，細別品類"

對於現代中國的文學史研究來說，王國維提出的"一代有一代之文學"說影響甚大：

> 凡一代有一代之文學。楚之騷，漢之賦，六代之駢語，唐之詩，宋之詞，元之曲，皆所謂一代之文學，而後世莫能繼焉者也。①

無獨有偶，與王國維同代的胡小石在研究、傳授文學史時也持"一代有一代之所勝"的看法，②可見此一觀念的生命力。文學史天然具有時間的維度，③將時間分爲若干階段後，④選擇每一階段既"盛"且"佳"的文體作爲"一代之文學（所勝）"，確能兼顧歷史與文學，將雜多的文學作品和歷史事件統一於清晰的脈絡之下。此法既富合理性，亦便於操作，而且帶

---

① 見《宋元戲曲史·序》，收入謝維揚、房鑫亮主編《王國維全集（第三卷）》（杭州：浙江教育出版社，2009年），頁3。錢鍾書由與此說相關的焦循說發端，暢論各體文學之分合流變，極多妙解，參看錢鍾書著《談藝錄》（北京：生活·讀書·新知三聯書店，2007年），頁79—106。關於王國維此說的背景和意義，還可參看王水照《"一代有一代之文學"說的考源與探微》，收入王水照著《鱗爪文輯》（西安：陝西人民出版社，2008年），頁146—148。
② 說詳周勛初《胡小石先生與中國文學史研究》，收入周勛初著《當代學術研究思辨（增訂本）》（北京：北京大學出版社，2013年），頁33—44。
③ 凡史，皆如此，而文學史關乎情感、表達與審美，又具獨特性。美術史家巫鴻對美術史的時間性有精彩的辨思，其論述很大程度上亦適用於文學史，見其《美術史的形狀》，收入巫鴻著《美術史十議》（北京：生活·讀書·新知三聯書店，2008年），頁100—109。
④ 至於如何劃分階段，最常見的做法即以朝代爲斷限，關於此一做法的合理與不合理之處，第一章第一節還會討論。

有"進化論"的痕迹,强調後一階段不同於前一階段的文學現象。① 如此種種的合力下,持"一代有一代之文學"的觀念展開文學史研究,在現代中國翕然成風。

而王國維的晚輩錢鍾書,卻對中國文學有他自己的大判斷,他認爲:

> 在傳統的批評上,我們没有"文學"這個綜合的概念,我們所有的祇是"詩""文""詞""曲"這許多零碎的門類。其緣故也許是中國人太"小心眼兒"(departmentality)罷!"詩"是"詩","文"是"文",分茅設蕝,各有各的規律和使命。②

> 文章體製,省簡而繁,分化之迹,較然可識。談藝者固當沿流溯源,要不可執著根本之同,而忽略枝葉之異。……抑吾國文學,橫則嚴分體製,縱則細別品類。體製定其得失,品類辨其尊卑……③

如果説"一代有一代之文學"乃由今視昔的"方便法門",那麼錢鍾書對吾國文學"嚴分體製"且各體之間"分茅設蕝"的判斷則揭出了中國文學的本來面目和獨特之處。

既然文學的展開和演變存在於各文體之間,④且不存在一個渾然的"文學"本身,那麼所謂"文學"實由各種文體組成。同時,各種文體之組成整體"文學",并非機械排佈,不同的文體之間既有區隔(也就有高低尊卑)又有交互(也就可流轉互動),因此各類文體按照一定的秩序共同構築了整體之"文學"。此一秩序即"文體秩序"。

文體間之秩序既非一成不變,文體本身亦是如此,文體如人體,自有盛

---

① 所謂"進化論"(The theory of evolution),本是對自然界的解釋,并不强調"後勝於前","進化"(evolution)一詞,實當譯爲"演化"。但自嚴復移譯《天演論》之説,倡"物競天擇,適者生存",線性歷史觀和"今勝於昔"的所謂"進化"觀念在中國影響極大,對文學史也不無影響,如梁啓超就直接使用"文學之進化"這一説法,劉師培也"循天演之例"力倡"語言文字合一",而胡適的文學史研究亦强調推進中國文學進步的動力來自民間和白話,參看陳平原《胡適的文學史研究》,尤其是第二部分《雙線文學觀念》,收入王瑶主編《中國文學研究現代化進程》(北京:北京大學出版社,1996年),頁214—259。并參看〔美〕本傑明·史華慈(Benjamin Schwartz)著,葉鳳美譯《尋求富强:嚴復與西方》(南京:江蘇人民出版社,2010年),頁61—75。
② 見錢鍾書對周作人《中國新文學的源流》的評論,收入錢鍾書著《人生邊上的邊上》(與《寫在人生邊上》及《石語》合刊,北京:生活·讀書·新知三聯書店,2002年),頁249。
③ 見錢鍾書《中國文學小史序論》,收入前引《人生邊上的邊上》,頁94、95。錢鍾書對中國文學的這一判斷多有申説,此二篇文章外,他還在前引《談藝録》第四則中有相關討論。
④ 這裏所謂"文體",指的就是genre,爲免概念出入,本書言及文章體裁(genre),統一使用"文體"一詞,而不採"文類""品類"諸概念。

衰起落。① 文體本身之發展流變,即"文體生命"。

那麼"文學"(或"文學史")的演變又是如何展開的？在我看來,"文學"的演變直接經由各文體展開。大略而言,又可分爲兩方面：一曰"文體秩序"之改易,文體之間的秩序決非一成不變,不同時期的各類文體,尊卑高下各不相同,於是"文體秩序"也就呈現出迥異的面目；二曰"文體生命"之盛衰,每一文體自有其"生命",不同時代的文體在盛衰程度上也不相同。這兩方面又多有互動,生命力旺盛的文體往往會隨着時間的推移在"文體秩序"中逐漸上升并影響低位階的文體。② 但世上并無長盛不衰之文體,此一時"文體秩序"中居高位階的文體在彼一時就可能"後繼乏力",於是它或向原本秩序中處低位階卻更有生機的文體吸收"活力"以再造輝煌,或乾脆成爲既陳之芻狗祇能供人憑弔。

因此,文體間的"秩序"和各文體的"生命"共同作用,直接推動了所謂"文學"的變化,或者説,"文體秩序"和"文體生命"的交錯變動,乃是文學變化和文學史演進的内在動力。③

職是,文學史確可用"代"來分期,而各代文學也確各具面目。直接決定各代文學面目的,正是構成"文學"的不同文體間的秩序結構和具體諸文體的生命狀態。由是觀之,如果某一時代"文體秩序"中位階最高的文體恰好也處於勝過其他文體的最佳生命狀態,那它自然就能躍上歷史舞臺成爲最耀眼的"一代之文學",在這個意義上,"一代有一代之文學"與中國文學各文體間之"分茅設蕝"并不矛盾。

二、漢賦和唐詩之間

若以"文體秩序"和"文體生命"爲標準,王國維列舉的"一代之文學"

---

① 劉勰衡文,多論文體,張健認爲彥和之"文體"乃以"人體"爲喻,錢鍾書亦嘗云"中國固有的文學批評的一個特點"即"把文章通盤的人化或生命化(animism)"。見錢鍾書《中國固有的文學批評的一個特點》,收入前引《人生邊上的邊上》,頁116—134;并參看：黃霖、吳建民、吳兆路著《原人論》(上海：復旦大學出版社,2000年)之第二章《生化論》；張健《〈文心雕龍〉的組合式文體理論》,載《北京大學學報》2017年第3期,頁31—41。至於文體之成住壞空,弗萊於其佳構《批評的剖析》論之甚詳,雖言西方文學,卻也頗能增益我們對本國文學之理解,參看 Northrop Frye, Anatomy of criticism: four essays (Princeton, N.J.: Princeton University Press, 2000)。
② 用傳統批評術語來説,此即"以高行卑",參看蔣寅《以高行卑》,收入蔣寅著《古典詩學的現代詮釋(增訂版)》(北京：中華書局,2009年)。
③ 此處強調的是"直接",至於"文體秩序"與"文體生命",雖然相互影響,但也受諸多非文體因素影響,舉凡政治、經濟、社會、文化之變化,都會對"文體"和"文學"產生影響,因而這些因素都是影響文學變化和文學史演進的外部動力。以往文學史研究多重視這些因素,自有道理。

中,最名副其實的,當推漢賦和唐詩。

先秦時期,文學不彰,屈原之"奇文鬱起",多賴其天才。唐宋以降,詩文俱盛,宋詞固然精彩,但宋人之詩文創作,在"文體秩序"上就不低於宋詞,至於宋詩、宋代古文開拓的境界,也説明這二體文學的生命力仍然旺盛。而元曲雖然成就巨大,但就作者身份、讀者範圍和審美取向而言,都很難和詩文詞納入同一系統。①

但漢賦和唐詩,卻無愧爲當時的"第一文體",作者作品皆兼具"佳""盛",漢賦和唐詩達到的文體高度更讓後來者祇能接近,無法超越。如西晉賦、宋詩,也都取得了巨大的成就,但皆未能在整體上超越漢賦和唐詩。②

而漢唐之間的"一代之文學",是否存在? 如果有,又是什麽?

兼具卓越詩人和出色文學史家身份的林庚有不同於王國維的意見,他在解釋唐詩的高潮何以出現時説:

> "漢賦""唐詩"各自代表着漢唐兩代如此相似的統一盛世,而兩者之間卻又表現着如此水火不能相容。漢代有賦家而無詩人,唐代有詩人而無賦家;中間魏晉六朝則詩賦并存,呈現着一種過渡的折衷狀態:這難道不也是一個值得注意的客觀現象嗎?③

林庚的觀察是犀利的,他注意到了魏晉南北朝期間詩賦并沒有特別的偏重,很難説哪一種文體在秩序上絕對壓倒對方,也不易分別這兩種文體何者更有生命力。所以他用"并存"和"過渡的折衷狀態"界定這一段文學的"文體秩序"。

不僅如此,林庚還注意到,魏晉南北朝文學最重要的兩種文體就是詩和賦。雖然魏晉南北朝的文體已經相當豐富,但是相比其後的時代(尤其是宋以後),魏晉南北朝的"文體秩序"和各體的"文體生命"還是比較容易把握的。這是因爲:魏晉南北朝雖然文體繁多,但當時人所具備"文學"觀念,比較接近現代意義上的"文學"(literature),《文選》之所謂"文",即"美文",而構成"美文"的主要文體也就是詩賦。《文心雕龍》和《文選》對"文"有不同

---

① 從"進化論"的角度來看,宋詞、元曲比起唐詩確實是前所未有的新生事物,但這裏根據的是上文提出的"文體秩序"和"文體生命"的標準,與王國維之本意自有差別。
② 其實,因爲採納西方之"文學"標準,漢賦曾經被排除在民國時期的一些文學史中,但就大部分現代文學史著而言,賦還是漢代文學最重要的組成部分。説詳前引周勛初《胡小石先生與中國文學史研究》。
③ 見《略談唐詩高潮中的一些標誌》,收入林庚著《唐詩綜論》(北京:人民文學出版社,1987年),頁52、53。

理解,但在議論、選錄具體文章時,最先出現的都是詩和賦,可以說,整個魏晉南北朝文學的各種文體,都籠罩在詩賦之下。①

因此,分析詩賦之間的位階升降并勾勒由詩賦主導的當時"文體秩序",進而在此背景下探討詩賦各自的發展過程以呈現詩賦之"文體生命",就能夠比較準確地把握住魏晉南北朝文學的演進并解釋演進背後的原因。

這就是本書的目的。那麼在相關領域,前人已經做了什麼工作可資借鑑和依憑呢?

三、豐厚的基礎

魏晉南北朝文學是一片得到了深耕的沃土,名家輩出,傑作頻現,這一時段文學的方方面面,都得到了比較充分的討論。對於本書而言,相關度最高的,當屬這一時段的文學史研究、詩歌(史)研究、辭賦(史)研究以及詩賦關係研究。而與本書關係最大的,仍屬文學史領域的撰著。②

整體文學史方面,劉師培的《中國中古文學史》有開創之功,劉著要言不煩,而且緊貼當時之"文學"觀念,極具學術深度。王瑤的《中古文學史論》以點帶面,抓住了魏晉南北朝幾乎所有關鍵問題并作出具有現代意義的學術闡釋。此外,王運熙、曹道衡、周勛初等人的研究佔據了這一領域的衆多制高點。

詩歌(史)研究方面,五部以朝代順序結構、以評述詩人展開的魏晉南北朝詩歌史值得專門一提:王鍾陵的《中國中古詩歌史》結合文化、思想和詩歌,全面深入;葛曉音的《八代詩史》簡而有法;傅剛的《魏晉南北朝詩歌史論》以論見長,頗多新見;錢志熙的《魏晉南北朝詩歌史述》與《中國詩歌通史·魏晉南北朝卷》,前者要言不煩,後者體大思精并特別關注詩歌體製源流。這五部大陸學者的著作外,孫康宜的《抒情與描寫:六朝詩歌概論》以詩歌手法("抒情"—"描寫")的分合正變來論述五位南北朝重要詩人,③蔡宗齊的《漢魏晉五言詩的演變——四種詩歌模式與自我呈

---

① 我曾非常粗略地勾勒從漢末到宋代"文"之意涵的演變,并指出:在唐代以前,不存在與詩平行的"文"。"文"或指一切著作(《文心雕龍》之"文"),或指"美文"(《文選》之文),或指"有韻之文"("文筆說")。直到唐代,才開始出現了"詩文"并稱,從此"文"逐漸具備了接近於現代所謂"散文"的意涵,并納"賦"入其中。參看本書附錄與本書第六章。此外,我在撰寫碩士論文時發現魏晉南北朝"論"體文也受到賦的影響,"論"乃用來說理,不以華麗為本,在"文體秩序"中距離賦較遠,即便如此,魏晉南北朝的"論"也沾染了賦風,而唐宋之"論"就展現出截然不同的形態,這也能說明當時居於高位階之賦的巨大影響力。參看陳特《〈弘明集〉"論"篇探微》(復旦大學 2013 年碩士學位論文)。
② 敘述時不一一標注詳細的出版情況,相關信息請參看本書最後的"主要參考文獻"。
③ 孫康宜的這一框架應當與她的老師高友工的論述有關。

現》將漢魏晉五言詩提煉爲"四種詩歌模式"并分別探討其中的"自我呈現",這兩位美國學者的論著用新穎的框架和謹嚴的結構爲我們理解漢魏晉南北朝詩提供了新的窗口。而臺灣學者吕正惠的《杜甫與六朝詩人》,雖立足於杜甫,但他對漢魏晉詩"三大傳統"(樂府、詠懷、美文)的董理實讓人耳目一新,①而且,他那似易實難的方法論(憑長期閱讀後的感覺體會把握詩歌),與上述北美學者截然不同,最後卻能得出比較接近的結論,此亦足見文學史研究之客觀性。② 這些詩歌史論著外,葛曉音的《先秦漢魏六朝詩歌體式研究》不僅將相關時代、詩人的詩歌體式研究推到了新的高度,也直接幫助了本書的許多論證;宇文所安(Stephen Owen)的《中國早期古典詩歌的形成》則同時具備强大的破壞性和建設性,推動重審漢魏六朝詩歌文獻和文本的性質。

辭賦(史)的研究并不如詩歌史那麽繁榮,卻也不乏重要作品。馬積高的《賦史》是較早的辭賦通史,分時代述賦家,對作者和作品的把握都很到位;程章燦的《魏晉南北朝賦史》與本書關係密切,這部專史結構新穎,或論人、或論時代、或論專題,對魏晉南北朝辭賦之發展有多層次、多面向的精到考察;郭維森、許結的《中國辭賦發展史》(先秦至唐代部分由郭撰寫)體大慮周,除了論賦家之外,還對各個時期的風氣、特徵有全面的描繪。這三部辭賦史之外,許結和程章燦等學者對魏晉南北朝辭賦有許多具體的研究,對本書大有裨益。

至於同時聚焦詩賦,探究詩賦關係及與之相關的文學史現象的研究,相對前面三個領域要薄弱一些,這也是本書的用力所在。在上述傅剛、程章燦的詩史、賦史中,都已經注意到了詩、賦、文之間的互動關係,在不同的章節有零散的敘述。衹是他們更多地將重心放在他們要論述的那一類文體上。其實,在這一方面最重要的文獻來自朱光潛,朱光潛《詩論》的第十一章題爲《中國詩何以走上"律"的路(上):賦對於詩的影響》,朱氏以理論家的高度對此問題有精闢的宏觀把握,本書其實衹展開了其宏論之一部分(他的論述在歷史上涉及唐代)。而林庚在若干論文中,也以他獨特的詩心與史識涉及了相關問題。

以上所舉,衹是與本書關係最爲密切的有限論著,更多先行研究則在正

---

① 吕所謂六朝詩人的"三大傳統",其實正與不同詩人的辭賦創作有關。可以參看第六章第三節以及第七、八章的討論。
② 對於以上幾種詩歌史論著的差別和優勝處,陳引馳多有諭示,并曾於2016年1月23日在香港中文大學中文系主辦的"抒情與詩藝:中國文學批評研討會"上宣讀相關論文,本段的敘述主要概括其説。

文與注解中提及。魏晉南北朝文學研究豐厚的研究成果，正是本書能够展開的基礎。

四、本書的展開

在如此豐厚的基礎之上，本書通過八章來展開對魏晉南北朝詩賦間"文體秩序"和詩賦各自"文體生命"的探討。

前四章構成一個自足的單元，係從通貫角度對魏晉南北朝詩賦關係與各自形態的宏觀描述：

第一章首先對魏晉南北朝各朝代間詩賦作品數量展開排比對照（第一節），然後再排列這一時期留存詩賦數量較多的"重要"作者的詩賦作品（第二節），進而揭示出：魏晉南北朝詩賦創作的重心在晉宋之際發生了變化，由原來的重在作賦轉而變爲以作詩爲重心。第三節接着分析了魏晉南北朝時期三個特殊群體（皇室、釋道、女性）的詩賦創作情況，證成和細化了上述詩賦間的位序轉移。

第二章探究魏晉南北朝詩賦在題材和手法上的廣狹與分合。大體而言，由於魏晉南北朝詩賦的起點不同，二體在題材上的廣狹也并不一致。魏晉以降賦在漢賦"品物畢圖"的基礎上，進一步擴展題材，無所不包，從宏大到日常，從典雅到惡俗，均可入賦；至於同一時期的詩歌，題材上并不如辭賦廣闊（尤其是在日常及醜惡方面）。然而，若着眼於題材的新變與活躍，那麽魏晉南北朝詩比賦活躍得多，尤其是南朝詩歌在題材方面大大拓寬了"詩世界"。手法與題材總是若即若離，在不同時期的詩賦中，不同手法的成熟度亦有參差。描寫是賦必不可少的手法，賦與"體物"可説密不可分；而詩之"詠物"，則要到南朝方獲得長足的發展。抒情與詩歌親緣度更高，然而辭賦的抒情能力早在漢代已然高度發達。至於敘述，詩賦二體均較早成熟。而詩賦之議論，在魏晉南北朝時都不夠發達。若沿着時間線索合觀魏晉南北朝詩賦題材，不難發現：許多題材從"文體秩序"中位序較高的賦流轉到了"文體生命"較晚成熟的詩之上，而這一流轉，又推動了詩之"文體生命"的綻放與蓬勃。

第三章梳理魏晉南北朝詩賦的體式。對於詩歌，本章主要討論了字數和句數的問題：四言詩在魏晉還比較發達，到了南朝則逐漸銷聲匿迹；而五言詩在句式上趨向整齊，定型爲八句式和四句式的兩個轉折點就在晉宋和永明。詩歌體式的發展有明確的軌迹，辭賦體式則不然，魏晉南北朝辭賦在篇幅上保持了大致的穩定，并不存在變短的趨勢。最後還對"詩的賦化和賦的詩化"問題做了理論檢討。

第四章討論魏晉南北朝詩賦功能的異同。本章首先基於詩序和賦序考察詩、賦分別具備何種功能，發現詩、賦都具有表達個人情志、參與社會交往、接續文學傳統的功能，不過賦還具有記錄傳達知識的一面，詩則比較欠缺。此後，本章還考察了三種特殊情況：通過對比詩賦的擬作，可見魏晉南北朝賦面對的是一個連續的傳統，而魏晉南北朝詩面對的是兩個傳統；通過對比詩賦的"同題共作""應（奉）詔"和酬答之作，可見詩能更廣泛深入地參與社交；通過考察臨終創作，又發現詩能夠應對更多的生存場景。要之，詩賦之功能雖大體相同，但詩歌不僅創作日益繁盛，也與現實發生更深廣的聯繫。

以上四章環繞着文學的內外因素，對魏晉南北朝詩賦互動和各自發展作了全方位的勾勒，并發現：詩賦在題材、體式和功能上的不同表現，正對應着詩、賦不同的"文體生命"；而這些不同，又都與"文體秩序"的變動——文體創作重心的轉移有關。

第五章和第六章關聯度較高，這兩章選擇了兩類專門文獻——正史和文論來展現當時一般文士和批評家觀念世界中的詩賦：

第五章詳細考論相關正史中詩賦之存錄以及九史《文苑（文學）傳》中的詩賦蹤影，繼而提出：正史引詩、引賦的主要目的無關文學，但史料自身的呈現卻讓我們從中看到了詩賦在不同時期的不同狀態。正史中反映的詩賦創作圖景（主要由《文苑（文學）傳》提供）與前述四章的描述大致相同；而正史中蘊含的文學觀念與實際文學創作并不同步，辭賦在南北朝總體上失去創作活力的同時卻仍然葆有觀念世界的崇高地位。

第六章集中討論了漢魏晉南朝詩賦對六朝文論著作的影響。從《典論·論文》到《文賦》，詩賦在文論中的位置越來越突出。至《文心雕龍》，劉勰彌綸群言，綜論各體文章，其中詩賦二體文學仍然是他構築五十篇的最重要依憑，尤其是在"泛論寫作方法和技巧"部分，詩賦提供了主要的經驗支撐。而詩賦之中，賦更加突出。此外，劉勰這位文學批評的專門家，對於他之前詩賦發展的歷史圖景，也有極爲精準的把握。到了梁代，專論五言詩的《詩品》自是五言詩創作極度興盛的產物，而鍾嶸對五言詩的極力推尊也反映五言詩地位在觀念世界的提升，但《詩品》中"不在場"的辭賦卻從正反兩方面影響了鍾嶸的立論。在一部專論五言詩的著作中，辭賦卻能有相當影響，這說明在五言詩成爲文學創作的重心之後，辭賦因爲背負着強大的文學傳統，仍然在文士們的觀念世界中佔據重要地位。而蕭統、劉勰、鍾嶸在論"文"時的"文體側重"，不僅決定了他們的文論風貌，也直接影響了他們的文學史觀，《文選》《文心雕龍》和《詩品》三書各不相同的文學史觀，便可由之得到解釋。至於南朝流行的兩個并稱——"曹王"與"曹劉",背後所隱含的正是重賦與尊詩的新舊思潮。

第五、第六章呈現的觀念世界中的詩賦讓我們看到,在創作重心轉移到了詩之後,觀念世界中的賦仍然重要。也就是說,即使到了南朝,在一般文士和專門文論家的觀念中,賦的重要性絕不弱於詩。創作實踐和觀念世界的不同步推動本書進入到最後兩章的探討。

最後兩章也相對自足,通過專門的作家論來考察創作重心轉移之際和其後文學史的演進:

第七章討論晉宋之間的三位大作家,陶淵明徹底超越(或揚棄)了他的時代,幾乎摒棄辭賦,專注詩歌,并旁涉"文"之境界。謝靈運屬於他的時代,他一方面承襲兩晉風氣,用心結撰宏大的《山居賦》;另一方面又有意背離辭賦,大大開拓了詩歌的可能。鮑照與他的時代既疏離又關聯,在文學創作上,鮑照用樂府詩承載了他疏離的一面,又用五言詩和辭賦加強了與時代的關聯。故而他順應了創作潮流,將詩作爲重心,又呼應了觀念世界,對賦也曾努力。而這三人開拓的多元路徑,在他們身後也以不同的形態被繼承和發揚。

第八章討論唐代以前最後一位大文學家——庾信。庾信作爲南北朝末期的偉大文人,站在這個時代的終點,在詩賦二體上都達到了極高的成就,其中辭賦數量雖遠不如詩歌,但在庾信入北以後,辭賦卻更多承載了他的情志。故而在他入北之後,辭賦的地位較詩歌爲高,辭賦中的《哀江南賦》更是海涵地負,無所不包。庾信不僅匯通了南北文學,也彙集了先前各時代的偉大文學傳統。新的時代距離他已經很近了,在這位舊時代的最後一位偉大文學家身上,正蘊藏了新時代的生機。

通過以上八章,本書對魏晉南北朝詩賦關係和文學演進有這樣的總體把握:魏晉南北朝詩賦創作在晉宋之際發生了轉折,魏晉時期辭賦是創作重心,南北朝時期詩歌爲創作重心。但在觀念世界,直到南北朝,辭賦始終具有很崇高的地位,而且在某些大文學家處,辭賦仍然是他創作"代表作"的首選。某種意義上,南北朝詩賦乃一競逐關係,因此在創作、觀念層面并不統一,在不同的文士那裏也各具形態。詩賦間的競逐,直到唐代才以詩歌的勝出塵埃落定,而詩歌在這一過程中并非一味壓倒辭賦,而是在競逐關係中共生,吸收了辭賦的許多養分。

如果用"文體秩序"和"文體生命"來表達上述過程,那就是:魏晉南北朝詩賦間的秩序分兩個階段,魏晉時期,辭賦在"文體秩序"上高於詩歌;南北朝時期,詩賦之間并無絕對高下,二者競逐。但對於魏晉南北朝文學而言,詩賦又是共生的,很多時候作爲整體共居當時各文體的最高位階,并全面影響這一時期的文學。① 至於"文體生命",辭賦在三國、兩晉均高度成熟,此後相對停滯;詩歌則不斷成長,相對而言,詩歌在南北朝成長最快,收穫最多。

是爲魏晉南北朝詩賦之興替與當時文學的演進。

五、方法論反思與技術性説明

在介紹了全書主體内容後,還有必要對本書之取向與路徑稍作方法論反思。② 如前所述,本書研究的對象是魏晉南北朝的詩與賦,這一對象在文獻上呈現出巨大的不確定性。面對相當不確定的文獻,如何方能展開有效的文學史研探?③

面對文學史,我們既需要儘可能準確全面地描述,也需要儘可能周全嚴密地闡釋。而面對不確定性較强的魏晉南北朝文學史,本書嘗試通過儘可能多層次、多角度的描述,尋求現象間的共同趨向,從而逼近文學史之"真實"。如上所述,本書八章,可分爲三個單元:前四章通貫而宏觀,就現存魏晉南北朝詩賦作整體把握,又分別從作品作者數量、題材與手法、體式、功能諸端描述;同時,宏觀層面的描述中尤其注重比例與變化(而非簡單的數量)。第五、六章針對的是相對完整留存的正史與詩文評文獻,對特定類型的文獻作全面考量。最後兩章則是專門的作家論(四位作家之作品保存情況不盡相同,但都有相當數量留存),在整體把握的基礎上適當加以細讀。在論述中,較前的章節固然是較後章節的背景,但各單元間的描述具備相對的獨立性。而在這一過程中,我驚訝地發現,許多描述常常相互印證,這裏僅舉一例:第七章第一節專論陶淵明,陶淵明是一位被過度解讀的大家,關於他,今人擁有大量常識,比如陶之地位在唐宋(尤其是宋)獲得巨大提升,隱然成爲魏晉南北朝詩歌(乃至文學)第一人,陶淵明的這一命運,不需要我們再次描述。而第七章重點描述了在魏晉南北朝文學大背景下,陶集所呈現的"文體選擇",陶之選擇,迥異時流,卻暗合唐宋人之"文體選擇"。於是,陶之"文體選擇"與陶之文學史命運,便相互印證,由此我們也加深了對

---

① 説詳錢志熙《漢魏六朝"詩賦"整體論抉隱》,載《文學遺産》2019年第4期,頁29—39。
② 這一部分雖位居《引言》,卻最後完成,故曰"反思"。
③ 文學史是廣義歷史的一部分,本書對於歷史不採取激進的"解構"或"後現代"立場,仍然試圖接近歷史之"真相"或"實相",并由之回到魏晉南北朝的語境討論相關問題。關於對歷史的理解可參陳特《從"經學史"回向"經學"的可能》,載《文匯報·文匯學人》(2021年7月8日)。

陶淵明之文學與陶之文學史位置的認識。就此而言,本書三大單元面對不同層次的文獻,描述所得的方向恰恰大體一致。此外,在每一單元內部(尤其是第一、二單元),各章的描述也是不同角度的,而各章描述所得,也基本同向。①

某種意義上,面對充滿不確定的過去,後人的追索與重構總是不同程度的"盲人摸象",而本書的方法論自覺,無非是儘可能在不同層面、角度"摸象",從而對"象"之全體、大體有一把握。而經由不同層面與角度獲得的整體性的把握,正是對相對具體問題展開闡釋的背景或前提。描述、闡釋,整體、局部,在研究中有先後之別,卻又無時不在"闡釋之循環"中共生流轉。②這也就是本書的方法論自白。

最後還要作幾點技術性說明。

第一,任何文體都具有彈性,詩和賦也如此,詩歌相對容易界定,辭賦則比較複雜。本書採取比較寬的標準,"辭"也算詩,"騷"和"七"自然也算作賦。同時,因爲文體間絕非壁壘森嚴,所以自然會有一些"兩棲文體",對這類作品也採用寬泛的標準,祇要相關總集收錄,就同時算作詩和賦。而當正文中涉及這些邊界處的文體時,會作專門說明。③

第二,"魏晉南北朝"是一個所指相對明確的時間表述,對於這一時段,還有其他表述,如"中古""六朝"。但"中古"在文學研究界和史學研究界所指不同,文學研究界之"中古"承劉師培而來,多指魏晉南北朝;史學研究界之"中古"則往往包括唐代,因此英語世界有以"早期中古"(early medieval China)指代魏晉南北朝的做法。因爲"中古"有多重含義,本書不採此習語。至於"六朝",既可以主要指向南朝(如前引孫康宜書),又可以指整個魏晉南北朝,還可以指東吳、東晉與南朝,意義也不明確。但"六朝"一詞頗具美

---

① 所謂"同向",并非完全相同,如第一章通過描述,得出晉宋之際是詩賦創作的轉折點,後面幾章對此結論均從不同維度提供了支持。不過,第三章又發現,在詩歌體式方面,南朝齊梁也是一大轉折點。這也提示我們:文體不同面向的發展,往往并不同步。

② 錢鍾書云:"乾嘉'樸學'教人,必知文字之詁,而後識句之意,識句之意,而後通全篇之義,進而窺全書之指。雖然,是特一邊耳,亦祇初桄耳。復須解全篇之義乃至全書之指('志'),庶得以定某句之意('詞'),解全句之意,庶得以定某字之詁('文');或并須曉會作者立言之宗尚、當時流行之文風,以及修詞異宜之著述體裁,方概知全篇或全書之指歸。積小以明大,而又舉大以貫小;推末以至本,而又探本以窮末;交互往復,庶幾乎義解圓足而免於偏枯,所謂'闡釋之循環'(der hermeneutische Zirkel)者是矣。"這裏講的是具體的字詞句與整體的"指歸"間的循環,上文所謂描述與闡釋間,亦有"循環"存焉。參看錢鍾書著《管錐編》(北京:生活·讀書·新知三聯書店,2007年),頁281。

③ 這一處理并不祇是爲了方便,還牽涉到如何理解"文體",本書最後對此有初步展開。

感,所以本書之書名使用了這一稱謂,本書所謂"六朝",就是"魏晉南北朝"的同義語,但正文則多用稍顯繁冗的"魏晉南北朝"。

第三,本書有比較多的圖表,大部分圖表直接插入正文相關部分,因爲這些表格大多是必須的,是正文的立論依據。也有部分表格篇幅較大,本書則將相應表格稱爲"附表"并放置在相關章節(或段)的末尾,供檢索覈查。表格按正文中提及的先後排序。本書在全書"目次"之外,還製作了"圖表目次",以便翻檢。

第四,本書徵引各種論著,都祇在第一次引用時詳細列出出版信息,此後就不再開列,祇提作者名與論著標題。在提及前賢時彦時,爲免行文駢枝,率不加敬稱。

第一章 位序轉移：從賦重心到詩中心

文學是由人創作的，而文學的基本單位就是作品。魏晉南北朝共有多少詩作和賦篇？這些作品又（主要）由哪些人創作的？不同時代的詩賦創作是否有文體偏重？不同作者的詩賦創作又會有怎樣的不同？這些問題都與詩賦之間的"文體秩序"息息相關。創作某一文體的作者分佈和作品數量能夠直觀地反映這一文體重要與否并提示我們該文體在"文體秩序"中的位置。

本章圍繞作者和作品這兩個"文學"最基本的元素展開討論，通過宏觀上的朝代間數據比對，證明魏晉南北朝詩賦創作在晉宋之間發生了由賦到詩的重心轉移，而且詩賦創作重心的轉移能在文學史地位不同、身份各異的人群那裏同時被發現。

第一節 作者、作品數量所見之魏晉南北朝詩賦演進

據逯欽立輯校《先秦漢魏晉南北朝詩》，現存魏晉南北朝詩人共748人，他們的詩作共有5 889首；[1]據嚴可均校輯《全上古三代秦漢三國六朝文》[2]以及程章燦對先唐賦的輯補，現存魏晉南北朝賦家共390人，[3]他們的賦作

---

[1] 逯欽立將郊廟歌辭之作者可知者，不編入作者名下，而是另成一編，這與郊廟歌辭獨特的性質有關（爲朝廷而作，雖出一人之手，但并非一般意義上的個人創作，有較強的公共性和政治意義）。這裏也遵從逯欽立之做法，不把這些作品列入統計。

[2] 嚴可均和逯欽立對"漢"與"魏"（"三國"）的界定并不相同，如"建安七子"中的王粲、劉楨等人，嚴可均將他們的作品歸入《全後漢文》，逯欽立則在《魏詩》中輯錄他們的作品，本書的朝代界定主要參照逯欽立，同時將"建安七子"全都視作魏晉文人，列入統計。

[3] 所謂"詩人"和"賦家"，包含像"漁父""洛陽少年"這樣的不知姓名之人，同一朝代之"佚名"算作一人。

共有1 278篇。① 這其中共有200人兼有詩、賦傳世,他們寫下的詩有4 023首,賦有1 004篇。

如果作一歷時分佈,可得表1.1:

表1.1 魏晉南北朝各朝代詩賦作者、作品數量分佈與作品比例②

朝代(時長)③	詩人/賦家/兼有詩賦者	詩作數	賦篇數	賦詩數量比	年均詩作	年均賦篇
三國(84)	39/50/22	526	256	0.486 692	6.261 905	3.047 619
兩晉(155)	194/144/70	1 052	583	0.554 183	6.787 097	3.761 29
劉宋(60)	59/39/26	583	92	0.158 076	9.716 667	1.578 045
南齊(22)	44/16/8	314	31	0.098 726	14.272 73	1.409 091
蕭梁(55)	165/50/39	2 029	170	0.083 785	36.890 91	3.090 909
陳(32)	72/13/10	559	22	0.039 356	17.468 75	0.687 5

---

① 此統計據:逯欽立輯校《先秦漢魏晉南北朝詩》(北京:中華書局,1983年);〔清〕嚴可均校輯《全上古三代秦漢六朝文》(北京:中華書局,1958年);程章燦著《魏晉南北朝賦史》(南京:江蘇古籍出版社,2001年)之《附錄(一) 先唐賦輯補》與《附錄(二) 先唐賦存目考》。逯、嚴之輯錄,有失收、錯收處,後人多有考辨;學者們近年針對先唐詩賦,又有不少新的輯補;這裏對這些新成果未能逐一納入考察,是一遺憾,謹此說明。同時,程章燦對唐前有題目而無内容的賦作也作了全面鉤稽,因其中許多賦題乃從正史中鉤沉而得,而本書第二章專門考論二史八書之引詩、引賦,故對賦家、賦篇的統計包含了這些僅留存題目的作家作品。魏晉南北朝詩中也有一些僅存題目的詩篇,這一工作陳尚君已有推進,但其書尚未出版。限於時間和能力,這裏并未在統計中納入這一部分的詩篇,所以此處祇用逯輯《先秦漢魏晉南北朝詩》對詩歌進行計算,在詩賦之間難免有些不夠"公平"。參看陳尚君《〈先秦漢魏晉南北朝詩〉校訂釋例》,載《古籍整理研究學刊》2007年第1期。此外,本項統計係手工操作完成,難免會有錯漏。
② 嚴可均、程章燦共輯出"先唐賦"21篇(由17人創作),這17人的21篇作品,計入總數而未計入表1.1。同時,王褒、庾信等由南入北的文人,本表依循慣例,算作北朝作家和作品,儘管他們的許多篇章創作於南朝。
③ 表1.1在朝代之後標註了各朝代的大致時長(單位爲年),簡單說明時長推算過程如下,三國:漢建安元年(196)至晉太康元年(280)晉滅吴(案:太康元年不計入,下同),共84年;兩晉:晉泰始元年(265)至宋永初元年(420),共155年;劉宋:宋永初元年(420)至南齊建元元年(480),共60年;南齊:南齊建元元年(480)至梁天監元年(502),共22年;蕭梁:梁天監元年(502)至陳永定元年(557),共55年;陳:陳永定元年(557)至隋開皇九年(589)隋統一南北,共32年;北三朝:北魏泰常五年(420)至隋開皇元年(581),共161年;隋:隋開皇元年(581)至唐武德元年(618),共37年。北三朝合計161年。參看方詩銘編著《中國歷史紀年表(修訂本)》(上海:上海人民出版社,2007年),頁43—82。三國的時段上限未循一般標準取曹丕稱帝(220)而是上溯至建安元年(196),是循逯欽立分段,爲了完整納入三曹與七子。

續　表

朝代(時長)	詩人/賦家/兼有詩賦者	詩作數	賦篇數	賦詩數量比	年均詩作	年均賦篇
北三朝①(161)	89/36/14	499	63	0.126 253	3.099 379	0.391 304
隋(37)	86/25/11	327	40	0.122 324	8.837 838	1.081 081

爲了更加直觀地呈現不同朝代間作者和作品數量的分佈，再製作圖1.2、圖1.3與圖1.4於下：

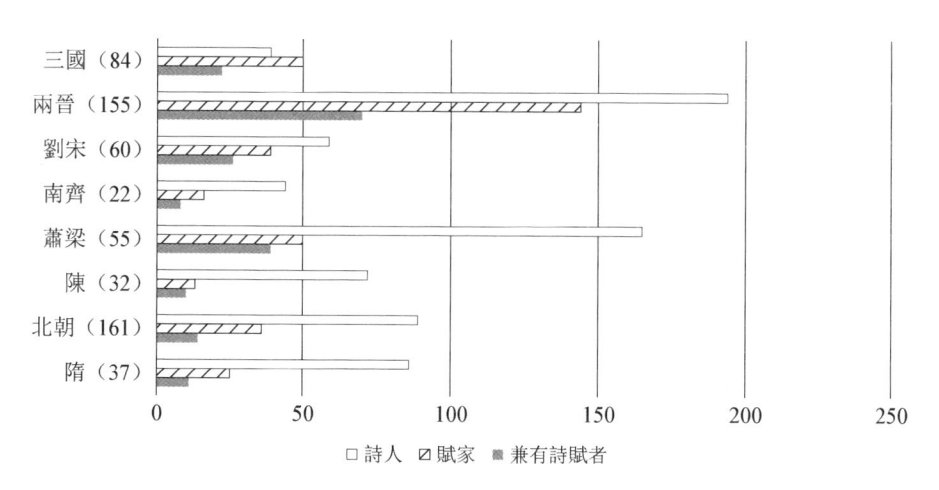

圖1.2　魏晉南北朝朝代間詩人、賦家數量分佈

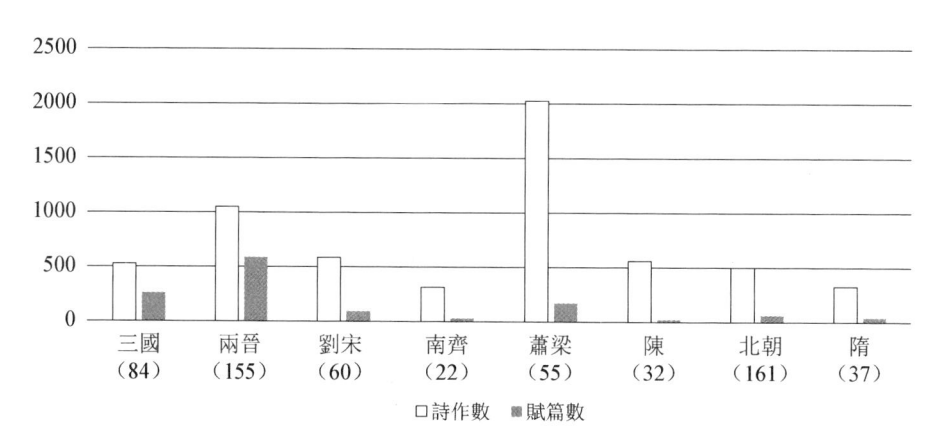

圖1.3　魏晉南北朝朝代間詩、賦篇章數量分佈

---

① 這裏將北魏(後魏)、北齊、北周(後周)三個朝代統一計算，簡稱"北三朝"。

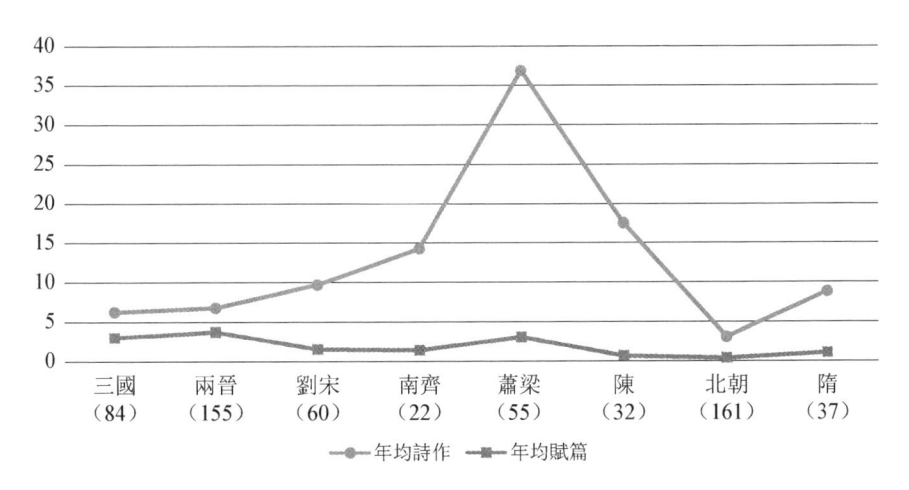

图1.4 魏晋南北朝朝代间年均诗、赋篇章数量

中古文献历经上千年的流传，祇有零散的留存，我们今日所见的诗赋作品，主要依赖《文选》《玉台新咏》等有限的当时总集和同样有限的个别作家别集，以及《艺文类聚》《北堂书钞》《太平御览》《文苑英华》等唐宋类书与明人重新整理的汉魏六朝别集、《诗纪》等文献而保存，大量作家祇有个位数的作品存世，祇保存有一二篇的也不在少数，[①]有的作家更是祇有一两句诗、赋作品传世。[②] 因此，我们现在统计而得的作者、作品数量，祇能是当时作者、作品全貌之一部分（至於这一部分究竟是一大部分，还是一小部分，尚难下定论）。在大量作者祇流传几篇作品的同时，部分重要作者（如曹植、陶渊明、庾信等）却有比较多的作品存世，故而以上的计算并未统计每一朝代诗人、赋家的平均作品数，因为这与当时的实际情况之间必然存在极大的偏差。

在传世作者、作品数量与当时全貌距离较大，同时不同作者留存的作品的完整程度差异极大的情况下，以上的统计是否有意义？若有，又在何种层面上存在意义？实际上，考察各朝代留名的作家总数、保存的作品总数和相应的诗赋比例，并根据这三个数据作历时描述，仍然是有意义的。这是因为：虽然总集、类书在选录作品时各有标准（如《文选》以出於个人撰作的单篇"美文"为标准）和目的（如《初学记》为辅助皇子作文而成），但祇要不偏

[①] 这些作者，有的在《隋书·经籍志》中著录有他们的集子，或为数卷，或更多，由此可推测他们当时结集的诗赋作品远远多於今日能见的寥寥数篇。

[②] 在统计诗歌数量时，我将不能明确判定为出自同一作品的无诗题残句，都算作单独的一首诗。

重於某一時期,那麽朝代間的比例變化情況還是比較接近實際情況的。①同時,雖然《玉臺新詠》是專門的詩歌總集,但是保存魏晉南北朝詩賦最多的幾種唐代類書(其中《藝文類聚》最爲重要),都兼收詩賦,而《玉臺新詠》收詩數量比較有限,故而今存詩賦之間的比例,也應該是比較接近當時實際情況的。

在論證了現存詩賦作者、作品數量在何種層面上有意義之後,還需要討論上文以朝代作爲分期單位的合理性。朝代是政治史斷限的直接單位,文學的演變與王朝興亡、政權更迭決不可能完全同步。然而在處理魏晉南北朝數百年間的詩賦作品時,以朝代作爲斷限單位,仍然最合理而可行的,這是因爲:第一,儘管許多學者嘗試作了不同於常見的朝代分期法的其他分期,但具體到魏晉南北朝文學這一段,一種不同於朝代斷限而有説服力的分期法,并未出現;②第二,儘管政治和文學是相對獨立的兩個範疇,但是"在中國社會中政治對文學影響極大",③而在魏晉南北朝時期,詩賦作者主要爲精英文士,朝代更迭帶來的政治變化對他們更是有直接影響,故而朝代分期有其内在合理性;第三,對魏晉南北朝時期的詩賦作品精確繫年是極其困難的,很多作者的生卒年已無法具體考訂,遑論具體作品的可能創作時間。因此,用朝代作爲分期的基本單位,在操作上實乃唯一可行之法。④

故而根據以上基於朝代分期的數量統計和圖表,可以對魏晉南北朝詩賦二體的文學史演進作這樣的宏觀描述:

成熟并繁盛於漢代的賦,在魏晉時期仍然保持了繁榮的態勢,今日可以考知名姓的三國賦家數量多於詩人,兩晉賦家數量雖然少於詩人,但賦、詩篇數比還高於三國時期,超過了50%。相應地,雖然漢代也有爲數不少的樂

---

① 相比孤立的數量,賦詩比更能説明問題;而相比孤立的賦詩比,各朝代比例間的變化狀況更有説服力。
② 如致力於文學史研究的章培恒在他晚年主編的《中國文學史新著》中採用了比較新穎的分期法,他"着眼於在人性的發展制約下的文學的美感及其發展",將現代以前的中國文學史分爲三個階段(上古文學、中世文學、近世文學),而"中世文學"階段又包括三期,"近世文學"階段則包括五期。不過,在這一細密的宏觀分期中,魏晉南北朝時期整體上被歸入第二階段的第二期(即"中世文學·拓展期",具體的時限爲建安至"安史之亂")之中,而在具體敘述這一時期文學的時候,《中國文學史新著》仍然以"建安""魏晉""南北朝"來展開。參看章培恒、駱玉明主編《中國文學史新著》(上海:復旦大學出版社,2007年)的《目録》及《導論》。
③ 駱玉明語,參看駱玉明《簡明中國文學史》(上海:復旦大學出版社,2004年),頁2。在這部文學史的《序》中,作者對朝代分期法的合理性有精要的評析。
④ 關於文學史分期的原理以及"斷代爲文學史"的合理性,錢鍾書在《中國文學小史序論》中已有辨正,見前引《人生邊上的邊上》,頁97—99;并參看張健《〈中國文學小史序論〉與錢鍾書的文學觀》,載《北京大學學報》2014年第2期,頁57—70。

府詩和成就極高的文人五言詩,但就總體的數量、質量和詩歌題材、體裁等方面而言,兩漢詩之發展,尚不成熟,①建安以後,詩,尤其是五言詩吸引了大量文人的注意,三國到晉,詩人數量增幅極大,詩篇數量也有一定增幅,②魏晉時期,詩歌在不斷發展壯大。不過,考慮到一篇賦的篇幅一般遠遠超過一首詩,可以認爲,魏晉時期辭賦創作比詩歌創作繁盛許多,是當時文人傾注心血的第一文體。兩晉賦的繁榮,其實在南朝就受到了充分認識,《文選》所收歷代賦作中,西晉賦數量最多,兩晉賦的總數也僅比兩漢賦少三篇。③應該説蕭統對辭賦發展的把握相當準確。

　　詩賦創作的重心在晉宋之際發生了明顯的轉移,南北朝時期(包括隋)的賦作總數不及魏晉時期(而南北朝的時長比魏晉多了一百多年),而賦詩比更是急劇下降,宋齊梁陳四朝,賦詩比持續下降,遠低於魏晉時期的賦詩數量比。南齊、蕭梁與陳三代之賦詩比,皆在10%以下,北朝和隋之賦詩比雖略高於10%,但仍是近於南朝而遠不及魏晉。就詩賦創作來看,晉宋之間確實發生了重大變化。在這個意義上,一般的文學史將"魏晉"和"南北朝"分爲相對獨立自足的兩段,實是持之有故。④

　　南北朝賦詩比急劇下降的主要原因,并非賦作的減少,而是詩作的顯著增加(由圖1.4可知)。相較而言,南朝方面,賦作數量在劉宋和南齊下降較快,至蕭梁有所提升,比較接近魏晉的情形,陳代則又跌落,總數和年均數量都比宋齊之時更少。北朝賦作數量始終很少,不過北朝詩數量同樣有限,這與北朝更加動盪的局勢以及相對衰弱的文化風氣息息相關。統一南北的隋

---

① 這裏的"成熟"與否是一種文學史發展的事實描述,而非價值判斷。就價值判斷而言,不論是鍾嶸《詩品》,還是嚴羽《滄浪詩話》、明代復古派詩論家,他們都很推崇所謂"蘇李詩"和《古詩十九首》,認爲這些漢詩達到了極高的審美水準。就審美價值而言,漢詩已經達到了一個高峰,但這並不是詩體演進意義上的"成熟"。

② 這裏所謂"增長",并不是説兩晉存詩數量多於三國,而是考慮到兩晉和三國的時長,兩晉持續時間(155年)不及三國時期(84年)的兩倍,但兩晉詩人數量(194人)卻是三國時期的(39人)近五倍。而如果將不同時期的詩篇總數除以這一時期的持續年份,三國時期的年均詩作數爲6.26首,兩晉時期則爲6.79首,也有增長。當然,這種比較祇考慮了詩作總數量和朝代年份的關係,忽略了影響文學作品數量的衆多要素,祇能從一個側面反映問題。

③ 《文選》收錄先秦至梁的歷代辭賦,其中西晉15篇,東晉2篇,西漢8篇,東漢12篇,就一朝一代而言,蕭統收錄西晉賦最多。傅剛對此現象評論説:"漢賦的成就是後人所公認的,但對西晉賦的評價如此之高,是我們没有想到的。"其實,考慮到兩晉(尤其是西晉)賦的繁榮程度,蕭統的舉措可說相當合理。見傅剛著《〈昭明文選〉研究》(北京:中國社會科學出版社,2000年),頁231。

④ 如影響頗大的由中國社會科學院文學研究所總纂之"中國文學通史"系列,就有獨立成書的《魏晉文學史》(徐公持編著,北京:人民文學出版社,1999年)與《南北朝文學史》(曹道衡、沈玉成編著,北京:人民文學出版社,1991年)。至於本書屢屢徵引的各種詩歌史、辭賦史,也都將魏晉和南北朝分開并認爲其間存在着轉折。

代,不論是詩、賦總數量,還是年均數量,以及賦詩比,都在南北之間。

南北朝時期特別值得注意的是蕭梁時期,蕭梁王朝穩定時間較長,"文"風尤盛。① 這一時期的詩、賦創作相當發達,其中詩之創作異常引人注目,不論是總的詩人數、詩篇數還是年均詩篇數,蕭梁王朝都遠多於之前的劉宋、南齊和之後的陳、隋。同時,較諸宋齊,蕭梁王朝的辭賦創作也要昌盛許多,年均賦篇數接近魏晉的水準。不過因爲詩歌數的陡然增多,蕭梁時期的賦詩比仍然在宋齊梁陳的連續下降線之中。

綜上所述,魏晉南北朝詩賦之演進,以晉宋爲界,可以分爲兩個重心不同的階段:魏晉時期重心在賦,南北朝時期重心在詩。魏晉和南朝,詩賦創作都保持了繁榮的態勢,北朝則相對貧瘠。由這一事實描述可以進一步引申:漢代已經成熟的辭賦在魏晉時期進一步張揚其"活力",至南北朝則較少"活力",基本維持在原先的"生命狀態";與此同時,南北朝(主要是南朝)文士將更多心血和才智傾注到了原本就"茁壯生長"的詩歌(主要是五言詩)上,這就使得詩之"活力"在南朝迸發得更爲熱切。

後面的章節還會從題材、體式等方面進一步證明上面的宏觀描述和引申。②

第二節 "重要"作者之分析

以上分析偏重於從作品數量方面,以朝代爲基本單位展開文學史的宏觀描述,下面不妨縮小角度,從人的角度再對這一時段的詩賦發展史作透析。

本節首先關注重要作家,文學是一種審美活動,故而文學史必然蘊含着審美上的價值判斷,文學史之血肉,就是由重要作家構成的。不同的文學史、詩史和賦史,都通過集中述評若干重要作家和作品的方式來展開史的敘述,而不同的通/斷代文學史、詩史、賦史對於魏晉南北朝時期的重要作家、詩人、賦家的認定是比較一致的。這裏想在各家史著的基礎上,用更爲枯燥

---

① 田曉菲對這一時期的文學與文化有出色的描繪,參看田曉菲著《烽火與流星——蕭梁王朝的文學與文化》(北京:中華書局,2010年)。
② 王琳在《六朝辭賦史》中對魏晉南北朝詩賦的作者、詩歌卷數和作者篇數有簡要的數據比對,參看王琳著《六朝辭賦史》(哈爾濱:黑龍江教育出版社,1998年),頁21—24。日本學者網祐次在其《中國中世文學研究—南齊永明時代を中心として》(東京:新樹社,1960年)中曾統計過《文選》中不同朝代的詩賦選錄情況并得出與上文類似的結論,網祐次的研究係朱剛與李棟提示,謹此致謝。

的標準——數量來作一觀測,以考察重要作家的詩賦創作情況與現存所有作家所反映的情況是否一致。

如果將存詩數大於等於十首或存賦數大於等於五篇作爲標準,[①]并適當增補少量在後來文學史中較爲重要的作家,[②]可得表1.5:

表1.5 魏晉南北朝"重要"作者詩賦創作數量簡表

時　代	作　者	詩　數	賦　數	賦　詩　比
三國	曹操	23	4	0.173 913
	王粲	26	31	1.192 308
	陳琳	5	11	2.2
	劉楨	26	7	0.269 231
	徐幹	5	13	2.6
	阮瑀	14	4	0.285 714
	應瑒	6	無	
	繁欽	8	13	1.625
	曹丕	55	30	0.545 455
	曹叡	18	1	0.055 556
	曹植	130	61	0.469 231
	楊修	無	7	
	應璩	36	無	
	鍾會	無	5	
	嵇康	32	6	0.187 5

---

① 這兩個數字的依據是:由上文之數據可知,魏晉南北朝時期詩人的人均存詩數爲七首多,賦家的人均存賦數爲三篇多,以上的十首和五篇就是在平均數上稍作增加而得。這個數據是爲了比較寬泛地遴選相對重要的作者,表1.5中的一些人,不論是在古人的評論,還是在今人的文學史敘述中,都是被一筆帶過的。
② 存詩不足十首且存賦不足五篇而被列入表1.5中的文人共四位:應瑒("建安七子"之一)、袁淑(其"俳諧文"較受今人重視)、邢邵("北地三才"之一)、顔之推(《顔氏家訓》爲後人推重,《觀我生賦》亦屬大手筆)。

续表

时代	作者	诗数	赋数	赋诗比
三國	阮籍	98	6	0.061 224
	劉劭	無	6	
	繆襲	無	5	
	楊泉	無	6	
兩晉	傅玄	97	60	0.618 557
	成公綏	5	29	5.8
	夏侯湛	10	25	2.5
	傅咸	20	36	1.8
	孫楚	8	19	2.375
	張華	45	8	0.177 778
	潘岳	25	23	0.92
	束皙	6	5	0.833 333
	石崇	10	無	
	陸機	119	36	0.302 521
	陸雲	34	11	0.323 529
	嵇含	4	18	4.5
	左芬	2	7	3.5
	左思	15	6	0.4
	張載	21	8	0.380 952
	張協	15	7	0.466 667
	曹攄	11	3	0.272 727
	摯虞	6	6	1
	潘尼	29	14	0.482 759

續　表

時　代	作　者	詩　數	賦　數	賦　詩　比
兩晉	王廙	1	6	6
	李充	3	5	1.666 667
	李顒	7	6	0.857 143
	郭璞	30	10	0.333 333
	庾闡	20	9	0.45
	江逌	3	6	2
	盧諶	10	11	1.1
	王彪之	4	6	1.5
	王沈	無	5	
	曹毗	9	13	1.444 444
	孫綽	13	3	0.230 769
	顧愷之	3	8	2.666 667
	湛方生	12	2	0.166 667
	陶淵明	124	3	0.024 194
	支遁	18	無	
劉宋	傅亮	4	6	1.5
	謝靈運	101	15	0.148 515
	謝惠連	34	5	0.147 059
	何承天	15	1	0.066 667
	袁淑	7	4	0.571 429
	劉鑠	10	1	0.1
	劉駿	27	2	0.076 923
	顏延之	34	5	0.147 059

續　表

時　代	作　者	詩　數	賦　數	賦　詩　比
劉宋	湯惠休	11	無	
	劉義恭	13	4	0.307 692
	謝莊	17	4	0.235 294
	鮑照	205	10	0.048 78
	吳邁遠	11	無	
南齊	王融	76	2	0.026 316
	謝朓	146	9	0.061 644
	陸厥	11	無	
蕭梁	蕭衍	95	4	0.042 105
	范雲	42	無	
	江淹	126	31	0.246 032
	任昉	20	3	0.15
	丘遲	11	2	0.181 818
	虞羲	13	無	
	沈約	185	11	0.059 459
	柳惲	18	無	
	何遜	116	2	0.017 241
	吳均	147	7	0.047 619
	王僧孺	39	1	0.025 641
	張率	24	3	0.125
	蕭統	33	8	0.242 424
	蕭子顯	18	1	0.055 556
	劉孝綽	69	無	

續　表

時　代	作　者	詩　數	賦　數	賦　詩　比
蕭梁	劉緩	12	1	0.083 333
	張纘	3	7	2.333 333
	劉孝威	60	無	
	劉孝儀	12	無	
	蕭子範	10	5	0.5
	蕭綱	285	24	0.084 211
	庾肩吾	89	無	
	王筠	50	2	0.04
	蕭繹	123	9	0.073 171
	江洪	18	無	
	費昶	17	無	
	王臺卿	18	無	
	朱超	18	無	
	戴暠	10	無	
	蕭詧	10	4	0.4
	沈君攸	10	無	
	王金珠	15	無	
	沈滿願	12	無	
陳	沈烱	18	2	0.111 111
	陰鏗	34	無	
	周弘正	14	無	
	顧野王	10	5	0.5
	張正見	92	3	0.032 609

續　表

時　代	作　者	詩　數	賦　數	賦　詩　比
陳	陳叔寶	95	無	
	徐陵	42	1	0.023 81
	劉刪	10	無	
	江總	103	9	0.087 379
北三朝	温子昇	11	無	
	邢邵	9	1	0.111 111
	魏收	16	5	0.312 5
	蕭慤	17	1	0.058 824
	顔之推	6	3	0.5
	王褒	48	無	
	庾信	259	18	0.069 498
楊隋	盧思道	28	2	0.071 429
	辛德源	11	1	0.090 909
	楊廣	44	2	0.045 455
	薛道衡	21	1	0.047 619
	王胄	20	無	
	虞世基	18	1	0.055 556
	孔德紹	11	無	

表 1.5 列出作者 125 人,其中兼有詩賦者 89 人。表中所列人物,衹是比較重要的作者,①文學史上會專門述及之人,基本在其中,也有很多被各種文

---

① 因爲這個基於數字指標的作者群體衹是相對重要,下文在稱呼這一群體時,於"重要"這個修飾語之上都另加引號。

學史一筆帶過的人物。①

圍繞着這些"重要"作者,我們可以先作斷代分析,如果以這些作者爲對象,計算各朝代間的詩賦數量和賦詩比,并與整體情況作對比,可得表 1.6:②

表 1.6　魏晉南北朝"重要"作者朝代間詩賦創作數量與比例

朝代	"重要"作者賦作數	"重要"作者詩作數	"重要"作者賦詩比	所有作者賦詩比
三國	215	482	0.446 058 09	0.486 692
兩晉	414	739	0.560 216 51	0.554 183
宋、齊	68	722	0.094 182 83	0.137 124
蕭梁	125	1 728	0.072 337 96	0.083 785
陳	20	418	0.047 846 89	0.039 356
北三朝	28	366	0.076 502 73	0.126 253
楊隋	7	153	0.045 751 63	0.122 324

這裏值得專門討論的是兩組"賦詩比"(表 1.1 與表 1.6)之間的比對,雖然數字不同,但兩組"賦詩比"的歷時趨勢是一致的,即都是在兩晉達到了最高值,在南北朝則逐代下降。縱向趨勢上的一致之外,兩組"賦詩比"的橫向對比也值得注意,"賦詩比"最高的兩晉時期,"重要"作者的"賦詩比"數值和"所有作者賦詩比"最爲接近且更高,這進一步證實了辭賦在兩晉文士那裏最崇高的地位。而宋齊梁三朝的"重要"作者賦詩比不僅持續下降,而且數據比同期的"所有作者賦詩比"還要低,這也進一步證實了詩歌創作在南朝越來越成爲文士創作的重心,至蕭梁達到頂峰。③

---

① 文學史上自然還有如張若虛這樣憑借着"孤篇橫絶"的《春江花月夜》而"竟爲大家"的作家(類似的還有王之渙等),但這畢竟是少數情況,而且這種"以少勝多"的特殊情況,是否對時代和文體有要求? 這是另一個需要思考的問題。對於大部分時代和大部分作者來説,一定的作品數量積累是成爲重要作家的必要條件(但不是充分條件)。
② 此處將劉宋和南齊并爲一個時期,與表 1.1 不同,這是因爲南齊享國時間有限,表 1.5 中衹有三位南齊作家,而且有謝朓這樣一位留存作品頗多的大人物,故而如單獨將南齊列出,其數據很不能説明問題。
③ 還可以説明的是,"'重要'作者賦詩比"應當比"所有作者賦詩比"更接近歷史原本狀態,因爲作賦比作詩更耗費時間精力,不論質量的話,生產一首詩比生產一篇賦要便捷很多。而如果一個作者衹流傳下了很有限的詩作和賦作,除非此人當時就以集中作賦著稱,否則的話,根據極少數的現存詩賦作品(在我的統計中,不符合表 1.6 的數量標準的,就可看作"極少")而得的"賦詩比",肯定是放大了賦的比重的。

朝代間的比對之外,還可以看具體作者的詩賦創作情形在不同時代有何差異。這裏可以集中觀察兩種"極端"狀態——"有賦無詩"和"有詩無賦"的分佈情况。表1.5中,三國時期"有詩無賦"者二人(應瑒、應璩),"有賦無詩"者五人(楊修、鍾會、劉劭、繆襲、楊泉);兩晉"有詩無賦"者二人(石崇、支遁),"有賦無詩"者一人(王沈);南朝"有詩無賦"者二十二人(湯惠休、吳邁遠、陸厥、范雲、虞羲、柳惲、劉孝綽、劉孝威、劉孝儀、庾肩吾、江洪、費昶、王臺卿、朱超、戴暠、沈君攸、王金珠、沈滿願、陰鏗、周弘正、陳叔寶、劉刪),不存在"有賦無詩"者;北三朝與隋代"有詩無賦"者四人(温子昇、王褒、王胄、孔德紹),也不存在"有賦無詩"者。

"重要"作者的"有賦無詩"和"有詩無賦"也能反映出詩賦二體在文士中創作重心的轉移,三國時"有賦無詩"之人多於"有詩無賦"之人,這種情况後來再也没有出現過,兩晉文士詩賦并重,南北朝時期詩歌創作更爲繁榮,不再存在"有賦無詩"的"重要"作者。

尤其值得注意的是,南朝,特别是梁代的"有詩無賦"之人中,有不少人在當時以及後來都佔據比較高的文學史地位,如陰鏗、庾肩吾等,①他們留存下來的詩作數量都比較可觀(遠在十首之上),相信他們當時也創作有一定數量的賦篇,但是作賦并不是他們的文學活動重心所在,不僅數量不多,而且質量不高或不受重視,故而未能留存。可以説,陰鏗、庾肩吾以及何遜、徐陵等人,乃是以比較純粹的"詩人"身份赢得一定的文學史地位,這在此前并不多見。② 同時,我們可以看到梁代劉孝綽、劉孝威、劉孝儀三人都"有詩無賦"且存詩不少,三劉同出彭城劉氏家族,在當時就頗有文名,卻都"有詩無賦"。不妨再觀察一下彭城劉氏家族的其他人物:劉繪和劉令嫻都存詩八首且無賦作傳世,劉苞存詩二首且無賦作傳世,衹有劉孺存詩二首、賦一篇。③ 如此情形恐怕不能完全歸因於文獻散佚導致賦作未能保存,這多少反映了彭城劉氏家族普遍有重詩輕賦的傾向吧。④

通過對陰鏗等人和彭城劉氏家族的簡單討論,不妨認爲,南朝時期的文

---

① 再者,像何遜、徐陵這樣衹留存有一篇賦的作者,和"有詩無賦"者并無很大差别。
② 在他們之前還有陶淵明,第七章第一節有專門論説。
③ 據《梁書》卷四十一《劉孺傳》,劉孺作有《李賦》,但我們今日已無法看到此賦,僅存一題。
④ 關於彭城劉氏家族的文學,已經有了不少研究成果,主要集中在討論他們的詩歌創作上,如張静《劉孝綽、劉孝儀、劉孝威的詩歌比較研究》(河北大學碩士學位論文,2006年)、王婷婷《南朝彭城劉氏家族與文學》(復旦大學碩士學位論文,2010年)、李凱娜《彭城劉氏家族與齊梁文學研究》(浙江大學碩士學位論文,2013年)、周鋼《南朝彭城安上里劉氏家族文學研究》(西北師範大學碩士學位論文,2013年)。劉氏家族之外,關於劉孝綽這一齊梁時期重要作家的研究成果更是十分豐富,遠非上述學位論文所能涵蓋,此處不再列舉。

士,完全可以僅僅憑藉着詩歌創作而贏得當時及身後之名聲,這種現象,在此前是基本不存在的。甚至可以誇張點地説,比較純粹的"詩人"(即純粹或主要憑藉詩贏得文學史地位之人),乃是晉宋之際才出現的。

不過,辭賦在南北朝仍然保持了一定的生命力(祇是不如詩歌旺盛),南北朝之辭賦創作,在形式和内容上都有新變,也產生了許多文學史上繞不過去的重要作品。僅就數量而言,也有江淹、蕭綱這樣的作賦"大户",①不過和前代相比,從"重要"作者的創作量來看,辭賦創作的活力確是大大降低了。

以上對作品數量留存較多的作家的討論,進一步證實了上一節的結論:魏晉時期詩賦創作的重心是賦;南北朝時期詩賦創作的重心則是詩。下面則特別關注與"重要"作者不同的三個群體:"邊緣"作者。

第三節　三個特殊群體:皇族、釋道與女性

上文所述"重要"作者無疑是文學史的主流人物。與"重要"作者構成對立的應當是詩作數量少於十首且賦作數量少於五篇的作者群,但這個群體太過龐大,很難作有效的討論,故下面祇討論三個"非主流"群體。

魏晉南北朝時期的作者身份并不像宋代以後那麽豐富,基本上都是士人(故本書多用"文士"一詞),上述"重要"作者更是鮮有例外。以"文士"作爲主流之標準,本節選取了三個群體,作爲"非主流"之代表,那就是皇族、釋道和女性作者。

需要説明的是,此處的"非主流"是根據作者身份不同於"文士"這一標準來定義的。而不同身份之人自然都可以進行文學創作,魏晉南北朝皇族中的曹氏父子、蕭氏父子在文學史上享有盛譽,自不待言(所以下文將通過數據比對定義"皇族作者"爲"半邊緣群體")。僧人中的支道林(支遁)也在詩歌發展史上佔有一席之地,女性作者中,也有幾位出現在表1.6中。祇是作爲群體而言,皇族、釋道和女性作者,確實比較特殊,也不是文學家之主流。因此下面將主要在群體的意義上展開討論。

簡單統計魏晉南北朝時期皇族、釋道和女性作者的詩賦留存情況,可得以下三表:

---

① 南朝不同文士對詩賦重視程度之不同,可以作爲觀察當時文壇不同觀念和風氣的一個着眼點,第七章將集中討論這一問題。

表 1.7　魏晉南北朝皇族作者詩賦數量簡表

時　代	作　者	詩　數　量	賦　數　量
三國	曹操	23	4
	曹丕	55	30
	曹叡	18	1
	曹植	130	60
	曹彪	1	
	曹髦	2	1
兩晉	司馬懿	1	
	司馬紹		1
	司馬無忌		1
	司馬曜	1	
	苻融		1
	李暠		3
劉宋	劉義隆	3	
	劉義慶	2	3
	劉鑠	10	1
	劉駿	27	2
	劉義恭	13	4
南齊①	蕭道成	2	
	蕭鋒		1
	蕭賾	1	

---

① 蕭子顯等人生活在梁朝,此處因他們爲蕭道成後人而計入南齊。

續　表

時　代	作　者	詩數量	賦數量
南齊	蕭長懋	1	
	蕭子良	6	1
	蕭子隆	1	
	蕭子恪		1
	蕭子顯	18	1
	蕭子雲	6	2
	蕭子暉	4	3
	蕭子範	10	5
蕭梁	蕭衍	95	4
	蕭鈞	1	
	蕭統	33	8
	蕭推	1	
	蕭紀	6	
	蕭綱	285	24
	蕭綸	8	1
	蕭繹	123	9
	蕭正德	1	
	蕭曄	1	
	蕭詧	10	4
	蕭欣	1	
	蕭祗	2	
	蕭放	2	

續 表

時　代	作　者	詩數量	賦數量
蕭梁	蕭愨	17	1
	蕭轂	1	
	蕭撝	5	
	蕭賁	1	
	蕭琮	1	
	蕭大圜		1
北三朝	元宏	2	
	元順		1
	元勰	1	1
	元翊	1	
	元子攸	1	
	元恭	2	
	元熙	1	
	元偉		1
	高延宗	1	
	宇文毓	3	
	宇文贇	1	
	宇文招	1	
	宇文逌	1	

續　表

時　代	作　者	詩數量	賦數量
陳	陳叔寶	95	
楊隋	楊堅	1	
	楊廣	44	2
	楊侗	1	
	楊溫		1

表 1.8　魏晉南北朝釋道作者詩賦數量簡表

時　代	作　者	詩數量	賦數量
兩晉	康僧淵	2	
	佛圖澄	1	
	支遁	18	
	鳩摩羅什	1	
	釋道安	1	
	釋慧遠	1	
	廬山諸道人	1	
	廬山諸沙彌	1	
	史宗	1	
	帛道猷	1	
	竺僧度	1	
	釋道寶	1	
	竺法崇	1	
	竺曇林	2	

續 表

時　代	作　者	詩數量	賦數量
兩晉	葛洪	5	1
	支曇諦		2
南齊	釋寶月	3	
蕭梁	釋寶誌	4	
	釋智藏	1	
	釋惠令	1	
	惠慕道士	1	
	僧正惠侃	2	
	釋法雲	1	
	桓法闓	1	
	周子良	6	
北三朝	惠化尼	1	
	釋亡名	6	
	無名法師	1	
	尚法師	1	
	釋慧命		1
	釋慧曉		1
陳	釋惠標	8	
	曇瑗	1	

續　表

時　代	作　者	詩數量	賦數量
陳	釋洪偃	3	
	釋智愷	1	
	高麗定法師	1	
楊隋	僧法宣	2	
	釋慧淨	5	
	釋智炫	1	
	慧曉	1	
	釋玄逵	2	
	釋靈裕	2	
	釋智命	1	
	釋智才	1	
	曇延	1	
	沸大	2	
	釋慧輪	1	
	釋慧英①	0	
	無名釋	1	
	釋真觀		2
	李播		1

---

① 《先秦漢魏晉南北朝詩》頁 2778 輯録有釋慧英《一三五七九言詩》，但據戴偉華、張伯偉考證，此詩乃唐僧義净之作，此處從其説，在列表時爲存《先秦漢魏晉南北朝詩》原貌，暫且列出"慧英"之名，但其詩歌數以 0 標示（本書開頭部分的作者作品數量統計，也并未計入所謂"釋慧英"其人其詩）。參看戴偉華《義净詩二首探微》，載《華南師範大學學報》2003 年第 3 期；及張伯偉《"文化圈"視野下的文體學研究——以"三五七言體"爲例》，載《中國社會科學》2015 年第 7 期。

表 1.9　魏晉南北朝女性作者詩賦數量簡表

時　代	作　者	詩數量	賦數量
三國	甄皇后	2	
	丁廙妻		1
兩晉	綠珠	1	
	翾（翔）風	1	
	左芬	2	7
	蘇伯玉妻	1	
	謝道韞	3	
	謝芳姿	2	
	王氏	1	
	辛蕭	1	
	李氏	1	
	蘇若蘭	1	
	楊苕華	1	
	鍾琰		2
	陳窈		1
	陳玢		1
	王劭之		2
	孫瓊		2
	羊氏		1
劉宋	鮑令暉	7	

續　表

時　代	作　者	詩數量	賦數量
南齊	韓蘭英	1	1
蕭梁	王金珠	15	
	包明月	1	
	王氏	2	
	劉氏	3	
	劉令嫻	8	
	沈滿願	12	
北三朝	文明太后馮氏	1	
	謝氏	1	
	陳留長公主	1	
	馮淑妃	1	
	崔氏	1	
陳	沈后	1	
	樂昌公主	1	
	陳少女	1	
楊隋	蕭皇后		1
	大義公主	1	
	丁六娘	6	
	李月素	1	

續 表

時　代	作　者	詩數量	賦數量
楊隋	羅愛愛	1	
	秦玉鸞	1	
	蘇蟬翼	1	
	張碧蘭	1	
	侯夫人	7	

皇族、釋道和女性三個群體，互有交集，如皇后、公主自然兼有皇族、女性兩重身份，而女尼（如惠化尼）則兼有女性、釋道兩重身份。上面的統計，將皇族女性祇計入女性表（表1.9），女性釋道則祇計入釋道表（表1.8）。

據表1.7，留存作品至今的皇族作者共66人（其中詩人56人，賦家33人，兼有詩賦者23人），存詩1084首，存賦184篇。據表1.8，留存作品至今的釋道作者共50人（其中詩人45人，賦家6人，兼有詩賦的祇有葛洪一人），存詩101首，存賦7篇。據表1.9，留存作品至今的女性作者共44人（其中詩人36人，賦家9人，兼有詩賦的祇有韓蘭英一人），存詩93首，存賦12篇。

這三個作者群體中，"皇族作者"群體創作（及流傳保存）較多，他們的平均詩賦創作數都在表1.5所據標準之上，這一群體中兼有詩賦的作者很多，在整體中所佔的比例也高。其中魏之曹氏家族和梁之蘭陵蕭氏家族更是名家輩出，曹植可以説是整個魏晉南北朝最重要的作家，曹丕、蕭綱等人也是極爲重要的文學人物。[1] "皇族作者"群體中雖不乏大家名家，卻也有不少留下有限作品（且并非爲主要審美而作）的人，因此這個群體不妨被看作"半邊緣群體"。而"釋道作者"和"女性作者"群體，不僅平均詩賦數量少於"皇族作者"群體，而且兼有詩賦作者的數量和比例更是低了許多，可以説，這兩個群體，是當時作者中比較典型的"邊緣群體"。下面就對這三個群體中那些創作量有限的"邊緣人物"的具體情況略加展開，以窺視詩賦二體在不同作者群體中的不同情狀。

---

[1] 曹、蕭之外，劉宋皇室的詩歌創作也較突出，參看錢志熙著《中國詩歌通史·魏晉南北朝卷》（北京：人民文學出版社，2012年），頁361—365。

一、皇族："邊緣作者"創作情形之變化

魏晉南北朝皇族的詩賦創作中，一大突出的現象就是司馬氏在詩賦創作上的少。兩晉的詩賦創作都很繁盛，司馬氏之前的曹氏一族更是多擅詩賦，其後的南朝皇室也多文人，然而司馬氏一族卻甚少詩賦作品，可謂"不文"。晉宣帝[1]司馬懿留有四言十句《歌》一首，[2] 此歌頗似漢高祖之《大風歌》，既有出征之豪情（"肅清萬里，總齊八荒"），又有懷鄉之謙辭（"告成歸老，待罪舞陽"），祇是已非劉邦之楚歌，而是齊整的四言。據《晉書》卷一《宣帝紀》，此乃景初二年（公元 238 年）司馬懿伐公孫淵時過溫"見父老故舊"且"讌飲累日"後"悵然有感"而作之歌。[3] 至於晉孝武帝司馬曜留下的所謂《示殷仲堪詩》，更接近隨口之句，其口語化甚至讓人懷疑司馬曜是否真作有完足的詩篇。[4] 晉明帝司馬紹留有六句《蟬賦》，晉譙王司馬無忌則留有四句《圓竹扇賦》。司馬氏的詩賦留存，不僅數量稀少，而且"保守"，司馬懿和司馬曜的詩歌皆近乎隨口而作，且採用的是古老的四言；司馬紹的《蟬賦》和司馬無忌的《圓竹扇賦》都是傳統的體物賦。上文指出，兩晉詩賦創作都十分繁盛，爲何司馬氏一族反而如此"保守"？

此處試從各皇族之出身階層與文化好尚作一假說，以解釋司馬氏皇族的詩賦創作。與司馬氏在詩賦創作上的"不文"形成鮮明反差的，恰是司馬氏乃魏晉南北朝諸皇族中最有文化修養的一族。[5] 曹操依靠乃祖曹騰（宦者）之勢力發達，屬"非儒家之寒族"；劉裕、陳霸先皆出身不高、起於行伍，蕭道成、蕭衍的出身情況略好於劉裕、陳霸先，但也非文化顯族，而屬"善戰之社會階級"。[6]

---

[1] 司馬懿生前并未稱帝，"宣帝"乃晉武帝司馬炎受禪後之追尊，此處姑從舊例稱爲"晉宣帝"。
[2] 此《歌》存錄於《晉書》《太平御覽》《樂府詩集》等書，見《先秦漢魏晉南北朝詩》，頁 549。
[3] 參看〔唐〕房玄齡等撰《晉書》（北京：中華書局，1974 年），頁 10。
[4] 《示殷仲堪詩》僅存二句，見《晉書》與《太平御覽》："勿以己才，而笑不才。"《晉書》卷八十四《殷仲堪傳》："帝嘗示仲堪詩，乃曰：'勿以己才，而笑不才。'"見《晉書》，頁 2194，"勿以己才而笑不才"一句，中華書局標點本《晉書》中間未點斷，此處不從。
[5] "不文"之"文"，專指以詩賦爲代表的文學／文藝創作，并非整體之文化。
[6] 此用陳寅恪語。趙翼已經觀察到南朝君主多有極其不堪之行爲，但他在羅列宋、齊、陳各皇帝的荒淫無道之事後，指出這些荒主也無善終，遂歸結爲"劫運煩促中，仍有報施不爽者"。參看《廿二史劄記》卷一一《宋齊多荒主》，見〔清〕趙翼著，王樹民校證《廿二史劄記校證明》（北京：中華書局 1984 年），頁 230—238。陳寅恪也注意到了類似現象，但他另有疏解。陳寅恪在《〈魏書·司馬叡傳〉江東民族條釋證及推論》中指出趙翼另一條札記（《廿二史劄記》卷一二《江左世族無功臣》）"頗多疏誤"後，作一通貫南朝的大判斷："宋齊梁陳四朝創業之君主，皆當時之功臣。其與其他功臣之差別，僅在其爲功臣中最高之首領，以功高不賞之故，遂取其舊來所擁護之皇室而代之耳。是以謂江東世族無功臣，與言南朝帝室止出於善戰之社會階級無異。"見陳寅恪著《金明館叢稿初編》（北京：（轉下頁）

而司馬氏一族卻是"地方豪族""儒家之信徒"。①

　　陳寅恪在論説曹氏、司馬氏好尚之異時,曾上溯至東漢,論"内廷之閹宦"與"外廷之士大夫"之分别:"然則當東漢之季,其士大夫宗經義,而閹宦則尚文辭。士大夫貴仁孝,而閹宦則重智術。蓋淵源已異,其衍變所致,自大不相同也。"②此説對我們理解司馬氏的詩賦創作極富啓發。詩賦創作,尤其是詩歌的創作,在魏晉時期屬於文化上的新風尚,曹氏父子對於這一風尚的流行更有着直接之推動。在好尚文辭成爲潮流時,文化積澱有限的家族在地位上升之後,較易被潮流打動并投入其中,而本身已有文化傳統的家族,則相對"保守",這大致可以解釋爲何魏晉南朝諸皇族中衹有司馬氏家族少作詩賦。

　　而司馬氏一族對詩和賦的不同態度,也能反映出家族風尚與時代風氣,司馬懿和司馬曜之"歌",頗爲隨性,而且有很直接的人事對應,與當時四言詩的一般情形距離頗遠,③與當時興旺的五言詩之間的距離更不必説。但司馬紹和司馬無忌的兩篇賦,卻中規中矩。雖然留存材料有限,我們不妨推測:對於司馬氏這樣一個有深厚的文化傳統的家族而言,魏晉時期重文藝的新潮流(也即詩賦創作)并不能打動他們,但相對來説,賦對他們的吸引力高於詩,他們偶爾也能創作并留下合格的體物賦,這大約是因爲賦成熟於兩漢,有着更深厚的傳統,與他們的家族風尚相對契合;同時,兩晉時期又是辭

(接上頁)生活·讀書·新知三聯書店,2001年),頁105、106。對於從趙翼到陳寅恪的學術推進,周勛初在《當代治學方法的進步——以歸納法、假設法所進行的討論》一文中有精彩的述論,見前引《當代學術研究思辨(增訂本)》,頁190—199。

① 曹氏與司馬氏分别爲"非儒家之寒族"與"地方豪族"兼"儒家之信徒",亦是陳寅恪的論斷。陳氏判定曹氏與司馬氏分屬"東漢中晚之世"統治階級中"兩類人群"發展而來的兩大"階級",("魏爲東漢内廷閹宦階級之代表,晉則外廷士大夫階級之代表。")此二"階級"有不同之追求與風氣,其"競争勝敗"之結果遂演爲"魏、晉之興亡遞嬗"。陳寅恪的這一分判頗有"理想型分析"(ideal-typical analysis)的風采,雖然他將從東漢到西晉之政治興替歸結到兩大"階級"之鬥争多少顯得有言論太有"條理統系",有鑿求過深之嫌,但司馬氏家族與曹氏以及南朝皇室極爲不同,當可成立。參看陳寅恪《書〈世説新語文學類〉"鍾會撰〈四本論〉始畢"條後》,《金明館叢稿初編》,頁48;以及萬繩楠整理《陳寅恪魏晉南北朝史講演錄》(合肥:黃山書社,1987年),頁1—13。需要説明的是,陳寅恪所用"階級""社會階級",在今日的社會學理論、馬克思主義理論中乃專有名詞(class, social class),在馬克思的論述中,"階級"指的主要是資本主義社會中以經濟爲標準的人群劃分,在前資本主義時代,人和人之間衹有"人的聯繫",尚無"物的聯繫"(而"階級"就是通過"物的聯繫"展開的),并無"階級"(但列寧的敘述與馬克思又有不同,此處不展開)。爲免混淆,本節用"階層"一詞。

② 陳寅恪《書〈世説新語文學類〉"鍾會撰〈四本論〉始畢"條後》,《金明館叢稿初編》,頁48。正如上文所説,此論有推求過深之處,若真如此,東漢的重要文學家皆屬"閹宦"所代表之"寒族"?但東漢不也有馬融這樣兼善文學和經學的大家?故這裏不直接取此説,而是在此説的啓發下嘗試從文化風尚角度解答司馬氏和曹氏在詩賦創作上的差異。

③ 本書第三章專門討論四言詩的問題,此處暫不展開。

賦創作的最高峰,賦作爲當之無愧的"第一文體",自然更容易成爲不醉心於文藝創作的"邊緣"作者的選擇。

在解答了司馬氏一族少詩賦之後,不妨進一步全面考察歷朝皇族中那些留存詩賦較少的"邊緣作者"。曹氏一族中,曹彪和曹髦留存作品極少,曹彪存有《答東阿王詩》,①曹髦存有四句四言的《四言詩》、②二句五言殘句("干戈隨風靡。武騎齊雁行。")及《傷魂賦》的一段(共十二句,《傷魂賦》另有序數句)。曹彪之詩,觀題即知是酬答之作。曹髦所存二詩,内容都描寫征戰,聯繫《傷魂賦序》言此賦乃因"王師東征"時"宗正曹竝""到項得疾"觸發其哀傷而作,③曹髦詩可能都與"東征"有關。由此不妨推測,曹彪、曹髦的詩賦也因事而作。

司馬氏一族的四位作者都屬"邊緣作者",所作的二首詩也是直接因人事而作,兩篇賦則爲傳統之體物賦。有趣的是,永嘉之亂後,離亂的北方,也有兩位皇(王)室政治人物留下了賦篇(或篇名),北涼武昭王李暠有《述志賦(并序)》傳世,④據《晉書》卷八十七《涼武昭王李玄盛傳》,李暠還有《槐樹賦》和《大酒容賦》,然今日衹存題目,正文亡佚。又據《晉書》卷一百十四《苻堅載記》附《苻融傳》,苻融有《浮圖賦》,正文亦亡佚。李暠之賦,觀其篇題和内容,都在傳統軌轍之内,苻融之《浮圖賦》,在魏晉南北朝時期并無同題之賦,當是他自己有感於佛教在北方之傳播而作。李暠和苻融都是一生戎馬的軍政要員,并不以藝文見長,但他們都有賦的創作,同時的北方各皇室,卻無詩篇傳世,一般作者或"邊緣作者"不會開創文學風氣,衹會接受既定潮流,這多少能説明當時文學格局中賦的優先性。

劉宋一朝,宋文帝劉義隆和臨川王劉義慶留下的詩賦都很有限,劉義隆存詩三首:《元嘉七年以滑臺戰守彌時遂至陷没乃作詩》(五言,二十八句)、《北伐詩》(五言,二十六句)以及《登景陽樓詩》(五言,全篇不存,今存十六句)。前二首俱見《宋書·索虜傳》,直接爲軍事而作。臨川王劉義慶在宗室中本就以"文"見長,⑤他留下來的五篇作品無關國家軍政,⑥是比較純粹的審美之

---

① 《答東阿王詩》載《初學記》:"盤徑難懷抱。停駕與君訣。即車登北路。永歎尋先轍。"觀其内容,自非全篇,見《先秦漢魏晉南北朝詩》,頁465。
② 此《四言詩》題目當爲後加,載於《書鈔》:"莘莘東伐。悠悠遠征。泛舟萬艘。屯衛千營。"根據魏晉南北朝四言詩的一般情況,此四句當爲節録。見《先秦魏晉南北朝詩》,頁467。
③ 《全三國文》卷十一,見《全上古三代秦漢三國六朝文》,頁1113。
④ 此篇《晉書》和《十六國春秋》載録,當爲全篇。
⑤ 《宋書》卷五十一《宗室·臨川王烈武王道規傳》附《子義慶傳》:"愛好文義,才詞雖不多,然足爲宗室之表。""才詞雖不多",與劉義慶留存詩賦有限的情形相合。見〔梁〕沈約撰《宋書》(北京:中華書局,1974年),頁1477。
⑥ 劉義慶存詩二首:《烏夜啼》(存三句)、《遊鼉湖詩》(五言四句,亦未必全),存不全之賦三篇:《箜篌賦》(六句)、《鶴賦》(七句)、《山雞賦》(六句),皆爲體物賦。

作。至南朝，皇族中"邊緣作者"的創作中，出現了純爲審美而作的詩。①

其後南朝皇族中的"邊緣作者"的詩歌創作，基本就在這兩條軌道上展開，既有直接關涉人事的作品，如楊堅的《宴秦孝王于并州作詩》；也有較爲純粹的審美創作，如齊高帝蕭道成的《塞客吟》《群鶴詠》，齊武帝蕭賾的《估客樂》等。不過偏向於審美的作品遠多於直接關乎人事的作品，這裏不再一一述論。尤其值得注意的是，南朝皇族"邊緣詩人"創作了一定數量的樂府，這更加說明，比起他們的前輩——那些作詩皆有直接外在效用的皇族"邊緣詩人"，他們雖然同樣創作有限，卻已經開始爲娛樂而作詩。至於他們有限的辭賦，多屬體物賦，自然也在辭賦的傳統之中。② 北朝的情況與此大致相同。

皇族"邊緣作者"在劉宋之時才出現了偏向於純審美的詩歌創作，這與詩歌在南朝最富"活力"、最能吸引文人注意息息相關，當這些對文學創作并無特別熱情和才分的作者偶爾爲文時，選擇當時最"熱門"的文體是理所當然的。同時，"邊緣作者"的辭賦創作多爲傳統體物賦，這自是由於辭賦成熟較早且在晉宋之後變化有限。

在考察了詩賦留存數量較少的皇族"邊緣作者"之後，兩位創作頗豐的亡國之君——陳後主陳叔寶和隋煬帝楊廣的詩賦創作情形也值得討論。陳後主和隋煬帝在文學史上并不佔據特別崇高的地位，但亦非無關輕重之人。③ 作爲最高統治者，不論有道無道、文雅粗鄙，皇帝首先是政治人物。

---

① 審美與交際、宣傳等外在功能并不矛盾，曹彪的《答東阿王詩》具有很強的審美感染力，但創作此詩的直接目的是交際，乃是"爲人"而作。關於當時詩、賦的功能，後文還有具體討論。劉義隆的《登景陽樓詩》和劉義慶的《遊鼉湖詩》，很有可能是與人登臨遊覽之後的創作，是否有人與他們酬唱或同題共作，也未可知，但與《北伐詩》這樣的具有直接政治軍事功效的詩作相比，登臨遊覽之作，自然是偏向於自我，而非直接爲外在人事而作的。
② 這裏將南朝皇族中留存詩賦作品特別少的作者的作品篇名列出（蕭道成、蕭賾、楊堅的詩作已作爲例子列出，不再列），就可知其大概：齊江夏王蕭鋒有《脩柏賦》一篇（今存八句）；蕭鈞有《晚景遊泛懷友》一首（十二句，五言，《詩紀》疑此爲唐人詩）；齊文惠太子蕭長懋有《擬古詩》一首（僅存一句，七言）；齊隨郡王蕭子隆有《經劉瓛墓下詩》一首（十句，五言）；蕭子恪有《高松賦》一篇（僅存題）；梁南鄉侯蕭推有《賦得翠石應令詩》一首（八句，五言）；梁臨賀王蕭正德有《詠竹火籠詩》（四句，五言）一首；梁上黄侯蕭曄有《奉和太子秋晚詩》一首（八句，五言）；蕭欣有《還宅作詩》一首（四句，五言）；蕭祗有《香茅詩》（八句，五言）、《和迴文詩》（四句，五言）；蕭放有《冬夜詠妓詩》（十句，五言）、《詠竹詩》（四句，五言）；蕭轂有《野田黄雀行》一首（十句，五言）；蕭賁有《長安道》一首（八句，五言）；蕭琮有《奉和御製夜觀星示百僚詩》一首（十四句，五言）；蕭大圜有《竹花賦》一篇（存三十四句）；隋越王楊侗有《京洛行》一首（八句，五言，此詩作者或曰陳後主，或曰隋越王）；楊溫有《零陵賦》一篇（僅存題目）。
③ 如曹道衡、沈玉成編著《南北朝文學史》第十五章《江總和陳代其他作家》之第四節爲《陳後主及其侍從文人》，第二十六章《隋代文學》之第六節爲《楊素和隋煬帝楊廣》，在這樣一部南北朝文學專史中與其他作家"共享"一節，而且被評論爲"有所成就""有一定成就"（見《南北朝文學史》，頁293、508），這大概能反映出陳後主和隋煬帝的文學史地位。

儘管有的皇帝對文藝有着過人的愛好,但他們的自我定位絕不可能是文人。① 相對而言,曹丕、蕭統、蕭繹在著述和文學上自我定位較爲明確,也有比較強的文學傳統觀念和文學史意識。而陳後主和隋煬帝的好文,則更多出於娛樂。② 較諸曹氏、蕭氏家族的一流文學家,陳後主和隋煬帝似乎并没有很高的著述期許和文學家抱負。因此,他們完全接受了當時的文學"新潮",多有詩作,卻鮮有賦作。③ 這兩位好文的亡國之君身上,正透露出南北朝後期上流階層的文學好尚。

以上討論了魏晉南北朝"皇族作者"中司馬氏家族、其他"邊緣作者"以及兩位亡國之君的詩賦創作,既印證了前文所勾勒的宏觀趨勢,也發掘了一些可以補充、豐富宏觀判斷的文學史細節。

二、釋道:宗教與文藝的"二重奏"

"釋道作者"的詩賦創作總量和平均量都遠少於"皇族作者",④不論是以身份還是以創作數量爲標準,這個群體都是典型的"邊緣群體"。詩賦創作并非僧人或道士的必備技能,故僧人或道士作詩賦,邏輯上有兩種可能(這兩種可能并不互斥,有時同時存在):一是他們出身於文士階層,出家前接受過相關的知識訓練,故而在需要的時候創作詩賦以宣教或自我言説;二是他們與文士交遊,需要寫作。因此,佛教或道教在文士階層中越是流行,釋道作家的作品也就會越多。

留存至今的三國時期詩賦作品中并無釋道之作,這與佛教和道教在當時文士階層中尚不繁盛有關。釋道的詩賦作品中,釋家之詩所佔比例最高,

---

① 這裏説的是"自我定位",而非實際操勞,在前現代中國,"皇帝"不僅僅是個人,也是一個特殊的"職位",不同時代的帝王各有喜好,但對於皇帝的自我認知來説,政治總是第一位的。如明熹宗朱由校熱衷製造木器,無心朝政,但他絕不會自視爲木匠。當然,如果一位愛好文藝的皇帝遭遇了亡國,後人往往指責他因小失大,因好文而亡國(如陳後主就常受此批評),但即使如此,文藝的過錯在於影響了政治,而非本身"有罪"。推而廣之,"皇族作者"這一群體中的大部分人,首要的身份認同都是政治家。
② 隋煬帝的文學史地位較陳後主爲高,他的作品兼有"剛健和輕側兩種不同風格",且平陳前後風格不同,據《隋書·文學傳》,隋煬帝"初習藝文,有非輕側之論",他在理論上是自覺的,但是就今日能夠看到的文獻而言,隋煬帝之詩,除部分征戰之詩外,仍是娛樂爲主,他對自己的文學有何期許和自我認定,我們已無法瞭解。參看《南北朝文學史》,頁509、510。
③ 據《北史·柳䛒傳》,隋煬帝有《歸藩賦》《神傷賦》,但都衹留下題目,文皆亡佚。
④ 逯欽立將《真誥》中的詩作都歸於"僞造者"楊羲名下,故《晉詩》卷二十一輯録了楊羲詩多首,但《真誥》文本身極爲複雜,各版本間關係更是錯綜,即使接受逯之推定,以爲"僞造者乃楊羲一人耳",這種宣揚宗教的"僞詩"與以自己名義寫出的詩仍頗不同,故對這一部分詩,此處採取對待"郊廟歌辭"的做法,不予處理。參看《先秦漢魏晉南北朝詩》,頁1096、1097。

值得專門分析。

東晉的支遁留下的詩作數量爲釋道之冠,共十八首,支遁詩賴《廣弘明集》而存,這些詩篇衹是其詩歌中有限的一部分,①因今存支遁詩衹有《廣弘明集》這一個來源,所以十八首詩都與佛教有關,但這些詩不僅關乎宣教,多有融佛教、玄理、山水於一體者,故而僅憑這些詩作,支遁就在中古詩歌史(尤其是玄言詩和山水詩的脈絡)中佔有重要地位。② 支遁以外,兩晉僧人的詩作大約可分三類:一是宣教談佛之作,包括:康僧淵《代答張君祖詩》《又答張君祖詩》,鳩摩羅什《十喻詩》,廬山諸沙彌《觀化決疑詩》,竺僧度《答苔華詩》③;二是即興的口頭吟詠以及與政治預言有關的讖謡,包括:佛圖澄《吟》,釋道安《答習鑿齒嘲》,釋道寶《詠詩》,竺法崇《詠詩》,竺曇林《爲桓玄作民謡詩》二首;三是不直接關涉佛教的與一般文士創作無異的詩篇,包括:釋慧遠《廬山東林雜詩》,廬山諸道人《遊石門詩》,史宗《詠懷詩》,帛道猷《陵峰採藥觸興爲詩》。④ 總體上,兩晉釋家詩中,直接關涉佛教的詩(第一類,或稱"宗教性"詩歌)與不直接關涉佛教的一般文人詩(第三類,或稱"文藝性"詩歌)比例大致持平,第一類略多一點。⑤

南北朝的僧人詩也仍然可以分爲這三類,但比例上出現了較大偏移,第三類詩所佔比例高出許多。南北朝僧詩今存三十五首,依照以上區分,屬第一類的有:釋智藏《奉和武帝三教詩》,釋惠令《和受戒詩》,釋亡名《五苦詩》五首、《五盛陰詩》,共八首;屬第二類的有:釋寶誌《讖詩》四

---

① 據《隋書·經籍志》,支遁有集八卷(梁有十三卷),在新舊《唐書》的著錄中,支遁有集十卷。參看興膳宏、川合康三著《隋書經籍志詳攷》(東京:汲古書院,1995年),頁808。
② 關於支遁在中古詩歌史上的作用和地位,沈曾植在《與金潛廬太守論詩書》中曾要言不煩地道出中古詩史上的這一"祕密":"康樂總山水莊老之大成,開其先支道林。"見郭紹虞主編《中國歷代文論選》第四册(上海:上海古籍出版社,2001年),頁291。更詳細的討論可以參看陳引馳著《大千世界——佛教文學》(昆明:雲南人民出版社,2001年),頁51—56、62—70。
③ 據《高僧傳》卷四《義解·晉東莞竺僧度》,這是竺僧度向與自己訂有婚約的楊苔華表明向佛之志的詩,竺僧度在詩中慨嘆"世代無常",此詩可以看作他對於佛理的體會和發揮,故歸爲第一類。參看〔梁〕釋慧皎撰,湯用彤校注,湯一玄整理《高僧傳》(北京:中華書局,1992年),頁173、174。
④ 支遁的《詠懷詩》五首、《述懷詩》二首及《詠利城山居》也屬此類,其餘十首詩則屬第一類。僧人作詩,多少關乎宗教,而今日所見兩晉僧詩,大多存於《高僧傳》《廣弘明集》等佛教典籍中,故此類詩的宗教性總是很强,這裏的第一類和第三類的區別,并非是否涉佛,而在於是否直接宣教言佛,换言之,一般不信仰佛教的文人不會寫作第一類詩,但會寫作第三類詩。
⑤ 按照上述分類,第一類十五首,第二類六首,第三類十二首,第一類和第三類的比例是5∶4。

首,惠化尼《謠》,共五首;屬第三類的有:釋寶月《估客樂》二首、《行路難》,僧正惠侃《詠獨杵擣衣詩》《聞侯方兒來寇詩》,釋法雲《三洲歌》,無名法師《過徐君墓詩》,尚法師《飲馬長城窟》,釋惠標《詠山詩》三首、《詠水詩》三首①、《詠孤石》、《贈陳寶應》,曇瑗《遊故苑詩》,釋洪偃《遊故苑詩》《登吴昇平亭》《遊鍾山之開善定林息心宴作引筆賦詩》,釋智愷《臨終詩》,高麗定法師《詠孤石》,共二十二首。② 從僧詩出處來看,兩晉僧詩,半數以上出自佛教典籍,南北朝僧詩,卻多有出自《玉臺新詠》《樂府詩集》《藝文類聚》《文苑英華》等集部要籍的,而且出現了一些基本無涉佛教的樂府。③ "宗教性"詩歌變少而"文藝性"詩歌變多,這或許與佛門内部的變化有關,但同時也反映出南北朝時期生命力日趨旺盛的詩歌對佛門人士的吸引。

這種情況到了隋代更加突出,隋代是佛教特别發達的時期,④在并不很長的時間裏,十二位僧侣留下了二十首詩,但可以歸爲第一類"宗教性"詩歌的祇有《續高僧傳》所載曇延的《戲題方圓動静四字詩》和《古詩類苑》所載無名釋的《禪暇詩》。⑤ 而曇延之詩,用"方""圓""動""静"各寫一句,雖句句涉佛,然文字遊戲的意味很重。無獨有偶,隋代釋玄逵作有《戲擬四愁聊題兩絶詩》(載《古詩類苑》),也明確表示此詩乃是"戲"作。⑥ 曇延詩究竟是爲宣教作還是遊戲筆墨而爲,不必深究。但隋代僧詩中"文藝性"詩歌的"獨大",正是南北朝詩歌蓬勃發展的自然延續。

---

① 釋惠標《詠水詩》其二,《藝文類聚》《初學記》作"祖孫登";《詠水詩》其三,《初學記》作"祖孫登《蓮調詩》",逯欽立兩存,參看《先秦漢魏晉南北朝詩》,頁2544、2545,頁2622。
② 南北朝時期第一類和第三類詩的比例已經變爲4∶11。
③ 僧人作樂府,或因其人擅音樂,如釋寶月之《估客樂》二曲,就是齊武帝追憶往事作《估客樂》并"使寶月奏之管絃"後,寶月再上之作,故而寶月《估客樂》完全無關佛理。參看《先秦魏晉南北朝詩》,頁1479、1480。因爲史料有限,我們無法確知這些無涉佛教的樂府作品是僧人們出家前或出家後的作品,但除了釋寶月逢迎皇帝之作外,其他作品全爲出家前之作的概率是相當小的。
④ 陳寅恪在《武曌與佛教》中曾言:"南北朝諸皇室中與佛教關係最深切者,南朝則蕭梁,北朝則楊隋,兩家而已。"對隋文帝、隋煬帝與佛教之交涉,陳氏有詳論,參看陳寅恪著《金明館叢稿二編》(北京:生活·讀書·新知三聯書店,2001年),頁154—161。佛教在隋代之影響與作用,《劍橋中國隋唐史》的隋代部分也多有提及,參看〔英〕崔瑞德(Denis Twitchett,杜希德)編,中國社會科學院歷史研究所西方漢學研究課題組譯《劍橋中國隋唐史(589—906年)》(北京:中國社會科學出版社,1990年),頁59、61、65—67、76—78。
⑤ 在隋代"文藝性"僧詩中,僧法宣作有《和趙郡王觀妓應教詩》,這不僅是與王侯應酬的作品,而且所寫内容乃是"觀妓",若抹去作者,僅閲讀詩歌正文,恐怕很難有人能猜到此詩出於僧侣之手。參看《先秦漢魏晉南北朝詩》,頁2771。
⑥ 若在唐宋禪家的語境下,文字遊戲中或大有機鋒,但上述二詩,在當時語境下,當是無深意之遊戲。

魏晉南北朝釋道的賦作祇有八篇，分別是：葛洪《遐觀賦》（存七句）、[1]支曇諦《廬山賦》（存三十句）與《赴火蛾賦（并序）》（存十六句）、釋慧命《詳玄賦》（載《廣弘明集》，當爲全篇）、釋慧曉《釋子賦》（存二句）、釋真觀《愁賦》（存六十七句）與《夢賦》（載《廣弘明集》，當爲全篇）、李播《天文大象賦》（存全篇）。這其中，《遐觀賦》《廬山賦》《赴火蛾賦》《愁賦》偏於傳統，《詳玄賦》《釋子賦》《夢賦》偏於宣教，《天文大象賦》是天文學史上的重要文獻，乃頗爲罕見的"科技賦"，難以歸類。[2] 因爲數量有限，我們雖然可以作一些歸納，如側重於宣教的作品都出現在北朝，而且時間相對較晚，但是否可以據此認爲魏晉南北朝賦在時間上和空間上都存在着由"文藝性"賦向"宗教性"賦的發展？[3] 如此有限的材料，恐怕無法支撑起有效的結論。但是總體而言，辭賦方面，"宗教性"和"文藝性"作品不分軒輊。

而這樣一種"不分軒輊"的狀態，與魏晉南北朝詩賦嬗變的大趨勢也是吻合的。一方面，辭賦比起詩歌，在技巧掌握和知識積累上都有更高的要求，故而釋道作賦者少；另一方面，詩歌在晉代以後"生機勃勃"，這種生命力重點體現在其本色——"文藝性"之上，於是在僧詩中，我們可以看到"文藝性"詩歌比例的不斷增加。而同時期的辭賦因已進入成熟期，在有限的辭賦上，我們并不能看到明顯的變化。

三、女性："才女"標準的嬗變

如果說"釋道作者"群體的詩賦作品，總是帶有"文藝"和"宗教"的兩重性，那麼"女性作者"群體又有怎樣的特殊性？或許用兩個關鍵詞對女性群體的特殊性加以概括：一曰"權勢"，二曰"文才"。

傳統社會女性地位遠不如男性，對女性的文化要求也没有對男性那麼高，因此留存至今的女性詩賦作者的數量遠遠少於男性。既然能作詩賦，這

---

[1] 今日留存的七句乃散體文，故嚴可均對此篇是否爲賦有懷疑："此不似賦，疑是序或本注，未能定之，《抱朴子》有《遐覽篇》，無此語。"見《全晉文》卷一百十六，《全上古三代秦漢三國六朝文》，頁2125。

[2] 《天文大象賦》的作者向來有爭議，李播是相對一致的看法，關於此賦的作者及内容，參看姜生、湯偉俠主編《中國道教科學技術史·南北朝隋唐五代卷》（北京：科學出版社，2010年）第二十六章第三節《隋唐道門天文著作〈天文大象賦〉》，頁813—817。

[3] 對"宗教性"賦，學者們一般從當時的社會政治背景加以解釋。如郭維森在敘述北朝賦時指出："北魏後期政治動亂，士大夫也多遭迫害，佛教本來風行，故在文學作品中每多虛無之言，出世之想。時代較早的高允作《鹿苑賦》，同時的李顒作《大乘賦》，還有釋慧命作《詳玄賦》都是宣揚佛教、講述玄理之作。"這段扼要的敘述爲《詳玄賦》勾勒了一個辭賦史的脈絡，但僧人與士大夫不同，他們有"虛無之言、出世之想"，乃理所當然。參看郭維森、許結著《中國辭賦發展史》（南京：江蘇教育出版社，1996年），頁321。

些女性作者與當時女性相比,應當擁有較高的文化水準。不過,擁有較高文化水準并不等於因"文才"而有作品傳世,今日所見的魏晉南北朝女性作者,大部分是因爲創作了具備一定水平的詩賦作品,由選本、類書的存録而爲我們所知;也有小部分則是因爲身份特殊,頗具權勢而留名後世,如北魏的文明太后馮氏、陳留長公主,他們的作品能夠留存,主要還是依憑於權勢地位。當然,"文才"與"權勢"并不互斥,像曹魏的甄皇后,就兼具二者。① 總體上,魏晉南北朝的女性詩賦作者以"才女"爲主,因權勢而留下作品的并不太多。

具體來看,"才女"的標準在文體上也存在着轉變,三國時兩位女性作者,甄后有《塘上行》傳世,丁廙妻有《寡婦賦》傳世;兩晉時期的十七位女性作者中,十一人留有十五首詩,七人留有十六篇賦(左芬兼有詩賦),不論是作者數量,還是作品數量,女性作者的詩賦創作在三國兩晉時皆不分軒輊。但在南北朝時期,賦家和賦作急劇減少,我們現在祇知道韓蘭英曾作《中興賦》②,隋煬帝之蕭皇后作有《述志賦(并序)》。相比當時的詩人和詩作數量,實有天淵之别。

這一文體上的變化又可證明上文一再申説的魏晉南北朝詩賦演進的宏觀趨勢。同時,考慮到女性作者群體的特殊性,"文"對於女性更像是一種點綴和修飾,故而女性作者的文學訓練和修養必然不如男性文士完備。因此女性作者在進行文藝創作時,相對少受文學傳統束縛,流行的風潮在他們身上會有更加直接的反映,這也可以解釋爲何南北朝女性作者在詩賦創作上有如此這般的"天淵之别"。

在對總體詩賦創作進行討論後,我們還可以進一步分析魏晉南北朝最著名的幾位"才女"是因何成名的。表1.9中,在文學史上最具聲望的當推左芬、謝道韞、鮑令暉、沈滿願四人。③ 這四位中,謝道韞作品傳世較少,④左

---

① 據《三國志》等史籍,甄后的實際遭際并不美妙,這裏説她具備"權勢",乃是與一般女性比較而言,并非與其他朝代的皇后比較而言。
② 據《南齊書》卷二十《皇后傳》、《南史》卷十一《宋武裴皇后傳》,韓曾作此篇,但正文已佚,僅存賦題。
③ 左芬爲左思之妹,當時即有文名,《晉書》卷三十一《后妃傳》言其"善綴文,名亞於思",但"姿陋無寵",左芬可説是典型的才女,其"幸"(被晉武帝納爲貴嬪)與"不幸"("姿陋無寵"),皆出於文才,參見《晉書》,頁957、958。謝道韞爲謝奕女、王凝之妻,因《世説新語》所載"未若柳絮因風起"與"天壤王郎"而得名校。鮑令暉爲鮑照妹,《詩品》將她與韓蘭英同列於"下品"。沈滿願爲沈約孫女、范靖妻。左芬、謝道韞、沈滿願分别有集四卷、三卷、三卷,參看《先秦漢魏晉南北朝詩》,頁730,頁912,頁2132。這裏將這四位女性列爲魏晉南北朝"才女"之代表,是綜合考慮她們當時的名聲、作品之多寡與影響力而言的。
④ 謝道韞存五言詩二首:《泰山吟》《擬嵇中散詠松詩》,《先秦漢魏晉南北朝詩》所輯録的另一首《詠雪聯句》,實則祇是一句答句,并非一首詩。

芬和沈滿願則屬上一節所界定的"重要作家"。左芬僅存二首詩,①卻有七篇賦,可見她的"才女"地位,主要是憑辭賦創作而得。但鮑令暉和沈滿願,則祇有詩歌傳世。這其中,鮑令暉和左芬尤其具有可比性,她們都有文名卓著的兄長,②同時出身又不甚顯赫(尤其是與謝道韞、沈滿願對比),"文才"對她們而言,於修飾點綴之外,更是獲得聲望的重要手段。③ 這一手段,於左乃賦,於鮑乃詩,此正是文學史宏觀演進的微觀體現。此外,有趣的是,她們的兄長——左思和鮑照的成名文體,也正不同。④

綜合上述論述,可以認爲,晉宋之際詩賦重心的改變,在"才女"的標準上,也有着突出的反映。

本節對"皇族作者""釋道作者"和"女性作者"這三個不那麼"主流"作者群體的或宏觀或微觀的討論,從不同的層面,進一步證明了前兩節所作出的文學史描述。而且,較諸"重要作者"群體,在這些"非主流"作者群體身上,我們能看到文體重心更加劇烈的轉移。

小結　晉宋之際:"文學"特立與創作重心的轉移

通過對魏晉南北朝現存所有詩賦作品的數量分析,我們可以看到,魏晉南北朝詩賦創作以晉宋爲界,重心發生了轉移。三國兩晉時期,辭賦創作佔據了文士創作的重心,尤其是兩晉辭賦,更是極爲繁榮;至劉宋,文士們開始更多地投入到詩歌創作中,辭賦創作雖然沒有急劇衰弱,但是詩歌創作的快速繁榮使得辭賦祇能在文士的文學創作中居第二位。

通過對"重要"作者和三個特殊群體作者的討論,我們可以進一步證實上述判斷并作補充。不論是皇族還是僧道、女性,這些"非主流"群體的詩歌創作不僅在南北朝大爲增多,而且他們在南北朝更多地用詩歌進行較爲純粹的審美創作。

上文已經談到,魏晉和南北朝在文學史上可以被看作兩個相對自足的

---

① 兩首詩中,《啄木詩》是否爲左芬所作,尚不能確定,逯欽立即以爲"左氏未必爲左芬",參看《先秦漢魏晉南北朝詩》,頁730。
② 鮑照就曾將他和鮑令暉與左氏兄妹類比,《詩品下·齊鮑令暉 齊韓蘭英》云:"照常答孝武云:'臣妹才自亞於左芬,臣才不及太沖爾。'"見王叔岷撰《鍾嶸詩品箋證稿》(臺北:"中研院"中國文哲研究所,1992年),頁384。
③ 相較而言,謝道韞、沈滿願即使文才不彰,她們憑藉着父祖、丈夫的名聲,也較易獲得聲望。
④ 關於鮑照的詩賦創作,參看第七章第三節。

階段,劉師培曾對晉宋之際的文學轉折下一大判斷:

中國文學,至兩漢、魏、晉而大盛,然斯時文學,未嘗別爲一科,(故史書亦無《文苑傳》。)故儒生學士,莫不工文。其以文學特立一科者,自劉宋始。考之史籍,則宋文帝時,於儒學、玄學、史學三館外,別立文學館(《宋書》本紀),使司徒參軍謝元掌之(《南史·雷次宗傳》)。明帝立總明觀,分儒、道、文、史、陰陽爲五部(《宋書》本紀),此均文學別於衆學之徵也。故《南史》各傳,恒以"文史""文義"并詞,而"文章志"諸書,亦以當時爲最盛。(《文章志》始於摯虞,嗣則傅亮著《續文章志》,宋明帝撰《江左文章志》,沈約作《宋世文章志》,均見《隋書·經籍志》,今遺文時見群書所引。)更即簿録之學言之:晉荀勗因魏《中經》區書目爲四部,其丁部之中,詩、賦、圖讚,仍與汲冢書并列;自齊王儉撰《七志》,始立"文翰"之名。梁阮孝緒撰《七録》,易稱"文集",(《七録》序云:"王以詩賦之名,不兼餘制,故改爲文翰。竊以頃世文詞,總謂之集,變翰爲集,於名猶顯。故序'文集録'爲內篇第四。")而"文集録"中,又區楚辭、別集、總集、雜文爲四部,此亦文學別爲一部之證也。①

劉師培從制度(文學館、總明觀)、專書(各種《文章志》)、目録(簿録之學)三方面論證劉宋時"文學特立一科"。在"文學特立一科"(也即"文學"和儒學、玄學、史學等"學"分開)的同時,最接近今日"文學"的詩賦二體,在文士創作重心層面也發生了轉移,詩歌成爲創作重點。此二事之間,是否有某種聯繫?②

其實,晉宋之際的大轉折絕不僅限於文學。就政治史而言,中國歷史上少有的"門閥政治"被終結了,南朝的"士族"雖然仍具有崇高的地位,但已經不再能像東晉那樣與帝王"共天下",他們政治上許多特權更多轉換爲文化資本;③就文化史和學術史而言,魏晉士人重玄學,南朝士人則更重知識,

---

① 括號內的文字爲原有小注。參看劉師培撰,程千帆等導讀《中國中古文學史講義》(上海:上海古籍出版社,2000 年),頁 72。
② 以往學者們在敘述詩歌史時也多認識到"晉宋之變",如王鍾陵指出:"晉末劉宋之際,是中國詩歌史上的一條重要的分界。"葛曉音在敘述"八代詩史"時也以"晉宋詩運的轉關"來作爲其書第八章的標題。如此之例甚多,此不贅。見王鍾陵著《中國中古詩歌史》(北京:人民出版社,2005 年),頁 355;葛曉音著《八代詩史(修訂本)》(北京:中華書局,2012 年),頁 168。
③ 田餘慶深刻地指出,嚴格意義上的"門閥政治",即士族能夠與皇族"共天下"的非正常政治狀態,衹存在於東晉一朝。"前此的孫吳不是,後此的南朝也不是;至於北方,并沒有出現過門閥政治。"見田餘慶著《東晉門閥政治》(北京:北京大學出版社,1996 年),頁 2。

"知識至上"的風氣瀰漫在南朝。①

以往我們討論文學史的演進,往往相當重視政治和文化的影響,②這當然是必要的。③ 不過,當我們通過外部變動來推考文學史演進的時候,不妨也同時關注文學內部的變化。因爲所謂"文學"從來不是"鐵板一塊",也非"渾然一體","文學"祇能通過具體的文體乃至作品呈現在我們面前。而晉宋之際詩賦創作重心的轉移,對於魏晉南北朝文學的演進以及此後唐代文學的發展,都有相當深遠之影響。

既然强調關注文學内部,那麼接下來的兩章便集中敘述魏晉南北朝詩賦二體在題材、手法和體式上的變化,以及諸多變化間的互動與關聯。

---

① 用胡寶國説,詳見本書第五章第二節。
② 如錢志熙在概述"劉宋時期的詩歌"時,就首先討論"皇權政治取代門閥政治與劉宋文學變局",見錢志熙著《魏晉南北朝詩歌史述》(北京:北京大學出版社,2005年),頁120—122。
③ 不過有時候,政治史上的焦點問題吸引力太大,會讓研究者過度聚焦。如討論這一時期文學史的學者大多十分關心文學和門閥士族之關係,這固然能幫助我們理解此時之文學,但也可能會讓我們忽視其他同樣(或者更重要)的元素。并非文學研究者的胡寶國已經警覺到了這一點,見胡寶國《"知識至上"以外的》,載《文匯報·筆會》(2015年5月24日)。

第二章　題材與手法：廣狹、分合及流轉

如果說第一章環繞着作者分佈和作品數量的討論，主要是從文本外部描述了詩賦間的位序轉移，那本章將進入文本內部，圍繞詩賦的題材與手法展開討論。

我們大致可以將題材理解爲"寫什麽"，手法理解爲"怎麽寫"。考究魏晉南北朝詩賦寫了什麽，與細究當時作者作品數量同樣困難，畢竟面對有限的存世作品，我們祇能明確獲知"有"，卻幾乎難以確證"無"。因此，本章仍將延續上一章的思路，在漢唐間文學史的演進中嘗試把握題材的變化趨勢，進而由題材拓展至手法。

第一節　題材：廣狹有別與變化不一

古人對詩賦的分類已然關涉題材。《文選》分三十餘種文體收録作品，對首當其衝的賦與詩二體則再作分類：賦分十五類，詩分二十四類。[1] 其分類標準不一，大體上涵蓋了題材與手法。[2] 而《藝文類聚》等類書雖不曾主動爲各體作品分類，但類書依大大小小的類別引録四部群籍與各體文章，在一定意義上也可以由之探測詩賦題材之類別。至於現代學者論述相應時段的賦史時，無不關注辭賦題材有何變化，[3] 更有以題材分類爲基本框架之賦

---

[1] 《文選》中賦與詩之外的文體，不再享受細分類別之"待遇"。至於《文選》之前是否有以題材爲詩賦分類的做法，今已無法確知。《文選》版本複雜，整體上的文體分類和具體的"詩"體分類皆有不同記録。據傅剛考論，"詩"分二十四類，參看傅剛著《〈昭明文選〉研究》，頁229—239、249—277。

[2] 《文選》對賦和詩的再分類，均有多種標準，除前引傅剛書外，還可參看胡大雷著《〈文選〉詩研究》（西安：世界圖書出版公司，2014年），頁399—402。

[3] 參看馬積高著《賦史》（上海：上海古籍出版社，1987年），頁142—147；《中國辭賦發展史》，頁206—210；《六朝辭賦史》，頁9—13。

史專書。① 相較而言，各家詩史對題材的關注度不若賦史那麼高。

《文選》將賦分爲："京都""郊祀""耕藉""畋獵""紀行""遊覽""宫殿""江海""物色""鳥獸""志""哀傷""論文""音樂""情"；將詩分爲："補亡""述德""勸勵""獻詩""公讌""祖餞""詠史""百一""遊仙""招隱""反招隱""遊覽""詠懷""臨終""哀傷""贈答""行旅""軍戎""郊廟""樂府""挽歌""雜歌""雜詩""雜擬"。就時代而言，賦的作者跨先秦、兩漢及魏晉南朝，先秦唯有宋玉，漢代之後的作者作品稍多於漢代；而詩則主要集中在建安以後。② 賦在漢代已然高度繁盛，詩則不然。故而在題材方面，魏晉南北朝詩賦的起點并不一致。不妨先考察起點較爲厚實的辭賦。

劉勰在《文心雕龍·詮賦》篇中曾對賦之歷史"原始以表末"，他的歷史敘述到漢代便結束，③對於漢賦，他高度概括曰："漢初詞人，循流而作：陸賈扣其端，賈誼振其緒，枚、馬播其風，王、揚騁其勢；皋、朔已下，品物畢圖。繁積於宣時，校閱於成世，進御之賦千有餘首。"④"品物畢圖"一語，已然揭出了漢賦的廣闊世界。至於漢賦如何"品物畢圖"，劉勰又分"鴻裁"與"小制"分而述之。大體而言，劉勰依據他能讀到的漢賦以及《漢書·藝文志》等目録文獻，以"宫殿苑獵，述行序志"歸"鴻裁"，又以"草區禽族、庶品雜類"歸"小制"。如果説劉勰主要是通過舉例來説明漢賦題材之廣闊，那麼以今存或全或殘之漢賦驗證，不難發現：兩漢辭賦確實已經涉及了充分廣闊的領域。這裏無法爲漢賦題材作全面分類，不妨由天地到人工，舉若干作品呈現漢賦題材之廣闊。據今人輯校之《全漢賦》，公孫乘有《月賦》、陸賈有《孟春賦》、賈誼有《旱雲賦》，可見日月、四季、特殊氣象皆已入漢賦；此外，司馬相如有《梓桐山賦》、班彪有《覽海賦》、枚乘有《柳賦》、賈誼有《鵩鳥賦》，這更

---

① 参看于浴賢著《六朝賦概論》（保定：河北大學出版社，1999年）。于著將六朝賦分爲十類分别論述，這十類分别是："京殿苑獵賦""紀行賦""情志賦""戀情美色賦""登覽賦""隱逸賦""山水賦""詠物賦""樂舞賦"以及"文化藝術、科技工藝賦"。這一分類與《文選》辭賦十五類具備一定的繼承關係。
② 傅剛對賦有詳密統計："我們看到《文選》收録了先秦作家1人，作品4首；兩漢作家4人，作品8首；東漢作家8人，作品12首；魏作家4人，作品4首；西晉作家7人，作品15首；東晉作家2人，作品2首；宋作家4人，作品5首；梁作家1人，作品2首。"面對上述數據，傅剛對於"西晉的作家作品超過了西漢和東漢"表示"驚異"。如果参照本書第一章的各朝代"賦詩比"及其流變，西晉作家作品特别多或許就相對容易理解。對於詩，傅剛全面統計了"公讌"等十類的作家作品數量情況，進而通過三方面的綜合考察列出了最重要的十三位詩人，他們都是建安及以後之人。《文選》"詩"祇收録了34首漢代作品（作者7人，不含"古詩十九首"）。參看傅剛著《〈昭明文選〉研究》，頁229—231，頁249—252。
③ 本書第六章第二節嘗試解釋爲何劉勰《明詩》和《詮賦》之"原始以表末"部分時限不一（論詩至南朝，論賦則止於漢代）。
④ 〔南朝梁〕劉勰著，詹鍈義證《文心雕龍義證》（上海：上海古籍出版社，1989年），頁280。

能說明山川草木、飛禽走獸均已入漢賦之牢籠。如果將目光再聚焦於與人有關之種種存在,不難發現:漢人以賦寫城市(揚雄有《蜀都賦》),寫皇家園林(枚乘有《梁王菟園賦》),寫人造器物(鄒陽有《几賦》),寫飲食(鄒陽有《酒賦》),甚至於寫非物質的幻夢(王延壽有《夢賦》)與讓人不安的死亡及祭奠(張衡有《髑髏賦》)……① 就此而言,漢賦確可謂"品物畢圖"。既然漢賦在題材上已無比廣闊,那麼魏晉南北朝賦是否在題材上并無拓展呢?

要論證這一問題,最大的難點仍然在於:漢賦與魏晉南北朝賦都有大量散佚,故我們很難根據現存的篇目推斷哪些題材從無到有而來,哪些題材承襲前人而作。不過,如果改換思路,不鶩求某一題材具體何時出現,而從題材之範圍做一宏觀把握,那麼不難發現:至兩晉,辭賦在題材上已然達到了"極限"。而辭賦在題材方面"極限"之達成,則是沿着漢賦的道路順流而下的。

所謂"極限",乃是從程度而非名目上所作的把握。如果就一事一物來說,祇要有新事物,文學作品的題材就能有相應之拓展,如清人面對鴉片之流毒,作《鴉片煙賦》以嘲諷。② 在這個意義上,任何文學作品的題材都是無限的。但如果不追究具體的一事一物,而是着眼於題材之類別,考慮到全祖望曾有《淡巴菰賦》,那麼《鴉片煙賦》便算不上在題材上有何拓展。然而,題材之類別同樣無窮無盡,故而論題材之"極限"程度,當注意兩端:一為宏大,二為日常。

被劉勰譽為"魏晉賦首"之一的成公綏作有《天地賦》,陸侃如將此篇繫年在魏齊王芳嘉平三年(公元251年)。③ 成公綏在《天地賦序》中不僅對難以界定的"天地"作了初步鋪展,并且明確指出,對於"天地"這一題材,"歷觀古人,未之有賦"。④ 就外在的宏大而言,到了成公綏明確寫前人未曾寫過的"天地",恐怕是不能更大了。無獨有偶,北朝劉晝有《六合賦》,其文不傳,且遭受時人辛辣的嘲諷。⑤ 但劉晝對此賦卻頗為自得,他似乎也不知道

---

① 參看費振剛、胡雙寶、宗明華輯校《全漢賦》(北京:北京大學出版社,1993年)。
② 此賦收於《韻鶴軒雜著》,有道光刊本,作者不詳。見馬積高著《賦史》,頁625。
③ 成公綏時年二十一歲。見陸侃如著《中古文學繫年》,收入袁世碩、張可禮主編《陸侃如馮沅君合集》(合肥:安徽教育出版社,2011年)第11卷,頁492、493。
④ 《晉書》卷九十二《文苑·成公綏傳》引錄《天地賦》文字之前云:"又以'賦者貴能分賦物理,敷演無方,天地之盛,可以致思矣。歷觀古人,未之有賦,豈獨以至麗無文,難以辭贊?不然,何其闕哉?'遂為《天地賦》曰:……"見《晉書》,頁2371,標點略有調整。《藝文類聚》《初學記》等類書中還留存了《天地賦序》的其他文字,嚴可均輯錄有較為完整的序文,參看《全上古三代秦漢三國六朝文》,頁1794。
⑤ 《北齊書》卷四十四《儒林·劉晝傳》云:"河清初,還冀州,舉秀才入京,考策不第。乃恨不學屬文,方復緝綴辭藻,言甚古拙。制一首賦,以'六合'為名,自謂絕倫,吟諷不輟。乃欷曰:'儒者勞而少工,見於斯矣。我讀儒書二十餘年而答策不第,始學作文,便得如是。'曾以此賦呈魏收,收謂人曰:'賦名六合,其愚已甚,及見其賦,又愚於名。'"〔唐〕李百藥撰《北齊書》(北京:中華書局,1972年),頁589。

成公綏已有類似作品,但其心態恐怕與成公綏頗有相通之處:他們都得意於自己寫了前所未有的最爲宏大的題材。與創作中的賦寫天地六合相應的,在賦論方面,魏晉時也發展出了"賦家之心,苞括宇宙,總覽人物"一說。《西京雜記》云:

> 司馬相如爲《上林》《子虛》賦,意思蕭散,不復與外事相關,控引天地,錯綜古今,忽然如睡,煥然而興,幾百日而後成。其友人盛覽,字長通,牂牁名士,嘗問以作賦。相如曰:"合綦組以成文,列錦繡而爲質,一經一緯,一宮一商,此賦之迹也。賦家之心,苞括宇宙,總覽人物,斯乃得之於内,不可得而傳。"覽乃作《合組歌》《列錦賦》而退,終身不復敢言作賦之心矣。①

這是賦論史上的相當重要的材料,周勛初考訂其說魏晉時方能出現。② 這段話中所謂的"苞括宇宙""控引天地"等語,一方面是在"形容作家神思的狀態"③,另一方面也與魏晉南北朝時人以天地六合入賦的創作情況若合符契。就此而言,魏晉賦已然將"大"拓展至"極限"。④

與"大"相應的乃是"小",然而要探尋題材能小到怎樣的程度,不能將目光集中在搜尋螞蟻或微塵是否被寫(北魏彭城王有《蠅賦》,可謂細小),而應當考察賦家是否將筆觸伸至日常乃至滑稽卑俗的領域。以今天的眼光來看,詩歌和辭賦自然是文學作品,就魏晉南北朝時的情形而論,詩賦二體也多是文人雅士的文藝性創作。⑤ 一般來説,詩賦這樣的文學作品與日常生活是往往有一定差距。⑥ 既然魏晉南北朝詩賦多出於精英之手且相對重

---

① 〔晉〕葛洪撰,周天游校注《西京雜記》(西安:三秦出版社,2006 年),頁 93;〔晉〕葛洪撰《西京雜記》(與無名氏撰、程毅中點校《燕丹子》合刊,北京:中華書局,1985 年),頁 12。
② "所謂司馬相如的賦論,實際上是魏晉時人假託古人而提出的一種典型的富有時代特點的賦論。"見周勛初《〈西京雜記〉中的司馬相如賦論質疑》,氏著《魏晉南北朝文學論叢》(南京:江蘇古籍出版社,1999 年),頁 77。
③ 周勛初著《魏晉南北朝文學論叢》,頁 74。
④ 程章燦有論斷云:"嚴格從題材意義上説,司馬相如'賦家之心,苞括宇宙,總覽人物'的理想,到西晉才真正實現。"《魏晉南北朝賦史》,頁 125。
⑤ 關於當時人對詩賦的認定,以及詩賦二體的文藝性、社會性等多重屬性,下文還會展開詳細論述。但總體而言,詩賦二體在魏晉南北朝主要由精英文士創作且具有很強的文藝審美功能,則無疑義。
⑥ 二十世紀俄國形式主義論者在談論文學藝術時就特別強調"陌生化",當他們談論詩歌時,尤其强調詩歌語言的"文學性"體現在與日常語言的差距上。參看張隆溪著《二十世紀西方文論述評》(北京:生活・讀書・新知三聯書店,1986 年),頁 72—81。這樣一種現代文學理論自然不能直接移到中古中國詩賦之上,但卻能給我們帶來觀察視點上的啓發。

文藝審美，那麼考察題材上與日常生活的距離遠近，便能與"宏大"構成有效的對位，由之探測題材範圍之廣狹。

就辭賦題材日常之一端而言，魏晉南北朝賦同樣無遠弗屆。日常生活中必不可少的食品便不止一次入賦，如庾闡有《惡餅賦》，束皙有《餅賦》，張翰有《豆羹賦》。① 如果說相對清雅的茶、酒、果物入賦尚可辯稱不夠"日常"，那麼上述三篇晉人賦中的飲食，放到今日，也仍然日常且帶有濃濃的世俗氣息。

如果從程度之"極限"考慮，"日常"劍走偏鋒便是醜怪。在魏晉南北朝賦中，有若干篇專門寫醜怪人物的作品，如劉謐之《龐郎賦》、②張纘《妒婦賦》、劉思真《醜婦賦》、③朱彥時《黑兒賦》等。④ 對於這類作品，我們今日由於得見漢代出土文獻與敦煌文獻，很容易上下勾連出一條"俗賦"的脈絡，如漢代有《神烏賦》《妄稽》，⑤敦煌賦中有趙洽《醜婦賦》。⑥ 循此脈絡，不難發現：漢人《神烏賦》與《妄稽》都講述了生動有趣的故事，《妄稽》在講故事的同時更是塑造了醜婦兼妒婦之形象；而原本服務於故事的滑稽醜怪人物，到了魏晉賦中則進一步成爲了主角。就"醜怪"題材來說，最遲到晉，賦也已經走到了極致。

如前所述，劉勰將"潘岳醜婦之屬，束皙賣餅之類"并舉同列，足見他已經意識到日用與醜怪在"文"中都屬邊緣或異類。所謂邊緣，便是限度所在。

---

① 這三篇均收入熊四智主編《中國飲食詩文大辭典》（青島：青島出版社，1995年），頁100，頁110，頁114。程章燦在論述西晉賦的時候已經注意到這一面向，他以束皙所作諸賦爲例說明西晉賦家對"平淡的題材"的開拓，見其《魏晉南北朝賦史》，頁123。

② 嚴可均輯《全晉文》時，懷疑同樣歸爲劉謐之之作品的《迷賦》《下也賦》就是《龐郎賦》，乃一篇作品。程毅中認爲無論這幾篇的殘句是否爲一篇，劉謐之的作品都屬於曹植所謂"俳優小説"，這類作品的存在，能夠讓我們看到賦在敘述上的彈性之大。參看程毅中《敘事賦與中國小説的發展》，氏著《程毅中文存續編》（北京：中華書局，2010年），頁74—77。

③ 《文心雕龍·諧讔》云："潘岳醜婦之屬，束皙賣餅之類，尤而效之，蓋以百數。"（《文心雕龍義證》，頁535）潘岳有關醜婦的賦未能傳世，但南朝劉思真《醜婦賦》賴《初學記》《太平御覽》等而存。由此可知劉勰"尤而效之，蓋以百數"一語當不誇張。

④ 《北堂書鈔》卷一五八"地理·穴"引錄了數句繁欽的《明口賦》："唇實範綠，眼惟雙穴，雖蜂臀眉鬢，榛"。嚴可均認爲文有脫誤，錢鍾書亦認爲"題與文皆譌脫"，并在校證、解詁此數句的同時推測此篇的題目可能是《胡女賦》。據錢說，這幾句乃寫嘴唇、雙眼、鼻子、眉鬢等部位之醜，是"嘲醜女"之作。錢説若確，上述名單中便應當再添上此篇。參看：《全後漢文》卷九十三，《全上古三代秦漢三國六朝文》，頁976；錢鍾書著《管錐編》，頁1655、1656。

⑤ 參看：裘錫圭《〈神烏傅（賦）〉初探》，氏著《中國出土古文獻十講》（上海：復旦大學出版社，2004年），頁408—423；廖群《"俗講"與西漢故事簡〈妄稽〉〈神烏賦〉的流傳》，載《民俗研究》2016年第6期；何晉《漢賦中的人物審美與審醜——以〈妄稽〉爲例》，載《中國典籍與文化》2018年第2期。

⑥ 關於漢唐間之"俗賦"，在賦學和敦煌學領域俱有相當數量之研究，對趙洽《醜婦賦》的專門討論，參看伏俊璉著《俗賦研究》（北京：中華書局，2008年），頁408—415。

故而以"日常"與"宏大"對舉,作爲探測題材範圍的標準,確實具備相當之合理性。至此,對於辭賦題材之變化,我們可以得到相對明確的結論:魏晉辭賦在題材上已經觸碰到不同方向的"極限",換言之,兩晉賦之後,題材就廣度而言幾乎不可能有進一步拓展。

對於這一論斷,我們還可以通過比較南北朝賦與魏晉賦得到進一步確證。

如果對比兩漢賦與魏晉賦,不難發現:兩漢賦的大部分題材都在魏晉賦中再次出現,①同時魏晉賦中還出現了一些不見於現存兩漢賦的題材。前一類作品構成了漢魏晉賦堅實的傳統;後者卻不能被認定爲某些題材衹在魏晉時出現(因爲文獻散佚太多)。然而,若依循這一視角比較魏晉賦與南北朝賦,又會發現:南北朝賦幾乎没有出現新題材,而且若干魏晉常見的題材,不見於今存南北朝賦。如晉人潘尼有《火賦》,戴逵有《流火賦》②,南北朝時卻不見以火爲題的賦作留存;再如曹丕、王粲、陳琳均有《迷迭賦》,曹植有《迷迭香賦》,此後則不見以"迷迭"入題之賦。如果説魏晉以"火"和"迷迭"爲題的賦作本就不多,南北朝不見是因爲遺漏,③那麽"槐"與"相風"更能説明問題。關於"槐",曹操、曹丕、摯虞均有《槐賦》,曹植、王粲、傅巽、王濟、李暠均有《槐樹賦》,庾儵有《大槐賦》,稽含有《槐香賦》。關於"相風",左芬、盧浮、傅玄、傅咸、張華、孫楚、杜萬年、牽秀、潘岳、陶侃均有《相風賦》,此外,《隋書·經籍志》於"集部·總集"還有這樣一條著録:"梁……《相風賦》七卷,傅玄等撰。……亡。"④可見槐樹與風向儀在當時是辭賦中相當流行的題材,然而現存南北朝賦中無一篇以"槐"或"相風"爲題者。如果説某一具體題材的賦衹見於魏晉而不見於南北朝,尚能以偶然的書闕有

---

① 仍以上文列舉的漢賦爲例,上文列舉了公孫乘《月賦》至張衡《髑髏賦》的十三篇賦,在魏晉時期,幾乎都有同題材之賦(其中不乏題目完全相同的),試列舉如下(大部分僅舉一篇):公孫乘《月賦》—周祗《月賦》;陸賈《孟春賦》—傅玄《陽春賦》;賈誼《旱雲賦》—成公綏《雲賦》;司馬相如《梓桐山賦》—劉楨《黎陽山賦》;班彪《覽海賦》—王粲《游海賦》;枚乘《柳賦》—曹丕、王粲、陳琳、繁欽、傅玄、成公綏均有同題賦;賈誼《鵩鳥賦》—阮籍《鳩賦》;揚雄《蜀都賦》—左思《三都賦》;枚乘《梁王菟園賦》—孫楚《韓王故臺賦》;鄒陽《几賦》—諸葛恪《磨賦》;鄒陽《酒賦》—曹植、王粲、稽康、袁崧、稽含均有同題賦;王延壽《夢賦》—繆襲《嘉夢賦》;張衡《髑髏賦》—李康、吕安均有同題賦。
② 《流火賦》存四句:"火憑薪以傳焰,人資氣以享年。苟薪氣之有歇,何年焰之恒延。"内容與火直接有關。見《全晉文》卷一百三十七,《全上古三代秦漢三國六朝文》,頁2249。
③ 類似的情況還有"卮""髑髏"等題材。
④ 〔唐〕魏徵、令狐德棻撰《隋書》(北京:中華書局,1973年),頁1083。依《隋書·經籍志》之體例,這是從梁代目録中轉述之語。參看任莉莉著《七録輯證》(上海:上海古籍出版社,2011年),頁306。姚振宗考得晉人有《相風賦》者八家(即上述十人中的後八位),并推論云:"晉之後罕見有是作,此殆爲東晉人所集録也。"見〔清〕姚振宗撰,劉克東、董建國整理《隋書經籍志考證》,王承略、劉心明主編《二十五史藝文經籍志考補萃編》(北京:清華大學出版社,2014年)第十五卷,頁2185。

間來解釋,那麼綜合上述不同題材,我們還是能夠推定:有若干題材,在魏晉時經常被賦家擇取,至南北朝則無人問津。同時,現存南北朝賦的幾乎所有題材,都能在漢魏晉賦中找到同類。①

　　上文對於魏晉賦在題材上已臻"極限"的判斷,以邏輯推論爲主而輔之以舉例。而對南北朝賦和魏晉賦題材的比較,則進一步爲這一判斷提供了相對實證的支持。由此,對於魏晉南北朝賦的題材,可下一結論:魏晉南北朝賦在題材上已達極致,無所不包,而這一狀態在魏晉時已然完成,南北朝賦題材之豐富性尚不若魏晉賦。

　　對賦之題材獲得了上述認識後,對詩之題材的把握便相對容易。比照辭賦,可以認爲:魏晉南北朝詩在題材上是大爲拓展的時期,尤其是南朝詩歌,在題材方面大大開拓了"詩世界"。但若和賦相比,魏晉南北朝詩之題材尚不夠廣闊,進一步的拓展有待唐宋詩。

　　作爲魏晉南北朝詩之"基礎"的漢詩不論在數量還是質量上都無法與漢賦媲美,②漢代詩歌涉及的題材更是相當有限。故而魏晉南北朝詩歌相較前代,大大拓寬了題材之範圍。但如果和賦作橫向比較,以賦之"宏大"與"日常"爲參照衡量,又不難發現:魏晉南北朝詩在廣度上實不及賦,而詩之不及賦在兩端之中又不平衡——"宏大"方面詩歌并不遜色,"日常"一端卻頗有距離。

　　不妨仍以天地六合爲例考察詩歌。雖然早在西漢的《郊祀歌》十九章中即有"天地"一目,③曹植亦有樂府《天地篇》。然而,前者衹是對天地的祭祀詩樂,後者更是衹有兩句殘句,面目不清,④大概率不圍繞天地,而是像《白馬篇》那樣以起首二字名篇,與《天地賦》大不相同。雖然《天地篇》未必與天地有關,但曹植的後輩、和成公綏約略同時的傅玄卻寫有樂府《天行篇》,又有《兩儀詩》,⑤其包孕之廣闊,絲毫不遜色於《天地賦》。在《藝文類聚》

---

① 這一判斷,是我根據現存南北朝賦的標題,逐一檢索比對漢魏晉賦而得的,具備相當之把握。我在本書初稿(博士論文)中曾列一極爲冗長的表格提供比對證明,此處則從略。
② 觀《文心雕龍·明詩》與《詩品序》,可知劉勰和鍾嶸對此已有明確的認識。
③ 〔漢〕班固撰,〔唐〕顏師古注《漢書》(北京:中華書局,1962年),頁1057、1058;〔宋〕郭茂倩編《樂府詩集》(北京:中華書局,1979年),頁4、5。
④ 逯欽立據《文選》三十一《雜體詩》注輯録曹植《天地篇》:"復爲時所拘。羈縶作微臣。"此二句完全無關天地宇宙,見《先秦漢魏晉南北朝詩》,頁441。趙幼文《曹植集校注》則引作"俱爲時所拘,羈絏作微臣",見〔三國魏〕曹植著,趙幼文校注《曹植集校注》(北京:人民文學出版社,1984年),頁541。檢胡刻本李善注《文選》(北京:中華書局1977年影印)與原涵芬樓藏宋刊《六臣注文選》(北京:中華書局1985年影印),逯輯文字爲是。
⑤ 《天行篇》,《初學記》一作《歌天詩》,今存四句,分別寫天、日月、百川與三辰;《兩儀詩》的文本情況更爲複雜,有七言與四言兩種形態。不過在內容上都寫了兩儀、元氣、列宿、日月、萬物、聖人等,可說無所不包。參見《先秦漢魏晉南北朝詩》,頁560、561;頁574、575。

開篇之"天部•天"中,傅玄的這兩首詩便與成公綏的《天地賦》先後被引錄。至於日月星辰,在魏晉南北朝詩中更是屢見不鮮,傅玄就寫有《明月篇》《日昇歌》《衆星詩》,南朝張融則有《白日歌》,李鏡遠有《詠日詩》。張融在《白日歌序》中還有"懸象著明,莫大於日月,而彼日月,不能不謝"數句,強調日月最大,與成公綏《天地賦序》頗有相通處。①

在"宏大"一端,魏晉南北朝詩賦不相軒輊,但在"日常"一端,詩的廣度卻顯而易見地遠不及賦。魏晉南北朝詩中不乏寫日常生活平樸動人者,如左思《嬌女詩》便頗爲親切動人。然而,若與賦之寫器物、寫各色人物、寫醜怪險惡比較,則詩之範圍較賦爲狹。此外,若以詩史遞變觀之,詩并非不能觸及同樣的領域,祇是未到時候。衆所周知,唐宋詩(尤其是宋詩)的一大貢獻便是走向日常乃至醜怪險惡。② 某種意義上,當梅堯臣以詩吟詠蛆蟲蚊蠅乃至糞便時,③詩歌終於抵達了題材上的"極限"。

此外,南北朝(主要是南朝)詩在題材上的豐富度遠遠超過魏晉詩。換言之,魏晉南北朝詩歌始終在開拓題材,而南北朝詩開拓出的空間更爲廣大。在題材之開拓上,魏晉南北朝的賦與詩并不同步,這又與詩賦所面對的"基礎"與各自的"文體生命"有關。

至此,對於魏晉南北朝詩賦之題材,可作如下宏觀把握。整體上,六朝辭賦在題材方面比詩歌廣闊。分體分時段而言,六朝辭賦相比漢賦并無本

---

① 《先秦漢魏晉南北朝詩》,頁559,頁566、567,頁570、571;頁1409、1410;頁2117。
② 題材的拓展是一連綿的過程,就標誌性人物和時期而言,杜甫和之後的元和詩人對日常生活的呈現以及宋初梅堯臣以醜惡之物入詩都具有界碑意義。關於杜甫和元和詩人,參看呂正惠《杜詩與日常生活》及《元和詩的日常生活意識與口語化傾向》,氏著《抒情傳統與政治現實》(武漢:華中師範大學出版社,2011年),頁194—211,頁212—228。
③ 梅聖俞有《八月九日晨興如廁,有鴉啄蛆》,此外,梅還寫有一系列詩,以動物爲題,其中便有"蠅""蚊"二詩。梅之《和瘦孟》云:"物以美好稱,或以醜惡用,美惡固然然,逢時乃共用。"或許他的"醜惡"詩後頗有深意。見〔宋〕梅堯臣著,朱東潤編年校注《梅堯臣集編年校注》(上海:上海古籍出版社,1980年),頁516、517,頁867—872,頁566。關於梅堯臣詩之"每每一本正經地用些笨重乾燥不很像詩的詞句來寫瑣碎醜惡不大入詩的事物",錢鍾書有詼諧精到的描述和分析,參看錢鍾書著《宋詩選注》(北京:生活•讀書•新知三聯書店,2002年),頁22、23;關於梅堯臣選擇詩題之"不忌俗惡"以及對這一做法的褒貶,還可參看朱東潤《梅堯臣詩的評價》,見《梅堯臣集編年校注》,頁24。至於宋詩在表現日常生活上的突出,吉川幸次郎在其《宋詩概説》之《序章》的第四節《與生活的緊密聯繫》中早有不刊之論,參看:〔日〕吉川幸次郎著,李慶等譯《宋元明詩概説》(鄭州:中州古籍出版社,1987年),頁14—18;吉川幸次郎《宋詩的情況》,收入〔日〕吉川幸次郎著,〔日〕高橋和巳編,章培恒等譯:《中國詩史》(合肥:安徽文藝出版社,1988年),頁265—268;朱剛《從類編詩集看宋詩題材》,載《文學遺產》1995年第5期。結合以上學者之論,參觀相應詩人在詩歌中對"日常生活""醜惡"的表現,我們不難發現幾百年前的辭賦中也有類似的手法和表現。

質性的突破，卻又沿着漢賦的道路將題材的廣度拓至"極限"；六朝詩歌相比漢詩，極大地拓展了題材，這其中南朝詩人的貢獻尤爲豐富。若再俯瞰此後的文學史，就題材而言，唐宋以降的辭賦衹在量上有限拓展；而唐宋以後的詩歌則開出了更廣闊的"詩世界"。

第二節　手法：描寫、敘述、議論與抒情之分合

同樣的題材可以用不同手法加以處理，而某些題材更適合某種手法。故而題材和手法間總是若即若離。

與題材之無窮無盡不同，手法相對有限，描寫、敘述、議論與抒情四端基本上可以被視作文學最主要的手法。同時，同一篇作品往往能容納不同的手法。因此，考察詩賦中的手法，與上文對題材的處理方式同中有異。本節重點關注的是：詩賦二體在運用描寫、敘述、議論及抒情四種手法時，相較而言，在不同的時期，二體各自達到了怎樣的成熟度。

陸機在《文賦》中對賦有"體物瀏亮"的陳説，①"體物"大體上便是"描寫"的傳統表達。② 就像劉勰以"鋪采摛文，體物寫志"來爲賦"釋名"一樣，描寫（或"體物"）是辭賦創作不可或缺的手法，而在賦身上，早在漢代，"體物"之能力便已極度成熟。魏晉南北朝賦在"體物"上的進展，主要在於"物"之無所不包（這是上一節重點論證的），這其中最值得一提的是魏晉南北朝賦家成功地通過描寫將許多相當抽象的"物"有效呈現，在文學批評史上佔有崇高地位的陸機《文賦》便是顯例。③

詩歌的狀況則有所不同。雖然詩歌中從來不乏"描寫"之手法（《詩經》中即比比皆是），但明確地以某物爲中心展開描寫的詩歌，要到較晚的時代方大量出現。不妨以詩歌標題爲中心對此展開考察。④ 統觀現存魏晉南北朝詩歌，將發現如下現象。

---

① 本書第六章第一節對此有詳細考論。
② 古人所云之"物"，遠比現代漢語中的"物體""事物"廣闊。《禮記・樂記》之孔疏釋"物"爲"外境"，這一界定可謂探驪得珠。參看〔清〕阮元校刻《十三經注疏》（北京：中華書局，1980年），頁1527。
③ 陸機相當高明地通過"賦作文"而非"賦文"鋪陳文章寫作的前前後後，并提出若干理論問題。本書第六章第一節對此有詳論。
④ 需要注意的是，現存魏晉南北朝詩的許多詩題乃後人擬定，并非原作所有。不過，後人擬題時，往往有所憑據，或根據史書中的上下文，或根據詩歌內容，故即使是後人擬題，也在相當程度上反映了詩歌本身情況。

首先,現存三國詩歌中并無題爲"詠(賦得)某物"的作品,①有的詩僅看題目似乎專詠某物,實則不然。如曹丕《夏日詩》就不是專寫夏日,而是寫"夏日宴賓客暢懷歡樂之景"②。反觀辭賦,曹植、陳琳、王粲等人都曾寫過《大暑賦》,對炎熱天氣的描寫非《夏日詩》可比。可以說,現存三國詩歌雖然涉及了形形色色的"物",但少有專門寫"物"之作。

其次,這種情況到了兩晉稍有改觀。兩晉時期出現了一些在詩題中就明確詠某物的詩歌,今日尚能看到的有:陸機《春詠》、江逌《詠秋詩》、曹毗《詠冬詩》、蘇彦《七月七日詠織女詩》、謝道韞等《詠雪聯句》、③范泰《詠雪詩》、謝道韞《擬嵇中散詠松詩》、伏系之《詠椅桐詩》等。這其中的一些作品已經是比較嚴格的詠物詩。有意思的是,春、秋、冬、雪、植物這些被詩所詠之"物",都是在三國兩晉賦中有比較完備呈現的題材。

最後,至南北朝,詠物詩的數量陡然增多,還出現了一批以"賦得某物"爲題的詩歌作品。詠物詩的蓬勃發展,正在南北朝時期。④此外,這些詠物詩的題材,很大一部分已經見於之前或同時的辭賦之中。

雖然上述歸納是基於相當不完備的文獻而作的,但其間蘊藏的趨勢應當接近詩歌史演進之實際。質言之:詩歌在描寫這一手法上的成熟與深入,要到兩晉南北朝(尤其是南朝)方能與辭賦頡頏。

如果說"描寫"與賦的親緣度更高,那麼"抒情"與詩更爲緊密,且不必引"詩言志""緣情綺靡"⑤這些文學批評史上耳熟能詳的說法,就《文選》對詩賦作再分類時,就隱然以"事物"與"人的各種情感行爲"⑥爲標準。雖然

---

① 雖然我們根據謝道韞的《擬嵇中散詠松詩》可以推測嵇康曾有詠松之詩,但今存嵇康詩中并無題爲"詠松"的作品,今存嵇康詩作中,祇有《遊仙詩》開篇即云"遥望山上松,隆谷鬱青葱",但此詩并不寫松。故而我們也無法確認謝道韞所擬的嵇康詩,是專門寫松,還是涉及了松。

② 今人夏傳才、唐紹忠語,見夏傳才、唐紹忠校注《曹丕集校注》(石家莊:河北教育出版社,2013年),頁15。

③ 這一"聯句"其實并非嚴格意義上的詩,此處姑且列入。

④ 關於詠物詩的專門研究已經指出了這一點,雖然論者採取廣義的"詠物"觀念,認爲先秦是詠物詩的"萌芽期",但就是在這種廣義的"詠物"概念下,晉代的詠物詩還是"平淡"的,而南北朝才是詠物詩的"繁榮期"。參看于志鵬著《宋前詠物詩發展史》(濟南:山東人民出版社,2013年),頁39—53,頁54—109。

⑤ "詩言志"可說是中國詩學的"開山的綱領"(朱自清語)。在漢魏六朝時期,"情"和"志"并不對立,二者都兼攝感性與理性,指內心的思想情感,故本書多"情志"并用,本處所謂"抒情"與"言志"也非二事,實乃一事。關於"詩言志",參看朱自清《詩言志辨》,收入《朱自清古典文學論文集》(上海:上海古籍出版社,2009年),頁190;關於"情"、"志"之含義與關係,參看楊明《言志與緣情辨》,載《上海師範大學學報》2007年第1期。

⑥ 朱剛指出:"大致地説來,詩的分類着眼於人的各種情感行爲,賦則以所描寫的事物分類。"見《從類編詩集看宋詩題材》,頁86。

如此,漢賦早已相當嫻熟地運用抒情,如《漢書·藝文志·詩賦略》賦分四類,第一類爲"屈原賦之屬",顧實即推測此類"蓋主抒情者也"①。且不論這一推測是否完全正確,"屈原賦之屬"有"賈誼賦七篇",今日尚存的《鵩鳥賦》,確在抒情上達到了極高的成就。同樣的,"屈原賦之屬"還有"司馬相如賦二十九篇",司馬相如之《長門賦》在《文選》中被列入"哀傷"。此外,司馬相如的《大人賦》,不也讓武帝讀後"飄飄有凌雲之氣"嗎?② 所謂"凌雲之氣"或"陵雲之志",説的正是讀者在情志上受到的感召,也即作者抒情有力。賈誼和司馬相如二例足以説明,早在西漢,抒情這一手法在辭賦已然高度成熟,甚至可以説,抒情和描寫之於辭賦,差不多同時(西漢)成熟。相應地,魏晉南北朝賦在"抒情"這一手法上的開拓也主要表現在對各種"情"的抒發,喜(如三國兩晉有一系列《喜霽賦》)、樂(區惠恭有《獨樂賦》)、哀(曹丕有《哀己賦》,徐幹有《哀别賦》)、傷(王粲、楊修有《傷夭賦》)、悲(曹植有《悲命賦》、李顒有《悲四時賦》)等情緒大量直接進入辭賦標題中。整體而言,似乎與"詩可以怨"之傳統一致,辭賦也更愛抒發悲傷而非歡愉之情。

賦史專家在敘述魏晉南北朝賦的時候,往往會高度重視"抒情"。如郭維森認爲:"辭賦的敘事、描寫功能,在兩漢有較大的發揮,漢末以後,楚辭的抒情特點,重新得到發展。魏晉南北朝時期,辭賦以抒情爲主,各種題材都有所拓展,社會生活的所有方面都可以作爲辭賦的題材。辭賦可以用來抒情、敘事、詠物、説理,其功能之全面,爲詩歌所莫比。"③這裏所謂的"抒情爲主",實際上是將很多詠物、紀事賦也定爲抒情之作,如將寫龜、寫蟬的作品看作"寄託情感,傷時感事",④或將登臨賦看作抒發"弔古傷今之情"。⑤ 對於類似敘述,更爲恰當的表述或許是:魏晉南北朝賦家在描寫敘述不同題材時,都能夠將抒情融合其間。

---

① 顧實著《漢書藝文志講疏》(上海:商務印書館,1929 年),頁 179。
② 《史記》卷一百一十七《司馬相如列傳》:"相如既奏《大人之頌》,天子大説,飄飄有凌雲之氣,似游天地之間意。"見〔漢〕司馬遷撰《史記》(北京:中華書局,1959 年),頁 3063。《漢書》卷八十七《揚雄傳》有類似的説法,"凌雲之氣"作"陵雲之志"。("往時武帝好神仙,相如上《大人賦》,欲以風,帝反縹縹有陵雲之志。")見《漢書》,頁 3575。
③ 郭維森、許結著《中國辭賦發展史》,頁 206。
④ 郭維森在作出"抒情爲主"的論斷後,又分類討論"魏晉南北朝辭賦題材的拓展",在論述"有關詠物的題材時",他指出:"值得注意的是這一時期寫龜、寫蟬的賦各有多篇。龜,早見於《莊子》,曹操詩文有'神龜雖壽,猶有盡時'之句。蟬則有螳螂捕蟬之説,又以其鳴聲易興時節之感,故作者每以二物寄託情感,傷時感事。"見《中國辭賦發展史》,頁 209。
⑤ 郭維森在論述魏晉南北"關於言志、抒情的題材"時指出:"還有弔古傷今之情是時代帶給當時作者的,這類作品亦復不少,如傅咸的《登芒賦》、張載《登北芒賦》,感嘆人命危淺。陸雲《登臺賦》、盧諶《登鄴臺賦》、孫楚《韓王故臺賦》,都是憑弔古蹟、抒發感慨之作,其中最有代表性的是鮑照《蕪城賦》,寫廣陵今昔變化,感慨無窮。"見《中國辭賦發展史》,頁 209。

不論是"描寫"還是"抒情",辭賦都比詩歌更早地將這兩種手法運用至成熟之境。那麼敘述與議論又有怎樣的情況呢?

詩歌與辭賦在敘述上都較早達到了成熟,漢賦中的行旅賦(《文選》名之曰"紀行",如班彪《北征賦》等)便以一段行程爲基本骨架,繼而以途經之地的自然人文景觀豐富之,可説很好地融合了敘述與描寫。至於詩歌,漢樂府擁有强大的敘述能力,①後來的文人詩亦多受其影響。議論的情況則有所不同,辭賦由於重鋪陳,雖然也多涉及相對抽象的理論題材(如束皙有《讀書賦》、陸機有《文賦》、李充有《玄宗賦》、謝尚有《談賦》),但很難見到通篇均爲議論的賦作,辭賦的議論之力度終究不如詩歌(尤其是魏晉時多玄言詩,陶淵明更是有表達思想的傑作《形影神》)。此外,若縱貫來看,辭賦單純的議論能力始終有限(往往借描寫鋪陳而完成議論),詩歌的議論能力也要到宋代才達極致。

相對單一地考察四種手法在詩賦二體中的成熟程度外,還有必要觀察二種文體對不同手法的綜合運用。正如本節開頭指出的,同一篇作品可以容納不同的手法,而優秀的作品往往依靠不同手法之交錯融合方能達成。如果以描寫、敘述、議論與抒情的完美融合來説,南北朝後期的庾信之《哀江南賦》可説登峰造極,這在一定意義上似乎是爲辭賦這一高度成熟的文體在這一階段畫上了一個完美的句號。至於詩歌,恐怕要到杜甫的《北征》方可媲美《哀江南賦》。②

綜上所述,魏晉南北朝詩與賦在手法運用的熟練度上,呈現了與題材廣狹大致相當的狀況:不論是描寫抑或敘述、抒情,辭賦都早在漢代已達高度成熟之境,至魏晉南北朝,隨着辭賦題材之無所不包,手法也更加熟練;相較而言,辭賦在議論上略遜一籌。至於詩歌,抒情固可稱"本色",敘述能力也在漢代相對成熟,至於描寫,則在魏晉南北朝時期有大幅發展,魏晉南北朝詩的議論勝過賦,但議論方面的長足進步尚有待唐宋詩。此外,在綜合運用諸般手法上,辭賦也較早做到混融無間。

第三節　流轉的題材與手法

上面兩節描述了魏晉南北朝詩賦在題材和手法上的狀況。如果參照第一章所述作者作品的基本情況,不難發現題材/手法與作者/作品間多有照

---

① 説詳葛曉音《論漢樂府敘事詩的發展原因和表現藝術》,收入氏著《漢唐文學的嬗變》(北京:北京大學出版社,1990年),頁3—15。
② 説詳本書第八章。

應關係。這實際上正是詩賦二體各自"文體生命"在不同層面上的展示:辭賦之"文體生命"更早成熟,故而不論是在題材還是在手法上,都更廣闊與嫺熟;而魏晉南北朝(尤其是南朝)正是詩歌之"文體生命"的蓬勃發展期,故而詩歌題材最重要的生長期正在南朝。

若再綜合比對詩賦之題材,還會發現:許多題材,首先在賦體上得到了比較充分的表現,進而流轉至詩體。這樣的例子相當多,最爲顯豁的例子或許是"愁霖",三國時曹丕、曹植、王粲皆有《愁霖賦》,兩晉時袁豹、陸雲、崔君苗亦有同題作品,而西晉的詩賦作品俱多的文人傅咸則有《愁霖詩》一首。顯然,傅咸乃用詩歌來書寫辭賦中相當常見的題材。又如繁欽《定情詩》與張衡《定情賦》在題材及手法上都有比較直接的承襲關係。① 至於兩晉南朝詠物詩所詠之"物",大多可以在此前的辭賦中找到蹤迹。整體而言,題材的流轉,主要是從賦流到詩。

至此,對魏晉南北朝詩賦之題材流轉,可得結論如下:

魏晉南北朝辭賦對"物"的表現相當廣闊,從三國到兩晉,不斷有新的"物"被辭賦描繪,南北朝辭賦則繼承了兩晉的格局;相較而言,魏晉南北朝詩歌寫"物"之範圍不如同時的辭賦廣(相對少涉"日常物件"和"醜怪險惡"之物),專門的詠物詩至兩晉才變多,至南北朝才被大量創作,而這些詠物詩的許多題材就從之前的辭賦流轉而來。

就賦而言,在敘寫"事"與"人"方面,三國賦已經涉及了大量"事"和"人"題材,兩晉賦有進一步拓展,南北朝賦在"事"與"人"的題材上無新變而多繼承。就涉及"人"與"事"的範圍而言,魏晉南北朝之詩與賦大體相近,但辭賦所涉的"人"略豐富一些。

就詩而言,兩漢樂府詩有强大的敘述功能,但漢魏晉文人詩的主流仍是抒情。② 但到了南朝,描寫在詩歌中變得越來越重要。③ 從本章所關心的題

---

① 前輩學者已經注意到了這個問題,參看徐公持《詩的賦化與賦的詩化——兩漢魏晉詩賦關係之尋蹤》,載《文學遺産》1992 年第 1 期,頁 22;以及程章燦著《魏晉南北朝賦史》,頁 81—82。
② 蔡宗齊將漢魏晉五言詩的演變歸納爲"四種模式",其中漢樂府分别是"戲劇模式"和"敘述模式",而《古詩十九首》、曹植詩則屬於"抒情模式",阮籍詩屬於"象徵模式",參看蔡宗齊著,陳婧譯《漢魏晉五言詩的演變:四種詩歌模式與自我呈現》(北京:北京大學出版社,2015 年),該書頁 4 的示意圖最簡明扼要地概括了作者的論述。
③ 高友工在追溯律詩的形成時曾用"表現的模式"(expression,即"抒情")和"描寫的模式"的漸次展開來勾勒六朝詩的美學,而孫康宜更是以"抒情與描寫"而交替演進來結構六朝詩的歷史進程。參看高友工著,黄寶華譯《律詩的美學》,收入高友工著《中國美典與文學研究論集》(臺北:臺大出版中心,2004 年);以及孫康宜著,鍾振振譯《抒情與描寫:六朝詩歌概論》(上海:上海三聯書店,2006 年)。

材之分合與移動來看,這一變化是很容易解釋的:辭賦始終善於"體物",東晉之後,辭賦創作極盡繁榮,在題材上不再有太多拓展,詩歌創作則越來越富於活力,於是在大量"物"之題材在南北朝由賦轉移到了詩。這些題材更多由詩歌加以表現後,詩歌的描寫功能自然大爲發達(這其中必然對辭賦有所借鑒),而描寫和抒情的結合,則進一步推進了詩歌的繁榮,推動詩歌逐步走向唐詩。

魏晉南北朝詩賦"競逐"在題材與手法上的體現,多爲流動與轉移,而不是非此即彼的"争奪"。由於辭賦在"文體秩序"上長期佔據優先位置;同時由於賦的"文體生命"較詩更爲"早熟",六朝詩歌的許多題材與手法,往往能在更早的辭賦上被使用。而當某些題材與手法從辭賦流轉至詩歌時,詩人們根據詩的情形有所變化,這又進一步促進了詩歌的"文體生命",并慢慢改變"文體秩序"。

第三章 體式:"變"與"不變"

在討論了詩賦的題材與手法後,本章進而討論詩賦的體式。

文學作品的體式包含許多層面,此處無法面面俱到。同時,魏晉南北朝詩、賦的體式問題向來受到學者關心。故而本章在詩歌方面將圍繞着詩歌每句字數和句式問題,在辭賦方面將圍繞辭賦篇幅長短問題,用儘可能完備的數據討論:魏晉南北朝時期,詩歌和辭賦的體式是否隨着時間的前進而有所變化?如果有,變化又是否有規律?此外,詩賦二體對對方的體式變化是否存在影響?

第一節 走向唐詩:一個相對清晰的過程

正如《引論》所說,魏晉南北朝詩歌史的研究特別豐富,這其中詩歌體式的演進也受到了極多關注。因爲魏晉南北朝詩走向的是中國古代詩歌的高峰——唐詩,故而後來人在討論魏晉南北朝詩體式時,往往從唐詩(尤其是格律詩)這一"終點"出發,清楚地梳理出魏晉南北朝詩的流變線索,明人胡應麟和許學夷在《詩藪》和《詩源辨體》中就有大量精闢的詩史描述和提煉。[1] 現代學者則作了更多精密的工作,對從魏晉南北朝詩到唐詩的演進歷程有詳實的勾勒。

在關於魏晉南北朝詩歌體式的衆多研究中,詩歌的聲律問題備受關注。雖然傳說早在三國時曹植就已"深愛音律",且對"梵唄"之誕生大有貢獻("原夫梵唄之起,亦兆自陳思"),[2]但除《高僧傳》之記載外,我們無法看到其他相關記錄,真正在詩史上具備轉折性意義的還是齊梁時代,

---

[1] 參看錢志熙著《唐詩近體源流》(北京:北京大學出版社,2015年),頁27—40,頁128—138。

[2] 見《高僧傳》卷十三,頁507、508。

更具體地說是永明時代。古今學者在"永明聲律"問題上積累了豐厚的學術成果，不論是對"四聲八病"在當時的理論意義還是對實際詩歌創作中的聲律問題，大量系統而紮實的研究都能夠推進我們對此一時期詩歌史的理解。① 由於我在聲律方面缺乏積累，故本章論詩歌體式，不涉及聲律問題，祇關注另外兩個比較容易處理的形式因素：詩歌字數和句式。

一、四言、五言與七言的起落

魏晉南北朝時期，五言最爲繁盛，但源遠流長的四言詩在魏晉南北朝也不罕見，更有佳作（如陶淵明的幾首四言詩）。至於七言，雖然這一時期并非詩歌主流，卻在之後蔚爲大國，與五言共同構成了中國古典詩的主要體式。

關於四言、五言和七言形成、流行背後的語言機制，馮勝利通過語言學和文學的跨學科研究，從韻律的角度作出了令人信服的解釋。② 本章想要勾勒四、五、七言詩在魏晉南北朝時期的發展軌跡，若逐人討論，數據太過浩繁，繁冗之外亦不易呈現脈絡。故這裏採取上文曾用過的辦法，選取一部分"代表性"詩人加以統計。③ 所謂"代表性"的主要標準是存詩數量，因爲祇有面對存詩數量較多的詩人，討論四言、五言、七言詩的"比例分佈"才有意義。這裏以存詩量不少於 20 首爲標準，在這一主要標準之外，與第一章第二節一樣，此表也兼顧當時後來的評價和詩人的文學史地位，比如北朝詩人普遍沒能留存太多作品，故將存詩數量不足 20 首的温子昇和魏收也納入統計。根據這種辦法，可得表 3.1。④

[①] 相關研究太多，無法遍舉，其中劉躍進和杜曉勤的研究建立在大量文本分析和數據統計的基礎上，對本書幫助最大，參看劉躍進著《門閥士族與文學總集》（西安：世界圖書出版公司，2014 年）的第五、六章，這二章也見《門閥士族與永明文學》（北京：生活·讀書·新知三聯書店，1996 年）之"上編"第三章與"附錄"。并參見杜曉勤著《齊梁詩歌向盛唐詩歌的嬗變》（北京：北京大學出版社，2009 年）。
[②] 參看馮勝利著《漢語韻律詩體學論稿》（北京：商務印書館，2015 年）。
[③] 具體來説，我選取存詩數大約等於二十首的詩人，統計他們詩歌中四言、五言、七言以及其他字數詩歌的分佈情况。
[④] 魏晉南北朝詩人多留有詩歌殘句，今日祇能根據殘句的字數定其爲幾言詩（實際上這些作品當然可能是雜言詩）。有的殘句數量少，但恰爲八或九字，這些作品更可能是"雜言詩"而非"八言""九言"詩。但這裏仍然列出"八言""九言"二欄。具體到表 3.1，祇有傅玄有"八言""九言"作品。這二欄不妨看作是"雜言詩"。

表 3.1　魏晉南北朝"代表性"詩人詩歌分佈狀況

詩人	總數①	樂府 三言	四言	五言	六言	七言	八言	九言	雜言	徒詩 三言	四言	五言	六言	七言	雜言
曹操	23		4	7					12						
王粲	26										6	20			
劉楨	26										2	24			
阮瑀	14(2/12)			2								12			
曹丕	55(26/29)		7	8	1	2			8	3	21	3		1	1
曹植	130(73/57)		18	37	2	4			12	12	40	2	3		
應璩	36										1	34			1
嵇康	32(1/31)							1		15	12		2	2	
阮籍	98										13	83	2		
傅玄	97(57/40)		6	30	1	6	1	1	12	3	28		5	4	
傅咸	20										13	6		1	
張華	45(11/34)			10					1	5	29				
潘岳	25										9	15			1
陸機	119(51/68)		3	30	2	1			15	16	52				
陸雲	34										25	9			
左思	15										2	13			
張載	21										3	14		4	
張協	15										1	13		1	
潘尼	29										11	17			1

---

① 對於既有樂府又有徒詩的詩人，統計完總數之後，在括號內標出樂府數量和徒詩數量，樂府居前，徒詩居後。樂府與徒詩主要依據逯欽立書略作區分，而未精細判別。

續 表

詩人	總數	樂府							徒詩				
		三言	四言	五言	六言	七言	八言	九言	雜言	三言	四言	五言	六言	七言	雜言
郭璞	30										6	24			
庾闡	20										1	13	6		
陶淵明	124										9	114			1
謝靈運	101(18/83)			2	11	1			4		7	76			
謝惠連	34(13/21)			3	5	1			4			21			
顏延之	34										5	29			
謝莊	17										1	12			4
鮑照	205(87/118)	1		54	9				23		3	112	1		2
王融	76(31/45)			30					1	1	4	37	3		
謝朓	146(33/113)			33							3	110			
蕭衍	95(54/41)			36	4				14	1		39	1		
范雲	42(2/40)			2						1		39			
江淹	126(2/124)			2								105	2	4	13
任昉	20										3	17			
沈約	185(50/135)			40	5				5	8		114	1		12
何遜	116(4/112)			4								112			
吳均	146(36/110)			31	2				3	1		108	1		
王僧孺	39(6/33)			6								33			
張率	24(21/3)	1		9	9				2			3			
蕭統	33(7/26)			7						1		19	1	2	3

續表

詩人	總數	樂府							徒詩					
		三言	四言	五言	六言	七言	八言	九言	雜言	三言	四言	五言	六言	七言	雜言
蕭子顯	18(10/8)			5		2			3			4		4	
劉孝綽	69(6/63)			6							1	61			1
劉孝威	60(25/35)			21		1			3		2	31		1	1
蕭綱	285(88/197)			72		9			7		5	179	1	7	5
庾肩吾	89(7/82)			7								81		1	
王筠	50(8/42)			6		1			1		1	41			
蕭繹	123(21/102)			16		5						93		8	1
陰鏗	34(3/31)			3								31			
張正見	92(44/48)			41					3			46		2	
陳叔寶	95(69/26)	1		57		5			6			25			1
徐陵	42(19/23)			14		3			2			23			
江總	103(33/70)			21		10			2		1	60	1	8	
溫子昇	11(7/4)			6					1			4			
魏收	16(5/11)			4		1						11			
王褒	48(18/30)			14	1	1			2			30			
庾信	259(21/238)			16	2	3						235		3	
盧思道	28(11/17)			10					1		1	14			2
楊廣	44(19/25)			12		5			2			25			
薛道衡	21(5/16)			4		1						16			
王冑	20(8/12)			5		1			2		1	11			

在此基礎上，不分樂府和徒詩，再提取各詩人的四言詩、五言詩、七言詩數量，并計算比例，由此而得表 3.2。

表 3.2 魏晉南北朝"代表性"詩人四、五、七言詩數量與比例

詩人	詩歌總數	四言總數	五言總數	七言總數	四言比例	五言比例	七言比例
曹操	23	4	7	0	0.173 913	0.304 347 8	0
王粲	26	6	20	0	0.230 769 2	0.769 230 8	0
劉楨	26	2	24	0	0.076 923 1	0.923 076 9	0
阮瑀	14	0	14	0	0	1	0
曹丕	55	10	29	3	0.181 818 2	0.527 272 7	0.054 545 5
曹植	130	30	77	7	0.230 769 2	0.592 307 7	0.053 846 2
應璩	36	1	34	0	0.027 777 8	0.944 444 4	0
嵇康	32	15	12	2	0.468 75	0.375	0.062 5
阮籍	98	13	83	2	0.132 653 1	0.846 938 8	0.020 408 2
傅玄	97	9	58	11	0.092 783 5	0.597 938 1	0.113 402 1
傅咸	20	13	6	1	0.65	0.3	0.05
張華	45	5	39	0	0.111 111 1	0.866 666 7	0
潘岳	25	9	15	0	0.36	0.6	0
陸機	119	19	82	1	0.159 663 9	0.689 075 6	0.008 403 4
陸雲	34	25	9	0	0.735 294 1	0.264 705 9	0
左思	15	2	13	0	0.133 333 3	0.866 666 7	0
張載	21	3	14	4	0.142 857 1	0.666 666 7	0.190 476 2
張協	15	1	13	1	0.066 666 7	0.866 666 7	0.066 666 7
潘尼	29	11	17	0	0.379 310 3	0.586 206 9	0
郭璞	30	6	24	0	0.2	0.8	0

續　表

詩人	詩歌總數	四言總數	五言總數	七言總數	四言比例	五言比例	七言比例
庾闡	20	1	13	0	0.05	0.65	0
陶淵明	124	9	114	0	0.072 580 6	0.919 354 8	0
謝靈運	101	9	87	1	0.089 108 9	0.861 386 1	0.009 901
謝惠連	34	3	26	1	0.088 235 3	0.764 705 9	0.029 411 8
顏延之	34	5	29	0	0.147 058 8	0.852 941 2	0
謝莊	17	1	12	0	0.058 823 5	0.705 882 4	0
鮑照	205	3	166	10	0.014 634 1	0.809 756 1	0.048 780 5
王融	76	4	67	3	0.052 631 6	0.881 578 9	0.039 473 7
謝朓	146	3	143	0	0.020 547 9	0.979 452 1	0
蕭衍	95	1	75	5	0.010 526 3	0.789 473 7	0.052 631 6
范雲	42	0	41	0	0	0.976 190 5	0
江淹	126	0	107	4	0	0.849 206 3	0.031 746
任昉	20	3	17	0	0.15	0.85	0
沈約	185	8	154	6	0.043 243 2	0.832 432 4	0.032 432 4
何遜	116	0	116	0	0	1	0
吳均	146	1	139	3	0.006 849 3	0.952 054 8	0.020 547 9
王僧孺	39	0	39	0	0	1	0
張率	24	1	12	9	0.041 666 7	0.5	0.375
蕭統	33	1	26	2	0.030 303	0.787 878 8	0.060 606 1
蕭子顯	18	0	9	6	0	0.5	0.333 333 3

續　表

詩人	詩歌總數	四言總數	五言總數	七言總數	四言比例	五言比例	七言比例
劉孝綽	69	1	67	0	0.014 492 8	0.971 014 5	0
劉孝威	60	2	52	2	0.033 333 3	0.866 666 7	0.033 333 3
蕭綱	285	5	251	16	0.017 543 9	0.880 701 8	0.056 140 4
庾肩吾	89	0	88	1	0	0.988 764	0.011 236
王筠	50	1	47	1	0.02	0.94	0.02
蕭繹	123	0	109	13	0	0.886 178 9	0.105 691 1
陰鏗	34	0	34	0	0	1	0
張正見	92	0	87	2	0	0.945 652 2	0.021 739 1
陳叔寶	95	0	82	5	0	0.863 157 9	0.052 631 6
徐陵	42	0	37	3	0	0.880 952 4	0.071 428 6
江總	103	1	81	18	0.009 708 7	0.786 407 8	0.174 757 3
温子昇	11	0	10	0	0	0.909 090 9	0
魏收	16	0	15	1	0	0.937 5	0.062 5
王褒	48	0	44	1	0	0.916 666 7	0.020 833 3
庾信	259	0	251	6	0	0.969 112	0.023 166
盧思道	28	1	24	0	0.035 714 3	0.857 142 9	0
楊廣	44	0	37	5	0	0.840 909 1	0.113 636 4
薛道衡	21	0	20	1	0	0.952 381	0.047 619
王冑	20	1	16	1	0.05	0.8	0.05

據表3.2,直到梁代,才出現了沒有留下四言詩的"代表性"詩人(范雲、江淹、何遜等),而且這些詩人的存詩數量不少。而之後的陳代、北朝和隋代,表3.2所列舉的十三位"代表性"詩人中,祇有三位留下了四言詩(江總、盧思道、王冑)且都祇有一首。就數量而言,從梁代開始,四言詩創作數量急劇減少。

數量上的有無之外,就比例而言,四言詩在"代表性"詩人創作中的比例在晉宋之際發生了劇變。三國時期的九位"代表性"詩人中有六位的四言詩比例超過10%,祇有劉楨、阮瑀、應瑒的四言詩比例不足10%,而劉、阮、應三人的存詩總數恰恰是比較少的。[1] 兩晉時期的十三位"代表性"詩人中,有九位的四言詩比例超過10%,祇有傅玄、張協、庾闡、陶淵明的四言詩比例不足10%,這其中傅、陶二人的四言詩數量并不少,各有九首作品傳世。但到了南北朝,上表所列的諸多"代表性"詩人中,祇有顏延之和任昉的四言詩比例超過了10%(顏爲14.7%,任爲15%),而且南北朝的"代表性"詩人中,祇有四位留下了五首或以上的四言詩(謝靈運九首,沈約八首,顏延之與蕭綱俱五首)。

綜合存詩數量和所佔比例兩方面可知,四言詩的地位在晉宋之際發生了劇變。三國兩晉詩人大多有四言詩創作,且在所有詩歌中比例不低,當時詩人們雖然主要創作五言詩,但并不忽視四言,四言詩在有的詩人那裏甚至是主要詩體(如陸雲)。至劉宋,四言詩開始"淡出"詩壇,在許多詩人那裏祇是可有可無的點綴,聊作數首而已。至梁代,四言詩開始在許多詩人那裏"缺席",不少作詩甚多的詩人都不再留下四言。因此,四言詩在南朝的"迅速沒落"[2]過程中兩個時間點至爲關鍵:一是劉宋,此後四言詩開始"淡出"詩壇;二是蕭梁,此後四言詩甚或直接"缺席"。

三國兩晉時期四言詩的相對繁榮(不是與五言詩相比,而是與後來的南北朝等時代相比)已經引起了學者們的注意,[3]在體式方面,葛曉音的相關研究最爲深湛。她在敘述"八代詩史"時很早就注意到了"西晉詩中長篇四言泛濫成災"的現象,她對此有兩方面的解釋,一是"魏晉文人尚未能將詩賦明顯地區別開來";二是"在西晉文人看來,詩、賦、頌都是同體,而且以頌爲

---

[1] 一般來說,存詩總數越少,比例越不接近實際情況。
[2] 用葛曉音語,參見《漢魏兩晉四言詩的新變和體式的重構》,收入氏著《先秦漢魏六朝詩歌體式研究》(北京:北京大學出版社,2012年),頁185。
[3] 已有專書研究這一時期的四言詩,參看〔韓〕崔宇錫著《魏晉四言詩研究》(成都:巴蜀書社,2006年)。

最美"。① 此後,葛曉音又細緻入微地分析了四言體的形成與辭賦的關係,指出《詩經》之後"四言發展的另一個趨勢是賦化",四言體的部分句式"與辭賦的產生有密切的關係"。② 這些解釋已經捕捉到了辭賦與四言詩的密切關係。

四言不僅廣泛被詩使用,也是賦中的"常客"。儘管祇有四個字,但詩中四個字的虛實分佈、結構組織和節奏韻律都很複雜,③魏晉四言詩肯定受到漢魏晉辭賦的影響,④但這一影響到何程度,詩、賦之四言有何異同,尚待進一步的研究。⑤ 就宏觀層面而言,三國兩晉時期辭賦創作是文士的重心所在,不論是在觀念還是實際創作層面,辭賦都是最爲重要的文體,繁榮而重要的辭賦創作自然會影響詩歌創作。既然用四字句來進行文學創作對於當時文士來說是駕輕就熟的,那麼三國兩晉文士多作四言詩也就十分自然。⑥ 至於四言詩在南北朝的衰弱,也與辭賦在南北朝的相對停滯和沉寂有關。⑦ 南北朝時期的辭賦雖然不再是創作的重心,但并未在數量上如四言詩那樣"一落千丈",且在當時文人的觀念中仍然佔據很重要的地位。⑧ 文士們的創作熱情轉移到了詩歌上,正是因爲詩歌能夠開拓辭賦并未觸及的境界,所以此時文士寫詩,恰恰要與辭賦拉開距離,於是與辭賦"親緣度"最高的四言詩,也就逐漸"淡出"乃至"缺席"詩壇了。

---

① 見葛曉音著《八代詩史(修訂本)》,頁99、100。
② 參看葛曉音《論四言體的形成及其與辭賦的關係》,原載《中國社會科學》2006年第2期,此據《先秦漢魏六朝詩歌體式研究》,引文見頁37、38。
③ 前引《漢魏兩晉四言詩的新變和體式的重構》一文中對此有極其綿密詳盡的研究,《先秦漢魏六朝詩歌體式研究》,頁185—204。
④ 葛曉音就指出,魏晉四言詩人中最重要的三位——曹操、嵇康和陶淵明對四言詩的"革新"各不相同,曹操"對四言詩的改革得力於當時新起的五言體",嵇康的"四言詩則是在駢文興起之後對傳統四言體的又一次革新",至於陶淵明,他的四言詩"從章法到句法是更接近《詩經》體的"。參看前引《論四言體的形成及其與辭賦的關係》,《先秦漢魏六朝詩歌體式研究》,頁40、41。
⑤ 要對這一問題作出可靠的結論,需要模仿葛曉音的研究方法,對辭賦中四言句的體式和語言特徵作細密的微觀研究,這是一項浩大的工程,非本章能夠承擔。
⑥ 當然四言詩的相對繁榮離不開天才詩人們(如葛曉音強調的曹操、嵇康和陶淵明)的卓絕貢獻,這裏則強調時代大風氣的影響,時代風尚和天才詩人的推進是相輔相成、缺一不可的。
⑦ 葛曉音在前引《漢魏兩晉四言詩的新變和體式的重構》一文的結尾指出:"因此兩晉四言的繁榮,是雅正內容和體式功能相輔相成的結果。到了反對雅正、要求表現情性和興會的創作觀念成爲主流的南朝,無法適應其變化的四言最終衰弱也就是必然的結果了。"此説洵爲的論,如果進一步探究的話,兩晉四言詩內容上追求"雅正",不正受到當時繁榮的辭賦影響(辭賦在莊典雅正上自然過於詩歌)? 而葛文所歸納的兩晉四言重對偶等語言特徵,也是辭賦中常見的手段。參見《先秦漢魏六朝詩歌體式研究》,頁204。
⑧ 關於南北朝文士觀念中辭賦的地位,本書第五、六章有專門討論。

而五言詩的"起"與四言詩的"落"存在着正相關,三國的九位"代表性"詩人中,四人(三曹父子與嵇康)的五言詩比例不及 60%,兩晉的十三位"代表性"詩人中,四人(傅玄、傅咸、陸雲、郭璞)的五言詩比例不及 60%,但南北朝"代表性"詩人中祇有張率、蕭子顯二人的五言詩比例不及 60%,且此二人的存詩總數偏少(張率二十四首,蕭子顯十八首)。大部分南北朝"代表性"詩人的五言詩比例都在 80%以上。

至於七言詩,整個魏晉南北朝的七言詩不僅數量有限,而且比例不高,相對來説,南北朝的七言詩比三國兩晉的七言詩在數量和比例上都要多一些,但總體上,作爲"非主流"詩體的七言詩與同樣"非主流"的四言詩不同,既没有相對繁盛的階段,也没有銷聲匿迹的時期,在各個時期都以低比例零散分佈。這一現象與當時的語言發展有關,①也與魏晉南北朝大量的雜言詩中大量使用七言句有關。② 不同於四言詩的起落,七言詩的"不成氣候"與"零散分佈",除了適才列舉的原因外,是否也與七言句式與辭賦"親緣度"更低、距離太遠有關? 而七言詩的繁榮,還要等待唐代——一個詩歌在觀念和創作實踐上都成爲重中之重的時代。

二、句式: 對固定的追求

如果以格律詩爲標準的話,詩歌體式方面值得關注的元素除了字數、聲律外,就是句數了。格律詩在句數祇有四句和八句兩種情况。③ 因爲句數的變化與聲律的規範直接相關,④所以現代學者對魏晉南北朝詩歌在句式上的關注,一般集中在永明及永明之後,如吳小平根據丁福保所輯《全漢三國晉南北朝詩》統計了齊、梁、陳三朝的詩歌句數,通過統計,吳小平得出結論:"五言詩的形式已明顯呈現出趨於短小、固定的大勢。詩人們創作了大

---

① 參見前引馮勝利《漢語韻律詩體學論稿》第九章《五言詩與七言詩發展的韻律條件》。葛曉音對漢魏七言詩也有相關研究,參看《早期七言的體式特徵和生成原理》,原載《中國社會科學》2007 年第 3 期,收入《先秦漢魏六朝詩歌體式研究》,頁 205—226。
② 參見葛曉音《中古七言體式的轉型——兼論"雜古"歸入"七古"類的原因》,原載《北京大學學報》2008 年第 2 期,收入《先秦漢魏六朝詩歌體式研究》,頁 227—245。
③ 唐代詩人創作的某一類作品,超過八句又具備律體特徵,後人取名爲"排律"。但"排律"之名甚是後起,據現代學者研究,這一概念乃是元人楊士弘提出,在明代進一步得到廣泛運用。參看沈文凡、周非非《"長律""排律"之文獻緝考——以唐宋元明時期作爲考察範圍》,載《東北師大學報》2009 年第 6 期;并參見沈文凡著《排律文獻學研究(明代篇)》(長春: 吉林人民出版社,2007 年)。
④ 王鍾陵指出:"同對聲律的運用相關聯,自然要求篇幅的縮短和句數的固定。因爲篇幅過長,聲律的運用必更爲繁複,句數的不固定,也不便於某種格式的確定。"參看王鍾陵著《中國中古詩歌史》,頁 446。

量的五言四句式詩與五言八句式詩,其中,五言八句式詩最爲突出。齊爲83首,梁爲489首,都約佔其全部五言詩的28%;陳爲269首,約佔其全部五言詩的55%。無論是數量還是比率,都遠遠超過其他形式的詩,佔有明顯的優勢。"①吴小平又據丁輯《全漢三國晉南北朝詩》統計了"南北六朝"(南朝的齊、梁、陳與北魏、北齊、北周)的詩歌,他的結論是:"據統計,南北朝五言詩共有2915首,其中篇制爲十句以下的就有2182首,約佔總數的75%。"而"南北六朝"的現存詩歌中五言八句式詩共993首(其中有對偶句的有876首)。② 吴氏的統計揭示出永明以後詩歌篇幅變短且逐步定型的大趨勢。

　　王鍾陵在吴小平數據統計的基礎上有所引申,他認爲:"由這一統計表③可以看出兩點:一是當時摸索一個合宜的篇幅的嘗試,幾乎逢雙的句數都有試驗:四、六、八、十、十二、十四,密度很高。二是在這種嘗試中被人們寫作得最多的,首爲八句式,次爲四句式,再次爲十句式。我曾就謝朓、沈約、王融、范雲四人詩作過統計,所得分析結果亦同於此。"他還特別提醒我們:"十句式亦是當時新體詩的一種重要形式……有關文學史著作在論及近體詩形式的胎孕誕育時,祇提及四句式和八句式,不提及十句式,這是用後世定型了的律、絶形式來觀察問題的直線性看法。"④

　　劉躍進也在吴小平研究的基礎上,根據《文選》《玉臺新詠》和《八代詩選》三書分别統計了竟陵八友詩歌的句數分佈,又據《玉臺新詠》和《八代詩選》二書統計了蕭綱、蕭繹詩歌的句數分佈,⑤不論是竟陵八友還是蕭氏兄弟,他們的五言詩都以八句式最多(竟陵八友有50首,約佔總數的28%;蕭氏兄弟有55首,約佔總數的27%),其次是四句式(竟陵八友有49首,約佔總數的27%;蕭氏兄弟有36首,約佔總數的22%),再次是十句式(竟陵八友有34首,約佔總數的19%;蕭氏兄弟有21首,約佔總數的13%)。劉躍進再以《文選》和《玉臺新詠》二書所載顏延之、謝靈運之詩歌的句數分佈作對比,在顏、謝的五言詩中,"五言二十二句居各種句式之首,12首;第二位是二十句式,11首;第三位是二十六句式,6首。這説明,顏、謝的五言詩創作

---

① 參看吴小平《論五言八句式詩的形成》,載《文學遺産》1985年第2期,統計表格和結論見頁27。
② 參看吴小平《論五言律詩對偶形式的形成》,載《蘇州大學學報》1986年第2期,統計表格和相關數據見頁49、50。
③ "這一統計表"即吴小平《論五言八句式詩的形成》一文的統計表格,見《文學遺産》1985年第2期,頁27。
④ 見王鍾陵著《中國中古詩歌史》,頁447。
⑤ 劉躍進根據《文選》《玉臺新詠》和《八代詩選》這樣的總集來作統計,可謂獨具匠心,他用這一方法保證了所統計的都是完整之詩。關於詩歌是否完整以及如何統計,下文在進行統計的時候還會有具體説明。

仍以長篇爲主,不過,他們對於五言四句及五言八句已經有所染指,①而且影響頗大"。②

以上的各家的研究都以完備的數據統計揭示出永明時期在五言詩句數變化上的轉捩意義。在此基礎之上,仍以表3.1所列的"代表性"詩人的詩歌作品爲統計對象,統計他們的詩歌中五言四句詩、五言八句詩的數量,并計算相應的比例。因爲魏晉南北朝詩的發展最後走向了相對明確的目的地:唐代近體詩,所以這裏不再統計數量同樣很多的五言十句、五言十二句詩。

對"代表性"詩人的五言詩進行計算後,可得表3.3。

表3.3　魏晉南北朝"代表性"詩人五言詩中四句、八句詩之數量與比例

詩人	存詩總數	可能完整的五言詩數	五言八句詩數	比例	五言四句詩數	比例	五言四、八句詩比例
曹操	23	4	無	0	無	0	0
王粲	26	15	3	0.2	無	0	0.2
劉楨	26	20	4	0.2	4	0.2	0.4
阮瑀	14(2/12)	12(2/10)	6(1/5)	0.5	無	0	0.5
曹丕	55(26/29)	29(4/15)	2(1/1)	0.068 965 5	無	0	0.068 965 5
曹植	130(73/57)	61(27/34)	4(2/2)	0.065 573 8	5(1/4)	0.081 967 2	0.147 541
應璩	36	11	2	0.181 818 2	無	0	0.181 818 2
嵇康	32(1/31)	12	無	0	無	0	0
阮籍	98	83	7	0.084 337 3	無	0	0.084 337 3
傅玄	97(57/40)	43(26/17)	5(2/3)	0.116 279 1	12(5/7)	0.279 069 8	0.395 348 8
傅咸	20	2	1	0.5	無	0	0.5
張華	45(11/34)	35(8/27)	7(1/6)	0.2	6(0/6)	0.171 428 6	0.371 428 6

---

① 根據劉的統計,《文選》和《玉臺新詠》載録的顏、謝詩,五言四句式詩的數量是2首,五言八句式詩的數量詩4首。
② 見前引劉躍進著《門閥士族與文學總集》,頁141、142。

續 表

詩人	存詩總數	可能完整的五言詩數	五言八句詩數	比例	五言四句詩數	比例	五言四、八句詩比例
潘岳	25	12	1	0.083 333 3	無	0	0.083 333 3
陸機	119(51/68)	75(26/49)	3(1/2)	0.04	12(0/12)	0.16	0.2
陸雲	34	6	無	0	無	0	0
左思	15	12	無	0	無	0	0
張載	21	10	1	0.1	3	0.3	0.4
張協	15	13	無	0	無	0	0
潘尼	29	16	無	0	3	0.187 5	0.187 5
郭璞	30	11	1	0.090 909 1	無	0	0.090 909 1
庾闡	20	10	5	0.5	2	0.2	0.7
陶淵明	124	113	18	0.159 292	無	0	0.159 292
謝靈運	101(18/83)	84(11/73)	8(3/5)	0.095 238 1	10(1/9)	0.119 047 6	0.214 285 7
謝惠連	34(13/21)	23(5/18)	6(2/4)	0.260 869 6	5(1/4)	0.217 391 3	0.478 260 9
顏延之	34	25	8	0.32	1	0.04	0.36
謝莊	17	12	2	0.166 666 7	2	0.166 666 7	0.333 333 3
鮑照	205(87/118)	164(54/110)	16(2/14)	0.097 561	32(26/6)	0.195 122	0.292 682 9
王融	76(31/45)	67(30/37)	14(6/8)	0.208 955 2	29(15/14)	0.432 835 8	0.641 791
謝朓	146(33/113)	134(33/101)	43(5/38)	0.320 895 5	16(15/1)	0.119 403	0.440 298 5
蕭衍	95(54/41)	72(36/36)	6(4/2)	0.083 333 3	39(28/11)	0.541 666 7	0.625
范雲	42(2/40)	41(2/39)	10(2/8)	0.243 902 4	15(0/15)	0.365 853 7	0.609 756 1
江淹	126(2/124)	106(2/104)	11(0/11)	0.103 773 6	1(0/1)	0.009 434	0.113 207 5

續　表

詩人	存詩總數	可能完整的五言詩數	五言八句詩數	比例	五言四句詩數	比例	五言四、八句詩比例
任昉	20	17	2	0.117 647 1	1	0.058 823 5	0.176 470 6
沈約	185(50/135)	152(40/112)	43(12/31)	0.282 894 7	29(7/22)	0.190 789 5	0.473 684 2
何遜	116(4/112)	102(4/98)	27(1/26)	0.264 705 9	16(1/15)	0.156 862 7	0.421 568 6
吳均	146(36/110)	135(31/104)	65(17/48)	0.481 481 5	21(8/13)	0.155 555 6	0.637 037
王僧孺	39(6/33)	39(6/33)	16(1/15)	0.410 256 4	2(0/2)	0.051 282 1	0.461 538 5
張率	24(21/3)	12(9/3)	2(2/0)	0.166 666 7	2(0/2)	0.166 666 7	0.333 333 3
蕭統	33(7/26)	26(7/19)	7(0/7)	0.269 230 8	3(2/1)	0.115 384 6	0.384 615 4
蕭子顯	18(10/8)	9(5/4)	1(0/1)	0.111 111 1	5(3/2)	0.555 555 6	0.666 666 7
劉孝綽	69(6/63)	67(6/61)	14(3/11)	0.208 955 2	13(0/13)	0.194 029 9	0.402 985 1
劉孝威	60(25/35)	52(21/31)	5(3/2)	0.096 153 8	12(0/12)	0.230 769 2	0.326 923 1
蕭綱	285(88/197)	248(72/176)	72(27/45)	0.290 322 6	63(13/50)	0.254 032 3	0.544 354 8
庾肩吾	89(7/82)	83(7/76)	28(4/24)	0.337 349 4	14(0/14)	0.168 674 7	0.506 024 1
王筠	50(8/42)	46(6/40)	26(3/13)	0.565 217 4	9(2/7)	0.195 652 2	0.760 869 6
蕭繹	123(21/102)	118(16/92)	30(12/18)	0.254 237 3	27(1/26)	0.228 813 6	0.483 050 8
陰鏗	34(3/31)	34(3/31)	16(2/14)	0.470 588 2	1(0/1)	0.029 411 8	0.5
張正見	92(44/48)	86(40/46)	58(25/33)	0.674 418 6	3(1/2)	0.034 883 7	0.709 302 3
陳叔寶	95(69/26)	82(57/25)	32(27/5)	0.390 243 9	15(11/4)	0.182 926 8	0.573 170 7
徐陵	42(19/23)	37(14/23)	24(11/13)	0.648 648 6	無	0	0.648 648 6
江總	103(33/70)	80(21/59)	37(18/19)	0.462 5	6(1/5)	0.075	0.537 5
溫子昇	11(7/4)	10(6/4)	2(0/2)	0.2	7(6/1)	0.7	0.9
魏收	16(5/11)	13(4/9)	4(0/4)	0.307 692 3	3(1/2)	0.230 769 2	0.538 461 5

續 表

詩人	存詩總數	可能完整的五言詩數	五言八句詩數	比例	五言四句詩數	比例	五言四、八句詩比例
王褒	48(18/30)	44(14/30)	16(7/9)	0.363 636 4	5(0/5)	0.113 636 4	0.477 272 7
庾信	259(21/238)	250(16/234)	82(2/80)	0.328	54(0/54)	0.216	0.544
盧思道	28(11/17)	23(10/13)	7(2/5)	0.304 347 8	1(0/1)	0.043 478 3	0.347 826 1
楊廣	44(19/25)	36(12/24)	9(2/7)	0.25	9(7/2)	0.25	0.5
薛道衡	21(5/16)	20(4/16)	2(0/2)	0.1	4(0/4)	0.2	0.3
王胄	20(8/12)	16(5/11)	4(0/4)	0.25	4(4/0)	0.25	0.5

關於表3.3,要作幾點技術性説明:

第一,各詩人現存"五言詩總數"和"可能完整的五言詩數"是兩個概念,魏晉南北朝詩人的大量詩作賴類書保存,而類書(尤其是《藝文類聚》)存録詩賦作品,往往是節選而非全録。[1] 所以上文引述的劉躍進的統計辦法,可謂穩妥,衹是他的做法範圍比較有限,在全面性上有所不足。逯欽立在全面輯録先唐詩歌時也敏鋭地注意到了這一問題,他還總結出了"一個衡量詩篇完闕的尺度":"凡是輯自類書的,一般都是不完整的;凡是採自舊集的,一般都是完整的。"[2]應該説,這是一個比較嚴苛的尺度,符合這個尺度的,基本就是完整詩篇,但不符合這個尺度的,也未必全然不完整。表3.3的工作,在逯欽立所歸納之"尺度"的基礎之上,不僅考慮"出處"這樣的外部因素,而且考慮詩歌内容是否意脈完整貫通,採用較寬泛的態度,不能懷疑其非全篇的,就姑且定爲全篇。如郭璞的五言《遊仙詩十九首》,其一至七首(句數分别是:十四、十四、十四、十二、十、十六、十四句),皆被《文選》載録,按照逯欽立所述"尺度",自屬全篇;其八、其九出自《初學記》《詩紀》,又分别被《太平御覽》《藝文類聚》節引,按照"類書"的尺度,其八、其九似非完整篇章。但這兩首詩分别有十六、十四句,與之前的詩篇體制大體相當,詩歌内容的意脈也比較完整,所以這裏將這二首詩也定爲完整的五言詩。至

---

[1] 唐代的幾種類書,尤其是《藝文類聚》乃保存先唐詩歌的寶庫,而類書本就不必全録作品。同時正因爲這些類書成於唐代,所以節録詩歌作品時,受唐代詩風影響,比較容易以四句、八句爲單位來節録作品,這一點不可不察。
[2] 見《先秦漢魏晉南北朝詩》之《後記》,頁2792。

於郭璞《遊仙詩十九首》的十一至十九首,不僅篇幅上祇有六句、四句甚至二句,出處也都是《藝文類聚》《北堂書鈔》《韻補》等書,則自非完整篇章。①儘管來自《藝文類聚》的詩歌在"完整性"上都不甚可靠,但如果尚屬首尾完足,這裏也都寬泛地算作"可能完整的五言詩",所以表3.3的數字和比例都可能是偏高的。

第二,循表3.1之例,對於既有樂府又有徒詩的詩人,在標註數字時都再用括弧標出相應的樂府詩數和徒詩數(樂府詩居前)。而祇留下了樂府詩或徒詩的詩人中,曹操祇有樂府詩傳世,其餘詩人則祇有徒詩傳世。

第三,魏晉南北朝時期有一些聯句的詩作,如陶淵明集中就有十六句的五言《聯句》,其中首末四句爲陶所作,②何遜的五言"聯句"詩尤多(共十四首),或四句,或八句。③ 這些作品自然可以看作是五言四句詩和五言八句詩,④但聯句畢竟不同於一人之作,"意思未必首尾一貫",⑤所以在統計時不將"聯句"詩作納入"可能完整的五言詩"。

第四,魏晉南北朝四言詩多分章,五言詩亦有分章之作,如謝靈運的五言詩《登臨海嶠初發疆中作與從弟惠連可見羊何共和之詩》(《文選》載錄)就分四章,每章八句,對於這種情況,這裏將此詩算作"五言八句"詩。可以補充的是,魏晉南北朝并無"每章四句"的五言分章詩。

通觀表3.3,從"有無"這個最直觀的層面來說,三國的九位"代表性"詩人中有七位無五言八句詩或五言四句詩(其中曹操二者皆無),兩晉的十三位"代表性"詩人中共有八位無五言八句詩或五言四句詩。但到了南北朝時期,除徐陵無五言四句詩傳世外,其他詩人都或多或少有五言八句和五言四句詩傳世。就五言八句詩和五言四句詩的"有無"而言,三國兩晉時期和南北朝時期的反差不可謂不強烈。

具體到數量和比例上,三國和兩晉"代表性"詩人們的五言八句、五言四句詩創作比較零散,總體上數量較少,比例較低,但在某些存詩數量較少的詩人處,五言八句、五言四句詩的比例尚算高,如阮瑀留下了十二首可能完整的五言詩,其中六首爲五言八句,比例相當之高;又如庾闡所留下的十首

---

① 見《先秦漢魏晉南北朝詩》,頁865—867。
② 見《先秦漢魏晉南北朝詩》,頁1013、1014。并參看袁行霈撰《陶淵明集箋注》(北京:中華書局,2003年),頁428、429。
③ 見《先秦漢魏晉南北朝詩》,頁1710—1714。并參看〔梁〕何遜著,李伯齊校注《何遜集校注》(濟南:齊魯書社,1988年),頁72—73、80—82、132—133、154—169。
④ 如錢志熙在討論南齊詩歌"今體"中的五言四句詩時,就把陶淵明的《聯句》作爲先導之一,參見錢志熙著《魏晉南北朝詩歌史述》,頁152。
⑤ 用袁行霈分析陶淵明《聯句》詩之語,見《陶淵明集箋注》,頁429。

可能完整的五言詩中有五首五言八句詩及二首五言四句詩，比例更高。①
但是我們必須注意，三國兩晉時期五言八句和五言四句詩比例較高的"代表性"詩人所存的"可能完整的五言詩"數量都十分有限。② 而且，如果仔細覈查他們可能完整的五言詩、五言八句詩和五言四句詩，其中頗多來自《藝文類聚》等類書的作品，所以實際上他們的五言四句、五言八句詩比例不可能這麼高。而作品留存較多的曹植、阮籍、陸機、陶淵明四人的五言八句和五言四句詩在他們所有"可能完整的五言詩"中所佔的比例都不超過20%。應該說，三國兩晉時期詩人們是否有明確的"固定句數"的意識，是比較可疑的。

爲了進一步討論這一問題，依照表 3.3 的原則，再專門抽取曹植、阮籍、陸機、陶淵明四人的詩作，統計五言詩的句數分佈狀況，製成表 3.4。③

表 3.4 曹、阮、陸、陶詩歌句數分佈情況

詩人	可能完整的五言詩數	四句	六句	八句	十句	十二句	十四句	十六句
曹植	61(27/34)	5(1/4)	6(1/5)	4(2/2)	4(2/2)	7(1/6)	3(0/3)	9(3/6)
阮籍	83	0	3	7	28	25	12	5
陸機④	75(26/49)	12(0/12)	4(1/3)	3(1/2)	8(1/7)	6(1/5)	3(1/2)	9(0/9)
陶淵明	113	0	1	18	16	24	10	18

詩人	十八句	二十句	二十二句	二十四句	二十六句	二十八句	三十句	三十二句	三十四句
曹植	1(0/1)	3(2/1)	1(1/0)	4(4/0)	1(1/0)	4(3/1)	2(2/0)	1(1/0)	1(0/1)
阮籍	2	0	0	1	0	0	0	0	0
陸機	5(1/4)	19(16/3)	1(0/1)	2(1/1)	0	0	0	0	1(1/0)
陶淵明	4	14	1	3	0	0	2	1	0

---

① 不過，像傅咸這樣，留下的二十首詩中祇有二首可能完整的五言詩，而其中又恰有一首五言八句詩，故而他的五言八句、五言四句詩比例達到了50%，但由於分母太小，這個高比例實際上并無什麼意義。

② 三國九位"代表性"詩人中，劉楨、阮瑀的五言八句和五言四句詩比例大於20%，他們的"可能完整的五言詩"數量則爲20、12首；兩晉十三位"代表性"詩人中，傅玄、傅咸、張華、張載、庾闡的五言八句和五言四句詩比例大於20%，他們的"可能完整的五言詩"數量分別是43、2、35、10、10首。

③ 這裏將四句至三十四句的雙數句全部列出，這些詩人的詩歌中有篇幅甚長的作品，如曹植尚有五十句以上的五言樂府，不再列出。

④ 陸機的十二首五言四句詩中祇有一首見於陸集，其餘都從《藝文類聚》《太平御覽》《韻補》等書中輯出，是否真爲五言四句詩，十分可疑。即使將這些都算作完整的五言四句詩，陸機的五言八句、五言四句詩總數和比例仍舊不高。

這四位大詩人的詩歌句數分佈狀況清楚地揭示出兩點：第一，他們并没有很明晰的"固定句數"意識，不同的句數分佈零散，從他們四人身上并不能看出走向某一種或幾種句數的趨勢；第二，他們四人的句數選擇相對集中在十、十二、十四、十六句上，篇幅長於後來流行的八句。

　　綜合表3.3和表3.4，可以認爲：三國兩晉時期詩人作詩時尚没有明確的"固定句數"意識，詩人們廣泛嘗試各種可能，在這一試驗過程中，他們可能更屬意篇幅更長的十數句的五言詩。上文引用了劉躍進對顔延之、謝靈運詩歌的統計以及他的結論（"顔、謝的五言詩創作仍以長篇爲主"），①應該説，三國兩晉詩壇的風尚也是更加重視長篇。

　　至劉宋，至少在表3.3的"代表性"詩人那裏，情況有了明顯的改變，五言八句和五言四句詩的比例都在20%以上。而齊梁以後五言八句、五言四句詩日益明顯地成爲主流，在許多"代表性"詩人那裏，五言八句和五言四句詩的比例都在50%以上，其他句數再也無法與這兩種句數抗衡。前引諸學者對永明以後的五言詩句數變化已經作了詳盡的描述和解釋，此處不再展開。

　　劉躍進曾在具體分析永明詩體句式的基礎上，對魏晉南北朝詩歌句式作出宏觀概括，他認爲："魏晉南北朝詩歌發展的歷史，也就是近體詩從發生到發展的歷史。僅就詩歌句式的演變而言，從兩漢五言古詩到建安詩歌，這是一變。太康時代，五言句式又發生新的變化，那就是四句八句式明顯見多。至元嘉時代，又是一變，元嘉詩人似乎有意開始嘗試創作五言四句八句詩，雖然祇是嘗試，而且數量不多，卻影響久遠。永明詩人則在句式方面，將五言四句八句詩漸漸歸於定型，使之成爲文壇比較主要的詩歌樣式。這就爲近體詩的形成，在句式上做了奠基性的工作。"②這段概括可謂簡明扼要，而上文的討論，可以對這一宏觀概括再作補充和細化：四句八句式在魏晉時期的增多，是因爲當時詩人們開始嘗試各種句式，數量上"增多"并不意味着有意的"固定句數"。至劉宋，四句八句式比例明顯增高，但詩人們的"有意"創作還要等待"永明聲律"的推助。已經被"有意"創作且比重增多的五言八句和五言四句詩與"永明聲律"的結合才最終使得四句八句式"歸於定型"，逐步走向唐代格律詩。

　　前賢時彦對魏晉南北朝詩歌體式如此這般的歷史進程已經作了大量解釋，從詩賦關係角度出發，也能作出相應的解釋。

---

① 見前引《門閥士族與文學總集》，頁142。
② 見前引《門閥士族與文學總集》，頁145。

三國兩晉時期，辭賦是文人創作的重心，文士們對詩歌創作并不像後來那麼重視，反映到詩歌句式上，詩人們嘗試頗多，但并不迫切地尋找一種固定的形式；到了南北朝，詩歌成爲文學創作的重心，吸引了文士們最高的熱情，自然也就有了"有意"的追求。而聲律原理的被發現與被應用，進一步推進了四句八句式成爲主流。

　　不過，劉躍進已經注意到，元嘉詩人對五言四句八句詩雖有嘗試，但數量不多，就他統計的顏、謝詩而言，"五言二十二句居各種句式之首，12 首；第二位是二十句式，11 首；第三位是二十六句式，6 首"。在表 3.4 中，五言十句、十二句、十四句、十六句和二十句比例最高，而且到了之後的顏謝那裏，詩歌篇幅似乎更長了，這又應當如何解釋？①

　　這正與詩賦二體的興替有關。晉宋之際恰是詩賦關係的最大轉捩點，從劉宋開始，辭賦逐漸不再是文學創作的首要文體，詩歌創作大爲繁榮，但文體間的興替不可能在某個節點"一步到位"，往往需要一個過程。這時期的文士們開始將更多的心血傾注到詩歌上時，卻又很可能"積習難改"。"積習"之一，就是傾向於多作長篇，這一"積習"自與作賦有關，因爲辭賦的篇幅比詩要大很多。而擺脫"積習"的過程，也就是詩歌尋找到自己的"節奏"，逐步將篇幅短小的五言四句八句詩定爲主流的過程。②

三、四言八句詩與五言八句詩：一個猜想

　　以上討論了魏晉南北朝詩歌兩個最基本的形式元素——字數與句數的演進過程，最後，本節還想結合字數和句數提出一個猜想：五言八句詩的定型受到了四言詩的影響。

---

① 駱玉明曾注意到："中古文人詩興起以後，由於對詩歌特質的理解的偏差，出現一種語意繁複的壅塞現象。"所謂"壅塞"的一個表現，就是篇幅較爲冗長。駱氏從對"詩歌特質的理解"的角度出發，將南朝到唐的詩歌演變過程描述爲對壅塞現象的清除過程，也即"中國古典詩歌發展爲高度自覺的藝術創造的過程"，其説極爲深刻。而從本書的角度出發，這個過程也是下文所謂的擺脫辭賦影響的過程。參看駱玉明《壅塞的清除——南朝至唐代詩歌藝術的發展一題》，載《復旦學報》2003 年第 3 期，頁 117—122，引文在頁 117。

② 就"文體秩序"而言，某種文體從高於它文體的影響中走出來的同時，往往會從低於它的文體中吸取養分或刺激。對於南朝五言四句詩和五言八句詩的繁榮，以往學者都注意到了樂府詩的影響，如前引吴小平《論五言八句式詩的形成》一文就特別強調"宫廷樂府"和"南朝樂府"的影響。本節之所以在以上各表中不甚精密地區分樂府和徒詩，分別列出數據，也是希望能够以數據説明樂府和徒詩在魏晉南北朝詩歌的體式演進中各自的情形。應該説，相較於徒詩而言，樂府地位較低，而來自樂府的刺激和走出辭賦的陰影恰恰相輔相成，共同推進了齊梁以後詩歌體式的定型。關於樂府對永明以後五言四句、五言八句詩的影響，還可參看劉躍進著《門閥士族與文學總集》，頁 142—145；以及錢志熙著《魏晉南北朝詩歌史述》，頁 152、153。

上文在討論魏晉南北朝四言詩的相關問題時,注意到四言詩的句式并非雜亂無章,其演變也有規律可尋,那就是四言八句詩逐漸定型爲主要句式。① 這裏不作詳細統計列舉,僅就四言詩史上幾個里程碑式的人物略加展開。

曹植的四言詩中八句之作有六首,②比例并不算高。至嵇康,他的十四首完整四言詩中有四首八句詩,③而他的名篇《四言贈兄弟秀才入軍詩》分十八章,其中十二章爲八句(第一至第十、第十六、十七章)。曹植和嵇康這兩位三國大詩人的四言詩中,四言八句雖沒有特別高的比例,但比起其他句式,比例還是偏高的。④

至西晉的四言詩大家陸雲,情況又有變化,陸雲的四言詩句式非常繁複,此據《先秦漢魏晉南北朝詩》,將陸雲四言詩的具體情況整理爲表3.5:

表 3.5　陸雲四言詩出處、句式概覽

詩　題	出　處	句　式
大將軍宴會被命作詩	文選、本集、詩紀;類聚(作《侍大將軍宴詩》);文選注(作《陸機大將軍宴會詩》)節引。	四言,六章,第三、六章十句,其餘皆八句。
征西大將軍京陵王公會射堂皇太子見命作此詩	本集、詩紀。	四言,六章,第五章十句,其餘皆八句。
太尉王公以九錫命大將軍讓公將還京邑祖餞贈此詩	本集、詩紀;類聚節引。	四言,六章,第一、五章十句,第六章十二句,其餘八句。
大安二年夏四月大將軍出祖王羊二公於城南堂皇被命作此詩	本集、詩紀;韻補(作《城南詩》《餞王太尉詩》)節引。	四言,六章,末章十句,其餘皆八句。

---

① 受《詩經》影響,四言詩多分章,這裏所謂的"四言八句詩",既包括衹有三十二字的四言詩,也包括分若干章,每章八句的四言詩。
② 分別是:《甘露謳》《時雨謳》《嘉禾謳》《白鵲謳》《白鳩謳》以及《朔風詩(五章)》,前五篇《謳》乃曹植作《魏德論》所繫,分別從《初學記》《藝文類聚》和《太平御覽》輯出,還有一篇《木連理謳》(四言六句),輯自《太平御覽》,也極有可能原有八句。
③ 分別是:"淡淡流水""婉彼鴛鴦""藻氾蘭池""斂絃散思"四首。
④ 曹植的四言詩多爲殘篇,嵇康的十四首完整四言詩中,四言十句詩稍多於四言八句詩,有五首,其餘句式皆零散分佈。

續 表

詩 題	出 處	句 式
從事中郎張彥明爲中護軍奚世都爲汲郡太守客〔各〕將之官大將軍崇賢之德既遠而厚下之恩又隆非〔悲〕此離析有感聖皇既蒙引見又宴于後園感鹿鳴之宴樂詠魚藻之凱歌而作是詩	本集、詩紀。（逯：此詩本集以《從事中郎張彥明爲中護軍》爲題，割"奚世都"以下爲敘。并於題下注"并敘"二字。因敘文言奚世都爲汲郡太守，詩紀遂將"奚世都"以下移作下篇《贈汲郡太守》之敘。按本集、詩紀俱誤。……）	四言，六章，前四章八句；後二章十句。
贈汲郡太守詩	本集、詩紀。	四言，八章，**每章八句**。
贈顧驃騎詩二首（有皇，有小序）	本集（作《贈顧驃騎後二首》）、詩紀、韻補節引。	四言，八章，第二、五、六、八章十二句，其餘十句。
贈顧驃騎詩二首（思文，有小序）	本集、詩紀。	四言，八章，第一章十二句，第三、八章十句，其餘八句。
贈鄱陽府君張仲膺詩	本集、詩紀。	四言，五章，分別爲十四、十六、十四、十二、八句。
贈顧彥先	本集、詩紀。	四言，五章，第二、四章十六句，其餘八句。
答顧秀才詩	本集、詩紀；韻補節引。	四言，五章，末章十句，其餘八句。
答大將軍祭酒顧令文詩	本集、詩紀。	四言，五章，**每章八句**。
答吳王上將顧處微詩	本集、詩紀。	四言，九章，**每章八句**。
贈顧尚書詩	本集、詩紀；韻補節引。	四言，八十六句。
答兄平原詩	本集、文館詞林、詩紀；類聚（作《答兄詩》）、韻補節引。	四言，二百三十八句。
贈鄭曼季詩四首（谷風，有小序）	本集、文館詞林、詩紀。	四言，五章，第二章十二句，第五章十四句，其餘十句。
贈鄭曼季詩四首（鶴鳴，有小序）	本集、文館詞林、詩紀。	四言，四章，分別爲十、十二、十四、十四句。

續 表

詩　題	出　處	句　式
贈鄭曼季詩四首 (南衡,有小序)	本集、文館詞林、詩紀。	四言,五章,第二、三章十句,其餘十二句。
贈鄭曼季詩四首 (高岡,有小序)	本集、文館詞林、詩紀。	四言,四章,第一章十句,其餘八句。
答孫顯世詩	本集、文館詞林(作《答孫承》)、詩紀。	四言,十章,**每章八句**。
失題(悠悠懸象)	本集、詩紀。	四言,八章,第二、五、八章十句;其餘八句。
失題(思樂芳林)	本集、詩紀。	四言,六章,末章十句,其餘皆八句。
失題(美哉良友)	本集、詩紀。	四言,二十八句。
失題(有美一人)	本集、詩紀。	四言,二十八句。
贈孫顯世詩	韻補。	四言,四句,或不全。

觀表3.5可知,陸雲四言詩中純粹的四言八句詩并不多,衹有四首(《贈汲郡太守詩》《答大將軍祭酒顧令文詩》《答吳王上將顧處微詩》《答孫顯世詩》)。但是在分章的四言詩中,八句之章卻是最多的,大大多於其他句式之章。可以說,在陸雲手上,四言八句是他使用最頻繁的四言詩句式,衹是他還會摻雜其他句式共同謀篇。

而在魏晉四言詩新的高峰(亦是絶唱)陶淵明處,四言八句詩成爲了陶淵明最喜愛的體式,他的九首四言佳作中,衹有《酬丁柴桑》爲十四句,其餘都是每章八句的分章之作。從曹植、嵇康到陸雲、陶淵明,我們大致可以看到四言八句的定型和成爲主流。

正如上文所言,四言詩到了南北朝很快就"淡出"乃至"缺席"詩壇。但一種成熟且有過傑作的詩歌體式,恐怕不會無聲無息地銷聲匿迹。四言詩雖然不再被詩人重視,衹是偶爾一作,但原先成熟的四言八句式詩體是否會潛移默化地影響到南朝最繁榮的五言詩創作呢?這種可能恐怕是存在的。

不過,在南北朝詩人有限的四言詩創作中,我們卻并未發現四言八句式成爲主流,南北朝留下四言詩最多的詩人是謝靈運(九首)、沈約(八首)、蕭綱(五首)、顏延之(五首,完整者四首)。謝靈運四言詩中四言八句式尚多:《贈從弟弘元時爲中軍功曹住京詩》分五章,每章八句;《答謝諮議詩》分八章,每章八句;《贈從弟弘元詩(并序)》分六章,末章外皆八句;《答中書詩》分八章,前六章皆八句;《贈安成詩》分七章,末章外皆八句。顏延之的四首完整的四言詩中有兩首爲每章八句的分章之作。但沈約的八首四言詩中祇有兩首是每章八句的分章之作,而蕭綱的五首四言詩中竟無四言八句詩。顏、謝的四言八句詩似乎還在魏晉四言八句詩發展的延長線上,但沈、蕭的四言詩則完全不見"定型"。這固然與作品數量太少有關,是否也説明了四言詩在齊梁以後甚至丟掉了本已逐漸定型的句式,喪失自家傳統? 而四言詩在句式上本已逐漸定下卻又失去了的"型",是否潛移默化地融入了五言詩句式的"定型"過程之中?

當然,這祇是一個猜想,要比較確鑿地證實或證僞這一猜想,尚待進一步的細密推敲。

第二節 相對穩定:辭賦的篇幅及其他

如前所述,以往學者多認爲南朝賦進一步"抒情小品"化,有的學者甚至認爲整個魏晉南北朝賦的演變趨勢就是趨向於"短幅小品"。① 如一部六朝賦的專史在論述六朝賦"詩化"時,認爲"詩化"的一個方面就是"篇製的普遍短小化",作者認爲:"篇製短小精煉是詩歌異於其他文體的一大特徵,六朝賦的詩化的又一明顯趨向是普遍認同這一特徵,自覺地革除繁冗,追求省淨,從而使小型化成爲當時辭賦創作的主導潮流。就今存較完整的作品考察,篇幅基本在百字到三百字之間,不足百字的也有不少,而超過五百字的僅佔 1/20 左右,這種情況是前所未見的。"爲了論證這一觀點,作者隨後以陸機爲例指出:"即便是素稱文辭繁富的陸機,賦作也相當簡短精練,呈現與詩歌靠攏的流向。"作者對於陸機的論述,是以陸機的"16 篇抒情小賦與 17 首樂府詩(蕭統《文選》編排在一起的)的篇製情況"加以比對,從而得出"除個別作品外,二者在篇製上并無太大的差異"的結論。② 但是,假如對這"16

---

① 如李曰剛就認爲:"文學隨時代而俱變。時至魏、晉、南北朝,文學主流雖已由賦遞嬗而爲古詩、駢文及新體詩,然而賦之伏流餘波,仍漫衍不衰,特去閎侈之長篇鉅製,蜕而爲清新之短幅小品而已。"參看李曰剛著《中國辭賦流變史》(臺北:"國立"編譯館,1997 年),頁 251。這段話頗多可商榷處,本書在各章節都有涉及,此處不再述。不過李氏此段論述祇是籠統而言,且李著受鈴木虎雄影響,定魏晉南北朝賦爲"俳賦",爲了區別漢之"古賦",不免有過度聚焦之處。關於李書的簡要評價,參看許結講述,潘務正記錄《賦學講演録》(北京:北京大學出版社,2009 年),頁 93。
② 參看王琳著《六朝辭賦史》,頁 26、27。

篇抒情小賦"①的文本來源稍作考察,我們會發現,這十六篇賦全部來自《藝文類聚》等類書,且絕非完整篇目。② 用這樣的例子來支撐六朝賦"篇製的普遍短小化"這一觀點,恐怕是不能成立的。

因此,欲討論魏晉南北朝辭賦作品之篇幅是否具備某一演進趨勢(如"短小化"或"小品化"),必須也祗能以(相對)完整的作品作爲討論對象。

判斷一篇賦是否爲完整之作,仍不離内外兩條標準,所謂"外部標準"即文本出處,逯欽立對詩歌是否完整的標準在此仍然適用,作品若出自《文選》、本集、正史和佛藏等文獻,則較易爲完整之作,若出自《藝文類聚》等類書,則往往不是完整作品;所謂"内部標準"即文本是否意脈完整、首尾完足,若末尾有"亂曰""重曰",或"七體"分八段且最後一段一方"心悦誠服",則較可能爲完整之作。不過魏晉南北朝文獻距今太遠,我們追求的"完整"祗能是相對完整,即使《文選》存録的作品,也未必百分百是全篇,③但在没有可靠材料的情况下,仍應視《文選》中的作品爲全篇。至於《宋書》存録的謝靈運《山居賦》這樣中間有數十字闕文的作品,更應當被看作完整作品。

根據内外標準,此處採取比較寬鬆的態度,將魏晉南北朝可能完整的作品及相應的出處、句數等情况整理爲表3.6。④

---

① 王琳列舉的"16篇抒情小賦"分别是:《感時賦》《豪士賦》《思親賦》《遂志賦》《懷土賦》《行思賦》《思歸賦》《愍思賦》《應嘉賦》《幽人賦》《列仙賦》《凌霄賦》《述思賦》《大暮賦》《感丘賦》《歎逝賦》。

② 一方面,正如上文反覆申説的,《藝文類聚》存録詩賦文本多是節録,并不保存全篇;另一方面,嚴可均在輯録陸機文時,對於以上十六篇賦中的許多篇章,從《藝文類聚》《初學記》《太平御覽》《文選注》等多種文獻中輯録出了不同條目,今人程章燦還有更多的輯補,而王琳的計算句數,基本上祗計算了《藝文類聚》中載録的相應作品的句數,如《愍思賦》,《全晉文》卷九十六載録的部分有十四句(從《藝文類聚》輯出),程章燦則從《韻補》另外輯補了二則(共八句),但王琳將此篇句數算作十四句,進而認爲此賦篇製"甚至比詩歌還短小"。參看《全上古三代秦漢六朝文》,頁2011;《六朝辭賦史》,頁27;《魏晉南北朝賦史》,頁372。關於《藝文類聚》存録作品的方式,參看林曉光《論〈藝文類聚〉存録方式造成的六朝文學變貌》,載《文學遺産》2013年第3期,頁34—44。

③ 如《文選》所載曹丕《典論·論文》,看似完足,但後人卻仍能找到可能的佚文,本書第六章對此有所討論。

④ 還有四點技術性説明:第一,對於是否完整,我根據賦文結構和意脈有自己的判斷,比較肯定的用"當爲全篇",不甚肯定的用"或爲全篇"。第二,此處根據《全上古三代秦漢三國六朝文》載録的文本計算句數(不見於《全文》的,則依據程章燦在《魏晉南北朝賦史》的輯録計算),雖然現在有更多更好的《文選》、正史和别集校注本,但計算句數時多一句少一句實則無妨大礙,故爲方便,統一據《全文》計算。第三,嚴輯《全文》的作者排列并不按照時代先後,而是依據傳統做法,首帝王,次后妃,相較而言,逯欽立輯《全詩》依照作者卒年加以編次,而表3.6中各賦家大多也是詩人,故而在前後排列上,主要參考《全詩》的順序。第四,句數計算不計序文。

表3.6 魏晉南北朝可能完整辭賦作品情況一覽

賦家	賦題	出處	句數及其他說明
曹植	洛神賦(并序)	文選、類聚、初學記。	當爲全篇。169句。
	七啓(并序)	文選、類聚。	當爲全篇。441句。
禰衡	鸚鵡賦	文選、類聚。	或爲全篇。100句。
卞蘭	讚述太子賦(并上賦表)	類聚、初學記。	或爲全篇,55句。前32句六字,最後一句"乃作頌曰",繼之以22句的四言"頌"。
王粲	登樓賦	文選、類聚。	或爲全篇。52句。
	七釋	文館詞林、類聚、書鈔等。	當爲全篇。459句。
何晏	景福殿賦	文選。	當爲全篇。402句。
嵇康	琴賦(并序)	文選、類聚、本集。	全篇。359句。末12句爲四言"亂"。
	卜疑	本集。(嚴案:此擬《卜居》。)	主客問答,當爲全篇。163句。
阮籍	東平賦	本集。	當爲全篇。227句,末64句爲"重曰",皆"七字(末字爲"兮")+六字"句構成。
	清思賦	本集。	或爲全篇。169句。
孫該	三公山下神祠賦(并序)	類聚、初學記、六帖。	或爲全篇。58句,末12句爲四言"亂"。
向秀	思舊賦(并序)	文選、類聚、晉書本傳。	當爲全篇。24句。
成公綏	天地賦(并序)	晉書成公綏傳、類聚、初學記、書鈔。	或爲全篇。144句。
	嘯賦	文選、類聚、晉書成公綏傳。	當爲全篇。144句。
張華	鷦鷯賦(并序)	文選、類聚。	或爲全篇。72句。
潘岳	秋興賦(并序)	文選、類聚。	當爲全篇。78句。
	西征賦	文選、類聚。	當爲全篇。811句。

續　表

賦家	賦　題	出　　處	句數及其他説明
潘岳	懷舊賦(并序)	文選、類聚。	當爲全篇。42 句。
	寡婦賦(并序)	文選、類聚。	當爲全篇。133 句,末 40 句爲"重",全篇多用"兮"。
	藉田賦	文選、類聚。	當爲全篇。176 句,末 20 句爲四言"頌"。
	閒居賦(并序)	文選、類聚。	當爲全篇。131 句。
	笙賦	文選。	當爲全篇。150 句。
	射雉賦(并序)	文選注(序);文選。	或爲全篇。154 句。
陸機	歎逝賦(并序)	文選、類聚。	當爲全篇。93 句。
	文賦(并序)	文選、類聚。	當爲全篇。268 句。
	羽扇賦	書鈔、類聚、初學記、御覽。	主客問答,託之於楚襄王、宋玉、唐勒,或爲全篇。88 句。
陸雲	歲暮賦(并序)	本集、類聚、文選注、初學記、御覽。	當爲全篇。118 句。
	愁霖賦(并序)	本集、類聚。	或爲全篇。78 句。
	喜霽賦(并序)	本集、類聚、初學記。	或爲全篇。74 句。
	登臺賦(并序)	本集、類聚。	或爲全篇。96 句。
	逸民賦(并序)	本集、類聚、御覽(作陸機,誤)。	當爲全篇。111 句。末 12 句爲"亂",六言(第三字爲"兮")。
	南征賦(并序)	本集、類聚、御覽。(此賦本事可見《吳志・陸抗傳》注引機、雲別傳。)	或爲全篇。138 句。
	寒蟬賦(并序)	本集、類聚、初學記、御覽。	或爲全篇。123 句。
木華	海賦	文選、類聚。	當爲全文。225 句。
左思	三都賦(并序)	文選。	當爲全篇。蜀:422 句;吳:787 句;魏:809。共 2 018 句。
左芬	離思賦	晉書左貴嬪傳。	或爲全篇。53 句。

續　表

賦家	賦　題	出　處	句數及其他說明
張協	七命	文選、晉書張協傳。	當爲全篇。509 句。
摯虞	思遊賦(并序)	晉書摯虞傳。	主客問答,當爲全篇。220 句。
郭璞	江賦	文選、類聚。	當爲全篇。328 句。
孫綽	遊天台山賦(并序)	文選、類聚。	當爲全篇。106 句。
陶淵明	感士不遇賦(并序)	本集。	當爲全篇。96 句。
	閑情賦(并序)	本集。	當爲全篇。122 句。
	歸去來兮辭(并序)	本集、文選、晉書陶潛傳、宋書陶潛傳。	當爲全篇。60 句。
李暠	述志賦	晉書涼武昭王傳、十六國春秋。	當爲全篇。167 句。
劉駿	傷宣貴妃擬漢武帝李夫人賦(并序)	宋書始平王子鸞傳、類聚、文選注。	或爲全篇。66 句。
傅亮	感物賦(并序)	宋書傅亮傳。	或爲全篇。60 句。
謝靈運	撰征賦(并序)	宋書謝靈運傳、類聚。	當爲全篇。619 句。
	山居賦(有序并自注)	宋書謝靈運傳、類聚。	當爲全篇。719 句(此篇多有闕文,句數多於此數)。
謝晦	悲人道	宋書謝晦傳。	當爲全篇,此實賦也。156 句。
謝惠連	雪賦	文選、類聚。	主客問答,託之於梁王、相如等,有歌有亂,當爲全篇。140 句,末 18 句爲"亂"(二句七言,十六句四言)。
顔延之	赭白馬賦	文選、類聚。	當爲全篇。149 句,末 16 句爲四言"亂"。
謝莊	月賦	文選、類聚。	主客問答,託之於陳王、王粲,或爲全篇。96 句。

續　表

賦家	賦題	出　處	句數及其他説明
謝莊	舞馬賦應詔	宋書謝莊傳(河南獻舞馬,詔群臣爲賦)、類聚、初學記。	當爲全篇。112 句。
鮑照	蕪城賦	文選、類聚。	當爲全篇。87 句,末 4 句爲"歌"(七、五言,中有"兮")。
	遊思賦	本集、類聚。	或爲全篇。51 句。
	傷逝賦	本集、類聚、初學記。	或爲全篇。74 句。
	觀漏賦(并序)	本集、類聚、初學記。	或爲全篇,76 句。皆六字。[案:程章燦另輯補一則,與《全宋文》所載之句接近,未知是否異文。]
	芙蓉賦	本集、類聚、初學記。	或爲全篇。66 句。
	園葵賦	本集。	或爲全篇。76 句。
	舞鶴賦	文選、御覽。	或爲全篇。89 句。
	野鵝賦(并序)	本集、類聚。	或爲全篇。77 字。
張融	海賦(并序)	南齊書張融傳、類聚。	當爲全篇。291 句。
謝朓	酬德賦(并序)	本集、類聚。	或爲全篇,143 句,除開篇之"悲夫"與末句"安事人間之紂婷哉",皆爲六字。
蕭衍	孝思賦(并序)	釋藏、廣弘明集、類聚、初學記。	當爲全篇。148 句。
	淨業賦	釋藏、廣弘明集。	當爲全篇。144 句。
江淹①	赤虹賦(并序)	本集、類聚、初學記。	64 句。
	四時賦	本集、類聚。	48 句。

---

① 江淹有集傳世,但其中若干篇賦以内容推之不似完整篇目,此處姑且全部列上,感覺不似全篇的,表中祇標出句數。

續 表

賦家	賦 題	出 處	句數及其他説明
江淹	江上之山賦	本集、類聚、初學記。	80句。末42句爲"亂"。
	麗色賦	本集、類聚。	136句。
	待罪江南思北歸賦	本集、類聚。	88句。
	恨賦	文選。	當爲全篇。90句。
	別賦	文選、類聚。	當爲全篇。132句。
	去故鄉賦	本集、類聚。	48句。
	哀千里賦	本集。	46句。
	泣賦	本集、御覽。	36句。
	倡婦自悲賦(并序)	本集、類聚。	49句。末有6句"乃爲詩曰"。
	知己賦(并序)	本集。	80句。
	傷友人賦(并序)	本集、類聚。	76句。
	傷愛子賦(并序)	本集、釋藏、廣弘明集。	當爲全篇。72句。
	學梁王兔園賦(并序)	本集、類聚、初學記。	或爲全篇。94句。序明言此篇爲"古賦"。
	橫吹賦(并序)	本集。	或爲全篇。100句。
	扇上彩畫賦	本集、類聚、初學記。	或爲全篇。41句。末6句爲六言"重曰"。
	丹砂可學賦(并序)	本集、類聚。	或爲全篇。106句。
	水上神女賦	本集、類聚。	112句。
	燈賦	本集、類聚、初學記。	64句。
	空青賦	本集、類聚。	66句。
	蓮華賦(并序)	本集、類聚。	或爲全篇。75句。
	青苔賦(并序)	本集、類聚、初學記。	或爲全篇。74句。

續　表

賦家	賦題	出處	句數及其他説明
江淹	金燈草賦	本集。	30句。
	靈丘竹賦	初學記。	38句。
	翡翠賦	本集、類聚。	41句。
	石劫賦(并序)	本集、類聚。	或爲全篇。22句。序明言此爲"短賦"。
沈約	郊居賦	梁書沈約傳、類聚。	當爲全篇。453句。
張率	河南國獻舞馬賦應詔(并序)	梁書張率傳。	當爲全篇。154句。
蕭統	七契	文苑英華。	當爲全篇。422句。
張纘	南征賦	梁書張纘傳、類聚。	當爲全篇。601句。
蕭子雲	玄圃園講賦	廣弘明集。	當爲全篇。177句。
蕭綱	悔賦(并序)	文苑英華。	或爲全篇。147句。
	箏賦	文苑英華、類聚、初學記。	當爲全篇，157句，末12句爲"歌"，其中前六句五言。
	金錞賦(并序)	文苑英華。	或爲全篇。78句。
	七勵	文苑英華。	當爲全篇。438句。
蕭繹	玄覽賦	文苑英華、藝文類聚。	當爲全篇。651句。
蕭詧	愍時賦(并序)	周書蕭詧傳、文苑英華。	或爲全篇。113句。
	遊七山寺賦	廣弘明集。	當爲全篇。308句。
何遜	七召	文苑英華。①	當爲全篇。501句。

---

① 此篇見《文苑英華》三五二，在梁簡文帝《七勵》之後，無名氏前，未題作者姓名。嚴輯《全文》將此篇歸入梁"闕名"類，但兩種明本何遜詩文集皆收此文，張溥本據以編入，故這裏亦將此賦歸於何遜名下。參見前引《何遜集校注》，頁238。

續表

賦家	賦題	出處	句數及其他說明
沈烱	歸魂賦(并序)	類聚(類聚又作《魂歸賦》,有刪節)。	或爲全篇。230句。
元順	蠅賦(并序)	魏書任城王附傳。	或爲全篇。62句。
張淵	觀象賦(并序)	魏書張淵傳(有注)、十六國春秋(無注),初學記略載。	當爲全篇。222句。
高允	鹿苑賦	釋藏、廣弘明集。	或爲全篇。106句。
李騫	釋情賦(并序)	魏書李順附傳。	當爲全篇。252句。
李諧	述身賦	魏書李平附傳。	當爲全篇。250句。
陽固	演賾賦	魏書陽尼附傳。	當爲全篇。343句,末28句爲四言"亂"。
袁翻	思歸賦	魏書袁翻傳。	或爲全篇。68句。
姜質	亭山賦	洛陽伽藍記。	或爲全篇。106句。
庾信	三月三日華林園馬射賦(并序)	文苑英華、類聚、初學記。	當爲全篇。100句。
庾信	小園賦	類聚、文苑英華。	或爲全篇。136句。
庾信	哀江南賦(并序)	周書庾信傳、類聚、文苑英華。	當爲全篇。528句。
庾信	傷心賦(并序)	類聚、文苑英華。	或爲全篇。88句。
庾信	竹杖賦	類聚、文苑英華。	主客問答,當爲全篇。96句。
庾信	枯樹賦	類聚、文苑英華、古文苑。	當爲全篇。96句。
劉璠	雪賦	周書劉璠傳、類聚、初學記。	當爲全篇。77句。
釋慧命	詳玄賦	廣弘明集。	當爲全篇。146句。
顏之推	觀我生賦(自注)	北齊書顏之推傳。	當爲全篇。340句。

續表

賦家	賦題	出處	句數及其他説明
隋煬帝蕭皇后	述志賦(并序)	隋書蕭皇后傳、北史蕭皇后傳、文苑英華。	當爲全篇。78 句。
江總	修心賦(并序)	陳書江總傳、文苑英華。	或爲全篇,64 句。
	華貂賦(并序)	類聚。	或爲全篇。20 句,全六字,序中明言此爲"小賦"。
盧思道	孤鴻賦(并序)	隋書盧思道傳。	當爲全篇。88 句。
虞世基	講武賦(并序)	隋書虞世基傳。	當爲全篇。133 句。
釋真觀	愁賦	續高僧傳。	或爲全篇。67 句。
	夢賦	廣弘明集。	主客問答。當爲全篇。268 句。
李播	天文大象賦	此篇作者爭議頗多,《全隋文》漏收,程章燦據《漢魏六朝百三家集》本《張河間集》補入。	當爲全篇。494 句。

表 3.6 列出了 132 篇賦,雖然數量不多,卻也佔今存魏晉南北朝賦總數的十分之一多,且每個朝代都有作品。其中篇幅最大的是左思《三都賦》和潘岳《西征賦》,前者多達兩千餘句,《文選》分三篇載録,其中最短的《蜀都賦》亦有四百多句,後者在八百句以上;篇幅最短的是則向秀《思舊賦》、江淹《石劫賦》和江總《華貂賦》,都不足三十句,句數上還不及某些詩歌。

這 132 篇賦出處多元,有的來自正史,①有的來自別集、總集、佛藏,還有的來自類書。出處上的多元可以避免某一類文獻更多保存某一種篇幅的完整作品。故而用表 3.6 所列的賦作來推擬魏晉南北朝辭賦篇幅的分佈與變化狀況,雖與實際情況間必有距離,但比起用未必完整的作品來討論這一問題,還是要可靠許多。

如果對賦從結構上進行分類,那麼最主要分類法即大賦、小賦的二分,劉勰在《文心雕龍·詮賦》中就有"鴻裁"和"小制"的區分。② 劉勰的二分

---

① 關於正史之引用與存録詩賦,詳參本書第五章。
② "若夫京殿苑獵,述行序志,并體國經野,義尚光大,既履端於倡序,亦歸餘於總亂。序以建言,首引情本;亂以理篇,寫送文勢。按《那》之卒章,閔馬稱亂,故知殷人輯《頌》,楚人理賦,斯并鴻裁之寰域,雅文之樞轄也。至於草區禽族,庶品雜類,則觸興致情,因變取會,擬諸形容,則言務纖密;象其物宜,則理貴側附;斯又小制之區畛,奇巧之機要也。"見詹鍈義證《文心雕龍義證》,頁 283—288。

法兼顧形式和内容,實際上,就内容而言,小賦的"'類'的劃分是無窮無盡的",故而判斷一篇作品是大賦還是小賦,最直接的依據還是篇幅長短。①

但究竟怎樣的篇幅是小賦、怎樣的篇幅屬大賦,卻似無明確的標準,如果説一百句及以下的賦作肯定可以算小賦,②三百句以上的肯定可以算作大賦,③那一百句至三百句之間的作品就比較難判斷。如 169 句的《洛神賦》,一般都被看作"抒情小賦",④但 268 句的《文賦》則被視作長篇。⑤ 這是否意味着二百句或許是一條區分大小的界限? 但前引王琳《六朝辭賦史》又以三百字爲一界限(雖然他没有説明理由)。

鑑於"大賦""小賦"在篇幅上并無明確的界限,這裏不再使用這一對概念,轉而用純描述性的句數範圍來討論魏晉南北朝辭賦的篇幅。

如果再根據篇幅長短和時代,對表 3.6 作一分類,可得表 3.7。

表 3.7　魏晉南北朝可能完整辭賦的篇幅及時代分佈

時代⑥	小於等於 50 句	大於 50 句且小於等於 100 句	大於 100 句且小於等於 300 句	大於 300 句且小於等於 500 句	大於 500 句⑦
三國		禰衡《鸚鵡賦》	曹植《洛神賦》	曹植《七啓》	
		卞蘭《讚述太子賦》	嵇康《卜疑》	王粲《七釋》	

---

① 用許結語,參看許結講述《賦學講演録》,頁 26、27;并參看許結《論小品賦》,載《文學遺産》1994 年第 3 期。
② 以一百句爲界限,不僅因爲這是一個整數,也因爲超過一百句的詩極少,整個魏晉南北朝時期衹有四首,分別是陸雲《答兄平原詩》、謝晦《悲人道》、劉孝綽《酬陸長史倕詩》和荀濟《贈陰梁州詩》。其中謝晦之作既被收入逯輯《全詩》,也被收入嚴輯《全文》,文體上可謂"兩棲"。如此作品還有一些,程章燦、王琳等學者在討論六朝詩賦的合流時都注意到了這一點。
③ 正因爲小賦在篇幅上的不確定,一部談論"六朝抒情小賦"的專著在敘述抒情小賦發展的歷史時,因爲重視"抒情",連庾信《哀江南賦》這樣篇幅超過五百句的作品也有涉及,不過作者并未稱《哀江南賦》爲"抒情小賦",而是稱之爲"駢體抒情賦"。參看池萬興著《六朝抒情小賦概論》(北京:人民出版社,2013 年),頁 58。
④ 如許結在他選注的《中國古典散文基礎文庫·抒情小賦卷》(桂林:廣西師範大學出版社,1999 年)就選録了《洛神賦》,見頁 55—60。
⑤ 稻畑耕一郎在對比魏晉的長篇和短賦時,就以左思《三都賦》、潘岳《西征賦》、陸機《文賦》、木華《海賦》、郭璞《江賦》作爲代表,見稻畑耕一郎著,陳植鍔譯《賦的小品化初探(下)——賦的表現論之一》,載《杭州大學學報》1980 年第 3 期,頁 36。
⑥ 因南齊和陳代留下的可能完整辭賦太少,這裏將南齊與劉宋,陳與梁歸併,不單列。
⑦ 爲求精確描述,這裏用了"大於""小於等於"這樣的限定,下文爲求行文簡便,將這五類分別稱爲"五十句以下""五十至一百句""一百至三百句""三百至五百句""五百句以上"。

續 表

時代	小於等於 50 句	大於 50 句且小於等於 100 句	大於 100 句且小於等於 300 句	大於 300 句且小於等於 500 句	大於 500 句
三國		王粲《登樓賦》	阮籍《東平賦》	何晏《景福殿賦》	
		孫該《三公山下神祠賦》	阮籍《清思賦》	嵇康《琴賦》	
總計 12		計數 4	計數 4	計數 4	
兩晉	向秀《思舊賦》	張華《鷦鷯賦》	成公綏《天地賦》	郭璞《江賦》	潘岳《西征賦》
	潘岳《懷舊賦》	潘岳《秋興賦》	成公綏《嘯賦》		左思《三都賦》
		陸機《歎逝賦》	潘岳《寡婦賦》		張協《七命》
		陸機《羽扇賦》	潘岳《藉田賦》		
		陸雲《愁霖賦》	潘岳《閒居賦》		
		陸雲《喜霽賦》	潘岳《笙賦》		
		陸雲《登臺賦》	潘岳《射雉賦》		
		左芬《離思賦》	陸機《文賦》		
		陶淵明《感士不遇賦》	陸雲《歲暮賦》		
		陶淵明《歸去來兮辭》	陸雲《逸民賦》		
		李暠《述志賦》	陸雲《南征賦》		
			陸雲《寒蟬賦》		

續 表

時代	小於等於 50 句	大於 50 句 且小於等於 100 句	大於 100 句 且小於等於 300 句	大於 300 句 且小於等於 500 句	大於 500 句
兩晉			木華《海賦》		
			摯虞《思遊賦》		
			孫綽《遊天台山賦》		
			陶淵明《閑情賦》		
總計 33	計數 2	計數 11	計數 16	計數 1	計數 3
宋齊		劉駿《傷宣貴妃擬漢武帝李夫人賦》	謝晦《悲人道》		謝靈運《撰征賦》
		傅亮《感物賦》	謝惠連《雪賦》		謝靈運《山居賦》
		謝莊《月賦》	顏延之《赭白馬賦》		
		鮑照《蕪城賦》	謝莊《舞馬賦應詔》		
		鮑照《遊思賦》	張融《海賦》		
		鮑照《傷逝賦》			
		鮑照《觀漏賦》			
		鮑照《芙蓉賦》			
		鮑照《園葵賦》			
		鮑照《舞鶴賦》			

續 表

時代	小於等於 50 句	大於 50 句且小於等於 100 句	大於 100 句且小於等於 300 句	大於 300 句且小於等於 500 句	大於 500 句
宋齊		鮑照《野鵝賦》 謝朓《酬德賦》			
總計 19		計數 12	計數 5		計數 2
梁陳	江淹《四時賦》 江淹《去故鄉賦》 江淹《哀千里賦》 江淹《泣賦》 江淹《倡婦自悲賦》 江淹《扇上彩畫賦》 江淹《金燈草賦》 江淹《靈丘竹賦》 江淹《翡翠賦》 江淹《石劫賦》	江淹《赤虹賦》 江淹《江上之山賦》 江淹《待罪江南思北歸賦》 江淹《恨賦》 江淹《知己賦》 江淹《傷友人賦》 江淹《傷愛子賦》 江淹《學梁王兔園賦》 江淹《橫吹賦》 江淹《燈賦》 江淹《空青賦》 江淹《蓮華賦》	蕭衍《孝思賦》 蕭衍《淨業賦》 江淹《麗色賦》 江淹《別賦》 江淹《丹砂可學賦》 江淹《水上神女賦》 張率《河南國獻舞馬賦應詔》 蕭子雲《玄圃園講賦》 蕭綱《悔賦》 蕭綱《箏賦》 蕭詧《愍時賦》 沈炯《歸魂賦》	沈約《郊居賦》 蕭統《七契》 蕭綱《七勵》 蕭詧《遊七山寺賦》	何遜《七召》 張纘《南征賦》 蕭繹《玄覽賦》

續　表

時代	小於等於50句	大於50句且小於等於100句	大於100句且小於等於300句	大於300句且小於等於500句	大於500句
梁陳		江淹《青苔賦》			
		蕭綱《金錞賦》			
總計43	計數10	計數14	計數12	計數4	計數3
北朝		元順《蠅賦》	張淵《觀象賦》	陽固《演賾賦》	庾信《哀江南賦》
		袁翻《思歸賦》	高允《鹿苑賦》		
		庾信《三月三日華林園馬射賦》	李騫《釋情賦》		
		庾信《傷心賦》	李諧《述身賦》		
		庾信《竹杖賦》	姜質《亭山賦》		
		庾信《枯樹賦》	庾信《小園賦》		
		劉璠《雪賦》	釋慧命《詳玄賦》		
總計16		計數7	計數7	計數1	計數1
隋	江總《華貂賦》	煬帝蕭皇后《述志賦》	虞世基《講武賦》	顏之推《觀我生賦》	
		江總《修心賦》	釋真觀《夢賦》	李播《天文大象賦》	
		盧思道《孤鴻賦》			
		釋真觀《愁賦》			
總計9	計數1	計數4	計數2	計數2	

表 3.7 清楚地揭示出：魏晉南北朝不同時期辭賦的篇幅分佈大致穩定,并不存在一個隨着時代推移而走向短小的過程。

首先,五十句以下的短賦,各代皆少。三國、宋齊、北朝皆無完整的五十句以下的短賦傳世,兩晉留有兩篇,①隋留有一篇。② 祇有梁代江淹留下了十篇五十句以下的賦,但正如前文提及的,江淹雖有集傳世,③但這些辭賦作品是一路流傳有序,還是後人從《藝文類聚》等書輯入集中,恐難確定,而且就文本內容而論,有的作品并不意脈完整,這一點表 3.6 已作相關處理。即使江淹這十篇五十句以下的賦都是完整的,在梁陳兩代,五十句以下的完整賦作也不是最多的。

其次,五十至一百句和一百至三百句的辭賦作品是各個時代的主流,這兩種篇幅的可能完整辭賦作品,在兩晉和宋齊之外的各個時期數量大致相當,兩晉時,一百至三百句的可能完整賦篇有十六篇,多於五十至一百句的可能完整賦篇(十一篇);宋齊時則相反,五十至一百句的可能完整賦篇(十二篇)多於一百至三百句的可能完整賦篇(五篇),但宋齊時期五十至一百句的可能完整賦篇數量較多與鮑照留下了大量五十至一百句的賦篇有關,但鮑照集與江淹集情況類似。④ 不過總體而言,魏晉的可能完整賦篇中,一百至三百句的作品稍多於五十至一百句的作品;而南北朝的可能完整賦篇中,五十至一百句的作品要略多於一百至三百句的作品。

最後,三百句以上的大賦,各個時代都不多,但各時期皆有,比五十句以下的賦作分佈得更均衡。

綜合以上三點,不難認識到：魏晉南北朝時期辭賦在篇幅上并沒有一個整體上的走向短小的演進趨勢。尤其是和五言詩之走向五言四句/五言八句相比,魏晉南北朝賦的篇幅大致保持了一個穩定的狀態,極短(五十句以下)和極長(三百句以上)的作品都不多(極長作品的分佈更均衡,歷代皆有),而中間狀態(五十至一百句、一百至三百句)是辭賦篇幅的主流。中間狀態的兩種篇幅中,以晉宋爲界,五十至一百句的作品在後期多於一百至三

---

① 向秀乃魏晉之際的人,這裏姑且將他歸入兩晉。
② 隋江總之《華貂賦》從《藝文類聚》六十七輯出,這一出處不能保證其爲完整篇章,但此賦有一篇短序,曰:"領軍新安殿下以副貂垂錫,仰銘恩澤,謹題小賦。"既然明確説明這是"小賦",姑且將此篇看作完整作品。見《全隋文》卷十,《全上古三代秦漢三國六朝文》,頁 4069。
③ 關於江淹集版本的簡要説明,參看〔明〕胡之驥註,李長路、趙威點校《江文通集彙註》(北京:中華書局,1984 年)的《出版説明》,在頁 2—4。
④ 江淹集有明代翻刻之宋本,鮑照集有明毛扆據宋本校勘之《鮑氏集》(《四部叢刊》有影印),關於鮑照集版本的簡明情況,參看〔南朝宋〕鮑照著,丁福林、叢玲玲校注《鮑照集校注》(北京:中華書局,2012 年)之《凡例》,在頁 1—5。

百句的作品,但這種"多於"并非壓倒性的。

既然魏晉南北朝辭賦的篇幅在這一時期大致保持了穩定狀態,并沒有發生劇變,那麼與之前的漢代相比,魏晉南北朝賦的篇幅是否發生了轉折?前引李曰剛、池萬興等學者在他們的辭賦專著中都認爲存在這樣一個轉折,即魏晉南北朝時期"小賦"興盛,而漢代則是大賦興盛。然而,這樣一種轉折也未必存在。

假如我們採取最寬泛的標準,以三百句以下爲"小賦",那麼魏晉南北朝小賦在數量上自然大大佔優,三國時期即已如此,這一情況從未改變。那麼,漢代是否是大賦在數量上佔優勢的時代呢?小賦在漢代又是如何的情況?

稻畑耕一郎認爲:"但是在賦以'敷陳'爲原則而趨向長篇化以前,不是所有的作品都是長篇,相反,短賦并非直到漢末才出現。從留傳到今天的作品來看,比較恰當的説法是:首先由漢初的短篇開始,然後才漸次長篇化。"① 王運熙更是明確指出"西漢已多小賦",他根據《漢書》等的記載推擬西漢的抒情、詠物小賦"數量至少當在兩百篇以上",王氏進而認爲:"從數量看,西漢賦作實際是小賦佔絕大多數。"② 至於東漢,以往賦史本就多强調這一時期小賦的興起,張衡的《歸田賦》、趙壹的《刺世嫉邪賦》更是傳世名篇。因此,就數量而言,從兩漢到魏晉南北朝,也不存在一個篇幅上的轉折或劇變。以往强調西漢之大賦,那是因爲司馬相如、揚雄的大賦不僅因史書有較完整的保存,而且確實存在極高的文學史價值,故而被聚焦。這種"聚焦"在價值判斷上是合理的,但若梳理辭賦篇幅的歷史演變,一篇《子虛賦》在數量上并不能"以一當百"。

其實,小賦數量多於大賦再正常不過。畢竟一般來説,創作一篇篇幅較大的作品所需的精力、儲備以及創作的時間都遠遠超過一篇篇幅短小的作品。③

不過,就漢賦而言,不論是當時的作者還是讀者,對大賦的重視程度都超過小賦,在這個意義上,學者們强調漢代乃是"大賦的時代"自然没錯,而這一點在魏晉南北朝是否仍然成立?這個問題可以從兩方面加以解答:首先,漢賦數量有限,且漢代其他文體(尤其是詩)并不發達,故賦作爲當之無愧的首要文學樣式,對文人的吸引力要遠大於後代。而漢代諸大賦名篇賴

---

① 見前引《賦的小品化初探(下)——賦的表現論之一》,頁29。
② 參看王運熙《談漢代的小賦》,載《新亞學術集刊》第十三期《賦學專輯》,引文在頁17、18。
③ 當然也有"三年兩句得,一吟雙淚流"這樣的詩人,但這不具備普遍意義,而且,讓同一位苦吟詩人創作一首長詩,他所耗費的時間精力恐怕也要超過創作一首短詩。

史書多有保存,相比其他殘篇作品,更是熠熠生輝,故而漢大賦就顯得特别重要,在這個意義上,魏晉南北朝大賦的地位確實無法和漢賦相比。其次,就那些留有大賦的作者而言,不論是左思、潘岳還是謝靈運、庾信,在他們的自我認知和當時及稍後的讀者評價中,他們的大賦都是最重要的,左思"練《都》以一紀"(《文心雕龍·神思》),《山居賦》(謝靈運爲此篇專門作注)、《哀江南賦》載於正史,俱能説明這一點。綜合這兩方面,不妨認爲,魏晉南北朝賦作以及其他文學樣式的繁多使得大賦"顯得"不再是"重中之重",但對於留有大賦的作者來説,他們的大賦仍然是最重要的文體。至於那些并未留下大賦的作者,他們是"不爲"還是"不能",尚難論定,但魏晉南北朝時期小賦在重要性上并未超過大賦。①

篇幅之外,魏晉南北朝辭賦在體式上是否有别的變化呢? 以往學者都注意到,南朝賦的一些篇章出現了大量的五、七言,這是此前不曾有過的。② 南朝賦的這一新變,確實與當時五、七言詩的流行有關,不過以五、七言爲主的賦篇總體數量有限,而且帶有很明顯的文字試驗性質,更接近一種文學"操練"。③

如果也從句數(即篇幅)和字數兩方面來看魏晉南北朝辭賦之體式,與具備一個清晰演進過程的詩歌(字數上四言退出,句數上走向五言四句和五言八句)不同,辭賦的體式隨着時間的推移基本保持穩定:篇幅上并無變長或變短的明顯趨勢,字數上在南朝有所新變,但祇是在有限的範圍内"變"。

魏晉南北朝辭賦在體式上的相對穩定,正對應着辭賦的"文體生命"。辭賦在兩漢已早早達到高峰并有了豐富的樣態,至魏晉則進一步成熟繁榮,到南北朝,辭賦雖非創作重心所在卻仍有强大傳統且被持續創作。正因辭賦較早發達成熟,故而在體式上保持了大致穩定的狀態。④

---

① 不論是漢代還是魏晉南北朝,篇幅巨大的大賦都不僅僅是審美意義上的"文學作品",而是兼具知識、思想與文采諸多元素的綜合性作品,這一點第七章第二節、第八章還會加以展開討論。
② 如蕭慤、庾信的《春賦》,都主要由五、七言構成,類似的作品還有一些,前人論之已詳,此處不贅述。參看前引《中國辭賦發展史》,頁328;《中國辭賦流變史》,頁258、259;《魏晉南北朝賦史》,頁228—229,頁240—244;《六朝辭賦史》,頁28。
③ 説詳第八章。
④ 稻畑耕一郎在討論"賦的小品化"時指出篇幅長短和表現手法相輔相成,故而"伴隨着表現的抒情化而出現了賦的小品化",他以王粲的《登樓賦》爲例説明這篇作品的"表現手法與傳統作品迥異",并認爲張衡的《歸田賦》也是如此。如果賦的表現手法真的存在一個轉變,那麼這一轉變在東漢(至遲在三國)也已經完成,魏晉南北朝辭賦的表現手法,應該説仍然是多元而相對穩定的。參看前引《賦的小品化初探(下)——賦的表現論之一》,頁34、35。

小結　再思"詩化"與"賦化"

　　上一章和本章分別討論了魏晉南北朝詩賦在内容和形式上的演進過程,綜合這兩方面的討論,本章最後還要對漢唐文學史上的一個老問題——詩的"賦化"和賦的"詩化"再作一番思考。

　　林庚在討論"寒士文學"時,曾獨闢蹊徑地從"詩化"與"賦化"的角度討論"寒士文學"與"宫廷文學"的對立糾葛,其論述貫穿整個中國文學史。[①]而在漢魏六朝文學的範圍中,程章燦、徐公持、許結的意見較爲全面深入,亦富於代表性,是下文的基礎。[②]

　　程章燦在《魏晉南北朝賦史》中分別討論了"建安的詩與賦"和南朝"賦的詩化趨勢"。關於"建安的詩與賦",他從"詩賦同題"和"建安的詩與賦有在寫法上非常相似的"兩方面論述"詩賦的藝術親緣",并認爲:"詩的賦化迹象,從漢代民間樂府看來,出現較早,賦的詩化傾向則自建安以後漸著。"關於南朝"賦的詩化趨勢",他從"賦末亂辭與賦中繫詩"和"詩賦合一的軌迹"兩方面展開討論,對於後者他又從"南朝詩賦同題現象"(兩個新特點:"詩賦爲同時奉詔而作""詩賦交叉酬贈")、"介於詩賦之間的騷體賦,在南朝明顯地向詩的一邊滑動"、"賦體"之近詩、"駢賦在四六句式之外,又大量引進五言和七言詩的句式"以及部分辭賦對韻律的講求等方面加以論述,并得出結論:"詩是南朝文學的首要組成部分。在詩與賦的影響關係中,詩處於一個主動的地位。在南朝,賦的詩化現象比詩的賦化現象更突出,更重要。"[③]

　　徐公持在《詩的賦化與賦的詩化——兩漢魏晉詩賦關係之尋蹤》[④]中梳理了兩漢魏晉時期"從詩賦疏隔到詩賦靠攏"的過程,他認爲到了漢末魏初才出現了"詩、賦之間的本格的交流",這種交流即"詩的賦化與賦的詩化"。"詩的賦化"在時間上"自建安始,歷正始、太康而不絶",主要表現爲"詩歌吸取了賦的'鋪張揚厲''品物畢圖'的藝術特長,用以强化詩歌的描寫能力",寫法和詞采之外,"賦題演變爲詩題"也是與"詩的賦化"有關的現象。

---

① 參看林庚《詩化與賦化》,載《煙臺大學學報》1988年第1期。
② 後來論者的討論,似乎并没有超出他們論及的範圍,如王琳在《六朝辭賦史》中對"詩的賦化和賦的詩化"也有專門論述,見《六朝辭賦史》,頁24—28。
③ 見程章燦著《魏晉南北朝賦史》,頁79—82,頁230—244。
④ 文載《文學遺産》1992年第1期,頁16—25。

至於"賦的詩化",徐氏從蔡邕談起,"由於建安文人們的大量寫作,抒情短賦終於對體物大賦取得了壓倒性的優勢",魏晉辭賦吸取了詩歌的三大優勢(精煉性、抒情性、韻律化),并總結曰:"要之,從漢末到西晉,百餘年間辭賦創作的主流,爲篇帙短小的抒情作品所佔領,這是辭賦史上的一大轉折,究其實質,乃是一個賦的詩化過程。"最後,徐公持還指出:"'賦的詩化'與'詩的賦化'相比較,前者在内涵上更深入、更豐富,原因是,賦與詩的交流,不是等量交換,在這場交流中,賦是入超者,詩是出超者。也就是說,詩固然需要賦化,賦卻更需要詩化。"①

許結在《中古辭賦詩化論》②中首先梳理了"中古辭賦的詩化階段"(共四個,"建安文人賦向楚騷的歸復""東晉山水賦之興起,使詩賦創作審美風格更加契合""南朝駢體賦創作對聲韻的講求,標明了賦體向詩化形態的進一步發展""唐代律賦創作格律化與格律詩之形成、發展同步,成爲賦之詩化形式的極端表現"),他隨後列出了五項"中古辭賦詩化的審美特徵":"一是審美内涵抒情化";"二是創作結構小品化";"三是語言風格淺易化";"四是音韻格律嚴密化";"五是藝術構思意境化"。

上述三位學者的論述各有側重,程章燦和徐公持側重於作歷時的描述,許結則側重於抽象提煉,均極富啓迪。在重新思考"詩的賦化與賦的詩化"之前,似可往"後"(meta-)一步,先探問提問的前提是什麼?

"詩的賦化與賦的詩化"這一論題得以成立的前提,就在於對詩、賦這兩種文體持一種"本質主義"(essentialism)的認定,③也即認爲某些文體特徵爲 X 文體所專有,另一文體 Y 若也具備了這些特徵,那就存在一個"Y 的 X 化"的過程。

具體到詩、賦二體上,在形式方面,論者都將篇幅短小、使用五/七言句以及講求韻律看作詩的本質屬性。相應地,篇幅宏大、使用四言六言句就成了賦的本質屬性。不妨對這幾項逐一分辨。首先,本章第二節已經詳加論

---

① 徐文在敘述中將事實判斷和價值判斷并置,一方面他通過體物大賦、抒情短賦的數量來判斷抒情短賦在魏晉更加興盛;另一方面他認爲陸機的小賦(如《感時賦》《思親賦》《懷土賦》《思歸賦》等)比《文賦》《豪士賦》"更有藝術魅力",如後者那樣的價值判斷,對他來說是成立的,對於其他人則未必。下文討論相關問題時儘量避免引用徐文中這些比較有個人特色的價值判斷。
② 原以《聲律與情境——中古辭賦詩化論》爲題,載《江漢論壇》1996 年第 1 期,後收入許結著《中國賦學歷史與批評》(南京:江蘇教育出版社,2001 年),頁 221—232。
③ 本質主義(essentialism),又譯"本質論",是波普爾(Karl Popper)常用的一個概念,關於"本質主義"的定義及波普爾思考這個概念的過程,參看〔英〕卡爾·波普爾著,趙月瑟譯《波普爾思想自述》(上海:上海譯文出版社,1988 年),頁 14—36;以及〔英〕卡爾·波普爾著,杜汝楫、邱仁宗譯《歷史決定論的貧困》(上海:上海人民出版社,2009 年),頁 21—27。

述，魏晉南北朝辭賦在篇幅上保持穩定狀態，并沒有一個變短的明顯趨勢，同時西漢已多小賦，如果"篇幅短小"是詩的本質屬性，那是否從西漢開始辭賦就開始"詩化"了呢？因此，篇幅之長短并非詩賦的本質屬性。其次，如果漢語詩歌在形式上存在着某種本質性規定的話，或許衹有韻律上的規定性可以被看作漢詩的本質屬性。① 因此，辭賦使用整齊的五言七言②以及對於聲律的講求③確實可以看作賦的"詩化"，衹是在魏晉南北朝，如此意義上的"詩化"衹在齊梁以後有限的作品中出現，并沒有形成潮流。

在内容方面，論者多以"抒情"屬詩。但上一章已經分辨了這一問題，辭賦本身就有強大的抒情傳統，抒情是一種表現手法，和描寫、敘述并不矛盾，所以將"抒情"視作詩的本質屬性恐怕也難成立。至於將某一種題材（甚至題目）看作詩或賦的"專屬"，則更不能成立。在題材方面，"流動"或"轉移"可能是更穩妥的表述，不同時期的文士在創作某一題材時，根據時代風氣和個人好尚自會選擇不同文體，如果文士群體對某一題材的文體選擇在不同的時期有不同的傾向，那未必是"化"，而是"流"與"轉"。

其實，詩、賦兩種文體本身就包孕了豐富的可能性，隨着歷史的流變，兩種文體各自朝着多方向發展（其中自然會有重合、糾葛之處）。我們今天回溯過往，自然可以在梳理詩賦的歷時演變之外，爲其演變尋求原因，在這個意義上，文學史（或歷史）是可以解釋的。④ 但也正因爲我們今日確知魏晉南北朝詩賦嬗變的結果是迎來了光輝燦爛的唐詩，所以在解釋這段歷史時，往往會受"目的論"（teleology）的引導，放大詩的作用和影響，過於強調"詩化"。如林庚在談論唐詩的語言時就認爲："這個詩化的過程席捲了魏晉六

---

① 用馮勝利說，他認爲"詩歌構造的第一條原則"是"齊整律"，同時，"漢語詩歌結構的最小條件"是："單音不成步，單步不成行，單行不成詩。"見馮勝利著《漢語韻律詩體學論稿》，頁38—41、64—66。
② 因爲"齊整律"是"詩歌構造的第一條原則"，所以這裏必須強調辭賦整齊使用五言七言方能被視作"詩化"，五、七言部分入賦并不能被看作"詩化"。正如四言詩在《詩經》時代已是主流，但從來沒有人因爲辭賦大量使用四、六言而認爲辭賦一開始就已"詩化"（當然古人有"賦源於詩"說，那是另一問題），因爲辭賦之大量使用四、六言乃是混合使用。全篇四言的作品基本不被看作賦，而更多被視爲詩或頌或讚。
③ 魏晉南北朝賦已有自覺講求聲律的作品，如沈約《郊居賦》、蕭慤《春賦》都有意講求聲韻，前引程章燦書、許結文都提到了這一點，不過辭賦全面自覺地講求格律，還要等到唐之律賦。
④ 故而我并不持"本質主義"的看法，而更傾向於認爲詩、賦的文體特徵是經由複雜的歷史進程，受諸多因素共同影響而生成的，我們可以努力找出可能的影響因素，但要判定各因素之間的比例，甚至由此尋找出根本的"決定因素"則不可能。因此歷史可以被解釋，卻不可作預測。上文談論韻律之爲漢詩的本質性規定，是以"如果漢詩有一本質性規定"爲前提的。

朝約四百年的文壇；當時的文以及賦，都隨着這詩化的過程而逐漸與詩相近。從王粲的《登樓賦》到庾信的《哀江南賦》，賦的內容和語言幾乎都是環繞着詩的中心而發展的；像庾信的《春賦》則簡直就是七言歌行了。"①但是，唐詩的語言的逐步形成（用林庚的話是"詩歌語言的詩化過程"）不正是此前的魏晉南北朝詩、賦以及其他文體在語言上融匯激盪，共同作用而成的嗎？唐詩語言的形成必然受到多種因素的影響，乃多元因素相互作用而成，而在這多種因素中，是否存在一個"究極之因"決定着這一歷史進程，實難肯定。② 與其說"魏晉六朝約四百年"，詩、賦、文的語言一齊朝着唐詩的語言前進，倒不如說魏晉南北朝詩、賦、文的諸多要素共同鑄造了唐代最重要的文體——詩。

故而要討論"詩的賦化和賦的詩化"這一問題，必須明確前提（詩、賦互有各自的本質屬性）和角度（以唐詩爲"終點"追溯原因還是按照時間順序描述過程），嚴格意義上的"賦的詩化"，可能祇在韻律層面成立且祇在較短的時段、有限的辭賦作品中發生。相比用"賦化"和"詩化"這一對概念，綜合上一章和本章之論說，這裏更願意對魏晉南北朝詩賦二體在題材和體式上的演進作如下描述：

題材方面，魏晉辭賦在漢賦的基礎上進一步擴大領域，包羅甚廣，至南北朝則少有開拓；魏晉詩歌的題材也在不斷擴大，但南北朝才是詩歌全面表現人、物、情、事的時期，而南北朝詩歌的許多題材，之前更多由辭賦書寫，因此在題材上存在着一個流轉的過程，而題材的流動與文體創作重心的轉移正相表裏。

體式方面，魏晉南北朝詩歌以元嘉、永明爲界標，漸次走向固定：四言詩淡出文壇，五言四句和五言八句詩成爲主流；而魏晉南北朝辭賦在篇幅上大致保持穩定，唯有南朝的部分作品由較爲整齊的五言句和七言句構成，另一部分作品則有意講求聲律，這些有限的作品在某種意義上確被"詩化"。至於賦更全面的"詩化"，尚待唐之律賦。詩、賦形式上的"走向固定"和"相對穩定"，正與詩賦各自的"文體生命"息息相關。

① 見《唐詩的語言》，收入林庚著《唐詩綜論》，頁 85。
② 在這個例子上，"究極之因"即"詩化"，也就是各體文學在語言上都自覺而必然地向"詩的語言"靠攏，而"詩的語言"的核心要素就是唐詩的語言所具備的那些要素。但"唐詩的語言"並非先驗存在，而是經歷數百年的流變，受詩歌及詩歌以外諸多因素影響而成。以唐詩爲終點回溯魏晉南北朝文學的發展進而認爲這四百年的文壇都經歷了"詩化"，如是論述隱含着"歷史決定論"。對"究極之因"和"歷史決定論"的質疑和批判，除前引波普爾書外，還可參看〔俄〕普列漢諾夫著，博古譯《論一元論歷史觀之發展》（北京：生活·讀書·新知三聯書店，1961 年）。

第四章　功能：異同離合之間

在逐章討論了詩賦二體文學最基本的元素（作者分佈和作品數量）并對文本之內容和形式都有了把握後，本章將透過文本聯結現實與傳統，關注詩賦作品與文學傳統、社會現實的互動，由之探討當時詩賦的功能。

詩賦之功能與詩賦撰作因緣關係密切，瞭解爲何作詩作賦往往能够幫助我們理解詩賦的功能，因此本章在討論詩賦功能的同時也會着重考察相關的撰作因緣。

文學從來就不是僅關乎審美的事業。在中國文學傳統中，詩、賦都有着龐雜的功能。古人對此早有理論上的自覺：發軔於詩騷的詩，早就被賦予了"興觀群怨""邇之事父，遠之事君"（《論語》）的豐富功能，甚至可以具備"經夫婦，成孝敬，厚人倫，美教化，移風俗"（《詩大序》）的偉大功效；賦的情況與詩相似，理想之賦不僅要有"閎衍之詞"，還要有"風諭之義"（《漢書·藝文志》），如此方能"麗以則"（揚雄語）。

理論可能比實際情況宏大莊嚴，但現實的詩、賦作品確實具備審美、社交、政教、知識、思想等多方面的功能。詩、賦之中，賦距離現代觀念的"純文學"相對較遠，故今之學者在談論辭賦時多注意"賦用"，如曹明綱將"賦的作用"歸納爲四個方面：娛樂、政治、社交、傳世，①并認爲："這幾方面的作用幾乎貫穿賦的整個發展歷史，但在每一個階段它的側重點又有所不同。"②許結更是認爲"賦特別重功用"。③至於詩，雖然現代學術研究中確

---

① 這其中"政治"的作用又分"頌德諷失""甄別、選拔人才"和"懲惡揚善"三小方面；"社交"的作用又分"日常應酬""干謁唱和"和"排憂解難"三小方面；"傳世"的作用又分"記録歷史事件和人物生平"和"積累文化科技成果"兩小方面。
② 見曹明綱著《賦學概論》（上海：上海古籍出版社，1998年），頁268—324。
③ 參看許結講述《賦學講演錄》之第三講《賦用》，此講重點討論了漢賦之"頌漢"和"諷諫"的功用，還集中討論了賦與制度的關係，并認爲："制度與賦的關係，可能與賦特別重功用來得更直接，因爲文人詩興起之後，其創作固然與文學的發展，與整個文化都有關，但是文人自由抒發確實能遊離制度，遊離於政治的主導傾向之外。而賦則不同，賦的主流與制度是切切相關的，這就是漢代的獻賦制度，隋唐以後的考賦制度。賦變成了工具，這也是一種功用。"見《賦學講演錄》，頁57。

實有强調其非功利、"爲藝術"之審美的一面,但也有不少學者對此有自覺反思并進而强調回到古人語境和吾國傳統論詩,如顏崑陽近年所建構的"詩用學"就强調中國傳統詩人作詩與"西方近代才出現的浪漫主義個人行爲"之不同,希望在明瞭"文學之士在中國傳統社會具有多方面的地位和功能"的前提下重新認識古典詩的多重功用。①

我們可以用不同的辦法探討魏晉南北朝詩賦的撰作因緣與各自功能,本章選擇集中討論一類文獻——賦序和詩序,從作者的自述中儘可能回到當時語境,進而探析他們爲何作詩作賦。②

"序"本身就是一種古老的文體,經、史皆有序,③序之撰作早在先秦兩漢就已發達,出現了《毛詩序》④《太史公自序》《兩都賦序》等重要作品。⑤

---

① 顏崑陽所建構的"詩用學",乃是他建構"原生性"的文學史觀(也稱"完境文學史")的一部分。顏之"詩用學",也稱"詩式社會文化行爲"。顏崑陽發表的與"詩用學"和"完境文學史"有關的論文有:《論唐代"集體意識詩用"的社會文化行爲現象——建構"中國詩用學"初論》,載《東華人文學報》第一期(1999年7月),頁43—68;《論"文類體裁"的"藝術性向"與"社會性向"及其"雙向成體"的關係》,載《清華學報》新三十五卷第二期(2005年12月),頁295—330;《論先秦"詩社會文化行爲"所展現的"詮釋範型"意義》,載《東華人文學報》第八期(2006年1月),頁55—88;《用詩,是一種社會文化行爲模式——建構"中國詩用學"初論》,載《淡江中文學報》第十八期(2008年6月),頁279—302;《從反思中國文學"抒情傳統"之建構以論"詩美典"的多面向變遷與叢聚狀結構》,載《東華漢學》第九期(2009年6月),頁1—47;《混融、交涉、衍變到別用、分流、佈體——"抒情文學史"的反思與"完境文學史"的構想》,載《清華中文學報》第三期(2009年12月),頁113—154。關於顏氏論著的精要評述,參看吕正惠爲顏著《詮釋的多向視域》所作之序《台灣鄉下人與中國古典》(以上正文之引文即吕正惠語),收入顏崑陽著《詮釋的多向視域——中國古典美學與文學批評系論》(臺北:臺灣學生書局,2016年)。2022年,顏崑陽在聯經出版專著《中國詩用學》,對"詩之用"有更全面的觀照。

② 現存的魏晉南北朝詩序、賦序中也有他人所作的,如赫赫有名的皇甫謐《三都賦序》,但這是極少數的個例。

③ 劉知幾在《史通·序例》中述"序"之流變與特質曰:"孔安國有云:序者,所以敘作者之意也。竊以《書》列典謨,《詩》含比興,若不先敘其意,難以曲得其情。故每篇有序,敷暢厥意。降逮《史》《漢》,以記事爲宗,至於表志雜傳,亦時復立序。文兼史體,狀若子書,然可與誥誓相參,風雅齊列矣。"見〔唐〕劉知幾著,〔清〕浦起龍通釋《史通通釋》(上海:上海古籍出版社,2009年),頁80。

④ 《毛詩序》(或《詩大序》)的作者和撰作時代,歷來有不同説法,且諸説時間跨度極大,或以爲子夏作,或以爲東漢衞宏作,《文選》選録《詩大序》,定作者爲卜商(子夏)。我對此問題并無特殊意見,故在時間上籠統曰"先秦兩漢"。關於《毛詩序》作者的討論,參看:陳子展《論〈詩序〉的作者》,收入陳子展撰述,范祥雍、杜月村校閱《詩經直解》(上海:復旦大學出版社,1983年),頁10—15;陳允吉《〈詩序〉作者考辨》,收入陳允吉著《唐音佛教辨思録(修訂本)》(上海:復旦大學出版社,2018年),頁230—257。

⑤ 一般認爲班固《兩都賦序》是最早的賦序,但王琳提出早於班固的揚雄、桓譚已經作有賦序,參看王琳《魏晉"賦序"簡論》,載《山東師大學報》1999年第3期。

至魏晉南北朝,《文選》分類選文,"序"更是成爲專門的一類(genre)。①《文選》選錄了九篇"序",如果按照徐師曾在《文體明辨序説》中"大序""小序"的分法,②《文選》卷四十五所錄的子夏《毛詩序》、孔安國《尚書序》和杜預《春秋左氏傳序》乃"大序",卷四十五、四十六所錄皇甫謐《三都賦序》、石崇《思歸引序》、陸機《豪士賦序》、顔延之《三月三日曲水詩序》、王融《三月三日曲水詩序》及任昉《王文憲集序》乃"小序"。其中賦序兩篇,詩序三篇(《毛詩序》比較特殊,不看作"詩序")。不過《文選》并不像徐師曾那樣區分所謂"大序"和"小序",這裏也不沿用徐之"大序""小序"概念。③《文選》存錄的九篇序文篇幅都比較長,文學性很强,也反映了各自的時代特徵。④

魏晉南北朝賦序、詩序留存至今的都在百篇以上,或全或殘,内容豐富,下面將分别概述當時賦序、詩序的基本情况,并進而討論作者爲何作賦作詩,分析賦、詩之功能異同。

第一節 賦序所見辭賦之撰作因緣與功能

一、魏晉南北朝賦序概覽

根據嚴可均和程章燦輯錄的魏晉南北朝辭賦,將魏晉南北朝賦序整理羅列如下,得附表4.1。

附表4.1所列魏晉南北朝賦序共260篇,其中三國賦序59篇,兩晉賦序148篇,南北朝賦序53篇,留下賦序最多的作家是傅咸(27篇)。各篇賦

---

① 關於"序"(尤其是"應并世作者之請而寫的'序'")在傳統中國的流衍及其在中國文化史上的意義,參看余英時《原"序":中國書寫文化的一個特色》,收入余英時著《中國文化史通釋》(北京:生活·讀書·新知三聯書店,2012年),頁123—146。
② "按小序者,序其篇章之所由作,對大序而名之也。"見〔明〕徐師曾著,羅根澤校點《文體明辨序説》(與吳訥《文章辨體序説》合刊,北京:人民文學出版社,1962年),頁135、136。
③ 徐師曾的這一對概念,容易發生混淆,因爲在《詩經》之箋註傳統中早有"大序""小序"之分,述各詩之旨的乃是"小序"。魏晉詩人的詩序中亦有模仿《詩經》傳統的作品,如謝靈運的《擬魏太子鄴中集詩八首》,第一首《魏太子》之前有一段較長的序文,敍文學傳統并交代爲何作這一組詩("撰文懷人,感往增愴!"),這段序文可稱"序"或"大序"或"總序",而在之後的七首詩之前,又各有一段較短的文字,評述所擬之人,這七段文字可稱"小序"。下文都在這個意義上使用"小序"這一概念。梅家玲在討論《擬魏太子鄴中集詩八首》時已經注意到了"總序""小序"與《毛詩》之大、小序"的關係,參看《漢晉詩賦中的擬作、代言現象及其相關問題——從謝靈運〈擬魏太子鄴中集詩八首并序〉的美學特質談起》,收入梅家玲著《漢魏六朝文學新論——擬代與贈答篇》(北京:北京大學出版社,2004年),頁13。
④ 參看傅剛著《〈昭明文選〉研究》,頁300、301。

序長短不一,長者如陸機《豪士賦序》,洋洋數千言,短者則僅數十字。總體而言,長篇賦序并不多,當然,現存的賦序大多都是殘篇,并非完璧。

這些賦序中,曹操的《鶡雞賦序》和曹植的《鶡賦序》、嵇康的《懷香賦序》和嵇含《槐香賦序》、成公綏的《藏鈎賦序》和盛彥的《藏彄賦序》、潘岳的《河陽庭前安石榴賦》和潘尼的《安石榴賦序》、潘岳的《朝菌賦序》和潘尼的《朝菌賦序》有大量相同的文字。這五組(十篇)賦序都來自類書,有的祇存序而無賦之正文,文字上的雷同,是由於作同題賦時因襲前人之序,還是在類書的存錄中誤錄作者,導致同一篇序文有不同的作者記錄,這裏傾向於後者。尤其是所謂曹操的《鶡雞賦序》當非曹操之作,而是曹植的《鶡賦序》;① 嵇康《懷香賦序》當非嵇康之作,而是嵇含的《槐香賦序》。不過這一文獻問題尚缺乏全面而確鑿的考訂,故暫時還是將這些作品全部列入附表4.1。

如第一章第一節所述,今存魏晉南北朝辭賦(包括祇有賦序的和祇有賦題的)共一千二百餘篇,而今存賦序就有260篇,也就是説今存賦篇中超過20%有序。由此可知魏晉南北朝作賦時兼作一篇序以"敘作者之意"的風氣甚盛。

從時代分佈來看,兩晉賦序最多,超過三國和南北朝賦序之總和。如果綜合考慮各時期的持續時間和辭賦創作總量,南北朝的賦序不論在數量上還是在比例上都是最低的。

雖然魏晉南北朝時期賦序和詩序都已經成爲獨立的文體,但大部分的賦序還是服務於賦的,故而不論賦序之長短,爲賦作序多少體現了對賦的重視。由此觀之,三國兩晉時期的賦序比例遠高於南北朝,正是因爲此時人們在觀念上更加重視賦。而兩晉賦序之多,更折射出兩晉辭賦的繁榮與被重視程度。

那麽,透過這些賦序,我們能得到什麽關於作賦緣由和辭賦功能的信息呢?

二、融合事、物、情、理諸端的賦序

通讀260篇賦序後,可以發現,這些賦序至少從以下五方面"敘作者之意",這五方面并不互斥,很多賦序同時包含了若干方面的信息。以下分而述之,并舉若干篇賦序爲例:②

(一)釋題材。這主要見於體物賦,如曹丕《車渠椀賦序》等。"釋題

---

① 程章燦即持此意見,見《魏晉南北朝賦史》,頁46。
② 前引王琳《魏晉"賦序"簡論》對魏晉賦序包含的不同信息已有所論列,可參看。

材"的手段非常豐富,既可以對題材直接下定義、作介紹,如繆襲《青龍賦序》;①也可以引經據典解釋題材,如傅玄《芸香賦序》;②還可以對題材展開描寫,如閔鴻《蓮華賦序》。③ 各種"釋題材"的賦序中,最有趣的是傅玄的《琵琶賦序》和《箏賦序》,在《琵琶賦序》中,傅玄介紹了兩種關於琵琶創造者的傳說并作出自己的判斷;在《箏賦序》中,傅玄批駁了蒙恬造箏的傳說。④ 這兩篇序雖然并不太長,卻隱然具備了學術論述的風采,具備較強的"知識性"。⑤ 這足以說明賦序具備了很完備的解釋、介紹乃至分析論證功能。⑥

（二）述人事。這在賦序中最常見,如曹丕《臨渦賦序》、曹植《洛神賦序》等。賦序所述之人物與事件,一般來說都是直接觸發作賦的當前人事,如曹植《敘愁賦序》;⑦但也有歷時頗久的人與事,且未必祇關一人一事,如潘岳《懷舊賦序》。⑧ 賦雖然早就具備了敘述功能,但賦講求"鋪陳",故而敘述往往繁複,無法直線展開。賦序之"述人事",則可以或駢或散,或簡或繁,駢者如庾信《哀江南賦序》,散者如潘岳《懷舊賦序》《寡婦賦序》,皆可以單獨成爲名篇。可以說,魏晉南北朝的各種敘述體式,俱備於賦序矣。

（三）抒情志。前文曾提到,以往論者多以"抒情"爲魏晉南北朝辭賦之

---

① "蓋青龍者,火辰之精,木官之瑞。"見《全三國文》卷三十八,載《全上古三代秦漢三國六朝文》,頁1265。
② "《月令》:'仲春之月,芸始生。'鄭玄云:'芸,香草也。'世人種之中庭,始以微香進入,終于捐棄黃壤,吁可閔也,遂詠而賦之。"見《全晉文》卷四十五,載《全上古三代秦漢三國六朝文》,頁1717。
③ "川源清徹,羡溢中塘,芙蓉豐植,彌被大澤,朱儀榮藻,有逸目之觀。"見《全三國文》卷七十四,載《全上古三代秦漢三國六朝文》,頁1452。
④ 《琵琶賦序》:"《世本》不載作者,聞之故老云:漢遣烏孫公主嫁昆彌,念其行道思慕,故使工人知音者,載琴、箏、筑、箜篌之屬,作馬上之樂。今觀其器,中虛外實,天地之象也;盤圓柄直,陰陽之序也;柱十有二,配律呂也;四絃,法四時也。以方語目之,故云琵琶,取其易傳于外國也。杜摯以爲嬴秦之末,蓋苦長城之役,百姓弦鞀而鼓之。二者各有所據,以意斷之,烏孫近焉。"《箏賦序》:"世以爲蒙恬所造,今觀其器,上崇似天,下平似地,中空準六合,絃柱擬十二月,設之則四象在,鼓之則五音發。體合法度,節究哀樂,斯乃仁智之器,豈蒙恬亡國之臣,所能關思運巧哉?"見《全晉文》卷四十五,載《全上古三代秦漢三國六朝文》,頁1716。
⑤ 當然此"學術"非"現代學術",傅玄以蒙恬"亡國之臣"的身份來質疑他能夠"關思運巧"製造箏,這是很典型的"互滲律"思維下的"學理"辯說。
⑥ 關於賦的"知識性",第五章討論正史引賦以及第七章有關謝靈運的部分還會展開討論,此處不作展開。
⑦ "時家二女弟,故漢皇帝聘以爲貴人。家母見二弟愁思,故令予作賦。"見《全三國文》卷十三,載《全上古三代秦漢三國六朝文》,頁1125。
⑧ "余十二而獲見于父友東武戴侯楊君,始見知名,遂申之以婚姻,而道元公嗣,亦隆世親之愛。不幸短命,父子凋殞。余既有私艱,且尋役于外,不歷嵩丘之山者,九年于兹矣。今而經焉,慨然懷舊而賦之曰。"此序既懷想少年往事,又敘說眼前之經行,所涉之人亦多。見《全晉文》卷九十一,載《全上古三代秦漢三國六朝文》,頁1985。

主流,魏晉南北朝辭賦的抒情傾向確實非常突出。在許多賦序中,作者就先一步明確表達了某種情感:或感傷(如曹丕《柳賦序》),①或懷戀(如曹植《離思賦序》),②或思鄉(如陸機《思歸賦》),③或悲痛(如江淹《傷愛子賦》)④……種種情感,不一而足。⑤ 賦序之"抒情志"值得注意者還有三點:第一,有的賦序明確表示作賦就是爲了抒情言志,如楊修"興志而作賦",⑥棗據"志之所存,不能無言",⑦陸雲"作賦以言情",⑧傅咸"作賦用明意"。⑨由這些説法可知,當時賦家已經有了"賦言志""賦言情"的理論自覺。第二,謝靈運在《撰征賦序》中明言作賦以求"不朽"("作賦《撰征》,俾事運遷謝,託此不朽"),⑩無獨有偶,江淹在《蓮華賦序》中也希望借賦文使蓮華之

---

① "昔建安五年,上與袁紹戰于官渡,是時余始植斯柳,自彼迄今,十有五載矣。左右僕御,已多亡,感物傷懷,乃作斯賦曰。"見《全三國文》卷四,載《全上古三代秦漢三國六朝文》,頁1075。
② "建安十六年,大軍西討馬超,太子留監國,植時從焉。意有憶戀,遂作離思賦云。"見《全三國文》卷十三,載《全上古三代秦漢三國六朝文》,頁1123。
③ "余去家漸久,懷土彌篤。方思之殷,何物不感?曲街委巷,罔不興詠,水泉草木,咸足悲焉。故述斯賦。"見《全晉文》卷九十六,載《全上古三代秦漢三國六朝文》,頁2010、2011。
④ "江蚝,字胤卿,僕之第二子也。生而神俊,必爲美器,惜哉遭閔,涉歲而卒。悲至躑躅,乃爲此文。"見《全梁文》卷三十三,載《全上古三代秦漢三國六朝文》,頁3144。
⑤ 總體而言,賦序中所明確呈現的感情,以悲哀感傷爲多,但也偶有喜樂之情,如孫綽《遂初賦序》:"余少慕老莊之道,仰其風流久矣,卻感於陵賢妻之言,悵然悟之。乃經始東山,建五畝之宅,帶長阜,倚茂林,孰與坐華幕擊鐘鼓者同年而語其樂哉。"見《全晉文》卷六十一,載《全上古三代秦漢三國六朝文》,頁1807。
⑥ 楊修《孔雀賦序》:"魏王園中有孔雀,久在池沼,與衆鳥同列。其初至也,甚見奇偉,而今行者莫視。臨淄侯感世人之待士,亦咸如此,故興志而作賦。并見命及,遂作賦曰。"見《全後漢文》卷五十一,載《全上古三代秦漢三國六朝文》,頁757。
⑦ 棗據《表志賦序》:"據忝職門下,在帷幄之末,余群士敘齊,登玉陛侍日月久矣。出爲冀州刺史,犬馬戀主,既有微情,且志之所存,不能無言,因而賦之。"見《全晉文》卷六十七,載《全上古三代秦漢三國六朝文》,頁1845。
⑧ 陸雲《歲暮賦序》:"余祇役京邑,載離永久。永寧二年春,忝寵北郡,其夏又轉大將軍右司馬於鄴都。自去故鄉,荏苒六年,惟姑與姊,仍見背棄。銜痛萬里,哀思傷衷。而日月逝速,歲聿云暮。感萬物之既改,瞻天地而傷懷,乃作賦以言情焉。"見《全晉文》卷一百,載《全上古三代秦漢三國六朝文》,頁2031。
⑨ 傅咸《明意賦序》:"侍御史傅咸奉詔治獄,作賦用明意云。"見《全晉文》卷五十一,載《全上古三代秦漢三國六朝文》,頁1751。
⑩ "蓋聞昏明殊位,貞晦異道,雖景度回革,亂多治寡,是故升平難於恒運,剥喪易以橫流。皇晉受命河汾,來遷吴楚,數歷九世,年踰十紀,西秦無一援之望,東周有三辱之憤,可謂積禍纏釁,固以久矣。況迺陵塋幽翳,情敬莫遂,日月推薄,帝心彌遠。慶靈將升,時來不爽,相國宋公,得一居貞,回乾運軸,内匡寰表,外清遐陬。每以區宇未統,側席盈愿。值天祚攸興,昧弱授機,颐筴元謀,符瑞景徵。於是仰祇俯協,順天從兆,興止戈之師,躬暫勞之討,以義熙十有二年五月丁酉,敬戒九伐,申命六軍,治兵于京畿,次師于汜上。靈檣千艘,霑輻萬乘,羽騎盈塗,飛旐蔽日。别命群帥,誨謨惠策,法奇於《三略》,義袐於《六韜》。所以鉤棘未曜,殞前禽於金墉;威弧始毅,走鈙隼於滑臺。曾不踰月,二方獻捷。宏功懋德,獨絶古今。天子感《東山》之劬勞,慶格天之光大,明發興於鑒寐,使臣遵于原隰。(轉下頁)

美"不滅"。①《撰征賦》乃述行大賦,《蓮華賦》則是體物小賦,謝、江在賦序中對"不朽""不滅"的自覺追求,既可以看到他們志之高遠,也反映出他們對賦這一文體的高度重視。南朝兩位賦家的高遠之志,恰可看作曹丕"不朽之盛事"的隔代迴響。② 第三,賦之言情言志,不僅能滿足自己的情感需求,如潘岳《閒居賦序》;③還能開釋他人,如庾闡《惡餅賦序》;④甚至可以爲他人表達感情,如謝朓《野鶖賦序》。⑤ 從賦序中有關"抒情志"的種種説法來看,賦不僅能抒發形形色色的情感,而且能爲己、爲人言情,可見魏晉南北朝時辭賦絕非僅僅與一己之感情有關的文體。

(四)明道理。即在賦序中闡發某種哲理或感慨,既可以因景物之變遷而悟理,如庾儵《安石榴賦序》;⑥也可以因事物之特質而喻理,如張華《鷦鷯賦序》;⑦

(接上頁)余攝官承乏,謬充殊役,《皇華》愧於先《雅》,靡鹽領於征人。以仲冬就行,分春反命。塗經九守,路踰千里。沿江亂淮,遡薄泗、汭,詳觀城邑,周覽丘墳,眷言古迹,其懷已多。昔皇祖作藩,受命淮、徐,道固苞桑,勳由仁積。年月多歷,市朝已改,永爲洪業,纏懷清麻。於是采訪故老,尋履往迹,而遠感深慨,痛心殞涕。遂寫集聞見,作賦《撰征》,俾事運遷謝,託此不朽。"見《全宋文》卷三十,載《全上古三代秦漢三國六朝文》,頁2600。

① "余有蓮華一池,愛之如金。宇宙之麗,難息絕氣。聊書竹素,儻不滅焉。"見《全梁文》卷三十四,載《全上古三代秦漢三國六朝文》,頁3148。
② 關於曹丕《典論·論文》在文體上的側重,本書第六章第一節還有專門論述。
③ "岳嘗讀《汲黯傳》,至司馬安四至九卿,而良史書之,題以巧宦之目,未嘗不慨然廢書而歎曰:嗟乎!巧誠有之,拙亦宜然。顧常以爲士之生也,非至聖無軌微妙玄通者,則必立功立事,效當年之用。是以資忠履信以進德,修辭立誠以居業。僕少竊鄉曲之譽,忝司空太尉之命,所奉之主,即太宰魯武公其人也,舉秀才爲郎。逮事世祖武皇帝,爲河陽、懷令,尚書郎,廷尉(乎)〔平〕。今天子諒闇之際,領太傅主簿。府主誅,除名爲民。俄而復官,除長安令。遷博士,未召拜,親疾,輒去官免。自弱冠涉乎知命之年,八徙官而一進階,再免,一除名,一不拜職,遷者三而已矣。雖通塞有遇,抑亦拙者之效也。昔通人和長輿之論余也,固謂拙於用多。稱多則吾豈敢,言拙信而有徵。方今俊乂在官,百工惟時,拙者可以絕意乎寵榮之事矣。太夫人在堂,有羸老之疾,尚何能違膝下色養,而屑屑從斗筲之役乎。于是覽止足之分,庶浮雲之志,築室種樹,逍遥自得。池沼足以漁釣,春稅足以代耕。灌園粥蔬,以供朝夕之膳;牧羊酤酪,以俟伏臘之費。孝乎惟孝,友于兄弟,此亦拙者之爲政也。乃作《閒居賦》,以歌事遂情焉。"見《全晉文》卷九十一,載《全上古三代秦漢三國六朝文》,頁1987。
④ "范子常者,嘗造予宿,臛雞臛餅,遍食之情甚虛,奇嘉之味不實。聊作《惡餅賦》以釋之。"此序帶有遊戲筆墨的色彩,當有誇張之處,但即便誇張,亦可見賦具開釋不快之功效。見《全晉文》卷三十八,載《全上古三代秦漢三國六朝文》,頁1680。
⑤ "有門人斃一野鶖,因以爲獻。予時命以登俎,用待賓客,客有愛其羽毛,請予爲賦。"見《全齊文》卷二十三,載《全上古三代秦漢三國六朝文》,頁2920。
⑥ "于時仲春垂澤,華葉甚茂;炎夏既戒,忽乎零落。是以君子居安思危,在盛思衰,可無懼哉。乃作斯賦。"見《全晉文》卷三十六,載《全上古三代秦漢三國六朝文》,頁1668。
⑦ "鷦鷯,小鳥也,生于蒿萊之間,長于藩籬之下,翔集尋常之内,而生生之理足矣。色淺體陋,不爲人用;形微處卑,物莫之害。繁滋族類,乘居匹游,翩翩然有以自樂也。彼鷲鶚鵾鴻,孔雀翡翠,或凌赤霄之際,或託絕垠之外,翰舉足以沖天,觜距足以自衛,然皆負矰嬰繳,羽毛入貢,何者? 有用于人也。夫言有淺而可以託深,類有微而可以喻大,故賦之云爾。"見《全晉文》卷五十八,載《全上古三代秦漢三國六朝文》,頁1790。

亦可以由不同物之比對而論理，如傅咸《儀鳳賦序》；①還可以由過往之人事而明理，如孫楚《韓王故臺賦序》。② 賦序所明之道理，其實屬於廣義的"情志"，但"道理"至少在作者眼中具有普遍性。作者在序中闡明道理，不僅告誡自己，多少也有勸告讀者的意涵。

（五）繼傳統。也即受前人感召而作賦，附表4.1中專門列出"前人之作"一欄來說明這一情況。對傳統的自覺繼承又分三種情況：既可能因前人之事而受感召，如曹植《洛神賦序》；③也可能主動加入前人佳作的系譜，如左思《三都賦序》；④還可能不滿前作而自出機杼，如曹植《酒賦序》。⑤ 這三種情況中，因讚歎前人賦作之妙而在賦序中主動加入前人佳作系譜的最多。而除了時代邈遠的"前人"外，同時之人的作品也會刺激辭賦的創作，如傅咸《芸香賦序》、⑥孫楚《杕杜賦序》。⑦ 賦序中與傳統的"對話"，除了致敬或評騭前人作品外，還有一種情況：那就是指出某一題材前人不曾涉足，作

---

① "《鶡鶉賦》者，廣武張侯之所造也，以其形微處卑，物莫之害也。而余以爲物生則有害，有害而能免，所以貴乎才智也。夫鶡鶉既無智足貴，亦禍害未免，免乎禍害者，其唯儀鳳也。"見《全晉文》卷五十一，載《全上古三代秦漢三國六朝文》，頁1754。

② "酸棗寺門外，夾道左右，有兩故臺，訪之故老，云：韓王聽訟觀也。臺高十五仞，雖樓榭泯滅，然廣基似於山嶽。召公大賢，猶舍甘棠，區區小國，而臺觀隆崇，驕盈於世，以鑒來今。故作賦曰。"見《全晉文》卷六十，載《全上古三代秦漢三國六朝文》，頁1800。

③ "黃初三年，余朝京師，還濟洛川。古人有言，斯水之神名曰宓妃。感宋玉對楚王神女之事，遂作斯賦。"見《全三國文》卷十三，載《全上古三代秦漢三國六朝文》，頁1122。

④ "蓋詩有六義焉，其二曰賦。揚雄曰：'詩人之賦麗以則。'班固曰：'賦者，古詩之流也。'先王采焉，以觀土風。見'綠竹猗猗'，則知衛地淇澳之產；見'在其版屋'，則知秦野西戎之宅，故能居然而辨八方。然相如賦《上林》而引盧橘夏熟，揚雄賦《甘泉》而陳玉樹青蔥。班固賦《西都》而歎以出比目，張衡賦《西京》而述以遊海若。假稱珍怪，以爲潤色，若斯之類，匪啻于茲。攷之果木，則生非其壤；校之神物，則出非其所。于辭則易爲藻飾，于義則虛而無徵。且夫玉卮無當，雖寶非用。侈言無驗，雖麗非經，而論者莫不詆訐其研精，作者大氐舉爲憲章。積習生常，有自來矣。余既思摹《二京》而賦《三都》，其山川城邑，則稽之地圖；其鳥獸草木，則驗之方志。風謠歌舞，各附其俗。魁梧長者，莫非其舊，何則？發言爲詩者，詠其所志也。升高能賦者，頌其所見也。美物者貴依其本，讚事者宜本其實。匪本匪實，覽者奚信？且夫任土作貢，《虞書》所著；辯物居方，《周易》所慎。聊舉其一隅，攝其體統，歸諸詁訓焉。"見《全晉文》卷七十四，載《全上古三代秦漢三國六朝文》，頁1882。

⑤ "余覽揚雄《酒賦》，辭甚瑰瑋，頗戲而不雅，聊作《酒賦》，粗究其終始。"見《全三國文》卷十四，載《全上古三代秦漢三國六朝文》，頁1128。

⑥ "先君作《芸香賦》，辭美高麗，有睹斯卉，蔚茂馨香，同遊使余爲序。"見《全晉文》卷五十一，載《全上古三代秦漢三國六朝文》，頁1753。

⑦ "家弟以虞氏《梨賦》見示，余謂豈以梨有用之爲貴，杜無用之爲賤？無用獲全，所以爲貴；有用獲殘，所以爲賤。故賦之云爾。"見《全晉文》卷六十，載《全上古三代秦漢三國六朝文》，頁1801。

者因此要開創傳統,楊泉的《五湖賦序》和《蠶賦序》、①成公綏的《天地賦序》、②陸雲的《寒蟬賦序》③以及杜臺卿的《淮賦序》④都屬這一情況。尤其是杜臺卿《淮賦序》,洋洋灑灑敘説前人如何寫江河湖海,可以視作一篇有關"水"的簡明"文學史"。值得注意的是,這五篇前人未曾涉足的賦有四篇作於魏晉時期,這是否也從一個側面反映了魏晉賦之繁榮而有活力?

這五方面的信息往往在賦序中交錯出現,逐篇分析後,這裏將各篇賦序所含信息整理爲表4.2,本節末附表4.1中加粗標出的語句是判斷信息的主要依據。

表4.2 魏晉南北朝賦序所含信息一覽

作者	標 題	釋題	述事	時	抒情	明理	前人	命令
曹操	鶡雞賦序	√						
曹丕	臨渦賦(并序)		√	√				
	浮淮賦(并序)		√	√				

---

① 《五湖賦序》:"余觀夫主五湖而察其雲物,皇哉大矣。以爲名山大澤,必有記頌之章。故梁山有'奕奕'之詩,雲夢有《子虛》之賦。夫具區者,揚州之澤藪也。有大禹之遺迹,疏川導滯之功,而獨闕然未有翰墨之美。余竊憤焉,敢忘不才,述而賦之。"《蠶賦序》:"古人作賦者多矣,而獨不賦蠶。乃爲《蠶賦》。"見《全三國文》卷七十五,載《全上古三代秦漢三國六朝文》,頁1453。

② "賦者,貴能分理賦物,敷演無方,天地之盛,可以致思矣。天地至神,難以一言定稱。故體而言之,則曰兩儀;假而言之,則曰乾坤;氣而言之,則曰陰陽;性而言之,則曰柔剛;色而言之,則曰玄黃;名而言之,則曰天地。歷觀古人,未之有賦,豈獨以至麗無文,難以辭贊?不然,何其闕哉?遂爲《天地賦》曰。"這一段序文,"歷觀古人"之前的部分從《藝文類聚》《初學記》輯出,後面的部分則存録於《晉書·成公綏傳》。見《全晉文》卷五十九,載《全上古三代秦漢三國六朝文》,頁1794。

③ "昔人稱雞有五德,而作者賦焉。至於寒蟬,才齊其美,獨未之思,而莫斯述。夫頭上有緌,則其文也。含氣飲露,則其清也。黍稷不食,則其廉也。處不巢居,則其儉也。應候守節,即其信也。加冠冕,取其容也。君子則其操,可以事君,可以立身,豈非至德之虫哉!且攀木寒鳴,貧才所歎。余昔僑處,切有感焉,興賦云爾。"見《全晉文》卷一百,載《全上古三代秦漢三國六朝文》,頁2034。

④ "古人登高有作,臨水必觀焉。吟詠比賦,可得而言矣。《詩·周南》云:'漢之廣矣,不可泳思。江之永矣,不可方思。'《邶風》云:'涇以渭濁,湜湜其沚。'《衛風》云:'河水洋洋,北流活活。'《小雅》云:'滔滔江漢,南國之紀。'《大雅》云:'豐水東注,惟禹之績。'《周頌》云:'猗與漆沮,潛有多魚。有鱣有鮪,鰷鱨鰋鯉。'《魯頌》云:'思樂泮水,薄采其芹。'此皆水賦濫觴之源也。後漢班彪有《覽海賦》,魏文帝有《滄海賦》,王粲有《游海賦》,晉成公綏有《大海賦》,潘岳有《滄海賦》,木玄虛、孫綽并有《海賦》,楊泉有《五湖賦》,郭璞有《江賦》。唯淮未有賦者,魏文帝雖有《浮淮賦》,止陳將卒赫怒,至於兼包化産,略無所載。齊天統初,以教府詞曹,出除廣州長史,經淮陽赴鎮,頻經川涉。壯其淮沸浩蕩,且注巨海,南通曲江。水怪神物,何爲不有,遂撰聞見,追而賦之。"見《全隋文》卷二十,載《全上古三代秦漢三國六朝文》,頁4133。

續　表

作者	標　　題	釋題	述事	時	抒情	明理	前人	命令
曹丕	戒盈賦(并序)		√		√			
	感離賦(并序)		√	√	√			
	悼夭賦(并序)		√		√			
	寡婦賦(并序)		√		√			
	感物賦(并序)		√		√			
	登臺賦(并序)		√	√				√
	蔡伯喈女賦序		√					
	迷迭賦(并序)		√					
	瑪瑙勒賦(并序)		√					√
	車渠椀賦(并序)	√						
	槐賦(并序)		√					
	柳賦(并序)		√	√	√			
	鶯賦(并序)		√		√			
曹髦	傷魂賦(并序)		√		√			
曹植	大暑賦(并序)		√	√				
	洛神賦(并序)		√	√			√	
	遷都賦(并序)		√					
	懷親賦(并序)		√		√			
	離思賦(并序)		√	√				
	釋思賦(并序)		√					
	玄暢賦(并序)					√		
	愍志賦(并序)		√					
	慰情賦序		√	√				

續 表

作者	標 題	釋題	述事	時	抒情	明理	前人	命令
曹植	敘愁賦(并序)		√					√
	東征賦(并序)		√	√				
	寶刀賦(并序)		√					
	九華扇賦(并序)		√					
	酒賦(并序)						√	
	鷂賦(并序)	√						
	離繳雁賦(并序)		√					
	神龜賦(并序)	√	√					
	七啟(并序)						√	
	(失題)賦序							
王粲	投壺賦序	√						
	圍棋賦序	√						
	彈棋賦序	√						
陳琳	武軍賦(并序)		√	√				
	神武賦(并序)		√	√				
	瑪瑙勒賦(并序)		√					√
徐幹	嘉夢賦序		√					
楊修	孔雀賦(并序)		√		√	√		√
崔琰	述初賦(并序)		√					
鍾會	蒲萄賦(并序)		√					√
劉劭	龍瑞賦(并序)		√	√				
繆襲	許昌宮賦序		√	√				
	青龍賦(并序)	√						

續　表

作者	標　題	釋題	述事	時	抒情	明理	前人	命令
孫該	三公山下神祠賦(并序)	√	√					
杜摯	笳賦(并序)		√					
阮籍	首陽山賦(并序)		√	√				
	鳩賦(并序)		√	√				
	元父賦(并序)		√		√			
嵇康	琴賦(并序)		√					
	懷香賦序		√	√				
閔鴻	蓮華賦序	√						
楊泉	五湖賦(并序)	√					√	
	蠶賦(并序)	√					√	
左芬	白鳩賦序		√	√				
王廙	白兔賦(并序)		√					
王彪之	廬山賦序	√						
王羲之	用筆賦(并序)	√	√					
應貞	安石榴賦(并序)		√					
庾儵	冰井賦(并序)		√	√				
	大槐賦(并序)		√					
	安石榴賦(并序)		√	√		√		
庾闡	惡餅賦(并序)		√		√			
傅玄	敘行賦序							
	相風賦(并序)	√	√					
	琴賦(并序)	√					√	

續 表

作者	標　　題	釋題	述事	時	抒情	明理	前人	命令
傅玄	琵琶賦(并序)	√						
	箏賦(并序)	√						
	筑賦序	√						
	投壺賦序	√						
	彈棋賦序	√						
	紫華賦(并序)	√	√					√
	芸香賦序	√			√			
	蜀葵賦序	√	√					
	橘賦序						√	
	朝華賦序	√						
	乘輿馬賦(并序)		√					
	七謨(并序)						√	
傅咸	喜雨賦(并序)		√	√				
	感涼賦(并序)		√	√				
	神泉賦(并序)		√					
	申懷賦(并序)		√					
	感別賦(并序)		√					
	弔秦始皇賦(并序)		√					
	登芒賦(并序)		√					
	明意賦(并序)		√		√			
	相風賦(并序)						√	
	羽扇賦(并序)		√					
	扇賦(并序)	√						

續 表

作者	標 題	釋題	述事	時	抒情	明理	前人	命令
傅咸	櫛賦(并序)	√				√		
	污卮賦(并序)		√			√		
	畫像賦(并序)		√			√		
	燭賦(并序)		√			√		
	款冬花賦(并序)		√	√				
	芸香賦(并序)		√				√	√
	玉賦(并序)	√						
	桑樹賦(并序)		√					
	舜華賦(并序)		√					
	儀鳳賦(并序)	√					√	
	燕賦(并序)			√				
	班鳩賦(并序)		√					
	粘蟬賦(并序)		√			√		
	蜉蝣賦(并序)	√						
	螢火賦(并序)		√					
	叩頭蟲賦(并序)	√						
袁喬	江賦序	√						
張華	朽社賦(并序)		√			√		
	感婚賦(并序)		√					
	相風賦(并序)		√					
	鷦鷯賦(并序)	√				√		
	神女賦序	√	√					
成公綏	天地賦(并序)	√					√	

續　表

作者	標　題	釋題	述事	時	抒情	明理	前人	命令
成公綏	故筆賦(并序)	√						
	日及賦(并序)	√						
	木蘭賦(并序)		√					
	鴻雁賦(并序)		√			√	√	
	烏賦(并序)		√			√	√	
	鸚武賦序	√						
	藏鉤賦序		√					
孫楚	笳賦(并序)		√					
	韓王故臺賦(并序)		√			√		
	杕杜賦(并序)		√			√	√	
	鷹賦(并序)		√					√
孫綽	遊天台山賦(并序)	√			√			
	遂初賦序		√		√			
孫盛	鏡賦序		√					
嵇含	困熱賦序			√				
	祖賦序	√						
	娛蜡賦(并序)	√						
	白首賦序		√		√			
	寒食散賦(并序)		√					
	羽扇賦序		√					
	八磨賦(并序)		√					
	宜男花賦序	√						
	孤黍賦序		√					

續　表

作者	標　題	釋題	述事	時	抒情	明理	前人	命令
嵇含	朝生暮落樹賦序	√						
	長生樹賦(并序)		√					
	槐香賦(并序)		√					
	雞賦(并序)		√					
	遇蠆賦序		√	√				
	筆賦序	√						
棗據	表志賦(并序)		√					
杜萬年	相風賦序							√
皇甫謐	三都賦序						√	
向秀	思舊賦(并序)		√		√			
阮脩	患雨賦(序)		√	√				
左思	三都賦序						√	
摯虞	思遊賦(并序)				√			
張敏	神女賦(并序)	√	√					
盛彥	藏彄賦序		√					
殷巨	奇布賦(并序)		√	√				
張載	鞞舞賦(并序)	√						
賈彪	大鵬賦(并序)	√				√	√	
潘岳	秋興賦(并序)		√	√	√			
	懷舊賦(并序)		√		√			
	悼亡賦(并序)	√						
	寡婦賦(并序)		√				√	
	閒居賦(并序)		√		√	√		

續　表

作者	標　　題	釋題	述事	時	抒情	明理	前人	命令
潘岳	朝菌賦(并序)	√						
	橘賦(并序)		√					
	河陽庭前安石榴賦(并序)	√						
	射雉賦(并序)		√		√			
潘尼	東武館賦(并序)		√					√
	安石榴賦(并序)	√						
	朝菌賦序	√						
	鱉賦(并序)		√					√
陸機	豪士賦(并序)					√		
	遂志賦(并序)				√		√	
	懷土賦(并序)		√		√			
	思歸賦(并序)		√	√	√			
	歎逝賦(并序)		√		√			
	愍思賦(并序)		√		√			
	大暮賦(并序)				√	√		
	應嘉賦(并序)		√					
	文賦(并序)	√				√		
	桑賦(并序)		√					
	鱉賦(并序)		√					√
陸雲	歲暮賦(并序)		√	√				
	喜霽賦(并序)			√			√	
	登臺賦(并序)		√	√				
	逸民賦(并序)					√		

續　表

作者	標　　題	釋題	述事	時	抒情	明理	前人	命令
陸雲	南征賦(并序)		√	√	√			
	寒蟬賦(并序)	√					√	
	九愍(并序)						√	
曹攄	圍棋賦(并序)					√	√	
曹毗	鸚武賦(并序)		√			√		
陶淵明	感士不遇賦(并序)		√		√		√	
	閑情賦(并序)	√	√				√	
	歸去來兮辭(并序)		√	√	√			
郭璞	巫咸山賦(并序)	√						
梅陶	鵩鳥賦序		√		√		√	
沈充	鵝賦序		√		√			
楊方	箜篌賦序	√						
殷允	石榴賦(并序)		√				√	
劉恢	圍棋賦序		√					
伏滔	長笛賦(并序)		√					
張望	鷗鵜賦(并序)	√						
	蜘蛛賦(并序)	√						
卞承之	鶡賦序	√						
周祗	枇杷賦(并序)		√				√	
李秀	四維賦(并序)	√				√		
支曇諦	赴火蛾賦(并序)	√						
劉駿	傷宣貴妃擬漢武帝李夫人賦(并序)		√		√		√	

續　表

作者	標　題	釋題	述事	時	抒情	明理	前人	命令
傅亮	感物賦(并序)		√	√	√	√		
謝靈運	羅浮山賦(并序)		√					
	歸途賦(并序)						√	
	撰征賦(并序)		√	√	√			
	山居賦(有序并自注)	√			√		√	
顏延之	白鸚鵡賦(并序)		√					
鮑照	觀漏賦(并序)		√			√		
	野鵝賦(并序)		√					√
王叔之	翟雉賦(并序)		√		√			
張融	海賦(并序)	√					√	
卞彬	蚤虱賦序		√					
謝朓	思歸賦(并序)					√		
	酬德賦(并序)	√	√					
	野鶩賦(并序)		√					√
蕭衍	孝思賦(并序)	√	√		√			
蕭綱	悔賦(并序)					√		
	金錞賦(并序)	√	√		√			
	眼明囊賦(并序)	√						
蕭綸	贈言賦(并序)		√		√			
蕭子範	直坊賦(并序)		√	√	√			
江淹	赤虹賦(并序)		√					
	倡婦自悲賦(并序)				√		√	
	知己賦(并序)		√		√			

續　表

作者	標　題	釋題	述事	時	抒情	明理	前人	命令
江淹	傷友人賦(并序)		√		√		√	
	傷愛子賦(并序)		√		√			
	學梁王兔園賦(并序)						√	
	橫吹賦(并序)		√		√			
	丹砂可學賦(并序)		√			√		
	蓮華賦(并序)		√		√			
	青苔賦(并序)		√					
	石劫賦(并序)	√						
張率	河南國獻舞馬賦應詔(并序)		√					√
張纘	離別賦(并序)		√					
	懷音賦(并序)		√					
蕭詧	愍時賦(并序)		√		√			
沈烱	歸魂賦(并序)	√	√				√	
元順	蠅賦(并序)		√	√				
張淵	觀象賦(并序)	√				√		
李顒	大乘賦(并序)	√			√	√		
李騫	釋情賦(并序)		√	√	√		√	
裴伯茂	豁情賦序	√	√		√	√		
陽固	北都賦(注或序)	√						
庾信	三月三日華林園馬射賦(并序)	√	√					
	哀江南賦(并序)	√	√		√		√	
	傷心賦(并序)	√	√		√			

續　表

作者	標　題	釋題	述事	時	抒情	明理	前人	命令
隋煬帝蕭皇后	述志賦(并序)							
江總	修心賦(并序)		√	√	√			
	華貊賦(并序)		√		√			
	山水納袍賦(并序)		√					
虞世基	講武賦(并序)	√	√				√	
盧思道	孤鴻賦(并序)	√	√		√		√	
杜臺卿	淮賦(并序)	√	√				√	
合計		80	173	41	57	32	42	16

　　比起上文所列的五方面，表4.2另外增加了兩欄信息，一曰"時"，一曰"命令"。這兩項其實都從屬於"述事件"，所謂"時"，指的是賦序中明確標出了作賦的時間節令；所謂"命令"，指的是賦序中明確表示此賦是受某人之命而作(如曹丕《登臺賦序》)或作此賦時亦命令他人作賦(如曹丕《寡婦賦序》)。

　　通觀表4.2，我們可以看到：

　　首先，大部分有賦序之賦乃因事而作。有173篇賦序敘述了相關事件，佔總數的66.5%，這說明魏晉南北朝辭賦與現實生活有着密切聯繫，生活中方方面面的事情都可能觸發文士作賦。在敘述了觸發作賦事件的173篇賦序中，又有41篇賦序記錄了具體的年歲時節，紀實程度相當之高。如果再分期考察的話，明確記載時間的賦序在三國、兩晉和南北朝三個階段的數量分別是17篇、18篇和6篇，佔總數之比例遞減，[①]由此不妨推論：三國辭賦與現實關聯度最高，此後逐漸下降。

　　其次，有80篇賦序介紹了相關題材，數量也比較多。這主要是因爲魏

[①] 今存三國賦序59篇，故比例是17/59(28.8%)；今存兩晉賦序148篇，故比例是18/148(12.2%)；今存南北朝賦序53篇，故比例是6/53(11.3%)。不過因爲現存賦序數量有限，所以這個比例祇能參考。

晉南北朝辭賦中"體物"類辭賦最多,一旦涉及"物",就難免需要解釋。同時,這些解釋題材的賦序,向我們揭示了辭賦"知識性"的一面,這是賦與詩差異較大的地方。①

再次,260篇現存賦序中有57篇明確抒發了某種情志,且有32篇闡發了某類道理,這一方面說明了魏晉南北朝辭賦確多抒情之作;同時也提醒我們,當時人作賦不僅抒一己之情,而且談普遍之理。

復次,影響作賦的因素,除現實事件和個人性情外,還有文學傳統,故而有42篇賦序提及前人創作情況。當然,不同作者面對傳統有不同態度,總體而言,自覺加入傳統的作者較多,對傳統不滿而欲超越傳統的作者和面對空白開創傳統的作者較少。這些賦序,實包孕了豐富的文學史和批評史材料。

最後,260篇賦序中有16篇明確提及是受命之作或同時命人作賦,這些信息透露了辭賦社會性的一面。而"受命"或"命人"是一種不平等的社會交往,存在於上下級之間。具體到魏晉南北朝,這16篇"受命/命人"之作主要發生在上下級,多是主公命臣僚作賦。這一情形提醒我們,辭賦與朝堂政治或有密切關係。同時,16篇提及"受命/命人"的賦序,6篇作於三國,7篇作於兩晉,3篇作於南北朝,但到了南北朝,"應詔"之賦開始出現,這是此前沒有的。關於"受命"之賦,本章第三節還有專門討論。

綜合以上數端,可以總結魏晉南北朝辭賦的撰作因緣如下:現實中之人事是觸發當時文士作賦的主要緣由,同時與題材相關的知識性因素和文學傳統也會觸發文士作賦,當然,現實人事、知識性因素和文學傳統并不互相排斥,可能同時觸發辭賦的創作。

而受這些因素觸發而成的魏晉南北朝辭賦又具備如下四端的功能:一、抒發情志,既包括喜怒哀樂諸多情感,也包含追求不朽、撰文傳世等志向,抒發情志主要是個體情志的表達,但也可以開釋他人,感染讀者;二、闡明道理,道理比情志更具普遍性,不僅針對自己,也針對讀者;三、賡續文學傳統;四、參與社會交往。這四端也可以兼容。至於這四項功能的比重分佈,表4.2能夠說明一些狀況,但對於那些沒有賦序的賦作有何功用,僅憑有限的賦作內容恐怕無法還原其功能,所以對此問題祇能暫時存疑。

有賦序之賦不僅佔今存賦篇總數的20%有餘,而且包含了各個時期不

---

① 左思在《三都賦序》中陳說了自己爲何要作此篇以及爲作此篇有哪些準備,展現不同地區的風物是左思作《三都賦》的重要目的。相應地,掌握風土人情等方面的知識是作賦前的重要準備。

同題材、篇幅的辭賦,也多名家之作。因此由以上材料推斷當時辭賦的撰作因緣與功能,當能雖不中亦不遠。

附表 4.1　魏晉南北朝賦序概覽①

作者	賦　題	出　處	賦序略述	前人之作
曹操	鶡雞賦序	大觀本草十九鶡雞。	鶡雞猛氣,其鬥終無負,期于必死。今人以鶡爲冠,像此也。	
曹丕	臨渦賦(并序)	類聚、初學記、御覽(序);類聚(賦)。	[建安十八年與兄弟經渦水。]	
	浮淮賦(并序)	書鈔、類聚、初學記、御覽。(書鈔、御覽作《溯淮賦》。)	[建安十四年從曹操出征。]	
	戒盈賦(并序)	類聚。	避暑東閣,延賓高會。酒酣樂作,**悵然懷盈滿之戒**,乃作斯賦。	
	感離賦(并序)	類聚。	建安十六年,操出征,余居守,**思慕老母諸弟**。	
	悼夭賦(并序)	類聚。	[族弟仲文年十一亡。]	
	寡婦賦(并序)	類聚。	阮元瑜薄命早亡,**感存**其遺孤……**命王粲并作之**。	
	感物賦(并序)	類聚。	[南征荆州,還過鄉里,舍於老宅。]	
	登臺賦(并序)	類聚。	[建安十七年春登銅雀臺,曹操命作。]	
	蔡伯喈女賦序	御覽。	家公與蔡伯喈有管蔡之好……	

---

① 賦序有的較長,若全部抄錄,篇幅太大,故而附表 4.1 採用"略述"的辦法:極少數賦序用自己的話概述,以[　]標識;更多的賦序則節引原文加以連綴,省略處用省略號(……)標出;同時,再將部分關鍵語句用"加粗"標出。魏晉南北朝賦序或隨賦留存,或賦亡序存,對於前一情況,附表 4.1 會標明賦題後再用括號標出"并序",對後一情況則直接列"某賦序"之題。最後,附表 4.1 的排列順序依據嚴可均《全文》,不再根據作者的卒年調整。

續　表

作者	賦題	出處	賦序略述	前人之作
曹丕	迷迭賦(并序)	類聚、御覽。	[種迷迭於中庭。]	
	瑪瑙勒賦(并序)	書鈔、類聚、御覽。	余有斯勒，**美而賦之**。**命陳琳、王粲并作**。	
	車渠椀賦(并序)	類聚、御覽。	車渠，玉屬也。多纖理縟文，生于西國，其俗寶之，小以繫頸，大以爲器。	
	槐賦(并序)	類聚。	文昌殿中槐樹……王粲直登賢門，小閣外亦有槐樹，**乃就使賦焉**。	
	柳賦(并序)	類聚、文選注、初學記、御覽。	昔建安五年，上與袁紹戰于官渡，是時余始植斯柳，自彼迄今，十有五載矣。左右僕御，已多亡，**感物傷懷**，乃作斯賦曰。	
	鶯賦(并序)	類聚。	堂前有籠鶯……**憐而賦之**。	
曹髦	傷魂賦(并序)	類聚。	王師東征，曹立病亡，**傷**之。	
曹植	大暑賦(并序)	類聚、書鈔、初學記、御覽；御覽；韻補(序存一句，程章燦輯補)。	[季夏三伏。]	
	洛神賦(并序)	文選、類聚、初學記。	黃初三年，余朝京師，還濟洛川。	感宋玉對楚王神女之事。
	遷都賦(并序)	御覽、文選注。	號則六易，居實三遷。	
	懷親賦(并序)	類聚、初學記。	齊陽、南澤有先帝故營。	
	離思賦(并序)	類聚。	建安十六年，大軍西討馬超，植時從焉，意有**懷戀**。	
	釋思賦(并序)	類聚。	家弟出養族父郎中伊。	

第四章　功能：異同離合之間　·133·

續　表

作者	賦題	出處	賦序略述	前人之作
曹植	玄暢賦（并序）	類聚、文選注。	夫富者非財也，貴者非寶也，或有輕爵禄而重榮聲者，或有受性命以殉功名者，是以孔、老異旨，楊、墨殊義，聊作斯賦，名曰《玄暢》。	
	愍志賦（并序）	類聚。	或人有好鄰人之女者，時無良媒，禮不成焉，彼女遂行適人。	
	慰情賦序	書鈔。	黃初八年正月，雨，而北風飄寒，園果墮冰，枝幹摧折。	
	敘愁賦（并序）	類聚。	家母見二弟愁思。	
	東征賦（并序）	類聚、御覽。	建安十九年，王師東征。	
	寶刀賦（并序）	初學記、類聚、御覽。	建安中，魏王鑄寶刀。	
	九華扇賦（并序）	類聚、書鈔、御覽。	[漢桓帝賜曹操九華扇。]	
	酒賦（并序）	類聚、書鈔。		余覽揚雄《酒賦》，辭甚瑰瑋，頗戲而不雅，聊作《酒賦》，粗究其終始。
	鷂賦（并序）	類聚。	鷂之爲禽，猛氣其鬭，終無勝負，期必於死。	
	離繳雁賦（并序）	類聚、初學記。	遊於宣武陂，有雁離繳。	
	神龜賦（并序）	類聚、初學記。	龜號千歲，時有遺余龜者，數日而死，肌肉消盡，唯甲存焉。	
	七啓（并序）	文選、類聚。		枚乘《七發》、傅毅《七激》、張衡《七辯》、崔駰《七依》，辭各美麗，余有慕之焉。
	（失題）賦序	書鈔。	衆才所歸。	

續表

作者	賦題	出處	賦序略述	前人之作
王粲	投壺賦序	御覽。	夫注心銳念,自求諸身,投壺是也。	
	圍棋賦序	御覽。	清靈體道,稽謨玄神,圍棋是也。	
	彈棋賦序	御覽。	因行騁志,通權達理,六博是也。	
陳琳	武軍賦(并序)	類聚、初學記、御覽。	迴天軍于易水之陽,以討瓚焉……不在孫、吳之篇,《三略》《六韜》之術者,凡數十事,祕莫得聞也。	
	神武賦(并序)	類聚、書鈔(序);類聚(賦)。	建安十有二年,大司空武平侯曹公東征烏丸。	
	瑪瑙勒賦(并序)	御覽;御覽。	五官將得馬腦,以爲寶勒,美其英采之光豔也。**使琳賦之。**	
徐幹	嘉夢賦序	初學記。	昔嬴子與其交遊于漢水之上,其夜夢見神女。	
楊修	孔雀賦(并序)	類聚。	魏王園中有孔雀,久在池沼,與眾鳥同列。其初至也,甚見奇偉,而今行者莫眡。臨淄侯感世人之待士,亦咸如此,故興志而作賦。**并見命及**,遂作賦曰。	
崔琰	述初賦(并序)	類聚(序);類聚、初學記;水經注;水經注;封氏聞見記(賦)。	琰性頑口訥,年十八,不能會問。	
鍾會	蒲萄賦(并序)	御覽(序);類聚(賦)。	余植蒲萄於堂前,**嘉而賦之,命荀勖并作。**	
劉劭	龍瑞賦(并序)	類聚、初學記。	太和七年春,龍見摩陂。行自許昌,親往臨觀。	
繆襲	許昌宮賦序	御覽。	太和六年春,上既躬耕帝藉。	
	青龍賦(并序)	類聚(序);初學記(賦)。	蓋青龍者,火辰之精,木官之瑞。	

續　表

作者	賦題	出處	賦序略述	前人之作
孫該	三公山下神祠賦（并序）	類聚、初學記、六帖。	趙國元氏縣西界有六神祠，吾觀其一焉。……召彼故老，訊之舊典。	
杜摯	笳賦（并序）	宋書樂志、文選注、通典、御覽、書鈔（序）；類聚；書鈔(賦)。	昔李伯陽避亂西入戎。戎越之思，有懷土風。遂造斯樂，美其入戎貉之思，有大韶夏音。	
阮籍	首陽山賦（并序）	本集。	正元元年秋，余尚爲中郎，在大將軍府，獨往南牆下，被〔望〕首陽山。	
	鳩賦（并序）	類聚（序）；本集(賦)。	嘉平中得兩鳩子，常食以黍稷，後卒爲狗所殺。	
	元父賦（并序）	本集。	吾嘗遊元父，登其城，使人愁思。**作賦以記之，言不足樂也**。	
嵇康	琴賦（并序）	文選、類聚、本集。	少好聲音，長而玩之……衆器之中，琴德最優。	
	懷香賦序	類聚。	余以太簇之月，登於歷山之陽。……及睹懷香……故**因事義賦之**。	
閔鴻	蓮華賦序	初學記。	川源清徹，羨溢中塘，芙蓉豐植，彌被大澤，朱儀榮藻，有逸目之觀。	
楊泉	五湖賦（并序）	類聚、初學記、文選注、水經注；御覽；書鈔；書鈔。	余觀夫主五湖而察其雲物，皇哉大矣。以爲名山大澤，必有記頌之章……然獨闕然**未有翰墨之美**。	梁山有"奕奕"之詩，雲夢有《子虛》之賦。〔前人未有。〕
	蠶賦（并序）	類聚。	古人作賦者多矣，而**獨不賦蠶**，乃爲《蠶賦》。	〔前人未有。〕
左芬	白鳩賦序	御覽。	泰始八年，鳩巢於廟闕，而孕白鳩一隻，毛色甚鮮，金行之應也。	

續　表

作者	賦題	出處	賦序略述	前人之作
王廙	白兔賦(并序)	類聚(序);初學記(賦)。	丞相琅邪王始受旄節,作鎮北方……今在我王,匡濟皇維,而有白兔之應,可謂重規累矩,不忝先聖也。	
王彪之	廬山賦序	水經注。	廬山,彭澤之山也。	
王羲之	用筆賦(并序)	墨池編。	秦漢魏至今,隸書其惟鍾繇,草有黃綺、張芝。至於用筆神妙,不可得而詳悉也。夫賦以布諸懷抱,擬形於翰墨也。	
應貞	安石榴賦(并序)	類聚、初學記、御覽。	余往日職在中書時,直廬前有安石榴樹。	
庾儵	冰井賦(并序)	事類賦注(序,程章燦:原引作《冰井賦》,揆其文意,應是賦序);類聚、初學記;初學記、御覽(賦)。	余昔宅近南城,有冰井,方夏之月,乃攜友生……	
	大槐賦(并序)	類聚。	余去許都,將歸洛京。舍於嵩嶽之下,而植斯樹焉。	
	安石榴賦(并序)	類聚、御覽。	於時仲春垂澤……是以君子居安思危,在生思衰,可無懼哉!	
庾闡	惡餅賦(并序)	初學記、御覽、書鈔。	范子常者,嘗造予宿,臛雞爲餅,遍食之情甚虛,奇嘉之味不實。聊作《惡餅賦》以釋之。	
傅玄	敘行賦序	初學記。	終南鬱以巍峨,太幽淩乎昊蒼。	
	相風賦(并序)	書鈔、類聚、御覽(誤作鄭玄)。	昔之造相風者,其知自然之極乎?……夫能立成器以占吉凶之先見者,莫精乎此。	

續 表

作者	賦 題	出 處	賦序略述	前人之作
傅玄	琴賦（并序）	書鈔、後漢書蔡邕傳注、文選注、初學記、事類賦注(序)；文選注；書鈔(賦)。	神農氏造琴,所以協和天下人性,爲至和之主。	齊桓公有鳴琴曰號鍾,楚莊有鳴琴曰繞梁,中世司馬相如有琴曰綠綺,蔡邕有琴曰焦尾,皆名器也。
	琵琶賦(并序)	宋書樂志、初學記、通典、御覽(序)；書鈔；初學記；初學記(賦)。	《世本》不載作者,聞之故老云,漢遣烏孫公主嫁昆彌……杜摯以爲嬴秦之末……以意斷之,烏孫近焉。	
	箏賦（并序）	宋書樂志、初學記、通典(序)；初學記；初學記；初學記。	世以爲蒙恬所造,今觀其器……斯乃仁智之器,豈蒙恬亡國之臣所能關思運巧焉？	
	笳賦序	文選注。	吹葉爲聲。	
	投壺賦序	御覽。	投壺者,所以矯懈而正心也。	
	彈棋賦序	世說注、御覽。	漢成帝好蹴鞠,劉向以爲蹴鞠勞人體,竭人力,非至尊所宜御,乃因其體而作彈棋以解之。今觀其道,蹴鞠道也。	
	紫華賦(并序)	類聚、御覽。	紫華一名長樂華……余嘉其華純耐久,可歷冬而服,**故與友生,各爲之賦。**	
	芸香賦序	類聚、御覽。	《月令》:"仲春之月,芸始生。"鄭玄云:"芸,香草也。"世人種之中庭……**吁可閔也。**	
	蜀葵賦序	御覽。	蜀葵其苗如瓜瓠,嘗種之……	
	橘賦序	御覽。	詩人睹王雎而詠后妃之德,屈平見朱橘而申直臣之志焉。	屈平見朱橘而申直臣之志焉。
	朝華賦序	類聚。	朝華,麗木也。	

續　表

作者	賦題	出　處	賦序略述	前人之作
傅玄	乘輿馬賦（并序）	御覽（序）；類聚、文選注；文選注；文選注；文選注；初學記（賦）。	往日劉備之初降也……馬超破蘇氏塢……其後劉備奔於荊州，馬超戰於渭南……	
	七謨（并序）	類聚、御覽（序）；御覽；書鈔、御覽；書鈔；書鈔；書鈔；書鈔；初學記；書鈔；書鈔；書鈔；書鈔；書鈔（賦）。		昔枚乘作《七發》，而屬文之士若傅毅、劉廣、崔駰、李尤、桓麟、崔琦、劉梁、桓彬之徒，承其流而作之者紛焉。《七激》《七依》《七說》《七觸》《七舉》《七誤》之篇，於通儒大才馬季長、張平子亦引其源而廣之。馬作《七廣》，張造《七辨》，或以恢大道而導幽滯，或以點瑰琢而託詠諷，楊暉播烈，垂於後世者，凡十有餘篇。自大魏英賢迭作，有陳王《七啓》、王氏《七釋》、楊氏《七訓》、劉氏《七華》、從父侍中《七誨》，并陵前而邈後，揚清風於儒林，亦數篇焉。世之賢明多稱《七激》工，余以爲未盡善也。《七辨》似也，非張氏至思，比之《七激》未爲劣也。《七釋》僉曰妙焉，吾無間矣。若《七依》之卓轢一致，《七辨》之纏綿精巧，《七啓》之奔逸壯麗，《七釋》之精密閑理，亦近代之所希也。

第四章 功能：異同離合之間 ·139·

續　表

作者	賦題	出處	賦序略述	前人之作
傅咸	喜雨賦(并序)	類聚、御覽(序)；類聚(賦)。	泰始九年,自春不雨……余以太子洗馬兼司徒請雨。	
	感涼賦(并序)	初學記(序)；書鈔、類聚、御覽(賦)。	盛夏困於炎熱……以時之涼,命親友曲會,作賦云爾。	
	神泉賦(并序)	類聚。	余所居庭前有涌泉。	
	申懷賦(并序)	御覽(序)；類聚(賦)。	余自咸寧,謬爲衆所許,補太子洗馬,才不稱職,而意常闕然。	
	感別賦(并序)	御覽(序)；類聚(賦)。	友人魯庶叔……周旋三載,魯生遷尚書郎,雖別不遠,而甚悵恨。	
	弔秦始皇賦(并序)	類聚。	余治獄至長安,觀乎阿房,而弔始皇曰。	
	登芒賦(并序)	類聚。	左光祿大夫濟北侯荀公前喪元妃,及失令子,葬於西芒,有以感懷。	
	明意賦(并序)	類聚。	侍御史傅咸奉詔治獄,作賦用明意云。	
	相風賦(并序)	御覽。		相風之賦,蓋以富矣,然辭義大同。惟中書張令,以太史相風,獨無文飾,故特賦之……
	羽扇賦(并序)	書鈔；類聚；世說注(程章燦輯補序文一則)。	吳人截鳥翼而搖風,既勝於方圓二扇,而中國莫有生意,滅吳之後,翕然貴之。	
	扇賦(并序)	御覽(序)；書鈔、類聚(賦)。	水不策驥,陸不乘舟。世無爲而俎豆設,時有虞而干戈滌。	
	櫛賦(并序)	書鈔、御覽。	夫才之治世,猶櫛之理髮也。理髮不可以無櫛,治世不可以無才。	

續　表

作者	賦　題	出　處	賦序略述	前人之作
傅咸	污巵賦(并序)	類聚、御覽。	人有遺余流離巵者,小兒竊弄……乃喪其所以爲寶。況君子行身,而可以有玷乎?	
	畫像賦(并序)	類聚、御覽。	先有畫卞和之像者……戲畫其像於卞子之傍,特赤其面,以示猶有慚色。	
	燭賦（并序）	類聚。	余治獄至長安,在遠多懷,與同行夜飲以忘愁。顧帷燭之自焚以致用,亦猶殺身以成仁矣。	
	款冬花賦(并序)	類聚;御覽、爾雅翼。	余曾逐禽,登於北山。於時仲冬之月也,冰凌盈谷,積雪被崖,顧見款冬,煒然始敷。	
	芸香賦(并序)	御覽（序）;類聚（賦）。	有賭斯卉,蔚茂馨香,同遊使余爲序。	先君作《芸香賦》,辭美高麗。
	玉賦（并序）	類聚、初學記。	《易》稱乾爲玉,玉之美與天合德。其在《玉藻》,仲尼論之備矣,非復鄙文所可稱述。	
	桑樹賦(并序)	類聚。	世祖昔爲中壘將軍,於直廬種桑一株,迄今三十餘年,其茂盛不衰。皇太子入朝,以此廬爲便坐。	
	舜華賦(并序)	類聚。	佳其日新之美,故種之前庭。	
	儀鳳賦(并序)	類聚（序）;初學記（賦）。	……夫鷦鷯既無智足貴,亦禍害未免;免乎禍害者,其唯儀鳳也。	《鷦鷯賦》者,廣武張侯之所造也……
	燕賦（并序）	類聚。	有言燕今年巢在此,明歲故復來者。其將逝,剪爪識之,其後果至焉。	
	班鳩賦(并序)	御覽（序）;類聚（賦）。	予舍下種楸……顧見班鳩……其後時時一來飛翔……	

續 表

作者	賦 題	出 處	賦序略述	前人之作
傅咸	粘蟬賦(并序)	類聚、初學記、御覽。	櫻桃樹下粘蟬……退惟當蟬之得意於斯樹,不知粘之降至,亦猶人之得意於富貴,而不虞禍之將來也。	
	蜉蝣賦(并序)	類聚。	讀《詩》至《蜉蝣》,感其雖朝生暮死,而能修其翼,可以有興,遂賦之。	
	螢火賦(并序)	類聚、初學記、御覽。	余曾獨處,夜不能寐,顧見螢火,意遂有感,於是執以自炤,而爲之賦。	
	叩頭蟲賦(并序)	御覽(序);類聚(賦)。	叩頭蟲,蟲之微細者,然觸之輒叩頭。人以其叩頭,傷之不祥,故莫之害也。	
袁喬	江賦序	御覽。	吳時有錢約,釣於牛渚,獲一金鎖,引之,則金牛泛然而出,約懼而釋,因以爲名。	
張華	朽社賦(并序)	類聚、御覽。	高柏橋南大道傍,有古社槐樹……後去,行路遇之,則已朽。意有緬然,輒爲之賦,因以言盛衰之理云爾。	
	感婚賦(并序)	類聚、初學記。	方今歲在己巳,將次四仲,婚姻者競赴良時,粲麗之觀,相繼於路。雖葩英肯顧,嫁娶之會,不乏平日,乃作《感婚賦》。	
	相風賦(并序)	類聚。	太史候部有相風在西城上,而作者弗爲……	
	鷦鷯賦(并序)	文選、類聚。	鷦鷯,小鳥也……夫言有淺而可以託深,類有微而可以喻大……	
	神女賦序	太平廣記。	世之信神仙者多矣,然未之或驗……會見濟北劉長史……	

續表

作者	賦題	出處	賦序略述	前人之作
成公綏	天地賦(并序)	晉書成公綏傳、類聚、初學記、書鈔。	賦者,貴能分理賦物,敷演無方,天地之盛可以致思矣……天地至神……**歷觀古人,未之有賦**。豈獨以至麗無文,難以辭讚?不然,何其闕哉?	[前人未有。]
	故筆賦(并序)	北堂書鈔(序,作《棄故筆賦》);類聚(賦)。	治世之功,莫尚於筆,能舉萬物之形,序自然之情,即聖人之心,非筆不能宣,實天地之偉器也。	
	日及賦(并序)	類聚(序);玉燭寶典(賦)。	日及者,華甚鮮茂,榮於仲夏,訖於孟秋。	
	木蘭賦(并序)	類聚。	許昌西園中木蘭樹,余往觀之。	
	鴻雁賦(并序)	類聚、初學記。	余嘗遊乎河澤之間,是時鴻雁應節而群至,望川以奔集。夫鴻漸著羽儀之歎,《小雅》作于飛之歌,**斯乃古人所以假象興物,有取其美也**。余又奇其應氣而知時。	夫鴻漸著羽儀之歎,《小雅》作于飛之歌。
	烏賦(并序)	類聚、御覽(序);初學記、書鈔(賦)。	有孝烏集余之廬,乃喟然而歎曰:……夫烏之爲瑞久矣,以其反哺識養,故爲吉鳥,是以《周書》神其流變,詩人尋其所集……鵩惡鳥而賈生懼之,烏善禽而吾嘉焉,懼惡而作歌,**嘉善而賦之**,不亦可乎。	鵩惡鳥而賈生懼之,烏善禽而吾嘉焉,懼惡而作歌,嘉善而賦之,不亦可乎。
	鸚武賦序	御覽。	鸚武,小鳥也……然未得鳥之性也。	
	藏鉤賦序	書鈔。	今以臘之後,因祭祀餘胙,要命內外,以行藏鉤爲戲。	
孫楚	笳賦(并序)	類聚。	頃還北館,遇華髮人於潤水之濱,向春風而吹長笳,音聲廖亮,有感余情。	

續　表

作者	賦　題	出　處	賦序略述	前人之作
孫楚	韓王故臺賦(并序)	水經注、類聚。	酸棗寺門外,夾道左右,有兩故臺。訪之故老,云韓王聽訟觀也……**以鑒來今**。	
	朳杜賦(并序)	類聚、御覽。	家弟以虞氏《梨賦》見示,余謂豈以梨有用之爲貴,杜無用之爲賤。無用獲全,所以爲貴;有用獲殘,所以爲賤。	虞氏《梨賦》。
	鷹賦(并序)	御覽(序);類聚、初學記、御覽。	郭延考與余厚,其後從者韝二鷹以侍側。郭,邊人也,好弋獵顧盼,心欲自娛樂,請余爲賦。	
孫綽	遊天台山賦(并序)	文選、類聚。	天台山者,蓋山嶽之神秀者也……余所以馳神運思,晝詠宵興……**不任吟想之至,聊奮藻以散懷**。	
	遂初賦序	世說注。	余少慕老莊之道,仰其風流久矣,卻感於陵賢妻之言,悵然悟之。乃經始東山,建五畝之宅,帶長阜,倚茂林,孰與坐華幕擊鐘鼓者同年而語其**樂**哉。	
孫盛	鏡賦序	書鈔。	余昔於吳市得見青明鏡,即異之……乃始知曠世金精,實不貲之異物也。	
嵇含	困熱賦序	書鈔、御覽。	夫閏於夏則崇暑……永熙元年,閏在仲夏……余以下里貧生,居室卑陋……同世而憂樂異矣。	
	祖賦序	宋書、類聚(誤作《社賦序》)、初學記。	祖之在,於俗尚矣,自天子至於庶人,莫不咸用。有漢卜日丙午,魏氏擇用丁未,至於大晉,則祖孟月之酉日……説者云……庶衆祖之來憑,蓋有兩端,俯歎壯觀,乃述而賦之。	

續　表

作者	賦題	出處	賦序略述	前人之作
嵇含	娛蜡賦(并序)	類聚、書鈔(序);書鈔(賦)。	玄象運而寒暑交……大蜡之夕,雖天下同有,至攜金蘭以齊聲利,貴得意以遺榮勢,孰我尚哉。	
	白首賦序	類聚。	余年二十七,始有白髮生於左鬢……睹將衰而有川上之感,觀趣舍而抱慷慨之歎。	
	寒食散賦(并序)	類聚。	余晚有男兒,既生十朔,得吐下積日,羸困危殆,決意與寒食散,未至三旬,幾於平復。	
	羽扇賦序	書鈔。	吳楚之士,多執鶴翼以爲扇……昔秦之兼趙,寫其冕服,以□侍臣。大晉附吳,亦遷其羽扇,御於上國。	
	八磨賦(并序)	御覽。	外兄劉景宣作磨,奇巧特異,策一牛之任,轉八磨之重,因賦之曰。	
	宜男花賦序	類聚、御覽。	宜男花者,世有之久矣。	
	孤黍賦序	類聚。	余慎終屋之南榮,有孤黍生焉……深感此黍,不韜種以待時,貪榮棄本,寄身所非,自取凋枯,不亦宜乎。	
	朝生暮落樹賦序	類聚。	草木春榮秋悴,此木朝生暮落。	
	長生樹賦(并序)	類聚。	余嬰丁閔凶,靡所定居,老母垂聖善之訓……祇奉慈令,遂家於墳左……豈老母至行表徵於嘉木哉。	
	槐香賦(并序)	御覽。	余以太簇之月,登於歷山之陽。……乃睹槐香生蒙楚之間……又感其棄本高崖,委身階庭,似傅説顯殷,四叟歸漢。故因實製名。	

續　表

作者	賦　　題	出　　處	賦序略述	前人之作
嵇含	雞賦（并序）	御覽（序）；玉燭寶典（賦）。	今庭有栖雞，而一雄最武，常憑梯升栖，守時告晨，未嘗有殆。	
	遇蟁賦序	御覽。	元康二年七月七日，余中夜遇蟁。客有戲余者曰：……	
	筆賦序	事類賦注。	馳韓盧，逐狡兔，季秋之月，毫鋒甚偉，遂刊懸崖之竹而爲筆。	
棗據	表志賦（并序）	類聚。	據忝職門下，在帷幄之末，余群士敘齊，登玉陛侍日月久矣。出爲冀州刺史，犬馬戀主，既有微情，**且志之所存，不能無言**，因而賦之。	
杜萬年	相風賦序	御覽。	太僕傅侯命余賦之。誠知武夫非荆寶之倫，長庚、啓明非曜靈之疋。	
皇甫謐	三都賦序	文選。	[分別敘述賦之概念、大賦之歷史，左思作賦之過程。]	其中高者，至如相如《上林》、楊雄《甘泉》、班固《兩都》、張衡《二京》、馬融《廣成》、王生《靈光》，初極宏侈之辭，終以約簡之制，焕乎有文，蔚爾鱗集，皆近代辭賦之偉也。
向秀	思舊賦（并序）	文選、類聚、晉書本傳。	余與嵇康吕安居止接近，其人并有不羈之才。然嵇志遠而疏，吕心曠而放。其後各以事見法。嵇博綜技藝，于絲竹特妙。臨當就命，顧視日影，索琴而彈之。余逝將西邁，經其舊廬，于時日薄虞淵，寒冰凄然。鄰人有吹笛者，發聲寥亮，追思曩昔遊宴之好，**感音而歎**。	

續　表

作者	賦題	出處	賦序略述	前人之作
阮脩	患雨賦(序)	書鈔。	景元二年,余耕陽武之野,在乎沙堆汴水之陽。	
左思	三都賦序	文選。	[分別敘述賦之概念、功用與先代之典範。]	相如賦《上林》而引盧橘夏熟,揚雄賦《甘泉》而陳玉樹青蔥。班固賦《西都》而歎以出比目,張衡賦《西京》而述以遊海若……余既思摹《二京》而賦《三都》……
摯虞	思遊賦(并序)	晉書摯虞傳。	虞嘗以死生有命,富貴在天……以明天任命之不可違。故作《思遊賦》。	
張敏	神女賦(并序)	類聚、文選注。(案:張敏另有《神女傳》。)	世之言神女者多矣,然未之或驗也。至如弦氏之婦,則近信而有證者……余覽其歌詩,辭甚清偉,故爲之作賦。	
盛彦	藏彄賦序	御覽。	余以臘之後,因祭祀餘胙,要命中外,以行藏彄爲戲,心悅其事,故賦之云。	
殷巨	奇布賦(并序)	類聚。	惟泰康二年,安南將軍廣州牧滕侯作鎮南方,余時承乏,忝備下僚。俄而大秦國奉獻琛,來經于州,衆寶既麗,火布尤奇。	
張載	鞞舞賦(并序)	初學記(序);初學記(賦)。	蓋以歌以詠,所以象德;足之蹈之,所以盡情也。	
賈彪	大鵬賦(并序)	類聚、御覽。	余覽張茂先《鷦鷯賦》,以其質微處褻,而偏於受害。愚以爲未若大鵬,栖形遐遠,自育之全也。此固禍福之機,聊賦之云。	張華《鷦鷯賦》。

續表

作者	賦題	出處	賦序略述	前人之作
潘岳	秋興賦(并序)	文選、類聚。	晉十有四年,余春秋三十有二,始見二毛。以太尉掾兼虎賁中郎將,寓直于散騎之省。……譬猶池魚籠鳥,有江湖山藪之思,於是染翰操紙,**慨然而賦**。于時秋也,故以《秋興》命篇。	
	懷舊賦(并序)	文選、類聚。	余十二而獲見于父友東武戴侯楊君,始見知名,遂申之以婚姻,而道元公嗣,亦隆世親之愛。不幸短命,父子凋殞。余既有私艱,且尋役于外,不歷嵩丘之山者,九年于茲矣。今而經焉,**慨然懷舊**而賦之曰。	
	悼亡賦(并序)	書鈔(序);類聚、文心雕龍(賦)。	吾聞喪禮之在妻,制重而哀輕。	
	寡婦賦(并序)	文選、類聚。	樂安子咸有韜世之量,與余少而歡焉。雖兄弟之愛,無以加也。不幸弱冠而終,良友既沒,何痛如之!其妻又吾姨也,少喪父母,適人而所天又殞,孤女藐焉始孩,斯亦生民之至艱,而荼毒之極哀也。昔阮瑀既歿,魏文悼之,并命知舊作《寡婦》之賦。余遂**擬之**,以敘其孤寡之心焉。	昔阮瑀既歿,魏文悼之,并命知舊作《寡婦》之賦。
	閒居賦(并序)	文選、類聚。	岳嘗讀《汲黯傳》……僕少竊鄉曲之譽,忝司空太尉之命……於是覽**止足之分**……乃作《閑情賦》,以**歌事遂情**焉。	
	朝菌賦(并序)	文選注(序,嚴案:潘尼亦有此賦序,其文小異);文選注(賦)。	朝菌者,時人以為蕣華,莊生以為朝菌。其物向晨而結,絕日而殞。	

續　表

作者	賦題	出處	賦序略述	前人之作
潘岳	橘賦（并序）	類聚。	余齋前橘樹,冬夏再孰,聊爲賦云爾。	
	河陽庭前安石榴賦（并序）	御覽（序）；類聚、初學記、御覽（賦）。	安石榴者,天下之奇樹,九州之名果也。是以屬文之士,或敘而賦之。	
	射雉賦（并序）	文選注（序）；文選。	余徙家於琅邪,其俗實善射。聊以講肆之餘暇,而習媒翳之事。遂樂而賦之也。	
潘尼	東武館賦（并序）	類聚、御覽（序）；類聚；類聚、御覽（賦）。	東武館者,蓋東武陽侯之館也。俄而遷居,謂余曰："吾將老焉,故有終焉之志,而無移易之意,子且爲我賦之。"	
	安石榴賦（并序）	類聚、初學記。	安石榴者,天下之奇樹,九州之名果也。是以屬文之士,或敘而賦之,蓋感時而騁思,賭物而興辭。	
	朝菌賦序	類聚、文選注。	朝菌者,蓋朝華而暮落,世謂之木槿,或謂之日及,詩人以爲舜華,宣尼以爲朝菌。其物向晨而結,建明而布,見陽而盛,終日而殞。不以其異乎,何名之多也。	
	鼈賦（并序）	類聚。	皇太子遊於玄圃,遂命釣魚,有得鼈而戲之者,令侍臣賦之。	
陸機	豪士賦（并序）	文選、類聚、晉書陸機傳（序）；類聚（賦）。	［文甚長,言故人因時而成功業,然累於私慾,不知功成身退,終招致禍患。末句："故聊賦焉,庶使百世少有寤云。"］	
	遂志賦（并序）	類聚；文選注。		昔崔篆作詩,以明道述志。而馮衍又作《顯志賦》,班固作《幽通賦》,皆相

續　表

作者	賦題	出處	賦序略述	前人之作
陸機	遂志賦(并序)	類聚;文選注。		依倣焉。張衡《思玄》,蔡邕《玄表》,張叔《哀系》,此前世之可得言者也。崔氏簡而有情,《顯志》壯而泛濫。《哀系》俗而時靡,《玄表》雅而微素,《思玄》精練而和惠。欲麗前人,而優游清典,漏《幽通》矣。班生彬彬,切而不絞,哀而不怨矣。崔、蔡沖虛温敏,雅人之屬也。衍抑揚頓挫,怨之徒也。豈亦窮達異事,而聲爲情變乎?余備託作者之末,聊復用心焉。
	懷土賦(并序)	類聚。	余去家漸久,懷土彌篤。方思之殷,何物不感?曲街委巷,岡不興詠,水泉草木,咸足悲焉。故述斯賦。	
	思歸賦(并序)	類聚、御覽(序);類聚、文選注;御覽(賦)。	余牽役京室,去家四載,以元康六年冬取急歸。而羌虜作亂,王師外征,職典中兵,與聞軍政。懼兵革未息,宿願有違,懷歸之思,憤而成篇。	
	歎逝賦(并序)	文選、類聚。	昔每聞長老追計平生同時親故,或凋落已盡……以是思哀,哀可知矣。	
	愍思賦(并序)	類聚。	予屢抱孔懷之痛,而奄復喪同生姊,銜恤哀傷,一載之間而喪制便過,故作此賦,以紓慘惻之感。	

續　表

作者	賦　題	出　處	賦序略述	前人之作
陸機	大暮賦（并序）	類聚、初學記、三國志注、御覽；文選注。	夫死生是失得之大者，故樂莫甚焉，哀莫深焉。使死而有知乎？安知其不如生。如遂無知耶？又何生之足戀。故極言其哀，而終之以達，庶以開夫近俗云。	
	應嘉賦（并序）	類聚。	友人有作《嘉遁賦》與余者，作賦應之，號曰《應嘉》云。	
	文賦（并序）	文選、類聚。	余每觀才士之所作，竊有以得其用心……故作《文賦》以述先士之盛藻，因論作文之利害所由……蓋所能言者，具於此云。	
	桑賦（并序）	類聚、御覽；文選注。	皇太子便坐，蓋本將軍直廬也。初世祖武皇帝爲中壘將軍，植桑一株，世更二代，年漸三紀，扶疏豐衍，抑有瑰異焉。	
	鱉賦（并序）	類聚；文選注。	皇太子幸於釣臺，漁人獻鱉，命侍臣作賦。	
陸雲	歲暮賦（并序）	本集、類聚、文選注、初學記、御覽。	余祗役京邑，載離永久。永寧二年春，忝寵北郡，其夏又轉大將軍右司馬於鄴都。自去故鄉，荏苒六年，惟姑與姊，仍見背棄。銜痛萬里，哀思傷毒。而日月逝速，歲聿云暮。感萬物之既改，瞻天地而傷懷，乃作賦以言情焉。	
	喜霽賦（并序）	本集、類聚、初學記。	余既作《愁霖賦》，雨亦霽。昔魏之文士，又作《喜霽賦》，聊厠作者之末，而作是賦焉。（《初學記》二作：永寧二年，鄴都大霖，作《愁霖賦》，賦成天雨已霽，故又作《喜霽賦》。）	［陸本人之《愁霖賦》，魏之文士《喜霽賦》。］

續 表

作者	賦 題	出 處	賦序略述	前人之作
陸雲	登臺賦(并序)	本集、類聚。	永寧中,參大府之佐於鄴都,以時事巡行鄴宮三臺。登高有感,因以言崇替。	
	逸民賦(并序)	本集、類聚、御覽(作陸機,誤)。	富貴者,是人之所欲也。而古之逸民,或輕天下……故天地不易其樂,萬物不干其志。然後可以妙有生之極,固無疆之休也。	
	南征賦(并序)	本集、類聚、御覽。(此賦本事可見《吳志·陸抗傳》注引機、雲別傳。)	太安二年秋八月,奸臣羊玄之、皇甫商敢行稱亂……於是美義征之舉,壯師徒之盛,乃作《南征賦》,以**揚匡霸之勳**云爾。	
	寒蟬賦(并序)	本集、類聚、初學記、御覽。	昔人稱雞有五德,而作者賦焉。至於寒蟬,才齊其美,獨未之思,而莫斯述。	[前人未有。]
	九愍(并序)	本集。	昔屈原放逐,而《離騷》之辭興。自今及古,文雅之士,莫不以其情而玩其辭,而表意焉。遂厠作者之末,而述《九愍》。	屈原《離騷》。
曹攄	圍棋賦(并序)	類聚。	昔班固造《弈旨》之論,馬融有《圍棋》之賦。擬軍政以爲本,引兵家以爲喻。蓋宣尼之所以稱美,而君子之所以遊慮也。既好其事,而壯其辭。聊因翰墨,述而賦焉。	班固《弈旨》之論,馬融《圍棋》之賦。
曹毗	鸚武賦(并序)	類聚、初學記。	余在直,見交州獻鸚武鳥,嘉其有智,歎其籠樊。	
陶淵明	感士不遇賦(并序)	本集。	余嘗以三餘之日,講習之暇,讀其文,**慨然惆悵**……夫導達意氣,其惟文乎?**撫卷躊躇**,遂感而賦之。	昔董仲舒作《士不遇賦》,司馬子長又爲之。

續 表

作者	賦題	出處	賦序略述	前人之作
陶淵明	閑情賦(并序)	本集。	將以抑流宕之邪心,諒有助於諷諫。綴文之士,奕代繼作,并因觸類,廣其辭義。余園閭多暇,復染翰爲之。雖文妙不足,庶不謬作者之意乎?	初張衡作《定情賦》,蔡邕作《靜情賦》,檢逸辭而宗澹泊,始則蕩以思慮,而終歸閑正。
陶淵明	歸去來兮辭(并序)	本集、文選、晉書陶潛傳、宋書陶潛傳。	余家貧……家叔以余貧苦,遂見用於小邑……尋程氏妹喪於武昌……仲秋至冬,在官八十餘日。因事順心,命篇曰《歸去來兮》,乙巳歲十一月也。	
郭璞	巫咸山賦(并序)	類聚。	蓋巫咸者,實以鴻術爲帝堯醫,生爲上公,死爲貴神,豈封斯山而因以名之乎?	
梅陶	鵩鳥賦序	御覽。	余既遭王敦之難,遂見忌錄,居於武昌,其秋有野鳥入室,感賈誼《鵩鳥》,依而作焉。	賈誼《鵩鳥》。
沈充	鵝賦序	類聚、御覽。	先大夫俞潁川者,殊精意於養鵝,求得可鵝……然經潁川之好者焦叔明,以太康中,得大蒼鵝……惜其不終,故爲之賦云。	
楊方	箜篌賦序	初學記。	羽儀采綠承先軾,鼓裳起於造衣。箜篌祖琴,琴考筑箏。作玆器於漢代,猶擬《易》之《玄》經。	
殷允	石榴賦(并序)	御覽。	余以暇日,散愁翰林,睹潘張《石榴》二賦,雖有其美,猶不盡善。客爲措辭,故聊爲書之。	潘張《石榴》二賦。
劉恢	圍棋賦序	御覽。	司空從事中郎庾仲初,性好圍碁,終不達碁旨。言文則觸類而至,對局則冥然而窮。何所解如彼之易,所礙如此之難哉?	

續　表

作者	賦題	出處	賦序略述	前人之作
伏滔	長笛賦(并序)	後漢書蔡邕傳注、書鈔、類聚、初學記(序);初學記(賦)。	余同僚桓子野,有故長笛,傳之耆老,云蔡邕之所作也。初邕避難江南……歷代傳之,以至於今。	
張望	鸝鶒賦(并序)	類聚。	余睹鸝鶒之為鳥也,形貌叢蕞,尾翮燋陋;樂水以遊,隨波淪躍。汎然任性,而無患也。	
	蜘蛛賦(并序)	御覽。	嘯詠蓬廬,放步丘園,覽蜘蛛之為蟲焉,乘虛運巧,構不假務,欲足性命,蕭然靖逸,良可玩也。	
卞承之	鵝賦序	御覽。	鳥真野之性,備於俯仰之間,專視緩步,有自卑之志。	
周祗	枇杷賦(并序)	類聚、御覽。	昔魯季孫有嘉樹,韓宣子賦譽之。屈原《離騷》,亦著《橘賦》。至於枇杷樹,寒暑無變,負雪揚華,余植之庭圃。	屈原《離騷》,亦著《橘賦》。
李秀	四維賦(并序)	類聚、御覽。	四維戲者,衛尉摯侯所造也。畫紙為局,截木為棋,取象元一,分而為二,準陰陽之位,擬剛柔之策,而變動云為,成乎其中。	
支曇諦	赴火蛾賦(并序)	類聚、御覽(序);類聚(賦)。	悉達有言曰:愚人忘身,如蛾投火。誠哉斯言,信而有徵也。	
劉駿	傷宣貴妃擬漢武帝李夫人賦(并序)	宋書始平王子鸞傳、類聚、文選注。	朕以亡事棄日,閱覽前王詞苑,見《李夫人賦》,**淒其有懷**,亦以嗟詠久之,因感而會焉。	漢武帝《李夫人賦》。
傅亮	感物賦(并序)	宋書傅亮傳。	余以暮秋之月,述職內禁……退感莊生異鵲之事,與彼同迷而忘反鑒之道,此先師所以鄙智,及齊客所以難目論也。**悵然有懷**,感物興思,遂賦之云爾。	

續　表

作者	賦題	出處	賦序略述	前人之作
謝靈運	羅浮山賦（并序）	類聚、書鈔。	客夜夢見延陵茅山,在京之東南,明旦得《洞經》所載羅浮山事,云茅山是洞庭口,南通羅浮,正與夢中意相會,遂感而作《羅浮山賦》曰。	
	歸途賦（并序）	類聚。	昔文章之士,多作行旅賦,或欣在觀國,或怵在斥徙,或述職邦邑,或羈役戎陣。事由於外,興不自己。雖高才可推,求懷未愜。今量分告退,反身草澤,經途履運,用感其心。	昔文章之士,多作行旅賦,或欣在觀國,或怵在斥徙,或述職邦邑,或羈役戎陣。
	撰征賦（并序）	宋書謝靈運傳、類聚。	以義熙十有二年五月丁酉,敬戒九伐……余攝官承乏,謬充殊役,《皇華》愧於先《雅》,靡鹽悴於征人。以仲冬就行,分春反命……於是採訪故老,尋履往迹,而遠感深慨,痛心殞涕。遂寫集聞見,作賦《撰征》,俾事運遷謝,託此不朽。	
	山居賦（有序并自注）	宋書謝靈運傳、類聚。	古巢居穴處曰岩栖,棟宇居山曰山居……言心也,黃屋實不殊於汾陽;即事也,山居良有異於市廛。抱疾就閑,順從性情,敢率所樂,而以作賦。楊子雲云:"詩人之賦麗以則。"文體宜兼,以成其美。今所賦既非京都宮觀遊獵聲色之盛,而敘山野草木水石穀稼之事,才乏昔人,心放俗外,詠於文則可勉而就之,求麗,邈以遠矣。覽者廢張、左之豔辭,尋臺、皓之深意,去飾取素,儻值其心耳。意實言表,而書不盡,遺迹索意,託之有賞。	覽者廢張、左之豔辭,尋臺、皓之深意。

續　表

作者	賦題	出處	賦序略述	前人之作
顏延之	白鸚鵡賦（并序）	類聚。	余具職崇賢，預觀神祕，有白鸚鵡焉，被素履玄，性溫言達，九譯絕區，作瑞天府。同事多士，咸奇思賦。	
鮑照	觀漏賦（并序）	本集、類聚、初學記。	客有觀於漏者，退而歎曰：夫及遠者箭也，而定遠非箭之功……況乎沈華密遠，輕波潛耗，而感神嬰慮者，又自外而傷壽，**以是思生，生以勤矣**，乃爲賦云。	
	野鵝賦（并序）	本集、類聚。	有獻野鵝於臨川王，世子愍其樊縶，**命爲之賦**。	
王叔之	翟雉賦（并序）	類聚。	余在荊楚，見人有養雊翟二鳥者，**慨然感之**，而爲賦云。	
張融	海賦（并序）	南齊書張融傳、類聚。	蓋言之用也，情矣形乎。使天形寅內敷，情敷外寅者，言之業也。吾遠職荒官，將海得地，行關入浪，宿渚經波，傅懷樹觀，長滿朝夕，東西無里，南北如天，反覆懸烏，表裏菀色。壯哉水之奇也，奇哉水之壯也。故古人以之頌其所見，吾問翰而賦之焉。當其濟興絕感，豈覺人在我外，木生之作，君自君矣。	蓋言之用也，情矣形乎。使天形寅內敷，情敷外寅者，言之業也……故古人以之頌其所見，吾問翰而賦之焉。
卞彬	蚤虱賦序	南齊書卞彬傳、南史七十二、御覽。	余居貧，布衣十年不制。一袍之縕，有生所託，資其寒暑，無與易之。爲人多病，起居甚疏，縈寢敗絮，不能自釋。兼攝性懈惰，懶事皮膚，澡刷不謹，澣沐失時，四體耗耗，加以臭穢，故葦席蓬纓之間，蚤虱猥流。淫癢渭濩，無時恕肉，探揣搜撮，日不替手。虱有諺言，朝生暮孫。若吾之虱者，無湯沐之慮，絕相弔之憂，宴聚乎久襟爛布之裳，服無改換，搯蟸不能加，脫略緩懶，復不勤於捕討，孫孫息息，三十五歲焉。	

續　表

作者	賦題	出處	賦序略述	前人之作
謝朓	思歸賦(并序)	本集、類聚。	夫鑒之積也無厚,而納窮神之照;心之徑也有域,而懷重淵之深。余少而薄遊,身□防方思□□俄然萬里,晚而自省,諒非一途。	
謝朓	酬德賦(并序)	本集、類聚。	右衛沈侯以冠世偉才,眷予以國士。以建武二年,予將南牧,**見贈五言**。予時病,既以不堪沾職,又不獲復詩。四年,予忝役朱方,又致一首,迫東偏寇亂,良無暇日。其夏還京師,且事讜言,未遑篇章之思。沈侯之麗藻天逸,固難以報章,**且欲申之賦頌,得其盡體物之旨**。《詩》不云乎:"無言不酬,無德不報。"言既未敢爲酬,然所報者寡於德耳,故稱之《酬德賦》。	
謝朓	野鶩賦(并序)	本集、類聚。	有門人獘一野鶩,因以爲獻。予時命以登俎,用待賓客,客有愛其羽毛,**請予爲賦**。	
蕭衍	孝思賦(并序)	釋藏、廣弘明集、類聚、初學記。	想緣情生,情緣想起,物類相感,故其然也。每讀孝子傳,未嘗不終軸輟書悲恨,拊心嗚咽。年未髫齔,内失所恃……念子路見於孔丘曰:"由事二親之時,常食藜藿之食,爲親負米百里之外;親殁之後,南遊於楚,從車百乘,積粟萬鍾,累茵而坐,列鼎而食,願食藜藿之食,爲親負米,不可復得。"每感斯言,雖存若亡,父母之恩,云何可報?……乃於鍾山下建大愛敬寺,於青溪側造大智度寺,以表岡極之情,達追遠之心,不能遣蓼莪之哀……**内心崩潰,如焚如灼,情切於衷,事形於言**,乃作《孝思賦》云爾。	

續 表

作者	賦題	出處	賦序略述	前人之作
蕭綱	悔賦（并序）	文苑英華。	夫機難預知,知機者上智;智以運己,迷己者庸夫。故《易》曰:"吉凶悔吝,生乎動者也。"又曰:"悔吝者,憂虞之象也。"《傳》云:"九德不愆,作事無悔。"是以鄭國盜多,太叔之恨表;衛風義失,宣公之刺彰。無將詠興,壟事書作,季文再思而未可,南容三復而不暇。余以固陋之資,慎履冰之誡,竊服楚王之對,每徵后稷之詩,觸類而長,乃爲賦曰。	
	金錞賦（并序）	文苑英華。	舍弟西中郎致金錞一枚,《周禮》云:"鼓人掌六鼓四金,以節聲樂,以和軍旅;以金錞和鼓,金鐲節鼓。"注曰:"錞,錞于也。圜如椎頭,大上小下,樂作鳴之,與鼓相和。"《淮南》云:"兩軍相當,鼓錞相望。"若古之禮器,飾軍和樂者矣。吾奇而賦之。	
	眼明囊賦（并序）	類聚。	俗之婦人,八月旦,多以錦翠珠寶爲眼明囊,因競凌晨取露以拭目,聊爲此賦。	
蕭綸	贈言賦（并序）	類聚。	張雲麾問望之美,作牧南蕃,維舟江漢,留連飲餞,發邁有期,會面無日,依依別袂,恨恨江干,古人贈別以言,聊爲《贈言賦》曰。	
蕭子範	直坊賦（并序）	類聚。	余以天監六年爲洗馬,十七年復直中舍之坊,感恩懷舊,淒然而作。	
江淹	赤虹賦（并序）	本集、類聚、初學記。	東南嶠外,爰有九石之山……俄而雄虹赫然,暈光耀水……二奇難并,感而作賦。	

續 表

作者	賦 題	出 處	賦序略述	前人之作
江淹	倡婦自悲賦(并序)	本集、類聚。	漢有其錄,而亡其文。泣蕙草之飄落,憐佳人之埋暮。乃爲辭焉。	漢有其錄,而亡其文。
	知己賦(并序)	本集。	陳國之華者,故吏部郎殷孚其人也……始還舊都,會君尋卒,故爲茲賦,以寄深哀。	
	傷友人賦(并序)	本集、類聚。	僕之神交者,嘗有陳郡之袁炳焉。有逸才,有妙賞……既而陳書有念,橫瑟無從,雖乏張、范通靈之感,庶同嵇、向篤徒之哀。	雖乏張、范通靈之感,庶同嵇、向篤徒之哀。
	傷愛子賦(并序)	本集、釋藏、廣弘明集。	江艽,字胤卿,僕之第二子也。生而神俊,必爲美器,惜哉遭閔,涉歲而卒。悲至躑躅,乃爲此文。	
	學梁王兔園賦(并序)	本集、類聚、初學記。	或重古輕今者。僕曰:何爲其然哉?無知音,則已矣。聊爲古賦,以奮枚叔之製焉。	聊爲古賦,以奮枚叔之製焉。
	橫吹賦(并序)	本集。	驃騎公以劍卒十萬,禦荊人於外郊。鐵馬煩而人聳色,綵旄耀而士銜威。軍容有橫吹,僕感而爲之賦云。	
	丹砂可學賦(并序)	本集、類聚。	咸曰"金不可鑄",僕不信也。試爲此辭,精思云爾。	
	蓮華賦(并序)	本集、類聚。	余有蓮華一池,愛之如金。宇宙之麗,難息絶氣。聊書竹素,儻不滅焉。	
	青苔賦(并序)	本集、類聚、初學記。	余鑿山楹爲室,有青苔焉。意之所之,故爲是作云。	
	石劫賦(并序)	本集、類聚。	海人有食石劫,一名紫蘁,蚌蛤類也。春而發華,有足異者。戲書爲短賦。	

續 表

作者	賦題	出處	賦序略述	前人之作
張率	河南國獻舞馬賦應詔(并序)	梁書張率傳。	臣聞天用莫如龍,地用莫如馬,故《禮》稱驊騮,《詩》誦騧駱,先景遺風之美,世所得聞,吐圖騰光之異,有時而出,洎我大梁,光有區夏,廣運自申,員照無外,日入之所,浮琛委贄,風被之域,越險效珍,軨服鳥號之駿,騊駼蓼龍之名,而河南又獻赤龍駒,有奇貌絶足,能拜善舞,天子異之,**使臣作賦**曰。	
張纘	離別賦(并序)	類聚、初學記。	太常劉侯,前輩宿達,余在紈綺之歲,固已欽其風矣,及理棹江干,攬涕還望,采蕭之詠,不覺成篇。	
	懷音賦(并序)	類聚。	西平劭陵王以親賢近能,作蕃夏首,下走叨竊時命,驅傳湘羅,久託下風,素蒙淑顧,及塗經鄢郢,淹泊累旬,君王彈隨珠于千仞,乃貽之以麗則,《詩》云:"懷我好音",敢爲《懷音賦》云爾。	
蕭詧	愍時賦(并序)	周書蕭詧傳、文苑英華。	于謹平梁之後,闔城長幼,被虜入關,又失襄陽故地,乃曰恨不用尹德毅言,以致于是,又見邑居殘毀,于戈日尋,恥威略不振,**常懷憤懣**,乃著《愍時賦》,**以見其意**。	
沈炯	歸魂賦(并序)	類聚(類聚又作《魂歸賦》,有删節)。	古語稱收魂升極,《周易》有"歸魂"卦,屈原著《招魂》篇,故知魂之可歸,其日已久。余自長安反,乃作《歸魂賦》。	《周易》有"歸魂"卦,屈原著《招魂》篇。
元順	蠅賦(并序)	魏書任城王附傳。	余以仲秋休沐,端坐衡門,寄想琴書,託情紙翰,而蒼蠅小蟲,往來牀几,疾其變白,聊爲賦云。	

續表

作者	賦題	出處	賦序略述	前人之作
張淵	觀象賦(并序)	魏書張淵傳(有注)、十六國春秋(無注)、初學記略載。	《易》曰："天垂象,見吉凶,聖人則之。"又曰……不覽至理拔自近情,常韻發于宵夜,不任詠歌之末,遂援管而爲賦。	
李顒	大乘賦(并序)	廣弘明集。(嚴疑此李顒當爲東晉李顒。)	大乘者,蓋如來之道場也,故緣覺聲聞,謂之小乘……美哉淵乎,其源固不量也。嗟嘆不足,遂作賦曰。	
李騫	釋情賦(并序)	魏書李順附傳。	單閼之年,無射之月。余承乏攝官,直于本省……含毫有思,悲然成賦。猶潘生之《秋興》,王子之《登閣》也。廁鄭璞于周寶,編魚目于隋珠。未敢自同作者,蓋亦各言爾志云。	猶潘生之《秋興》,王子之《登閣》也。
裴伯茂	豁情賦序	魏書裴伯茂傳："曾爲《豁情賦》,其序略……"	余攝養乖和,服餌寡術。自春徂夏,三嬰湊疾。雖桐君上藥,有時致效。而草木下性,實繁衿抱。故復究覽莊生具體齊物,物我兩忘,是非俱遣。斯人之達,吾所師焉。故作是賦。所以託名"豁情",寄之風謠矣。	
陽固	北都賦(注或序)	御覽。	茂丘,茂山也,蓋恒嶽之別名,派水從西來。	
庾信	三月三日華林園馬射賦(并序)	文苑英華、類聚、初學記。	臣聞堯以仲春之月,刻玉而遊河;舜以甲子之朝,披圖而巡洛。夏后瑤臺之上,或御二龍;周王玄圃之前,猶騁八駿。我大周之創業也,南正司天,北正司地,平九黎之亂,定三危之罪。雲紀御官,鳥司從職,皇王有秉歷之符,玄珪有成功之瑞。豈直天地合德,日月光華而已哉。	

續　表

作者	賦題	出處	賦序略述	前人之作
庾信	哀江南賦（并序）	周書庾信傳、類聚、文苑英華。	粵以戊辰之年，建亥之月，大盜移國……三日哭於都亭，三年囚於別館……陸士衡聞而撫掌，是所甘心；張平子見而陋之，固其宜矣。	陸士衡聞而撫掌，是所甘心；張平子見而陋之，固其宜矣。
	傷心賦（并序）	類聚、文苑英華。	余五福無徵，三靈有譴，至於繼體，多從夭折。二男一女，并得勝衣，金陵喪亂，相守亡歿。羈旅關河，倏然白首，苗而不秀，頻有所悲。一女成人，一長孫孩稚，奄然玄壤，何痛如之。既傷即事，追悼前亡，唯覺傷心，遂以《傷心》爲賦。	
隋煬帝蕭皇后	述志賦（并序）	隋書蕭皇后傳、北史蕭皇后傳、文苑英華。	帝每游幸，后未嘗不隨從。時后見帝失德，心知不可，不敢厝言，因爲《述志賦》以自寄。（案：此當非序。）	
江總	修心賦（并序）	陳書江總傳、文苑英華。	太清四年秋七月，避地於會稽龍華寺。此伽藍者，余六世祖宋尚書右僕射、州陵侯元嘉二十四年之所構也……不意華戎莫辨，朝市傾淪，以此傷情，情可知矣。啜泣濡翰，豈攄鬱結，庶後生君子，憫余此慨焉。	
	華貂賦（并序）	類聚。	領軍新安殿下以副貂垂錫，仰銘恩澤，謹題小賦。	
	山水納袍賦（并序）	類聚。	皇儲監國余辰，勞謙衆宴。有令以納袍降賜，何以奉揚恩德？因題辭此賦。	

續表

作者	賦題	出處	賦序略述	前人之作
虞世基	講武賦（并序）	隋書虞世基傳。	夫玩居常者，未可論匡濟之功，應變通者，然後見帝王之略……昔上林從幸，相如於是頌德；長楊校獵，子雲退而爲賦。雖則體物緣情，不同年而語矣，英聲茂實，蓋可得而言焉。	昔上林從幸，相如於是頌德；長楊校獵，子雲退而爲賦。
盧思道	孤鴻賦（并序）	隋書盧思道傳。	余志學之歲，自鄉里遊京師，便見識知音，歷受群公之譽……有離群之鴻，爲羅者所獲，野人馴養，貢之於余……《大易》稱"鴻漸於陸"，羽儀盛也；《揚子》曰"鴻飛冥冥"，騫翥高也；《淮南》云"東歸碣石"，違溽夏也；平子賦曰"南寓衡陽"，避祁寒也……余五十之年，忽焉已至，**永言身事，慨然多緒，乃爲之賦，聊以自慰云。**	《大易》稱"鴻漸於陸"，羽儀盛也；《揚子》曰"鴻飛冥冥"，騫翥高也；《淮南》云"東歸碣石"，違溽夏也；平子賦曰"南寓衡陽"，避祁寒也。
杜臺卿	淮賦（并序）	初學記；大觀本草。	古人登高有作，臨水必觀焉。吟詠比賦，可得而言矣。《詩·周南》云："漢之廣矣，不可泳思。江之永矣，不可方思。"《邶風》云："涇以渭濁，湜湜其沚。"《衛風》云："河水洋洋，北流活活。"《小雅》云："滔滔江漢，南國之紀。"《大雅》云："豐水東注，惟禹之績。"《周頌》云："猗與漆沮，潛有多魚。有鱣有鮪，鰷鱨鰋鯉。"《魯頌》云："思樂泮水，薄采其芹。"此皆水賦濫觴之源也。……（見右）**齊天統初**，以教府詞曹，出除廣州長史，經淮陽赴鎮，頻經利涉。壯其淮沸浩蕩，且注巨海，南通曲江。水怪神物，于何不有，遂撰聞見，追而賦之。	後漢班彪有《覽海賦》，魏文帝有《滄海賦》，王粲有《游海賦》，晉成公綏有《大海賦》，潘岳有《滄海賦》，木玄虛、孫綽并有《海賦》，楊泉有《五湖賦》，郭璞有《江賦》。**唯淮未有賦者**，魏文帝雖有《浮淮賦》，止陳將卒赫怒，至於兼包化產，略無所載。

第二節　詩序所見詩歌之撰作因緣與功能

一、魏晉南北朝詩序概覽

根據逯欽立輯録《先秦漢魏晉南北朝詩》和嚴可均輯録《全上古三代秦漢三國六朝文》，模仿附表 4.1，將魏晉南北朝詩序整理羅列如下，得附表 4.3。

現存的魏晉南北朝詩序共 121 篇，①其中三國詩序 7 篇，兩晉詩序 74 篇，南北朝詩序 40 篇。三國時詩序數量較少，這與詩歌在三國并不太發達有直接關係，而兩晉詩序數量最多，除了兩晉詩歌有長足發展外，還與四言詩的發達息息相關。現存的 121 篇詩序中，四言詩之詩序共 38 篇，其中 1 篇作於三國時期，5 篇作於南北朝時期，剩餘 32 篇皆作於兩晉時期。

四言詩之詩序有其特殊之處，因爲四言是《詩經》的主要體式，而至遲在漢代已經有了《詩大序》和《小序》。《詩經》之"小序"往往簡明扼要地對詩歌主旨作出政教解讀，魏晉南北朝詩人在作四言詩時或許繼承了這一點，多作序以申明主旨，甚至在作組詩時模仿"大序""小序"的形式，既有統御全篇的"大序"，也有述各詩主旨的"小序"。束晳的《補亡詩》和上文已經提到的謝靈運《擬魏太子鄴中集詩八首》都屬這種情況。

考慮到魏晉南北朝詩之存量遠大於賦，應該說，當時詩人作詩序的熱衷程度不及賦家之爲賦作序。同時，就不同階段來說，南北朝詩歌創作的旺盛并未帶動詩序的繁榮，現存南北朝詩序總量不如兩晉多（即使不算四言詩序，也是如此）。這一現象正與詩賦功能之異有關（詳下）。

二、詩序中的事、情、理

詩序的數量雖不如賦序多，但詩序所蘊含的內容也像賦序一樣涉及了諸多方面，結合詩題并通讀以上 121 篇詩序後，②可以看到，魏晉南北朝各篇詩序至少從以下五方面"敘作者之意"：

（一）敘説相關人事。也即敘述與詩歌有關的人物事件，如曹植《贈白馬王

---

① 李暠之《上巳曲水宴詩序》僅存詩題，序與詩歌正文皆佚，不計入總數。
② 相比簡單的賦題，詩題包含的信息可以說相當之多，與詩序中的內容或重合，或互補。關於詩題和詩序的關係，參看吳承學《論古詩製題製序史》，載《文學遺産》1996 年第 5 期；以及王玥琳《論詩序的文體功能及詩歌的題、序關係——以先唐詩序爲例》，載《鹽城師範學院學報》2015 年第 5 期。

彪詩序》。部分詩序在敘述相關人事時還會說明此詩是受命而作或贈答之作。

（二）解釋題目題材。述詩題之由來多見於樂府詩，樂府詩多用舊題，於是有的詩人就在詩序中敘說詩題由來，這自會涉及題旨，如石崇《楚妃歎序》《王明君詞序》等。而對詩歌題材的解釋則多是解釋廣義之"物"，既包括山水風景（如袁崧《白鹿山詩序》），亭臺樓閣（如伏滔《登故臺詩序》），也包括植物器具（如曹毗《屏風詩序》、蘇彥《舜華詩序》）。

（三）彰明詩歌主旨。上文已經提到，以序來點明詩歌主旨來自《詩經》注疏傳統，魏晉南北朝的四言詩也有自覺繼承這一傳統的，如陸雲《贈顧驃騎詩二首》等。在彰明主旨時，詩人有時也會議論一些道理，如蘇彥《鵝詩序》。詩序之彰明主旨，除直接點題、議論道理外，還可以融合敘述、議論等手段圍繞詩歌的主題展開多方論述，如孫綽《表哀詩序》，既在普遍意義上申說了"親"之可貴，又敘述自己的不幸經歷，進而表達自己的思親之情，也揭示了題旨。

（四）抒發詩人情志。詩人在詩序中，有時候也會直接表明自己抒發的是何種感情，這其中既有嚴肅深沉的感情，如曹植《贈白馬王彪詩序》之"憤而成篇"，也有輕鬆詼諧的狀態，如傅咸《贈郭泰機詩序》的"故直戲以答其詩"。還要說明的是，詩序之抒發情志和彰明主旨重合度較高，因爲"詩言志"，所以很多時候詩歌的主旨就是詩人的某種情志。

（五）對話文學傳統。詩序中明確提及文學傳統的并不很多，有限的幾篇主要是致敬前人、接續傳統。雖然詩序中明確提到傳統的篇目有限，但詩歌創作中的"擬作"手法就來自對傳統的繼承，下文還要對此作專門討論。

詩序所包含的五方面信息，也都交錯出現在詩序中，和賦序所包含的五方面信息在性質上其實大致相同。那麽在具體的詩序中，這五方面信息又是如何分佈的呢？逐篇分析後，這裏將各篇詩序所含信息整理爲表 4.4，附表 4.3 中加粗標出的語句是判斷的主要依據。

表 4.4　魏晉南北朝詩序所含信息一覽

詩人	詩　題	人事	時間	贈答	命令	釋題	主旨	情志	傳統
曹丕	寡婦詩（并序）①	√						√	
曹植	贈白馬王彪詩（七章，《文選》李善注引序）	√	√					√	

① 現存曹丕、曹植兩人的作品中，都有《寡婦賦》及《寡婦詩》。楊曦考訂曹氏兄弟現存的《寡婦詩》實爲《寡婦賦》，其說頗爲有力，錄此備考。參看楊曦《曹丕、曹植〈寡婦詩〉文體辨疑》，載《四川師範大學學報》2018 年第 4 期。

續　表

詩人	詩　　題	人事	時間	贈答	命令	釋題	主旨	情志	傳統
曹植	喜雨詩(書鈔引序)	√	√						
	離友詩三首(并序)	√							
	鞞舞歌序	√							
周昭	與孫奇詩(并序)*	√		√				√	
江偉	答賀蜡詩(并序)*	√	√	√					
程咸	平吳後三月三日從華林園作詩(并序)	√	√		√				
傅玄	擬四愁詩四首(并序)								√
應亨	贈王冠詩(并序)	√	√	√					
棗據	追遠詩序	√							
夏侯湛	周詩(并序)*								√
傅咸	答潘尼詩(并序)*	√						√	
	答樂弘詩(并序)*	√		√					
	贈何劭王濟詩(并序)	√		√				√	
	詩(并序)	√		√				√	
	贈郭泰機詩(并序)	√		√				√	
	答辛曠詩序	√		√					
潘岳	東郊詩*							√	
束晳	補亡詩六首·南陔*	√					√		
	補亡詩六首·白華*						√		
	補亡詩六首·華黍*						√		
	補亡詩六首·由庚*						√		
	補亡詩六首·崇丘*						√		
	補亡詩六首·由儀*						√		

续 表

詩人	詩 題	人事	時間	贈答	命令	釋題	主旨	情志	傳統
石崇	楚妃歎(并序)*					√			
	王明君辭(并序)					√		√	
	思歸引(并序)	√						√	
陸機	鞠歌行(并序)					√		√	
	皇太子宴玄圃宣猷堂有令賦詩*	√			√				
	贈馮文羆遷斥丘令詩*	√		√					
	答賈謐詩(并序)*	√	√	√					
	與弟清河雲詩(并序)*	√		√				√	
	皇太子賜讌詩(并序)*	√	√					√	
	祖會太極東堂詩*	√							
陸雲	贈顧驃騎詩二首(有皇,有小序)*			√			√		
	贈顧驃騎詩二首(思文,有小序)			√			√		
	贈鄭曼季詩四首(谷風,有小序)*			√			√		
	贈鄭曼季詩四首(鶴鳴,有小序)*			√			√		
	贈鄭曼季詩四首(南衡,有小序)*			√			√		
鄭豐	答陸士龍詩四首(鴛鴦,有小序)			√			√		
	答陸士龍詩四首(蘭林,有小序)			√			√		
	答陸士龍詩四首(南山,有小序)			√			√		
嵇含	詩序	√							
張翰	詩序	√	√						
潘尼	答傅咸詩(并序)*	√	√	√				√	
	七月七日侍皇太子宴玄圃詩(并序)*	√	√		√				
	贈二李郎詩序	√	√					√	

續　表

詩人	詩　題	人事	時間	贈答	命令	釋題	主旨	情志	傳統
曹毗	雙鴻詩序	√						√	
	屏風詩序	√				√		√	
張翼	贈沙門竺法頵三首	√		√					
孫綽	表哀詩(并序)*	√					√	√	
	三月三日蘭亭詩序	√	√				√	√	
王彪之	二疏畫詩序	√					√		
蘇彥	鵝詩序	√					√	√	
	舜華詩序					√			
袁崧	白鹿山詩(并序)					√			
湛方生	廬山神仙詩(并序)*					√			
	羈鶴吟序	√						√	
陶淵明	停雲詩(并序)*						√		
	時運詩(并序)*						√		
	榮木詩(并序)*						√		
	贈長沙公(族祖)詩(并序)*	√		√					
	答龐參軍詩(并序)*	√		√					
	遊斜川詩(并序)	√	√					√	
	答龐參軍詩(并序)	√		√				√	
	贈羊長史詩(并序)	√		√					
	與殷晉安別詩(并序)	√		√					
	桃花源詩(并記)	√	√						
	歸去來兮辭(并序)	√	√					√	
	形影神三首(并序)						√		

續　表

詩人	詩　　題	人事	時間	贈答	命令	釋題	主旨	情志	傳統
陶淵明	九日閑居(并序)	√						√	
	飲酒二十首(并序)	√						√	
	有會而作詩(并序)	√						√	
支遁	八關齋詩三首(并序)	√						√	
	詠禪思道人詩(并序)	√						√	
廬山諸道人	遊石門詩(并序)	√				√	√	√	
范泰	鸞鳥詩(并序)					√		√	
謝靈運	贈從弟弘元詩(并序)*	√	√	√					
	述祖德詩二首(并序)*	√	√						
	擬魏太子鄴中集詩八首(并序,其一·魏太子,各首有小序)	√	√			√	√	√	√
	擬魏太子鄴中集詩八首(其二·王粲)						√		√
	擬魏太子鄴中集詩八首(其三·陳琳)						√		√
	擬魏太子鄴中集詩八首(其四·徐幹)						√		√
	擬魏太子鄴中集詩八首(其五·劉楨)						√		√
	擬魏太子鄴中集詩八首(其六·應瑒)						√		√
	擬魏太子鄴中集詩八首(其七·阮瑀)						√		√
	擬魏太子鄴中集詩八首(其八·平原侯植)						√		√
范曄	雙鶴詩序	√						√	
袁淑	遊新亭曲水詩序					√			
顏延之	三月三日曲水詩序	√	√			√	√	√	

續　表

詩人	詩　題	人事	時間	贈答	命令	釋題	主旨	情志	傳統
鮑照	松柏篇（并序）	√							√
	賣玉器者詩（并序）	√							
蕭子良	行宅詩（并序）					√		√	
	登山望雷居士精舍同沈右衛過劉先生墓下作詩（并序，一作《同隨王經劉先生墓下作》）	√						√	
王融	三月三日曲水詩序	√	√		√	√	√	√	
張融	白日詩（并序）					√			
江淹	雜體詩三十首（并序）						√		√
	雜三言五首（并序）	√							
	遂古篇（并序）	√					√		√
蕭統	詠山濤王戎詩二首（并序）								√
	同泰僧正講詩（并序）	√					√		
劉孝威	重光詩（有小序）*						√		
蕭綱	三日侍皇太子曲水宴詩（并序）*	√			√				
	詩序	√							
王筠	奉和皇太子懺悔應詔詩（并序）				√				
蕭繹	追思張纘詩序	√						√	
高允	塞上公亭詩序	√	√						
江總	入攝山棲霞寺詩（并序）	√					√		
	遊攝山棲霞寺詩（并序）	√	√						√
	營涅槃懺還塗作詩（并序）	√	√						
盧思道	仰贈特進陽休之詩（并序）*	√		√			√		
	從駕經大慈照寺詩（并序）	√					√		

續表

詩人	詩題	人事	時間	贈答	命令	釋題	主旨	情志	傳統
王胄	臥疾閩越述淨名意詩（并序）	√					√		
李康	遊山九吟序						√		
閭纘	上詩表								
伏滔	登故臺詩序					√			
謝歆	金昌亭詩序	√					√		
張君祖	贈沙門竺法頵（詩序）	√							
張彝	上采詩表	√					√		
	臨終口占上啓	√					√		
合計		77	24	28	5	17	43	39	15

依照表 4.2 之例，表 4.4 在"人事"後又析出三欄（"時間""贈答""命令"），以標識詩序中是否有明確的年歲時令，是否是贈答之作以及是否爲受命之作。縱觀表 4.4，我們可以看到：

首先，與賦序一樣，提及具體人事的詩序數量最多，121 篇詩序中有 77 篇提到了相關人事，佔總數的 63.6%，就比例而言，與提及具體人事的賦序的比例（66.5%）相當接近。巧的是，有 24 篇賦序明確記録了時間，佔總數的 14.9%，這個比例恰與明確記録時間的賦序佔所有賦序的比例（15.8%）十分接近。這 24 篇載録時間的詩序，2 篇作於三國時期，13 篇作於兩晉時期，9 篇作於南北朝時期，如果計算載録時間的詩序佔各時期詩序總數之比例的話，我們可以發現這一比例大致在 20% 上下波動。① 這是否説明詩序與現實的關聯度大致保持了穩定的水平？

---

① 現存三國詩序 7 篇，故比例爲 2/7（28.6%）；現存兩晉詩序 74 篇，故比例爲 13/74（17.6%）；現存南北朝詩序 40 篇，故比例爲 9/40（22.5%）。現存詩序數量比賦序更少，所以這個比例同樣衹有參考價值，不能直接説明問題，同時，三國詩序總數太少，故相應的比例可能與實際情況偏差較大。

其次,不同於賦序,解釋題目題材的詩序數量較少,祇有 17 篇,僅佔總數的 14%。① 詩序較少解釋題目題材有兩方面的原因:一方面,關於"物"的詩并不像體物賦那樣是辭賦之主流,既然無"物",也就自不必作"釋";另一方面,賦相比詩篇幅長、容量大,在正文進行鋪陳前先對所賦題材作知識性的解釋或描述性的介紹,常能有珠聯璧合之效,但詩歌容量有限,若過多解釋,反而容易"頭重腳輕"。

再次,詩序中直接彰明主旨、抒發情志的作品分別有 43、39 篇,所佔比例高於賦序之抒情志、明道理。② 詩、賦都是要表達作者情志的,但在序中頻繁地直接抒發情志,還是多少反映了詩歌的言志、抒情功能比辭賦更加強大。同時,詩序中彰明主旨的部分,雖也會言說道理,但詩序中借道理以明主旨的篇章數量很少,遠不如賦序說理之多。如果抽象地將個體情感和普遍道理分屬感性和理性的話,不妨認爲,詩歌離感性更近,而辭賦離理性略近。

復次,在詩序中明確提起前人創作的情況并不算多,僅有 15 篇詩序與傳統"對話",③不若賦序與傳統"對話"之頻繁。④ 這其中江淹的《雜體詩三十首序》尤爲重要,江淹在短短一篇序中展示了他清晰的時代和詩體意識,十分接近今人的"文學史"和"批評史"研究;而江總在《遊攝山棲霞寺詩序》末尾表示自己作此詩乃"學康樂之體",還列出了謝詩之題,此序讓我們看到在南朝後期,文體典範已經落實到某一作家的具體作品。不過,詩歌創作和傳統的關係遠比有限的詩序所揭示的層面豐富,本章下一節還將圍繞"擬代"再對此作討論。

最後,結合詩序和詩題,這 121 首詩中有 5 首乃受命而作,28 首則屬贈答之作。"受命"和"贈答"都是社會交往,不過前者有上下級關係而後者更平等。僅就詩序所反映的狀況而言,似乎詩更宜於相對平等的"贈答"。不過,魏晉南北朝受命和贈答的詩、賦的數量遠不止本節和上節提及的有限作品,實際情況遠比詩序、賦序所呈現的狀態複雜,下一節還會討論詩賦之"受命"和"贈答"。

綜合以上數端,可以總結魏晉南北朝詩歌的撰作因緣如下:現實之人

---

① 如前所述,"釋題材"的賦序有 80 篇,佔賦序總數的 30.8%。
② 260 篇賦序中,有 57 篇抒情志(21.9%),有 32 篇明道理(12.3%),比例上低於詩序之彰明主旨(35.5%)和抒發情志(32.2%)。
③ 這其中,謝靈運《擬魏太子鄴中集詩八首》的八篇"小序"都被分別計算,其實將這八篇算作一篇也是可以的。
④ 260 篇賦序中有 42 篇提及文學傳統(包括"前人未作"這種"無"的傳統)。

事同樣是觸發詩人作詩的最主要因素,同時詩歌内部的傳統也會刺激詩人寫作,當然現實和傳統很多時候可以共同作用於詩人。

相應地,魏晉南北朝詩歌也具備抒發個人情志、賡續文學傳統和參與社會交往的功能,比起辭賦的功能,似乎祇在"知識性"和"闡明道理"方面稍微弱一些。

不過,相比賦序,詩序所揭出的詩歌創作因緣和功能,與實際上當時詩歌的創作因緣和功能尚有較大距離。這主要是因爲詩序太少,今存魏晉南北朝詩歌四千多首(不包括有題無詩之作和有序無詩之作),詩序卻祇有寥寥百餘篇,故而詩序實不如賦序那麼能反應整體情況。

因此,如果僅僅抽象地談論賦和詩的功能,我們會覺得這二體文學在功能上高度重合乃至基本雷同,而這樣一種談論實際上無助於加深我們對魏晉南北朝詩賦各自功能的理解(因爲今天的新詩、小説好像也具備這些功能)。雖然上文通過數據和比例説明了詩賦各自功能的側重,但僅僅根據賦序和詩序,我們還是不能體貼地理解魏晉南北朝詩賦功能的異同。故而下一節還要結合當時在詩賦創作中幾種特殊的現象,進一步討論詩賦之功能。

附表 4.3　魏晉南北朝詩序概覽[1]

詩人	詩題	出處	詩序
曹丕	寡婦詩(并序)	類聚、詩紀。	友人阮元瑜早亡,傷其妻(子)孤寡,爲作此詩。
曹植	贈白馬王彪詩(七章,《文選》李善注引序)	三國志注、文選、文章正宗、本集、詩紀;類聚、草堂詩箋節引。	**黄初四年正月**,白馬王、任城王與余俱朝京師。會節氣,到洛陽,任城王薨。至七月與白馬王還國。後有司以二王歸藩,道路宜異宿止。意毒恨之。蓋以大别在數日,是用自剖,與王辭焉,憤而成篇。
曹植	喜雨詩(書鈔引序)	類聚、本集、詩紀。	**太和二年**,大旱,三麥不收,百姓分爲飢餓。

---

[1] 因詩序數量相對較少,且詩序篇幅普遍不長,故表中儘量全引(故下文再引用時,不再標註出處和相應頁碼),祇有少部分特别長的序不加引錄。同時,有詩序而無詩的情況也不少見,故兼有詩和詩序的作品,本表在列詩題時用括號標出"并序",祇有詩序的作品,則直接列爲"某詩序"(如曹植《鞞舞歌序》)。最後,對於四言詩,本表及表 4.4 在詩題之後再用星號(*)加以標記。

續　表

詩人	詩題	出　處	詩　　序
曹植	離友詩三首（并序）	類聚、本集、詩紀；御覽節引。	鄉人有夏侯威者，少有成人之風，余尚其爲人，與之昵好，王師振振，送余於魏邦。**心有眷然，爲之隕涕**。乃作《離友》之詩，其辭曰。
	鞞舞歌序	宋書樂志、御覽，見全三國文卷十六。	漢靈帝西園鼓吹有李堅者，能鞞舞，遭亂西隨段熲。先帝聞其舊有技，召之。堅既中廢，兼古曲多謬誤，異代之文，未必相襲，故依前曲，改作新歌五篇。不敢充之黃門，近以成下國之陋樂焉。
周昭	與孫奇詩（并序）*	書鈔、御覽。（御覽存序，見全三國文卷七十一。）	散騎侍郎、武衛都尉孫奇，字仲容，年十七，以秀才入侍帷幄，余作詩一篇**美而風之**曰。
江偉	答賀蜡詩（并序）*	類聚、詩紀。	**正元二年冬蜡**，家君在陳郡，余別在國舍，不得集會。弟廣平作詩以貽余，余答之曰。
程咸	平吳後三月三日從華林園作詩（并序）	玉燭寶典、書鈔。（逯云此詩原有序有詩，或有脫落。序載書鈔，見全晉文卷四十四）	**平原后三月三日**，從華林園作壇。宣宮張朱幕。有詔乃延群臣。（平原邑三月三日，從華林園作壇。建僞宮，張朱幕。詔延群臣，作詩以頌之。）①
傅玄	擬四愁詩四首（并序）	玉臺新詠、詩紀。	昔張平子作《四愁詩》，體小而俗，七言類也。**聊擬而作之，名曰《擬四愁詩》**，其辭曰。
應亨	贈王冠詩（并序）	初學記（作《後漢應亨贈王冠詩》）、詩紀；書鈔（作《貽四王子詩》）節引。	**永平年四月**，外弟王景系兄弟四人并冠，貽四王子詩曰。
棗據	追遠詩序	宋書百官志下，全晉文卷六十七。	先君爲鉅鹿太守，迄今三紀。忝私爲冀州刺史，班詔次於郡傅。
夏侯湛	周詩（并序）*	世說注、詩紀。（序見世說注，全晉文卷六十九。）	《周詩》者，《南陔》《白華》《華黍》《由庚》《崇丘》《由儀》六篇，有其義而亡其辭。湛續其亡，故云《周詩》也。

① 不同版本的《北堂書鈔》所存錄的這篇詩序文字上出入較大，這裏根據《全晉文》同時引錄。

續表

詩人	詩題	出處	詩序
傅咸	答潘尼詩（并序）*	類聚、廣文選、詩紀。	司州秀才潘正叔，識通才高，以文學溫雅爲博士。余性直，而處清論褒貶之任，作詩以見規。雖褒飾之舉，非所敢聞，而斐粲之辭，**良可樂也**。答之雖不足以相酬報，**所謂盍各言志也**。
	答樂弘詩（并序）*	類聚、詩紀。	安樂令樂弘，太傅鉅平侯羊公辟未就而公薨。後應司州之命，舉秀才，博文通濟之士，余失和於府，當換爲護軍司馬。**賦詩見贈**，答之云爾。
	贈何劭王濟詩（并序）	文選、初學記、詩紀；御覽節引。	朗陵公何敬祖，咸之從内兄，國子祭酒王武子，咸從姑之外孫也。并以明德見重於世，咸親之重，情猶同生，義則師友。何公既登侍中，武子俄而亦作，二賢相得甚歡，咸亦慶之。然自限闇劣，雖願其繾綣，而從之末由，歷試無效，且有家艱，心存目替，**賦詩申懷以貽之**。
	詩（并序）	鳴沙石室佚書・修文殿御覽；御覽節引。	**楊駿就吾索詩云，茅文通相説，文動爲規藏可盡送，便作此詩**，欲其有悟，然猶有慮，以示文通曰：得無作唯此白鶴直爲罵可，君此遠有文義，故欲令兄見之。唯此白鶴者，良冀臨池，而中有鶴白令子崔瑋爲賦，指以罵冀，遂并文與駿，寂然云不知多務不省也。將如搔膍，自無覺也。詩曰。
	贈郭泰機詩（并序）	文選注。	河南郭泰機，寒素後門之士，不知余無能爲益，以詩見激切可施用之才。而況沉淪不能自拔於世。余雖心知之而未如之何，此屈非復文辭所了，**故直戲以答其詩云**。
	答辛曠詩序	全晉文卷五十二。	尚書左丞，彈八座以下，居萬機之會，斯乃皇朝之司直，天臺之管轄。余前爲右丞，具知此職之要，後忝此任，黽勉從事，日慎一日。
潘岳	東郊詩*	文選注。	東郊，歎不得志也。

續表

詩人	詩題	出處	詩序
束皙	補亡詩六首·南陔*	文選、詩紀；初學記節引。	晳與同業疇人，肄修鄉飲之禮。然所詠之詩，或有義無辭，音樂取節，闕而不備。於是遙想既往，存思在昔，補著其文，以綴舊制。/南陔，孝子相戒以養也。
	補亡詩六首·白華*	文選、初學記、文章正宗、詩紀。	白華，孝子之潔白也。
	補亡詩六首·華黍*	文選、詩紀。	華黍，時和歲豐，宜黍稷也。
	補亡詩六首·由庚*	文選、詩紀。	由庚，萬物得由其道也。
	補亡詩六首·崇丘*	文選、詩紀。	崇丘，萬物得其極其高大也。
	補亡詩六首·由儀*	文選、詩紀。	由儀，萬物之生，各得其儀也。
石崇	楚妃歎（并序）*	樂府詩集、廣文選、詩紀；文選注引序文。	歌辭楚妃歎，莫知其所由。楚之賢妃，能立德著勳，垂名於後，唯樊姬焉。故今歎詠之聲，永世不絕。
	王明君辭（并序）	文選、玉臺新詠、樂府詩集、詩紀；類聚節引、御覽（作《琵琶引》）略引序文。	王明君者，本是王昭君。以觸文帝諱，故改之。匈奴盛，請婚於漢。元帝以後宮良家子明君配焉。昔公主嫁烏孫，令琵琶馬上作樂，以慰其道路之思，其送明君亦必爾也。其新造之曲，**多哀怨之聲，故敘之於紙云爾**。
	思歸引(并序)	類聚、樂府詩集、詩紀。	余少有大志，夸邁流俗。弱冠登朝，歷位二十五年。年五十，以事去官。晚節更樂放逸，篤好林藪。遂肥遁于河陽別業。其制宅也，卻阻長隄。前臨清渠，柏木幾于萬株，流水周于舍下。有觀閣池沼，多養魚鳥。家素習技，頗有秦趙之聲。出則以游目弋釣爲事，入則有琴書之娛。又好服食咽氣，志在不朽。慠然有凌雲之操，欻復見牽羈。婆娑于九列，困于人間煩黷。常思歸而永歎，尋覽樂篇，有思歸引，儻古人之心有同于今，故制此曲。此曲有弦無歌，今爲作歌辭，**以述余懷。恨時無知音者，令造新聲。而播于絲竹也**。

續　表

詩人	詩　題	出　處	詩　　序
陸機	鞠歌行(并序)	樂府詩集、本集、廣文選、詩紀。	按《漢宫閣》有含章鞠室、靈芝鞠室,後漢馬防第宅卜臨道,連閣、通池、鞠城,彌於街路。《鞠歌》將謂此也。又東阿王詩"連騎擊壤",或謂蹙鞠乎？三言七言,雖奇寶名器,不遇知己,終不見重。**願逢知己,以託意焉。**
	皇太子宴玄圃宣猷堂有令賦詩*	文選、本集、詩紀;類聚、初學記(二書作《侍皇太子宣猷堂詩》)節引。(逯推測此詩原題當爲《侍皇太子宣猷堂詩》,并有序文〔御覽存殘句〕,文選所存乃節録本。)	太子宴朝士於宣猷堂,遂命機賦詩。
	贈馮文羆遷斥丘令詩*	文選(李善注引序)、本集、詩紀;類聚、韻補節引。	文羆爲太子洗馬,遷斥丘令,贈以此詩。
	答賈謐詩(并序)*	文選(作《答賈長淵》)、本集、詩紀;類聚、韻補節引。	余昔爲太子洗馬,魯公賈長淵以散騎常侍侍東宫積年。余出補吴王郎中令。**元康六年入爲尚書郎,魯公贈詩一篇,作此答之云爾。**
	與弟清河雲詩(并序)*	文館詞林、本集、詩紀(作《贈弟士龍》,又注云:見《陸士龍集》,題曰《兄平原贈》)、類聚(作《與弟雲詩》)、韻補(作《贈陸雲詩》)節引。	余弱年夙孤,與弟士龍銜卹喪庭,續忝末緒。會逼王命,墨絰即戎。時并縈髮,悼心告别,漸歷八載,家邦顛覆,凡厥同生,彫落殆半。收迹之日,感物興哀,而士龍又先在西,時迫當祖載,二昆不容逍遥,銜痛東徂,遣情西慕,故作是詩,**以寄其哀苦焉。**
	皇太子賜讌詩(并序)*	類聚、本集、廣文選、詩紀。(書鈔、御覽或存序。)	**元康四年秋**,余以太子洗馬出補吴王郎中。以前事倉促未得宴,三月十六,有命清宴,**感聖恩之罔極,退而賦此詩也。**
	祖會太極東堂詩*	書鈔(存詩序殘文)。	於是四座具醉。

續　表

詩人	詩題	出處	詩序
陸雲	贈顧驃騎詩二首(有皇,有小序)*	本集(作《贈顧驃騎後二首》)、詩紀、韻補節引。	有皇,美祈陽也。祈陽秉文之士,駿發其聲,故能明照有吴,入顯乎晉,國人美之,故作是詩焉。
	贈顧驃騎詩二首(思文,有小序)*	本集、詩紀。	思文,美祁陽也。祁陽能明其德,刑於寡妻,以至於家邦。無思不服,亦賴賢妃貞女以成其内教,故作是詩焉。
	贈鄭曼季詩四首(谷風,有小序)*	本集、文館詞林、詩紀。	谷風,懷思也。君子在野,愛而不見,故作是詩,言其懷而思之也。
	贈鄭曼季詩四首(鳴鶴,有小序)*	本集、文館詞林、詩紀。	鳴鶴,美君子也。太平之時,君子猶有退而窮居者,樂天知命,無憂無慾,收碩人之考槃,傷有德之遺世,故作是詩也。
	贈鄭曼季詩四首(南衡,有小序)*	本集、文館詞林、詩紀。	南衡,美君子也。言君子遁世不悶,以德存身,作者思其以德來仕,又願言就之宿。感白駒之義,而作是詩焉。
鄭豐	答陸士龍詩四首(鴛鴦,有小序)	本集、文館詞林、詩紀。	鴛鴦,美賢也。有賢者二人,雙飛東岳,揚輝上京。其兄已顯登清朝,而弟中漸,婆娑衡門。然其勞謙接士,吐握待賢,雖姬公之下白屋,洙泗之養三千,無以過也。乃肯垂顧,惠我好音。思與其遊道德之樂,結永好之歡云爾。
	答陸士龍詩四首(蘭林,有小序)	本集、文館詞林、詩紀。	蘭林,懂至好也。有君子世濟其美,英名光茂。遭時暫否,畜德衡門。顧我殷懃,屢辱德音。思與結好,以永不刊。
	答陸士龍詩四首(南山,有小序)	本集、文館詞林、詩紀。	南山,酬至德也。君子在衡門,修道以養和。棄物以存神,民思其治,士懷其德,或思置之列位,或思從之信宿。詩人嘉與此賢,當年相遇,又屢獲德音。情懂心至,故作是詩焉。
嵇含	詩序	書鈔,全晉文卷六十五。(嚴:此序有脱誤,無從互證。)	李方治爲撫軍長史,余爲從事中郎,當隨撫軍俱發,詔兄前太僕將與之別,進一飲之盡歡。天熱露坐,有頃雨降,遂不張油幔,以絳分令夕也。
張翰	詩序	初學記,全晉文卷一百○七。	**永康之末**,疾苦痿瘵,故人頗候之,常以閒靜,爲著詩一首,分句改紙,各有別讀。

續表

詩人	詩題	出處	詩序
潘尼	答傅咸詩（并序）*	類聚、廣文選、詩紀。	司徒左長史傅長虞，會定九品，左長史宜得其才，屈爲此職，執天下清議，宰割百國，而長虞性直而行，或有不堪。**余與之親**，作詩以規焉。
	七月七日侍皇太子宴玄圃詩（并序）*	類聚、初學記、古今歲時雜詠、事類賦注、廣文選、詩紀；書鈔（或作潘岳詩）節引。（逯以爲初學記十引潘岳詩序即此篇原序。）	七月七日，皇太子會於玄圃，有令賦詩。
	贈二李郎詩序	御覽。	**元康六年**，尚書吏部郎汝南李光彥遷汲郡太守。都亭侯江夏李茂曾遷平陽太守。此二子皆弱冠知名，歷職顯要。旬月之間，繼踵名郡，離儉劇之勤，就放曠之逸，枕鳴琴以俟遠致，**離別之際**，各斐然賦詩。
曹毗	雙鴻詩序	類聚，全晉文卷一百七。	近東野見有養雙鴻者，其儀甚美，又善鳴舞，雖志希青翠之遊，身非己有，物之可感，良謂此也。
	屏風詩序	御覽，全晉文卷一百七。	予爲黃門，**在值多懷**，遂作《詩》《書》屏風。
張翼	贈沙門竺法頵三首	廣弘明集。（此三首詩有序）	沙門竺法頵遠還西山，作詩以贈，因亦嘲之。省其二經，**聊爲之讚**。
孫綽	表哀詩（并序）*	類聚、廣文選、詩紀。	天地之德曰生，生之所恃者親，親存則歡泰情盡，親亡則哀悴理極。故老萊婆娑于膝下，曾閔泣血于終年，哀悼之思至矣，自然之性篤矣。余以薄祐，夙遭閔凶，越在九齡，嚴考即世，未及志學，過庭無聞。天覆既淪，俯憑坤厚，殖根外氏，賴以成訓。然以不才，不能負荷仁妣，弘母儀之德，邁榮寒之操，彤琢固頑，勉以道義，庶幾砥礪犬馬之報。豈悟一朝，復見孤棄，上天極禍，怨痛莫訴，皆由惡積咎深，不能通感。自丁荼毒，載離寒暑，茵帷塵寂，棟宇寥悗，仰悲軌迹，長自矜悼，不勝哀號。**作詩一首，敢冒諒闇之譏**，以申罔極之痛。

續 表

詩人	詩題	出處	詩序
孫綽	三月三日蘭亭詩序	類聚、初學記,全晉文卷六十一。	古人以水喻性,有旨哉斯談。非以停之則清,混之則濁邪。情因所習而遷移,物觸所遇而興感。故振響于朝市,則充屈之心生;閑步于林野,則遼落之志興。仰瞻羲唐,邈已遠矣。近詠臺閣,顧深增懷。爲復于曖昧之中,思縈拂之道。屢借山水,以化其鬱結。永一日之足,當百年之溢。以暮春之始,禊于南澗之濱,高嶺千尋,長湖萬頃,隆屈澄汪之勢,可爲壯矣。乃席芳草,鏡清流,覽卉木,觀魚鳥,具物同榮,資生咸暢。于是和以醇醪,齊以達觀,決然兀矣,焉復覺鵬鷃之二物哉? 耀靈縱響,急景西邁。樂與時去,悲亦系之。往復推移,新故相換。今日之迹,明復陳矣。**原詩人之致興,諒歌詠之有由。**
王彪之	二疏畫詩序	書鈔、御覽,全晉文卷二十一。	余自求致仕□政事累詔不聽,因扇上有畫二疏事,作詩一首,**以述其美。**
蘇彦	鵝詩序	類聚,全晉文卷一百三十八。	時暫出郡,忽聞鵝鳴,聲甚哀急,乃云野人所致。外吏規爲方便,以俟送客。**聞之悵然,又感莊生善鳴之雁。若其無音,將充庖廚,豈得放任,矯翮籠樊。**
蘇彦	舜華詩序	類聚,全晉文卷一百三十八。	其爲花也,色甚鮮麗。迎晨而榮,日中則衰,至夕而零。莊周載朝菌不知晦朔,況此朝不及夕者乎。苟映采于一朝,耀穎于當時,焉識夭壽之所在哉。余既玩其葩,而歎其榮不終日。
袁崧	白鹿山詩(并序)	類聚、御覽,全晉文卷五十六。	荆門山臨江,皆絶壁峭峙。壁立百餘丈,互帶激流,禽獸所不能履。北岸有一白鹿,鹿泅過江,行人見之,乘刀競逐。謂至山下必得。鹿忽然若飛,超岡而去。于今此壁,謂之白鹿山。
湛方生	廬山神仙詩(并序)*	類聚、詩紀。	尋陽有廬山者,盤基彭蠡之西。其崇標峻極,辰光隔輝,幽澗澄深,積清百仞。若乃絶阻重險,非人迹之所遊。窈窕沖深,常含霞而貯氣。真可謂神明之區域,列真之苑囿矣。太元十一年,有樵採其陽者。于時鮮霞裹林,傾暉映岫。見一沙門,披法服獨在巖中。俄頃振裳揮錫,淩崖直上。排丹霄而輕舉,起九折而一指。既白雲之可乘,何帝鄉之足遠哉。窮目蒼蒼,翳然滅迹。

續　表

詩人	詩題	出　處	詩　　序
湛方生	羈鶴吟序	類聚,全晉文卷一百四十。	鄉人王氏有養鶴者,摧翮虞人之手,心悲志喪。後三年羽翮既生,翻然高逝。**有感余懷,乃爲之吟。**
陶淵明	停雲詩（并序）*	本集、東坡先生和陶淵明詩、詩紀。	停雲,思親友也。罇湛新醪,園列初榮,願言不從,歎息彌襟。
	時運詩（并序）*	本集、東坡先生和陶淵明詩、詩紀。	時運,游暮春也。春服既成,景物斯和,偶影獨游,欣慨交心。
	榮木詩（并序）*	本集、詩紀。	榮木,念將老也。日月推遷,已復有夏,總角聞道,白首無成。
	贈長沙公（族祖）詩(并序)*	本集、文館詞林、詩紀。	長沙公於余爲族祖,同出大司馬。昭穆既遠,以爲路人。經過潯陽,**臨别贈此。**
	答龐參軍詩（并序）*	本集、東坡先生和陶淵明詩、詩紀。	龐爲衛軍參軍,從江陵使上都,**過潯陽見贈。**
	遊斜川詩（并序）	本集、東坡先生和陶淵明詩、古今歲時雜詠、詩紀。	**辛酉正月五日**,天氣澄和,風物閑美。與二三鄰曲,同遊斜川。臨長流,望曾城,魴鯉躍鱗於將夕,水鷗乘以翻飛。彼南阜者,名實舊矣,不復乃爲嗟歎。若夫曾城,傍無依接,獨秀中皋,遥想靈山,有愛嘉名。**欣對不足,率爾賦詩。悲日月之遂往,悼吾年之不留。各疏年紀鄉里,以記其時日。**
	答龐參軍詩（并序）	本集、東坡先生和陶淵明詩、詩紀。	三復來貺,欲罷不能。自爾鄰曲,冬春再交,款然良對,忽成舊游。俗諺云,數面成親舊。況情過此者乎？人事好乖,便當語離。楊公所歎,豈惟常悲。**吾抱疾多年,不復爲文。本既不豐,復老病繼之。輒依周禮往復之義,且爲别後相思之資。**
	贈羊長史詩（并序）	本集、東坡先生和陶淵明詩、詩紀。	左軍羊長史,銜使秦川,**作此與之。**
	與殷晉安别詩（并序）	本集、東坡先生和陶淵明詩、詩紀。	殷先作晉安南府長史掾,因居潯陽,後作太尉參軍,移家東下,**作此以贈。**
	桃花源詩（并記）	本集(作《桃花源記并詩》)、東坡先生和陶淵明詩、詩紀；類聚引序文。	[文長,又耳熟能詳,不俱録。實際上,《桃花源記》并非"詩序",説詳本書第七章第一節。]

續　表

詩人	詩題	出　處	詩　序
陶淵明	歸去來兮辭（并序）	本集、文選、宋書陶潛傳、晉書陶潛傳、南史陶潛傳；文選注節引。	余家貧，耕植不足以自給。幼稚盈室，缾無儲粟，生生所資，未見其術。親故多勸余爲長吏，脱然有懷，求之靡途。會有四方之事，諸侯以惠愛爲德，家叔以余貧苦，遂見用于小邑。于時風波未静，心憚遠役，彭澤去家百里，公田之利，足以爲酒，故便求之。及少日，眷然有歸歟之情。何則？質性自然，非矯勵所得。飢凍雖切，違己交病。嘗從人事，皆口腹自役。於是悵然慷慨，深愧平生之志。猶望一稔，當斂裳宵逝。尋程氏妹喪于武昌，情在駿奔，自免去職。仲秋至冬，在官八十餘日。**因事順心，命篇曰《歸去來兮》**。乙巳歲十一月也。
	形影神三首（并序）	本集、東坡先生和陶淵明詩、詩紀。（逯以爲此實乃三章，從之。）	貴賤賢愚，莫不營營以惜生，斯甚惑焉。故極陳形影之苦，言神辨自然以**釋之。好事君子，共取其心焉。**
	九日閑居（并序）	本集、東坡先生和陶淵明詩、古今歲時雜詠、詩紀。	余閑居，愛重九之名。秋菊盈園，而持醪靡由。空服九華，**寄懷於言。**
	飲酒二十首（并序）	本集、東坡先生和陶淵明詩、詩紀。	余閑居寡歡，兼比夜已長，偶有名酒，無夕不飲，顧影獨盡，忽焉復醉。**既醉之後，輒題數句自娛，紙墨遂多，辭無詮次，聊命故人書之**，以爲歡笑爾。
	有會而作詩（并序）	本集、詩紀。	舊穀既没，新穀未登，頗爲老農，而值年災，日月尚悠，爲患未已。登歲之功，既不可希，朝夕所資，煙火裁通。旬日已來，始念飢乏，歲云夕矣，**慨然永懷，今我不述，後生何聞哉。**
支遁	八關齋詩三首（并序）	廣弘明集、詩紀。	間與何驃騎期，當爲合八關齋。以十月二十二日，集同意者在吳縣土山墓下。三日清晨爲齋始，道士白衣凡二十四人。清和肅穆，莫不静暢。至四日朝，衆賢各去。既樂野室之寂，又有掘藥之懷。遂便獨住，於是乃揮手送歸。有望路之想，静拱虚房。悟外身之真，登山採藥。集巖水之娛，遂援筆染翰，以慰二三之情。

續 表

詩人	詩題	出處	詩序
支遁	詠禪思道人詩（并序）	廣弘明集、詩紀。	孫長樂作道士坐禪之像,并而讚之,可謂因俯對以寄誠心,求參焉於衡抱,圖巖林之絕勢,想伊人之在茲。**余精其制作,美其嘉文,不能嘿已。聊著詩一首,以繼於左。**
廬山諸道人	遊石門詩（并序）	古詩類苑、詩紀。	石門在精舍南十餘里,一名障山。基連大嶺,體絕衆阜。闢三泉之會,并立而開流。傾巖玄映其上,蒙形表於自然,故因以爲名。此雖廬山之一隅,實斯地之奇觀。皆傳之於舊俗,而未睹者衆。將由懸瀨險峻,人獸迹絕,逕迴曲阜,路阻行難,故罕經焉。**釋法師以隆安四年仲春之月**,因詠山水,遂杖錫而遊。於時交徒同趣,三十餘人。咸拂衣晨征,悵然增興。雖林壑幽邃,而開塗競進。雖乘危履石,并以所悅爲安。既至,則援木尋葛,歷嶮窮崖,猿臂相引,僅乃造極。於是擁勝倚巖,詳觀其下。始知七嶺之美,蘊奇於此。雙闕對峙其前,重巖映帶其後。巒阜周迴以爲障崇,巖四營而開宇。其中則有石臺石池,宮館之象。觸類之形,致可樂也。清泉分流而合注,淥淵鏡淨於天地。文石發綵,煥若披面,檉松芳草,蔚然光目,其爲神麗,亦已備矣。斯日也,衆情奔悅,矚覽無厭,遊觀未久,而天氣屢變。霄霧塵墜,則萬象隱形。流光迴照,則衆山倒影。開之閒際,狀有靈焉,而不可測也。乃其將登,則翔禽拂翮,鳴猿厲響,歸雲迴駕。想羽人之來儀,哀聲相和。若玄音之有寄,雖聽聽猶聞,而神以之暢。雖樂不期歡,而欣以永日。當其沖豫自得,信有味焉,而未易言也。退而尋之,夫崖谷之閒,會物無主,應不以情而開興,引人致深若此。豈不以虛明朗其照,閒逸篤其情邪。并三復斯談,猶昧然未盡。俄而太陽告夕,所存已往。乃悟幽人之玄覽,達恒物之大情。其爲神趣,豈山水而已哉。於是徘徊崇嶺,流目四矚,九江如帶,丘阜成垤。因此而推,形有巨細,智亦宜然。迺喟然歎宇宙雖遐,古今一契。靈鷲邈矣,荒途日隔。不有哲人,風迹誰存。應深悟遠,慨焉長懷。**各欣一遇之同歡,感良辰之難再。情發於中,遂共詠之云爾。**

續　表

詩人	詩　題	出　處	詩　序
范泰	鸞鳥詩(并序)	類聚、詩紀。	昔罽賓王結罝峻祁之山，獲一鸞鳥，王甚愛之，欲其鳴而不能致也。乃飾以金樊，饗以珍羞。對之愈戚，三年不鳴。其夫人曰："嘗聞鳥見其類而後鳴，何不懸鏡以映之？"王從其言。鸞睹形感契，慨然悲鳴，哀響中宵，一奮而絕。嗟乎茲禽，何情之深。昔鍾子破琴於伯牙，匠石韜斤於郢人。蓋悲妙賞之不存，慨神質於當年耳。**矧乃一舉而殞其身者哉。悲夫。乃爲詩曰。**
謝靈運	贈從弟弘元詩(并序)*	文館詞林。	從弟弘元，爲驃騎記室參軍，**義熙十一年十月十日**，從鎮江陵，贈以此詩。
	述祖德詩二首(并序)*	文選、三謝詩、詩紀。	太元中，王父龕定淮南，負荷世業，專主隆人。逮賢相徂謝，君子道消，拂衣蕃岳，考卜東山。事同樂生之時，志期范蠡之舉。
	擬魏太子鄴中集詩八首(并序，其一·魏太子，各首有小序)	文選、三謝詩、詩紀。	建安末，余時在鄴宮，朝遊夕讌，究歡愉之極，天下良辰、美景、賞心、樂事，四者難并；今昆弟友朋，二三諸彥，共盡之矣。古來此娛，書籍未見，何者？楚襄王時有宋玉、唐景，梁孝王時有鄒、枚、嚴、馬，遊者美矣，而其主不文；漢武帝徐樂諸才，備應對之能，而雄猜多忌，豈獲晤言之適？不誣方將，庶必賢於今日爾。歲月如流，零落將盡，**撰文懷人，感往增愴！**
	擬魏太子鄴中集詩八首(其二·王粲)	文選、三謝詩、詩紀。	家本秦川，貴公子孫，遭亂流寓，自傷情多。
	擬魏太子鄴中集詩八首(其三·陳琳)	文選、三謝詩、詩紀。	袁本初書記之士，故述喪亂事多。
	擬魏太子鄴中集詩八首(其四·徐幹)	文選、三謝詩、詩紀。	少無宦情，有箕潁之心事，故仕世多素辭。

續表

詩人	詩題	出處	詩序
謝靈運	擬魏太子鄴中集詩八首（其五·劉楨）	文選、三謝詩、詩紀。	卓犖偏人，而文最有氣，所得頗經奇。
	擬魏太子鄴中集詩八首（其六·應瑒）	文選、三謝詩、詩紀。	汝潁之士，流離世故，頗有飄薄之歎。
	擬魏太子鄴中集詩八首（其七·阮瑀）	文選、三謝詩、詩紀。	管書記之任，故有儓偨之言。
	擬魏太子鄴中集詩八首（其八·平原侯植）	文選、三謝詩、詩紀。	公子不及世事，但美遨遊，然頗有憂生之嗟。
范曄	雙鶴詩序	類聚，全宋文卷十五。	客有寄余雙鶴者，其一揚翰皎潔，響逸九皋；其一翅折志衰，自視缺然。**余因歎玩之，遂為之詩。**
袁淑	遊新亭曲水詩序	御覽，全宋文卷四十四。	離樹修幕，陵隧坡阜，鑣容斾彩，裹野麗雲。
顏延之	三月三日曲水詩序	文選，全宋文卷三十七。	文甚長，不俱錄。
鮑照	松柏篇（并序）	本集、樂府詩集、詩紀。	余患腳上氣四十餘日。知舊先借《傅玄集》，以余病劇，遂見還。開裹，適見樂府詩《龜鶴篇》。於危病中見長逝詞，惻然酸懷抱。如此重病，彌時不差，呼吸之喘，舉目悲矣！火藥間缺而**擬之**。
	賣玉器者詩（并序）	本集、詩紀。	見賣玉器者，或人欲買，疑其是珉。不肯成市，聊作此詩，**以戲賣者**。
蕭子良	行宅詩（并序）	類聚、詩紀。	余稟性端疎，屬愛閑外。往歲羈役浙東，備歷江山之美，名都勝境，極盡登臨。山原石道，步步新情；迴池絕潤，往往舊識。**以吟以詠，聊用述心。**
	登山望雷居士精舍同沈右衛過劉先生墓下作詩（并序，一作《同隨王經劉先生墓下作》）	謝宣城集、詩紀；類聚（作《同隨王經劉先生墓詩》）節引。	沛國劉子珪，學優未仕，迹邈心遐，履信體仁，古之遺德。潛舟迅景，滅賞淪輝，言念芳猷，式懷嗟述。屬舍弟隨郡，有示來篇，彌縝久要之情，益盡宿草之歎。升望西山，率爾為答，雖因事雷生，**實申悲劉子云爾。**

續表

詩人	詩題	出處	詩序
王融	三月三日曲水詩序	文選、類聚、全齊文卷十三。	[文甚長,不俱録。]
張融	白日詩(并序)	樂府詩集、詩紀。	懸象著明,莫大於日月,而彼日月不能不謝。固知無準,衰爲盛之終,盛爲衰之始,故爲《白日歌》。
江淹	雜體詩三十首(并序)	本集、文選、詩紀。	夫楚謡漢風,既非一骨;魏製晉造,固亦二體。譬猶藍朱成彩,雜錯之變無窮;宮角爲音,靡曼之態不極。故娥眉詎同貌,而俱動於魄;芳草寧共氣,而皆悦於魂,不其然歟?至於世之諸賢,各滯所迷,莫不論甘則忌辛,好丹則非素。豈所謂通方廣恕,好遠兼愛者哉?乃及公幹、仲宣之論,家有曲直;安仁、士衡之評,人立矯抗。況復殊於此者乎?又貴遠賤近,人之常情;重耳輕目,俗之恒蔽。是以邯鄲託曲於李奇,士季假論於嗣宗,此其效也。然五言之興,諒非夐古。但關西鄴下,既以罕同;河外江南,頗爲異法。故玄黄經緯之辨,金碧浮沉之殊,僕以爲亦各具美兼善而已。今作三十首詩,敩其文體,雖不足品藻淵流,庶亦無乖商搉云爾。
	雜三言五首(并序)	本集。	予上國不才,黜爲中山長史,待罪三載,究識煙霞之狀。既對道書,官又無職,筆墨之勢,聊爲後文。
	遂古篇(并序)	宣城本醴陵集、釋藏、廣弘明集、全梁文卷三十四。(全篇四言,可看作詩。)	僕嘗爲《造化篇》,以學古制。今觸類而廣之,復有此文,兼象《天問》,以遊思云爾。
蕭統	詠山濤王戎詩二首(并序)	本集、詩紀。	顏生《五君詠》不取山濤、王戎,余聊詠之焉。
	同泰僧正講詩(并序)	本集、詩紀;類聚節引。	大正以貞俗兼解,鬱爲善歌;璀師以行有餘力,緣情繼響。余自法席既闌,便思和寂。杼軸二年,濡翰兩器。大正今春復爲同泰建講,法輪將半,此作方成。所以物色不同,序事或異。

續表

詩人	詩題	出處	詩序
劉孝威	重光詩（有小序）*	本集、類聚、詩紀。	重光，儲后宣制義也。
蕭綱	三日侍皇太子曲水宴詩（并序）*	類聚、古今歲時雜詠、詩紀；初學記節引。	竊以周成洛邑，自流水以禊除；晉集華林，同文軌而高宴。莫不禮具義舉，杳矩重規，昭動神明，雍熙鍾石者也。皇太子生知上德，英明在躬，智湛靈珠，辯均河注，騰茂實於三善，振嘉聲於八區。是節也，上巳屬辰，餘萌達壤，倉庚應律，女夷司候。爾乃分階樹羽，疏泉泛爵，蘭觴沿沂，蕙肴來往，賓儀式序，盛德有容；吹發孫枝，聲流嶰谷，舞豔七盤，歌新六變。遊雲駐綵，仙鶴來儀，都人野老，雲集霧會，結軫方衢，飛軒照日。
	詩序	梁書簡文帝紀，全梁文卷十二。	余七歲有詩癖，長而不倦。
王筠	奉和皇太子懺悔應詔詩（并序）	廣弘明集、詩紀。（梁簡文帝有《蒙預懺直疏詩》）	奉和皇太子懺悔詩。仍上皇宸，極□□聖旨即疏降，同所用十韻。私心慶躍，得未曾有，招採餘韻，更題鄙拙。
蕭繹	追思張纘詩序	梁書張纘傳，全梁文卷十七。	簡憲之為人也，不事王侯，負才任氣，見余則申旦達夕，不能已也。**懷夫人之德，何日忘之**。
高允	塞上公亭詩序	御覽，全後魏文卷二十八。	**延和三年**，余赴京師，發石門北行，失道，路宿寓代之快馬亭。其俗云，古塞上翁所遺之邑也，曰公有良馬，因以命之，此其所遺也；負長城而面南山，皋潭帶其側，湧波灌其前。停驂策以流目，抱遺風以依然，仰德音于在昔，遂揮毫以寄言。代人云，塞上公姓李，代之李氏，并其後也。
江總	入攝山棲霞寺詩（并序）	廣弘明集、文苑英華（作《再遊栖霞寺言志》）、詩紀。	**壬寅年十月十八日**，入攝山棲霞寺，登岸極峭，頗暢懷抱。**至德元年癸卯十月二十六日**，又再遊此寺，布法司施菩薩戒。**甲辰年十月二十五日**，奉送金像還山，限以時務，不得恣情淹留。**乙巳年十一月十六日**，更獲拜禮，仍停山中宿，永夜留連，棲神悚聽，但交臂不停，薪指俄謝，率製此篇，以記即目，**俾後來賞者，知余山志**。

續　表

詩人	詩題	出　處	詩　序
江總	遊攝山棲霞寺詩(并序)	廣弘明集、文苑英華(作《遊栖霞寺新雨》,又"新雨"下注云:集作"時雨")、詩紀。	**禎明元年太歲丁未四月十九日癸亥**,入攝山展慧布法師,憶《謝靈運集·還故山入石壁中尋曇隆道人》有詩一首十一韻,今此拙作,仍**學康樂之體**。
	營涅槃懺還塗作詩(并序)	廣弘明集、詩紀。	**禎明二年仲冬**,攝山棲霞寺布法師,祇爾待終,余以**此月十七日**宿昔入山,仰爲師氏營涅槃懺,還途有此作。
盧思道	仰贈特進陽休之詩(并序)*	文館詞林。	夫士之在俗,所以騰聲邁實,鬱爲時宗者,厥塗有三焉:才也,位也,年也。才則弘道立言,師範雅俗;位則乘軒服冕,燮代天工。年則貳膳杖朝,致養膠序。緬尋古始,永鑒前哲,齒歷身名,鮮能俱泰,特進陽公兼而有之矣。**大齊武平之五載**,抗表懸車,難進之風,首振頹俗,余不勝嘉仰,敬贈是詩。
	從駕經大慈照寺詩(并序)	廣弘明集(逯:此詩廣弘明集原有長序,詩紀未錄,今姑從之)、詩紀(北齊時作)。序見全隋文卷十六。	皇帝以上睿統天,大明御極,彈壓九代,驅駕百王。至德上通,深仁下漏。威稜西被,聲教東漸。布政合宮,考儀太室。……豈若皋朔文辭甫陳男祝。王谷蟲篆纔譬女工。作者二十六人。其詞云爾。
王胄	臥疾閩越述淨名意詩(并序)	廣弘明集、詩紀。	余臥疾閩海,彌留旬朔。善友顒法師,勸余以淨名妙典調伏身心,**力疾粗陳其意,敬簡法師云爾**。
李康①	遊山九吟序	類聚,全三國文卷四十三。	蓋人生天地之間也,若流電之過户牖。輕塵之栖弱草。
閭纘	上詩表	文選注,全晉文卷一百〇五。	勞者歌其事,貴露蚩鄙。
伏滔	登故臺詩序	御覽,全晉文卷一百三十三。	夫差姑蘇臺東,有丹湖萬頃,内有金銀塘。

---

① 李康以下七人,無詩傳世。

續表

詩人	詩題	出處	詩序
謝歆	金昌亭詩序	世説注,全晉文卷一百三十五。(嚴案:《隋志》注:梁有《車騎司馬謝韶集》三卷,歆、韶形近,或即其人,姑編於此。)	余尋師來,入經吴行。達昌門,忽睹斯亭。傍川帶河,其榜題曰金昌。訪之耆老曰:昔朱買臣仕漢,還爲會稽内史。逢其迎吏,遊旅比舍與買臣爭席。買臣出其印綬,群吏慚服自裁。因事建亭。號曰"金傷"。失其字義耳。
張君祖	贈沙門竺法頵(詩序)	廣弘明集,全陳文卷十七。	沙門竺法頵遠還西山,作詩以贈,因亦嘲之,省其二經,聊爲之讃。
張彝	上采詩表	魏書張彝傳、全後魏文卷三十七。	[文長不録。]
張彝	臨終口占上啓	魏書張彝傳、全後魏文卷三十七。	
李暠	上巳曲水宴詩序	晉書涼武昭王傳,亡。	[文亡佚。]

第三節 "序"之外:幾種特殊的文學現象

上文歸納魏晉南北朝詩賦的撰作因緣時指出,詩賦之作往往是受現實事件和文學傳統影響,下面就專門討論幾種與傳統和現實有關的特殊文學現象。

一、面對傳統的不同步:擬賦與擬詩

"擬作"是漢魏六朝文學的常見現象,對於這一現象的評價自然也有正反兩面,現代學者對於"擬作"的正面意義發掘頗多,①他們在談及中古文學

---

① 如王瑶將"擬古"與"作僞"并列討論,指出中古時期多擬作,一方面是因爲"這本來是一種主要的學習屬文的方法",而"這種風氣既盛,作者也想在同一類的題材上,嘗試着與前人一較短長,所以擬作的風氣就越盛了";另一方面則是因爲"當時人對歷史和文學的觀念和我們不同"。王瑶對中古時期的"依託"和"作僞"頗具"瞭解之同情",而他之前頗多"斥古人爲作僞欺世"的看法,可見此前對"擬作"一直多反面意見。參看王瑶《擬古與作僞》,收入王瑶著《中古文學史論》(北京:北京大學出版社,1998年),頁211—228。梅家玲則更進一步發掘"擬作"的正面意義,她綜合討論"擬代"現象,"試圖爲素被誤解的擬作、代言現象,在文學史上重新定位。"參看《漢魏六朝文學新論——擬代與贈答篇》,頁1—7(《序言》)、頁1—62。

之"擬作"時,最主要的文體依據就是詩和賦。①

"擬作"是對文學傳統的自覺繼承,與之類似的還有"學""效"等寫作手法,與之有關而不完全相同的則是"代言"。②"擬""學""效",針對的都是作品或作者的風格特徵;"代",則既可以代古人而作,也可以代今人、身邊之人而作,還可以代"物"而作,③情況較爲複雜,兼及文學傳統和現實人事,所以下面將集中討論詩賦創作中的"擬""學""效"(爲免胼胝,下文多用"擬作"來代替"擬""學""效")。

一篇作品是否爲擬作,最直接的判斷依據即作品的題目中是否有"擬""學""效""紹"等字眼。若祇看題目,我們會發現,魏晉南北朝辭賦中以這些關鍵詞入題的作品數量有限,今存魏晉南北朝辭賦中,題目就明確標出"擬"和"學"的祇有13篇:傅玄的《擬天問》和《擬招魂》、宋孝武帝劉駿的《傷宣貴妃擬漢武帝李夫人賦(并序)》、王融的《擬風賦》、謝朓的《擬風賦奉司徒教作》、沈約的《擬風賦》、范縝的《擬招隱士》、張纘的《擬若有人兮》、杜正玄的《擬司馬相如上林賦》和《擬白鸚鵡賦》、杜正藏的《擬連理樹賦》和《擬几賦》、江淹的《學梁王兔園賦(并序)》。④

不過,題目中是否有關鍵字,祇是最直觀而初步的判斷依據,實際上,辭賦的擬作完全不必通過賦題中包含關鍵字來體現,劉向之《九歎》、王逸之《九思》,通過題目和體式上的模仿而追摹《九辯》。⑤ 故而"文學擬代之風,

---

① 王瑶論"擬古與作偽"乃是爲了揭示中古文化與文人生活,故兼及"詩賦書表等文章"和"子史政等成一家之言的作品",但討論詩賦的篇幅相當多。梅家玲的討論從謝靈運的《擬魏太子鄴中集詩八首》開始,之後拓展到詩和賦展開文學史論述,她的論文《漢魏詩賦中的擬作、代言現象及相關問題》在討論完謝詩之後的第三部分的小標題即爲《漢晉詩賦之擬作、代言現象及相關問題的省思》。
② 《文選》詩之"雜擬"類,所收詩有"擬""效""代""學",傅剛認爲這些"都是摹擬的意思",見《〈昭明文選〉研究》,頁273。梅家玲則區分"擬作"和"代言"曰:"不論是擬作,抑或代言,都必須根據一既有的'文本'去發揮、表現;此'文本'不僅是以書寫品形態出現的特定'原作',也包括一切相關的人文及自然現象。所不同者,僅在於擬作須以一定的文字範式爲據,代言於此則闕如。……事實上,由於所依循的'文本'性質的差異,擬作、代言原自有分際,但在某些情況下,卻又以'合一'的姿態出現。考諸漢魏以來的擬代之作,'純擬作'、'純代言'、'兼具擬作、代言雙重性質',正是其三種最基本的作品類型;以此三類爲宗,復有若干交糅錯綜之變化。"見《漢魏六朝文學新論——擬代與贈答篇》,頁43、44。"代"實比"擬"特殊,故此處不論,本書第七章第三節討論鮑照時還會涉及鮑照樂府之"代"。
③ 見《漢魏六朝文學新論——擬代與贈答篇》,頁48—50。
④ 其中杜正玄、杜正藏的作品祇有題目傳世,見程章燦著《魏晉南北朝賦史》,頁418、419。需要注意的是,中古詩賦文獻的題目,有的乃後人另起。不過以"擬"等字眼爲題的,比較可能是原貌,而現存詩賦作品中,肯定還有一些題目中原有"擬"字眼卻後來亡佚的作品。
⑤ 梅家玲引用"王逸在《楚辭章句》所收諸作的序文"來說明這一點,見《漢魏六朝文學新論——擬代與贈答篇》,頁44、45。

肇興於漢世",①而漢代的文學擬作,主要是由辭賦展開的(楚辭當然屬於廣義的辭賦)。三國辭賦自然繼承了這一局面,三國時代最傑出的文學家曹植在《酒賦序》和《七啓序》都明確表達了對前人之"辭"的追比或改造。②

由附表4.1中那些明確表示模擬前代的賦作和上文開列的賦題中有"擬""學"字眼的作品可知,魏晉南北朝辭賦的擬作不絶如縷。附表4.1所列的辭賦中有16篇屬於狹義的"擬作",③這16篇賦中作於三國的有2篇:曹植《酒賦》和《七啓》;作於兩晉的有12篇:傅玄《橘賦》和《七謨》、傅咸《芸香賦》、左思《三都賦》、潘岳《寡婦賦》、陸雲《喜霽賦》和《九愍》、曹攄《圍棋賦》、陶淵明《感士不遇賦》和《閑情賦》、梅陶《鵬鳥賦》、殷允《石榴賦》;作於南北朝的有2篇:劉駿《傷宣貴妃擬漢武帝李夫人賦》、江淹《學梁王兔園賦》。如果結合這16篇作品和上文開列的13篇賦題含"擬(學)"字的作品,這27篇辭賦(有兩篇作品重合)的時代分佈是:三國2篇,兩晉14篇,南北朝11篇。這27篇作品自然祇是魏晉南北朝擬作之賦的一小部分,但因爲採取同樣的篩選標準(賦題是否含"擬[學]"字,賦序是否明確提及前人同題之作),所以由這27篇賦推測而得魏晉南北朝擬作之賦的發展狀況應當是可靠的。根據這27篇賦,不妨認爲:三國賦家承襲兩漢風氣,也有"擬賦"之習,而此後兩晉南北朝的"擬賦"行爲比三國時期更加繁榮。至於兩晉和南北朝這兩個階段,兩晉之"擬賦"更發達,但從兩晉到南北朝,"擬賦"創作大致保持了平穩。

還可一提的是,雖然擬賦之作從漢代開始就不絶如縷且兩晉的擬作之賦數量已經很多,但明確在賦題中標出"擬"或"學"字的賦篇至南北朝才較多出現。④ 這一現象的背後正是觀念和實踐的不同步,"擬賦"創作在兩晉發展得十分成熟後,南朝賦家們才明確地在賦題中標出"擬"字來突出觀念,雖然此時的"擬賦"實踐可能反而沒有兩晉時期繁榮。

詩歌之擬作則不然。擬作的前提是出現了值得效法的典範作品,而且典範作品越多,後人擬作的可能性就越大。辭賦發軔於先秦而發達於兩漢,因此魏晉南北朝辭賦從一開始就不缺乏效法對象,故魏晉南北朝辭賦的擬作方能代代有之。而漢詩雖然也達到了很高的藝術成就,但畢竟佳作有限,

---

① 見《漢魏六朝文學新論——擬代與贈答篇》,頁44。
② 梅家玲就引這兩篇序來論述魏晉時期的純粹的"擬作",見《漢魏六朝文學新論——擬代與贈答篇》,頁47。
③ 所謂狹義的"擬作"的標準是:前人已經有過同題的作品,賦序中也明確提到了前人之作。故而像賈彪《大鵬賦》這樣的作品,雖是有感於張華《鷦鷯賦》而作,卻還算不得"擬作"。
④ 傅玄的《擬天問》和《擬招魂》延續的是漢人模擬楚辭的傳統,祇能看作廣義的"擬賦"。

所以在詩題中明確出現"擬"等關鍵字的詩歌,到西晉才出現。不過詩歌擬作的風氣一旦形成,就迅速流行,兩晉南北朝擬詩極多。這裏根據逯欽立《先秦漢魏晉南北朝詩》,將詩題中含有"擬""學""效""紹"的詩作整理爲附表4.5。

附表4.5所列的絕非兩晉南北朝擬詩的全部,除了數量同樣龐大的"代言"詩(這其中有很大一部分也是擬作)外,像束晳的《補亡詩》、江淹的《雜體詩三十首》自然也當視爲擬作。此外,兩晉南朝還出現了一批"以前人詩句爲題"的詩作,①南朝則出現了許多題爲"賦得某某詩"的作品(如庾肩吾《賦得嵇叔夜詩》),②這些詩作中都包含了大量的擬詩。

僅就附表4.5所列出的詩作來看,詩歌的擬作隨着時間的推移而日益繁榮,三國時并無題中包含"擬""學"等字眼的詩,《文選》詩之"雜擬"類也沒有三國詩人。王瑶、梅家玲等學者討論詩之擬作,同樣沒有列舉三國詩人和詩作。因此不妨認爲,在辭賦的擬作已然風行的三國時期,詩歌的擬作尚在萌芽狀態。③

兩晉詩人逐漸開始擬作詩歌,附表4.5中有38首兩晉詩;到了南北朝,詩歌之擬作蔚然成風,附表4.5中出現了159首南北朝詩,而"以前人詩句爲題"的作品也以南朝爲多,"賦得"體詩歌更是到了南朝才出現。

綜上所述,"擬詩"與"擬賦"并不同步,"擬賦"起步甚早(兩漢即有)且發展較爲平穩;"擬詩"起步較晚卻發展迅速。這正與詩賦創作的重心轉移同步:兩漢魏晉文士的創作重心始終在賦,故而"擬賦"早早出現,賦在兩漢達到高峰後,在魏晉保持繁榮的態勢,至南北朝則進入成熟穩定期,正因爲早發達而長時間成熟穩定,故而"擬賦"之作歷代皆有而無大起大落。詩歌與辭賦不同,漢詩并不成熟,魏晉時期詩歌逐漸變得重要,至南北朝則成爲文士創作的重心所在,因此"擬詩"至兩晉才形成風尚,至南朝方大量出現。

"擬詩"與"擬賦"的歷時變化不僅與詩、賦二體在不同時期的地位高下及"文體生命"有關,也與文學典範的多寡有關。我們不妨對魏晉南北朝辭賦和詩歌的模擬對象再作考察。

---

① 參看王群麗《論詩歌史上以前人詩句爲題創作模式的形成》,載《中國韻文學刊》2007年9月,頁12—22。王群麗在這篇論文之後還以附錄的形式詳細列出了有關詩作、詩作爲樂府或徒詩以及前人詩句的出處。

② 現存最早的詩題中包含"賦得"二字的詩作是梁代蕭雄的《賦得翠石應令詩》,關於"賦得"體詩,除前引王群麗論文外,還可參看吳承學、何志軍《詩可以群——從魏晉南北朝詩歌創作形態考察其文學觀念》,載《中國社會科學》2001年第5期。

③ 不過三國時已經有了優秀的代言詩,梅家玲就舉繁欽《詠蕙詩》和曹植《吁嗟篇》加以論述,見《漢魏六朝文學新論——擬代與贈答篇》,頁49、50。

附表4.1所列的賦序中有30篇明確提到了前代賦家或賦作,將這30篇賦單獨整理,可得表4.6。

表4.6 魏晉南北朝明確提及前代賦家或賦作之賦序一覽

賦家	賦 題	賦序中涉及賦家、賦作的段落
曹植	酒賦(并序)	余覽揚雄《酒賦》,辭甚瑰瑋,頗戲而不雅,聊作《酒賦》,粗究其終始。
	七啓(并序)	枚乘《七發》、傅毅《七激》、張衡《七辯》、崔駰《七依》,辭各美麗,余有慕之焉。
傅玄	橘賦序	屈平見朱橘而申直臣之志焉。
	七謨(并序)	昔枚乘作《七發》,而屬文之士若傅毅、劉廣、崔駰、李尤、桓麟、崔琦、劉梁、桓彬之徒,承其流而作之者紛焉。《七激》《七依》《七說》《七觸》《七舉》《七誤》之篇,於通儒大才馬季長、張平子亦引其源而廣之。馬作《七廣》,張造《七辨》,或以恢大道而導幽滯,或以點瑰奇而託調詠,楊暉播烈,垂於後世者,凡十有餘篇。自大魏英賢迭作,有陳王《七啓》、王氏《七釋》、楊氏《七訓》、劉氏《七華》、從父侍中《七誨》,并陵前而邈後,揚清風於儒林,亦數篇焉。世之賢明多稱《七激》工,余以爲未盡善也。《七辨》似也,非張氏至思,比之《七激》未爲劣也。《七釋》僉曰妙焉,吾無間矣。若《七依》之卓轢一致,《七辨》之纏綿精巧,《七啓》之奔逸壯麗,《七釋》之精密閑理,亦近代之所希也。
傅咸	芸香賦(并序)	先君作《芸香賦》,辭美高麗。
	儀鳳賦(并序)	《鷦鷯賦》者,廣武張侯之所造也……
成公綏	烏賦(并序)	鵩惡鳥而賈生懼之,烏善禽而吾嘉焉,懼惡而作歌,嘉善而賦之,不亦可乎。
皇甫謐	三都賦序	其中高者,至如相如《上林》、楊雄《甘泉》、班固《兩都》、張衡《二京》、馬融《廣成》、王生《靈光》,初極宏侈之辭,終以約簡之制,煥乎有文,蔚爾鱗集,皆近代辭賦之偉也。
左思	三都賦序	相如賦《上林》而引盧橘夏熟,揚雄賦《甘泉》而陳玉樹青蔥。班固賦《西都》而歎以出比目,張衡賦《西京》而述以遊海若……余既思摹《二京》而賦《三都》……
賈彪	大鵬賦(并序)	余覽張茂先《鷦鷯賦》,以其質微處褻,而偏於受害。愚以爲未若大鵬,栖形遐遠,自育之全也。此固禍福之機,聊賦之云。

續 表

賦家	賦 題	賦序中涉及賦家、賦作的段落
潘岳	寡婦賦(并序)	昔阮瑀既殁,魏文悼之,并命知舊作《寡婦》之賦。
陸機	遂志賦(并序)	昔崔篆作詩,以明道述志。而馮衍又作《顯志賦》,班固作《幽通賦》,皆相依倣焉。張衡《思玄》,蔡邕《玄表》,張叔《哀系》,此前世之可得言者也。崔氏簡而有情,《顯志》壯而泛濫。《哀系》俗而時靡,《玄表》雅而微素,《思玄》精練而和惠。欲麗前人,而優游清典,漏《幽通》矣。班生彬彬,切而不絞,哀而不怨矣。崔、蔡沖虛溫敏,雅人之屬也。衍抑揚頓挫,怨之徒也。豈亦窮達異事,而聲爲情變乎？余備託作者之末,聊復用心焉。
陸雲	喜霽賦(并序)	余既作《愁霖賦》,雨亦霽。昔魏之文士,又作《喜霽賦》,聊厠作者之末,而作是賦焉。(《初學記》二作：永寧二年,鄴都大霖,作《愁霖賦》,賦成天雨已驟,故又作《喜霽賦》。)
	九愍(并序)	昔屈原放逐,而《離騷》之辭興。自今及古,文雅之士,莫不以其情而玩其辭,而表意焉。遂厠作者之末,而述《九愍》。
曹攄	圍棊賦(并序)	昔班固造《弈旨》之論,馬融有《圍棋》之賦。擬軍政以爲本,引兵家以爲喻。蓋宣尼之所以稱美,而君子之所以遊慮也。既好其事,而壯其辭。聊因翰墨,述而賦焉。
陶淵明	感士不遇賦(并序)	昔董仲舒作《士不遇賦》,司馬子長又爲之。
	閑情賦(并序)	初張衡作《定情賦》,蔡邕作《静情賦》,檢逸辭而宗澹泊,始則蕩以思慮,而終歸閑正。
梅陶	鵩鳥賦序	余既遭王敦之難,遂見忌録,居於武昌,其秋有野鳥入室,感賈誼《鵩鳥》,依而作焉。
殷允	石榴賦(并序)	余以暇日,散愁翰林,賭潘張《石榴》二賦,雖有其美,猶不盡善。客爲措辭,故聊爲書之。
周祗	枇杷賦(并序)	昔魯季孫有嘉樹,韓宣子賦譽之。屈原《離騷》,亦著《橘賦》。至於枇杷樹,寒暑無變,負雪揚華,余植之庭圃。
劉駿	傷宣貴妃擬漢武帝李夫人賦(并序)	朕以亡事棄日,閲覽前王詞苑,見《李夫人賦》,悽其有懷,亦以嗟詠久之,因感而會焉。
謝靈運	山居賦(有序并自注)	覽者廢張、左之豔辭,尋臺、皓之深意。

續　表

賦家	賦題	賦序中涉及賦家、賦作的段落
江淹	傷友人賦(并序)	雖乏張、范通靈之感,庶同嵇、向篤徒之哀。
	學梁王兔園賦(并序)	聊爲古賦,以奮枚叔之製焉。
沈炯	歸魂賦(并序)	古語稱收魂升極,《周易》有"歸魂"卦,屈原著《招魂》篇,故知魂之可歸,其日已久。余自長安反,乃作《歸魂賦》。
李騫	釋情賦(并序)	單閼之年,無射之月。余承乏攝官,直于本省……含毫有思,悲然成賦。猶潘生之《秋興》,王子之《登閣》也。厠鄭璞于周寶,編魚目于隋珠。未敢自同作者,蓋亦各言爾志云。
庾信	哀江南賦(并序)	陸士衡聞而撫掌,是所甘心;張平子見而陋之,固其宜矣。
虞世基	講武賦(并序)	昔上林從幸,相如於是頌德;長楊校獵,子雲退而爲賦。
盧思道	孤鴻賦(并序)	《大易》稱"鴻漸於陸",羽儀盛也;《揚子》曰"鴻飛冥冥",騫翥高也;《淮南》云"東歸碣石",違潦夏也;平子賦曰"南寓衡陽",避祁寒也。
杜臺卿	淮賦(并序)	後漢班彪有《覽海賦》,魏文帝有《滄海賦》,王粲有《游海賦》,晉成公綏有《大海賦》,潘岳有《滄海賦》,木玄虛、孫綽并有《海賦》,楊泉有《五湖賦》,郭璞有《江賦》。唯淮未有賦者,魏文帝雖有《浮淮賦》,止陳將卒赫怒,至於兼包化産,略無所載。

　　表 4.6 所列的 30 篇賦序中,有 7 篇賦序祇提到了魏晉賦家賦作而沒有涉及漢代賦家賦作,這 7 篇分別是:傅咸《芸香賦序》和《儀鳳賦序》、賈彪《大鵬賦序》、潘岳《寡婦賦序》、陸雲《喜霽賦序》、殷允《石榴賦序》、李騫《釋情賦序》,其餘 23 篇賦序都提到了漢代賦家賦作爲典範(有的同時提到兩漢和魏晉賦家賦作)。這其中殷允的《石榴賦序》還委婉批評了潘(岳)張(協)之《石榴賦》"猶不盡善"①。由這些賦序來看,對於魏晉南北朝賦家來説,漢賦早已形成了穩定的傳統和強大的典範,魏晉賦可以補充進入這個傳統,但地位不能與漢賦相比。至於南朝賦進入傳統、成爲典範的可能性就更

---

① 潘岳、潘尼和張載、張協皆有《石榴賦》或《安石榴賦》,定此"潘張"爲潘岳、張協,據招祥麟著《潘尼賦研究》(上海:上海古籍出版社,2011 年),頁 172。

低了。

　　至於擬作之詩的典範,就詩題而言,在形態上就可以分爲兩類。附表4.5中專門設置了"詩作"和"詩人"兩欄,所謂"詩作",指的是"擬詩"在詩題中明確說明擬的是某首或某句詩,如《擬四愁詩》《擬行行重行行》等;①所謂"詩人",指的是"擬詩"在詩題中明確說明擬的是某人,如《擬陸士衡詩》等。當然有的詩題兼具這兩個元素,如《擬嵇中散詠松詩》。就附表4.5所列詩歌而言,有106首詩在詩題中寫明了所擬之詩的詩題或詩句,有41首詩在詩題中寫明了所擬的詩人。如果對詩題或詩句進行考察,我們會發現漢詩,尤其是《古詩十九首》比例甚高;但如果對詩人進行考察,這41首詩歌的題目中出現的全部是魏晉南北朝詩人,②没有漢代詩人。③ 因此,魏晉南北朝"擬詩"的典範主要是以《古詩十九首》爲代表的"古詩"和魏晉南朝的偉大詩人們,正因爲在三國時期偉大詩人們的偉大尚未沉澱爲典範,所以到了兩晉才開始大量出現"擬詩";也因爲魏晉南北朝詩歌隨著時間推移不斷趨向繁榮,所以典範和傳統形成得很快,對於西晉的陸機來說,距離他并不遥遠的鄴下詩人就是典範,而他自己很快也在劉義恭那裏成爲了典範。到了梁代,吳均甚至可以成爲同時期的紀少瑜的典範。

　　對詩賦的擬作顯示了文士們致敬并加入傳統的一面。上文的論述揭示出魏晉南北朝賦家和詩人面對傳統時的不同狀態。辭賦在兩漢已經形成了比較穩定的傳統,魏晉賦家對此傳統有所補充,但無根本突破,因此從三國開始,賦家們就有擬賦之作。至兩晉南北朝,擬賦風氣較三國爲盛,同時因爲傳統的穩定,兩晉南北朝的擬賦創作也大致保持平穩。詩歌雖然有《古詩十九首》這樣的漢詩典範,但真正的繁榮尚待魏晉南北朝,因此三國詩人鮮有擬詩舉措;但魏晉南北朝詩歌創作一路向上,魏晉南北朝詩人很快就能成爲典範,鑄造傳統,因此兩晉時期擬詩已盛,至南北朝則愈發繁榮,南朝詩人甚至可以成爲同時代人模擬的典範,而南朝賦家卻享受不到如此"待遇"。如果說魏晉南北朝辭賦的擬作是一個由少到多繼而

---

① 有時候寫出詩題也就隱含了作者,如傅玄在《擬四愁詩序》中就明言"昔張平子作《四愁詩》",這裏祇是就詩題作最大概的二分。
② 這些詩人分別是:嵇康、曹丕、王粲、陳琳、徐幹、劉楨、應瑒、阮瑀、曹植、陸機、阮籍、陶淵明、孫皓、吳均、潘岳、沈約、謝靈運。這17人除孫皓外,都是在當時和後世頗有影響的大詩人。
③ "隱含"在詩題中的詩人有張衡和漢武帝,魏晉南北朝擬《四愁詩》之作自然都是效法張衡,不過傅玄在《擬四愁詩序》中對張衡的評價并不高("體小而俗")。而宋孝武帝劉駿作有《華林都亭曲水聯句效柏梁體詩》,無獨有偶,劉駿還撰有《傷宣貴妃擬漢武帝李夫人賦(并序)》,亦是效法漢武帝之作,可能同享"武"之諡號(當然劉駿本人并不知道這一點)的宋孝武帝對他的這位武功赫赫的前輩帝王有特殊的感情吧。

大致平穩的過程,那麽此時詩歌之擬作則可説是一個由無到有進而加速發展的過程。①

附表 4.5　魏晉南北朝部分擬詩概覽②

作者	詩　題	出　處	體　式	詩作	詩人
傅玄	擬楚篇(殘)	文選注。	存六言一句、四言一句。		
	擬四愁詩四首(并序·我所思兮在瀛洲)	玉臺新詠、詩紀;御覽節引。	七言,十二句。	√	
	擬四愁詩四首(并序·我所思兮在珠崖)	玉臺新詠歌、詩紀。	七言,十二句。	√	
	擬四愁詩四首(并序·我所思兮在崑山)	玉臺新詠、詩紀;御覽節引。	七言,十二句。	√	
	擬四愁詩四首(并序·我所思兮在朔方)	玉臺新詠、詩紀。	七言,十二句。	√	
	擬馬防詩(殘)	書鈔。	五言,"繇役無止時。徵發傾四海。"		
張華	擬古詩	鮑照集(作《贈馬子喬》)、類聚、詩紀。	五言,十句。		
陸機	擬行行重行行詩	文選、本集、詩紀。	五言,十八句。	√	
	擬今日良宴會詩	文選、本集、詩紀;類聚、杜公瞻編珠(作《陸機樂府詩》)、韻補節引。	五言,十六句。	√	
	擬迢迢牽牛星詩	文選、玉臺新詠、本集、詩紀。	五言,十二句。	√	
	擬涉江采芙蓉詩	文選、玉臺新詠、本集、詩紀。	五言,八句。	√	

---

① 質言之,漢魏晉南北朝辭賦擁有一個連續的傳統,漢賦乃最高典範;漢魏晉南北朝詩歌則以漢魏爲界,《古詩十九首》和魏晉南北朝詩人各爲典範。實際上,劉勰在《文心雕龍》中就對他之前詩賦發展的不同傳統與各自典範有所描述,本書第六章第二節對此有詳細展開。

② 本表最後兩欄"詩作"和"詩人"指的是表中的詩歌是否在題目中明確提到所擬的作品(包括明確寫出題目和詩句)和所擬的詩人。

續表

作者	詩題	出處	體式	詩作	詩人
陸機	擬青青河畔草詩	文選、玉臺新詠、類聚、本集、詩紀。	五言,十句。	√	
	擬明月何皎皎詩	文選、本集、詩紀;書鈔、類聚、杜公瞻編珠(作《樂府詩》)、御覽節引。	五言,十句。	√	
	擬蘭若生春陽詩	文選、玉臺新詠、本集、詩紀;類聚節引。	五言,十句。	√	
	擬青青陵上柏詩	文選、本集、詩紀。	五言,十八句。	√	
	擬東城一何高詩	文選、玉臺新詠、本集、詩紀(古詩曰"東城高且長")	五言,二十句。	√	
	擬西北有高樓詩	文選、玉臺新詠、本集、詩紀;類聚、文選注節引。	五言,十六句。	√	
	擬庭中有奇樹詩	文選、玉臺新詠、本集、詩紀;類聚節引。	五言,十句。	√	
	擬明月皎夜光詩	文選、本集、詩紀。	五言,十四句。	√	
張載	擬四愁詩四首(其一·我所思兮在南巢)	玉臺新詠、詩紀;類聚、文選注、說文繫傳(作《古詩》)、御覽、緯略節引。	七言,八句。	√	
	擬四愁詩四首(其二·我所思兮在朔湄)	玉臺新詠、詩紀。	七言,八句。	√	
	擬四愁詩四首(其三·我所思兮在隴原)	玉臺新詠、詩紀。	七言,八句。	√	
	擬四愁詩四首(其四·我所思兮在營州)	文選、玉臺新詠、詩紀;御覽、緯略節引。	七言,八句。	√	
謝道韞	擬嵇中散詠松詩	類聚、詩紀。	五言,八句。	√	√
袁宏	擬古詩	類聚、詩紀。	五言,四句。	√	
苟朗	擬關龍逢行歌	御覽。	雜言,"造化勞我以生。休我以炮烙。"	√	

续 表

作者	詩 題	出 處	體 式	詩作	詩人
陶淵明	擬古詩九首(其一·榮榮窗下蘭)	本集、東坡先生和陶淵明詩、詩紀。	五言,十四句。		
	擬古詩九首(其二·辭家夙嚴駕)	本集、東坡先生和陶淵明詩、詩紀。	五言,十二句。		
	擬古詩九首(其三·仲春遘時雨)	本集、東坡先生和陶淵明詩、詩紀;歲華紀麗節引。	五言,十二句。		
	擬古詩九首(其四·迢迢百尺樓)	本集、東坡先生和陶淵明詩、詩紀。	五言,十六句。		
	擬古詩九首(其五·東方有一士)	本集、東坡先生和陶淵明詩、詩紀。	五言,十六句。		
	擬古詩九首(其六·蒼蒼谷中樹)	本集、東坡先生和陶淵明詩、詩紀。	五言,十八句。		
	擬古詩九首(其七·日暮天無雲)	本集、文選、玉臺新詠、東坡先生和陶淵明詩、詩紀。	五言,十句。		
	擬古詩九首(其八·少時壯且厲)	本集、東坡先生和陶淵明詩、詩紀。	五言,十二句。		
	擬古詩九首(其九·種桑長江邊)	本集、東坡先生和陶淵明詩、詩紀。	五言,十句。		
	擬挽歌辭三首(其一·有生必有死)	本集、樂府詩集、詩紀;御覽節引。	五言,十四句。		
	擬挽歌辭三首(其二·在昔無酒飲)	本集、樂府詩集、詩紀。	五言,十二句。		
	擬挽歌辭三首(其三·荒草何茫茫)	本集、文選、初學記、樂府詩集、御覽、詩紀。	五言,十八句。		
王叔之	擬古詩	類聚(作晉王叔之)、詩紀。	五言,六句。		

续 表

作者	诗 题	出 处	体 式	诗作	诗人
谢灵运	拟魏太子邺中集诗八首（并序,其一·魏太子）	文选、三谢诗、诗纪。	五言,二十二句。		√
	拟魏太子邺中集诗八首（其二·王粲,有小序）	文选、三谢诗、诗纪。	五言,二十六句。		√
	拟魏太子邺中集诗八首（其三·陈琳,有小序）	文选、三谢诗、诗纪。	五言,二十二句。		√
	拟魏太子邺中集诗八首（其四·徐幹,有小序）	文选、三谢诗、诗纪。	五言,二十句。		√
	拟魏太子邺中集诗八首（其五·刘桢,有小序）	文选、三谢诗、诗纪。	五言,二十二句。		√
	拟魏太子邺中集诗八首（其六·应玚,有小序）	文选、三谢诗、诗纪。	五言,二十二句。		√
	拟魏太子邺中集诗八首（其七·阮瑀,有小序）	文选、三谢诗、诗纪。	五言,十八句。		√
	拟魏太子邺中集诗八首（其八·平原侯植,有小序）	文选、三谢诗、诗纪。	五言,二十二句。		√
谢惠连	代古诗（一作《拟客从远方来》）	玉台新咏、诗纪;白帖、御览、合璧事类外集（作谢灵运）节引。	五言,十二句。	√	
刘铄	拟行行重行行诗	文选（作《拟古》）、玉台新咏（作《杂诗代行行重行行》）、诗纪。	五言,二十句。	√	
	拟明月何皎皎诗	文选（作《拟古》）、玉台新咏（作《杂诗代明月何皎皎》）、诗纪;文镜秘府论节引。	五言,十句。	√	
	拟孟冬寒气至诗	玉台新咏、古今岁时杂咏、诗纪。	五言,十四句。	√	
	拟青青河边草诗	玉台新咏、诗纪。	五言,十句。	√	
	代收泪就长路诗	类聚、诗纪。	五言,十句。	√	

續　表

作者	詩題	出處	體式	詩作	詩人
袁淑	效曹子建白馬篇	文選、樂府詩集(作《白馬篇》)、詩紀;初學記(作《效白馬篇》)節引。	五言,二十六句。	√	√
	效古詩	文選、詩紀。	五言,十六句。	√	
荀昶	擬相逢狹路間	玉臺新詠、樂府詩集(作《長安有狹邪行》)、詩紀。	五言,三十二句。	√	
	擬青青河邊草	玉臺新詠、樂府詩集(作《青青河邊草》)、詩紀。	五言,二十句。	√	
劉駿	自君之出矣	玉臺新詠(作《擬徐幹》)、類聚(作《擬室思》)、樂府詩集、詩紀(一云《擬室思》,玉臺作許瑶)。	五言,四句。	√	
	華林都亭曲水聯句效栢梁體詩	類聚、廣文選、詩紀。	七言,八句,首句爲帝作。	√	
顔師伯	自君之出矣	類聚(作《擬詩》)、樂府詩集、詩紀。	五言,四句。	√	
劉義恭	擬古詩	御覽。	五言,六句。		
	擬陸士衡詩	初學記。	五言,"緑柳蔚通衢。青槐蔭脩桐。"		√
鮑照	擬行路難十八首(其一·奉君金巵之美酒)	本集、玉臺新詠、樂府詩集(二書作《行路難》)、文選補遺、廣文選(作《行路難》)、詩紀(樂府詩集作十九首,分第十三首"亦云朝悲泣閑房"以下別作一首)。	七言,十句。	√	
	擬行路難十八首(其二·洛陽名工鑄爲金博山)	本集、樂府詩集、文選補遺、詩紀。	雜言,五、七、九言雜,九句。	√	

續 表

作者	詩 題	出 處	體 式	詩作	詩人
鮑照	擬行路難十八首（其三·璇閨玉墀上椒閣）	本集、玉臺新詠、樂府詩集、文選補遺、詩紀。	七言，十句。	√	
	擬行路難十八首（其四·瀉水置平地）	本集、類聚（作《行路難》）、樂府詩集、文選補遺、廣文選、詩紀。	雜言，五、七言雜，八句。	√	
	擬行路難十八首（其五·君不見河邊草）	本集、類聚、樂府詩集、文選補遺、詩紀。	雜言，五、六、七言雜，十三句。	√	
	擬行路難十八首（其六·對案不能食）	本集、樂府詩集、文選補遺、詩紀。	雜言，五、七言雜，十二句。	√	
	擬行路難十八首（其七·愁思忽而至）	本集、樂府詩集、文選補遺、苕溪漁隱叢話、詩紀；詩式節引。	雜言，五、七、九言雜，十二句。	√	
	擬行路難十八首（其八·中庭五株桃）	本集、玉臺新詠、樂府詩集、文選補遺；草堂詩箋節引。	雜言，五、七言雜，十二句。	√	
	擬行路難十八首（其九·剉蘗染黃絲）	本集、玉臺新詠、樂府詩集、文選補遺、廣文選、詩紀。	雜言，五、七言雜，十句。	√	
	擬行路難十八首（其十·君不見蕣華不終朝）	本集、樂府詩集、詩紀。	雜言，五、七、八言雜，十二句。	√	
	擬行路難十八首（其十一·君不見枯籜走階庭）	本集、樂府詩集。	雜言，七、八言雜，十四句。	√	
	擬行路難十八首（其十二·今年陽初花滿林）	本集、樂府詩集。	七言，十四句。	√	
	擬行路難十八首（其十三·春禽喈喈旦暮鳴）	本集、樂府詩集。	雜言，五、七、八言雜，二十六句。	√	
	擬行路難十八首（其十四·君不見少壯從軍去）	本集、樂府詩集。	雜言，五、七、八、九言雜，十二句。	√	
	擬行路難十八首（其十五·君不見柏梁臺）	本集、樂府詩集、文選補遺、詩紀。	雜言，六、七言雜，十句。	√	

續　表

作者	詩　題	出　處	體　式	詩作	詩人
鮑照	擬行路難十八首（其十六·君不見冰上霜）	本集、樂府詩集、詩紀；草堂詩箋節引。	雜言，五、六、七言雜，八句。	√	
	擬行路難十八首（其十七·君不見春鳥初至時）	本集、樂府詩集、詩紀。	雜言，七、八言雜，六句。	√	
	擬行路難十八首（其十八·諸君莫歎貧）	本集、樂府詩集、詩紀。	雜言，五、七言雜，十二句。	√	
	擬古詩八首（其一·魯客事楚王）	本集、文選、詩紀；類聚、初學記、黃氏集千家註杜工部詩史補遺（作《懷古詩》）節引。	五言，十四句。		
	擬古詩八首（其二·十五諷詩書）	本集、文選、類聚、廣文選（作《雜詩》）、詩紀。	五言，十六句。		
	擬古詩八首（其三·幽并重騎射）	本集、文選、文選集注、廣文選、詩紀；對牀夜語節引。	五言，十四句。		
	擬古詩八首（其四·鑿井北陵隈）	本集、詩紀。	五言，十六句。		
	擬古詩八首（其五·伊昔不治業）	本集、詩紀。	五言，十六句。		
	擬古詩八首（其六·束薪幽篁裏）	本集、詩紀。	五言，十四句。		
	擬古詩八首（其七·河畔草未黃）	本集、玉臺新詠、詩紀。	五言，十四句。		
	擬古詩八首（其八·蜀漢多奇山）	本集、詩紀。	五言，十二句。		
	紹古辭七首（其一·橘生湘水側）	本集、詩紀；類聚（作張華詩）節引。	五言，十二句。		
	紹古辭七首（其二·昔與君別時）	本集、詩紀；類聚（作張華詩）節引。	五言，十句。		
	紹古辭七首（其三·瑟瑟涼海風）	本集、詩紀；類聚（作張華詩）節引。	五言，十二句。		

續表

作者	詩題	出處	體式	詩作	詩人
鮑照	紹古辭七首(其四·孤鴻散江嶼)	本集、詩紀;類聚(作張華詩)節引。	五言,十句。		
	紹古辭七首(其五·憑檻翫夜月)	本集、詩紀;類聚(作張華詩)節引。	五言,十句。		
	紹古辭七首(其六·開黛睹容顏)	本集、詩紀;類聚(作張華詩)節引。	五言,十句。		
	紹古辭七首(其七·暖歲節物早)	本集、詩紀;類聚(作張華詩)節引。	五言,十二句。		
	擬青青陵上柏詩	本集、詩紀;御覽節引。	五言,十六句。	√	
	擬阮公夜中不能寐詩	本集、廣文選、詩紀。	五言,八句。	√	√
	擬古詩	韻補	五言,四句。		
	學古詩	本集(一作《北風雪》)、詩紀。	五言,二十四句。		
	學劉公幹體詩五首(其一·欲宦乏王事)	本集、詩紀。	五言,八句。		√
	學劉公幹體詩五首(其二·噎噎寒野霧)	本集、詩紀。	五言,八句。		√
	學劉公幹體詩五首(其三·胡風吹朔雪)	本集、文選(作《學劉公幹》)、初學記(作《敩劉公幹》)、詩紀;類聚(作《詠雪詩》)節引。	五言,八句。		√
	學劉公幹體詩五首(其四·荷生淥池中)	本集、類聚(作《張華荷詩》)、詩紀。	五言,八句。		√
	學劉公幹體詩五首(其五·白日正中時)	本集、廣文選、詩紀。	五言,八句。		√
	學陶彭澤體詩(奉和王義興)	本集、廣文選、詩紀。	五言,十句。		√
鮑令暉	擬青青河畔草詩	玉臺新詠、詩紀。	五言,十句。	√	
	擬客從遠方來詩	玉臺新詠、廣文選、詩紀。	五言,八句。	√	

續表

作者	詩題	出處	體式	詩作	詩人
王素	學阮步兵體詩	玉臺新詠、詩紀。	五言,十句。		√
王歆之	效孫皓爾汝歌	宋書劉穆之傳、南史劉穆之傳、御覽、詩紀。	五言,四句。	√	√
蕭長懋	擬古詩	南史沈顗傳。	七言,"磊磊落落玉山崩。"		
王融	擬古詩二首(其一·花蒂今何在)	玉臺新詠、類聚(作《代藁砧詩》)、詩紀。	五言,四句。		
王融	擬古詩二首(其二·鏡臺今何在)	類聚(作《代藁砧詩》)、詩紀。	五言,四句。		
許瑤之	擬自君之出矣	玉臺新詠、詩紀。	五言,四句。	√	
蕭衍	長安有狹邪行	玉臺新詠(作《擬長安有狹斜行》)、樂府詩集、本集、詩紀。	五言,二十二句。	√	
蕭衍	擬青青河畔草	玉臺新詠、樂府詩集(作《青青河畔草》)、詩紀。	五言,十二句。	√	
蕭衍	擬明月照高樓	玉臺新詠、樂府詩集(作《明月照高樓》)、詩紀。	五言,十四句。	√	
范雲	擬古五雜組詩	類聚、詩紀。	三言,六句。		
范雲	擬古	何水部集、詩紀。	五言,四句。		
范雲	自君之出矣	類聚、文苑英華、樂府詩集。	五言,四句。	√	
范雲	擬古四色詩	類聚、詩紀。	五言,四句。		
江淹	學魏文帝詩	本集、詩紀。	五言,十句。		√
江淹	劉僕射東山集學騷	本集。	雜言,四、六言雜。十句。		
江淹	效阮公詩十五首(其一·歲暮懷感傷)	本集、類聚、詩紀。	五言,十句。		√

續　表

作者	詩　題	出　處	體　式	詩作	詩人
江淹	效阮公詩十五首（其二·十年學讀書）	本集、類聚、詩紀。	五言，十句。		√
	效阮公詩十五首（其三·白露淹庭樹）	本集、詩紀。	五言，十句。		√
	效阮公詩十五首（其四·飄飄恍惚中）	本集、詩紀。	五言，十句。		√
	效阮公詩十五首（其五·陰陽不可知）	本集、詩紀。	五言，十句。		√
	效阮公詩十五首（其六·若木出海外）	本集、詩紀。	五言，八句。		√
	效阮公詩十五首（其七·夏后乘兩龍）	本集、廣文選、詩紀。	五言，十句。		√
	效阮公詩十五首（其八·昔余登大梁）	本集、廣文選、詩紀。	五言，十二句。		√
	效阮公詩十五首（其九·宵月輝西極）	本集、詩紀。	五言，十句。		√
	效阮公詩十五首（其十·少年學擊劍）	本集、詩紀。	五言，八句。		√
	效阮公詩十五首（其十一·擾擾當途子）	本集、詩紀。	五言，十二句。		√
	效阮公詩十五首（其十二·華樹曜北林）	本集、詩紀。	五言，八句。		√
	效阮公詩十五首（其十三·假乘試行遊）	本集、詩紀。	五言，十句。		√
	效阮公詩十五首（其十四·夕雲映西山）	本集、詩紀。	五言，十二句。		√
	效阮公詩十五首（其十五·至人貴無爲）	本集、詩紀。	五言，十句。		√
虞騫	擬雨詩	類聚、文苑英華、詩紀。	五言，六句。	√	

續　表

作者	詩　題	出　處	體　式	詩作	詩人
沈約	擬青青河畔草	玉臺新詠(作《擬青青河邊草》)、文苑英華、樂府詩集、詩紀。	五言,八句。	√	
	效古詩	玉臺新詠、廣文選、詩紀。	五言,八句。	√	
范縝	擬招隱士	文苑英華。	雜言,五、六、七、八言雜,三十四句,每句中間皆有"兮"。	√	
何遜	擬輕薄篇	玉臺新詠、文苑英華、樂府詩集(二書作《輕薄篇》)、詩紀;類聚節引。	五言,二十四句。	√	
	擬青青河邊草轉韻體爲人作其人識節工歌詩	本集、玉臺新詠(作《學青青河畔草》)、文苑英華、樂府詩集(二書作《青青河畔草》)、詩紀。	五言,十二句。	√	
	擬古三首聯句	本集(作《擬古三首》)、詩紀。	五言,十二句,首四句何遜作。其餘范雲、劉孝綽作。		
	學古贈丘永嘉征還詩	本集、永嘉縣志(作《贈丘永嘉征還詩》)、詩紀。	五言,十句。		
	學古詩三首(其一·長安美少年)	本集、樂府詩集(作《長安少年行》)、詩紀。	五言,十二句。		
	學古詩三首(其二·輦洛上東門)	本集。	五言,十句。		
	學古詩三首(其三·昔隨張博望)	本集。	五言,十四句。		
吳均	擬古四首·陌上桑	玉臺新詠、文苑英華、樂府詩集、詩紀;類聚節引。	五言,八句。	√	
	擬古四首·秦王卷衣	玉臺新詠、文苑英華、樂府詩集、詩紀;類聚節引。	五言,八句。	√	

續　表

作者	詩　題	出　處	體　式	詩作	詩人
吴均	擬古四首·採蓮曲	玉臺新詠、類聚(作《採蓮詩》)、樂府詩集、詩紀。	五言,八句。	√	
	擬古四首·攜手曲	玉臺新詠、類聚(作《擬古詩》)、類聚、樂府詩集、詩紀。	五言,八句。	√	
王僧孺	爲何庫部舊姬擬蘼蕪之句詩	玉臺新詠、類聚(作《爲何遜舊姬擬上山採蘼蕪》)、詩紀。	五言,八句。	√	
紀少瑜	擬吴均體應教詩	玉臺新詠、詩紀。	五言,八句。		√
蕭統	飲馬長城窟行	本集、詩紀(一云《擬青青河畔草》)。	五言,二十句。	√	
	擬古詩	本集、詩紀。	五言,八句。		
	擬古詩	本集、玉臺新詠(作梁簡文帝)、詩紀。	雜言,五、七言雜,七句。		
何思澄	擬古詩	玉臺新詠、類聚、文苑英華、詩紀。	五言,八句。		
劉孝綽	侍宴同劉公幹應令詩	初學記、詩紀("同",疑作"擬")。	五言,八句。		√
	擬古詩	何水部集、詩紀。	五言,四句。		
	上虞鄉亭觀濤津渚學潘安仁河陽縣詩	文苑英華、詩紀;說文繫傳節引。	五言,四十二句。	√	√
劉孝威	擬古應教	本集(作《東飛伯勞歌》)、玉臺新詠、文苑英華、樂府詩集、詩紀。	七言,十句。		
蕭綱	擬沈隱侯夜夜曲	玉臺新詠、樂府詩集、詩紀。	五言,八句。	√	√
	擬落日窗中坐詩	玉臺新詠、詩紀。	五言,八句。	√	
	擬古詩	玉臺新詠、昭明太子集、詩紀。	雜言,七句,首五句七言,末二句五言。		

續　表

作者	詩　題	出　處	體　式	詩作	詩人
何子朗	學謝體詩	玉臺新詠、詩紀。	五言,八句。		√
庾信	擬詠懷詩二十七首(其一·步兵未飲酒)	本集、類聚(作《詠懷詩》)、庾開府詩集、詩紀。	五言,十句。	√	
	擬詠懷詩二十七首(其二·赭衣居傅巖)	本集、庾開府詩集、詩紀。	五言,十句。	√	
	擬詠懷詩二十七首(其三·俎豆非所習)	本集、庾開府詩集、詩紀。	五言,十句。	√	
	擬詠懷詩二十七首(其四·楚材雖晉用)	本集、庾開府詩集、詩紀。	五言,十句。	√	
	擬詠懷詩二十七首(其五·惟忠且惟孝)	本集、庾開府詩集、詩紀。	五言,十句。	√	
	擬詠懷詩二十七首(其六·疇昔國士遇)	本集、類聚、庾開府詩集、詩紀。	五言,十句。	√	
	擬詠懷詩二十七首(其七·榆關斷音信)	本集、庾開府詩集、詩紀。	五言,十句。	√	
	擬詠懷詩二十七首(其八·白馬向清波)	本集、庾開府詩集、詩紀。	五言,十句。	√	
	擬詠懷詩二十七首(其九·北臨玄菟郡)	本集、庾開府詩集、詩紀。	五言,十句。	√	
	擬詠懷詩二十七首(其十·悲歌度燕水)	本集、庾開府詩集、詩紀。	五言,十句。	√	
	擬詠懷詩二十七首(其十一·搖落秋爲氣)	本集、庾開府詩集、詩紀。	五言,十二句。	√	
	擬詠懷詩二十七首(其十二·周王逢鄭忿)	本集、類聚、庾開府詩集、詩紀。	五言,十二句。	√	
	擬詠懷詩二十七首(其十三·橫流遘屯慝)	本集、庾開府詩集、詩紀。	五言,十句。	√	
	擬詠懷詩二十七首(其十四·吉士長爲吉)	本集、庾開府詩集、詩紀。	五言,十句。	√	

續 表

作者	詩 題	出 處	體 式	詩作	詩人
庾信	擬詠懷詩二十七首（其十五·六國始咆哮）	本集、庾開府詩集、詩紀。	五言,十四句。	√	
	擬詠懷詩二十七首（其十六·橫石三五片）	本集、庾開府詩集、詩紀。	五言,十句。	√	
	擬詠懷詩二十七首（其十七·日晚荒城上）	本集、庾開府詩集、詩紀。	五言,十句。	√	
	擬詠懷詩二十七首（其十八·尋思萬戶侯）	本集、庾開府詩集、詩紀。	五言,十二句。	√	
	擬詠懷詩二十七首（其十九·憤憤天公曉）	本集、庾開府詩集、詩紀。	五言,十句。	√	
	擬詠懷詩二十七首（其二十·在死猶可忍）	本集、庾開府詩集、詩紀。	五言,十八句。	√	
	擬詠懷詩二十七首（其二一·倏乎市朝變）	本集、庾開府詩集、詩紀。	五言,八句。	√	
	擬詠懷詩二十七首（其二二·日色臨平樂）	本集、庾開府詩集、詩紀。	五言,八句。	√	
	擬詠懷詩二十七首（其二三·鬥麟能食日）	本集、庾開府詩集、詩紀。	五言,八句。	√	
	擬詠懷詩二十七首（其二四·無悶無不悶）	本集、類聚、庾開府詩集、詩紀。	五言,八句。	√	
	擬詠懷詩二十七首（其二五·懷抱獨惛惛）	本集、類聚、庾開府詩集、詩紀。	五言,八句。	√	
	擬詠懷詩二十七首（其二六·蕭條亭障遠）	本集、類聚、庾開府詩集、詩紀；文鏡秘府論節引。	五言,八句。	√	
	擬詠懷詩二十七首（其二七·被甲陽雲臺）	本集、庾開府詩集、詩紀。	五言,八句。	√	
張正見	飲馬長城窟行	文苑英華（作《擬飲馬長城窟》）、樂府詩集、詩紀。	五言,八句。	√	

續表

作者	詩題	出處	體式	詩作	詩人
楊廣	飲馬長城窟行(示從征群臣)	文苑英華(作《擬飲馬長城窟》)、樂府詩集(作《飲馬長城窟行》)、詩紀。	五言,三十句。	√	
胡師耽	登終南山擬古詩	初學記、文苑英華(一作《同終南山擬古》)、詩紀。	五言,二十二句。		
釋玄逵	戲擬四愁聊題兩絕詩	古詩類苑、詩紀。	五言,兩絕,每絕四句。	√	

二、社交種種：同題共作、應(奉)詔之作與贈答酬唱

上文借着詩序和賦序已經簡單涉及詩賦的社交功能，這裏再對三種互有聯繫的文學社交現象加以探討。

先論詩賦之"同題共作"。

"同題共作"是一種典型的"以文會友"式的社交行爲，主要通過展示自己的文才與欣賞他人的作品來進行社交。這一現象首先出現在辭賦中。建安文人的"同題共作"早已引起文學史家的關注，程章燦將鄴下文人的"同題共作"看作"集體的自覺努力"，并認爲這是"建安賦創作繁榮"的主要面向。① 建安賦家的"同題共作"可以說達到了極點，②這樣的盛況此前此後都不能見到。兩晉南北朝仍能看到一些辭賦的"同題共作"，如兩晉時有十篇出於不同作者之手的《相風賦》，而三國、南北朝時期都沒有《相風賦》傳世，我頗懷疑這十篇《相風賦》中至少有若干篇乃"同題共作"的結果。③ 南北朝時期，竟陵八友的一部分體物賦當是同題共作的結果，④而"南朝賦史

---

① 見程章燦著《魏晉南北朝賦史》，頁44—47，程章燦對建安文人在賦作上的"同題共作"有詳密的統計和到位的分析。吳承學也指出"同題共作之風始於建安時代"，所舉的具體作品都是賦，參看前引吳承學、何志軍《詩可以群——從魏晉南北朝詩歌創作形態考察其文學觀念》。
② 程章燦指出："建安作家中涉及同題共作賦者計18人，作品126篇，佔作者總數的100%，賦作總數的68%。這兩個百分比足以説明同題共作在建安賦創作繁榮中佔有舉足輕重的地位。"見《魏晉南北朝賦史》，頁45、46。
③ "同題"未必"共作"，因此"同題"祇是"同題共作"的必要條件。
④ 如齊竟陵王蕭子良和蕭子恪俱有《高松賦》(文皆亡佚)，王儉有《和竟陵王子良高松賦》，謝朓有《高松賦奉竟陵王教作》，沈約有《高松賦》，這幾篇賦顯然是同題共作的產物。

的特殊產物"——《賦體》也"顯然是一次同題共作活動的產物"。① 總體而言,兩晉南北朝的"同題共作"比較沉寂。有趣的是,齊梁時期最確鑿的"同題共作"——五篇《賦體》竟很可能是受詩歌影響的產物。② 這一現象恰能提醒我們:辭賦之"同題共作"在兩晉南北朝的沉寂,或許是因爲文士們轉用詩歌來"同題共作"。

事實也確實如此,詩歌在體式上的特徵使得詩之"同題共作"衍生出"'分題'與'分韻'創作形態"和"以'賦得'爲題的詩歌創作形式",據今人考證,這些新的創作形態和形式都在齊梁間出現。③ 而上一章已經指出,齊梁時期正是魏晉南北朝詩歌找到自身體式的時代。詩歌篇幅上較辭賦爲短,本就適合臨場交際,而當南朝詩歌不僅成爲文士的創作重心,而且找到了適合自身的形式後,自然就會變成"以文會友"場合的"新寵"。於是齊梁以後出現了大量的"分題""分韻"之作和"賦得"之作,直到陳隋都是如此。④

值得注意的是,建安賦多"同題共作"的一個外部因素就是曹氏父子憑藉着他們在政治上的地位吸引了大批文士聚集在他們周圍,而齊梁皇室也都雅好文藝并聚攏了一大批文學之士。能文之士聚集一處,自然免不了以文會友,祗是建安時文士們用賦來交際,齊梁以後文士們則多用詩來交際。

通過對"同題共作"現象的簡單考察,不難發現:如果説到了南北朝許多原本由辭賦表現的題材流動到了詩歌上的話,那麽三國時由辭賦承擔的"以文會友"的交際功能,經由兩晉的醖釀,至南朝基本轉移到了詩歌身上。⑤

以"同題共作"進行的"以文會友"式社交,初看之下似乎是平等的交際。但實際上,不論是建安還是齊梁時期的"同題共作",大多在主公和僚屬之間進行,參與"同題共作"之人的身份其實并不平等,祗是"同題共作"在形式上不能一眼看出上下之分。

能直接體現出上下之别的文學現象,是"應(奉)詔"之作。

上文在析論賦序和詩序時已經提到,有一部分賦序和詩序都明確記載

---

① 用程章燦語,他對現存的五篇《賦體》(蕭衍、任昉、王僧孺、陸倕、柳惲作)有比較具體的敘述和分析,參看《魏晉南北朝賦史》,頁239、240。
② 程章燦指出:"'賦體'的創作方式不僅以建安同題共作賦的傳統爲依託,而且很可能受到當時詩壇盛行的這種'賦得'體的影響。"見《魏晉南北朝賦史》,頁240。
③ 參看前引吴承學、何志軍《詩可以群——從魏晉南北朝詩歌創作形態考察其文學觀念》。
④ 陳詩和隋詩中有相當多的"分題""分韻"詩和"賦得"詩,這當然也與陳後主、隋煬帝對文藝的愛好有關。
⑤ 關於南朝文學之"同題共作",已有專書進行全面研究,參看祁立峰著《相似與差異:論南朝文學集團的書寫策略》(臺北:政大出版社,2014年),尤其是該書的第二章第三、四節。

了這篇作品是受命而作的,其實,除了這些作品外,魏晉南北朝還有很多受命而作的詩賦,這在詩、賦之題目上就有直接的體現。

魏晉南北朝之詩賦作品,許多在題目中就有"應詔""奉詔""奉和""奉答"等關鍵詞,將這一時期詩題、賦題中帶有相應字眼的作品簡單整理如下,製成表4.7。

表4.7 魏晉南北朝應(奉)詔類詩賦簡表

	三 國	兩 晉	南 北 朝
賦			謝莊《赤鸚鵡賦應詔》
			謝莊《舞馬賦應詔》
			王儉《靈丘竹賦應詔》
			沈約《天淵水鳥應詔賦》
			任昉《靜思堂秋竹應詔》
			張率《河南國獻舞馬賦應詔》
			張率《待詔賦》
			周興嗣《河南國獻舞馬賦應詔》
			到洽(溉、沆)《河南國獻舞馬賦應詔》
			陳暄《應詔語賦》
			謝朓《擬風賦奉司徒教作》
			謝朓《七夕賦奉護軍命作》
			謝朓《高松賦奉竟陵王教作》
			謝朓《杜若賦奉隋王教於坐獻》
詩	曹植《獻詩(并疏)·應詔》	張華《祖道趙王應詔詩》	謝靈運《從遊京口北固應詔詩》
		何劭《洛水祖王公應詔詩》	范曄《樂遊應詔詩》
		閭丘沖《三月三日應詔詩二首》	顏延之《應詔讌曲水作詩》等

續　表

	三　國	兩　晉	南　北　朝
詩		劉毅《西池應詔賦詩》	謝莊《承齋應詔詩》
		劉程之《奉和慧遠遊廬山詩》	……（南北朝"應詔"詩甚多,此處僅列舉四首。）
		王喬之《奉和慧遠遊廬山詩》	傅亮《奉迎大駕道路賦詩》
		張野《奉和慧遠遊廬山詩》	……（南北朝"奉和""奉答"詩甚多,此處不展開羅列。）

　　由表4.7可知,三國兩晉時期雖然有不少受命而作的辭賦,但在賦題中明確標明"應詔"或"奉教（命）"而作的辭賦作品卻還未出現,至南朝才有了六篇"應詔"賦和四篇"奉教（命）"賦。而應詔、奉命之詩則在三國時就已出現,祇是三國兩晉數量有限（共八首）,到南北朝則驟然增多,難以遍舉。

　　"應詔"之作并非普通的"受命"之作,而是明確的上級命令的產物。三國賦中的受命之作,大多是"同題共作"時的"命",如曹丕命王粲作《寡婦賦》,命陳琳、王粲作《瑪瑙勒賦》,未必是曹丕以太子或五官中郎將的身份發佈文書命王粲等人作賦,更可能是曹丕建議王粲等共作（當然曹丕的身份會大大加重其建議的分量）。而題目中明確有"應詔"的作品,卻是先有上之詔令,再有相應作品。現存的"應詔賦"中無三國兩晉之作品而"應詔詩"在三國兩晉時已有,[1]且南北朝的"應詔詩"的數量又遠多於"應詔賦",這一現象足以說明,在朝堂的正式上下級交際中,詩歌更早被使用,也被用得更多。至於爲何會如此,或許是因爲詩歌很早就在制度上和朝廷政事發生了關聯。[2]

　　如果說"同題共作"是看似"平等"的"以文會友",參與者各自展示文

---

[1] 這裏強調的是賦題和詩題中是否明確寫出"應詔"或"奉詔",其實西晉時左芬的《離思賦》就是受詔之作（"受詔作愁思之文"）。見《晉書》,頁957。

[2] 詩歌與朝堂政治的制度性聯繫很早就已建立,且不說傳說中的"采詩""獻詩"制度以及先秦時期詩歌多用於政事外交（"遠之事君""賦詩言志"）,至少漢武帝之"立樂府而采歌謠"（《漢書·藝文志》）就爲詩和朝廷建立了制度性聯繫。而漢武帝立樂府後,"采詩夜誦,有趙、代、秦、楚之謳。以李延年爲協律都尉,多舉司馬相如等數十人造爲詩賦,略論律吕,以合八音之調,作十九章之歌"（《漢書·禮樂志》）。司馬相如等人所作的"十九章之歌"自然是詩而非賦。漢賦雖然和政治關係極其密切,但賦與朝廷在制度上發生聯繫,仍要等到科舉時代。關於樂府的制度性沿革和漢武始立樂府（武帝以前有太樂）,參看王運熙《漢魏兩晉南北朝樂府官署沿革考略》與《漢武始立樂府説》,收入氏著《樂府詩述論》（《王運熙文集》第一册,上海:上海古籍出版社,2012年）,頁167—175。

才,相互間的交往其實不強。而"應(奉)詔"之作則是形式上不平等的上下級交際,多爲單向命令。那麽"酬唱贈答"之作則多發生於相對平等的作者之間,而且多有來有往,交互性最強。①

魏晉南北朝贈答詩數量極多,《文選》詩分二十四小類,其中一類就是"贈答",其中共收24位詩人的72首詩,與"雜擬"共同構成《文選》詩之最大類别。② 以詩贈答,源遠流長,建安時贈答詩已"具體成形,并蔚然成風",當時的贈答詩,既是"一種人際往還溝通的形式",也具備"社會方面的示範意義";而以二陸兄弟之贈答詩爲代表的兩晉贈答詩,更呈現了"自我、社會與文學傳統"間錯綜複雜的關係。③ 可以説,贈答詩的審美和交際兩方面功能,早在詩歌成爲文士創作重心之前已經高度發達。④

贈答賦的數量和贈答詩恰能形成驚人的對比,魏晉南北朝辭賦中,賦題明確出現"贈""答""酬""和"的作品祇有五篇,分别是:蕭綸《贈言賦(并序)》、陸倕《感知己賦贈任昉》、任昉《答陸倕感知己賦》、謝朓《酬德賦(并序)》、⑤王儉《和竟陵王子良高松賦》。據此不妨推論:用賦進行酬唱贈答,祇是偶爾爲之的小概率事件。

綜合以上三種各有不同而又相互聯繫的社交行爲,我們可以明確地感受到:雖然詩和賦都具備社交功能,但是魏晉南北朝詩歌的社交功能要比辭賦全面而強大得多,不論是在相對平等且交互性較強的酬唱贈答中,還是在上下級之間帶有強制性的"應(奉)詔"之作中,詩歌都被更廣泛地使用。祇有在相互交往程度最弱的"同題共作"中,辭賦才在建安時代短暫擔任了"主角",這是由於詩歌在當時不如辭賦發達(也即"文體生命"較弱),也非創作重心所在(也即在"文體秩序"中靠後)。但到了齊梁,有了長足發展的詩歌又一躍成爲"同題共作"的主要文體。

---

① 上下級之間自然也可以酬唱贈答,但從現存贈答類詩賦來看,大多數贈答之作并不發生在關係明確的上下級之間。
② 見傅剛著《〈昭明文選〉研究》,頁262。
③ 見梅家玲《論建安贈答詩及其在贈答傳統中的意義》與《二陸贈答詩中的自我、社會與文學傳統》,收入《漢魏六朝文學新論——擬代與贈答篇》,頁101—200。
④ 梅家玲在《漢魏六朝文學新論——擬代與贈答篇》的附録《魏晉詩人贈答詩寫作情況一覽表》中詳細列出了魏晉時期的贈答詩,數量相當驚人,見《漢魏六朝文學新論——擬代與贈答篇》,頁240—248。而南北朝的贈答詩數量同樣巨大,因本書不專門研究贈答詩,故不逐一列出并詳細計算南北朝贈答詩的數量。這裏值得專門一説的是陸倕的《以詩代書别後寄贈詩》,這首贈答詩在詩題就明確其詩具有"代書"的功能(因此很長,共84句),我們在魏晉南北朝時期恐怕無法找到同類的辭賦。見《先秦漢魏晉南北朝詩》,頁1775。
⑤ 據《酬德賦序》(文字見附表4.1),謝朓作此篇乃是報"右衛沈侯"(即沈約)贈詩之德,而且謝朓在序中對辭賦有他的界定("且欲申之賦頌,得盡其物之旨"),以賦答詩,似不多見,由此也可以看到詩賦在功能上的重合之處。

三、特殊的瞬間：臨終

最後，本節想討論一項非常特殊的文學現象，那就是臨終作詩。

《文選》詩類的二十四小類中有"臨終"一類，①衹收了一首詩，即歐陽建之《臨終詩》。而魏晉南北朝時期的臨終詩并不算太少，留存至今的至少有十九首（實際數量不止十九首，此僅列詩題含"臨終"信息的作品）。

將這十九首詩的基本情況略作整理，可得表4.8。

表4.8 魏晉南北朝臨終詩一覽

詩人	詩題	出處	體式
孔融	臨終詩	古文苑、詩紀；書鈔（作《折楊柳行》）節引。	五言，十六句。
歐陽建	臨終詩	文選、詩紀。	五言，三十四句。
苻朗	臨終詩	晉書苻朗載紀、詩紀。	五言，十二句。
謝靈運	臨終詩	廣弘明集、詩紀；宋書本傳、南史本傳節引。	五言，十四句。
范曄	臨終詩	宋書本傳、南史本傳、詩紀。	五言，十四句。
吳邁遠	臨終詩	初學記、詩紀。	五言，四句。
顧歡	臨終詩	南史本傳、詩紀。	五言，十二句。
梁簡文帝蕭綱	被幽述詩	廣弘明集、詩紀。	五言，八句。
梁元帝蕭繹	幽逼詩四首（其一·南風且絕唱）	南史元帝本紀、詩紀。	五言，四句。
	幽逼詩四首（其二·人生逢百六）	南史元帝本紀、詩紀。	五言，四句。
	幽逼詩四首（其三·松風侵曉哀）	南史元帝本紀、詩紀。	五言，四句。
	幽逼詩四首（其四·夜長無歲月）	南史元帝本紀、詩紀。	五言，四句。

---

① 用傅剛說，見《〈昭明文選〉研究》，頁249。胡大雷對《文選》"臨終"詩之源流亦有考述，參看胡大雷著《〈文選〉詩研究》，頁224—226。

續　表

詩人	詩　題	出　處	體　式
北魏孝莊帝元子攸	臨終詩	洛陽伽藍記、詩紀。	五言,十句。
北魏中山王元熙	絶命詩二首(其一・義實動君子)	魏書中山王熙傳、北史景穆十二王傳、詩紀。	五言,四句。
	絶命詩二首(其二・平生方寸心)	魏書中山王熙傳、北史景穆十二王傳、詩紀。	五言,四句。
釋智愷	臨終詩	廣弘明集、詩紀。	五言,十句。
釋靈裕	臨終詩二首・哀速終	續高僧傳、詩紀。	五言,四句。
	臨終詩二首・悲永殞	續高僧傳、詩紀。	五言,四句。
釋智命	臨終詩	續高僧傳、詩紀。	五言,四句。

　　這十四位留下了臨終詩的詩人大多死於非命,孔融爲曹操所害,歐陽建爲趙王司馬倫所殺,苻朗爲王國寶所殺,謝靈運因興兵叛宋而於廣州棄市,范曄因擁立彭城王事泄而棄市,吳邁遠坐桂陽之亂而被誅,蕭綱被幽禁而死,蕭繹爲蕭詧所害,元子攸爲爾朱榮所弑,元熙爲元乂所殺,釋智命亦受刑而死。① 衹有顧歡和隋代僧人釋靈裕二人有明文記載乃壽終正寢。②

　　臨終詩的特殊之處在於,在生命的最後時刻,尤其是在非正常死亡前的一瞬,竟有人用詩來抒發他最後的情志。臨終詩是個體的,因爲在生命的最後一刻似乎不必再顧及他人;臨終詩又是具有社會性的,因爲將死者吟出他最後的作品,并不衹是自我欣賞,無疑也希望能傳諸他人。而至少這十餘位詩人成功讓各自的臨終詩傳世,他們的詩經由不同的渠道被正史、僧傳、總集乃至類書收録,流傳至今。③

　　今存的十九首臨終詩,全部都是五言詩,其中五言四句之作最多,共十

---

① 根據相關史籍和逯欽立《先秦漢魏晉南北朝詩》中的詩人小傳敘述。
② 《南史》卷七十五《隱逸傳・顧歡》:"知將終,賦詩言志曰:……"《南齊書》卷五十四與此略同,但衹引了兩句詩。見〔唐〕李延壽撰《南史》(北京:中華書局,1975年),頁1880。《續高僧傳》卷九:"於時鄴下昌言裕師將過世矣,道俗雲合,同稟歸戒,訪律音之無從。裕亦信福命之云盡。乃示誨善惡勵諸門人,從覺不愈,至第七日援筆制詩二首。"見〔唐〕道宣撰,郭紹林點校《續高僧傳》(北京:中華書局,2014年),頁314—315。
③ 雖然通過上面的列舉和《文選》的分類,似乎"臨終詩"也隱然有了文學傳統,但我更願意相信,這些詩人在生命最後時刻所作的詩,主要是被現實人生而非文學傳統觸動的。

首,這非常符合人之常情。① 而魏晉南北朝臨終詩之全爲五言,也多少説明了五言詩在當時之"尋常",因爲在最後關頭,詩人們恐怕没有在形式上標新立異的心思,祇會選擇最"順手"的體式來表達感情。

臨終詩可以説是文學對極其特殊之現實處境的應對,生死危急關頭,有的文士會選擇用一首詩爲生命畫上句號,這多少體現了文學的力量。如果相對從容地走向死亡,也有士人會用頗具篇幅的"上啓"來作一總結,如《魏書》卷六十四《張彝傳》就記録了張彝臨終前"口占左右上啓"的文字,不但對身生前身後事有所交代,而且條理清晰、頗具文采。②

不過,我們今天找不到一篇臨終所作的賦。這并非魏晉南北朝獨有的現象,此後恐怕也不會有"臨終賦"。可以説,賦這種文體,天然地不適合臨終時撰寫。

討論這樣一種特殊的情況,非爲刻意求新,祇是想通過如此極端的例子説明詩歌對現實人生的觸碰要遠比辭賦深廣。

小結 傳統與現實之間

通過以上頗爲繁冗的討論,我們可以看到,詩歌和辭賦都有"爲藝術"的一面,也都有"爲人生"的一面。觸發作詩作賦的因緣既可以是現實人事,也可以是文學傳統,就現存魏晉南北朝詩序和賦序所保留的信息來看,因現實人事而作的詩賦相對更多。

正因爲撰作詩賦的因緣大同小異,所以魏晉南北朝詩賦的功能也大致相同,不外乎抒發個人情志、參與社會交往和賡續文學傳統數端,不過當時辭賦中頗有介紹知識、闡發道理的作品,而詩歌則較少這類作品。

抽象地看,魏晉南北朝詩賦功能大致相同;若具體展開,詩賦二體的功能實頗多差異。

面對傳統,魏晉南北朝詩賦都主動繼承并加入其中,但魏晉南北朝詩賦

---

① 當然也有篇幅較長的作品,如歐陽建之《臨終詩》,這應當是施刑者允許他作詩外傳,倒有點像《多餘的話》。錢志熙在討論永明時期"流行之今體"時,就將某些"臨難"之作作爲五言四句發展中的一環:"此體(案:五言四句詩)實爲當時人隨時感興之作,如謝靈運、謝瞻、謝世基等,臨難都有四句之體,蓋一事之感,多抒激憤之情,大略同於漢魏人之作楚歌體,也類於後世所謂'口占',不以華麗典雅爲尚。"見前引《魏晉南北朝詩歌史述》,頁152。
② 〔北齊〕魏收撰《魏書》(北京:中華書局,1974年),頁1432、1433。類似臨死上啓的還有南齊魚復侯蕭子響,不過蕭子響乃被賜死,他臨終上啓的文字被《南齊書》卷四十載録,見〔梁〕蕭子顯撰《南齊書》(北京:中華書局,1972年),頁706。

對傳統的繼承并不同步：辭賦因爲成熟較早且在兩漢已達頂峰，故而模擬之作始終皆有且平穩增長，相應地，辭賦的典範主要由漢賦構成，魏晉賦間或補充；詩歌因爲成熟較晚且不斷生長，故在三國時并無什麽擬作，至兩晉擬詩方才出現，此後卻不斷增多且加速增長，相應地，魏晉南朝詩人在"古詩"之外形成了另一脈傳統，魏晉南朝涌現了許多典範。

面對現實，詩歌展現出了遠比辭賦全面而強大的應對能力。就社會交際而言，不論是在上下之間還是平等往來，文士們都更多使用詩歌而非賦。即使是在以展現個人才華爲主的"以文會友"方面，詩歌也在齊梁以後被更多使用，至少與辭賦"平分秋色"。而在面對臨終這樣的極端現實處境時，有人寫詩卻無人作賦。

所有的文學作品都同時受到傳統和現實的影響，而傳統和現實的互動正是推進文學史演生的兩翼。就魏晉南北朝詩賦而言，正是因爲詩比賦具有更強的現實應對能力（或曰"功能"），同時魏晉南北朝詩始終在創生文學經典和文學傳統，這兩方面的交錯作用不斷激發着詩歌的"文體生命"。所以，魏晉南北朝詩歌隨着時間的推移，逐漸走到辭賦前頭，在"文體秩序"上超越辭賦，繼而走向詩國，迎來唐詩。

第五章　正史中的詩與賦

在上文討論辭賦篇幅和詩序、賦序時,我們不難發現,魏晉南北朝詩、賦賴正史而存者數量不少。故本章將以正史這一類型的專門文獻爲範圍,討論其中之詩賦。

所謂"正史",也即在前現代王朝受到官方認定的紀傳體史書。"正史"之名隋唐已有,至於今日被看作與"正史"爲同一物的"二十四史",也經歷了從"三史""十三史""十史"到"十七史""十八史""二十一史""二十四史"的變化。① 與魏晉南北朝史有關的正史共十二部:《三國志》《晉書》《宋書》《南齊書》《梁書》《陳書》《魏書》《北齊書》《周書》《隋書》《南史》《北史》,後十部又簡稱"二史八書"。本章就以這十二部史書爲討論對象(以下簡稱"《三國志》《晉書》及二史八書")。

正史中出現詩賦作品,淵源有自。《史記》《漢書》存録了大量辭賦,② 賈誼、司馬相如、揚雄的許多名作就賴《史》《漢》而傳世。《史》《漢》存録這些作品,既有着眼於其詞采華美而彰顯作者文才的一面;③ 也有超出文藝審美而描繪整體時代風氣的一面;④ 自然還有存録文獻的一面。⑤

---

① 《隋書·經籍志》和《史通》都有"正史"之名目,關於"正史"這一概念的內涵種種及"二十四史"的演變過程,參看柳詒徵著《國史要義》(上海:華東師範大學出版社,2000年),頁73—76;及黃永年著《史部要籍概述》(南京:江蘇教育出版社,2008年),頁9—20。
② 關於《史》《漢》之大篇幅載録辭賦,歷來有正反兩種意見,如劉知幾在《史通·載文》中就多有批評,而章學誠在《文史通義·詩教下》對"馬、班二史"之録辭賦有辯護。參看前引《史通通釋》,頁114、115;及〔清〕章學誠著,葉瑛校注《文史通義校注》(北京:中華書局,1994年),頁80。
③ 《梁書》卷四十九《文學傳》:"昔司馬遷、班固書,并爲《司馬相如傳》,相如不預漢廷大事,蓋取其文章尤著也。固又爲《賈鄒枚路傳》,亦取其能文傳焉。"見〔唐〕姚思廉撰《梁書》(北京:中華書局,1973年),頁685。
④ 中國古代的文學從來不是祇關乎審美的,先秦兩漢之詩賦,更與政治關係密切,魏晉南北朝之詩賦也多有文藝審美之外的面向,這一點上一章已經有所論列,下文還會繼續討論。
⑤ "正史"雖然主要關心政治,但都有囊括一代或數代之全景的志向,而早期正史更擔負有存録某些文獻的重任。逯耀東對《史記》之校整前代圖書、傳承前代文獻等方面有精闢的論述,見其《〈太史公自序〉的"拾遺補藝"》,載逯耀東著《抑鬱與超越:司馬遷與漢武帝時代》(北京:生活·讀書·新知三聯書店,2008年),頁35—89;此書之《導言:抑鬱與超越》對相關問題也有討論,在頁1—33。

至魏晉南北朝,別集、總集的發展使得正史存錄文學文獻的責任有所減輕和轉移,但僅就詩、賦這兩種當時最主要的文學樣式而言,《三國志》《晉書》及二史八書還是多有存錄。下面將比較詳細地敘述這十二部史書存錄魏晉南北朝詩賦的基本情況,進而考察正史存錄詩賦之作用及背後的文學觀念。

　　史書之撰作天然具備"著"與"述"的兩重性,①故而正史之記人紀事受兩方面因素制約:一是材料之有無多寡;二是著述者之個人情況與所處環境。有關魏晉南北朝的十二部史書,撰述背景頗有不同,《三國志》乃是蜀人陳壽在西晉統一後的著述;《宋書》《南齊書》成於蕭梁,由沈約和蕭子顯撰述;《魏書》是北齊魏收奉敕撰作;②至於《晉書》《梁書》《陳書》《北齊書》《周書》《隋書》乃初唐時房玄齡等、姚思廉、李百藥、令狐德棻等、魏徵等奉敕而撰;③《南史》《北史》這兩部通代紀傳史則是唐李延壽撰述而成。④ 撰者的不同身份和各自處境自然會影響到正史的材料取捨和文字敘述,如陳壽、沈約都親身經歷他們所書寫的那個時代,魏收撰史時則面對殘酷而複雜的政治糾葛,至於初唐史臣的奉敕修史,更不免受新的統一朝廷和雄才大略且重視歷史的太宗影響。⑤

　　不過,吾國強大的史學傳統又使得正史具備了相當的同一性,整體上看,各正史的特異性籠罩在同一性之下,乃是第二位的。同時,修撰正史需要建立在可靠的材料上,中古時代相對穩定的史料保存機制和史官制度使得正史還是能在很大程度上呈現歷史的本來面目。⑥ 故而本章將十二部相關正史作爲一個整體來考察其引詩、引賦的基本情況并推考爲何引詩賦,還是可行的。

---

① "著""述""鈔"之區别與古書體例問題,張舜徽在《中國文獻學》第二編第一章《著作、編述、鈔纂三者的區别》中有詳細的論述,見張舜徽著《中國文獻學》(武漢:華中師範大學出版社,2004年),頁24—26。
② 《魏書》成書背後的政治糾葛極爲複雜,其書是否爲"穢史",爭議頗多。參看周一良《魏收之史學》,收入周一良著《魏晉南北朝史論集》(北京:北京大學出版社),頁256—292;及田餘慶《〈代歌〉〈代記〉和北魏國史——國史之獄的史學史考察》,收入田餘慶著《拓跋史探》(北京:生活讀書新知三聯書店,2003年),頁217—243。
③ 是否奉敕、是否集體工作,對於史書之形態大有影響,此不詳論。
④ 《史通·古今正史》敘述相關經過最詳,參看前引《史通釋》,頁305—349。撰史諸人,大多在正史有傳,參看黄永年著《史部要籍概述》,頁26—32。田恩銘著《初唐史傳與文學研究》(哈爾濱:黑龍江大學出版社,2013年)對初唐時奉敕修撰的幾部正史與文學之關係多有考論,可參看。
⑤ 關於唐太宗李世民的文學觀念及文學創作,參看 Jack W. Chen: *The poetics of sovereignty: on Emperor Taizong of the Tang Dynasty* (Cambridge: Harvard University Press, 2010)。
⑥ 參看聶溦萌著《中古官修史體制的運作與演進》(上海:上海古籍出版社,2021年)。

第一節　正史引詩賦的"表"與"裏"

一、相關正史引詩述略

逯欽立輯校先秦漢魏晉南北朝詩時，詳細列出了詩歌文本之來源，根據逯氏之輯校，整理相關正史存錄詩歌的基本情況，可得附表5.1。

關於附表5.1，有如下三點需要說明：

第一，《三國志》裴松之注存錄史料極其豐富，在中國史學史上有重要地位，早已成爲《三國志》的有機組成部分，①故而這裏將裴注引錄的作品也列入附表5.1。不過從文獻角度來看，裴注反映的是劉宋時期相關文獻的豐富性，所以陳壽《三國志》和裴松之注還是要分開討論。

第二，今日所存相關正史也并非完璧，故而如《太平御覽》所引的《宋書》若存錄了詩歌，此處也計入《宋書》部分。但若《太平御覽》引王隱《晉書》，因與唐修《晉書》非一書，則不計入《晉書》部分。

第三，除正史外，同一首詩如果還有其他出處，這裏也一併列入。不同典籍引詩有全引和節引之别，②逯欽立在《先秦漢魏晉南北朝詩》中詳細標註了哪幾句詩出自哪部書，附表5.1的整理則無此般細緻，祇是註明某些出處乃是"節引"，如王粲之《從軍詩五首（其一·從軍有苦樂）》，"出處"一欄表述如下："文選、樂府詩集、詩紀；三國志注、書鈔、類聚節引。"分號以前的都是"全引"，分號以後的則是"節引"，至於《三國志注》《北堂書鈔》和《藝文類聚》分别節引了哪些詩句，還請參看逯輯《全詩》。

通觀附表5.1，可以從如下幾個方面來說明相關正史引詩的基本情況：

首先，就各部正史而言，陳壽《三國志》引詩最少，祇有在卷十九《任城陳蕭王傳·陳思王植》中引錄了曹植的兩首《獻詩》（同時也載錄了獻詩之《疏》）。這與《三國志》本身比較簡略有關。《陳書》《周書》引詩也較少，這與這兩部史書覆蓋的時代較短有關。其他各史引詩都比較多，且散落在不

---

① 關於裴注的特殊性和重要意義，逯耀東和胡寶國都有系統而精彩的論述，參看逯耀東著《魏晉史學的思想與社會基礎》（北京：中華書局，2006年），頁231—357；及胡寶國著《漢唐間史學的發展》（北京：商務印書館，2003年），頁73—99。

② 這裏的"全引"和"節引"，并非針對詩歌的本來面目，而是針對其現存狀況，如某一首詩本有十句，但現存八句，保存了八句的就是"全引"，保存了不足八句的則爲"節引"。

同的紀傳志之中。

其次,各史之本紀引詩最少,具體來説,《晉書·宣帝紀》載録了司馬懿之《歌》,《魏書·前廢帝紀》和《北史·魏節閔皇帝紀》載録了魏節閔帝元恭"失位"後所作之《詩》,《周書·明帝紀》引録了北周明帝宇文毓的《過舊宫詩》,《南史·梁元帝紀》引録了梁元帝蕭繹的《幽逼詩四首》。此外,《魏書·孝静帝紀》《北齊書·文襄帝紀》和《北史·魏孝静帝紀》引録了謝靈運詩,《南史·齊高帝紀》引録了王嘉之《歌》,《南史·梁武帝紀》引録了釋寶誌的《讖詩》。

本紀引詩少,并非由於帝王不作詩,僅梁代諸帝就留下了大量詩篇,其中不乏佳作。本紀存詩少的主因與本紀的性質有關,"紀"之首要任務乃是逐年敘述一朝之大事,其次才是呈現帝王其人,故而正史之本紀多類"流水賬"。① 所以各史本紀所存的傳主(即帝王們)詩歌,基本不着眼於文采,而是主要用以説明歷史進程并敍説帝王其人其事。至於所引的他人詩歌亦是如此:謝靈運之詩本是謝客興兵反叛後"有逆志"之作,②"好文學"的東魏孝静帝元善見受制於粗鄙的高澄,"不堪憂辱"而詠謝靈運詩。③《魏書》等正是借魏孝静帝詠謝詩來説明他當時的困窘處境;而王嘉之《歌》和釋寶誌的《讖詩》則完全是以政治預言的性質被記入相關本紀的。

再次,各史之志存録詩歌稍多於本紀,志乃述一代或通代典章制度之作,爲何會在志中出現詩歌? 其實,存録詩歌的衹有三類志:一是"樂志",即《宋書·樂志》;二是"五行志"或"符瑞志",包括:《宋書·符瑞志》《南齊書·符瑞志》和《隋書·五行志》;三是"刑法志",即《隋書·刑法志》。

志之載録詩歌,目的在明典章制度之沿革。《宋書·樂志》詳録"魏晉至劉宋朝廷關於祠祀天地宗廟和正旦行禮音樂舞蹈的沿革、禮制、歌辭"等方面的内容,自然載録了大量樂府詩(歌辭)。④《宋書·符瑞志》《南齊書·符瑞志》和《隋書·五行志》載録的歌謡,全都是以政治讖言的面目出現的,是敍述政治史的一環。而《隋書·刑法志》載録之詩乃"下士楊文祐"

---

① 開國之君的本紀一般比較具體生動,其餘本紀則多爲編年史,見前引黄永年著《史部要籍概述》,頁10—13。
② 詩云:"韓亡子房奮,秦帝魯連耻。本自江海人,忠義感君子。"事見《宋書》卷六十七、《南史》卷十九。《宋書》《南史》并不是因爲此詩的文學價值才載録詩文,主要還是借詩文表現謝靈運的"逆志"。
③ 事見《魏書》卷十二,前引《魏書》,頁313。
④ 《宋書·樂志》内容極爲豐富,除"魏晉至劉宋朝廷關於祠祀天地宗廟和正旦行禮音樂舞蹈的沿革、禮制、歌辭"外,還至少有八方面的内容,參見蘇晉仁、蕭煉子校注《宋書樂志校注》(濟南:齊魯書社,1982年),頁2、3。

諷諫北周宣帝"酣飲過度"而作的《歌》,此歌被宣帝知悉後,帝以酷刑誅殺楊氏("賜杖二百四十")。① 《隋書》載錄此詩不過爲了說明北周宣帝用刑之酷,以此例子形象呈現制度沿革。

最後,正史引詩的主體是各篇列傳,這一方面是由於列傳本來就在各正史中佔據最大篇幅;另一方面也是因爲列傳以人爲中心,涵蓋人物、事件、社會的方方面面,②在描繪人物、敘述事件、反映社會時或多或少需要引錄詩歌。至於衆多列傳引用詩歌的具體作用,下文將對比正史引賦再加討論。

附表 5.1 《三國志》《晉書》及二史八書存錄魏晉南北朝詩歌一覽

詩人	詩 題	出 處	體 式
三國志及注			
曹操	董卓歌辭	三國志注。	雜言,五句。
王粲	從軍詩五首(其一·從軍有苦樂)	文選、樂府詩集、詩紀;三國志注、書鈔、類聚節引。	五言,三十二句。
阮瑀	琴歌(裴注辨此詩真僞,遂亦傾向於後人僞託。)	三國志注、文選注、御覽、樂府詩集、詩紀;韻補節引。	五言,八句。
曹丕	至廣陵於馬上作	三國志注、御覽、廣文選、詩紀(外編云廣陵觀兵);類聚節引。	五言,二十二句。
	令詩	三國志注、詩紀。	六言,五句。
焦先	祝衂歌	三國志注、詩紀。	雜言,四句四言,一句五言。
吳質	思慕詩	三國志注、廣文選、詩紀。	五言,十六句。
杜摯	贈毌丘儉詩	三國志注、廣文選、詩紀。	五言,二十二句。

---

① 歌曰:"朝亦醉,暮亦醉。日日恒常醉,政事日無次。"事見《隋書》,頁710。
② 錢穆特別表彰司馬遷創制"列傳",他認爲"司馬遷以人物來作歷史中心,創爲列傳體,那是中國史學上一極大創見",并指出中國史學演進經歷了"紀事""分年""分人立傳"三個階段。見錢穆著《中國史學名著》(北京:生活·讀書·新知三聯書店,2000年),頁58。

續表

詩人	詩題	出處	體式
曹植	吁嗟篇	三國志注(作《瑟瑟歌》)、樂府詩集(樂府解題曰：曹植擬苦寒行爲吁嗟)、本集、廣文選、詩紀；類聚、文選注、御覽、韻補節引。	五言,二十四句。
	獻詩(并疏)·責躬	三國志本傳、文選、本集、詩紀。	四言,九十六句。
	獻詩(并疏)·應詔	三國志本傳、文選、本集、詩紀,類聚、文選注(做《責躬詩》)、御覽(作《應制詩》)節引。	四言,五十八句。
	贈白馬王彪詩(七章,李善注引序)	三國志注、文選、文章正宗、本集、詩紀；類聚、草堂詩箋節引。	五言,分別：十句、八句、十二句、十二句、十四句、十二句、十二句。
應璩	百一詩(殘)	三國志注。	五言,"楬車在道路。征夫不得休"。
毌丘儉	答杜摯詩	三國志注、廣文選、詩紀。	五言,二十四句。
嵇康	幽憤詩	文選、晉書本傳、詩紀；三國志注、晉書孫登傳、世說注節引。	四言,八十六句。
阮籍	詠懷詩八十二首(多慮令志散)	本集、詩紀；三國志節引。	五言,六句。
費禕	嘲吳群臣	三國志注、類聚、御覽。	四言,四句。
薛綜	嘲蜀使張奉	三國志、類聚、御覽。	四言,八句。
張純	賦席	三國志注、類聚、初學記、御覽、詩紀。	四言,四句。
張儼	賦犬	三國志注、初學記、御覽、詩紀。	四言,四句。
朱异	賦弩	三國志注、初學記、御覽、詩紀。	四言,四句。
諸葛恪	答費禕	三國志注、類聚、御覽。	四言,六句。

續 表

詩人	詩題	出處	體式
薛瑩	獻詩	三國志、詩紀。	四言,八十六句。
曹嘉	贈石崇詩	三國志注、詩紀。	五言,十四句。
石崇	答曹嘉詩	三國志注、詩紀;韻補(作《贈曹嘉詩》)節引。	五言,十六句。
晉 書			
曹植	怨歌行(古今樂錄以此爲魏明帝詩,書鈔引作魏文帝)	類聚、樂府詩集、文章正宗、文選補遺、風雅翼、詩紀(技錄、樂府解題皆以爲古辭,文章正宗作曹子建);書鈔(作魏文帝)、晉書桓伊傳(作《怨詩》)、萬花谷節引。	五言,二十二句。
嵇康	幽憤詩	文選、晉書本傳、詩紀;三國志注、晉書孫登傳、世說注節引。	四言,八十六句。
晉宣帝司馬懿	歌	晉書宣帝紀、御覽、樂府詩集、詩紀。	四言,十句。
李密	賜餞東堂詔令賦詩	晉書本傳、詩紀。	四言,六句。
應貞	晉武帝華林園集詩	晉書本傳、文選(六臣注:五臣無"園"字)、詩紀;書鈔(作《華林園詩》)、韻補(作《華林應制詩》)節引。	四言,九章,第二、六章十句,其餘八句。
王銓	爲兩足虎作歌詩	開元占經、梅鼎祚西晉文紀并引王隱晉書、晉書五行志。	四言,今存八句。
董京	詩二首(其一·乾道剛簡)	晉書本傳、御覽引王隱晉書、詩紀。	雜言,十句,前八句四言,末二句六言。
董京	詩二首(其二·孔子不遇)	晉書本傳、詩紀。	雜言,四句,前二句四言,第三句三言,末句七言。
	答孫楚詩	晉書本傳、詩紀。	雜言,二("嗟互")、四、五、六、七言皆有,四十七句。
周處	詩	晉書本傳、御覽、詩紀。	五言,四句。
閻讚	爲周處士上詩	晉書周處傳。	四言,四句,或不全。

續表

詩人	詩題	出處	體式
潘岳	關中詩（十六章）	文選、詩紀；晉書五十八引二韻。	四言，十六章，每章八句。
	閣道謠	晉書潘岳傳、世說、御覽引王隱晉書。	雜言，四句，三言二句，六、七各一句。
張協	采苓歌	晉書本傳（協作《七命》，系此歌）。	七言，"乘鷁舟兮爲水嬉。臨芳洲兮拔靈芝"。
孫機	爲劉曜進酒作	晉書劉曜載紀。	雜言，十句，一句五言，九句三言。
劉琨	重贈盧諶詩	晉書本傳、文選、詩紀；類聚、初學記、文選注、韻補、萬花谷節引。	五言，三十句。
熊甫	別歌	晉書沈充傳；詩紀。	七言，四句。
庾闡	從征詩（殘）	世說、晉書簡文帝紀、御覽。	五言，"志士痛朝危。忠臣哀主辱"。
謝道韞	詠雪聯句	晉書、世說、類聚、初學記、白帖、御覽、詩紀。	七言，謝安等三人各一句。
晉孝武帝司馬曜	示殷仲堪詩	晉書殷仲堪傳、御覽。	四言，"勿以己才。而笑不才"。
趙整	琴歌	晉書苻堅載紀、御覽、通鑑、樂府詩集、詩紀。	雜言，六句，首二句三言，其餘七言。
苻朗	臨終詩	晉書苻朗載紀、詩紀。	五言，十二句。
劉毅	西池應詔賦詩	晉書本傳。	五言，"六國多雄士。正始出風流"。
吳隱之	酌貪泉賦詩	晉書本傳、世說注、書鈔、類聚、初學記、御覽、事類賦注、萬花谷、詩紀；白帖節引。	五言，四句。
馬岌	題宋纖石壁詩	晉書宋纖傳、御覽、詩紀。	四言，八句。
陶淵明	歸去來兮辭（并序）	本集、文選、宋書陶潛傳、晉書陶潛傳、南史陶潛傳；文選注節引。	雜言。（案：此篇之文體性質，下文有討論。）

續　表

詩人	詩題	出處	體式
佛圖澄	吟	晉書佛圖澄傳、高僧傳佛圖澄傳。	四言,三句。
范泰	贈袁湛謝混詩	晉書袁湛傳。	五言,"亦有後出雋。離群頗騫翥"。
李暠	上巳曲水宴詩序	晉書涼武昭王傳,亡。	
宋　書			
曹操	氣出倡	宋書樂志、樂府詩集、詩紀,初學記引部分。	雜言。
	精列	宋書、樂府詩集、廣文選、詩紀。	雜言,五言爲主。
	度關山	宋書、樂府詩集、廣文選、詩紀。	雜言,四言爲主。
	薤露	宋書樂志、樂府詩集、廣文選、詩紀。	五言,十六句。
	薤露	宋書樂志、樂府詩集、廣文選、詩紀。	五言,十六句。
	對酒	宋書樂志、樂府詩集、廣文選、詩紀。	雜言。
	陌上桑	宋書樂志、樂府詩集、廣文選、詩紀。	雜言。十八句,六組"三、三、七"。
	短歌行(周西伯昌)	宋書樂志、樂府詩集、廣文選、詩紀。	雜言,六解,四言爲主。
	短歌行(對酒當歌)	本辭:文選、樂府詩集、詩紀。	四言,三十二句。
		晉樂所奏:宋書樂志、樂府詩集、詩紀。	四言,六解,二十四句。
	秋胡行(晨上散關山)	宋書樂志、樂府詩集、詩紀。	雜言,五言較多。
	秋胡行(願登泰華山)	宋書樂志、樂府詩集、廣文選、詩紀。	雜言,五解。

續　表

詩人	詩題	出處	體式
曹操	苦寒行（北上太行山）	本辭：文選、樂府詩集（作魏文帝作）、詩紀。	五言，二十四句。
		晉樂所奏：宋書樂志、樂府詩集（作魏文帝作）。	雜言，五解。
	善哉行（古公亶甫）	宋書樂志、樂府詩集、廣文選、詩紀。	四言，七解，每解四句。
	善哉行（自惜身薄祜）	宋書樂志、樂府詩集、詩紀。	雜言，四言爲主，六解，每解四句。
	步出夏門行〔步出東西門行、出夏門行、碣石篇/辭〕	宋書樂志、樂府詩集、詩紀。	雜言，四解。
王粲	七哀詩三首（其一·西京亂無象）	文選、文章正宗、詩紀；宋書、水經注、文選注、寰宇記、南史、類聚、韻補、黃氏集千家注杜工部詩史補遺、草堂詩箋節引。	五言，二十句。
曹丕	短歌行	宋書樂志、樂府詩集、廣文選、詩紀。	六解，每解四言六句。
	善哉行二首（其一·上山採薇）	宋書樂志、文選、樂府詩集、文章正宗、詩紀（一曰擬作）；類聚（作《苦哉行》）、文選注（五臣作《苦哉行》）節引。	六解，每解四言六句。
	煌煌京洛行	宋書樂志、樂府詩集、廣文選、詩紀；類聚、文選注節引。	五解，四言，分別爲四、八、八、四、八句。
	十五	宋書樂志、樂府詩集、廣文選、詩紀。	五言，十句。
	善哉行（朝日樂相樂）	宋書樂志、樂府詩集、詩紀；書鈔、初學記（作《於講堂作》）節引。	五解，每解五言四句。
	善哉行（朝遊高臺觀）	宋書樂志、樂府詩集、詩紀；書鈔、類聚（作《銅雀園詩》）、文選注節引。	五解，每解五言四句。

續　表

詩人	詩　題	出　處	體　式
曹丕	折楊柳行	宋書樂志、樂府詩集、廣文選、詩紀；類聚（作《遊仙詩》）、文選注、初學記、白帖、舊唐書、御覽、廣文選（作《遊仙詩》）節引。	四解,每解五言六句。
	燕歌行二首（其一·秋風蕭瑟天氣涼）	宋書樂志、文選、玉臺新詠、樂府詩集、詩紀；類聚、初學記節引。	七言,十五句(詩紀云：晉樂所奏,分七解；逯：宋書及樂府詩集此篇前六解皆兩韻一解)。
	燕歌行二首（其二·別日何易會日難）	本辭：玉臺新詠、樂府詩集、詩紀；初學記節引。	七言,十三句(詩紀云：晉樂所奏,分六解,又云：此首文互異者,并以宋書爲正)。
		晉樂所奏：宋書樂志、樂府詩集、詩紀。	雜言,六解,前五解皆七言二句；第六解有二四言句。
	陌上桑	宋書樂志、樂府詩集、廣文選、詩紀。	雜言,三、四、五、七言皆有,共二十句。
	豔歌何嘗行	宋書樂志(作《古詞》)、樂府詩集、廣文選、詩紀。	雜言,三、四、五、六、七言,共二十六句,豔(五解)+趨。
甄皇后	塘上行	玉臺新詠、樂府詩集(作魏武帝)、風雅翼補遺、詩紀；文選注、類聚(作《魏文帝甄皇后塘上行》)、韻補(作魏文帝)節引。	五言,二十四句。(逯：樂府以此篇爲魏武塘上行本辭,今從玉臺作甄后詞。又"出亦復苦愁"以下六句,乃樂人增入之曲,必非甄后之作也。)
		晉樂所奏：宋書樂志、樂府詩集(二書并作魏武帝)、詩紀。	五解,共三十三句,雜言,五言爲主,亦有七言、九言。
曹叡	善哉行	宋書樂志(分八解)、樂府詩集、廣文選、詩紀；書鈔、文選注、御覽節引。	四言,三十六句。(逯：宋書樂志等書并少"權實豎子"四句,此四句蓋詩紀據文選注以意補入,未必符原詩舊貌。)
	善哉行(四解)	宋書樂志、樂府詩集、詩紀。	四解,前三解皆四言四句,第四解八句三言,一句七言。

續　表

詩人	詩題	出處	體式
曹叡	步出夏門行	宋書樂志、樂府詩集、廣文選、詩紀(一曰《隴西行》);樂府詩集注節引。	雜言,二解+趨,四言爲主,亦有五言,四十八句。
	苦寒行	宋書樂志(有疊句)、樂府詩集、詩紀。	五解,五言,前四解皆四句,五解六句。
	櫂歌行	宋書樂志、廣文選、詩紀。	五解+趨,五言,每解、趨皆四句。
曹植	野田黄雀行(置酒高殿上)	本辭:文選、樂府詩集、本集、文章正宗(以上皆作《箜篌引》);書鈔、類聚、初學記節引。	五言,二十四句。
		晉樂所奏:宋書樂志、樂府詩集、詩紀(作《箜篌引》)。	四解,每解五言六句。
	鼙舞歌五首(聖皇篇)	宋書樂志、樂府詩集、詩紀;文選注節引。	五言,五十句。
	鼙舞歌五首(靈芝篇)	宋書樂志、樂府詩集、詩紀;文選注節引。	五言,四十八句(有十二句"亂曰")。
	鼙舞歌五首(大魏篇)	宋書樂志、樂府詩集、詩紀;文選注節引。	雜言,五十句,五言爲主,有六、七言。
	鼙舞歌五首(精微篇)	宋書樂志、樂府詩集、詩紀。	五言,六十四句。
	鼙舞歌五首(孟冬篇)	宋書樂志、樂府詩集、詩紀。	四言四十四句+五言"亂曰"十六句。
	怨詩行	晉樂所奏:宋書(作《楚調怨詩》)、樂府詩集、本集、詩紀(即《七哀詩》,中間略有異同耳)。	七解,五言,二十八句,每解四句。
	鞞舞歌序	宋書樂志、御覽、全三國文卷十六。	
棗據	追遠詩序	宋書百官志,全晉文卷六十七。	
謝混	誡族子詩	宋書謝弘微傳、南史謝密傳、詩紀。	五言,二十四句,分別誡五人,每人四句。

續　表

詩人	詩　題	出　處	體　式
謝混	詩（殘）	宋書謝弘微傳。	五言，"昔爲烏衣遊。戚戚皆親姪"。
陶淵明	命子詩	本集、宋書本傳、册府元龜、詩紀。	四言，十章，每章八句。
	歸去來兮辭（并序）	本集、文選、宋書陶潛傳、晉書陶潛傳、南史陶潛傳；文選注節引。	雜言。
竺曇林	爲桓玄作民謡詩二首（其一）	宋書五行志。	五言，四句。
	爲桓玄作民謡詩二首（其二）	宋書五行志。	五言，二句。
郭文	金雄詩	宋書符瑞志。	七言，存二句。
	金雌詩	宋書符瑞志。	七言，存五句。
劉義隆	元嘉七年以滑臺戰守彌時遂至陷没乃作詩	宋書索虜傳。	五言，二十八句。
	北伐詩	宋書索虜傳；類聚、詩紀并節引。	五言，二十六句。
傅亮	奉迎大駕道路賦詩	宋書本傳、詩紀。	五言，二十四句。
謝晦	彭城會詩	宋書本傳、御覽（作宋高祖）、詩紀。	五言，四句。
	悲人道	宋書本傳。	雜言，一百五十六句，六言爲主，六言句第四字爲虚字；有少量五言，第四字爲"兮"。開篇爲"悲人道兮"。
	連句詩	宋書本傳、南史謝世基傳、詩紀。	五言，四句。
謝世基	連句詩	宋書謝晦傳、南史謝世基傳、詩紀。	五言，四句。

續表

詩人	詩題	出處	體式
謝靈運	詩（韓亡子房奮）	宋書本傳、南史本傳、魏書孝靜帝紀、北齊書文襄帝紀、北史魏孝靜帝紀、類聚、御覽。	五言,四句。
	臨終詩	廣弘明集、詩紀；宋書本傳、南史本傳節引。	五言,十四句。
王韶之	贈潘綜吳逵舉孝廉詩	宋書潘綜傳、詩紀。	四言,六章,第三章十二句,第四章十句,其餘四章八句。
何長瑜	嘲府僚詩	宋書謝靈運傳、御覽、詩紀。	五言,四句。
范曄	臨終詩	宋書本傳、南史本傳、詩紀。	五言,十四句。
何承天	鼓吹鐃歌十五首·朱路篇	宋書樂志、樂府詩集、廣文選、詩紀。	五言,二十句。
	鼓吹鐃歌十五首·思悲公篇	宋書樂志、樂府詩集、廣文選、詩紀。	雜言,二十一句,七段,每段皆"三、三、七"。
	鼓吹鐃歌十五首·雍離篇	宋書樂志、樂府詩集、詩紀。	五言,二十四句。
	鼓吹鐃歌十五首·戰城南篇	宋書樂志、樂府詩集、詩紀。	雜言,二十四句,八段,每段皆"三、三、七"。
	鼓吹鐃歌十五首·巫山高篇	宋書樂志、樂府詩集、詩紀。	雜言,三、四、五、七言雜,二十五句。
	鼓吹鐃歌十五首·上陵者篇	宋書樂志、樂府詩集、詩紀。	雜言,二十四句,八段,每段皆"三、三、七"。
	鼓吹鐃歌十五首·將進酒	宋書樂志、樂府詩集、廣文選、詩紀。	三言,三十二句。
	鼓吹鐃歌十五首·君馬篇	宋書樂志、樂府詩集、詩紀。	五言,二十四句。
	鼓吹鐃歌十五首·芳樹篇	宋書樂志、樂府詩集、詩紀。	五言,二十句。
	鼓吹鐃歌十五首·有所思篇	宋書樂志、樂府詩集、詩紀。	雜言,二十一句,七段,每段皆"三、三、七"。

續 表

詩人	詩題	出處	體式
何承天	鼓吹鐃歌十五首·雉子遊原澤篇	宋書樂志、樂府詩集、詩紀。	五言,二十句。
	鼓吹鐃歌十五首·上邪篇	宋書樂志、樂府詩集、廣文選、詩紀。	五言,二十六句。
	鼓吹鐃歌十五首·臨高臺篇	宋書樂志、樂府詩集、廣文選、詩紀。	雜言,二十四句,八段,每段皆"三、三、七"。
	鼓吹鐃歌十五首·遠期篇	宋書樂志、樂府詩集、詩紀。	五言,二十句。
	鼓吹鐃歌十五首·石流篇	宋書樂志、樂府詩集、廣文選、詩紀。	四言,二十四句。
袁淑	種蘭詩	南史袁淑傳、御覽引宋書、詩紀。	五言,四句。
劉駿	四時詩	宋書王玄謨傳、南史王玄謨傳、詩紀;御覽(引《宋書》作《文帝爲王玄謨作四時詩》)節引。	五言,四句。
沈慶之	侍宴詩	宋書本傳、南史本傳、御覽、太平廣記、詩紀。	五言,六句。
王歆之	效孫皓爾汝歌	宋書劉穆之傳、南史劉穆之傳、御覽、詩紀。	五言,四句。
漁父	答孫緬歌	南史孫緬傳、御覽引宋書、詩紀。	四言,六句。
蕭道成	群鶴詠	南史荀伯玉傳、御覽引宋書、詩紀。	五言,四句。
到溉	答任昉詩	南史到溉傳、御覽引沈約宋書、詩紀。	五言,四句。
南齊書			
王嘉	歌三首(其一·金刀治世後遂苦)	南齊書符瑞志。	七言,七句。

續 表

詩人	詩題	出處	體式
王嘉	歌三首（其二·三禾糝糝林茂擎）	南齊書符瑞志。	七言,二句。
	歌三首（其三·欲知其姓草蕭蕭）	南齊書符瑞志、南史齊高帝紀、樂府詩集。	七言,三句。
卞彬	自爲童謠	南齊書本傳。	七言,三句。
蕭道成	塞客吟	南齊書蘇侃傳、南史蘇侃傳、詩紀。	雜言,三、四、五、六言雜,五十一句。
王儉	贈徐孝嗣詩	南齊書徐孝嗣傳、南史徐孝嗣傳。	四言,十六句。
王仲雄	懊儂曲歌	南史王敬則傳；南齊書王敬則傳引前二句。	五言,四句。
謝朓	暫使下都夜發新林至京邑贈西府同僚詩	本集、文選、類聚（作《夜發新林至京邑詩贈西府同僚》）、三謝詩、文章正宗、詩紀；南齊書謝朓傳節引。	五言,二十句。
梁 書				
左思	招隱詩二首（其一·杖策招隱士）	文選、詩紀；梁書、南史昭明太子傳、類聚、鳴沙石室古籍叢殘類書殘卷、御覽節引。	五言,十六句。
謝靈運	山家詩	梁書周捨傳。	五言,"中爲天地物。今爲鄙夫有"。
張融	贈何點詩	梁書何點傳。	五言,"惜哉何居士。薄暮遵荒淫"。
虞通之	贈傅昭詩	梁書傅昭傳、南史傅昭傳、詩紀。	五言,四句。
蕭衍	賜謝覽王暕詩	南史謝覽傳、梁書謝朓傳附覽傳、詩紀。	五言,四句。
	賜張率詩	南史張率傳、梁書張率傳、御覽、詩紀。	五言,四句。

續 表

詩人	詩題	出處	體式
蕭衍	戲題劉孺手板詩	南史劉孺傳、梁書劉孺傳、御覽、詩紀。	五言,四句。
	覺意詩賜江革	梁書江革傳、南史江革傳、詩紀。	五言,四句。(案:據梁書,武帝"賜革覺意詩五百字",則此存乃殘句。)
	答蕭琛詩	梁書蕭琛傳。	五言,四句。
	貽柳惲詩(殘)	梁書柳惲傳、南史劉惲傳。	五言,"爾寔冠群后。惟余實念功。"
曹景宗	光華殿侍宴賦競病韻詩	南史本傳、御覽引梁書、太平廣記、萬花谷、詩紀。	五言,四句。
任昉	贈王僧孺詩	梁書王僧孺傳、南史王僧孺傳、詩紀。	四言,二十四句。
	答劉孝綽詩	南史劉勔傳附孝綽傳節引;類聚、文苑英華節引;梁書謝舉傳(作《秘書監任昉出爲新安郡別舉詩》)節引;詩紀。	五言,十六句。
	擣衣詩	玉臺新詠、詩紀(作五首,逯以爲非);類聚節引;梁書引二句。	五言,五章,每章八句。
	從武帝登景陽樓詩	梁書本傳、南史本傳、詩紀。	五言,四句。
蕭統	詒明山賓詩	梁書明山賓傳、南史明山賓傳、詩紀。	五言,十句。
	餞庾仲容詩	梁書庾仲容傳、南史庾仲容傳、詩紀。	五言,四句。
陶弘景	題所居壁	陶隱居集、南史本傳、隋書五行志、御覽引梁書、太平廣記、詩紀。	五言,四句。
王籍	入若邪溪詩	古詩類苑、詩紀;梁書節引。	五言,八句。
蕭綱	詩序	梁書簡文帝紀。	"余七歲有詩癖,長而不倦。"

續表

詩人	詩題	出處	體式
蕭繹	懷舊詩	梁書顏協傳。	五言,四句(此乃一章)。
	贈到溉到洽詩	梁書到溉傳、詩紀(作《贈到溉洽》)。	五言,四句。
	追思張纘詩序	梁書張纘傳,全梁文卷十七。	
陳 書			
劉之遴	酬江總詩	陳書江總傳、詩紀。	五言,十二句。
江總	哭魯廣達詩	陳書魯廣達傳、南史魯廣達傳、詩紀。	五言,四句。
釋惠標	贈陳寶應	陳書虞荔傳附寄傳、南史虞寄傳、詩紀。	五言,四句。
魏 書			
王濟	詩	魏書三十六李順傳附騫傳釋情賦注引王武子詩。	四言,四句,當不全。
王嘉	歌(鳳皇鳳皇)	魏書九十五慕容沖傳。	雜言,三句,首句四言,其餘七言。
謝靈運	詩(韓亡子房奮)	宋書本傳、南史本傳、魏書孝靜帝紀、北齊書文襄帝紀、北史魏孝靜帝紀、類聚、御覽。	五言,四句。
韓延之	贈中尉李彪詩	魏書韓延之傳、詩紀。	五言,十四句。
宗欽	贈高允詩	魏書宗欽傳、詩紀;文館詞林節引。	四言,十二章,每章八句。
段承根	贈李寶詩	魏書段承根傳、詩紀。	四言,七章,每章八句。
游雅	詩	魏書游雅傳、北史游雅傳。	五言,四句。
北魏孝文帝元宏	縣瓠方丈竹堂饗侍臣聯句詩	魏書鄭道昭傳、北史鄭道昭傳、御覽、詩紀。	雜言,十四句(七聯),每聯前八言後七言,帝作二聯。
高允	答宗欽詩	魏書宗欽傳、詩紀;文館詞林(所引缺末一章)。	四言,十三章,每章八句。
	詠貞婦彭城劉氏詩	魏書列女傳、詩紀。	四言,八章,每章八句。

續　表

詩人	詩題	出處	體式
王肅	悲平城詩	魏書祖瑩傳、北史祖瑩傳、詩紀。	雜言,四句,首句三言,後三句五言。
彭城王元勰	應制賦銅鞮山松詩	魏書彭城王傳、北史獻文六王傳、御覽引後魏書、詩紀。	雜言,四句,首句三言,後三句五言。
李謐	神士賦歌	魏書李謐傳。	五言,十句。
陽固	刺讒詩	魏書陽尼傳附陽固傳、北史陽尼傳附陽固傳、詩紀。	四言,四十四句。
陽固	疾倖詩	魏書陽尼傳附陽固傳、北史陽尼傳附陽固傳、詩紀。	四言,六十二句。
北魏孝明帝元詡	幸華林園宴群臣於都亭曲水賦七言詩	魏書宣武靈皇后傳、北史宣武靈皇后傳、御覽。	七言,存二句,太后一句,帝一句。
北魏節閔帝元恭	詩(朱門久可患)	魏書前廢帝紀、北史魏節閔皇帝紀、詩紀。	五言,六句。
馮元興	浮萍詩	魏書本傳、北史本傳、詩紀。	五言,四句。
崔巨倫	五月五日詩	魏書崔辯傳附巨倫傳。	五言,四句。
盧元明	夢友人王由賦別詩	魏書盧元明傳。	五言,存二句,"自茲一去後。市朝不復遊"。
李騫	贈親友	魏書李騫傳、詩紀;北史李順傳附騫傳節引。	五言,二十四句。
祖瑩	悲彭城	魏書祖瑩傳、北史祖瑩傳、詩紀。	雜言,四句,首句三言,餘三句四言。
鹿悆	諷真定公詩二首(其一·嶧山萬丈樹)	魏書鹿悆傳、北史鹿悆傳、詩紀。	五言,四句。
鹿悆	諷真定公詩二首(其二·援琴起何調)	魏書鹿悆傳、北史鹿悆傳、詩紀。	五言,四句。

續表

詩人	詩題	出處	體式
常景	讚四君詩四首（其一·司馬相如）	魏書常爽傳附景傳、詩紀。	五言,八句。
	讚四君詩四首（其二·王褒）	魏書常爽傳附景傳、詩紀。	五言,八句。
	讚四君詩四首（其三·嚴君平）	魏書常爽傳附景傳、詩紀。	五言,八句。
	讚四君詩四首（其四·揚雄）	魏書常爽傳附景傳、詩紀。	五言,八句。
胡叟	示程伯達詩	魏書胡叟傳、北史胡叟傳、詩紀。	五言,八句。
濟陰王元暉業	感遇詩	魏書濟陰王傳、北齊書元暉業傳、北史濟陰王傳、詩紀。	五言,四句。
中山王元熙	絕命詩二首（其一·義實動君子）	魏書中山王熙傳、北史景穆十二王傳、詩紀。	五言,四句。
	絕命詩二首（其二·平生方寸心）	魏書中山王熙傳、北史景穆十二王傳、詩紀。	五言,四句。
宋道璵	贈張始均詩（殘）	魏書宋翻傳附道璵傳。	五言,"子深懷璧憂。余有當門病"。
魏收	論敘裴伯茂詩	魏書裴伯茂傳。	五言,"臨風想玄度。對酒思公榮"。
北齊書			
謝靈運	詩（韓亡子房奮）	宋書本傳、南史本傳、魏書孝靜帝紀、北齊書文襄帝紀、北史魏孝靜帝紀、類聚、御覽。	五言,四句。
鮑照	代東武吟	本集、文選(作《東武吟》)、樂府詩集(一作《東武吟行》)、文章正宗(作《東武吟》)、詩紀;北齊書文襄紀(作《鮑明遠詩》)、類聚、草堂詩箋、御覽、韻補(二書作《東武吟》)節引。	五言,二十八句。

續　表

詩人	詩　題	出　處	體　式
濟陰王元暉業	感遇詩	魏書濟陰王傳、北齊書元暉業傳、北史濟陰王傳、詩紀。	五言,四句。
陸法和	讖詩二首（其一・十年天子爲尚可）	北齊書陸法和傳、北史陸法和傳、隋書五行志、詩紀。	七言,三句。
陸法和	讖詩二首（其二・一母生三天）	北齊書陸法和傳、北史陸法和傳、詩紀。	五言,二句。
盧詢祖	趙郡王配鄭氏挽詞	北齊書盧詢祖傳、北史趙郡王睿傳、詩紀。	五言,八句。
陽休之	贈馬子結兄弟詩（殘）	北齊書孫靈暉傳附馬子結傳。	五言,"三馬俱白眉"。
惠化尼	謠	北齊書竇泰傳。	三言,"竇行臺。去不回"。
王晞	詣晉祠賦詩	北齊書本傳。	五言,"日落應歸去。魚鳥見留連"。
盧思道	贈李行之	北齊書李瑾傳。	五言,四句。
李孝貞	詠鵲詩（殘）	御覽引北齊書。	五言,"東立朝雨霽。南飛夜月明"。
\multicolumn{4}{c}{周　書}		
周明帝宇文毓	貽韋居士詩	周書韋敻傳、北史韋孝寬傳附敻傳、類聚、文苑英華（作《招隱士逍遙公韋敻》）、詩紀。	五言,十四句。
周明帝宇文毓	過舊宮詩	周書明帝紀、類聚、初學記、文苑英華、御覽、萬花谷、詩紀。	五言,八句。
高琳	宴詩	周書高琳傳、北史高琳傳、御覽、詩紀。	五言,四句。
庾信	謹贈司寇淮南公詩	本集、文苑英華、庾開府詩集、詩紀；周書元偉傳節引。	五言,四十句。
周弘正	贈韋敻詩（殘）	御覽引後周書。	五言,"德星猶未動。真車詎肯來"。

續表

詩人	詩題	出處	體式
\multicolumn{4}{c}{隋書}
王獻之	桃葉歌三首（其一·桃葉復桃葉）	隋書二十二、南史陳後主紀、玉臺新詠（作《情人桃葉歌》）、書鈔、類聚、樂府詩集、詩紀。	五言，四句。
陶弘景	題所居壁	陶隱居集、南史本傳、隋書五行志、御覽引梁書、太平廣記、詩紀。	五言，四句。
釋寶誌	讖詩	隋書五行志、詩紀。	五言，十句。
陸法和	讖詩二首（其一·十年天子爲尚可）	北齊書陸法和傳、北史陸法和傳、隋書五行志、詩紀。	七言，三句。
楊文佑	爲周宣帝歌	隋書刑法志。	雜言，四句，首二句三言，後二句五言。
周宣帝宇文贇	歌	隋書五行志、樂府詩集。	五言，存二句，"自知身命促。把燭夜行遊"。
陳後主	歌	隋書五行志、御覽、詩紀。	五言，"玉樹後庭花。花開不復久"。
隋文帝楊堅	宴秦孝王于并州作詩	隋書、詩紀。	四言，六句。
孫萬壽	遠戍江南寄京邑親友	隋書、文苑英華、詩紀（"江南"，一作"江城"）。	五言，八十四句。
明克讓	詠修竹詩	隋書本傳。	五言，隋書存"卒章"："非君多愛賞。誰貴此貞心。"
隋煬帝	雲中受突厥主朝宴席賦詩	隋書突厥傳、御覽、詩紀。	五言，十句。
	賜史祥詩	隋書史祥傳、北史史祥傳、詩紀。	五言，十句。
	賜牛弘詩	隋書牛弘傳、北史牛弘傳、御覽引國朝傳記、詩紀。	五言，十句。
	賜諸葛穎	隋書諸葛穎傳、北史諸葛穎傳、詩紀。	五言，六句。

續表

詩人	詩題	出處	體式
隋煬帝	幸江都作詩	隋書五行志、詩紀。	五言,四句。
	詩(殘)	隋書五行志。	五言,存卒章:"徒有飛歸心。無復因風力。"
賀若弼	遺源雄詩	隋書本傳、御覽、太平廣記、詩紀。	五言,四句。
王胄	奉和賜酺詩	隋書王胄傳、詩紀。	五言,二十句。
李密	五言詩	御覽引唐書、詩紀;隋書本傳、太平廣記引河洛記節引。	五言,十八句。
乙支文德	遺于仲文詩	隋書于仲文傳、御覽、詩紀。	五言,四句。
大義公主	書屏風詩	隋書突厥傳、詩紀。	五言,十六句。
\multicolumn{3}{c}{南 史}	
王粲	七哀詩三首(其一·西京亂無象)	文選、文章正宗、詩紀;宋書、水經注、文選注、寰宇記、南史、類聚、韻補、黃氏集千家注杜工部詩史補遺、草堂詩箋節引。	五言,二十句。
左思	招隱詩二首(其一·杖策招隱士)	文選、詩紀;梁書、南史昭明太子傳、類聚、鳴沙石室古籍叢殘類書殘卷、御覽節引。	五言,十六句。
王獻之	桃葉歌三首(其一·桃葉復桃葉。渡江不用檝。)	隋書二十二、南史陳後主紀、玉臺新詠(作《情人桃葉歌》)、書鈔、類聚、樂府詩集、詩紀。	五言,四句。
王嘉哀	歌三首(其三·欲知其姓草蕭蕭)	南齊書符瑞志、南史齊高帝紀、樂府詩集。	七言,三句。
謝混	誡族子詩	宋書謝弘微傳、南史謝密傳、詩紀。	五言,二十四句,分別誡五人,每人四句。
陶淵明	歸去來兮辭(并序)	本集、文選、宋書陶潛傳、晉書陶潛傳、南史陶潛傳;文選注節引。	雜言。

續　表

詩人	詩題	出　處	體　式
謝晦	連句詩	宋書本傳、南史謝世基傳、詩紀。	五言,四句。
謝世基	連句詩	宋書謝晦傳、南史謝世基傳、詩紀。	五言,四句。
謝靈運	詩(韓亡子房奮)	宋書本傳、南史本傳、魏書孝靜帝紀、北齊書文襄帝紀、北史魏孝靜帝紀、類聚、御覽。	五言,四句。
	臨終詩	廣弘明集、詩紀;宋書本傳、南史本傳節引。	五言,十四句。
范曄	臨終詩	宋書本傳、南史本傳、詩紀。	五言,十四句。
袁淑	種蘭詩	南史袁淑傳、御覽引宋書、詩紀。	五言,四句。
劉駿	四時詩	宋書王玄謨傳、南史王玄謨傳、詩紀;御覽(引宋書作《文帝爲王玄謨作四時詩》)節引。	五言,四句。
顏延之	秋胡行	文選、玉臺新詠(二書作《秋胡詩一首》)、樂府詩集(作九首,逯以爲非是)、詩紀;南史謝莊傳、本事詩、類聚(作《秋胡詩》)節引。	五言,九章,每章十句。
沈慶之	侍宴詩	宋書本傳、南史本傳、御覽、太平廣記、詩紀。	五言,六句。
鮑照	詩(殘)	南史吉士瞻傳	五言,"豎儒守一經。未足識行藏"。
袁粲	五言詩(殘)	南史本傳。	五言,"訪迹雖中宇。循寄乃滄州"。
劉俁	詩	南史長沙景王道憐傳、詩紀。	雜言,"城上草,植根非不高,所恨風霜早"。
卞彬	自爲童謠	南齊書本傳。	七言,三句。
王歆之	效孫皓爾汝歌	宋書劉穆之傳、南史劉穆之傳、御覽、詩紀。	五言,四句。

續　表

詩人	詩　題	出　　處	體　　式
漁父	答孫緬歌	南史孫緬傳、御覽引宋書、詩紀。	四言,六句。
齊高帝蕭道成	塞客吟	南齊書蘇侃傳、南史蘇侃傳、詩紀。	雜言,三、四、五、六言雜,五十一句。
	群鶴詠	南史荀伯玉傳、御覽引宋書、詩紀。	五言,四句。
王儉	贈徐孝嗣詩	南齊書徐孝嗣傳、南史徐孝嗣傳。	四言,十六句。
	春日家園詩	類聚、詩紀；南史本傳、太平廣記節引。	五言,十句。
王僧祐	贈王儉詩	南史王宏傳附僧祐傳、詩紀。	五言,四句。
文惠太子蕭長懋	擬古詩	南史沈顗傳。	七言,"磊磊落落玉山崩"。
顧歡	臨終詩	南史本傳、詩紀。	五言,十二句。
王仲雄	懊儂曲歌	南史王敬則傳；南齊書王敬則傳引前二句。	五言,四句。
袁彖	贈庾易詩	南史庾易傳、詩紀。	四言,四句。
虞通之	贈傅昭詩	梁書傅昭傳、南史傅昭傳、詩紀。	五言,四句。
王晏	和徐孝嗣詩(殘)	南史王晏傳。	五言,"槐序候方調"。
蕭衍	賜謝覽王暕詩	南史謝覽傳、梁書謝朓傳附覽傳、詩紀。	五言,四句。
	賜張率詩	南史張率傳、梁書張率傳、御覽、詩紀。	五言,四句。
	戲題劉孺手板詩	南史劉孺傳、梁書劉孺傳、御覽、詩紀。	五言,四句。
	送始安王方略入關	南史始安王蕭方略傳、詩紀。	五言,五句。

續　表

詩人	詩　題	出　　處	體　式
蕭衍	覺意詩賜江革	梁書江革傳、南史江革傳、詩紀。	五言,四句。(案:據梁書,武帝"賜革覺意詩五百字",則此存乃殘句。)
	貽柳惔詩(殘)	梁書柳惔傳、南史劉惔傳。	五言,"爾寔冠群后。惟余實念功"。
高爽	題延陵縣孫抱鼓詩	南史卞彬傳。	五言,四句。
曹景宗	光華殿侍宴賦競病韻詩	南史本傳、御覽引梁書、太平廣記、萬花谷、詩紀。	五言,四句。
任昉	贈王僧孺詩	梁書王僧孺傳、南史王僧孺傳、詩紀。	四言,二十四句。
	答劉孝綽詩	南史劉勔傳附孝綽傳節引;類聚、文苑英華節引;梁書謝舉傳(作《秘書監任昉出爲新安郡別舉詩》)節引;詩紀。	五言,十六句。
	寄到漑詩	南史到彥之傳附漑傳、詩紀。	五言,四句。
	從武帝登景陽樓詩	梁書本傳、南史本傳、詩紀。	五言,四句。
王訓	詩(殘)	南史王訓傳。("嘗爲詩云云,追祖儉之志也。")	五言,"且奭匡世功。蕭曹佐甿俗"。
陸倕	贈任昉詩	南史到漑傳、詩紀。	五言,十句。
蕭統	詒明山賓詩	梁書明山賓傳、南史明山賓傳、詩紀。	五言,十句。
	餞庾仲容詩	梁書庾仲容傳、南史庾仲容傳、詩紀。	五言,四句。
陶弘景	題所居壁	陶隱居集、南史本傳、隋書五行志、御覽引梁書、太平廣記、詩紀。	五言,四句。
劉之遴	嘲伏挺詩	南史劉之遴傳。	五言,"傳聞伏不鬭。化爲支道林"。

續　表

詩人	詩　題	出　　處	體　　式
到溉	答任昉詩	南史到溉傳、御覽引沈約宋書、詩紀。	五言,四句。
王偉	獄中贈人詩	南史本傳、詩紀。	五言,四句。
蕭綱	愍亂詩	南史朱异傳、詩紀。	四言,四句。
蕭繹	遺武陵王詩	南史武陵王紀傳、詩紀。（附蕭圓正《獄中連句》）	五言,四句。
蕭繹	幽逼詩四首（其一·南風且絕唱）	南史元帝本紀、詩紀。（案：此實臨終詩也。）	五言,四句。
蕭繹	幽逼詩四首（其二·人生逢百六）	南史元帝本紀、詩紀。	五言,四句。
蕭繹	幽逼詩四首（其三·松風侵曉哀）	南史元帝本紀、詩紀。	五言,四句。
蕭繹	幽逼詩四首（其四·夜長無歲月）	南史元帝本紀、詩紀。	五言,四句。
臨賀王蕭正德	詠竹火籠詩	南史臨川靜惠王附本傳、御覽、詩紀。	五言,四句。
王氏	連理詩	南史張景仁傳、詩紀。	五言,四句。
王氏	孤燕詩	南史張景仁傳、御覽、太平廣記、事類賦注、詩紀。	五言,四句。
釋寶誌	（又）讖詩	南史梁武帝紀、詩紀。	五言,四句。
釋寶誌	（又）讖詩二首（其一）	南史侯景傳、詩紀。	七言,四句。
釋寶誌	（又）讖詩二首（其二）	南史侯景傳、詩紀。	七言,二句。
劉昶	斷句詩	南史劉昶傳、詩紀。	五言,四句。
褚緭	戲爲詩	南史陳伯之傳。	五言,四句。

續 表

詩人	詩題	出處	體式
陸山才	刻吳閶門詩	南史張彪傳、詩紀。	五言,四句。
陳後主	歌	南史張麗華傳。	五言,"璧月夜夜滿。瓊樹朝朝新"。
	入隋侍宴應詔詩	南史陳後主本紀、初學記、文苑英華、御覽、詩紀。	五言,四句。
江總	哭魯廣達詩	陳書魯廣達傳、南史魯廣達傳、詩紀。	五言,四句。
釋惠標	贈陳寶應	陳書虞荔傳附寄傳、南史虞寄傳、詩紀。	五言,四句。
北 史			
謝靈運	詩(韓亡子房奮)	宋書本傳、南史本傳、魏書孝靜帝紀、北齊書文襄帝紀、北史魏孝靜帝紀、類聚、御覽。	五言,四句。
游雅	詩	魏書游雅傳、北史游雅傳。	五言,四句。
北魏孝文帝元宏	縣瓠方丈竹堂饗侍臣聯句詩	魏書鄭道昭傳、北史鄭道昭傳、御覽、詩紀。	雜言,十四句(七聯),每聯前八言後七言,帝作二聯。
王肅	悲平城詩	魏書祖瑩傳、北史祖瑩傳、詩紀。	雜言,四句,首句三言,後三句五言。
彭城王元勰	應制賦銅鞮山松詩	魏書彭城王傳、北史獻文六王傳、御覽引後魏書、詩紀。	雜言,四句,首句三言,後三句五言。
陽固	刺讒詩	魏書陽尼傳附陽固傳、北史陽尼傳附陽固傳、詩紀。	四言,四十四句。
	疾倖詩	魏書陽尼傳附陽固傳、北史陽尼傳附陽固傳、詩紀。	四言,六十二句。
北魏孝明帝元詡	幸華林園宴群臣於都亭曲水賦七言詩	魏書宣武靈皇后傳、北史宣武靈皇后傳、御覽。	七言,存二句,太后一句,帝一句。
北魏節閔帝元恭	詩(朱門久可患)	魏書前廢帝紀、北史魏節閔皇帝紀、詩紀。	五言,六句。
	聯句詩	北史薛辯傳附孝通傳、詩紀。	五言,十四句(七聯),帝作四句。

續 表

詩人	詩 題	出 處	體 式
馮元興	浮萍詩	魏書本傳、北史本傳、詩紀。	五言,四句。
董紹	高平牧馬詩	北史董紹傳、詩紀。	五言,四句。
李騫	贈親友	魏書李騫傳、詩紀;北史李順傳附騫傳節引。	五言,二十四句。
祖瑩	悲彭城	魏書祖瑩傳、北史祖瑩傳、詩紀。	雜言,四句,首句三言,餘三句四言。
鹿悆	諷真定公詩二首(其一·嶧山萬丈樹)	魏書鹿悆傳、北史鹿悆傳、詩紀。	五言,四句。
鹿悆	諷真定公詩二首(其二·援琴起何調)	魏書鹿悆傳、北史鹿悆傳、詩紀。	五言,四句。
胡叟	示程伯達詩	魏書胡叟傳、北史胡叟傳、詩紀。	五言,八句。
濟陰王元暉業	感遇詩	魏書濟陰王傳、北齊書元暉業傳、北史濟陰王傳、詩紀。	五言,四句。
中山王元熙	絕命詩二首(其一·義實動君子)	魏書中山王熙傳、北史景穆十二王傳、詩紀。	五言,四句。
中山王元熙	絕命詩二首(其二·平生方寸心)	魏書中山王熙傳、北史景穆十二王傳、詩紀。	五言,四句。
陸法和	讖詩二首(其一·十年天子爲尚可)	北齊書陸法和傳、北史陸法和傳、隋書五行志、詩紀。	七言,三句。
陸法和	讖詩二首(其二·一母生三天)	北齊書陸法和傳、北史陸法和傳、詩紀。	五言,二句。
盧詢祖	趙郡王配鄭氏挽詞	北齊書盧詢祖傳、北史趙郡王睿傳、詩紀。	五言,八句。
魏收	大射賦詩	北史魏收傳。	五言,"尺書徵建鄴。折簡召長安"。

續　表

詩人	詩題	出處	體式
馮淑妃	感琵琶弦詩	北史后妃傳、詩紀。	五言,四句。
褚士達	夢人倚户授其詩	北史斛律光傳。	五言,四句。
周明帝宇文毓	貽韋居士詩	周書韋敻傳、北史韋孝寬傳附敻傳、類聚、文苑英華(作《招隱士逍遙公韋敻》)、詩紀。	五言,十四句。
高琳	宴詩	周書高琳傳、北史高琳傳、御覽、詩紀。	五言,四句。
隋煬帝楊廣	賜史祥詩	隋書史祥傳、北史史祥傳、詩紀。	五言,十句。
	賜牛弘詩	隋書牛弘傳、北史牛弘傳、御覽引國朝傳記、詩紀。	五言,十句。
	賜諸葛穎	隋書諸葛穎傳、北史諸葛穎傳、詩紀。	五言,六句。

二、相關正史引賦述略

嚴可均、程章燦輯錄先唐賦時,也列出了文本來源,仿效附表5.1,整理相關正史存錄詩賦的基本情況,得附表5.2如下。

關於附表5.1的幾項説明同樣適用於附表5.2,此外還有兩點需要補充説明:

(一)嚴可均和程章燦在輯錄賦作時,對祇保留題目的篇目也有輯錄,這與逯欽立輯校《全詩》不盡相同。因爲他們已經完成了這項工作,所以這裏將這些祇留下題目的賦作也列入附表5.2中,這是附表5.2和附表5.1的不同之處。

(二)同一篇賦作的文字可能散落在不同的典籍中,所以附表5.2在羅列現存賦篇的體式時,也儘可能交代哪些部分出自哪些典籍。舉例來説,陸機的《大暮賦(并序)》分别被《藝文類聚》《初學記》《三國志注》《御覽》和《文選注》保存。現存的《大暮賦》可以分作兩個段落,保存在前面四種文獻中的文字乃一個段落,保存在《文選注》中的文字又是一個段落,故而"出處"欄用分號(;)隔開前四書(這四部典籍之間則用頓號)和《文選注》,在

"體式"一欄則標明:"存二段:四十句(四、五、六、七、八字);一句(六字)。"也即有四十句見於前四種書(至於各書分別保存了多少,還請複覈原始文獻),這四十句裏有四字、五字、六字、七字和八字句;還有一句六字句保存在《文選注》中。此外,程章燦在嚴可均輯錄的《大暮賦》之外又找到了佚文,附表5.2就再以〔 〕號説明。

最後,針對附表5.1和附表5.2,還要説明的是,理論上,直接從正史本身搜尋其中的詩、賦作品自然最佳,但限於時間和精力,爲求便捷,本節通過《全詩》《全文》來完成這一工作。故而上述二表可能會有一些遺漏。在整理相關詩賦時,我儘可能地復覈正史,也發現了少量漏輯的地方,如東魏孝靜帝吟詠謝靈運詩("韓亡子房奮")一事(上文已經略有論述),逯輯《全詩》祇標註《魏書》和《北齊書》載録此事,而《北史》其實也載録了同一件事,附表5.1中對此已有説明。① 不過,總體而言,借助嚴、逯、程等前輩的卓越工作,以上二表還是能够比較全面地反映相關正史存録詩、賦的情况。至於進一步全面而準確地輯録正史中的魏晉南北朝詩賦,尚待來日。②

正史中存録的辭賦數量少於詩歌,通觀附表5.2,我們會發現正史中辭賦的分佈呈現如下狀態:

首先,《三國志》并未存録辭賦,其餘各史則多少皆有存録。《三國志》存詩最少且不存賦,這與《三國志》獨特的性質有關,相較其他十一部正史,《三國志》最爲簡略,祇有紀、傳,無志。相應地,《三國志》的文筆也比較"簡潔爽約",選録文章以歷史意義爲主,祇是兼及文學價值。③《三國志》不存辭賦,除了陳壽掌握的材料有限外,恐怕也是因爲在他看來諸多辭賦"歷史意義"有限(陳壽眼中的"歷史意義"自然集中在政治方面)有關。而曹植的兩首《獻詩》能被載録,主要也是因爲這兩首詩能够説明曹植在曹丕上臺後的政治態度和訴求。

---

① 前人輯録文獻自然不免小有錯漏,本書如有發現就直接改正,不一一出注。
② 田恩銘在《初唐史傳與文學研究》中專門作了"初唐史傳採遮詩文入傳研究",具體討論了《隋書》《梁書》《陳書》《北齊書》《周書》《晉書》中的詩文,他對於這些史書中的詩、賦、文也有輯録。田著還從文獻角度對"初唐史傳入傳文人作品存佚"作了一番考述,田書之述論與本章頗多相關,唯出發點和視角較爲不同(本書從魏晉南北朝詩賦得以存録的角度出發,田則從初唐修史之採遮詩文出發)。參看《初唐史傳與文學研究》,頁117—201。
③ 見繆鉞《〈三國志選〉前言》,收入繆鉞著《繆鉞全集》第四卷《〈三國志〉與陳壽研究》(石家莊:河北教育出版社,2004年),頁9。《三國志》之簡略,除了和陳壽所掌握的資料有關外,也受當時"追求簡略"的風氣影響:"大致説來,從兩漢之際到東晉,先是在經學領域,而後又在史學領域中出現了一種追求簡略的風氣。而一到南朝則風氣大變,簡略不一定是優點,繁富也不一定是缺陷。"故而裴注和《三國志》實有不同取向,因此本章基本不論及裴注。見胡寶國著《漢唐間史學的發展》,頁81—94。

其次，各史之本紀皆不錄辭賦。魏晉南北朝諸帝王作賦不少，正史中也并非沒有存錄，《宋書》就載錄了宋孝武帝劉駿的《傷宣貴妃擬漢武帝李夫人賦（并序）》，但此賦不見於卷六《孝武帝紀》，而是在卷八十《孝武十四王傳·始平孝敬王子鸞》中出現，因爲宣貴妃（殷淑儀，死後被追晉爲貴妃）乃劉子鸞之母。本紀不錄辭賦，主要還是因爲本紀以編年敘軍國大事，辭賦與軍國大事及帝王行爲無甚關聯，故不加引錄。與辭賦相比，少數詩歌倒是與軍國大事、帝王行爲關係較近，故能在各史本紀中見到少量詩歌。

再次，各史之志也存錄了少量辭賦，具體來說有三類"志"存有辭賦：一是"禮志"，《晉書·禮志》和《宋書·禮志》都引錄了傅玄《元日朝會賦》的片段，《宋書·禮志》還引用了王沈《正會賦》和何楨《許都賦》的片段，引錄這些片段都是爲了解釋説明朝會等禮儀制度。二是"樂志"，《宋書·樂志》分別引杜摯《笳賦序》及傅玄的三篇賦（《琵琶賦序》《箏賦序》《節賦》）來説明諸樂器，這幾段文字後來也都被《通典》引錄。三是"經籍志"，也即《隋書·經籍志》，《隋書·經籍志》將部分辭賦作爲"經籍"加以著錄。"經籍志"或"藝文志"著錄詩賦淵源有自，《漢書·藝文志》就有"詩賦略"一大類，西漢之時成部之書與單篇之作區分尚不清晰，《漢志》著錄辭賦，以"篇"爲基本單位，① 又著錄作者（如"屈原賦二十五篇"）或題目（如"《客主賦》十八篇"），但沒有同時著錄作者和題目的。② 魏晉以降，書籍形式和著作觀念皆大有變化，《隋志》著錄辭賦則以"卷"爲基本單位，既著錄了《賦集》八十六卷、《歷代賦》十卷這樣的彙編之書，也著錄了《述征賦》一卷這樣的單篇之作。③ 但是《隋志》並沒

---

① 《漢書·藝文志》著錄各類典籍，有兩種基本單位，或曰"篇"，或曰"卷"。章學誠、葉德輝、李零都曾提出，"篇"對應簡牘，"卷"對應帛書。《文史通義·篇卷》："而向、歆著錄，多以篇卷爲計。大約篇從竹簡，卷從縑素，因物定名，無他義也。"見前引《文史通義校注》，頁305；《書林清話·書之稱卷》："卷子因於竹帛之帛。"見葉德輝撰《書林清話》（上海：上海古籍出版社，2008年），頁9；李零認爲："班志所錄，皆校讎之後，別寫定本，不是原本。篇卷統計：篇者是就文字言，寫完一篇算一篇，按内容劃分；卷者是就載體言，簡帛收束，以手持爲便，捲成一卷算一卷，兩者未必相等。目中所錄，凡稱篇者，都是竹書；凡稱卷者，都是帛書或帛圖。"見李零著《蘭臺萬卷：讀〈漢書·藝文志〉》（北京：生活·讀書·新知三聯書店，2011年），頁9、10。

② 《漢志》之"詩賦略"將賦分爲四類：屈原賦之屬、陸賈賦之屬、荀卿賦之屬、雜賦。前三類皆曰"某某賦多少篇"，"雜賦"類則列賦題和篇數，不言作者。關於《漢志》辭賦之分類依據，衆說紛紜，恐難有定論，除前引《蘭臺萬卷》外，還可參看程千帆《〈漢志·詩賦略〉首三種分類遺意説》與《〈漢志〉雜賦義例説臆》，收入《程千帆全集》第七卷《閑堂文藪》（石家莊：河北教育出版社，2000年），頁208—219。

③ 《隋書·經籍志》之"總集"類著錄各類辭賦頗多，附表5.2祇列了現今僅有賦題存於《隋書·經籍志》的單篇作品。如張淵之《觀象賦》，《隋志》有載錄，但我們今日還能從《魏書》等典籍見到全文，這裏就沒有將這一類作品列入附表5.2。參看前引《隋書經籍志詳攷》，頁891—894。

有著錄單首詩,這一對比隱約透露出詩賦的一大不同,那就是辭賦中篇幅大的部分,在中古時期時可以被看作一部著作。①

正史三類"志"中的有限辭賦讓我們看到,魏晉南北朝辭賦有知識性的一面,故而史志在敘述禮儀制度、樂器時需要引用相關段落;此外,當時的某些辭賦也有著作的性質,故而可以被著錄於"經籍志"之中。這兩點恰是同時之詩歌所不具備的。

最後,大部分辭賦都存錄於列傳之中,這裏有一特別值得注意的現象,那就是若干長篇辭賦被史傳全文載錄,下文將專門討論這一現象。

附表 5.2 《三國志》《晉書》及二史八書存錄魏晉南北朝辭賦一覽

賦家	賦題	出處	體式
三國志			
曹植	登臺賦	三國志注、類聚、初學記。	存二十六句,四、六、七字,前十八句七、六字相間,七字句末字爲"兮"。
費禕	麥賦	據三國志裴注,費有此篇,文佚。	
諸葛恪	磨賦	據三國志裴注,諸葛有此篇,文佚。	
陸機	大暮賦(并序)	類聚、初學記、三國志注、御覽;文選注。	存二段:四十句(四、五、六、七、八字);一句(六字)。〔案:程章燦另輯補一則。〕
晉書			
左芬	離思賦	晉書左貴嬪傳。	或爲全篇。五十三句。
王廙	中興賦	據晉書卷七十八王廙傳,王有此篇,文佚。	
庾敳	意賦	晉書庾敳傳。	存二十六句,六、七、八字,七、八字句末字爲"兮"。

---

① 中古時期在單篇之作和成部之書之間存在一"模糊地帶",某些賦正處於這一地帶,還有一些篇幅較長的論也是如此,我對這一問題曾有簡略的討論,參看前引《〈弘明集〉"論"篇探微》。

續　表

賦家	賦　題	出　處	體　式
傅玄	元日朝會賦	初學記、類聚、晉書禮志、宋書禮志、御覽;御覽;書鈔。	存三段:六十七句(三、四、六、八字);二句(六字);二句(六字)。〔案:程章燦從《書鈔》另輯補三則,題作《朝會賦》,當爲一篇。〕
袁宏	東征賦	類聚、書鈔、御覽;御覽;世說、晉書袁宏傳;世說注。	存四段:六十句(三、四、五、六、七字);一句(六字);六句(四字);六句(四、五字)。
袁宏	北征賦	御覽;御覽;世說注、晉書袁宏傳;初學記。	存四段:六句(四、六字);二句(六字);十句(六字);四句(五、三字)。
成公綏	天地賦(并序)	晉書成公綏傳、類聚、初學記、書鈔。	或爲全篇。一百四十四句。
成公綏	嘯賦	文選、類聚、晉書成公綏傳。	當爲全篇。一百四十四句。
嵇含	弔莊周圖文	晉書嵇含傳。	案:此實類賦,且有序,故姑列於此。
向秀	思舊賦(并序)	文選、類聚、晉書本傳。	當爲全篇。二十四句。
摯虞	思遊賦(并序)	晉書摯虞傳。	主客問答,當爲全篇。二百二十句。
陸喜	娛賓賦	據晉書卷五十四陸機傳附陸喜傳,陸有此二篇,文佚。	
陸喜	九思		
張協	七命	文選、晉書張協傳。	當爲全篇。五百〇九句。
陸機	豪士賦(并序)	文選、類聚、晉書陸機傳(序);類聚(賦)。	序極長,備受重視,賦存二十八句,四、五、六字。
陸雲	詠德賦	據晉書卷三十六張華傳及陸雲《與兄平原書》,陸有此篇,文佚。	
張翰	首丘賦	見晉書本傳,僅存題,文佚。	
陶淵明	歸去來兮辭(并序)	本集、文選、晉書陶潛傳、宋書陶潛傳。	當爲全篇。六十句。

續 表

賦家	賦題	出　處	體　式
苻融	浮圖賦	據晉書卷一百十四苻堅載記附苻融傳,苻有此篇,文佚。	
李暠	述志賦	晉書涼武昭王傳、十六國春秋。	當爲全篇。一百六十七句。
	槐樹賦	晉書涼武昭王傳,文佚。	
	大酒容賦	晉書涼武昭王傳,文佚。	
李賜	玄鳥賦	據晉書卷八十八李密傳附李賜傳,李有此篇,文佚。	[不見于《全晉文》,程章燦輯出。]
相雲	德獵賦	據晉書卷一百十七姚興載記及廣韻,相有此篇,文佚。	[不見于《全晉文》,程章燦輯出。]
段業	龜茲宮賦	據晉書卷一百二十二呂光載記,段有此篇,文佚。	[不見于《全晉文》,程章燦輯出。]
宋　書			
杜摯	笳賦(并序)	宋書樂志、文選注、通典、御覽、書鈔(序);類聚;書鈔。(賦)。	存二十六句,三、四、六字。[案:程章燦從《書鈔》另輯補序一則,賦二則。]
王沈	正會賦	初學記、宋書禮志;宋書禮志。	存二段:二十四句(六、七字,七字句末字爲"兮");一句(六字)。
何楨	許都賦	宋書禮志;文選注;書鈔。	存三段:四句(四字);二句(七字);二句(四、三字)。[案:程章燦另輯補一則。]
傅玄	元日朝會賦	初學記、類聚、晉書禮志、宋書禮志、御覽;御覽;書鈔。	存三段:六十七句(三、四、六、八字);二句(六字);二句(六字)。[案:程章燦從《書鈔》另輯補三則,題作《朝會賦》,當爲一篇。]
	琵琶賦(并序)	宋書樂志、初學記、通典、御覽(序);書鈔;初學記;初學記(賦)。	存三段:二句(六字);十四句(四、六、七字,七字句末字爲"兮");四句(六、四字)。[案:程章燦另輯補一則。]

續　表

賦家	賦題	出處	體式
傅玄	箏賦(并序)	宋書樂志、初學記、通典(序);初學記;初學記;初學記。	存三段:四句(四字);六句(四字);四句(四字)。
	節賦	宋書樂志、通典。	存四句,前二句四字,後二句五字。
嵇含	祖賦序	宋書、類聚(誤作《社賦序》)、初學記。	賦亡序存。
陶淵明	歸去來兮辭(并序)	本集、文選、晉書陶潛傳、宋書陶潛傳。	當爲全篇。六十句。
劉駿	傷宣貴妃擬漢武帝李夫人賦(并序)	宋書始平王子鸞傳、類聚、文選注。	或爲全篇。六十六句。
傅亮	感物賦(并序)	宋書傅亮傳。	或爲全篇。六十句。
何尚之	退居賦	宋書何尚之傳,文佚。	
謝靈運	撰征賦(并序)	宋書謝靈運傳、類聚。	當爲全篇。六百十九句。
	山居賦(有序并自注)	宋書謝靈運傳、類聚。	當爲全篇。七百十九句(不含注)。
謝晦	悲人道	宋書謝晦傳。	當爲全篇,此實賦也。一百五十六句。
謝莊	舞馬賦應詔	宋書謝莊傳(河南獻舞馬,詔群臣爲賦)、類聚、初學記。	當爲全篇。一百二十二句。
袁淑	赤鸚鵡賦	據宋書卷八十五謝莊傳,袁有此篇,文佚。	
沈璞	舊宮賦	據宋書卷一百自序,沈有此篇,文佚。	[不見于《全宋文》,程章燦輯出。]
王素	蚖賦	據宋書卷九十三隱逸傳王素,王有此篇,文佚。	[不見于《全宋文》,程章燦輯出。]
南齊書			
韓蘭英	中興賦	據南史卷十一宋武穆裴皇后傳、南齊書卷二十皇后傳,韓有此篇,文佚。	[不見于《全宋文》,程章燦輯出。]

續　表

賦家	賦題	出　處	體　式
張融	海賦(并序)	南齊書張融傳、類聚。	當爲全篇。二百九十一句。
卞彬	蝦蟆賦	南齊書卞彬傳、南史十二、御覽。	存二段：二句(四字)；四句(四字)。[案：程章燦從《金樓子》另輯補一則，題作《蝦蟆科斗賦》。]
	蚤虱賦序	南齊書卞彬傳、南史七十二、御覽。	賦亡序存。
顧歡	黃雀賦	據南齊書卷五十四高逸傳顧歡，顧有此篇，文佚。	
王僧祐	講武賦	據南齊書卷四十六王秀之傳附王僧祐傳，王有此篇，文佚。	[不見于《全齊文》，程章燦輯出。]
諸葛勖	雲中賦	據南齊書卷七十二文學傳諸葛勖，諸葛有此二篇，文佚。	[不見于《全齊文》，程章燦輯出。]
	東冶徒賦		
梁　書			
楊元鳳	賦	梁書劉杳傳。	存二句，四字。
蕭子良	高松賦	據梁書卷三十五蕭子恪傳，蕭有此篇，文佚。	
蕭子恪	高松賦	據梁書卷三十五蕭子恪傳，蕭有此篇，文佚。	[不見于《全齊文》，程章燦輯出。]
蕭綱	圍城賦	梁書朱异傳。	存十句，六字。
蕭統	徂歸賦	據梁書卷五十文學傳劉杳，杳注昭明《徂歸賦》，文佚。	
蕭子顯	鴻序賦	據梁書卷三十五蕭子顯傳，有此篇，蕭子顯自序亦涉及此篇，文佚。	案：子顯《自序》謂《鴻序》"體兼衆制，文備多方"。
蕭子暉	講賦	據梁書卷三十五蕭子恪傳附蕭子暉傳，子暉"嘗預重雲殿聽制講《三慧經》，退爲《講賦》奏之，甚見稱尚"，文佚。	案：《講賦》一題，或爲節略。
沈約	郊居賦	梁書沈約傳、類聚。	當爲全篇。

續　表

賦家	賦題	出　處	體　式
任昉	答陸倕感知己賦	梁書陸倕傳、類聚。	存八十四句,四、六字。
裴子野	寒夜賦	類聚。(嚴案,梁書謝徵傳:"子野嘗爲《寒夜直宿賦》以贈徵,徵爲《感友賦》以酬之。")	存十六句,四、六字。
張率	河南國獻舞馬賦應詔(并序)	梁書張率傳。	當爲全篇。一百五十四句。
	待詔賦	據梁書卷三十三張率傳,張有此篇,文佚。	
高爽	鑊魚賦	據梁書卷四十九文學傳高爽,高有此篇,文佚。	
周興嗣	休平賦	據梁書卷四十九文學傳周興嗣及梁書卷三十三張率傳,周有此二篇,文佚。	
	河南國獻舞馬賦應詔		
到洽	河南國獻舞馬賦應詔	據梁書卷三十三張率傳,到有此篇,文佚。	案:程章燦指出,據《梁書》及《南史》不同篇章,與張率、周興嗣同作賦者,有三説(到洽、到溉、到沆)。
到溉	河南國獻舞馬賦應詔	據南史卷三十一張裕傳附張率傳,到有此篇,文佚。	[不見于《全梁文》,程章燦輯出。]
到沆	河南國獻舞馬賦應詔	據梁書卷四十九文學傳周興嗣,到有此篇,文佚。	[不見于《全梁文》,程章燦輯出。]
張纘	南征賦	梁書張纘傳、類聚。	當爲全篇。六百〇一句。
王筠	芍藥賦	梁書王筠傳記篇題,文佚。	
劉孺	李賦	據梁書卷四十一劉孺傳,劉有此篇,文佚。	[不見于《全梁文》,程章燦輯出。]
王規	新殿賦	據梁書卷四十一王規傳,王有此篇,文佚。	[不見于《全梁文》,程章燦輯出。]
劉杳	林庭賦	據梁書卷五十文學傳劉杳,劉有此篇,文佚。	[不見于《全梁文》,程章燦輯出。]

續表

賦家	賦題	出處	體式
何子朗	敗冢賦	據梁書卷五十文學傳何子朗,何有此篇,文佚。	[不見于《全梁文》,程章燦輯出。]
謝徵〔微〕	感友賦	據梁書卷五十文學傳謝徵,謝有此篇,文佚。(錢大昕考訂謝徵當爲謝微。)	[不見于《全梁文》,程章燦輯出。]
臧嚴	屯遊賦	據梁書卷五十文學傳臧嚴,臧有此篇,文佚。	[不見于《全梁文》,程章燦輯出。]
	七算		

陳 書

賦家	賦題	出處	體式
顧野王	日賦	據陳書卷三十顧野王傳,顧有此篇,文佚。	
沈衆	竹賦	據陳書卷十八沈衆傳,沈有此篇,文佚。	[不見于《全陳文》,程章燦輯出。]
蔡凝	小室賦	據陳書卷三十四文學傳蔡凝,蔡有此篇,文佚。	[不見于《全陳文》,程章燦輯出。]
徐份	夢賦	據陳書卷二十六徐陵傳附徐份傳,徐有此篇,文佚。	[不見于《全陳文》,程章燦輯出。]
陸從典	柳賦	據陳書卷三十陸瓊傳附陸從典傳,陸有此篇,文佚。	[不見于《全陳文》,程章燦輯出。]
江總	修心賦(并序)	陳書江總傳、文苑英華。	或爲全篇,六十四句,四、六字。

魏 書

賦家	賦題	出處	體式
元順	蠅賦(并序)	魏書任城王附傳。	或爲全篇,存六十二句,三、四、五、六、七字。
元颺	蠅賦	據魏書卷二十一彭城王傳,元有此篇,文佚。	
張淵	觀象賦(并序)	魏書張淵傳(有注)、十六國春秋(無注),初學記略載。	當爲全篇。二百二十二句。
高允	代都賦	魏書高允傳:"允轉太常卿,上《代都賦》,因以諷諫,亦《二京》之流也。"文佚。	

續　表

賦家	賦題	出　處	體　式
高閭	宣命賦	魏書胡叟傳:"閭作《宣命賦》,叟爲之序。"文佚。	
李謐	神士賦	魏書逸士李謐傳。	存"歌曰",十句五言。
李騫	釋情賦(并序)	魏書李順附傳。	當爲全篇。二百五十二句。
李諧	述身賦	魏書李平附傳。	當爲全篇。二百五十句。
裴宣	懷田賦	據魏書卷四十五裴駿傳附裴宣傳,裴有此篇,文佚。	
盧元明	幽居賦	魏書盧玄附傳:"元明永熙末居洛東緱山,乃作《幽居賦》。"文佚。	
裴伯茂	豁情賦序	魏書裴伯茂傳:"曾爲《豁情賦》,其序略……"	賦亡序存。
裴伯茂	遷都賦	魏書裴伯茂傳:"天平初,遷鄴,又爲《遷都賦》。"文佚。	
酈道元	七聘	魏書酈道元傳:"爲《七聘》及諸文,皆行於世。"文佚。	
陽固	南都賦	魏書陽尼附傳:"固作南、北二都賦,稱恒代田漁聲樂侈靡之事,節以中京禮儀之式,因以諷諫。"文佚。	
陽固	演賾賦	魏書陽尼附傳。	當爲全篇。三百四十三句。
袁翻	思歸賦	魏書袁翻傳。	或爲全篇。六十八句。
胡叟	韋杜二族賦	據魏書卷五十二胡叟傳及瞿兑之推斷,胡當有如此一篇賦,文佚。	[不見于《全後魏文》,程章燦輯出。]
陸暐	七誘	據魏書卷四十陸俟傳附陸暐傳,陸有此篇,文佚。	[不見于《全後魏文》,程章燦輯出。]
邢產	孤蓬賦	據魏書卷六十五邢巒傳附邢產傳,邢有此篇,文佚。	[不見于《全後魏文》,程章燦輯出。]
甄密	風車賦	據魏書卷六十八甄琛傳附甄密傳,甄有此篇,文佚。	[不見于《全後魏文》,程章燦輯出。]

續 表

賦家	賦題	出　處	體　式
裴景融	鄴都賦	據魏書卷六十九裴延俊傳附裴景融傳，裴有此二篇，文佚。	[不見于《全後魏文》，程章燦輯出。]
	晉都賦		
梁祚	代都賦	據魏書卷八十四儒林傳梁祚，梁有此篇，文佚。	[不見于《全後魏文》，程章燦輯出。]
封肅	還園賦	據魏書卷八十五文苑傳封肅，封有此篇，文佚。	[不見于《全後魏文》，程章燦輯出。]
邢昕	述躬賦	據魏書卷八十五文苑傳邢昕，邢有此篇，文佚。	[不見于《全後魏文》，程章燦輯出。]
北齊書			
盧詢祖	築長城賦	北齊書盧文偉傳："天保末，詢祖以職出爲築長城子使，既至役所，作《築長城賦》，其略……"	存七句，四、六、七、八字。
魏收	南狩賦	并見北齊書魏收傳，文佚。	
	皇居新殿臺賦		
	懷離賦		
	庭竹賦		
劉晝	六合賦	據北齊書卷四十四儒林傳劉晝及北史卷八十一，劉有此篇，文佚。	程章燦按：錢鍾書謂成公綏《天地賦》爲此賦導夫先路（《管錐編》）。
顏之推	觀我生賦（自注）	北齊書顏之推傳。	當爲全篇。三百四十句。
周　書			
蕭詧	愍時賦（并序）	周書蕭詧傳、文苑英華。	或爲全篇。一百十三句。
李昶	明堂賦	據周書卷三十八李昶傳，李有此篇，文佚。	
庾信	哀江南賦（并序）	周書庾信傳、類聚、文苑英華。	當爲全篇。五百二十八句。
劉璠	雪賦	周書劉璠傳、類聚、初學記。	當爲全篇。七十七句。

續表

賦家	賦題	出處	體式
隋　書			
張翼	枕賦	據隋書經籍志,張有《枕賦》一卷,文佚。	案:嚴可均將張君祖編入《全陳文》卷十七,程章燦辨其誤。
虞干紀	迦維國賦	據隋書卷三十五經籍志,虞有此篇,文佚。	[不見于《全晉文》,程章燦輯出。]
孔逭	東都賦	據南史卷七十二文學傳孔逭及隋書經籍志,孔有此篇,文佚。	[不見于《全齊文》,程章燦輯出。]
隋煬帝蕭皇后	述志賦(并序)	隋書蕭皇后傳、北史蕭皇后傳、文苑英華。	當爲全篇。七十八句。
顏之推	七悟	據隋書經籍志,顏有此篇,文佚。	程章燦按:此與梁到鏡《七悟》同名,或是之推自撰七體文。
虞世基	講武賦(并序)	隋書虞世基傳。	當爲全篇。
潘徽	述恩賦	隋書潘徽傳,文佚。	案:嚴輯《全文》誤作《述思賦》,程章燦辯正。
盧思道	孤鴻賦(并序)	隋書盧思道傳。	當爲全篇。八十八句。
李德林	春思賦	隋書李德林傳:"皇建初,下詔搜揚人物,復追赴晉陽,撰《春思賦》,代稱典麗。"文佚。	案:嚴輯《全文》誤作《思春賦》,程章燦辯正。
辛德源	幽居賦	隋書辛德源傳,文佚。	
郎茂	登隴賦	隋書郎茂傳,文佚。	
于宣敏	述志賦	隋書于宣敏傳,文佚。	
王貞	江都賦	隋書王貞傳,文佚。	
杜正玄	擬司馬相如上林賦	據北史卷二十六杜銓傳附杜正玄傳及隋書卷七十六文學傳杜正玄,杜有此二篇,文佚。	[不見于《全隋文》,程章燦輯出。]
	擬白鸚鵡賦		

續表

賦家	賦題	出　處	體　式
杜正藏	擬連理樹賦	據北史卷二十六杜銓傳附杜正藏傳及隋書卷七十六文學傳杜正藏，杜有此二篇，文佚。	［不見于《全隋文》，程章燦輯出。］
	擬几賦		
楊溫	零陵賦	據隋書卷四十四滕穆王瓚傳，楊有此篇，文佚。	［不見于《全隋文》，程章燦輯出。］
南　史			
韓蘭英	中興賦	據南史卷十一宋武穆裴皇后傳、南齊書卷二十皇后傳，韓有此篇，文佚。	［不見于《全宋文》，程章燦輯出。］
齊江夏王蕭鋒	脩柏賦	南史江夏王鋒傳。	存八句，六、七字。
卞彬	蝦蟆賦	南齊書卞彬傳、南史十二、御覽。	存二段：二句（四字）；四句（四字）。〔案：程章燦從《金樓子》另輯補一則，題作《蝦蟆科斗賦》。〕
	蚤虱賦序	南齊書卞彬傳、南史七十二、御覽。	賦亡序存。
	枯魚賦	據南史卷七十二文學傳卞彬，卞有此二篇，文佚。	
	蝸蟲賦		
王彬	舊宮賦	據南史卷二十二王曇首傳附王彬傳，王有此篇，文佚。	［不見于《全齊文》，程章燦輯出。］
孔逭	東都賦	據南史卷七十二文學傳孔逭及隋書經籍志，孔有此篇，文佚。	［不見于《全齊文》，程章燦輯出。］
蕭繹	琵琶賦	據南史卷五十二梁宗室傳蕭範，蕭有此篇，文佚。	
沈麟士	玄散賦	據南史卷七十六隱逸傳沈麟士，沈有此二篇，文佚。	
	黑蝶賦		
謝舉	虎丘山賦	據南史卷二十謝弘微傳附謝舉傳，謝有此篇，文佚。	
劉歊	悲友賦	據南史卷四十九劉懷珍傳附劉歊傳，劉有此篇，文佚。	

續　表

賦家	賦題	出　處	體　式
何偲	拍張賦	南史何遜傳。	存三句,九、六、四字。
到溉	河南國獻舞馬賦應詔	據南史卷三十一張裕傳附張率傳,到有此篇,文佚。	[不見于《全梁文》,程章燦輯出。]
到鏡	七悟	據南史卷二十五到彥之傳附到溉傳,到有此篇,文佚。	[不見于《全梁文》,程章燦輯出。]
江禄	井絜皋木人賦	據南史卷三十六江夷傳附江禄傳,江有此篇,文佚。	[不見于《全梁文》,程章燦輯出。]
北　史			
劉晝	六合賦	據北齊書卷四十四儒林傳劉晝及北史卷八十一,劉有此篇,文佚。	程章燦按:錢鍾書謂成公綏《天地賦》爲此賦導夫先路(《管錐編》)。
魏季景	擇居賦	據北史卷五十六魏季景傳,魏有此篇,文佚。	[不見于《全北齊文》,程章燦輯出。]
元偉	述行賦	據北史卷十四武成皇后胡氏傳,元有此篇,文佚。	[不見于《全後周文》,程章燦輯出。]
隋煬帝楊廣	歸藩賦	北史柳䛒傳,文佚。	
	神傷賦	北史宣華夫人陳氏傳,文佚。	
隋煬帝蕭皇后	述志賦(并序)	隋書蕭皇后傳、北史蕭皇后傳、文苑英華。	當爲全篇。七十八句。
柳䛒	晉王歸藩賦序	北史八十三,文佚。	
劉炫	筮涂	北史:"炫擬屈原《卜居》,爲《筮涂》以自寄。"文佚。	
杜正玄	擬司馬相如上林賦	據北史卷二十六杜銓傳附杜正玄傳及隋書卷七十六文學傳杜正玄,杜有此二篇,文佚。	[不見于《全隋文》,程章燦輯出。]
	擬白鸚鵡賦		
杜正藏	擬連理樹賦	據北史卷二十六杜銓傳附杜正藏傳及隋書卷七十六文學傳杜正藏,杜有此二篇,文佚。	[不見于《全隋文》,程章燦輯出。]
	擬几賦		
李大師	羈思賦	據北史卷一百序傳,李有此篇,文佚。	[不見于《全隋文》,程章燦輯出。]

三、歷史、文學、文獻的不均衡作用：正史引詩、引賦之作用

上文已經簡單分析了本紀、志引詩賦之作用并由此解釋爲何本紀和志引詩賦較少。現在則重點分析各史存錄詩賦的主體——列傳爲何引詩賦。

如果說本紀、志的性質和功能相對單一，那麽列傳就要複雜許多。紀傳體的創始人司馬遷在《太史公自序》中說："扶義俶儻，不令己失時，立功名於天下，作七十列傳。"[1]故得入列傳者，乃"有功名於天下之士"。[2]"功名"有不同的形態，政治軍事固是功名，醫卜星相亦是功名，文辭炳焕自然也是功名。因此，與本紀集中於政事、志集中於典章制度不同，列傳由於傳主的差異而有不同的聚焦點。從邏輯上考慮，列傳引詩引賦，肯定是爲了更好地描述傳主并敘述相關事件。而正史主要是政治史，因爲文學而進入正史列傳的文士終究有限，何況中國古代并無職業文學家，文人多爲官員，故很多大文學家也未必是主要因爲文才和作品方才入史。因此，純粹從邏輯層面考慮，我們可以推測，正史諸傳之引詩引賦，主要目的也不是彰顯相關作者的文才，而在於幫助敘述事件以及展現人物。

如果進而考察附表5.1和附表5.2涉及的相關正史段落，我們會發現，事實也確實如此。大部分的列傳引詩賦，都是爲了幫助敘述事件和描寫人物，用詩賦來推進事件或表現人物的某一方面。如許多列傳祇列出傳主曾寫過什麽賦，不引賦文，這是因爲提到賦題就可以說明作者具有一定的文學才能了。而引錄詩、賦正文的列傳，也往往是用詩賦之正文幫助敘事，如《梁書》卷三十八《朱异傳》引蕭綱《圍城賦》之末章，是爲了敘述朱异"慚憤"以至"病卒"的原因，并不是爲了展現蕭綱的文學才能。[3] 附表5.1和附表5.2中相關事例甚多，此處不一一列舉。[4]

不過，雖然正史列傳中文學家不多，但畢竟還是有一些大家主要憑藉文學入史，因此相關的列傳也就會比較集中地呈現其文學才能和文學成就，如《史記》《漢書》中的司馬相如傳就突出展現了司馬相如的文學事業（雖然司馬相如也做出了一些政治成績），也存錄了不少辭賦作品。因此，如果正史中存在爲了文學（或曰審美）的目的而引錄詩賦的列傳，那麽著名文學家的

---

[1] 見前引《史記》，頁3319。
[2] 參看朱東潤《〈史記〉紀表書世家傳說例》，收入朱東潤著《史記考索（外二種）》（上海：華東師範大學出版社，1996年），頁20—26。
[3] 事見《梁書》，頁539。
[4] 前引田恩銘書通過分析相關史文，以及對比初唐史書與《藝文類聚》，也得出了大致類似的結論，見《初唐史傳與文學研究》，頁117—174。因爲田書敘述較爲詳細，故而本章祇簡單舉例說明。

列傳最有可能符合這一要求。所以,這裏不對表 5.1 和表 5.2 所涉及的列傳作逐篇考察,而是集中討論魏晉南北朝大文學家在正史中的列傳,觀察這些傳是如何以及爲何引詩和引賦。

正史中關於文學家的列傳又分兩類,一是以"文苑傳"或"文學傳"爲名的"雜傳"(或"總傳");二是人各一篇的"分傳"與有關聯人物的"合傳"。① 正史之《文苑傳》《文學傳》在表彰文士之外,還有勾勒一代或數代文風的作用,下一節將專門討論。以下則分別考察若干大文學家傳的引詩引賦。

誰是大文學家?不同的時期自然有不同的看法,這裏側重於當時之評價,選擇曹植、陸機陸雲兄弟、謝靈運、沈約和庾信六人作爲討論對象。這六位文學家,不僅在當時和後來享有巨大聲譽,可稱不同時期的"文壇盟主",而且在正史中都有篇幅較長之傳。今日聲望并不亞於他們的鮑照、陶淵明就享受不到如此待遇。② 所以這六位的列傳,比較接近現代意義上的"文學家傳記"。

《曹植傳》見於《三國志·魏書》卷十九《任城陳蕭王傳》,在這篇三兄弟的合傳中,曹植所佔篇幅最大。陳壽在傳末的"評曰"中說:"陳思文才富豔,足以自通後葉,然不能克讓遠防,終致攜隙……余每覽植之華采,思若有神。"③可見他早已爲曹植的文學才華傾倒。在《曹植傳》中,陳壽開篇敘述了曹植幼時在文學上的穎悟後,又記錄了他作賦上的一次嶄露頭角。④《曹植傳》中再一次出現詩賦,則是在曹丕即位後,曹植"謹拜表獻詩二篇",陳壽罕見地再次引錄了這兩首四言詩。而這兩首詩,如前所述,并非曹植詩歌中成就最高的作品,主要是用以呈現曹植當時的政治心境。⑤ 除這兩處以外,《曹植傳》的敘述重心皆在曹植的政治生涯,陳壽詳細載錄了曹植的若干次上疏以及曹丕、曹叡的回應。由此可見,《曹植傳》是一篇政治爲主的傳記,故陳壽祇略敘曹植作賦一事以展現他的文才卻不引賦,引詩則關乎政治生涯。

---

① "分傳""合傳"與"雜傳"("總傳")之名目及分判依據,用朱東潤說,見前引《史記考索(外二種)》,頁 24—26。
② 鮑照在《宋書》中的傳附於卷五十一《宗室傳·劉義慶》之後。陶淵明雖然在多部正史中有傳,但主要是以隱士身份入正史,所以我們祇能在《宋書·隱逸傳》等處找到陶淵明(不過《宋書》無"文學【文苑】傳",這是不可不注意的),卻無法在相關史書的《文學(文苑)傳》中找到他。
③ 見〔晉〕陳壽撰,陳乃乾校點《三國志》(北京:中華書局,1964 年),頁 577、578。
④ "年十歲餘,誦讀《詩》《論》及辭賦數十萬言,善屬文。太祖嘗視其文,謂植曰:'汝倩人邪?'植跪曰:'言出爲論,下筆成章,顧當面試,奈何倩人?'時鄴銅爵臺新成,太祖悉將諸子登臺,使各爲賦。植援筆立成,可觀,太祖甚異之。"見《三國志》,頁 557。
⑤ 見《三國志》,頁 563、564。

《陸機傳》和《陸雲傳》并見《晉書》卷五十四。《陸機傳》開篇介紹陸機後馬上敘說陸機撰作《辯亡論》的緣由及過程，隨後全篇引錄《辯亡論》，《辯亡論》既"論權所以得，晧所以亡"，又"述其祖父功業"，主要是一篇政論和史論，不過也富於文采，故《文選》亦收錄此篇。《晉書》載錄《辯亡論》，應該是兼顧了陸機的政見、史觀和文才。載錄《辯亡論》之後，《晉書》簡單敘述了陸機入洛以後的經歷，緊接著交代了陸機作《豪士賦》的緣由并全篇引錄《豪士賦序》。① 有趣的是，《晉書》全文引錄了賦序後卻沒有引賦文，這大概是因爲賦序與陸機之政治態度、生平行事關係更加密切吧？《豪士賦序》亦有很高的審美價值，故《文選》也收入此篇，②傅剛評此序曰"説理綿密，深刻而透徹；辭鋒俊偉，於整飭中見英氣"，③《晉書》引錄此篇，應該也是兼顧了其政治（説理）的一面和文藝的（辭鋒）的一面。這之後《陸機傳》又引錄了陸機出於政治目的而作的《五等論》。④ 在交代了陸機的生平的最後一段後，初唐史臣以若干他人評價結束了《陸機傳》："機天才秀逸，辭藻宏麗，張華嘗謂之曰：'人之爲文，常恨才少，而子更患其多。'弟雲嘗與書曰：'君苗見兄文，輒欲燒其筆硯。'後葛洪著書，稱：'機文猶玄圃之積玉，無非夜光焉，五河之吐流，泉源如一焉。其弘麗妍贍，英鋭漂逸，亦一代之絶乎！'其爲人所推服如此。然好游權門，與賈謐親善，以進趣獲譏。所著文章凡三百餘篇，并行於世。"⑤這一段評價倒是側重於文學方面。應該説，《陸機傳》較多涉及了陸機的文學，但更多地展現了陸機的政治觀念和政治行爲。而展現其文學的主要文本，就是《豪士賦序》。

　　陸雲的文學才能和成就不及乃兄，故《陸雲傳》開篇就點出了二陸優劣："雖文章不及機，而持論過之。"⑥其後敘述陸雲一生，既記錄了陸雲與人之談論，也講述了陸雲之政事，還涉及了陸雲之玄學，但俱不及詩賦。通觀《陸雲傳》，重心在表現陸雲之"持論"，"持論"自屬廣義之文學。⑦二陸合傳的最後，唐太宗親自撰寫了篇幅不短的"制曰"，比較全面地論述了二陸，其中有涉及文學的評價，也有涉及政治的，關於文學的幾句評價

---

① "冏既矜功自伐，受爵不讓，機惡之，作《豪士賦》以刺焉。"見《晉書》，頁1473。
② 《晉書》成書晚於《文選》，故而引用什麼作品，《文選》自然是重要參考資料，《豪士賦序》和《辯亡論》很可能依靠《文選》而入《晉書》。
③ 見前引《〈昭明文選〉研究》，頁300。
④ "機又以聖王經國，義在封建，因採其遠指，著《五等論》曰：……"見《晉書》，頁1475—1479。
⑤ 見《晉書》，頁1480、1481。
⑥ 見《晉書》，頁1481。
⑦ 詳見下一章。

頗有文學史觀念。① 總體來說,《二陸傳》綜合表現了二陸的方方面面,各方面中,文學比較重要,但仍然不如政治重要。

《謝靈運傳》以"分傳"的形式見於《宋書》卷六十七。②《謝靈運傳》開篇就突出了謝之文學才華,③簡單介紹謝之出身與早年仕宦後,《宋書》即敘述《撰征賦》的寫作緣由并用極大的篇幅全文引錄此賦及其序。④ 此後再敘述謝之仕宦,稍稍提及了他的詩歌創作。⑤ 接着《宋書》敘述謝在會稽的生活,在略述謝詩之流行後,又用更大的篇幅全文引錄《山居賦》(并序及自注)。⑥ 這之後《宋書》又敘述謝靈運之見賞於太祖但仍求告假等事,⑦并載錄謝"勸伐河北"的上書。在敘述謝靈運東歸後的生活時,《宋書》又插敘了荀雍、何長瑜等文人的事蹟,在講述謝靈運遊山玩水之時,《宋書》引錄了謝客贈臨海太守王琇的兩句詩。⑧《謝靈運傳》的最後部分敘述了謝之反叛以及被棄市的悲慘結局,在這一部分《宋書》引錄了兩首詩。⑨ 這兩首詩前後呼應,頗具文學性,但更重要的是這兩首詩是謝靈運政治生命的重要見證。

相比《曹植傳》和《二陸傳》,《謝靈運傳》是一篇比較典型的"文學家傳"。因爲《謝靈運傳》最後的"史臣曰"不僅闡述了謝靈運的聲律理論,還

---

① "文藻宏麗,獨步當時;言論慷慨,冠乎終古。高詞迥映,如朗月之懸光;疊意迴舒,若重巖之積秀。千條析理,則電坼霜開;一緒連文,則珠流璧合。其詞深而雅,其義博而顯,故足遠超枚、馬,高躡王、劉,百代文宗,一人而已。"見《晉書》,頁1487。
② 《南史》亦有《謝靈運傳》,但并無什麼超出《宋書》的地方,故而這裏祇論《宋書·謝靈運傳》。《沈約傳》也同時見於《梁書》和《南史》,本節用同樣的辦法處理。
③ "靈運少好學,博覽群書,文章之美,江左莫逮。"見《宋書》,頁1743。
④ "高祖伐長安,驃騎將軍道憐居守,版爲諮議參軍,轉中書侍郎,又爲世子中軍諮議,黃門侍郎。奉使慰勞高祖於彭城,作《撰征賦》。"見《宋書》,頁1743。
⑤ "出爲永嘉太守。郡有名山水,靈運素所愛好,出守既不得志,遂肆意游遨,徧歷諸縣,動踰旬朔,民間聽訟,不復關懷。所至輒爲詩詠,以致其意焉。"見《宋書》,頁1753、1754。
⑥ "靈運父祖并葬始寧縣,并有故宅及墅,遂移籍會稽,修營別業,傍山帶江,盡幽居之美。與隱士王弘之、孔淳之等縱放爲娛,有終焉之志。每有一詩至都邑,貴賤莫不競寫,宿昔之間,士庶皆徧,遠近欽慕,名動京師。作《山居賦》并自注,以言其事。"見《宋書》,頁1754。
⑦ "使整理祕閣書,補足遺闕。又以晉氏一代,自始至終,竟無一家之史,令靈運撰《晉書》,粗立條流。書竟不就。尋遷侍中,日夕引見,賞遇甚厚。靈運詩書皆兼獨絶,每文竟,手自寫之,文帝稱爲'二寶'。"見《宋書》,頁1772。
⑧ "嘗自始寧南山伐木開逕,直至臨海,從者數百人。臨海太守王琇驚駭,謂爲山賊,徐知是靈運乃安。又要琇更進,琇不肯,靈運贈琇詩曰:'邦君難地嶮,旅客易山行。'"見《宋書》,頁1775。
⑨ "司徒遣使隨州從事鄭望生收靈運,靈運執錄望生,興兵叛逸,遂有逆志,爲詩曰:'韓亡子房奮,秦帝魯連恥。本自江海人,忠義感君子。'""有司又奏依法收治,太祖詔於廣州行棄市刑。臨死作詩曰:'龔勝無餘生,李業有終盡。嵇公理既迫,霍生命亦殞。悽悽凌霜葉,網網衝風菌。邂逅竟幾何,修短非所愍。送心自覺前,斯痛久已忍。恨我君子志,不獲巖上泯。'詩所稱龔勝、李業,猶前詩子房、魯連之意也。時元嘉十年,年四十九。所著文章傳於世。子鳳蚤卒。"見《宋書》,頁1778。

敘述"歷代文學發展",分明可以看作一篇"簡括的文學史",充分展現了沈約的文學觀和文學史觀。① 謝靈運一生豐富,無論政治還是文學都值得濃墨重彩地書寫,沈約已經看到了謝靈運在詩歌上的重要突破,故在《宋書·謝靈運傳論》中專門闡發了他的聲律理論。但是《謝靈運傳》存錄的最重要的文學文本,還是兩篇大賦。沈約以如此大的篇幅引錄《撰征賦》和《山居賦》,無疑是認爲這兩篇賦是謝靈運文學創作中最重要的作品。至於《謝靈運傳》所引之詩,則更多是爲了交代謝與人之交往及反叛之行爲,并不主要立足於展現文才。②

沈約爲謝靈運撰述了這樣一篇"文學家傳",那麽唐初史臣又是怎麽記敘沈約這位朝廷重臣兼"文壇盟主"的呢？沈約與同時的另一大文人范雲同列一"合傳",在《梁書》卷十三。《沈約傳》敘述沈之仕宦經歷時比較詳細記錄了沈與梁高祖等人的交往,并引錄了沈約致徐勉之書。③ 在《沈約傳》的後半部分,《梁書》完整引錄《郊居賦》并交代作賦因緣。④《沈約傳》并不是一篇"文學家傳",沈之政治地位太過突出,這一點姚察就已點明。⑤ 當然,沈約同樣突出的文學地位使得《沈約傳》對於沈之文學着墨頗多,而展現沈約文學的文本是《郊居賦》,對於沈詩,《梁書》提到的并不多。⑥

魏晉南北朝的"壓軸"大家庾信與同樣由南入北的王褒俱入《周書》卷四十一。⑦《庾信傳》也從庾信的早慧談起,并描繪了"徐庾體"之風行,⑧其後《周書》簡略敘述了庾信輾轉南北的經歷及其文章之受歡迎。《周書·庾

---

① 參看黃霖、蔣凡主編,楊明、羊列榮編著《中國歷代文論選新編·先秦至唐五代卷》(上海:上海教育出版社,2007年),頁149。
② 不過謝詩("韓亡子房奮")後來竟被千里之外的東魏帝王吟詠,卻能說明謝靈運當時傳播之廣。
③ "與徐勉素善,遂以書陳情於勉曰:……"見《梁書》,頁235。
④ "約性不飲酒,少嗜欲,雖時遇隆重,而居處儉素。立宅東田,矚望郊阜。嘗爲《郊居賦》,其辭曰:……"見《梁書》,頁236—243。
⑤ "陳吏部尚書姚察曰:昔木德將謝,昏嗣流虐,懾懾黔黎,命懸晷漏。高祖義拯橫潰,志寧區夏,謀謨帷幄,寔寄良、平。至於范雲、沈約,參預締構,贊成帝業;加雲以機警明贍,濟務益時,約高才博洽,名亞遷、董,俱屬興運,蓋一代之英偉焉。"見《梁書》,頁244。
⑥ "謝玄暉善爲詩,任彥昇工於文章,約兼而有之,然不能過也。""又撰四聲譜,以爲在昔詞人,累千載而不寤,而獨得胸衿,窮其妙旨,自謂入神之作,高祖雅不好焉。帝問周捨曰:'何謂四聲?'捨曰:'天子聖哲'是也,然帝竟不遵用。"見《梁書》,頁242、243。
⑦ 王褒和庾信在《北史》俱入《文苑傳》,詳下。
⑧ "摛子陵及信,并爲抄撰學士。父子在東宮,出入禁闥,恩禮莫與比隆。既有盛才,文並綺豔,故世號爲'徐庾體'焉。當時後進,競相模範。每有一文,京都莫不傳誦。累遷尚書度支郎中、通直正員郎。出爲郢州別駕。尋兼通直散騎常侍,聘于東魏。文章辭令,盛爲鄴下所稱。還爲東宮學士,領建康令。"見〔唐〕令狐德棻等撰《周書》(北京:中華書局,1971年),頁747。

信傳》最主要的篇幅乃用於全文載錄《哀江南賦》。① 至於庾信之詩,《庾信傳》并無專門引錄。②《周書·王褒庾信傳》和《宋書·謝靈運傳》十分類似,是一篇典型的"文學家傳",③《周書·王褒庾信傳論》(即此"合傳"的"史臣曰")用很長的篇幅描繪了一幅較爲整全的文學史圖景,對庾信也不全是讚美,亦有批評。④ 不過,不論褒貶,庾信文學之代表作,乃是《哀江南賦》,而非詩歌。

通過對以上六位大文學家之傳的逐篇分析,我們可以發現,對於大文學家,相關列傳未必會聚焦於其文學成就,所以大文學家的傳未必是"文學家傳"。但如果要展現"文壇盟主"們文學的一面,那麼不同的正史不約而同地引錄他們的辭賦來表現其文學。至於詩歌,在某些文學家的傳也會被引錄,但往往不是因爲其文學價值而被引錄。

這六位偉大文學家的傳記外,正史中其他能文之士的傳記也或多或少包含了詩賦相關的信息,如《北齊書》卷三十七《魏收傳》記載了魏收著名的"會須作賦,成大才士"之語,就透露出賦在魏收觀念中的重要性。而魏收發此議論的背景,則告訴我們,北朝時即使大文士也不多作賦。⑤ 正史中能文之士傳記頗多,此處不再詳述。

上述《陸機傳》《謝靈運傳》《沈約傳》和《庾信傳》用極大篇幅全篇引錄大賦,這一現象應該說是引人注目的。如果進一步考察正史諸傳,我們不難發現,有不少列傳都載錄了篇幅不短的辭賦全文,本章之附表5.2和第三章之表3.6比較詳細地列出了這些作品。對辭賦的完整引錄,有的就是爲了表現傳主之文才,如左芬之《離思賦》、張協之《七命》等;有的能夠幫助交代人物生平,如李諧《述身賦》等;有的則能幫助敘事,如謝莊《舞馬賦應詔》等。不過,即使是後兩種情況,也都或多或少展現了作者的文才,否則史家

---

① "信雖位望通顯,常有鄉關之思。乃作《哀江南賦》以致其意云。其辭曰:……"見《周書》,頁734。
② 倒是《王褒傳》專門引用了王褒的詩。關於庾信之詩賦及《哀江南賦》,本書最後一章還會展開集中討論。
③ 這在很大程度上是由於《宋書》《周書》無專門的"文苑傳"或"文學傳",故沈約和唐初史臣借當時最偉大的文學家來議論整體的文學,因而這兩篇《傳論》所論遠不止謝靈運、王褒、庾信三人。
④ "然則子山之文,發源於宋末,盛行於梁季。其體以淫放爲本,其詞以輕險爲宗。故能誇目侈於紅紫,蕩心逾於鄭、衛。昔楊子雲有言:'詩人之賦麗以則;詞人之賦麗以淫。'若以庾氏方之,斯又詞賦之罪人也。"見《周書》,頁744。這段評論最值得注意的是其南北對立的情緒和北朝的立場,似乎庾信之"罪"就是因爲他的文學才華乃在南朝的傳統中習得。
⑤ "收以溫子昇全不作賦,邢雖有一兩首,又非所長,常云:'會須作賦,始成大才士。唯以章表碑誌自許,此外更同兒戲。'"見〔唐〕李百藥撰《北齊書》(北京:中華書局,1972年),頁492。

完全可以節錄。

當然,全錄辭賦在客觀上起到了保存文獻的重大作用。對於史家來說,他們在主觀上也當有這一自覺。① 畢竟在抄本時代,篇幅巨大的辭賦相對更難流傳、保存,②史家自然明白,雖然總集、別集已然成熟,但正史仍是保存文獻的重要途徑。而正史存錄的辭賦確實意義重大,我們今日能夠見到的許多重要辭賦祇見於正史,假如沒有正史,魏晉南北朝辭賦史的圖景恐會大幅改變。但假如沒有正史,對於現存詩歌和詩歌史來說,損失卻沒那麼大。或者說,假設《宋書·謝靈運傳》中沒有引錄謝客的任何詩賦,失去《撰征賦》和《山居賦》,對謝靈運來說意義重大;但失去《臨終詩》,恐怕不會太改變我們對謝靈運的理解。

至此,可以對正史引詩與引賦作一總結:

首先,正史之本紀、志及大部分列傳引詩引賦無大差異,皆不着眼於文學,而多着眼於政治事件、典章制度及相關人物。這幾部分之引詩引賦,也能讓我們進一步理解詩賦二體在當時的多面功能。

其次,正史中有少量"文學家傳"主要展現傳主之文學才能與文學成就,這些傳展現文學的主要手段是引賦,而且往往引錄長篇大賦。正史中引詩以展現文學的情況比較少見。

再次,正史爲了政治、文學等不同的目的而引錄詩賦,客觀上起到了保存文獻的作用。相較而言,正史引錄辭賦的文學、文獻價值要高過正史所引詩歌。

正史對詩賦的引錄,正是在歷史、文學、文獻多方面的不均衡作用下,才形成了今日我們看到的面貌。

第二節 《文苑(文學)傳》中的詩蹤賦影

除了爲大文學家專門立傳外,許多正史還設有《文學傳》或《文苑傳》,爲一時代之"文學"群體立傳。③ 本章所論的十二部正史中,除《三國

---

① 在相關正史的《文苑(文學)傳》中,有時候提及某文人的辭賦時,史家會在列出賦題後再寫一句"文多不載"(詳見下一節之附表5.3),這說明史家有很明確的去取原則,如果作品沒有足夠的意義(或關歷史進程,或顯文學才能),文字太多,乾脆捨棄。
② 而詩歌之相對容易流播、保留,我們從《宋書·謝靈運傳》的相關敘述以及東魏孝静帝吟誦謝詩這一事件中都能得到強烈的感受。
③ 正史"文苑(文學)傳"之所謂"文"或"文學",多兼攝今日所謂的文學與學術,其義更近今之所謂"文化",詳下。

志》《宋書》和《周書》外，都立有《文苑傳》或《文學傳》。① 本節集中考察這九種《文苑(文學)傳》，由此窺探當時所謂"文"之風氣及此風氣下的詩與賦。

一、九史《文苑(文學)傳》述略

根據相關史籍，將這九部正史《文苑(文學)傳》中所提及的大部分人物的學習、創作、著述情況整理爲附表5.3。

關於附表5.3，有如下三點需要說明：

（一）相關《文苑(文學)傳》中人是否列入附表5.3的標準是：祇要《文苑(文學)傳》在敘述某人時提到他擅長某類文體或提及具體著述，就將其整理入附表5.3，但如果祇是泛泛談及此人擅文，則不加整理。②

（二）附表5.3將相關史傳中提及詩賦的文字單獨列出，如果史傳敘述某人時既提到了他的詩歌創作又提到了辭賦創作，則用"/"符號隔開，分別引録兩段文字，如曹毗。

（三）表中所引文字皆爲原文，原文較長者用省略號隔開節引的文字，若需要說明則用括號標出。此外，相關《文苑(文學)傳》會引録書信等文字，表中也會用括號說明相關位置是否引録全文。

附表5.3　九史《文苑(文學)傳》中人受學、創作、著述一覽表

文士	提　及　詩　賦	其他著述等情況
《晉書》卷九十二《文苑傳》		
應貞	貞賦詩最美：……(引録《晉武帝華林園集詩》)	
成公綏	《天地賦》《嘯賦》(皆全文引録)	

---

① 正史中范曄《後漢書》首設《文苑傳》，這與東漢開始各類文體的勃興以及劉宋時期重視文章的風氣皆有關係，關於相關正史中的《文苑(文學)傳》及傳中的文體論的簡要介紹，參看曾棗莊著《中國古代文體學——上卷，中國古代文體學史》(上海：上海人民出版社，2012年)，頁51—57，頁125—127。
② 如《北史》卷八十三《文苑傳》記録尹式曰："尹式，河間人。仁壽中，官至漢王記室。漢王阻兵，式自殺。其族人正卿、彥卿亦俱有儁才，名顯於世。"因爲沒有提及尹式的任何著作，也未言及他擅長的文體，所以我不將尹列入附表5.3。見〔唐〕李延壽撰《北史》(北京：中華書局，1974年)，頁2816。

續　表

文士	提 及 詩 賦	其他著述等情況
左思	《齊都賦》《三都賦》	謐稱善，爲其賦序。張載爲注《魏都》，劉逵注《吳》《蜀》而序之曰。……司空張華見而歎曰：……於是豪貴之家競相傳寫，洛陽爲之紙貴。初，陸機入洛，欲爲此賦，聞思作之，撫掌而笑，與弟雲書曰：……及思賦出，機絶歎伏，以爲不能加也，遂輟筆焉。
趙至		初，至與康兄子蕃友善，及將遠適，乃與蕃書敍離，并陳其志曰。
鄒湛		所著詩及論事議二十五首，爲時所重。
鄒捷（鄒湛子）		及趙王倫纂逆，捷與陸機等俱作禪文。
棗據		所著詩賦論四十五首，遇亂多亡失。
褚陶	年十三，作《鷗鳥》《水碓》二賦，見者奇之。	
王沈		仕郡文學掾，鬱鬱不得志，乃作《釋時論》。……元康初，松滋令吳郡蔡洪字叔開，有才名，作《孤奮論》，與《釋時》意同，讀之者莫不歎息焉。
張翰	著《首丘賦》，文多不載。	
庾闡		頃之，出補零陵太守，入湘川，弔賈誼。其辭曰：……
曹毗	時桂陽張碩爲神女杜蘭香所降，毗因以二篇詩嘲之，并續蘭香歌詩十篇，甚有文彩。/毗少好文籍，善屬詞賦。……又著《揚都賦》，亞於庾闡。……以名位不至，著《對儒》以自釋。	凡所著文筆十五卷，傳於世。
李充		幼好刑名之學，深抑虛浮之士，嘗著《學箴》，稱：……于時典籍混亂，充删除煩重，以類相從，分作四部，甚有條貫，祕閣以爲永制。累遷中書侍郎，卒官。充注《尚書》及《周易》旨六篇、《釋莊論》上下二篇、詩賦表頌等雜文二百四十首，行於世。

續　表

文士	提　及　詩　賦	其他著述等情況
袁宏	（謝尚）會宏在舫中諷詠，聲既清會，辭又藻拔，遂駐聽久之，遣問焉。答云："是袁臨汝郎誦詩。"即其詠史之作也。／溫重其文筆，專綜書記。後爲《東征賦》，賦末列稱過江諸名德，而獨不載桓彝……宏賦又不及陶侃……從桓溫北征，作《北征賦》，皆其文之高者……	後爲《三國名臣頌》曰：……（全文引錄）撰《後漢紀》三十卷及《竹林名士傳》三卷、詩賦誄表等雜文凡三百首，傳於世。
伏滔		以淮南屢叛，著論二篇，名曰《正淮》……（全文引錄）
羅含		所著文章行於世。
顧愷之	愷之拜溫墓，賦詩云："山崩溟海竭，魚鳥將何依！"／愷之博學有才氣，嘗爲《箏賦》成，謂人曰："吾賦之比嵇康琴，不賞者必以後出相遺，深識者亦當以高奇見貴。"	愷之矜伐過實，少年因相稱譽以爲戲弄。又爲吟詠，自謂得先賢風制。或請其作洛生詠，答曰："何至作老婢聲！"……故俗傳愷之有三絕：才絕，畫絕，癡絕。年六十二，卒於官，所著文集及《啓矇記》行於世。
郭澄之	裕意更欲西伐，集僚屬議之，多不同。次問澄之，澄之不答，西向誦王粲詩曰："南登霸陵岸，迴首望長安。"	所著文集行於世。
	共18人，5人提及詩，7人提及賦。	
《南齊書》卷五十二《文學傳》		
丘靈鞠	宋孝武殷貴妃亡，靈鞠獻挽歌詩三首，云"雲橫廣階闇，霜深高殿寒"。帝摘句嗟賞……見王儉詩……	著《江左文章錄序》，起太興，訖元熙。文集行於世。
檀超		建元二年，初置史官，以超與驃騎記室江淹掌史職。上表立條例，開元紀號，不取宋年。封爵各詳本傳，無假年表。立十《志》：……

第五章 正史中的詩與賦 ·273·

續　表

文士	提　及　詩　賦	其他著述等情況
卞彬	自作童謠。/作《蚤虱賦序》曰：……其略言皆實録也。其《蝦蟆賦》云："紆青拖紫，名爲蛤魚。"世謂比令僕也。又云："科斗唯唯，群浮闇水。維朝繼夕，聿役如鬼。"比令史諮事也。文章傳於閭巷。	
諸葛勖	永明中，琅邪諸葛勖爲國子生，作《雲中賦》，指祭酒以下，皆有形似之目。坐繫東冶，作《東冶徒賦》，世祖見，赦之。	
丘巨源	高宗爲吳興，巨源作《秋胡詩》，有譏刺語，以事見殺。	巨源望有封賞，既而不獲，乃與尚書令袁粲書曰：……（引録全文）
王智深		又敕智深撰《宋紀》……書成三十卷，世祖後召見智深於璿明殿……先是陳郡袁炳，字叔明，有文學，亦爲袁粲所知。著《晉書》未成，卒。
陸厥		沈約《宋書·謝靈運傳》後又論宮商。厥與約書曰：……（引録全文）文集行於世。
崔慰祖		慰祖著《海岱志》，起太公迄西晉人物，爲四十卷，半未成。……
王逡之		建元二年，逡之先上表立學，又兼著作，撰《永明起居注》。
王珪之（王逡之弟）		從弟珪之，有史學，撰《齊職儀》。
祖沖之		宋元嘉中，用何承天所制歷，比古十一家爲密，冲之以爲尚疏，乃更造新法。上表曰：……（引録全文）著易《老莊義釋》《論語》《孝經》注，《九章造綴述》數十篇。
賈淵		世傳譜學。……敕淵注《郭子》。
	共 12 人，3 人提及詩，2 人提及賦。	

続 表

文士	提 及 詩 賦	其他著述等情況
\multicolumn{3}{c	}{《梁書》卷四十九、卷五十《文學傳》}
到沆	沆幼聰敏,五歲時,攝於屏風抄古詩,沆請教讀一遍,便能諷誦,無所遺失。……時高祖讌華光殿,命群臣賦詩,獨詔沆爲二百字,三刻使成。沆於坐立奏,其文甚美。	……召高才碩學者待詔其中,使校定墳史,詔沆通籍焉。……所著詩賦百餘篇。
丘遲	時高祖著《連珠》,詔群臣繼作者數十人,遲文最美。	所著詩賦行於世。
劉苞		自高祖即位,引後進文學之士,苞及從兄孝綽、從弟孺、同郡到溉、溉弟洽、從弟沆、吳郡陸倕、張率并以文藻見知,多預讌坐,雖仕進有前後,其賞賜不殊。
袁峻	高祖雅好辭賦,時獻文於南闕者相望焉,其藻麗可觀,或見賞擢。六年,峻乃擬揚雄《官箴》奏之。高祖嘉焉,賜束帛。	除員外散騎侍郎,直文德學士省,抄《史記》《漢書》各爲二十卷。又奉敕與陸倕各製新闕銘,辭多不載。
庾於陵		七歲能言玄理。既長,清警博學有才思。……文集十卷。
庾肩吾（庾於陵弟）	八歲能賦詩,特爲兄於陵所友愛。	初,太宗在藩,雅好文章士,時肩吾與東海徐摛,吳郡陸杲,彭城劉遵、劉孝儀,儀弟孝威,同被賞接。及居東宮,又開文德省,置學士,肩吾子信、摛子陵、吳郡張長公、北地傅弘、東海鮑至等充其選。齊永明中,文士王融、謝朓、沈約文章始用四聲,以爲新變,至是轉拘聲韻,彌尚麗靡,復踰於往時。時太子與湘東王書論之曰:……(引録全文)文集行於世。
劉昭		昭幼清警,七歲通《老》《莊》義……初,昭伯父肜集衆家《晉書》注干寶《晉紀》爲四十卷,至昭又集《後漢》同異以注范曄書,世稱博悉。遷通直郎,出爲剡令,卒官。集注《後漢》一百八十卷,《幼童傳》十卷,文集十卷。

續　表

文士	提及詩賦	其他著述等情況
何遜	遜八歲能賦詩,弱冠州舉秀才,南鄉范雲見其對策,大相稱賞,因結忘年交好。自是一文一詠,雲輒嗟賞……沈約亦愛其文,嘗謂遜曰:"吾每讀卿詩,一日三復,猶不能已。"其爲名流所稱如此……初,遜文章與劉孝綽并見重於世,世謂之"何劉"。世祖著論論之云:"詩多而能者沈約,少而能者謝朓、何遜。"時有會稽虞騫,工爲五言詩,名與遜相埒,官至王國侍郎。其後又有會稽孔翁歸、濟陽江避,并爲南平王大司馬府記室。翁歸亦工爲詩。	(江)避博學有思理,更注《論語》《孝經》。二人并有文集。
鍾嶸	嶸嘗品古今五言詩,論其優劣,名爲《詩評》。其序曰:……(引錄全文)	兄弟并有文集。
周興嗣	高祖革命,興嗣奏休平賦,其文甚美……其年,河南獻儀馬,詔興嗣與待詔到沆、張率爲賦,高祖以興嗣爲工。……左衛率周捨奉敕注高祖所製《歷代賦》,啓興嗣助焉……	是時,高祖以三橋舊宅爲光宅寺,敕興嗣與陸倕各製寺碑,及成俱奏,高祖用興嗣所製者。自是銅表銘、柵塘碣、北伐檄、次韻王羲之書千字,并使興嗣爲文,每奏,高祖輒稱善,加賜金帛。九年,除新安郡丞,秩滿,復爲員外散騎侍郎,佐撰國史。十二年,遷給事中,撰史如故……普通二年,卒。所撰皇帝《實錄》《皇德記》《起居注》《職儀》等百餘卷,文集十卷。
吳均	天監初,柳惲爲吳興,召補主簿,日引與賦詩。均文體清拔有古氣,好事者或斅之,謂爲"吳均體"。	先是,均表求撰《齊春秋》,書成奏之,高祖以其書不實,使中書舍人劉之遴詰問數條,竟支離無對,敕付省焚之,坐免職。尋有敕召見,使撰通史,起三皇,訖齊代,均草本紀、世家功已畢,唯列傳未就。普通元年,卒,時年五十二。均注范曄《後漢書》九十卷,著《齊春秋》三十卷,《廟記》十卷,《十二州記》十六卷,《錢唐先賢傳》五卷,《續文釋》五卷,《文集》二十卷。
高爽	爽,齊永明中贈衛軍王儉詩,爲儉所賞……/出爲晉陵令,坐事繫治,作《鑊魚賦》以自況,其文甚工。	

續 表

文士	提 及 詩 賦	其他著述等情況
劉峻		自謂所見不博,更求異書,聞京師有者,必往祈借,清河崔慰祖謂之"書淫"……安成王秀好峻學,及遷荊州,引爲戶曹參軍,給其書籍,使抄錄事類,名曰《類苑》,未及成,復以疾去,因遊東陽紫巖山,築室居焉。爲山棲志,其文甚美。……峻乃著《辨命論》以寄其懷曰:……(引錄全文)峻又嘗爲《自序》,其略曰:……
謝幾卿		齊文惠太子自臨策試,謂祭酒王儉曰:"幾卿本長玄理,今可以經義訪之。"儉承旨發問,幾卿隨事辨對,辭無滯者,文惠大稱賞焉。儉謂人曰:"謝超宗爲不死矣。"……湘東王在荊鎮,與書慰勉之。幾卿答曰:……文集行於世。
劉勰		……勰乃表言二郊宜與七廟同改,詔付尚書議,依勰所陳。遷步兵校尉,兼舍人如故。昭明太子好文學,深愛接之。初,勰撰文心雕龍五十篇,論古今文體,引而次之。其序曰:……(引錄全文)然勰爲文長於佛理,京師寺塔及名僧碑誌,必請勰製文。有敕與慧震沙門於定林寺撰經證,功畢,遂啓求出家,先燔鬢髮以自誓,敕許之。乃於寺變服,改名慧地。未朞而卒。文集行於世。
王籍	嘗於沈約坐賦得詠燭,甚爲約賞。……至若邪溪賦詩,其略云:"蟬噪林逾靜,鳥鳴山更幽。"	文集行於世。
何思澄	隨府江州,爲《遊廬山詩》,沈約見之,大相稱賞,自以爲弗逮,約郊居宅新構閣齋,因命工書人題此詩於壁。傅昭常請思澄製《釋奠詩》,辭文典麗。	天監十五年,敕太子詹事徐勉舉學士入華林撰《徧略》,勉舉思澄等五人以應選。……文集十五卷。
何子朗(何思澄宗人)	早有才思,工清言,周捨每與共談,服其精理。嘗爲《敗冢賦》,擬莊周馬棰,其文甚工。世人語曰:"人中爽爽何子朗。"	文集行於世。

續　表

文士	提 及 詩 賦	其他著述等情況
劉杳	事徐勉舉杳及顧協等五人入華林撰徧略，書成，以本官兼廷尉正，又以足疾解。因著《林庭賦》。王僧孺見之歎曰："《郊居》以後，無復此作。"……昭明太子薨，新宫建，舊人例無停者，敕特留杳焉。仍注太子《徂歸賦》，稱爲博悉。	杳少好學，博綜群書，沈約、任昉以下，每有遺忘，皆訪問焉……岫撰字書音訓，又訪杳焉。其博識強記，皆此類也……杳自少至長，多所著述。撰《要雅》五卷、《楚辭草木疏》一卷、《高士傳》二卷、《東宫新舊記》三十卷、《古今四部書目》五卷，并行於世。
謝徵	時魏中山王元略還北，高祖餞於武德殿，賦詩三十韻，限三刻成。徵二刻便就，其辭甚美，高祖再覽焉。／徵與河東裴子野、沛國劉顯同官友善，子野嘗爲《寒夜直宿賦》以贈徵，徵爲《感友賦》以酬之。	又爲臨汝侯淵猷製放生文，亦見賞於世……友人琅邪王籍集其文爲二十卷。
臧嚴	從叔未甄爲江夏郡，攜嚴之官，於塗作《屯遊賦》，任昉見而稱之。又作《七算》，辭亦富麗。	嚴於學多所諳記，尤精《漢書》，諷誦略皆上口。王嘗自執四部書目以試之，嚴自甲至丁卷中，各對一事，并作者姓名，遂無遺失，其博洽如此……文集十卷。
伏挺	挺幼敏寤，七歲通《孝經》《論語》。及長，有才思，好屬文，爲五言詩，善効謝康樂體。	齊末，州舉秀才，對策爲當時弟一。高祖義師至，挺迎謁於新林，高祖見之甚悦，謂曰"顔子"……宅居在潮溝，於宅講《論語》，聽者傾朝……時僕射徐勉以疾假還宅，挺致書以觀其意曰：……（引録全文）著《邇說》十卷，文集二十卷。
庾仲容	皇太子以舊恩，特降餞宴，賜詩曰："孫生陟陽道，吳子朝歌縣，未若樊林舉，置酒臨華殿。"時輩榮之。	仲容博學……仲容抄諸子書三十卷，衆家地理書二十卷，《列女傳》三卷，文集二十卷，并行於世。
陸雲公		雲公五歲誦《論語》《毛詩》，九歲讀《漢書》，略能記憶……雲公先製太伯廟碑，吳興太守張纘罷郡經途，讀其文歎曰："今之蔡伯喈也。"
任孝恭		敕遣製建陵寺刹下銘，又啓撰高祖集序文，并富麗，自是專掌公家筆翰。孝恭爲文敏速，受詔立成，若不留意，每奏，高祖輒稱善，累賜金帛。孝恭少從蕭寺雲法師讀經論，明佛理……文集行於世。

續　表

文士	提　及　詩　賦	其他著述等情況
顏協		卒,時年四十二。世祖甚歎惜之,爲《懷舊詩》以傷之。其一章曰:"弘都多雅度,信乃含賓實,鴻漸殊未昇,上才淹下秩。"協所撰《晉仙傳》五篇,《日月災異圖》兩卷,遇火湮滅。
	共26人,12人提及詩,8人提及賦。	
《陳書》卷三十四《文學傳》		
杜之偉	梁皇太子釋奠於國學,時樂府無孔子、顏子登哥詞,尚書參議令之偉製其文,伶人傳習,以爲故事。	家世儒學,以三禮專門……七歲,受《尚書》,稍習《詩》《禮》,略通其學。十五,遍觀文史及《儀禮》故事,時輩稱其早成……敕勉撰定儀註,勉以臺閣先無此禮,召之偉草具其儀。乃啓補東宮學士,與學士劉陟等鈔撰群書,各爲題目。所撰《富教》《政道》二篇,皆之偉爲序……之偉爲文,不尚浮華,而溫雅博贍。所製多遺失,存者十七卷。
顏晃		其表奏詔誥,下筆立成,便得事理,而雅有氣質。有集二十卷。
江德藻		……著《北征道理記》三卷……所著文筆十五卷。
庾持		……持善字書,每屬辭,好爲奇字,文士亦以此譏之。有集十卷。
許亨		……父懋,梁始平天門二郡守、太子中庶子,散騎常侍,以學藝聞,撰《毛詩風雅比興義類》十五卷,《述行記》四卷。……初撰《齊書》并《志》五十卷,遇亂失亡。後撰《梁史》,成者五十八卷。梁太清之後所製文筆六卷。
褚玠		及長,美風儀,善占對,博學能屬文,詞義典實,不好豔靡……所製章奏雜文二百餘篇,皆切事理,由是見重於時。
岑之敬		……父善紵,梁世以經學聞……敬年五歲,讀《孝經》,每燒香正坐,親戚咸加歎異。年十六,策《春秋左氏制旨》《孝經

續 表

文士	提 及 詩 賦	其他著述等情況
岑之敬		義》,擢爲高第……因召入面試,令之敬昇講座,敕中書舍人朱异執《孝經》,唱《士章》,武帝親自論難。之敬剖釋縱横,應對如響,左右莫不嗟服……之敬始以經業進,而博涉文史,雅有詞筆,不爲醇儒……有集十卷行於世。
陸琰		世祖聽覽餘暇,頗留心史籍,以琰博學,善占誦,引置左右。嘗使製《刀銘》,琰援筆即成,無所點竄,世祖嗟賞久之,賜衣一襲……琰寡嗜慾,鮮矜競,遊心經籍,晏如也。其所製文筆多不存本,後主求其遺文,撰成二卷。
陸瑜（陸琰弟）		嘗受《莊》《老》於汝南周弘正,學《成實論》於僧滔法師,并通大旨。時皇太子好學,欲博覽群書,以子集繁多,命瑜鈔撰,未就而卒……有集十卷。
何之元		及叔陵誅,之元乃屏絶人事,鋭精著述。以爲梁氏肇自武皇,終于敬帝,其興亡之運,盛衰之迹,足以垂鑒戒,定褒貶。究其始終,起齊永元元年,迄于王琳遇獲,七十五年行事,草創爲三十卷,號曰《梁典》。其序曰:……(引錄全文)
徐伯陽	太建初,中記室李爽、記室張正見、左民郎賀徹、學士阮卓、黄門郎蕭詮、三公郎王由禮、處士馬樞、記室祖孫登、比部賀循、長史劉刪等爲文會之友,後有蔡凝、劉助、陳暄、孔範亦預焉,皆一時之士也。遊宴賦詩,勒成卷軸,伯陽爲其集序,盛傳於世。	年十五,以文筆稱。學《春秋左氏》。家有史書,所讀者近三千餘卷。試策高第……十一年春,皇太子幸太學,詔新安王於辟雍發《論語》題,仍命伯陽爲《辟雍頌》,甚見佳賞……
張正見	其五言詩尤善,大行於世。	正見年十三,獻頌,簡文深贊賞之。簡文雅尚學業,每自昇座説經,正見嘗預講筵,請決疑義,吐納和順,進退詳雅,四座咸屬目焉。太清初,射策高第,除邵陵王國左常侍……有集十四卷,其五言詩尤善,大行於世。

續 表

文士	提 及 詩 賦	其他著述等情況
蔡凝	……因製《小室賦》以見志,其有辭理……	……既長,博涉經傳,有文辭,尤工草隸。
阮卓	卓幼而聰敏,篤志經籍,善談論,尤工五言詩……隋主夙聞卓名,乃遣河東薛道衡、琅邪顏之推等,與卓談讌賦詩,賜遺加禮	
陰鏗	……五歲能誦詩賦,日千言。及長,博涉史傳,尤善五言詩,爲當時所重……世祖嘗讌群臣賦詩,徐陵言之於世祖,即日召鏗預讌,使賦新成安樂宮,鏗援筆便就,世祖甚歎賞之。	……有集三卷行於世。
	共 15 人,5 人提及詩,1 人提及賦。	
\multicolumn{3}{c}{《魏書》卷八十五《文苑傳》}
袁躍		後遷車騎將軍、太傅、清河王懌文學,雅爲懌所愛賞。懌之文表多出於躍。……所制文集行於世。
裴敬憲	工隸草,解音律,五言之作,獨擅於時……賦詩言別,皆以敬憲爲最。	少有志行,學博才清,撫訓諸弟,專以讀誦爲業……其文不能贍逸,而有清麗之美。
盧觀		與太常少卿李神儁、光祿大夫王誦等在尚書上省撰定朝儀……
封肅		早有文思,博涉經史……所製文章多亡失,存者十餘卷。
邢臧		正光中,議立明堂,臧爲裴頠一室之議,事雖不行,當時稱其理博……爲特進甄琛行狀,世稱其工。與裴敬憲、盧觀兄弟并共讀交分,曾共讀回文集,臧獨先通之。撰古來文章,并敘作者氏族,號曰《文譜》,未就,病卒,時賢悼惜之。其文筆凡百餘篇……

續 表

文士	提 及 詩 賦	其他著述等情況
裴伯茂	茂好飲酒,頗涉疏傲,久不徙官,曾爲《豁情賦》,其序略曰……天平初遷鄴,又爲《遷都賦》,文多不載。	卒後,殯於家園,友人常景、李渾、王元景、盧元明、魏季景、李騫等十許人於墓傍置酒設祭,哀哭涕泣,一飲一酹曰:"裴中書魂而有靈,知吾曹也。"乃各賦詩一篇。李騫以魏收亦與之友,寄以示收。收時在晉陽,乃同其作,論敘伯茂,其十字云:"臨風想玄度,對酒思公榮。"時人以伯茂性侮傲,謂收詩頗得事實……伯茂曾撰《晉書》,竟未能成。
邢昕		吏部尚書李神儁奏昕修《起居注》……出帝行釋奠禮,昕與校書郎裴伯茂等俱爲錄義。永熙末,昕入爲侍讀,與溫子昇、魏收參掌文詔……所著文章,自有集錄。
溫子昇	嘗詣蕭衍客館受國書,自以不修容止,謂人曰:"詩章易作,逋峭難爲。"(案:此是論詩,非溫子昇作詩,故雖列於此,不計入"提及詩"之情況。)	……長乃博覽百家,文章清婉。爲廣陽王淵賤客,在馬坊教諸奴子書。作侯山祠堂碑文,常景見而善之,故詣淵謝之……同時射策者八百餘人,子昇與盧仲宣、孫搴等二十四人爲高第……正光末,廣陽王淵爲東北道行臺,召爲郎中,軍國文翰皆出其手。於是才名轉盛……及帝殺尒朱榮也,子昇預謀,當時赦詔,子昇詞也……蕭衍使張皋寫子昇文筆,傳於江外……方使之作獻武王碑文……又爲集其文筆爲三十五卷……又撰《永安記》三卷。
	共8人,1人提及詩,1人提及賦。	
《北齊書》卷四十五《文苑傳》	
祖鴻勳		後去官歸鄉里。與陽休之書曰:……(引錄全文)……作《晉祠記》,好事者玩其文。
李廣		廣博涉群書,有才思文議之美,少與趙郡李謇齊名,爲邢、魏之亞……廣獨以才學兼御史,修國史。南臺文奏,多其辭也……廣卒後,義雲集其文筆十卷,託魏收爲之敘。

續　表

文士	提　及　詩　賦	其他著述等情況
樊遜		……遂專心典籍,恒書壁作"見賢思齊"四字,以自勸勉……縣令裴鑒蒞官清苦,致白雀等瑞,遜上《清德頌》十首……遜常服東方朔之言,陸沉世俗,避世金馬,何必深山蒿廬之下,遂借陸沉公子爲主人,擬《客難》,製《客誨》以自廣……梁州重表舉遜爲秀才。五年正月制詔問升中紀號,遜對曰:……(問對頗多,皆引録)……七年,詔令校定群書,供皇太子。遜與冀州秀才高乾和、瀛州秀才馬敬德、許散愁、韓同寶、洛州秀才傅懷德、懷州秀才古道子、廣平郡孝廉李漢子、渤海郡孝廉鮑長暄、陽平郡孝廉景孫、前梁州府主簿王九元、前開府水曹參軍周子深等十一人同被尚書召共刊定。時祕府書籍紕繆者多,遜乃議曰:……
劉逖	亦留心文藻,頗工詩詠。	……逖在遊宴之中,卷不離手,值有文籍所未見者,則終日諷誦,或通宵不歸,其好學如此……所制詩賦及雜文文筆三十卷。
荀士遜		好學有思理,爲文清典……狀貌甚醜,以文辭見用。與李若等撰《典言》行於世。
顔之推	曾撰《觀我生賦》,文致清遠,其詞曰:……(引録全文)	世善《周官》《左氏》,之推早傳家業。年十二,值繹自講《莊》《老》,便預門徒。虛談非其所好,還習《禮》《傳》,博覽群書,無不該洽,詞情典麗,甚爲西府所稱……有文三十卷、撰家訓二十篇,并行於世……之推集在,思魯自爲序録。
荀仲舉	仲舉與趙郡李概交欸,概死,仲舉因至其宅,爲五言詩十六韻以傷之,詞甚悲切,世稱其美。	
蕭慤	慤曾秋夜賦詩,其兩句云"芙蓉露下落,楊柳月中疏",爲知音所賞。	
	共8人,3人提及詩,1人提及賦。	

續 表

文士	提及詩賦	其他著述等情況
《隋書》卷七十六《文學傳》		
劉臻		周冢宰宇文護辟爲中外府記室,軍書羽檄,多成其手……臻無吏幹,又性恍惚,耽悦經史,終日覃思,至於世事,多所遺忘……精於兩《漢書》,時人稱爲"漢聖"……有集十卷行於世。
王頍		始讀《孝經》《論語》,晝夜不倦。遂讀《左傳》《禮》《易》《詩》《書》,乃歎曰:"書無不可讀者!"勤學累載,遂遍通五經,究其旨趣,大爲儒者所稱。解綴文,善談論……而頍性識甄明,精力不倦,好讀諸子,偏記異書,當代稱爲博物。又曉兵法,益有縱橫之志,每歎不逢時,常以將相自許……會高祖親臨釋奠,國子祭酒元善講《孝經》,頍與相論難,詞義鋒起,善往往見屈……撰《五經大義》三十卷,有集十卷,并因兵亂,無復存者。
崔儦		數年之間,遂博覽群言,多所通涉。解屬文,在齊舉秀才……尋與熊安生、馬敬德等議五禮,兼修律令……
諸葛潁		習《周易》、圖緯、《倉》、《雅》、《莊》、《老》,頗得其要……帝常賜潁詩,其卒章曰:"參翰長洲苑,侍講肅成門。名理窮研覈,英華恣討論。實錄資平允,傳芳導後昆。"……有集二十卷,撰《鑾駕北巡記》三卷,《幸江都道里記》一卷,《洛陽古今記》一卷,《馬名錄》二卷,并行於世。
孫萬壽	萬壽本自書生,從容文雅,一旦從軍,鬱鬱不得志,爲五言詩贈京邑知友曰:……(引錄全詩)……此詩至京,盛爲當時之所吟誦,天下好事者多書壁而玩之。	有集十卷行於世。
王貞	齊王覽所上集,善之,賜良馬四匹。貞復上《江都賦》,王賜錢十萬貫,馬二匹。	七歲好學,善《毛詩》《禮記》《左氏傳》《周易》,諸子百家,無不畢覽。善屬文詞,不治產業,每以諷讀爲娛……煬帝即位,齊王暕鎮江都,聞其名,以書召之曰:……(引錄全書)及貞至,王以客禮待之,朝夕遣問安不。又索文集,貞啓謝曰:……(引錄全文)

續　表

文士	提　及　詩　賦	其他著述等情況
虞綽		……陳左衛將軍傅縡有盛名於世,見綽詞賦,歎謂人曰:"虞郎之文,無以尚也!"……從征遼東,帝舍臨海頓,見大鳥,異之,詔綽爲銘。其辭曰:……(引錄全文)所有詞賦,并行於世。
王冑	大業初,爲著作佐郎,以文詞爲煬帝所重。帝常自東都還京師,賜天下大酺,因爲五言詩,詔冑和之。其詞曰:……(引錄全詩)……帝所有篇什,多令繼和。	所著詞賦,多行於世。
庾自直	自直解屬文,於五言詩尤善……帝有篇章,必先示自直,令其詆訶。自直所難,帝輒改之,或至於再三,俟其稱善,然後方出。	有文集十卷行於世。
潘徽	嘗從俊朝京師,在塗,令徽於馬上爲賦,行一驛而成,名曰《述恩賦》。俊覽而善之。	少受《禮》於鄭灼,受《毛詩》於施公,受《書》於張沖,講《莊》《老》於張譏,并通大義。尤精三史。善屬文,能持論。……復令爲萬字文,并遣撰集字書,名爲《韻纂》。徽爲序曰:……(引錄全文)晉王廣復引爲揚州博士,令與諸儒撰《江都集禮》一部。復令徽作序曰:……(引錄全文)煬帝嗣位,詔徽與著作佐郎陸從典、太常博士褚亮、歐陽詢等助越公楊素撰《魏書》,會素薨而止。
杜正玄	久之,會林邑獻白鸚鵡,素促召正玄,使者相望。及至,即令作賦。正玄倉卒之際,援筆立成。素見文不加點,始異之。	……自曼至正玄,世以文學相授。正玄尤聰敏,博涉多通。兄弟數人,俱未弱冠,并以文章才辯籍甚三河之間……因令更擬諸雜文筆十餘條,又皆立成,而辭理華贍……
杜正藏		……著碑誄銘頌詩賦百餘篇。又著文章體式,大爲後進所寶,時人號爲文軌,乃至海外高麗、百濟,亦共傳習,稱爲《杜家新書》。
常得志	及王薨,過故宮,爲五言詩,辭理悲壯,甚爲時人所重。	復爲《兄弟論》,義理可稱。

續　表

文士	提　及　詩　賦	其他著述等情況
劉善經		河間劉善經，博物洽聞，尤善詞筆。歷仕著作佐郎、太子舍人。著《酬德傳》三十卷，《諸劉譜》三十卷，《四聲指歸》一卷，行於世。
祖君彦		容貌短小，言辭訥澀，有才學……密甚禮之，署爲記室，軍書羽檄，皆成於其手。
孔德紹		竇建德稱王，署爲中書令，專典書檄。
	共16人，4人提及詩，3人提及賦。	
\multicolumn{2}{c	}{《南史》卷七十二《文學傳》}	
丘靈鞠	宋孝武殷貴妃亡，靈鞠獻《挽歌》三首，云：＂雲橫廣階闇，霜深高殿寒。＂帝摘句嗟賞……在沈深座，見王儉詩，深曰：＂王令文章大進。＂靈鞠曰：＂何如我未進時。＂	明帝使著《大駕南討記論》……著《江左文章錄序》，起太興，訖元熙。文集行於時。
丘遲（丘靈鞠子）	時帝著《連珠》，詔群臣繼作者數十人，遲文最美。坐事免，乃獻《責躬詩》，上優辭答之……遲辭采麗逸，時有鍾嶸著《詩評》云：……	
丘仲孚（丘靈鞠從孫）		仲孚爲左丞，撰《皇典》二十卷，《南宮故事》百卷，又撰《尚書具事雜儀行》於世。
檀超		建元二年，初置史官，以超與驃騎記室江淹掌史職，上表立條例：開元紀號，不取宋年；封爵各詳本傳，無假年表。又制著十《志》，多爲左僕射王儉所不同。既與物多忤，史功未就，徙交州，於路見殺。江淹撰成之，猶不備也。
熊襄		時有豫章熊襄著《齊典》，其序云：……
吳邁遠	邁遠好自誇而蚩鄙他人，每作詩，得稱意語，輒擲地呼曰：＂曹子建何足數哉！＂超聞而笑曰：＂昔劉季緒才不逮於作者，而好抵訶人文章。季緒琑琑，焉足道哉，至於邁遠，何爲者乎。＂	

續　表

文士	提　及　詩　賦	其他著述等情況
檀道鸞		亦有文學,撰《續晉陽秋》二十卷。
卞彬	……高帝不悅,及彬退,曰:"彬自作此。"(案:謠)……仍詠詩云:"誰謂宋遠,跂予望之。"遂大忤旨,因此擯廢數年,不得仕進。乃擬趙壹《窮鳥》爲《枯魚賦》以喻意。……彬頗飲酒,擯棄形骸,仕既不遂,乃著《蚤虱》《蝸蟲》《蝦蟆》等賦,皆大有指斥。其《蚤虱賦》序曰:……《蝦蟆賦》云:"紆青拖紫,名爲蛤魚。"又云:"蝌斗唯唯,群浮闇水,唯朝繼夕,聿役如鬼。"比令史諧事也。文章傳於閭巷……	
諸葛勗	作《雲中賦》,指祭酒以下,皆有形似之目。坐事繫東冶,作《東冶徒賦》。武帝見,赦之。	
高爽	爽出從縣閣下過,取筆書鼓云:"徒有八尺圍,腹無一寸腸,面皮如許厚,受打未詎央。"爽機悟多如此。坐事被繫,作《鑊魚賦》以自況,其文甚工。	
丘巨源	帝爲吳興,巨源作《秋胡詩》,有譏刺語,以事見殺。	大明五年,敕助徐爰撰國史……陽事起,使於中書省撰符檄……
孔逭	逭抗直有才藻,製《東都賦》,于時才士稱之。	著《三吳決錄》,不傳。
虞通之		通之善言《易》,至步兵校尉。
袁仲文	好詩賦,多譏刺世人,坐徙巴州。	撰《晉史》,未成而卒。
王智深		又敕智深撰《宋紀》,召見芙蓉堂……書成三十卷。

續　表

文士	提　及　詩　賦	其他著述等情況
崔慰祖		國子祭酒沈約、吏部郎謝朓嘗於吏部省中賓友俱集，各問慰祖地理中所不悉十餘事，慰祖口吃無華辭，而酬據精悉，一座稱服之。朓歎曰："假使班、馬復生，無以過此。"……慰祖著《海岱志》，起太公迄西晉人物，爲四十卷，半成。臨卒，與從弟緯書云："常欲更注遷、固二史，採《史》《漢》所漏二百餘事，在廚簏，可檢寫之，以存大意。《海岱志》良未周悉，可寫數本付護軍諸從事人一通，及友人任昉、徐寅、劉洋、裴揆，令後世知吾微有素業也。"
祖沖之		始元嘉中，用何承天所製歷，比古十一家爲密。沖之以爲尚疏，乃更造新法，上表言之。……昇明中，齊高帝輔政，使沖之追修古法。沖之改造銅機，圓轉不窮，而司方如一，馬鈞以來未之有也。……沖之造《安邊論》，欲開屯田，廣農殖。
賈希鏡		家傳譜學……敕希鏡注郭子。……先是，譜學未有名家，希鏡祖弼之廣集百氏譜記，專心習業。晉太元中，朝廷給弼之令史書吏，撰定繕寫，藏秘閣及左户曹。希鏡三世傳學，凡十八州士族譜，合百帙，七百餘卷，該究精悉，皆如貫珠，當時莫比。永明中，衛將軍王儉抄次百家譜，與希鏡參懷撰定。……撰氏族要狀及人名書，并行於時。
袁峻		訥言語，工文辭。梁武帝雅好辭賦，時獻文章於南闕者相望焉。天監六年，峻乃擬揚雄《官箴》奏之。帝嘉焉……抄《史記》《漢書》各爲二十卷。又奉敕與陸倕各製新闕銘云。
劉昭		昭幼清警，通《老》《莊》義。及長，勤學善屬文……初，昭伯父彤集衆家《晉書》注干寶《晉紀》爲四十卷，至昭集《後漢》同異以注范曄《後漢》，世稱博悉。卒於剡令。集注《後漢》一百三十卷，《幼童傳》一卷，文集十卷。

續　表

文士	提 及 詩 賦	其他著述等情況
劉綯 （劉昭子）		通三禮,位尚書祠部郎,著《先聖本記》十卷行於世。
鍾嶸	嶸嘗求譽於沈約,約拒之。及約卒,嶸品古今詩爲評,言其優劣,云……	
鍾岏		著《良吏傳》十卷。
周興嗣	梁天監初,奏《休平賦》,其文甚美,武帝嘉之,拜安成王國侍郎,直華林省。其年,河南獻舞馬,詔興嗣與待詔到沆、張率爲賦,帝以興嗣爲工,擢拜員外散騎侍郎,進直文德、壽光省。……周捨奉敕注武帝所製《歷代賦》,啓興嗣與焉。	時武帝以三橋舊宅爲光宅寺,敕興嗣與陸倕各製寺碑,及成俱奏,帝用興嗣所製。自是銅表銘、柵塘碣、檄魏文、次韻王羲之書千字,并使興嗣爲文。……所撰皇帝《實錄》《皇德記》《起居注》《職儀》等百餘卷,文集十卷。
吳均	梁天監初,柳惲爲吳興,召補主簿,日引與賦詩。均文體清拔,有古氣,好事者或效之,謂為"吳均體"。均嘗不得意,贈惲詩而去,久之復來,惲遇之如故,弗之憾也。薦之臨川靖惠王,王稱之於武帝,即日召入賦詩,悅焉。待詔著作,累遷奉朝請。	家世寒賤,至均好學有俊才,沈約嘗見均文,頗相稱賞……先是,均將著史以自名,欲撰《齊書》,求借《齊起居注》及群臣行狀,武帝不許,遂私撰《齊春秋》奏之。書稱帝爲齊明帝佐命,帝惡其實錄,以其書不實,使中書舍人劉之遴詰問數十條,竟支離無對。敕付省焚之,坐免職。尋有敕召見,使撰《通史》,起三皇訖齊代。均草本紀、世家已畢,唯列傳未就,卒。均注范曄《後漢書》九十卷,著《齊春秋》三十卷,《廟記》十卷,《十二州記》十六卷,《錢唐先賢傳》五卷,《續文釋》五卷,文集二十卷。
劉勰		……依沙門僧祐居,遂博通經論,因區別部類,錄而序之。定林寺經藏,勰所定也。……勰乃表言二郊宜與七廟同改。詔付尚書議,依勰所陳。遷步兵校尉,兼舍人如故,深被昭明太子愛接。……初,勰撰文心雕龍五十篇,論古今文體,其序略云：……勰爲文長於佛理,都下寺塔及名僧碑誌,必請勰製文。敕與慧震沙門於定林寺撰經證。……

續 表

文士	提 及 詩 賦	其他著述等情況
何思澄	思澄少勤學工文,爲《遊廬山詩》,沈約見之,大相稱賞,自以爲弗逮。約郊居宅新構閣齋,因命工書人題此詩於壁。傅昭嘗請思澄製《釋奠詩》,辭文典麗。	天監十五年,敕太子詹事徐勉舉學士入華林撰《遍略》,勉舉思澄、顧協、劉杳、王子雲、鍾嶼等五人以應選。八年乃書成,合七百卷。思澄重交結,分書與諸賓朋校定,而終日造謁。……文集十五卷。
何子朗	周捨每與談,服其精理。嘗爲《敗冢賦》,擬莊周馬棰,其文甚工。	集行於世。
王子雲	昶善爲樂府,又作《鼓吹曲》。武帝重之……	子雲嘗爲自弔文,甚美。
任孝恭		敕遣製建陵寺刹下銘,又啓撰《武帝集》序文,并富麗。自是專掌公家筆翰。孝恭爲文敏速……少從蕭寺雲法師讀經論,明佛理……文集行於世。
顏協		博涉群書,工於草隸飛白。時吳人范懷約能隸書,協學其書,殆過真也。荊楚碑碣皆協所書。時又有會稽謝善勛能爲八體六文,方寸千言,京兆韋仲善飛白,并在湘東王府。……卒,元帝甚歎惜之,爲《懷舊詩》以傷之。協所撰《晉仙傳》五篇,《日月災異圖》兩卷,行於世。其文集二十卷,遇火湮滅。
紀少瑜		少瑜嘗夢陸倕以一束青鏤管筆授之,云"我以此筆猶可用,卿自擇其善者"。其文因此遒進……備探六經,博士東海鮑皦雅相欽悅。時皦有疾,請少瑜代講。少瑜既妙玄言……少瑜美容貌,工草書……
杜之偉	大同七年,梁皇太子釋奠於國學,時樂府無孔子、顏子登歌詞,令之偉製文,伶人傳習,以爲故事。	家世儒學,以三禮專門……年十五,遍觀文史及《儀禮》故事,時輩稱其早成。僕射徐勉嘗見其文,重其有筆力。中大通元年,梁武帝幸同泰寺捨身,敕勉撰儀注。勉以先無此禮,召之偉草具其儀。乃啓補東宮學士,與學士劉陟等抄撰群書,各爲題目,所撰《富教》《政道》二篇,皆之偉爲序。……文集十七卷。
顏晃		……其表奏詔誥,下筆立成,便得事理。有集二十卷。

續　表

文士	提　及　詩　賦	其他著述等情況
岑之敬		之敬年五歲，讀《孝經》，每燒香正坐，親戚咸加歎異。十六，策《春秋左氏》，制旨《孝經》義，擢爲高第……敕中書舍人朱异執《孝經》，唱《士孝》章，武帝親自論難。……之敬始以經業進，而博涉文史，雅有詞筆，不爲醇儒……有集十卷行於世。
何之元		爲三十卷。
徐伯陽	遊宴賦詩，動成卷軸。……王率府僚與伯陽登匡嶺置宴，酒酣，命筆賦劇韻三十，伯陽與祖孫登前成。	家有史書，所讀者近三千餘卷。……太建初，與中記室李爽、記室張正見、左户郎賀徹、學士阮卓、黃門郎蕭詮、三公郎王由禮、處士馬樞、記室祖孫登、比部郎賀循、長史劉刪等爲文會友，後有蔡凝、劉助、陳暄、孔範亦預焉，皆一時士也。遊宴賦詩，動成卷軸。伯陽爲其集序，盛傳於世。
張正見	有集十四卷，其五言尤善。	梁簡文在東宫，正見年十三，獻頌，簡文深贊賞之。……有集十四卷，其五言尤善。
阮卓	尤工五言。……隋文帝夙聞其名，遣河東薛道衡、琅邪顏之推等與卓談宴賦詩，賜遺加禮。	卓幼聰敏，篤志經籍，尤工五言。……隋文帝夙聞其名，遣河東薛道衡、琅邪顏之推等與卓談宴賦詩，賜遺加禮。
	共39人，15人提及詩，7人提及賦。	
《北史》卷八十三《文苑傳》		
温子昇		長乃博覽百家，文章清婉。爲廣陽王深賤客，在馬坊教諸奴子書。作侯山祠堂碑文，常景見而善之，故詣深謝之。景曰："頃見温生。"深怪問之。景曰："温生是大才士。"深由是稍知之。……同時射策者八百餘人，子昇與盧仲宣、孫搴等二十四人爲高第。……遂補御史，時年二十二。臺中彈文皆委焉。……及孝莊即位，以子昇爲南主客郎中，修起居注。……及帝殺尒朱榮也，子昇預謀，當時赦詔，子昇詞也。……楊遵彦作《文德論》，以爲古今辭人皆負才遺行，澆薄險忌，唯邢子才、王元景、温子昇彬彬有德素。……方使之作神武碑……又爲集其文筆爲三十五卷。……又撰《永安記》三卷。

續 表

文士	提 及 詩 賦	其他著述等情況
荀濟		濟又上書譏佛法,言營費太甚。……
祖鴻勳		齊神武嘗徵至并州,作《晉祠記》,好事者翫其文。
李廣		廣博涉群書,有才思。少與趙郡李騫齊名,爲邢、魏之亞,而訥於言,敏於行。中尉崔暹,精選御史,皆是世冑,廣獨以才學兼侍御史,修國史。南臺文奏,多其辭也。齊文宣初嗣霸業,命掌書記。……廣卒後,義雲集其文筆七卷,託魏收爲之序。
樊遜		縣令裴鑒莅官清苦,致白雀等瑞。遜上清德頌十首……遜常服東方朔之言,"陸沈世俗,避世金馬",遂借陸沈公子爲主人,擬《客難》制《客誨》以自廣。……七年,詔令校定群書,供皇太子。遜與冀州秀才高乾和……等十一人同被尚書召共刊定。時祕府書籍紕繆者多,遜乃議曰:……于時魏收作庫狄干碑序,令孝謙爲之銘,陸卬不知,以爲收合作也。陸操、伏渾卒,楊愔使孝謙代己作書以告晉陽朝士,令魏潤色之,收不能改一字……
荀士遜		好學,有思理,爲文清典見賞知音……狀貌甚醜,以文辭見重……與李若等撰《典言》,行於世。
王褒	帝每遊宴,命褒賦詩談論,恒在左右……帝許褒等通親知音問,褒贈弘讓詩并書焉。……	褒識量淹通,志懷沈靜,美威儀,善談笑,博覽史傳,七歲能屬文……明帝即位,篤好文學,時褒與庾信才名最高,特加親待。帝每遊宴,命褒賦詩談論,恒在左右……武帝作《象經》,令褒注之,引據該洽,甚見稱賞……帝許褒等通親知音問,褒贈弘讓詩并書焉……
庾信	信雖位望通顯,常作鄉關之思,乃作《哀江南賦》以致其意。	……博覽群書,尤善《春秋左氏傳》……既文并綺豔,故世號爲徐、庾體焉。當時後進,競相模範,每有一文,都下莫不傳誦。累遷通直散騎常侍,聘于東魏,文章辭令,盛爲鄴下所稱……明帝、武帝并雅好文學,信特蒙恩禮。至於趙、滕諸王,周旋款至,有若布衣之交。群公碑誌,多相託焉。唯王褒頗與信埒,自餘文人,莫有逮者。……有文集二十卷。

續　表

文士	提　及　詩　賦	其他著述等情況
顏之推		世善《周官》《左氏》學……之推年十二，遇梁湘東王自講《莊》《老》，之推便預門徒。虛談非其所好，還習《禮》《傳》。博覽書史，無不該洽，辭情典麗，甚爲西府所稱。……之推聰穎機悟，博識有才辯，工尺牘……所進文書，皆是其封署，於進賢門奏之，待報方出。兼善於文字，監校繕寫……隋開皇中，太子召爲文學，深見禮重。尋以疾終。有文集三十卷，撰《家訓》二十篇，并行於世。
顏之儀		……三歲能讀《孝經》。及長，博涉群書，好爲詞賦。嘗獻梁元帝《荆州頌》，辭致雅贍。……有文集十卷，行於世。
虞世基	陳主嘗於莫府山校獵，令世基爲《講武賦》，於坐奏之。陳主嘉之，賜馬一匹。	……博學有高才，兼善草隸……後因公會，(徐)陵一見而奇之，顧朝士曰："當今潘、陸也。"……世基至省，方爲敕書，日且百紙，無所遺繆……
柳䛒	作《歸藩賦》，命䛒爲序，詞甚典麗。	䛒少聰敏，解屬文，好讀書，所覽將萬卷……(晉)王以師友處之，每有文什，必令其潤色，然後示人。嘗朝京還，作《歸藩賦》，命䛒爲序，詞甚典麗。初王屬文，效庾信體，及見䛒後，文體遂變。……以其好内典，令撰《法華玄宗》，爲二十卷上之，太子大悦，賞賜優洽，儕輩莫比。……䛒撰《晉王北伐記》十五卷，有集十卷行於世。
許善心		家有舊書萬餘卷，皆徧通涉。十五解屬文，爲賤上父友徐陵，陵大奇之……對策高第，授度支郎中，補撰史學士……及陳亡，上遣使告之。善心素服號哭於西階下，藉草東向，經三日，敕書喭焉……十六年，有神雀降於含章闥，上召百官賜宴，告以此瑞。善心於坐請紙筆，製《神雀頌》奏之。上甚悦曰：……時祕藏圖籍，尚多淆亂。善心效阮孝緒《七録》，更制《七林》……又奏追李文博、陸從典等學者十許人，正定經史錯謬……四年，撰《方物志》，奏之……初，善心父撰著《梁史》，未就而殁，善心述成父志，修續家書。其序傳末述制作之意，曰：……(引録全文)

續　表

文士	提 及 詩 賦	其他著述等情況
李文博		……好學不倦,至於教義名理,特所留心……後直祕書內省,典校群籍……文博商略古今政教得失,如指諸掌。然無吏幹,稍遷校書郎……文博本爲經學,後讀史書,於諸子及論,尤所該洽,性長議論,亦善屬文。著《政道集》十卷,大行於世。
侯白		文帝聞其名,召與語,悅之,令於祕書修國史……著《旌異記》十五卷,行於世。
明克讓	時舍人朱异在儀賢堂講《老子》,克讓預焉。堂邊有修竹,异令克讓詠之。克讓攬筆輒成,卒章曰:"非君多愛賞,誰貴此貞心?"异甚奇之。	克讓少儒雅,善談論,博涉書史,所覽將萬卷,三《禮》《論語》,尤所研精,龜策曆象,咸得其要。年十四,釋褐湘東王法曹參軍……周武帝即位,爲露門學士,令與太史官屬正定新曆……所著《孝經義疏》一部,《古今帝代記》一卷,《文類》四卷,《續名僧記》一卷,集二十卷。
明少遐		博涉群書,有詞藻。
劉臻		……周冢宰宇文護辟爲中外府記室,軍書羽檄,多成其手……精於兩《漢書》,時人稱爲"漢聖"。開皇十八年,卒。有集十卷,行於世。
諸葛穎		穎年十八能屬文……習《易》、圖緯、《蒼》《雅》、《莊》《老》頗得其要,清辯有俊才……帝嘗賜穎詩,其卒章曰:"參翰長洲苑,侍講肅成門,名理窮研覈,英華恣討論。實錄資平允,傳芳導後昆。"其待遇如此。……有集二十卷,撰《鑾駕北巡記》三卷,《幸江都道里記》一卷,《洛陽古今記》一卷,《馬名錄》二卷,并行於世。
王貞	貞復上《江都賦》,王賜錢十萬貫、良馬二匹。	少聰敏,七歲好學,善《毛詩》《禮記》《左氏傳》《周易》,諸史百家無不畢覽。善屬文,不事產業,每以諷讀爲娛……煬帝即位,齊王暕鎮江都,聞其名,以書召之。及至,以客禮待之,索其文集。貞上三十三卷,爲啓陳謝……

續　表

文士	提　及　詩　賦	其他著述等情況
虞綽		……博學有俊才,尤工草隸。陳左衛將軍傅縡,有盛名於世,見綽詞賦,歎美之。……奉詔與祕書郎虞世南、著作佐郎庾自直等撰《長洲玉鏡》等書十餘部……與虞世南、庾自直、蔡允恭等四人常直禁中,以文翰待詔,恩眄隆洽。從征遼東,帝舍臨海頓,見大鳥,異之,詔綽爲銘……坐斬江都。所有詞賦,并行於世。
王胄	帝嘗自東都還京師,賜天下大酺四日。爲五言詩,詔群官詩成者奏之。帝覽胄詩而善之,因謂侍臣曰……帝所有篇什,多令繼和。與虞綽齊名,同志友善,于時後進之士,咸以二人爲準的。	胄少有逸才……大業初,爲著作佐郎,以文詞爲煬帝所重……所著詞賦,多行於世。
庾自直	自直解屬文,於五言詩尤善。性恭慎,不妄交游。特爲帝所愛,有篇章必先示自直,令其詆訶。自直所難,帝輒改之,或至於再三,俟其稱善,然後方出。其見親禮如此。	自直少好學……有文集十卷,行於世。
潘徽	嘗從俊朝京師,在塗,令徽於馬上爲賦,行一驛而成,其名曰《述恩賦》。俊覽而善之。	性聰敏,少受《禮》於鄭灼,受《毛詩》於施公,受《書》於張沖,講《莊》《老》於張譏,并通大義;尤精三史;善屬文,能持論。中書令江總引致文儒之士,徽一詣總,總甚敬之。……(秦王俊)復令爲萬字文,又遣撰集字書,名爲《韻纂》,徽爲之序。俊薨,晉王廣復引爲揚州博士,令與諸儒撰《江都集禮》一部,復令徽爲序。煬帝嗣位,徽與著作郎陸從典、太常博士褚亮、歐陽詢等助越公楊素撰《魏書》,會素薨而止。授京兆郡博士。
常得志	及王薨,過故第,爲五言詩,辭理悲壯,甚爲時人所重。	復爲《兄弟論》,義理可稱。
劉善經		著《酬德傳》三十卷,《諸劉譜》三十卷,《四聲指歸》一卷,行於世。
孔德紹		竇建德署爲中書令,專典書檄。

續 表

文士	提 及 詩 賦	其他著述等情況
劉斌		斌頗有詞藻,官至信都司功書佐。
	共28人,5人提及詩,4人提及賦。	

二、兩晉南朝的不同"文"風和相應"文風"下的詩賦

若對附表5.3稍作泛覽,我們就會發現,這其中許多人物在文學史上籍籍無名。《文苑(文學)傳》中人在文學史上默默無聞,固然與他們著作的散佚有關。但更關鍵的是,南朝諸史所謂之"文"或"文學",并非今日立足於審美的"文學"(literature),而是包含了文學、學術諸端而接近今之所謂"文化"的概念。換言之,相關《文苑(文學)傳》之"文",近於《典論·論文》和《文心雕龍》之"文",而非《文賦》與《文選》之"文"。①

《文苑(文學)傳》之敘述人物往往有固定模式,除像所有列傳那樣介紹人物生平外,《文苑(文學)傳》一般還會提及傳主的學習經歷、創作情況以及最後傳下了什麽著述。附表5.3摘錄的,就是這幾方面的情況。

從附表5.3所列各文士的情況來看,《晉書》所呈現的晉代"文風"和其餘各史所呈現的南北朝"文風"頗有不同。胡寶國曾敏鋭地注意到:"大致説來,從兩漢之際到東晉,先是在經學領域,而後又在史學領域中出現了一種追求簡略的風氣。而一到南朝則風氣大變,簡略不一定是優點,繁富也不一定是缺陷。"②他還從社會史、學術史的角度指出:南朝存在着"知識至上"的學風。③ 僅《晉書·文苑傳》和南朝諸史《文苑(文學)傳》間的差異就能充分説明這一點。

附表5.3列出《晉書·文苑傳》中的十二位文士中,以經史方面的學問

---

① 關於魏晉南北朝時期"文"的多層面及在不同時期、不同人那裏的複雜變化,下一章會有專門論説。關於唐修正史諸《文苑(文學)傳》中的文學史圖景和意識,除前引《初唐史傳與文學研究》外,還可參看曾守正《唐修正史文學彙傳的文學史圖像與意識》,載《淡江人文社會學刊》第七期(2001年),頁1—21。

② 見前引《漢唐間史學的發展》,頁83。

③ "與玄學盛行的魏晉時代相比,南朝的學術文化發生了很大變化。士人群體對哲理性質的問題較少討論,而對知識領域的問題則表現出了濃厚的興趣。追求淵博、崇拜知識的風氣給人留下了深刻的印象。如果説每個時代的學風都有自己的特徵,那麼對知識的崇拜就構成了南朝學風最顯著的特徵。"見胡寶國《知識至上的南朝學風》,載《文史》2009年第4輯(北京:中華書局,2009年),頁151—170,以上引文見頁151。并參看胡寶國《"知識至上"以外的》,載《文匯報·筆會》(2015年5月24日)。

著述入傳的衹有李充(《學箴》,注《尚書》及《周易》旨六篇,《釋莊論》)和袁宏("撰《後漢紀》三十卷及《竹林名士傳》三卷"),其餘文士多因作詩、賦、論等文章而入傳。就詩賦而言,《晉書·文苑傳》裏出現賦的次數更多,共有七人的賦作被提及,①成公綏的兩篇賦還被全文引録;至於詩,則五次出現,其中應貞之詩被全篇引録。②

由《晉書·文苑傳》可知,兩晉之"文"并不具有特别强的學問色彩,當時文人能入《文苑傳》,主要是依靠賦、詩、論等文章,而其中賦最重要。③ 這與我們從第一章就開始描述的文學史圖景也是高度吻合的。

但到了南朝,"文苑"和"文學"的形態就發生了劇變。附表5.3所列《南齊書·文學傳》的十二人中,衹有四人的詩賦作品被提及,其餘各人都是因爲史學、經學乃至譜學而見諸此傳。梁代的詩賦創作在南朝最爲發達,文學風氣也最盛,因此《梁書·文學傳》有兩卷(其餘各正史皆一卷)。在附表5.3中有二十六人出自《梁書·文學傳》,其中十七人的詩賦作品被提及,但這十七人中衹有七人"純"以詩賦文章而入《文學傳》。其餘十人除了能作詩賦外,在經史學問上都有造詣,亦有相關的著述。④《陳書》和北朝諸史的情況也大致相同,這裏不再一一列舉。

南朝諸《文苑(文學)傳》反映了南朝這樣的"文"風:

首先,傳中文士們從小接受的教育以經史爲主。在敘述文士的教育和求學經歷時,子書和集部的詩賦文章很少出現,當時的基礎教育主要是對"經史"的學習。⑤

---

① 分別是:成公綏(《天地賦》《小賦》),左思(《齊都賦》《三都賦》),褚陶(《鷗鳥賦》《水碓賦》),張翰(《首丘賦》),曹毗(《揚都賦》《對儒》),謝尚(《東征賦》《北征賦》),顧愷之(《箏賦》)。
② 提到詩歌的文士是:應貞("貞賦詩最美:……")、曹毗("時桂陽張碩爲神女杜蘭香所降,毗因以二篇賦嘲之,并續蘭香歌詩十篇,甚有文彩。")、袁宏("詠史之作")、顧愷之("愷之拜温墓,賦詩云:'山崩溟海竭,魚鳥將何依!'")、郭澄之("西向誦王粲賦曰:'南登霸陵岸,迴首望長安。'")。這其中郭澄之衹是誦王粲詩,并非自己作詩。
③ 《袁宏傳》所載袁宏作《東征賦》的故事最能説明東晉時辭賦在文學內外都具有巨大的影響力,桓温因爲《東征賦》"獨不載桓彝"而憤怒,由此可見《東征賦》不僅因爲袁宏的文名而影響巨大,而且隱然具有了史書"蓋棺論定"的作用。見《晉書》,頁2391、2392。
④ 這七人是:丘遲、庾肩吾、鍾嶸、高爽、王籍、何子朗、謝微;他們的詩賦創作和其餘諸人的學問著述,詳見附表5.3,此不贅録。
⑤ 雖然"經史"同爲南朝文士的最重要的教育資源,但從魏晉開始,經和史就走上了不同的道路。參看胡寶國《經史之學》,收入前引《漢唐間史學的發展》,頁30—72;及逯耀東《經史分途與史學評論的萌芽》,收入前引《魏晉史學的思想與社會基礎》,頁178—194。其實,即使是在玄學風行的魏晉時期,儒家經典仍然是當時士人的主要教育資源,我曾排比《世説新語》中的涉及儒家、道家典籍和佛教人物的段落以説明這一點,參看陳特《從〈世説新語〉涉及儒道釋相關條目管窺魏晉士人思想風貌》(未刊稿,復旦大學本科生學術研究資助計劃"望道項目"2010年結題報告)。

其次，南朝文士們學習"經史"，主要是學習其中的知識，對於義理或思想的追求倒并不强烈。故而這樣一種"知識"，既不同於現代學術意義上的"知識"，也不同於宋明理學興起後的"知識"。南朝文士追求"淵綜廣博"的境界，"知識"多爲平面的，類書式的，講求鋪排羅列，卻不講求貫通和縱深。①

最後，在掌握了建基於"經史"的諸多知識後，南朝文士們會在各種場合運用知識，既可以從事偏於學術的著述，也可以用於文章創作，②甚至可以在朝堂奏對、友人談論時使用。

從北朝諸《文苑（文學）傳》來看，北朝的情況與南朝大致相同，不過"文"在北朝遠不如南朝重要。而北朝之文化主要受南朝影響。③

如果説在兩晉之《文苑傳》較重文藝，而賦是當時"文苑"中人最重要的文體的話，那麽在南朝重知識的"文"風之下，賦和詩又各有怎樣的地位？

顯而易見，南北朝諸《文苑（文學）傳》中，詩歌比辭賦更加頻繁地出現，這與《晉書·文苑傳》恰好相反。《晉書·文苑傳》和南北朝諸《文苑（文學）傳》中詩、賦出現之多寡，正對應着詩賦創作重心在晉宋之際的轉移。不過，辭賦雖然出現得不如詩歌多，④但也不比詩歌少太多。而且，就南北朝各《文苑（文學）傳》所呈現的文學史圖景而言，南北朝辭賦在創作上雖然不如詩歌繁榮，在觀念上卻仍備受重視。這不僅是因爲文學觀念和創作實踐不同步，也與辭賦本身具備的"知識性"息息相關。

上一章在談論魏晉南北朝詩、賦之功能時，曾簡單提到賦比詩更能包含和展現"知識"。而在"知識至上"的風氣下，辭賦"知識性"的一面也得到了彰顯。除了上一章敘述的賦序多涉及各類知識外，我們在南朝還看到不少"賦注"，而賦注的背後就有知識。

爲典籍作注的行爲古已有之，但注釋首先集中於經，其後流衍至史。至東漢後期，"對歷史著作的注釋漸漸多了起來"。魏晉南北朝時期的經注和史注更是多姿多彩，既有重在義理的（以注闡發義旨），也有重在知識的（以注解釋名物、補充史事），注釋方式更是各不相同。⑤ 詩賦之注雖不若經注

---

① 胡寶國在《知識至上的南朝學風》中列舉的大量材料都能説明這一點，此處不展開。關於宋明理學興起以後的"知識"之面目，可參看胡琦著《文章、知識與秩序：清前中期古文的文化史研究》（香港中文大學 2015 年博士學位論文）之第五章。
② 參看胡寶國《文史之學》，收入《漢唐間史學的發展》，頁 50—72。
③ 這一判斷建立在對南北朝文學的宏觀理解之上，此處無法展開。因爲北朝文學是趨近於南朝文學而受其影響的，所以本章在談論"南北朝文學"或"南北朝文風"時，有時祇談南朝。
④ 具體出現次數及相關原文見附表 5.3，此處不一一列舉。
⑤ 參看逯耀東《裴松之與〈三國志注〉》《裴松之〈三國志注〉的自注》《〈三國志注〉與漢晉經注的轉變》，俱收入前引《魏晉史學的社會與思想基礎》。

和史注發達,但也發軔甚早,如果不把《詩經》之注釋看作"詩"注,那王逸之《楚辭章句》也已是很成熟的"詩賦"注。① 而東漢賦注更是有不少殘篇流傳至今,雖然這些賦注基本上是史注的一部分。②

比較獨立的賦注的興起,在晉、宋時期。③ 賦注又分自注和他注,以往多認爲自注始於謝靈運之《山居賦》。④ 但程章燦認爲左思之《齊都賦》就有自注,此後庾闡、曹丕、郭璞皆有自注。⑤ 而魏晉南北朝時期最重要且"不可或缺"的兩篇賦注,⑥則是賴南北朝正史而存的兩篇自注——謝靈運《山居賦注》和顏之推《觀我生賦注》。⑦ 要之,賦注興起於漢,發展於晉而發達於南北朝。⑧

從現存的較爲完整的謝靈運《山居賦注》來看,對賦的注釋主要集中在知識層面,既有名物訓詁方面的解釋,也有史事典故方面的説明。可以説,爲賦作注,很大程度上是因爲辭賦包含了豐富的知識,值得挖掘。⑨

南北朝諸《文苑(文學)傳》除了全篇引録了顏之推的《觀我生賦》及其

---

① 屈原的作品在《漢書·藝文志》中以"屈原賦二十五篇"的名目被録入《詩賦略·屈原賦之屬》。但屈原的很多作品又是典型的詩,所以這裏用"詩賦"注這樣一個含糊的説法。
② 王芑孫在《讀賦卮言·注例》中對早期賦注的變化有所考察。今人蹤凡則有更細緻的研究,他認爲:"現存最早的賦注應當是東漢曹大家(即班昭)爲其兄班固《幽通賦》所作的注釋,見於《文選》李善注的徵引。"而因爲《史記》《漢書》載録了較多辭賦作品,"東漢注釋家在注釋《史記》《漢書》時,也附帶着注釋了其中的賦作。這就是早期賦注的基本情況。"見蹤凡《東漢賦注考》,載《文學遺産》2015年第2期。
③ 用許結説,見許結《論賦注批評及其章句學意義》,載《中國韻文學刊》2011年第4期。
④ 王芑孫、許結皆此説。
⑤ 程章燦對漢魏晉南北朝時期的不同形式的賦注有比較周密的考察,他在輯録散佚的晉賦時還指出盧諶的《宣徽賦》已有自注,參看前引《魏晉南北朝賦史》,頁182—187,頁361、362。錢鍾書在討論到《山居賦》時也對漢魏六朝辭賦之自注有一番追溯,見錢鍾書著《管錐編》,頁2215,頁2017。
⑥ 所謂"不可或缺",指的是其他人不可能爲之作注。如果是純粹名物訓詁方面的注,一般不會"不可或缺"。
⑦ 謝、顏之自注,篇幅大、内容多,而且是賦的有機組成部分,不可缺少(故史家也全部存録,并不因"文多"而"不載")。此外,這兩篇賦的自注還頗有文學色彩,謝注更是影響深遠,參看曹虹《謝靈運〈山居賦〉自注與柳宗元山水遊記》,收入曹虹著《中國辭賦源流綜論》(北京:中華書局,2005年),頁76—82。
⑧ 《隋書·經籍志》在"集部"之"總集類"還著録了幾種賦注,分別是:《雜賦注本》三卷(梁有郭璞注《子虚上林賦》一卷,薛綜注張衡《二京賦》二卷,晁矯注《二京賦》一卷,傅巽注《二京賦》二卷,張載及晉侍中劉逵、晉懷令衛權注左思《三都賦》三卷,綦毋邃注《三都賦》三卷,項氏注《幽通賦》,蕭廣濟注木玄虚《海賦》一卷,徐爰注《射雉賦》一卷,亡。)和《洛神賦》一卷(孫壑注)。見前引《隋書經籍志詳攷》,頁892—894。
⑨ 前引許結、曹虹文對《山居賦注》都有比較詳細的討論,在第七章有關謝靈運的部分還會涉及《山居賦》及謝之自注。至於顏之推對《觀我生賦》所作的自注,倒并非主要立足於"知識",而是用注來彌補賦在敘述能力上的不足。但《觀我生賦》及自注在辭賦史上都比較特殊,不能反映當時的一般情況。關於這一點,本書最後一章還會展開討論。

自注外,①還記錄了關於賦注的其他情況。②

《梁書》卷四十九《文學傳·周興嗣》:"左衛率周捨奉敕注高祖所製《歷代賦》,啓興嗣助焉。"③《歷代賦》乃梁武帝所製,地位自然崇高。而周捨和周興嗣之注賦是帶有官方色彩的"奉敕"行爲,由此更能看到辭賦"知識性"的一面在南朝受到相當之重視。

《梁書》卷五十《文學傳·劉杳》:"昭明太子薨,新宮建,舊人例無停者,敕特留杳焉。仍注太子《徂歸賦》,稱爲博悉。"④劉杳注所獲"博悉"之評價,自是重在知識層面的稱讚。而劉爲昭明太子的賦作注,也帶有官方色彩。

就賦注自身的發展以及南北朝諸《文苑(文學)傳》存錄、介紹之賦注來看,在"知識至上"的學風的影響下,知識含量豐富的辭賦在南北朝仍然擁有崇高的地位,故而不僅大文人自撰賦注,官方也會組織文士爲賦作注。換言之,南北朝辭賦雖非文學創作的重心所在,但在一般文學觀念中,仍然極受重視。

當然,賦的知識性的一面也提醒我們,正史存錄了那麼多完整的長篇賦作,在彰顯文才、保存文獻的同時,也有流傳知識的目的。

至於在南北朝佔據創作中心位置的詩歌,雖然在諸史的《文苑(文學)傳》中出現得比辭賦更多,但比起與知識、學問相關的著述,詩歌并不是當時"文"(或"文學")的主要成分。不過,南北朝諸《文苑(文學)傳》卻也準確地傳達了當時詩歌的最重要動向。

首先,南北朝諸《文苑(文學)傳》中多次提到"五言(詩)",而《晉書·文苑傳》在敘述某人的詩才詩作時,并沒有強調五言。南北朝各《文苑(文學)傳》提到五言詩的有如下幾處(《南史》《北史》之記載若與其他正史相同,則不再列出):

《梁書·何遜傳》:"時有會稽虞騫,工爲五言詩,名與遜相埒,官至王國侍郎。"

---

① 《觀我生賦》及顔之推自注被《北齊書·文苑傳》全文載錄,《山居賦》及謝靈運自注則被《宋書·謝靈運傳》全文載錄。值得注意的是,《宋書》并無《文苑傳》或《文學傳》,而《宋書·謝靈運傳》在詳敘謝靈運一生行事和文學時,還提及了與謝客有交往的文士(東海何長瑜、潁川荀雍、泰山羊璿之),甚至引錄了何長瑜的詩。("陸展染鬢髮,欲以媚側室。青青不解久,星星行復出。")在這個意義上,《宋書·謝靈運傳》具備了"文學傳"的部分功能。至於著名的《宋書·謝靈運傳論》,自然是一篇《文苑(文學)傳論》。見《宋書》,頁1774、1775。
② 《晉·文苑傳》就記載了皇甫謐爲左思《三都賦》作序,"張載爲注《魏都》,劉逵注《吳》《蜀》而序之"的情況。
③ 見《梁書》,頁698。
④ 見《梁書》,頁717。

《梁書·鍾嶸傳》:"嶸嘗品古今五言詩,論其優劣,名爲《詩評》。"

《梁書·伏挺傳》:"挺幼敏寤,七歲通《孝經》《論語》。及長,有才思,好屬文,爲五言詩,善効謝康樂體。"①

《陳書·張正見傳》:"其五言詩尤善,大行於世。"(《南史·張正見傳》:"有集十四卷,其五言尤善。")

《陳書·阮卓傳》:"卓幼而聰敏,篤志經籍,善談論,尤工五言詩……"

《陳書·陰鏗傳》:"及長,博涉史傳,尤善五言詩,爲當時所重……"②

《魏書·裴敬憲傳》:"工隸草,解音律,五言之作,獨擅於時……"③

《北齊書·荀仲舉傳》:"仲舉與趙郡李概交欵,概死,仲舉因至其宅,爲五言詩十六韻以傷之,詞甚悲切,世稱其美。"④

《隋書·孫萬壽傳》:"萬壽本自書生,從容文雅,一旦從軍,鬱鬱不得志,爲五言詩贈京邑知友曰:……(引錄全詩)此詩至京,盛爲當時之所吟誦,天下好事者多書壁而玩之。"

《隋書·王胄傳》:"大業初,爲著作佐郎,以文詞爲煬帝所重。帝常自東都還京師,賜天下大酺,因爲五言詩,詔胄和之。其詞曰:……(引錄全詩)……帝所有篇什,多令繼和。"

《隋書·庾自直傳》:"自直解屬文,於五言詩尤善……"

《隋書·常得志傳》:"及王薨,過故宮,爲五言詩,辭理悲壯,甚爲時人所重。"⑤

正史諸《文苑(文學)傳》在敘述相關文士的文學創作和成就時,不僅強調其詩歌,還特別標出"五言"之體式,甚或全引詩歌(孫萬壽、王胄)。這些例子足以讓我們感受五言詩在南北朝的受歡迎。⑥

其次,南北朝諸《文苑(文學)傳》中明確出現了"某某體"這樣的説法,而這種説法主要適用於詩歌。

南北朝各《文苑(文學)傳》提到"某某體"的有如下二處:

《梁書·吴均傳》:"天監初,柳惲爲吴興,召補主簿,日引與賦詩。均文體清拔有古氣,好事者或敩之,謂爲'吴均體'。"

《梁書·伏挺傳》:"挺幼敏寤,七歲通《孝經》《論語》。及長,有才思,好

---

① 見《梁書》,頁693,頁694,頁719。
② 見《陳書》,頁470,頁471,頁472。《南史》,頁1791。
③ 見《魏書》,頁1870。
④ 見《北齊書》,頁627。
⑤ 見《隋書》,頁1735,頁1741,頁1742,頁1748。
⑥ 這也正是産生鍾嶸《詩品》的土壤,詳下章。

屬文,爲五言詩,善効謝康樂體。"①

《伏挺傳》所謂"謝康樂體"針對的就是伏之"五言詩"。至於《吴均傳》所謂的"吴均體",《梁書》雖言"文體",但今人多以爲指的就是吴均的詩歌風格。② 詩歌之"體"(風格)可以具體到某詩人,這不能不説是詩歌繁榮發展、影響巨大的一個表徵。這與上一章討論"擬詩"時談及的魏晉南北朝詩人們不斷創生詩歌的偉大傳統正是一而二、二而一的。

由此可見,南北朝各正史《文苑(文學)傳》在敍述詩歌時,敏鋭地把握到了當時詩壇的重要變化,并有所反映。我們通過閱讀這些《文苑(文學)傳》,頗能體會到南朝詩壇的勃勃生機。

綜上所述,九史《文苑(文學)傳》中之"文",以晉宋爲界,性質并不相同。兩晉"文"風并不特重學問,故多言詩賦,而賦自是兩晉文苑中人最重要的文體。南北朝"文"風崇尚知識,於是學問、著述在《文苑(文學)傳》中變得重要,而隨着詩歌寫作的發達和詩賦間文體重心的轉移,詩歌比辭賦更多地出現在南北朝諸《文苑(文學)》傳中,詩歌發展過程中的新變也在相關傳記中得到了及時的反映。但辭賦在當時人的文學觀念中仍然是重要的,故而在相關《文苑(文學)傳》出現得也并不比詩少太多,且能被全篇載録。辭賦仍然享有重要地位的原因之一,就是辭賦本身藴藏了豐富的知識,當時人已然認識到這一點,因此相關《文苑(文學)傳》還記録了南朝文士爲賦作注的不同情形。

小結　"一般"視野中的詩賦圖景

史與文自有分際,史家撰史并不立足於文學,古代亦無"文學史"。作爲古代歷史敍述主脈的正史更是一類特殊的文獻。因正史之撰作自有傳統且

---

① 見《梁書》,頁719。
② 見汪涌豪、駱玉明主編,陳廣宏、鄭利華、歸青著《中國詩學(二)》(上海:東方出版中心,2008年),頁397、398;及徐豔著《中國中世文學思想史——以文學語言觀念的發展爲中心》(上海:上海古籍出版社,2012年),頁245—249。徐豔特别强調:"'吴均體'本指吴均詩歌的語言特徵,而非題材選擇;'吴均體'以語言組織的新異奇險爲追求目標,并將此新異奇險寓於表面的古樸行文中,由頗具'古氣'的語言組織成就其出塵'拔'俗的奇思異想。"見頁245。不過也有學者認爲"吴均體"兼指詩文,參看傅璇琮、許逸民等主編《中國詩學大辭典》(杭州:浙江教育出版社,1999年),頁686,"吴均體"一條由費振剛撰寫。我以爲"吴均體"主要針對的還是吴均之詩,一個旁證是梁紀少瑜有《擬吴均體應教詩》,見《先秦漢魏晉南北朝詩》,頁1778、1779。

不立足於文學,不妨認爲,正史所展現的詩賦圖景,正是魏晉南北朝和初唐"一般"士人眼中的景象。

所謂"一般",有如下三層意涵:一是撰史受制於材料,而當時史家與他們書寫的時代比較接近,他們面對的材料還未受到太多政治、藝術上的删汰,是爲材料之"一般";二是撰史者雖然需要一定的文學素養,但審美意義上的文學才華并非撰史的重要先決條件,本章所論十二部史書的撰者中,沈約固然是大文學家,但更多的撰者祇是具備較高文辭水準的史家,是爲撰者之"一般";三是正史寫就以後,就成爲後來讀史者的主要閲讀材料,讀史者中的大多數自然是尋常讀書人,其中固然有熱衷詩文創作的,但即使他們讀史,也不僅僅是爲了幫助寫作,是爲讀者之"一般"。[1]

那麽魏晉南北朝詩賦在"一般"視野之内,呈現出怎樣的圖景呢?

正史引詩、引賦,主要用以敘述歷史事件、描繪歷史人物、説明典章制度。而相關正史引詩多於引賦,恰説明了詩歌在聯繫、介入現實時比辭賦更加廣泛,這與上一章的結論是一致的。

不過文學畢竟也是歷史的一個面向,故而正史的部分篇章主要用以描述個人或時代之文學。有不少在當時和後來皆享有巨大聲譽的大作家因爲文學或非文學的原因進入了正史,在兩晉南朝六位大文學家的傳記中,辭賦佔據的篇幅都遠遠超過詩歌。而在兩篇"文學家傳"(《宋書·謝靈運傳》《周書·王褒庾信傳》)中,展現文學家文學才能的代表作都是長篇辭賦。這固然和辭賦更加富於綜合性(能敘述歷史、包容知識)有關,也與史家們存録文獻的自覺意識有關。但這也更能説明,對於魏晉南北朝初唐的一般士人來説,在這些大文學家的創作中,賦的文學地位更加突出。

除了爲大文學家立傳外,九部相關正史還以《文苑傳》《文學傳》的形式來勾勒一代或數代文士之群像。這九篇《文苑(文學)傳》告訴我們,儘管"文"風在晉宋之際有較大的變折,但辭賦在不同的"文風"下始終佔據重要地位,而詩歌在南朝展現的新姿態也在"一般"視野裏引起了重視。

正史引詩、引賦的主要目的無關文學,但史料自身的呈現卻讓我們從中看到了詩賦在不同時期的不同狀態。正史中反映的詩賦創作圖景(這主要是由《文苑(文學)傳》提供的)與前述四章的描述大致相同;而正史中藴含的文學觀念與實際文學創作并不同步,辭賦在南北朝總體上失去創作活力

---

[1] 葛兆光討論思想史時較爲强調"一般知識、思想與信仰世界的歷史",其論述啓發了本章對"一般"視野的理解,參看葛兆光著《思想史的寫法——中國思想史導論》(上海:復旦大學出版社,2004年),頁10—26。

的同時卻仍然葆有觀念世界的崇高地位。這既與大作家的努力有關,雖然文士群體的創作重心不再是辭賦,但謝靈運、沈約、庾信還是有極其精彩而重要的賦作;也與觀念與實踐未必同步有關,畢竟思想與觀念的世界有自足的一面。

在"一般"視野之外的魏晉南北朝詩賦,又會是怎樣一幅圖景呢?幸運的是,魏晉南北朝時期已經出現了大量反映"專門"視野的著作,那就文學批評文獻。更加幸運的是,魏晉南北朝文學批評文獻中的許多重要作品都流傳至今。而對"專門"視野中的詩賦圖景的探討,正是下一章的任務。

第六章　文論中的詩與賦

魏晉南北朝歷來被視爲"文學自覺"的時代,①這一説法雖然得到較爲廣泛的認同,②卻也不乏反對者。③ 如果説對於"自覺"在文本上的呈現尚有爭論,那麽認爲觀念上的"文學自覺"(也即文學批評的獨立)發端於魏晉時期的意見,則較少異議。

郭紹虞曾明確論斷:"迨至魏晉,始有專門論文之作,而且所論也有專重在純文學者,蓋已進至自覺的時期。"④郭氏對魏晉之文學批評,尤其重視"專門論文之作"和"專重在純文學者"。⑤ "論文"之"文",⑥包含各種文體,不同的文體側重對於文學批評和理論闡發,自會有不同的影響。而魏晉南北朝時期最重要的兩種文體,當推本書的討論核心——詩與賦。

---

① 此説最早由日人鈴木虎雄揭出,經魯迅推廣後,影響甚大。參看魯迅《魏晉風度及文章與藥及酒之關係》,收入《魯迅全集》第三卷《而已集》(北京:人民文學出版社,2005年),頁526。
② 僅就教材而言,幾種影響較大的中國文學史都採用此説,如游國恩等主編《中國文學史》第三編《魏晉南北朝文學》的"概説"部分就指出建安時期"表現了文學的自覺精神",參看游國恩等主編《中國文學史(修訂本)》(北京:人民文學出版社,2004年),頁226—227。又如章培恒、駱玉明主編《中國文學史》更是直接徵引魯迅之文加以申説,參看章培恒、駱玉明主編《中國文學史》(上海:復旦大學出版社,1997年),頁295—304。再如袁行霈主編《中國文學史》第三編《魏晉南北朝》文學的"緒論"部分第一節的標題就是"文學的自覺與文學批評的興盛",參看袁行霈、羅宗强主編《中國文學史(第二卷)》(北京:高等教育出版社,2003年),頁3—8。
③ 如龔克昌、張少康、詹福瑞、趙敏俐都持反對意見,認爲漢代乃至楚辭時期已然"文學自覺"。參看龔克昌《論漢賦》《漢賦——文學自覺時代的起點》,收入氏著《漢賦研究》(濟南:山東文藝出版社,1990年);張少康《論文學的獨立和自覺非自魏晉始》,載《北京大學學報》1996年第2期,及張少康《中國文學觀念的演變和文學的自覺》,載香港浸會大學《人文中國》第九期(香港:中華書局,2002年);詹福瑞《文士、經生的文士化與文學的自覺》《從漢代人對屈原的批評看漢代文學的自覺》,收入氏著《漢魏六朝文學論集》(保定:河北大學出版社,2001年);趙敏俐《"魏晉文學自覺説"反思》,收入楊義主編《中國文學年鑒2006》(北京:中國文學年鑒社,2007年)。
④ 參看郭紹虞著《中國文學批評史》(北京:商務印書館,2010年),頁91。
⑤ 所謂"文學批評的專著",也就是用專書形式呈現的"專門論文之作",參看郭紹虞著《中國文學批評史》,頁121。
⑥ 魏晉南北朝的"文",所指範圍變化頗大,或寬泛或狹窄,這是下文重點討論的一項内容。

本章將針對魏晉時期最爲重要的四種"專門論文之作"——曹丕《典論·論文》、陸機《文賦》、劉勰《文心雕龍》和鍾嶸《詩品》,討論詩、賦兩種文體在其中的呈現以及不同的文體側重對文論的影響,借此窺視當時文學圖景嬗變與文學批評演進之關係。在此基礎上,本章還會由文論拓展到"文學史觀",并在具體層面疏解一對并稱背後的奧祕。

第一節 "文的自覺"與文體觀念的演變: 從曹丕到陸機

本書屢屢以魏晉和南北朝爲兩個時段,而本章要討論的四種文論著述恰恰二篇作於魏晉,二部成於南朝,故本節先討論魏晉的兩篇論文大作。[①]

一、《典論·論文》: 廣義之"文章"與批評之偏重

《論文》作爲曹丕的子書《典論》之一篇,[②]在中國文學批評史上的地位極爲重要。《論文》中提出:"蓋文章,經國之大業,不朽之盛事。"被視爲"文學自覺"的標誌,因而此篇受到關注甚多。那麼,曹丕所謂"文章"的具體所指爲何? 是否即相當於現代所謂"文學"呢?

《典論·論文》的"文"(或"文章"),包含極廣,涵蓋了後來所謂的"四部"分類,[③]其廣度與《文心雕龍》的"文"相當。在"蓋文章,經國之大業,不朽之盛事"這著名的絕大判斷之後,曹丕以"古之作者"來支持自己的判斷。"古之作者"中,曹丕專門提到了周文王和周公,以及他們的著作:"故西伯幽而演

[①] 本節徵引的《典論·論文》和《文賦》,若無特殊說明,悉據《六臣注文選》和張少康集釋《文賦集釋》(北京: 人民文學出版社,2002年)。
[②] 此文因收錄於《文選》而存,但或非完璧。嚴可均輯《全三國文》,卷八所錄之《論文》,於《文選》外,還從《北堂書鈔》《太平御覽》《藝文類聚》中輯出若干條,并認爲"《文選》刪落者尚多也"。至於《典論》,嚴可均於《論文》外,還輯出《姦讒》《內誡》《酒誨》《論郤儉等事》《自敘》《太子》《劍銘》《論太宗》《論孝武》《論周成漢昭》《終制》《諸物相似亂者》十二篇,以及"篇名缺"的文字若干則(內有嚴推擬定爲《典論》文字者,如《諸物相似亂者》),長短不一,其中數篇與《論文》長度相當或更多。參看〔清〕嚴可均校輯《全上古三代秦漢三國六朝文》,頁 1093—1100。
[③] 晉荀勗因魏鄭默之《中經》,更撰《新簿》,變七略爲四部,分甲乙丙丁四部,"是爲後世經史子集之權輿,特其次序子在史前";至東晉,李充作《晉元帝書目》,"但以甲乙丙丁爲次,又將《中經新簿》之乙丙兩部先後互換"。參看余嘉錫著《目錄學發微》,收入《余嘉錫說文獻學》(上海: 上海古籍出版社,2001年),頁 89—91。但劉宋至楊隋,乃"四部與七略互競時期",隋以後,經史子集的"四部"分類法方被普遍沿用。參看汪辟疆著《目錄學研究》(上海: 華東師範大學出版社,2000年),頁 19—25。

《易》，周旦顯而製《禮》。"指出無論"隱約"還是"康樂"，皆應致力於文章。《易》和《禮》，自然是經，但在此處也被曹丕納入"文章"的範圍。曹丕所謂文章不僅包括經，還包括史。在嚴可均所輯《論文》佚文中，有一則論及李尤，涉及其參與撰寫的《漢記》，可見《漢記》之類的史書也在其所謂文章之範圍。曹丕在《論文》中提到徐幹"著論"，即徐幹所著子書《中論》。此證曹丕所謂文也包括子書。① 當然，詩賦之文，即四部中集部之文章，自然屬其文章之列。

雖然"文章"兼包四部，但曹丕在進行批評時，則有自己的側重。曹丕專門論次八種文體曰："夫文本同而末異。蓋奏議宜雅，書論宜禮，銘誄尚實，詩賦欲麗。""四科八體"是他討論的主體，也是批評的中心。

曹丕對"七子"的批評，完全在"四科八體"的範圍內。《典論·論文》開篇以班固、傅毅之"文人相輕"爲引子，展開自己之論述，班、傅二人尚非批評之對象。其後於"今之文人"列出孔融等七人（即後世所謂"建安七子"）加以揄揚，對王粲、徐幹，曹丕強調其辭賦；對陳琳、阮瑀，曹丕突出其章表書記；對孔融則指出其"不能持論"。這裏列出的作家及文體，"章表奏議"可以歸入"四科"中的"奏議"二體。在評論這些作家時，曹丕關注的文體，皆在"四科八體"範圍之內。

在《文選》之文本外，嚴可均還輯出若干則《典論·論文》的文字，都是關於作家的論述。一則討論屈原和司馬相如的賦（"或問屈原相如之賦孰愈"），旁及揚雄（"長卿子雲，意未能及已"）；一則討論賈誼《過秦論》，給予很高的評價（"斯可謂作者矣"）；一則述李尤，涉及其參與撰寫的《漢記》；一則言馬融，涉及其《上林頌》。② 這幾則佚文除"頌"和史書（《漢記》）外，其

---

① 楊明專門辨析"四科"中的"書論"，結合上下文和漢魏時文獻，指出"'書論'指論説性文字"，并認爲"'書''論'二字，都既可指單篇文章，也可指'連結篇章'而成的整部子書"，參看其《〈典論·論文〉之"書論"》，收入楊明著《欣然齋筆記》（上海：東方出版中心，2010年），頁136—139。

② 這裏需要特別説明的是，嚴可均等人認定爲《論文》佚文的四則文字，分別出自《北堂書鈔》卷一百、《太平御覽》卷五百九十五、《北堂書鈔》卷六十二、《藝文類聚》卷一百。這三部類書引時都祇標出《典論》，而沒有明確説明這四則文字出自《論文》。祇有關於李尤的第三則，因緊接着"傅毅之於班固，因與弟超書曰：'武仲以能屬文，爲蘭臺令史。'"一句（《北堂書鈔》引用時祇標出《典論》，此句文字與《文選》存録之《論文》亦有出入）出現，故可判定該則文字出自《論文》，其餘三則祇是因爲涉及具體作家，才被後人普遍認爲是《論文》的佚文。參看《全三國文》卷八，《全上古三代秦漢三國六朝文》，頁1098。或見夏傳才、唐紹忠校注《曹丕集校注》，頁239—241；魏宏燦校注《曹丕集校注》（合肥：安徽大學出版社，2009年），頁314。并參看：董治安主編《唐代四大類書》（北京：清華大學出版社，2003年），頁422，頁255，頁1397，此套書影印之《北堂書鈔》爲清光緒十四年南海孔廣陶三十有三萬卷堂校注重刻陶宗儀傳鈔宋本，《藝文類聚》爲1959年中華書局影印南宋紹興刻本（用明胡纘宗刻本配補）；〔宋〕李昉等撰《太平御覽》（北京：中華書局，1960年），頁2679，此書據商務涵芬樓影宋本影印；〔唐〕歐陽詢撰，汪紹楹校《藝文類聚》（上海：中華書局上海編輯所，1965年），頁1730、1731。

餘均在"四科八體"範圍内,而曹丕對馬融《上林頌》和李尤參與的《漢記》祇有敘述,未加批評。至於提到《易》和《禮》,不過是爲"文章"加重聲勢,也無具體評論。所以,《典論·論文》所具體批評之"文",不出"四科八體"的範圍,基本上相當於後來四部分類法中的子部和集部。之所以會出現這種涵蓋極廣而側重略狹的情况,當與魏晉時已經明晰的個人撰作觀念有關。①

那麼,在"四科八體"中,曹丕是否又有所側重呢? 首先,四科之先後次序,當非隨意排列。"奏議、書論、銘誄、詩賦"之中,奏議與軍國大事直接相關,書論乃是一家之言,銘誄則涉及他人生平評價。聯繫曹丕的首要身份(政治家)以及《典論》的撰作時間(被立爲太子之後),②這"三科"比起更多關乎個人情志的詩賦,確實更近於"經國之大業,不朽之盛事",排列在詩賦之前,也是理所當然的。其次,儘管曹丕在理論概括時有如此順序的先後排列,但他在圍繞具體作家展開批評時,側重點又有所不同。在對"七子"逐一批評時,曹丕針對王粲、徐幹的辭賦,各列出四篇作品,③并以著名賦家張衡、蔡邕類比。這在關於其他五子的討論中是没有的。列出具體作品加以評論,至少可以説明,曹丕對於王粲、徐幹的辭賦作品較爲熟悉,也頗珍視。在辭賦之外,曹丕在批評各作家時,對能"成一家言"的徐幹特别推重,("融等已逝,唯徐幹著論,成一家言。")這和他在《與吳質書》中的態度是一致的。④ 故而,我們可以認爲:在對文體的理論概括上,曹丕通過對"四體"的排序是暗含了輕重之價值判斷的;同時,在對作家展開具體批評時,他尤重辭賦(詩賦)和子書(書論)。⑤

---

① "經"乃聖人之著,"史"則多爲"述",非個人之撰作,唯子、集皆出個人撰作。這一問題涉及較廣,下文涉及《文心雕龍》時還會提及,此處暫不展開。

② 《典論》的成書時間現在已經無法確定,一般認爲此書在建安二十二年(公元217年,曹丕三十一歲,被立爲太子)前後大體完成,至黄初三年(公元222年)皆有增補。參看張可禮編著《三曹年譜》(濟南:齊魯書社,1983年),頁155;及夏傳才、唐紹忠校注《曹丕集校注》,頁233;魏宏燦校注《曹丕集校注》,頁300。洪順隆則將今存《典論》主要篇章分別繫於建安二十一至二十四年及黃初三年,將《論文》繫於建安二十三年,參看洪順隆撰《魏文帝曹丕年譜暨作品繫年》(臺北:臺灣商務印書館,1989年),頁230—289、412—414、419—422。

③ 曹丕所列王粲之賦(《初征》《登樓》《槐賦》《征思》),除《征思賦》外,皆有文字保存,見《全後漢文》卷九十,《全上古三代秦漢三國六朝文》,頁959、960;所列徐幹之賦(《玄猿》《漏卮》《圓扇》《橘賦》),皆不存,《北堂書鈔》和《太平御覽》存有徐幹《團扇賦》殘句四句,未知與"圓扇"是否有關,見《全後漢文》卷九十三,《全上古三代秦漢三國六朝文》,頁975。

④ 田曉菲在《諸子的黄昏》中已經論述了這一點,文載《中國文化》第二十七期,相關討論見頁65。

⑤ 關於《典論·論文》之重詩賦及相應的時代風氣,王運熙已有論及,見其《曹丕〈典論·論文〉的時代精神》,收入王運熙著《中國古代文論管窺》(《王運熙文集》第四册,上海:上海古籍出版社,2012年),頁89—95。

曹丕之"尤重"詩賦和書論,還可以得到一些側面支持。《三國志》卷二《魏書·文帝紀》結尾部分(述曹丕著述情況),裴注引《魏書》:"帝初在東宫,疫癘大起,時人彫傷……故論撰所著《典論》、詩賦,蓋百餘篇,集諸儒於肅城門內,講論大義,侃侃無倦。"又引胡沖《吳曆》:"帝以素書所著《典論》及詩賦餉孫權,又以紙寫一通與張昭。"① 以上兩則史料説明,不論是在對内宣講,還是對外交涉,曹丕實際上最重視的,都是子書《典論》與詩賦。

最後還須强調的是,曹丕"論文"主要通過"論人"展開。《典論·論文》的主要論説方式,或可稱爲作家批評,這和《典論》的其他篇章是一致的。《全三國文》卷八輯録的《典論》中,有題名爲《論郤儉等事》的一篇,包含六則文字(分别從《三國志》裴注、《文選》注、《意林》、《北堂書鈔》、《博物志》等書中輯出)。此篇題名的依據是《三國志》卷二十九《魏書·方技·華佗傳》的裴注("文帝典論論郤儉等事曰"),其中"論郤儉等事",更可能是對内容的概括,並非對篇名的直引。② 而在張溥所輯《魏文帝集》中,引自《三國志》裴注的這一段被單獨列爲一篇,題名爲《典論·論方術》,③ 如果張輯本並非憑空擬題,有一定的文本依憑,那麽此篇在題名上與《論文》最爲接近。這一段對"方術"的討論,集中在當時著名方士郤儉、甘始、左慈、王和平等人身上,並與前人劉向、伏理類比。又如《姦讒》篇,④ 曹丕之論"姦讒",也是先述論當時幾位政治人物因爲親近姦讒小人而身敗名裂、家族淪亡,⑤ 進而提出"監誡"。今存《典論》各篇中篇幅較長的《内誡》《酒誨》等篇,論述方式也與此相似,此處不再一一展開。縱觀《典論》殘留各篇,《典論》之主要論説方式,就是以人論理,這也可以理解何以《典論·論文》之"論文體"衹有寥寥數語。

正是因爲曹丕主要通過"論人"展開"論文",故而《典論·論文》的理論闡發主體和重心,是"論作家"。⑥ 曹丕爲後人稱許的"以氣論文",實際上就

---

① 參看前引《三國志》,頁88、89。
② 陳乃乾校點本將此段文字標點作"文帝典論論郤儉等事曰",較爲合宜。參看《三國志》,頁805。
③ 參看夏傳才、唐紹忠校注《曹丕集校注》,頁253、254;魏宏燦校注《曹丕集校注》,頁318、319。此二種今人校注本皆以張輯本爲底本。
④ 載《全三國文》卷八,從《群書治要》中輯出,見《全上古三代秦漢三國六朝文》,頁1093、1094。
⑤ "何進滅于吳匡、張璋,袁紹亡于審配、郭圖,劉表昏于蔡瑁、張允。"見《全上古三代秦漢三國六朝文》,頁1093。
⑥ 郭紹虞認爲,《典論·論文》對"文體、文氣"的論述,"亦即相如賦迹、賦心之説",郭氏從"心"("文氣")和"迹"("文體")兩方面分析,歸結到"此四科不同,故能之者偏也惟通才能備其體",落實到作家,洵爲的見。參看郭紹虞著《中國文學批評史》,頁93—98。朱東潤討論《典論·論文》,認爲要點在"論文章之重要""論文氣""論文體",對曹丕(轉下頁)

是"以氣論人"。這一點對於我們理解《典論·論文》在理論上的"洞見"與"不見"將大有裨益。①

二、《文賦》:"撰文"之鋪展和用心於詩賦

陸機《文賦》一般被看作"我國文學理論批評史上第一篇系統地論述文學創作問題的重要著作"。② 相比"魏晉文學批評上第一篇專門論文的文章"(《典論·論文》),《文賦》在批評理論上的推進甚是顯豁,推考爲何會發生這樣一種理論上的"推進",首先須考察《文賦》之"文"究竟何指。

《文賦》大致可分爲三部分:第一部分是第一至第四小段,描述一個完整的撰文過程;第二部分是第五至第十六小段,第五小段承上啓下,之後便集中論"作文之利害";第三部分是第十七至第十九小段,泛論作者和文章,略鬆散,討論的範圍較近《典論·論文》。③ 能夠說明《文賦》之"文"具體所指的,主要是一、二部分。

初看之下,《文賦》與《典論·論文》十分不同,除了提到十種文體外,《文賦》并不涉及具體作家作品的批評。《文賦》所呈現的"文",是否祇是抽象的概念,與具體的文體無涉?抑或《文賦》之"文"就是詩賦等十種文體?細繹此篇賦之後,我們能發現,《文賦》之"文"實指單篇獨創的文章。而在鋪陳撰文過程、敘說文章利病的時候,多隱隱以美文爲論述目標,其中有的

(接上頁)之"批評當世文人"祇是一筆帶過,這是從理論抽象角度作出的概括,參看朱東潤撰,章培恒導讀《中國文學批評史大綱》(上海:上海古籍出版社,2001年),頁25—27。楊明在緒論魏晉文學批評時,明確指出:"魏晉文學批評上第一篇專門論文的文章——曹丕《典論·論文》,實際上是以論作家爲主的。"這是相當正確的論斷。當然在具體討論《典論·論文》時,他將此篇分爲三部分("論作家""論文體""論文章的價值和作用"),對每一部分都作了詳細的評介。從文學批評史發展的角度來說,雖然"論文體"祇有極少文字,但具有極大意義,自然值得詳論,不過從文本本身來看,"論文體"還是服務於"論作家"的,"論文章的價值和作用",主要也是強調文章對於人之不朽有何幫助。參看王運熙、楊明著《中國文學批評通史(貳)·魏晉南北朝卷》(上海:上海古籍出版社,2011年),頁8,頁22—46。

① 關於《典論·論文》在理論上的創穫與空白,以及出現這一狀況的原因,下文將與陸機《文賦》比對後再作相應探討。
② 張少康語,見《文賦集釋·前言》。楊明則概述《文賦》爲"我國文學批評史上第一篇專門論述如何運思寫作的文章",見《中國文學批評通史(貳)·魏晉南北朝卷》,頁10。
③ 今人(徐復觀、張少康、楊明等)疏通《文賦》,序文之外,正文皆分爲19個小段(自然段)。但劉運好在《陸士衡文集校注》(南京:鳳凰出版社,2007年)中的小段分法與通行的19小段不同,不宜從。現將徐復觀、張少康、楊明三位的大段劃分及相應的內容概括製成附表6.1置於本節之末(張、楊的劃分和概括,十分接近),以供比對。參看:徐復觀《陸機〈文賦〉疏釋》,收入徐復觀著《中國文學論集續篇》(北京:九州出版社,2014年);張少康《文賦集釋》;[晉]陸機、[梁]鍾嶸著,楊明撰《文賦詩品譯注》(上海:上海古籍出版社,1999年);前引《中國歷代文論選新編·先秦至唐五代卷》中的《文賦》部分(在頁125—135,此部分由楊明編著)。

論説,更是直指詩賦二體。

《典論·論文》中已經受到重視的個人著作觀念,在《文賦》中有了進一步的強調和突出。在《文賦》第一部分的結尾處,陸機就明確地點出了他所賦的"文"需出於個人獨創。

《文賦》讚美文學創作,謂"課虛無以責有,叩寂寞而求音",固有道家的思想淵源,然"從無到有"而成之文章,自然是"著"出來的"文",爲作者本人的創造。陸機特別重視作者撰文的獨創性,《文賦》中的"謝朝華於已披,啓夕秀於未振""雖杼軸於予懷,怵佗人之我先。苟傷廉而愆義,亦雖愛而必捐"都在強調這一點。考慮到魏晉時對個人撰作的自覺認識,我們可以認爲,《文賦》之"文"是個人獨創的文本。

《文賦》中專門涉及文體的一節("詩緣情而綺靡"云云)進一步限定了"文"的範圍,排除了成部之書。第五小段可説承前啓後,連結《文賦》一、二兩大部分。此段對作者風格和文體特徵的鋪排,歷來備受重視,不過陸機論列作者和文體,仍然是環繞着"文"和"撰文"展開的。① 需要注意的是,《文賦》在此是通過鋪排文體來展示"撰文"的不同風貌,所以不能認爲《文賦》之"文"就是這十種,今存陸機的各體文章,就有這十種之外者。同時,相較《典論·論文》之論"四科八體",《文賦》不僅更加細密,而且没有提及"議"和"書"。陸機本人有《大田議》的片段文字留存,②《文賦》不及"議",恐怕主要是因爲"議"和"奏"在功用和文體規定上都比較接近,都論述政事,重在實用,③要在"奏"之外再單獨論列"議",比較困難。至於《文賦》不及"書",很可能因爲《文賦》論"文",不包括整部之書,唯集中於單篇之文。④同時,《文賦》論及的十種文體,詩賦排列在最前,與《論文》中詩賦列於最後不同,這多少能説明詩賦二體在《文賦》中地位更高。

個人獨創的單篇之作是《文賦》之"文"的大範圍。但這一範圍内的文體甚多,特徵各異,功能不同,不同文體的撰文情狀和相應的"文章利病"是否一致?答案顯然是否定的。陸機也没有面面俱到地對各體文章的撰寫過

---

① "夸目""愜心""言窮""論達"四句,着眼於作者:人不同,故所作之文有别;對詩、賦、碑、誄、銘、箴、頌、論、奏、説十種文體的特徵提煉,則立足於文體:文體各異,故行文風貌不一。"雖區分之在兹,亦禁邪而制放。要辭達而理舉,故無取乎冗長"四句,則是在鋪展了作者、文體之不同和相應行文之差異後,從正反兩方面申説在"不同"之上的撰文總原則。
② 輯自《藝文類聚》,見《全晉文》卷九十七,《全上古三代秦漢三國六朝文》,頁 2017。也見《陸士衡文集校注》,頁 977、978。
③ 《文心雕龍》有《奏啓》《議對》兩篇,涉及奏和議的名義、源流以及該如何撰寫此二體,在劉勰的論述中,奏和議在各方面也都比較接近。同時,《文選》不載奏、議。
④ 《文賦》所列十種文體中,不見於《典論·論文》"四科八體"的有:碑、箴、頌、説,都是單篇之文。但對此判斷我尚無十分之把握,姑於此抛磚引玉。

程和利病施加筆墨,他在描摹撰文諸情狀、論述"文章利病"時,主要以美文爲描述對象,其論說則基於撰作美文的經驗展開鋪陳。美文的代表當然是詩賦,陸機的部分論述,更是直接由詩生發。在《文賦》的第一、第二部分中,我們可以找到不少證據。

在《文賦》第一部分對準備、構思、寫就諸階段的描繪中,我們都能看到陸機對"美"的講求,亦能從陸機的理論述說中看到他個人詩賦創作的影子。

《文賦》第一小段述寫作前的準備,首先指出:作文無非出於"觀物"("佇中區以玄覽")①與"讀書"("頤情志於《典》《墳》")二端。② 其後則分別演繹此二端:陸機先以"四時"和"萬物"展開"觀物";③又以"世德""先人""文章""麗藻"敷演"讀書"。此小段值得注意的有三點:(一)陸機所感之物偏重於自然景物,④較近《文心雕龍·物色》篇之"物色",而在漢魏文學傳統中,感於物而作的"文",主要是詩賦,⑤陸機自己的創作,感於物而成的也主要是詩賦;⑥(二)陸機有專門表彰"世德之駿烈""先人之清芬"的創作,那就是《祖德賦》和《述先賦》;⑦(三)"遊文章之林府,嘉麗藻之彬彬"二句,直接鋪陳"讀書","文章"包含諸種文體,但"麗藻"則主要指

---

① 此處採張少康、楊明等人意見,認爲《文賦》開篇二句是并列關係,"玄覽"乃觀照天地,而非如錢鍾書所云"以次句申說上句"。參看《文賦集釋》,頁22、23,頁33—36;及前引錢鍾書著《管錐編》,頁1868。
② 此處之"觀物"和"讀書"是權宜的用詞,"觀物"包含了"感於物";"讀書"則泛指對過去的了解,"詠世德之駿烈,誦先人之清芬"二句就不直接指涉"讀書",祇是在陸機之時,若非讀書,何以知世德、先人? 比較完備說法應該是:"《文賦》將作者創作衝動的發生,歸之於兩個方面:一是作者情感因自然景物和四時推遷而受到觸發,二是在閱讀前人和當時人作品時産生感慨。"見《中國文學批評通史(貳)·魏晉南北朝卷》,頁93。
③ "悲落葉於勁秋,喜柔條於芳春"自是鋪展"四時","心懍懍以懷霜,志眇眇而臨雲"之"霜"和"雲"是所"瞻"之"物","心懍懍"和"志眇眇"是"思紛"的情狀。吳承學認爲此四句乃分述秋、春、冬、夏"四時",參看吳承學《試釋〈文賦〉"懷霜""臨雲"》,載《學術研究》1994年第2期。若依傳統解釋,以"懷霜""臨雲"爲心志高潔之喻,則此二句可看作對"思紛"的展開,亦通順。
④ 不過《文賦》之"物"祇是偏重自然景物,并不排斥社會活動。這與《文心雕龍》中的大多數"物"(王元化統計共四十八處,尤其是《物色》篇之"物"是"作爲代表外境或自然景物的稱謂"的情況,并不相同。參看《中國文學批評通史(貳)·魏晉南北朝卷》,頁93、94;以及王元化《心物交融說"物"字解》,收入王元化著《文心雕龍講疏》(上海:上海古籍出版社,1992年),頁93—98。
⑤ 王運熙在討論《文心雕龍·神思》和《物色》兩篇的時候對此有論述,參看王運熙《讀〈文心雕龍·神思〉札記》《〈物色〉篇在〈文心雕龍〉中的位置問題》,收入《文心雕龍探索》(《王運熙文集》第三册,上海:上海古籍出版社,2012年)。
⑥ 徐復觀舉《感時賦》爲例,見《中國文學論集續篇》,頁88。
⑦ 程章燦指出:"陸機的《感時賦》《歎逝賦》,潘岳的《秋興賦》,傅玄的《陽春賦》,陸機的《浮雲賦》《白雲賦》《陵霄賦》《祖德賦》《述先賦》,與《文賦》界定的題材範圍暗合,不是偶然的。"見程章燦著《魏晉南北朝賦史》,頁159。

美文。① 聯繫《典論·論文》的"詩賦欲麗",認爲"麗藻"指的主要是詩賦,恐怕也是雖不中,亦不遠的。

第二小段描摹構思之情狀,最可注意的是"其致也,情曈曨而彌鮮,物昭晰而互進"一句。此句的意思并無太大爭論,"其"指文思,文思來臨時,"情"由朦朧而鮮明,"物"則清晰地涌現。② 質言之,文思到達時,"文"所欲表現的内容是明白的。而陸機對賦之文體特徵的提煉——"瀏亮",其意涵正是"清明"。③ 陸機的文體論中,箴之"清壯",論之"朗暢",也多少有"明"之意涵,但都不若"瀏亮"與"鮮""昭晰"在詞義上接近。因此,陸機在描繪文思來臨時之際的情狀時,很可能是以作賦的狀態爲摹本的。本段最後的"謝朝華於已披,啓夕秀於未振"二句,陸侃如、錢鍾書都認爲"朝華""夕秀"指的就是文辭,此説不能成立。④ 但用"華""秀"來比喻文章,無疑很重視文章華美的一面的,這與前段既言"文章",又特意表出"麗藻"也是一以貫之的。

第三小段言謀篇佈局、經營文章。"抱景者咸叩,懷響者畢彈"二句,或以爲"指所要描寫的事物之形象與聲音",甚至指的就是"文章的色彩和聲調"。張少康反對此類説法,認爲這僅僅是比喻,應以李善注("言皆擊擊而用")爲準,其説可從。⑤ 不過以聲色爲喻,多少能體現出陸機於"文"之内容,偏重哪些方面。

《文賦》第二部分先總後分,論文章利病。總原則之"巧"和"妍"顯然針對美文而發,"音聲"的原則更是直接關乎詩。其後分列"文術"時,⑥"文繁理富"之問題與陸機本人的創作(尤其是賦之創作)聯繫密切;"佳句"則與當時的詩賦賞鑑風尚息息相關。分論之文病,亦多是美文才會產生,部分"文病"更可能直指當時的詩歌新變。

第六小段總談文章利病,"其爲物也多姿,其爲體也屢遷"承上啓下,"其會意也尚巧,其遣言也貴妍"二句是關於創作的總原則。第五小段已經

---

① 徐復觀云:"'麗藻'猶自序中之所謂'盛藻',指成功之作品。"此説恐不確,方廷珪釋"麗藻"爲"華美之文藻",楊明釋序中之"盛藻"爲"盛多的辭藻,猶言美文",都比較符合魏晉時人用詞之習慣。參看《中國文學論集續篇》,頁86;《文賦集釋》,頁27;《中國歷代文論選新編·先秦至唐五代卷》,頁127。
② 參看《文賦集釋》,頁39、40;《文賦詩品譯注》,頁6。
③ "瀏亮",李善注曰"清明之稱",張鳳翼釋爲"爽朗",方廷珪解爲"達而無阻",都突出了"明白"這一特質,參看《文賦集釋》,頁112。同時,《文賦》論詩賦之"詩緣情而綺靡,賦體物而瀏亮",可被理解爲互文見義,詳下。
④ 參看《文賦集釋》,頁52;《管錐編》,頁1872、1873。
⑤ 參看《文賦集釋》,頁64、65。
⑥ "文術"爲程會昌(千帆)用詞。

提出了"雖區分之在茲,亦禁邪而制放。要辭達而理舉,故無取乎冗長"的總原則,爲何此處又一次出現? 此二句和上一段之總原則,都由"意"與"言"兩方面組成。① 但"禁邪而制放""辭達而理舉"乃是發揮儒家思想的冠冕堂皇之説,兼顧正反;此二句則完全是正面立論,更能見陸機自家面目。② 至於"巧"和"妍",自然主要針對美文,詩賦更首當其衝。"暨音聲之迭代,若五色之相宣"二句,仍然是正面提出創作原則,但力度不如"會意""遣言"那麽重,故陸機用一"暨"字表示補充。對此句的解釋比較統一,前人都認爲談的是音韻問題,并指出後來的聲律之論,濫觴於此。③ 如果説"巧"和"妍"的原則對各體文章都多少適用,衹是尤其適用於詩賦等美文的話,"音聲之迭代"的適用範圍就是詩。④ 至於賦,雖早有"不歌而誦"的説法,但音樂性對賦并没那麽重要,尤其是對於篇幅較大的賦,講求音韻更難有一定之規。⑤ 在申説了這三條適用範圍不一的正面總原則後,陸機又概説了爲文不易,再提出一較爲抽象的能涵蓋上述三條原則的抽象原則——"達變識次"。⑥ 最後從反面指出撰文可能出現的問題,因爲下面幾段是從不同方面來談行文時的諸問題,本段結尾所説的,是不遵守"達變識次"的後果——"渳渻而不鮮",這裏的"鮮",和"情曈曨而彌鮮"之"鮮",正是同一意思。

第七至第十小段展開了"文章寫作中四個基本技巧問題",⑦第八小段所及的"文繁理富",當有陸機自家體會在其中。陸機生前身後,都有人指出他作文太過繁富。張華對陸機有"人之作文,患於不才;至子爲文,乃患太多"的批評,孫綽則對比潘岳和陸機曰:"潘文爛若披錦,無處不善;陸文若排沙簡金,往往見寶。"又曰:"潘文淺而净,陸文深而蕪。"⑧ 鍾嶸在《詩品》中引謝混"潘詩爛若舒錦,無處不佳;陸文如披沙簡金,往往見寶"的評語後,再

---

① 程千帆引黄侃之言釋"亦禁邪而制放"曰:"邪指意言,放指辭言。"而"要辭達而理舉"之"辭"與"理",也就是言與意。見《文賦集釋》,頁121。
② 許文雨釋此段開頭四句曰:"按四句見陸氏尚妍麗之主張。沈約評陸文'縟旨星稠,繁文綺合',知陸説能自踐矣。"見《文賦集釋》,頁133。
③ 參看張少康引何焯、黄侃、程千帆、李全佳、徐復觀之意見,見《文賦集釋》,頁134—136。
④ 張少康明確指出:"'音聲迭代'就是指的詩歌語言在音節上要有抑揚頓挫之美。"見《文賦集釋》,頁144。
⑤ 此問題較大,這裏無法展開論證。
⑥ 參看《文賦集釋》,頁144,145。
⑦ 《文賦集釋》,頁183。
⑧ 這些評論都賴《世説新語》及劉注而存,引文俱見《文學》門。參看〔南朝宋〕劉義慶著,〔南朝梁〕劉孝標注,余嘉錫箋疏,周祖謨、余淑宜、周士琦整理《世説新語箋疏》(北京:中華書局,2007年),頁309,頁318。張華之評語也載於《晉書》卷五十四《陸機傳》,見〔唐〕房玄齡等撰《晉書》,頁1480。

論斷說:"陸才如海,潘才如江。"①陸機自己對此也應有一定認識,故鋪陳"文繁理富"一段時,陸機"自屬文"的體驗理當混入其中。② 既然陸文多少有"文繁"之病,那麽是否陸機的所有文體都如此? 陸雲對陸機的評價,或許能給我們提供若干線索。在《與兄平原書》中的論文部分,陸雲多次提到陸機爲文之"多"。錢鍾書析論《與兄平原書》,指出陸雲所謂"多",有兩種情況,一是"一生中篇什或著作之多",二是"一篇中詞句之多"。③ 陸機之"文繁",自屬後一種"多"。陸雲評論陸機"文繁"之"多",有如下數語:④

《二祖頌》甚爲高偉。雲作雖時有一佳語,見兄作,又欲成貧儉家,無緣當致兄此謙辭。又雲亦復不以苟自退耳,然意故復謂之微**多**,"民不輟歎"一句,謂可省。……

雲再拜:省諸賦,皆有高言絶典,不可復言。頃有事,復不大快,凡得再三視耳。其未精,倉卒未能爲之次第。省《述思賦》,流深情至言,實爲清妙。恐故復未得爲兄賦之最。兄文自爲雄,非累日精拔,卒不可得言。《文賦》甚有辭,綺語頗**多**;文適**多**,體便欲不清。⑤ 不審兄呼爾不?《詠德頌》甚復盡美,省之惻然。《扇賦》腹中愈首尾,發頭一而不快,言"烏云龍見",如有不體。《感逝賦》愈前,恐故當小不? 然一至不復減。《漏賦》可謂清工。兄頓作爾多文,而新奇乃爾,真令人怖,不當復道作文。謹啓。

兄文章之高遠絶異,不可復稱言。然猶皆欲微**多**,但清新相接,不以此爲病耳。……不知《九愍》不**多**,不當小減。

雲再拜:誨前二賦佳,視之行已復不如初。昔文自無可成,藏之甚

---

① 鍾嶸所引謝混語,與《世説新語》所記孫綽語大體相同,謝混是否直接祖述孫綽,還是此語在六朝流佈頗廣,在士人口頭輾轉傳播,已無法考實。參看〔梁〕鍾嶸著,曹旭集注《詩品集注(增訂本)》(上海:上海古籍出版社,2011年),頁174,頁180—183。
② 陸機入北後,與張華有交遊,下文引陸雲之信也直接提到了陸機的這一問題,故曰陸機對此問題有明確認識。但如果《文賦》撰於早年,則其時陸機與張華尚無往來,關於《文賦》撰作時間,下文還會討論。
③ 參看《管錐編》,頁1916。
④ 〔晉〕陸雲撰,黃葵點校《陸雲集》(北京:中華書局,1988年),頁135—145。除陸雲外,劉勰在《文心雕龍·鎔裁》中也批評陸機"綴辭尤繁",還進一步指出,陸機之《文賦》足以證明他的鑑識足以識別繁富之弊,祇是在創作時情感上難以割捨繁辭。下一節還會討論《文心雕龍·鎔裁》篇。
⑤ "文適多,體便欲不清"句,依錢鍾書説點斷,參看《管錐編》,頁1862。

密,而爲復漏顯,世欲爲益者,豈有謂之不善,而不爲懷。此不成意,想兄已得懷之耳。有作文唯尚**多**,而家多豬羊之徒。作《蟬賦》二千餘言,《隱士賦》三千餘言,既無藻偉體,都自不似事。文章實自不當多。古今之能爲新聲絕曲者,無又過兄。兄往日文雖多瑰鑠,至於文體,實不如今日。

兄《丞相箴》小**多**,不如《女史》清約耳。

一日視伯喈《祖德頌》,亦以述作宜襃揚祖考爲先,聊復作此頌。今送之,願兄爲損益之。欲令省,而正自輒**多**,欲無可如省。

陸雲在泛論文章之外,用"多"評價的作品,有《二祖頌》《文賦》①《九愍》《丞相箴》,論"作文唯尚多"時列舉的作品則是《蟬賦》和《隱士賦》。這其中頌、賦和《九愍》都是廣義的賦體文學。由此可知,陸機"文繁"之病,存在於他的各體文章中且偏重於賦體文學。同時,陸雲以"多"評騭陸機之文,於文藝性作品,尤其是賦,着墨較多,更加用心,②可見陸雲對陸機賦作之"文繁",最爲措意。還須指出的是,陸雲認爲《文賦》"綺語頗多",故而"體便欲不清"。③ 所謂"不清",不正是《文賦》第八小段的"意不指適"?而"清",不也就是"瀏亮"?由此觀之,陸機在反面展開"文繁理富""意不指適"問題時,心中或懸他自己之賦爲鵠的。

第九小段强調獨創,所作即使與前人暗合,也須割愛,上文對此已經有所討論。但衆所周知,陸機在文學史上特别突出的一點,就是他在創作上的模擬,尤其是詩歌擬作。故有人認爲陸機此段所説的"戒雷同",衹針對辭,不針對意。張少康則認爲陸機此段兼指"意"和"辭"兩方面,他從"理論和實踐有矛盾"出發解釋此問題。④ 但從邏輯上來説,是否還有另一種可能,那就是陸機這一段針對的主要不是詩?這涉及陸機本人對詩賦分野的看法,本章暫時無法處理,姑將不成熟之想法記於此。

---

① 姜亮夫認爲"雲與機《第八書》"的"文賦"二字,"恐當作'文'與'賦'解,不然,則與'文適多體,便欲不清'二語,不甚可通。"但姜亮夫已經注意到,此信中"文賦"與"《感逝賦》《扇賦》等同稱",若採取錢鍾書"文適多,體便欲不清"的斷句法,則語義可通,故此處不採姜説。參看姜亮夫著《陸平原年譜》(上海:古典文學出版社,1957 年),頁 33。

② 上文引陸雲諸信,或全引,或節録,但并非剪裁材料,凡上下語脈連貫之文字,這裏都儘量摘録,讀者自可複覈陸集。

③ 錢鍾書指出,此句中"適"乃"倘若"之意,陸雲此處用"清"和"多"相對,與"然猶皆欲微多,但清新相接,不以此爲病耳"及"兄《丞相箴》小多,不如《女史》清約耳"兩處意見相同。參看《管錐編》,頁 1862。

④ 參看《文賦集釋》,頁 168、182。

第十小段提出了"文有佳句,而全篇不稱"(黄侃語)的問題,程千帆歸納爲"濟庸音"之文術。① 錢鍾書特別强調此段"前謂'庸音'端賴'嘉句'而得保存,後則謂'嘉句'亦不得無'庸音'爲之烘托",②錢氏對這一段(尤其是"濟夫所偉")的詮解,實是獨具隻眼。六朝時人對一篇作品中的"嘉(佳)句",頗多興趣,《世説新語·文學》就有關於此一問題的不同記載,聊舉三則:③

　　謝公因子弟集聚,問《毛詩》何句最**佳**?遏稱曰:[謝玄小字。已見。]"昔我往矣,楊柳依依;今我來思,雨雪霏霏。"公曰:"訏謨定命,遠猷辰告。"[《大雅》詩也。毛萇《注》曰:"訏,大也。謨,謀也。辰,時也。"鄭玄《注》曰:"猷,圖也。大謀定命,謂正月始和,布政于邦國都鄙。"]謂此句偏有雅人深致。(第52則)④

　　孫興公作《天台賦》成,以示范榮期,[《中興書》曰:"范啓字榮期,慎陽人。父堅,護軍。啓以才義顯於世,仕至黄門郎。"]云:"卿試擲地,要作金石聲。"范曰:"恐子之金石,非宫商中聲!"然每至佳句,["赤城霞起而建標,瀑布飛流而界道。"此賦之佳處。]輒云:"應是我輩語。"(第86則)

　　王孝伯在京行散,至其弟王睹户前,[睹,王爽小字也。《中興書》曰:"爽字季明,恭第四弟也。仕至侍中,恭事敗,贈太常。"]問:"古詩中何句爲最?"睹思未答。孝伯詠:"'所遇無故物,焉得不速老!'此句爲佳。"(第101則)

《世説新語》之《文學》門,按先後次序,大略涉及經學、玄學、文學。⑤ 這

---

① 參看《文賦集釋》,頁177。
② 《管錐編》,頁1890。
③ 劉注用[　]標出,以下引文分别見《世説新語箋疏》,頁278,頁316,頁327。
④ 《言語》門有"謝太傅寒雪日内集,與兒女講論文義"一則(見《世説新語箋疏》,頁155),述謝安在家庭聚會時引導子侄輩作"佳句",與此則情境頗近,一爲創作,一爲賞鑑。不過,謝安在家族内部談詩論文,并不衹是雅好文章。駱玉明指出,"昔我往矣"四句,在美感上自然勝過"訏謨定命,遠猷辰告",但謝安并非不懂詩,而是因爲謝玄乃謝家下一輩之翹楚,謝安通過談《詩》"提醒他要有偉大的政治家的胸懷和氣魄"。參看駱玉明著《〈世説新語〉精讀》(上海:復旦大學出版社,2007年),頁111、112。
⑤ 楊勇概括《文學》門之内容曰:"綜其要旨,蓋分爲三類:一至四條屬經學範圍,時人謂之儒學。五至六十五條屬玄學範圍,有《周易》、《老》、《莊》、佛典等,人稱玄學。其餘三十九條屬文學範圍。而競唱之盛,風尚靡既,爲清談之主目,亦本書組成之重要部分。"參看楊勇著《世説新語校箋(修訂本)》(臺北:正文書局,1999年),頁170。這祇是言其大略,上引第52則就不屬"玄學"範圍,而是借經談文。關於《世説新語·文學》所反映的魏(轉下頁)

三則所關涉的都是詩賦評論,由此可見,從詩賦中尋覓、賞鑑"佳句"的風氣,在兩晉時頗爲興盛。此外,晚於陸機的劉勰在述論宋初詩歌時,也有"爭價一句之奇"的説法。① 因此,"嘉句"之問題,在陸機的時代,主要針對詩賦,愈到後來,愈集中在詩上。②《文賦》第十小段的論述,應該是立足於詩賦而展開的。

第十一至十五小段,從反面排列諸種文病,并有針對性地遞進提出五點美學理想(應、和、悲、雅、艷),皆以音樂爲喻。因爲是以音樂爲喻,故不宜將"短韻"和"應"狹窄地理解爲作詩時的音韻問題。陸機論行文宜"應",并不祇指涉詩,而是泛論"文學作品在内容上或文辭上都應當互相配合呼應",③但詩自然是特别需要注意"應"的。下面幾段所倡之"和、悲、雅、艷",也是如此。不過,陸機用"言徒靡而弗華"描述"瘁音","靡"即"美","徒靡而弗華"即"空美而不光華",④"空美"的"文",自然是美文。此外,"悲"之審美理想,關乎抒情,在中國文學傳統中與詩關係最爲密切。⑤ 徐復觀乾脆認爲,"此小段言當時初興起的玄言詩之缺失"。⑥ 故陸機之言"悲",主要本於詩。至於陸機反對的"不雅"之作,徐復觀認爲指的是"當時無含蓄的戀歌""殆指《晉白紵舞歌詩》、張華《情詩》等作品而言"。⑦ 推考"嘈囋""妖冶""悦目"等詞及陸機用於類比的《防露》《桑間》,⑧謂此段主要指向以聲色娱人的樂府歌詩等作品,當無問題。最後,"艷"這一美學理想,正是"陸機美學思想中反映時代特點的重要表現",與曹丕之"詩賦欲麗",陸機本人之"詩緣情而綺靡,賦體物而瀏亮"息息相關。⑨ 綜上所述,陸機在這五小段中所列的"文病"和相應的美學理想,主要是建基於詩賦爲代表的美文。⑩

通過以上頗爲繁瑣的釋讀,我們可以確認:(一)《文賦》涉及的"文",

(接上頁)晉南朝文學現象和觀念,參看陳引馳《由〈世説新語·文學〉略窺其時"文學"之意味》,載《古代文學理論研究》第二十三輯(上海:華東師範大學出版社,2005 年)。

① 《文心雕龍·明詩》,見前引《文心雕龍義證》,頁 208。
② 錢鍾書對此多有引申,參看《管錐編》,頁 1890—1895。
③ 見《文賦集釋》,頁 208。
④ 李善注,見《文賦集釋》,頁 188。
⑤ 錢鍾書論此最精博,參看其《詩可以怨》,收入錢鍾書著《七綴集》(北京:生活·讀書·新知三聯書店,2002 年),頁 115—132。不過《文賦》此處之"悲",并不僅指悲哀,"而是指要感動人",參看《文賦集釋》,頁 209、210。
⑥ 見《中國文學論集續篇》,頁 117、118。
⑦ 見《中國文學論集續篇》,頁 118、119。
⑧ 《防露》何指,多有異詞,但認爲陸機在此以《防露》《桑間》代指俗曲,則應無異議。參看《文賦集釋》,頁 200—202。
⑨ 參看《文賦集釋》,頁 211、212。
⑩ 徐復觀甚至認爲,這五小段"係就是五種不同文體以論其利害所由",見《中國文學論集續篇》,頁 120。但徐并未明確指出是哪五種文體(他祇明確提到了玄言詩和戀歌),其説恐太過坐實。

是個人獨創的單篇作品,不包括述、鈔之作,也不含成部之書,其範圍大體與"四部"之集部相當。(二)在鋪陳"撰文過程"和"論作文之利害所由"兩大部分,陸機主要是以撰作美文的經驗體會來展開的,美文之中,詩賦二體首當其衝,《文賦》的部分段落和某些概念,直接針對詩賦而言。

那麽,在《文賦》中,詩賦二體是否又有輕重之分? 徐復觀曾言:"《文賦》之所謂'文',把當時承認的文學種類,都概括在裏面;但我感覺到其中最主要的是作賦的體驗。"① 考慮到兩晉時期乃是辭賦最爲繁盛的時代,以及當時辭賦在題材上的繁多,徐復觀的判斷應該説是精準的。② 可以補充的是,兩晉賦在繁盛的同時也相當成熟穩定,而同時之詩中蕴含了更多新變的因素(這些因素到了南朝才有了進一步的發揮),《文賦》中專門針對詩的意見("音聲之迭代""和而不悲""悲而不雅"),都是着眼於詩歌中的新變因素而發的。

三、曹丕和陸機:文體側重與理論異同

至此,我們可以比較《典論·論文》和《文賦》的差異,進而討論差異由何而來。

首先,曹、陸論文,所據體式不同:《典論·論文》乃子書之一篇,《文賦》則是長篇體物賦。

《論文》是子書《典論》中的一個篇章而非單篇的"論"體文,這一點并非無關緊要。秦漢之子書,多以單篇流傳,③但東漢以後,單篇之文和專門之書間的區分逐漸明晰。④ 對於中古文人,子書更具有非凡的意義,⑤曹丕

---

① 此論洵可謂孤明先發,惜徐氏并未就此詳加論證,見《中國文學論集續篇》,頁79。
② 但要將這一判斷落到實處,除了考察時代風尚外,還須從陸機本人的詩賦在他的文學創作中有何功能、居何位階入手。本節尚無法承擔此項任務,且俟來日。
③ 余嘉錫論古書之例,就深刻地指出"秦漢諸子即後世之文集"以及古書有"單篇別行"之例。參看《古書通例》,收入余嘉錫撰《余嘉錫説文獻學》,頁206、207,頁238—242。
④ 相比《史記》《漢書》,《後漢書》對傳主的創作情況有更爲詳細的著録(這與東漢文人創作愈發勃興是直接關聯的)。相關著録中已有對成部著作和單篇撰作的區分,如《後漢書》卷六〇上《馬融列傳》末記録馬融之著述曰:"但著《三傳異同説》。注《孝經》《論語》《詩》《易》《三禮》《尚書》《列女傳》《老子》《淮南子》《離騷》,所著賦、頌、碑、誄、書、記、表、奏、七言、琴歌、對策、遺令,凡二十一篇。"見〔宋〕范曄撰,〔唐〕李賢等注《後漢書》(北京:中華書局,1965年),頁1972。這一段記載,對著作、注疏和單篇撰作的區分,是一目瞭然的。郭英德、何詩海對《後漢書》列傳的著録有更詳細的討論,他們的討論偏重於文體分類,但也涉及了劉宋時代范曄之記録的可靠性問題,郭英德更是直接歸納出《後漢書》對"傳主單獨成書的著作,則另加著録"。參看郭英德《〈後漢書〉列傳著録文體考述》,收入郭英德著《中國古代文體學論稿》(北京:北京大學出版社,2005年),頁62—98,引文在頁64;何詩海著《漢魏六朝文體與文化研究》(北京:北京大學出版社,2011年),頁8—14。
⑤ 田曉菲在《諸子的黄昏:中國中古時代的子書》一文中對中古子書有比較全面的論述,田曉菲甚至認爲,"在魏晉時期,子書似乎承擔了'自我表述'的責任",而且相較詩 (轉下頁)

利用子書來表述自己對於方方面面的意見（從《典論·自敘》看，《典論》也包含了曹丕對自身生命歷程的總結），其中專用一篇討論他所擅長的"文"，十分合宜。

《文賦》最引人注目的一點，卻是以賦體論"文"。程章燦認爲劉勰所説的"鋪採摛文，體物寫志"是"構成賦體的充要條件，是賦體的基本特徵"。① 陸機本人在《文賦》中對賦更是有"賦體物而瀏亮"的認定。② 不過《文賦》中"詩緣情而綺靡，賦體物而瀏亮"一句有可能是互文見義，所以"體物的重點仍在緣情，瀏亮的核心亦是綺靡"，③不能認爲賦祇能"瀏亮"。陸機本人的賦體創作，就既有"出之以'緣情'之筆"，也有"相當數量的'體物'之賦"。④ 儘管如此，《文賦》一望可知是一篇標準的"體物"賦。周汝昌指出："陸機所謂的'物'，恐怕所指也較廣，不限實體而言。所以'體物'大約略如説'觸事'之例。"⑤ "文"自然是"物"之一種，此點《文賦》中"其爲物也多姿"一句就能充分證明。⑥ 作爲一篇"體物賦"，《文賦》對"文"的討論，并非通過邏輯推演的方式進行，而是圍繞着"物"（也即"文"）進行鋪陳。同時，

（接上頁）賦之"祇能書寫一時一地的情懷"且可以在不同情境時段下撰作詩賦，子書的"自我表述"更加重要（"但在一個士人的一生中，卻一般祇寫作一部子書"）。在此文中，田曉菲已經探討了曹丕對子書的重視（她所提及的材料，本章不再引述）。參看前引《諸子的黄昏：中國中古時代的子書》，頁 64—75，引文見頁 66。

① 參看《魏晉南北朝賦史》，頁 12。
② 程章燦在討論西晉賦時，認爲存在着"體物瀏亮派"和"諷諫徵實派"的"理論批評雙峰并峙"，在指出這兩派的分野是"相對而言"且兩派互有交涉的同時，他還推測兩派分立的原因是一派"重當世"，一派"重視歷史"。在這一劃分中，陸機自然屬於"體物瀏亮派"。參看《魏晉南北朝賦史》，頁 158—170。
③ 見《文賦集釋》，頁 131、132；及《魏晉南北朝賦史》，頁 160。對於此一問題周汝昌較早作出了全面而到位的論述，參看其《陸機〈文賦〉緣情綺靡説的意義》（原刊《文史哲》1963 年第 2 期），收入周汝昌著《詩詞賞會》（廣州：廣東人民出版社，1987 年），頁 256—278。
④ 曹虹對陸機創作的這兩類賦作了具體的辨析，并由此指出："那麼，結合其理論與創作實踐看，陸機之所以用'體物而瀏亮'釋'賦'，大體上是着眼於賦體與詩體能夠構成'區分'的一面而立論的。……從文體辨異的角度來看，陸機的'體物而瀏亮'説卻正有一種'片面的深刻'。"參看其《陸機賦論探微》，收入前引曹虹著《中國辭賦源流綜論》，頁 161—176，引文在頁 171。這也是一説，但相較而言，上引周汝昌、程章燦可能更接近陸機之本意。也有調停二説者，如彭安湘既強調"陸機'賦體物'命題的正式提出，明確賦與較多地'言志''緣情'的詩有所不同"，又認爲"陸機提出'賦體物'的概念，并不排斥賦的言志與抒情"，如此處理，自能"萬無一失"。參看何新文、蘇瑞隆、彭安湘著《中國賦論史》（北京：人民出版社，2012 年），頁 85。
⑤ 見前引《詩詞賞會》，頁 276。陸機在《文賦》的小序中有"恒患意不稱物，文不逮意"一句，此句中的"物"，就"不限實體"，外部世界的諸存在皆可稱"物"。
⑥ 楊明注此句曰："物：指文章而言。以下四句之'其'字均指文章。"見楊明撰《文賦詩品譯注》，頁 12。

陸機巧妙地將"撰文"作爲"文"的重要方面加以表現。① 撰文有一過程,此過程內含時間和邏輯的維度。於是《文賦》的鋪陳就自然地描摹、表現了撰文的不同情狀,使得《文賦》既保持了"體物賦"之本色,又成爲一篇談論運思寫作、文章利病等理論問題的文論佳構。賦這一文體重在平面展開的特質,使得陸機之論文,常有跳躍(雖然陸機在行文中多有承上啓下的文句段落),劉勰對《文賦》"巧而碎亂"(《文心雕龍·序志》)的評價或與此有關。

其次,曹、陸論文之"文",範圍不同,側重有別。《典論·論文》之"文章"涵攝最廣,大致相當於"四部",曹丕真正施展批評的,則約略相當於"四部"之子、集兩部,他尤其重視的,是子書("書論")和辭賦("詩賦");《文賦》之"文"強調出於個人獨創,且不及成部之書,祇含單篇之文,大致相當於"四部"之集部,陸機真正用心的,則是富於藝術性的美文,他尤其重視的,是美文的代表——詩賦二體。由文學批評的角度來看,從《典論·論文》到《文賦》,正是"文的自覺"到"美文的突出"的歷程。② 所重之"文"的差異,恰對應他們據以論"文"的體式:曹丕用他最推重的子書(《典論》)之一章來論文;陸機則以他用心最深的賦體來賦文。

再次,曹、陸論文,論證展開和理論創穫也各具面目。《典論·論文》與《典論》的其他篇章一樣,通過論人而論文,環繞着作家展開,頗近"印象批評"。就保留至今的文本來看,邏輯上并不太嚴密,曹丕已經發現了"人、文、氣"三者息息相關,但并沒有很好地把三者的關係展開。《文賦》在文學批評史上最大的創穫在於對撰文之種種情狀的體察敷演,這是陸機之前未曾見到的。此一創穫背後,乃是陸機所具的"問題意識",《文賦》扣住"意、文、物"三者關係,希望解決"意稱物""文逮意"的問題,③有了這一理論先導,全篇就比較緊湊,有比較嚴密的邏輯脈絡。當然,因爲陸機謹守"體物賦"之本色,鋪寫"撰文",故《文賦》之邏輯脈絡并不易梳理。不過,《文賦》也有一些遊離在"撰文"之外的部分,如第十七小段論人的才能有限、創作不易,又如最後一段論文章功用,這些部分就比較空泛,相比《典論·論文》,并無太大推進。④

---

① 錢鍾書對此有精準論斷:"《文賦》非賦文也,乃賦作文也。機於文之'妍蚩好惡'以及源流正變,言甚疏略,不足方劉勰、鍾嶸;而於'作'之'用心''屬文'之'情',其慘淡經營、心手乖合之況,言之親切微至,不愧先覺,後來亦無以遠過。"見《管錐編》,頁1901。
② 至於"美文"的"獨立"(或"自覺")在理論上的表現,應當到南朝才出現,《文選序》可被看作一個重要標誌。
③ 錢鍾書申說此點頗詳,參看《管錐編》,頁1863、1864。
④ 劉勰在《文心雕龍·總術》中對陸機的批評("昔陸氏《文賦》,號爲曲盡,然泛論纖悉,而實體未該。"),或許就可以從這一角度來理解。

這些差異,自然與曹、劉個人身份和生平經歷的不同有關;也受各自的時代風氣影響。如曹丕一生忙於軍國大事,詩賦乃至文章是他的愛好,卻不是他生命中最重要的部分。他被立爲太子後開始寫作《典論》,或許是因爲他自信自己定能"立功"不朽,欲借子書再"立言"不朽,《論文》祇是《典論》的一篇,是他"立言"之一部分。陸機則不同,陸機雖然也出身名門,與政治軍事多有糾葛,且死於政局之變化,但在他生前,"文"就是他建立聲望、周旋於世的極重要資本。二陸入洛,張華和當時名士對他們的推重,主要就在文才上。① 相對於曹丕,詩賦在陸機生命歷程中的比重,要大很多。陸機精心地以賦論文,或與此有關。又如曹魏時代品評人物風氣極盛,故《典論·論文》也重在論人;而陸機時代的詩賦創作風氣更盛,當時又多"文學集團",故《文賦》更具問題意識且用心於詩賦。②

個人和時代因素之外,文體地位的變化也直接影響了曹、陸形式上的體式選擇和理論上的文體側重。子書本就是"一家之言",用以論文,理所當然;但《文賦》的以賦論文,無疑標誌着在陸機那裏,賦的地位有了顯著提高。尤須強調的是,陸機本人就是作"論"的高手,他的《辨亡論(上下)》和《五等諸侯論》被《文選》收錄,也被《晉書》載錄。③ 這兩篇討論的是歷史和政治問題,④我不免懷疑,陸機已經有了明晰的文體意識,在面對史事政事時,用"論"探討;而在面對文藝性的問題時,以賦展開。從曹丕以子書中的一篇論

---

① 參看《晉書》卷五十四《陸機傳》,見《晉書》,頁 1472、1473。
② 如果認爲陸機的文壇交往與《文賦》的理論意識有關,那勢必要討論《文賦》的撰作時間。《文賦》的撰作年份,迄無定論,相對來說,《文賦》作於陸機四十或四十一歲說更被論者接受。以理度之,《文賦》作於陸機中年可能性更大,但書闕有間,對此問題還是採取存疑態度爲好。現代學者中,逯欽立較早系統論證《文賦》作於四十或四十一歲說,參看其《〈文賦〉撰出年代考》(此文"重訂"於 1948 年 3 月),收入逯欽立遺著,吳雲整理《漢魏六朝文學論集》(西安:陝西人民出版社,1984 年),頁 421—434。周勛初從《文賦》背後的"哲理"入手,結合魏晉學術風氣,也推定"《文賦》當寫成於永康元年(公元三百年)或稍前不久",參看其《〈文賦〉寫作年代新探》,收入前引周勛初著《魏晉南北朝文學論叢》,頁 28—35。徐復觀、周振甫、錢鍾書、楊明、劉運好討論《文賦》時皆主此說,參看徐復觀著《中國文學論集續篇》,頁 80、81;錢鍾書著《管錐編》,頁 1901、1902;王運熙、楊明著《中國文學批評通史(貳)·魏晉南北朝卷》,頁 91;以及《陸士衡文集校注》,頁 2。張少康認爲:"(但是)總的說,目前尚無材料可以確切地說明《文賦》的創作年代,不能輕下結論。好在這個問題對理解《文賦》的內容并沒有什麼影響,儘可留待進一步的研究。"見《文賦集釋》,頁 3、4。
③ 《晉書》還載錄了陸機的《豪士賦》,見《晉書》,頁 1467—1481,上一章對此問題已有所述論。
④ 關於《辨亡論》的撰作時間,有不同說法,或以爲作於陸機退居舊里之時,或以爲作於仕晉之後。故《辨亡論》和《文賦》的先後,也無從推究,但陸機善於作論,則無疑問。參看《陸士衡文集校注》,頁 978、979。

文,到陸機刻意選擇辭賦,賦體地位之提高,歷歷可見。

　　賦體地位的提高也正是"文學"(重在審美)進一步獨立壯大的表現,故而《文賦》論文,尤重美文。某種意義上,理論總如"密涅瓦的貓頭鷹"(the Owl of Minerva),是後設的,這也是前文一再提到的觀念與實踐之不同步的反映。

　　而《典論·論文》和《文賦》論文時文體重心的不同,也影響了相應的理論推展。《文賦》在文學批評史上的推進,與陸機在撰寫此篇時以詩賦爲主要懸想對象大有關係。《典論·論文》兼論"四科八體",尤重子書和辭賦,但"書論"和"詩賦"之間差異太大,要紬繹出共同的理論問題,實在很難,故曹丕祗能重在論人,以人論文;《文賦》重在美文,尤重詩賦,在文體上的側重使得陸機能夠展開一系列較爲抽象而根本的問題,但若拿《文賦》所述的撰文過程和"文章利病"去衡量一些應用性較強的文體,卻難免有"隔"之感覺。

　　從《典論·論文》到《文賦》,詩賦二體的身影在文論中愈發明顯,不過,這一歷程中,詩賦多同時出現。而此二體在文論中更加濃墨重彩的呈現,以及對詩、賦的單獨論述,尚待劉勰和鍾嶸。

附表 6.1　現代學者對《文賦》的不同分段及要旨概述

小段	《文賦》大段劃分及要旨概述		
	徐復觀[1]	張少康[2]	楊　明[3]
1	"由寫作之動機以迄寫作之成果,皆所以述'觀才士之所作,竊有以得其用心'的'追體驗',及'每自屬文,尤見其情'的創作體驗。"	"全《賦》到此爲止是前半篇,主要是分析了由醞釀創作、構思形象、進入創作、安排結構,一直到全篇寫成的過程。"	"描述構思作文的過程。"
2			
3			
4			
5	"按此段乃總論文章之共同要求,及各體裁題材之各別要求,以作後文'因論作文之利害所由'的張本。"	"這段的中心是論述文學創作中的風格和體裁問題。"	"言文章體貌豐富多變,或因作者趣味而異,或以文章體裁而別。"

---

[1]　分別見《中國文學論集續篇》,頁 98,頁 101,頁 120—122,頁 124,頁 127,頁 130。
[2]　分別見《文賦集釋》,頁 99,頁 128,頁 143,頁 181、182,頁 207、208,頁 223,頁 240,頁 258,頁 269。
[3]　分別見《中國歷代文論選新編·先秦至唐五代卷》,頁 129—134。

續 表

小段	《文賦》大段劃分及要旨概述		
	徐復觀	張少康	楊 明
6	"按由'其爲物也多姿'小段起,至此小段爲止〔特按:即第6至第15小段〕,共十小段,皆繫序中所謂'因論作文之利害所由'。但其中亦有分際。'其物也多姿'小段起,至'或苕發而穎豎'小段止,凡五小段,係臚列一般性之五點原則以論其利害所由。由'或托言於短韻'小段起,至'或清虛以婉約'小段止,也是五小段,係就是五種不同文體以論其利害所由。" "按此小段〔特按:第16小段〕乃足補前十小段,與前十小段合在一起,在全文中爲第三大段。其所以須補此小段以作此大段之結束,蓋論作文利害之所由,則必提出若干原則或法則,以作衡斷利害之標準,無標準即不能作批評。"	"這一段的中心是論述創作中在藝術技巧方面的幾個基本原則。"	"提出會意尚巧、遣言貴妍、聲音求變化動聽的審美標準,總說文章利病和爲文不易。"
7		"這四小段論文術,分析了文章寫作中常見的幾個問題,指出了解決這些問題的方法。歸納起來就是:定去留、立警策、戒雷同、濟庸音。"	"言爲文時遇到的一些問題,并指出如何解決。"
8			
9			
10			
11		"這五小段構成一大段,中心是論文病。但是,從陸機對這五種文病的論述中,也反映出他在文學創作上的美學理想。這就是要做到:應、和、悲、艷、雅。"	"言諸種文病,同時提出應、和、悲、雅、艷的審美要求。皆舉音樂以爲譬喻。"
12			
13			
14			
15			
16		"這一段是對上文論文術、文病部分的總結,也是進一步申述小序中所說的'若夫隨手之變,良難以辭逮'的意思。"	"申言序中'隨手之變,良難以辭逐'之意。"
17	"此段言評鑑之難,對此段以上所作之評鑑,感到歉然有所不足;此乃從事於評鑑者應有的甘苦之談。"	"此段中心是感歎人的才能有限,常常不能如願以償地寫出許多好作品。"	"感慨爲文不易。"
18	"此在全文爲第五段,所以補足第一大段創造歷程中所常遭遇的文機有利有鈍的問題。"	"這段中心是講創作靈感。"	"描述文思開塞之情狀。"
19	"此在全文爲第六段,言文章之功用、價值,以總結全篇。"	"《文賦》最後一段論述文章的社會功用。"	"盛讚文章之功用。"

第二節 《文心雕龍》：不平衡的
文體與備衆體的文論

南朝文學批評較之魏晉可說"突飛猛進"。這一時期文學批評中最重要的兩部著作自然是劉勰的《文心雕龍》和鍾嶸的《詩品》，這是"文學批評中最早的專書"，而且劉勰、鍾嶸相比曹丕、陸機，可說是"純粹的批評家"。①本節先論《文心雕龍》，重點考察詩賦這兩種文體在劉勰這部"言爲文之用心"的大著中的位置。②

一、多重的"文"

《文心雕龍》之"文"所指不一，含義多重，卻并不含混。若稍加考究，《文心雕龍》之"文"至少有如下三重意涵：③

（一）在最寬泛的意義上，凡有文飾（修飾）者皆文，所謂"與天地并生"的"文"就是此意義上的"文"，開篇之《原道》對於這一最寬泛意義上的"文"闡發最多。

（二）"文"的第二重含義是人類用文字符號寫成的著作。《文心雕龍》畢竟不是關於"麗天之象"和"理地之形"的著作，《文心雕龍》的核心是"人文"。劉勰在《原道》篇概述了"人文"的早期發展歷程，"人文"來自"道"，"道"通過聖人體現爲"文"（"道沿聖以垂文，聖因文以明道"）。人文著作中最重要的自然是"經"，具體來說也即《易》《書》《詩》《禮》《春

---

① 引文爲郭紹虞語，郭認爲"此期（案：即南朝）的批評家才真是純粹的批評家"。他對"純粹的批評家"的界定是："不同曹丕、曹植一樣以創作家兼之，所以所論的不僅潤飾改定的問題，而重在建立文學上的原理和原則。又不同王充、葛洪一樣以學者兼之，所以所論的不僅偏重在雜文學的方面，而很能認識文學的性質。更不同摯虞、李充一樣以選家的態度爲之，所以更是純粹的批評而不必附麗於總集。"見郭紹虞著《中國文學批評史》，頁121—122，頁127。當然，郭氏所謂"純粹"，亦是以今視昔，劉勰、鍾嶸未嘗不創作，衹是他們以"批評家"的姿態留在了歷史上。
② 若無特殊說明，本節引用《文心雕龍》之文字，悉據前引詹鍈義證《文心雕龍義證》，不再一一注明頁碼。
③ 蔡宗齊對《文心雕龍》中"文"的多重含義有周密的討論，參看蔡宗齊著，金濤譯《〈文心雕龍〉中"文"的多重含義及劉勰文學理論體系的建立》，收入前引張健、郭鵬編《古代文論的現代詮釋》，頁113—135。羅宗強論劉勰思想時，也特別強調劉之"雜文學觀念"，并對其不同層次有精彩的分疏，參看羅宗強著《魏晉南北朝文學思想史》（北京：中華書局，2006年），頁195—197。

秋》五經。① 五經作用極大,影響深遠,不僅是後世各體文章的典範,②也是它們的源頭。在"人文"這一層意義上,一切著述,不論是單篇之作還是成部之書,不論是獨創之作還是承襲之述,都屬於"文"。③

(三)"文"的第三重含義是"文筆"之"文",劉勰在《序志》篇中概括全書結構時曾用了"論文敍筆"一詞。這是在六朝區分"文筆"觀念下的狹義的"文","文筆"之"文",也即有韻之文。④ 具體到《文心雕龍》,包括如下文體:詩(樂府)、賦、頌、讚、祝、盟、銘、箴、誄、碑、哀、弔、雜文(對問、七、連珠)、諧(辭)、讔(語)。⑤ 這些"有韻之文",都是單篇的。不過,劉勰雖然有區分"文筆"的意識,但《文心雕龍》之"文筆"之間并無壁壘,"蓋散言有別,通言則文可兼筆,筆亦可兼文",而且"二者并重"。⑥ 此外,劉勰有着清晰的歷史意識,他明確指出:"文章區分文筆,始於近代。"⑦所以在面對顏延之"經典則言而非筆,傳記則筆而非言"的説法時,劉勰表示了不同意見,并且堅持經書不乏文采的意見。

《文心雕龍》雖然體大慮周,但劉勰終究不像現代學者那講求"能指"和"所指"的嚴格對應,更兼《文心雕龍》乃用駢體文寫就,有時爲了駢偶,同一概念要用不同語詞表述。故而在一部《文心雕龍》中,同一個"文"字至少有以上三重意涵。不過好在劉勰自己有比較明確的區分,因此祇要結合上下

---

① 劉勰在《宗經》篇提到五經時,皆依"《易》《書》《詩》《禮》《春秋》"這樣的順序展開論述,這一經書的前後次序,乃經古文家之次序。關於經今古文家對六經次序的不同排列及這一差異背後的觀念分歧,周予同有精闢的論述。見其《經今古文學》,收入朱維錚編《周予同經學史論著選集(增訂版)》(上海:上海人民出版社,1996年),頁4—9。但不能由此判斷劉勰宗奉或傾向於經古文經學。周勛初認爲,劉勰在經今文學與古文學之間并無特别的偏向,參看周勛初《劉勰是站在漢代經學"古文學派"立場上的信徒麼?》,收入周勛初著《文心雕龍解析》(南京:鳳凰出版社,2015年),頁699—715。實際上,周予同等現代學者對"經今古文"分判,更接近於"理想型分析",漢代經學中是否有今古文的截然對立,尚難確定,故劉勰在經今古文之間,并無明顯傾向,還可以有更多的解釋。
② 本節所謂"文章",比《典論·論文》的"文章"概念還要大一些,兼指或著或述的單篇之文與成部之書。
③ 從《明詩》到《書記》所涉及的不同體式的文章著述,都屬於這一層含義的"人文"。錢鍾書論《文心雕龍》與《文選》"文"之不同,已涉此點,參看錢鍾書《中國文學小史序論》,前引《人生邊上的邊上》,頁100—103。
④ "文筆説"在南朝確實存在,但不同時期不同之人對"文筆"的界定并不一致,并不存在"所謂前期後期、傳統革新之别"。對於南朝"文筆説"的梳理,這裏主要依據前引《中國文學批評通史(貳)·魏晉南北朝卷》,頁189—206。另可參看郭紹虞《文筆説考辨》,收入郭紹虞著《照隅室古典文學論集(下編)》(上海:上海古籍出版社,1983年),頁291—354。
⑤ 《雜文》和《諧讔》兩篇中包含少量無韻之文。
⑥ 見黄侃著《文心雕龍札記》(北京:中華書局,2006年),頁256。
⑦ 這裏的"近代"指的是晉宋,參看王運熙對"總術"篇的"題解",見前引《文心雕龍探索》,頁322。

文,我們還是能夠比較準確地把握不同語境下"文"的所指。

《文心雕龍》以五十篇結構成書,篇幅遠大於《典論·論文》和《文賦》,故而面對不同的體式的文章,都能分而論之。因此《文心雕龍》之"文"的覆蓋面廣於《典論·論文》和《文賦》,同時劉勰對各體文章之論述的周全程度也勝過曹丕和陸機,應該說,劉勰確實有資格批評曹丕、陸機等人"各照隅隙,鮮觀衢路"。

《文心雕龍》五十篇之結構也相當清楚,劉勰自己在《自序》篇就有明晰的表述,他用"上篇以上""下篇以下"等提示詞作出了區分。王運熙在此基礎上用現代學術概念作了更加細緻的五分法,根據他的理解,《文心雕龍》的組織結構可以分爲如下五部分:

(一) 論指導寫作的總原則:從《原道》至《辨騷》,共五篇;

(二) 論各體文章的性質、源流、體製和規格要求(以體製和規格要求爲核心):從《明詩》至《書記》,共二十篇;

(三) 泛論寫作方法與技巧:從《神思》至《總術》,共十九篇;

(四) 雜論:從《時序》到《程器》,共五篇;

(五) 自序:《序志》,一篇。①

這樣一個龐大的結構,自能容納關於文章的方方面面,故而《文心雕龍》中既有縱向的文學史流變,也有橫向的時代風氣呈現;既有對作家群像的勾

---

① 前四部分都可以細分爲更詳細的小類,參看王運熙、楊明著《中國文學批評通史(貳)·魏晉南北朝卷》,頁337、338。王運熙的結構劃分和界説是基於他對《文心雕龍》宗旨的理解之上的,他認爲:"但從劉勰寫作此書的宗旨來看,從全書的結構安排和重點所載來看,則應當説它是一部寫作指導或文章作法,而不是文學概論一類的書籍。"參看王運熙《〈文心雕龍〉的宗旨、結構和基本思想》,見前引《文心雕龍探索》,頁8。對《文心雕龍》宗旨的不同認定會直接導致對該書結構和重心的不同理解,如徐復觀認爲,《文心雕龍》所謂的"文體"不同於今之"文類"(genre),可解爲"體裁(體製)""體要""體貌"三方面,而"三方面的文體,應當融合於一個作品之中",故"《文心雕龍》即我國的文體論",《文心雕龍》上篇所談乃"歷史性的文體論",下篇所談則爲"普遍地文體論"。於是,在徐復觀看來,下篇才是文體論的重心所在,見《〈文心雕龍〉的文體論》,收入徐復觀著《中國文學論集》(臺北:臺灣學生書局,1974年),頁1—83。徐氏"文體論"之説頗爲振聾發聵,甚具啓發之效,但恐怕不合劉勰原意。龔鵬程對徐説頗多辯駁,他對《文心雕龍》的結構另有分疏,比較接近王運熙説:"《文心雕龍》全書的體例,前五篇一般稱之爲文之樞紐論,談文學原理;第六篇起,到第二十五篇,是文類論,分文與筆討論文學類型;下篇前二十篇文術論剖情析采,談文章的構思、用字、造句、謀篇、用典、寫景等;最後五篇則論文學與時代、作家個性、讀者、世俗評價之關係等。"參看龔鵬程《〈文心雕龍〉的文體論》,收入龔鵬程《中國文學批評史論》(北京:北京大學出版社,2008年),頁114—124,頁125—133,引文在頁116。張健亦不同意徐説,認爲劉勰之文體理論乃"組合式"的,其説最周全,參看前引《〈文心雕龍〉的組合式文體理論》。本書不採徐説,故所用"文體"一詞,指的就是"文學體裁",與"文類"(genre)同義。

勒,也有對具體篇章的品評;既有對各體文章的述論,也有對普遍規律的陳説。本節自然不可能(也没必要)對《文心雕龍》的各方面逐一探討,下文將重點討論兩個問題:(一)魏晉南北朝詩賦在劉勰的文學史圖景中有何地位?(二)普遍寫作方法和技巧與詩賦二體文學的關係。

二、劉勰文學史圖景中的詩賦

劉勰有極好的歷史感和清晰的文學史意識,《文心雕龍》中既藴藏了"分體文學史",也囊括有"簡要的文學史":"自《明詩》以下二十篇中的原始以表末、選文以定篇部份,系統介紹了各體文章的源流和作家作品,帶有分體文學史的性質。《時序》《才略》兩篇,更是概括評述了歷代文學的發展和著名作家,是簡要的文學史和作家論。"①當然,劉勰"文學史"的精彩之處在於史論結合,在敘述中多有精到的評論。下面就分别討論劉勰之"詩史""賦史"和整體文學史中的詩賦面貌。

詩(樂府是詩之一類)和賦在"有韻之文"中地位最爲突出。《明詩》至《諧讔》這十篇關於"有韻之文"的論述中,詩、賦不僅佔據了前三篇的顯要位置,而且祇有詩和賦以一種文體佔據一篇或以上(詩可以説是佔據了兩篇),剩餘七篇都同時包含兩種或更多的文體。

劉勰的文學史敘述手段多樣,或評價具體作品,或批評一位或數位作家,或綜論時代風氣。綜合《明詩》和《樂府》兩篇,我們可以看到劉勰筆下"詩史"的大致圖景。將《明詩》《樂府》中涉及作家、作品、時代的文句摘録排列,可得表6.2如下。②

表6.2　劉勰《明詩》《樂府》中的詩人、詩作與評價

	作者/時代	作　品	評　　價
明詩第六	韋孟	四言	漢初四言,韋孟首唱。
	漢武帝	柏梁	
	嚴忌(助)、司馬相如		屬辭無方。
	傅毅	《孤竹》一篇	結體散文,直而不野,婉轉附物,怊悵切情,實五言之冠冕也。

---

① 見王運熙、楊明著《中國文學批評通史(貳)·魏晉南北朝卷》,頁378。
② 表中儘量摘引原文,不作改易,祇有人名儘量統一,不用字,并將簡稱補足。同時,詩人和時代,分開羅列;"原始以表末"和"選文以定篇"中的文學史敘述,也分開排列。

續　表

	作者/時代	作　品	評　價
明詩第六	張衡	怨詩	
	曹丕、曹植	憐風月,狎池苑,敘酣宴。①	縱轡以騁節。
	王粲、徐幹、應瑒、劉楨		望路而爭驅。
	何晏之徒		率多浮淺。
	嵇康		嵇志清峻。
	阮籍		阮旨遙深。
	應璩	百一	獨立不懼,辭譎義貞。
	張華（張載、張亢、張協）、潘岳（潘尼）、左思、陸機（陸雲）		采縟於正始,力柔於建安,或析文以爲妙,或流靡以自妍機。
	袁(宏)、孫(綽)已下		雖各有雕采,而辭趣一揆,莫與爭雄。
	郭璞	仙篇	挺拔而爲俊矣。
	建安		建安之初,五言騰躍。
	正始		正始明道,詩雜仙心。
	晉世		晉世群才,稍入輕綺。
	江左		江左篇製,溺乎玄風,嗤笑徇務之志,崇盛忘機之談。
	宋初		宋初文詠,體有因革,莊老告退,而山水方滋,儷采百字之偶,爭價一句之奇,情必極貌以寫物,辭必窮力而追新,此近世之所競也。

———————

① "憐風月,狎池苑,敘酣宴"一句指的是詩歌內容,并非詩題,姑列於此。

續　表

	作者/時代	作　品	評　價
明詩第六	張衡		得其雅。
	嵇康		含其潤。
	張華		凝其情。
	郭璞		振其麗。
	曹植、王粲		兼善。
	左思、劉楨		偏美。
樂府第七	魏之三祖		氣爽才麗,宰割辭調,音靡節平。
		《北上》衆引,《秋風》列篇。	或述酣宴,或傷羈戍,志不出於滔蕩,辭不離於哀思,雖三調之正聲,實《韶夏》之鄭曲也。
	傅玄		逮於晉世,則傅玄曉音,創定雅歌,以詠祖宗。
	張華		張華新篇,亦充庭《萬》。
	杜夔		杜夔調律,音奏舒雅。
	荀勖		荀勖改懸,聲節哀急。
	漢高祖	大風	歌童被聲,莫敢不協。
	漢武帝	"來遲"(案:即《李夫人歌》)	
	子建(曹植)、士衡(陸機)		咸有佳篇,并無詔伶人,故事謝絲管,俗稱乖調,蓋未思也。
	繆襲、韋昭		繆、韋所改,亦有可算焉。

　　徒詩和樂府都是詩歌,但劉勰分兩篇論述。這主要是由於《樂府》篇對音樂和文辭同樣重視,用了較多篇幅討論"音"的問題。①

---

① 關於《樂府》篇之"詩"與"聲",參看胡琦《"季札觀辭"與"詩爲樂心"——〈文心雕龍〉之"詩""聲"論及其淵源》,收入前引《古典文論的現代詮釋》,頁213—244。

劉勰對詩歌的"原始以表末"也是從頭談起,《原詩》篇由葛天氏時《玄鳥》、黃帝時《雲門》說起,一直講到"宋初";《樂府》亦從"葛天八闋"談到"晉世"。表6.2列出了漢代以後的情況,這是因爲葛天氏、黃帝、堯舜時代的所謂詩歌都是傳說,而《詩經》之"詩"首先是要宗的"經",《離騷》等楚辭作品則是《辨騷》篇的重心。因此劉勰"詩史"之主體,乃是漢代以來的詩歌。而對漢代以後的詩史,劉勰的論述重心又偏向魏晉。在《明詩》篇的"原始以表末"部分,關於魏晉的篇幅最大,①同時劉勰提到的魏晉詩人數量也遠多於兩漢詩人。此外,劉勰對魏晉詩史的分期也比較精確,而且多能一針見血地點出各期的主要特徵。他將魏晉詩史區分爲"建安""正始""晉世""江左"四個階段,這一詩史的框架和對各期特徵的把握,在今天的文學史、詩歌史中仍被廣泛接受。相較而言,劉勰對漢代詩史就沒有明確分期,《明詩》篇中論述漢詩,祇提到了"漢初""孝武""成帝"這三個可以用來分期的詞,但并未作具體分期。《明詩》中還提到了距離劉勰很近的"宋初",但劉勰沒有提及宋代詩人的具體名字或具體作品。

　　從詩體角度來看,劉勰的"詩史"論述重心在五言詩,這在《明詩》篇的"選文以定篇"部分表現得最爲明顯。在這一段中,劉勰雖然同時討論了四言("四言正體,雅潤爲本")以及"三六雜言""離合""迴文""聯句"這些小衆詩體,但他最爲關注的,還是五言詩("五言流調,則清麗居宗")。《明詩》篇中的"選文以定篇"并非直接選出具體詩篇,而是選出優秀詩人并指出他們值得學習的方向。劉勰一共列舉了八位詩人,其中兩位以四言見長("平子得其雅,叔夜含其潤"),兩位以五言入選("茂先凝其情,景陽振其麗"),其餘四位,曹植和王粲乃"兼善",左思和劉楨則"偏美"。也就是說,這八位裏六位的五言詩創作值得效法,四位的四言詩可稱楷模。當然,"兼善"的曹、王二人最突出的詩歌成就也在五言。

　　《樂府》篇比較多涉及音樂的一面,但時代重心也在魏晉,此不詳述。

　　劉勰的詩史圖景相當準確地反映了漢魏晉詩歌的發展,漢詩雖然有《古詩十九首》這樣的高峰,但詩歌的全面勃興還要等到魏晉。所以劉勰側重魏晉,但同時用"五言之冠冕"來褒揚《古詩》。據此可以推測,在劉勰的詩史

---

① 《明詩》中有一段關於五言、四言詩作者的考證,篇幅不短,既陳述了對相傳爲李陵、班婕妤的作品的懷疑("所以李陵、班婕妤見疑於後代也"),又對《古詩》的時代作出推定("比采而推,兩漢之作乎?")。這一段文字考證性質較強,似乎在述史和論史之外。在我看來,這是一種"自注"的形式。逯耀東指出,司馬遷在《史記》的敘述中有自注之文字,裴松之在《三國志注》中亦有自注,見《裴松之〈三國志注〉的自注》,收入逯耀東著《魏晉史學的思想與社會基礎》,頁253—272;并參看逯耀東著《抑鬱與超越》。關於《文心雕龍》中的劉勰"自注",我將另文論述。

圖景中,詩歌典範有兩個傳統:一是漢詩(尤其是《古詩十九首》)的傳統;二是魏晉以來的傳統。而魏晉詩歌雖以五言爲主,卻也多四言之作,其中更不乏大家佳篇,故劉勰着重論述五言詩的同時也對四言詩着墨較多,而他"宗經"的立場更使他將四言認定爲"正體"(因《詩經》以四言爲主)。奉四言爲"正體"而又重在論述魏晉五言詩,這正是劉勰"折衷"手法的具體體現。①

劉勰的"賦史"論述也集中在《詮賦》篇的"原始以表末"和"選文以定篇"部分。不過,在開篇的"釋名以章義"部分,因爲涉及賦的起源與賦的定義,所以也帶有"史"的一面。劉勰從"宗經"的立場出發,强調賦源於《詩》,②這應該也是《詮賦》排在《明詩》和《樂府》之後的重要原因。但他又對"古詩之流説的破綻有所覺察",所以又提出"受命於詩人"和"拓宇於《楚辭》"的觀點加以彌合。③

仿照表 6.2,這裏將《詮賦》中涉及的作家、時代、作品和相關評價摘録排列,製成表 6.3。

表 6.3 劉勰《詮賦》中的賦家、賦作與評價

詮賦第八	鄭莊	"大隧"	結言短韻,詞自己作,雖合賦體,明而未融。
	士蒍	"狐裘"	
	靈均(屈原)	騷	始廣聲貌。
	荀況	《禮》《知》	爰錫名號,與詩畫境,六義附庸,蔚成大國。遂客主以首引,極聲貌以窮文,斯蓋別詩之原始,命賦之厥初也。
	宋玉	《風》《釣》	
	秦世		秦世不文,頗有雜賦。
	漢初		漢初詞人,循流而作。
	陸賈		陸賈扣其端。

---

① 見周勛初《劉勰的主要研究方法——"折衷"説述評》,收入前引《魏晉南北朝文學論叢》,頁 171—198。并參看王運熙《劉勰文學理論的折中傾向》,收入前引《文心雕龍探索》,頁 218—225。

② 劉勰在《詮賦》開頭部分就引了《毛傳》"登高能賦"之説來加强賦與"經"的關係,但"宗經"的背後還有東漢以來文學發展的影響,周勛初指出:"《詮賦》中援引'登高能賦'之説,祗是作爲理論本源而受重視,實質上已爲東漢時期産生的'登高必賦'之説替代。見《"登高能賦"説的演變和劉勰創作論的形成》,收入周勛初著《魏晉南北朝文學論叢》,頁 137—149,引文在頁 149。

③ 用程章燦説,見程章燦著《魏晉南北朝賦史》,頁 273—275。

續　表

	賈誼		賈誼振其緒。
	枚乘、司馬相如		枚、馬播其風
	王褒、揚雄		王、楊騁其勢
	枚皋、東方朔		皋、朔以下，品物畢圖。
	宣帝、成帝		繁積於宣時，校閱於成世，進御之賦，千有餘首，討其源流，信興楚而盛漢矣。
詮賦第八	荀子		觀夫荀結隱語，事數自環。
	宋玉		宋發巧談，實始淫麗。
	枚乘	《菟園》	舉要以會新。
	司馬相如	《上林》	繁類以成艷。
	賈誼	《鵩鳥》	致辨於情理。
	王褒	《洞簫》	窮變於聲貌。
	班固	《兩都》	明絢以雅贍。
	張衡	《二京》	迅拔以宏富。
	揚雄	《甘泉》	構深瑋之風。
	王延壽	《靈光》	含飛動之勢。
	凡此十家，并辭賦之英傑也。		
	王粲		仲宣靡密，發端必遒。
	徐幹		偉長博通，時逢壯采。
	左思、潘岳		太沖、安仁，策勳於鴻規。
	陸機、成公綏		士衡、子安，底績於流制。
	郭璞		景純綺巧，縟理有餘。
	袁宏		彥伯梗概，情韻不匱。
	亦魏晉之賦首也。		

關於《詮賦》篇之"別體分類 選文定篇"及劉勰賦論之融合"兩晉兩派",程章燦已有精彩的論述,此不展開。① 相比"詩史",劉勰"賦史"的時代側重大不相同。

《詮賦》篇"原始以表末"部分的歷史敘述,從先秦講起,至"宣時""成世"而止,之後就轉入對辭賦體製和類別的討論。② 而"選文以定篇"部分的賦家、賦作列舉,從先秦至魏晉,皆有涉及。不過,荀子到王延壽的十家"辭賦之英傑"(兩漢賦家共八位),除宋玉外,劉勰同時列舉賦家之名與賦作之名;③而王粲至郭璞這八位"魏晉之賦首",卻祇列人名,不舉作品。

由此看來,劉勰的賦史論述重在兩漢。賦的題材和體製,在兩漢已經基本成熟且多優秀作品,故劉勰在"原始以表末"時沒有涉及魏晉,因爲魏晉賦祇是承襲了這些體製和題材。不過,魏晉賦仍在發展,而且日趨繁榮,相應地也涌現了大量傑出賦家,故而劉勰在"選文以定篇"部分列舉了八位。但是,爲什麽劉勰在列舉漢代"英傑"的時候皆同時列舉他們的名篇,到了魏晉時期卻祇標"賦首"之人名卻不及篇目呢?這可能是由於在劉勰眼中,辭賦的典範在漢代已經成熟,魏晉"賦首"們的創作祇是繼承原有典範,并沒有開創新的領域,故而他祇選作者,不選作品。④

劉勰之詩史、賦史的不同時代側重,説明他對詩賦二體文學發展的不同歷史進程有着清晰的認識。最後還要討論的是,爲何在詩史中劉勰簡單涉及了"宋初",但在賦史中他卻完全不論南朝?

這關係到《文心雕龍》論述的時間下限以及劉勰評述作家的選擇範圍問題。對於《文心雕龍》一書論述的時間下限,劉勰撰成此書的時間自然是"絕對"下限,現在我們一般接受清人劉毓崧的看法,認爲《文心雕龍》成於南齊末年。⑤ 那麽《文心雕龍》中自然不會出現活躍在梁代文壇的作家。在這個"絕對"時間下限之外,劉勰對於宋齊兩代的作家,是否又有明確的去取標準?⑥

---

① 見前引《魏晉南北朝賦史》,頁276—284。
② "按《那》之卒章,閔馬稱'亂'"幾句,亦劉勰之自注也,"按"字即重要的提示。
③ "觀夫荀結隱語,事數自環;宋發巧談,實始淫麗。"此句之"荀結隱語",一般認爲指的就是《荀子·賦篇》。參看《文心雕龍義證》,頁289、290。
④ 簡單地説,從《明詩》和《詮賦》來看,劉勰"詩史""賦史"圖景中,以漢魏爲界,詩的典範有兩個傳統,賦的典範則祇有一個傳統,這與第四章第三節通過討論魏晉南北朝詩賦的"擬作"得出的結論是一致的。
⑤ 劉毓崧説見其《書文心雕龍後》,參看前引《中國文學批評通史(貳)·魏晉南北朝卷》,頁324、325。
⑥ 王運熙指出:"《文心》撰於南齊末年,故書中常稱劉宋與南齊前期爲近代或近世。《文心》對宋齊文學論述較少,多數篇章評論歷代作家作品,常到晉代爲止,僅有少數篇章言及宋齊文學,大致也比較籠統。"王運熙對《文心雕龍》中論述宋齊文學的部分有精到的概括,見前引《中國文學批評通史(貳)·魏晉南北朝卷》,頁406—413,引文在頁406。

劉勰讀書極多，見聞廣博，對於時代上距離最近的宋齊作家自然不乏瞭解。① 前人對劉勰之少言宋齊作家，一般有兩方面的解釋：或從劉勰的思想和當時的風尚入手，解釋劉勰爲何不言陶淵明、鮑照等人；②或從劉勰做人的謹慎和受《公羊》筆法之影響入手解釋他對宋齊作家的"沉默寡言"。③ 這兩方面的解釋應該說都是相當有力的。不過，具體到《明詩》和《詮賦》篇，劉勰對詩、賦二體的"文體生命"的認識，也影響到了他敘述的時間下限。

前面的章節從不同方面一再申說：詩賦創作的重心在晉宋之際發生了轉移，成熟於兩漢的辭賦經由三國的進一步發展，在兩晉迎來了創作上的繁榮；而詩歌之創作雖自三國就已勃興，但成爲文士關注的中心尚待南北朝。因此兩晉以後的辭賦創作進入相對沉寂的階段，少有新變；而詩歌題材的拓展、體式的革新都主要發生在南北朝時期。上文又證明了劉勰的詩史、賦史論述實根據詩、賦本身的歷史發展而有不同側重。職是，既然辭賦的"文體生命"在兩晉時已經成熟且此後較少新變，那劉勰的賦史論述自然沒必要延伸到宋齊；而詩歌的"文體生命"恰在兩晉之後有更活潑的成長，新變迭出，那劉勰就不能不對此所談論，於是《明詩》篇中就有了那段著名的論述："宋初文詠，體有因革，莊老告退，而山水方滋，儷采百字之偶，爭價一句之奇，情必極貌以寫物，辭必窮力而追新，此近世之所競也。"④雖然在價值觀上，劉勰未必十分認同近世詩歌的許多"新變"。

從劉勰的詩史、賦史敘述中，我們可以看到：劉勰對詩、賦"文體生命"之不同狀態有明確的把握，而詩、賦各自的發展軌迹（也即詩、賦"文體生

---

① 劉勰讀書如此之多，在很大程度上當得益於南朝"知識至上"風氣。參看羅宗強《從〈文心雕龍〉看劉勰的知識積累》，收入羅宗強著《當代名家學術思想文庫·羅宗強卷》（瀋陽：萬卷出版公司，2010 年），頁 38—57。

② 如胡國瑞解釋劉勰爲何不談陶淵明和鮑照，就從當時文風和劉勰的"宗經"思想入手："陶的作品，劉勰不會見不到，然而在劉勰的心目中，似乎并無陶淵明其人的。這主要的當因陶淵明的詩風樸質無華，與這一時期文風迥然異向，非如後來蕭統所主張的'綜緝辭采，錯比文華'之比，故不入劉勰的評論之列。鮑照的詩、賦、文在宋代是嶄然卓立的名家，而劉勰傾注顏、謝的目光，竟未瞥及這位'才秀人微'的作者，這可能是因被目爲'操調險急，雕藻淫豔'的詩風，與劉勰宗經的正統思想不相容之故。他在《樂府》中不提從晉代發展起來的民歌，也正因爲它們不是正聲。"這裏談及《樂府》處甚爲有見，故稍加引錄。見胡國瑞著《魏晉南北朝文學史》（上海：上海古籍出版社，1980 年），頁 271、272。

③ 如興膳宏認爲："劉勰舉出東晉以前的作家和作品進行了具體批評，對宋代作家祇是簡略地記其姓氏，到了齊代則是連一句批評的話也沒有，從常識上説來當然是對當代有所忌憚，但得力於《公羊傳》原則之處大概也不少。"見興膳宏《〈文心雕龍〉總説》，收入彭恩華編譯《興膳宏〈文心雕龍〉論文集》（濟南：齊魯書社，1984 年），頁 124。

④ 對宋初詩歌的這段描述十分精彩，所謂"儷采百字之偶"揭示出了宋初詩歌篇幅變長的趨勢，這一點第三章第一節已經有所論述。而"情必極貌以寫物，辭必窮力而追新"背後，多少有辭賦的影響，這一點下一章討論謝靈運時還會涉及。

命"各自的展開)讓劉勰在歷史敘述中有不同的時代側重。①

除了《明詩》《樂府》和《詮賦》，在論各體文章的另外十七篇中，也不難看到詩賦的痕迹。如《頌讚》篇論頌時中談及《九歌》《商頌》《魯頌》等詩，又提到馬融的《廣成》《上林》"雅而似賦"。② 相較而言，在《祝盟》至《書記》這十七篇中，賦出現的次數比詩多。在這十七篇中，"詩"主要以《詩經》的面目出現。程章燦詳細列出過《文心雕龍》(《詮賦》《雜文》除外)中論及賦作的篇章，③據其統計，十七篇中，《頌讚》《哀弔》《諧讔》《章表》都涉及了具體的賦篇。下面對這四篇的相關文字稍作討論。

《頌讚》："馬融之《廣成》《上林》，雅而似賦，何弄文而失質？"在這裏，"似賦"並非好事，因爲劉勰有比較清晰的辨體意識，頌與賦非一體，若"似賦"則不佳。④

《哀弔》："及相如之弔二世，全爲賦體，桓譚以爲其言惻愴，讀者歎息。及卒章要切，斷而能悲也。"

《諧讔》："昔齊威酣樂，而淳于說甘酒；楚襄讌集，而宋玉賦《好色》；意在微諷，有足觀者。……於是東方、枚皋，餔糟啜醨，無所匡正，而詆嫚媟弄，故其自稱爲賦，乃亦俳也。見視如倡，亦有悔矣。……然而懿文之士，未免枉轡；潘岳《醜婦》之屬，束晳《賣餅》之類，尤而效之，蓋以百數。""荀卿賦《蠶》，已兆其體。"

《哀弔》和《諧讔》在"原始以表末"的部分提到了司馬相如的《弔二世賦》、宋玉《登徒子好色賦》、東方朔、枚皋的遊戲賦作、潘岳《醜婦賦》及束晳《餅賦》，對這些賦作的列舉，正好説明了在不同情境下，弔文、諧辭、讔語可以用賦的形式來呈現。

《章表》："逮晉初筆札，則張華爲儁。其三讓公封，理周辭要，引義比事，必得其偶，世珍《鷦鷯》，莫顧章表。"這裏劉勰爲張華的《三讓封公表》不

---

① 至於劉勰對《文心雕龍》中詩、賦之外其他各體"文"和"筆"的論述是否也如此，還需要進一步細緻的考察。
② "馬融之《廣成》《上林》"一句，解釋不一。《廣成》自是《後漢書·馬融傳》載錄的《廣成頌》。而《上林》，或以爲當作《東巡》，指馬融之《東巡頌》(馮舒、黃侃等)；或以爲就是《上林頌》，《玉燭寶典》尚存殘句(斯波六郎)。後説更可取，參看前引《文心雕龍義證》，頁 328、329。
③ 所列之表見程章燦著《魏晉南北朝賦史》，頁 286—288。因劉勰區分騷、賦和七(見《雜文》)，故程氏表中的賦都是以"某某賦"爲題的狹義之"賦"。他將《頌讚》篇中"馬融之《廣成》《上林》"一句理解作馬融的《廣成賦》和《上林賦》，恐不確。不過，按照他在《魏晉南北朝賦史》中對賦所下的廣義界定，很多頌就是賦，見頁 1—12。
④ 我對各種文體并不持"本質主義"的觀點，實際上，頌、讚可以看作是兩種詩賦之間的文體，在劉勰的時代，頌、讚各有自身體製要求，但在馬融的時代則未必。

受重視而抱屈,并指出不受重視是因爲《鷦鷯賦》太被世人珍視。

且不論頌之"似賦"是好是壞,從上述《頌讚》《哀弔》和《諧讔》論及賦的段落來看,賦在兩漢魏晉與其他文體有着密切的聯繫,甚至能充當某種文體。而《章表》中的陳述,則進一步說明了相比其他文體,辭賦影響是何其大。

就《明詩》《樂府》和《詮賦》之外的十七篇討論各體文章的篇章中涉及賦的內容而言,在劉勰的分體文學圖景中,賦和其他文體的聯繫更加緊密,對其他文體的影響也比較大。

分體的詩史、賦史之外,在劉勰的整體文學史述論中,詩賦又分別佔有怎樣的位置呢?

先看《時序》篇。這是一篇通貫的大文學史,劉勰綜論"十代"文風,這裏將其中涉及作者、作品和時代的文字摘錄整理,製成表6.4。[1]

表6.4 《時序》篇中的時代、作者與評價

時代	作者	作品	評價
陶唐	野老	"何力"之談	
	郊童	"不識"之歌	
虞舜	元后	"薰風"	
	列臣	"爛雲"	
禹		"九序"	至大禹敷土,"九序"詠功。
湯		"猗歟"	成湯聖敬,"猗歟"作頌。
周文王		《周南》	《周南》勤而不怨。
太王		《邠風》	《邠風》樂而不淫。
幽厲		《板》《蕩》	幽厲昏而《板》《蕩》怒。
平王		《黍離》	平王微而《黍離》哀。
春秋以後			齊、楚兩國,頗有文學。
	孟軻、荀卿		稷下扇其清風,蘭陵鬱其茂俗。

---

[1] 王運熙在此篇的"題解"中將此篇分爲七段,其說可從,見前引《文心雕龍探索》,頁323、324。

續表

時代	作者	作品	評價
春秋以後	鄒子		鄒子以談天飛譽。
	騶奭		騶奭以雕龍馳響。
	屈平		屈平聯藻於日月。
	宋玉		宋玉交彩於風雲。
漢高祖	高祖	《大風》《鴻鵠》之歌	亦天縱之英作也。
惠帝、文景	賈誼、枚乘		經術頗興，而辭人勿用；賈誼抑而鄒枚沉，亦可知已。
武帝	武帝	柏梁、金堤	柏梁展朝讌之詩，金堤製恤民之詠。
	枚乘、主父偃、公孫弘、兒寬、朱買臣、司馬相如		徵枚乘以蒲輪，申主父以鼎食，擢公孫之對策，歎兒寬之疑奏，買臣負薪而衣錦，相如滌器而被繡。
	司馬遷、吾丘壽王、嚴助、終軍、枚皋		於是史遷壽王之徒，嚴終枚皋之屬，應對固無方，篇章亦不匱，遺風餘采，莫與比盛。
昭帝、宣帝	王褒		越昭及宣，實繼武績，馳騁石渠，暇豫文會，集雕篆之軼材，發綺縠之高喻；於是王褒之倫，底祿待詔。
元帝、成帝	揚雄、劉向		自元暨成，降意圖籍，美玉屑之譚，清金馬之路，子雲銳思於千首，子政讎校於《六藝》，亦已美矣。
爰自漢室，迄至成哀，雖世漸百齡，辭人九變，而大抵所歸，祖述《楚辭》，靈均餘影，於是乎在。			
哀平陵替，光武中興	杜篤、班彪	誄、奏	深懷圖讖，頗略文華，然杜篤獻誄以免刑，班彪參奏以補令，雖非旁求，亦不遐棄。

續表

時　代	作　者	作　品	評　價
明帝、章帝	班固、賈逵、劉蒼、劉輔	國史、瑞頌、懿文、通論	及明章疊耀,崇愛儒術,肄禮璧堂,講文虎觀,孟堅珥筆于國史,賈逵給札於瑞頌,東平擅其懿文,沛王振其通論,帝則藩儀,輝光相照矣。
自和、安已下,迄至順桓	班固、傅毅、崔駰、崔瑗、崔寔、王延壽、馬融、張衡、蔡邕		磊落鴻儒,才不時乏,而文章之選,存而不論。然中興之後,群才稍改前轍,華實所附,斟酌經辭,蓋歷政講聚,故漸靡儒風者也。
靈帝	靈帝	《皇羲篇》	降及靈帝,時好辭製,造羲皇之書,開鴻都之賦。
	樂松之徒		招集淺陋,故楊賜號爲驩兜,蔡邕比之俳優,其餘風遺文,蓋蔑如也。
建安之末	三曹父子		魏武以相王之尊,雅愛詩章;文帝以副君之重,妙善辭賦;陳思以公子之豪,下筆琳琅;并體貌英逸,故俊才雲蒸。
	王粲		仲宣委質於漢南。
	陳琳		孔璋歸命於河北。
	徐幹		偉長從宦於青土。
	劉楨		公幹徇質於海隅。
	應瑒		德璉綜其斐然之思。
	阮瑀		元瑜展其翩翩之樂。
	路粹、繁欽、邯鄲淳、楊修		傲雅觴豆之前,雍容衽席之上,灑筆以成酣歌,和墨以藉談笑。
	觀其時文,雅好慷慨;良由世積亂離,風衰俗怨,并志深而筆長,故梗概而多氣也。		
明帝	何晏、劉劭		至明帝纂戎,制詩度曲,徵篇章之士,置崇文之觀,何劉群才,迭相照耀。

續　表

時　代	作　者	作品	評　　價
少主相仍	高貴鄉公		唯高貴英雅,顧盼含章,動言成論。
	嵇康、阮籍、應璩、繆襲		於時正始餘風,篇體輕澹,而嵇阮應繆,并馳文路矣。
西晉	張華		茂先搖筆而散珠。
	左思		太沖動墨而橫錦。
	潘岳、夏侯湛		岳、湛曜聯璧之華。
	陸機、陸雲		機、雲摽二俊之采。
	應貞、傅玄、張載、張協、張亢、孫楚、摯虞、成公綏		應、傅三張之徒,孫、摯、成公之屬,并結藻清英,流韻綺靡。
前史以爲運涉季世,人未盡才,誠哉斯談,可爲歎息!			
晉元帝	劉隗、刁協		劉、刁禮吏而寵榮。
	郭璞		景純文敏而優擢。
晉明帝	明帝		逮明帝秉哲,雅好文會,升儲御極,孳孳講藝,練情於誥策,振采於辭賦……揄揚風流,亦彼時之漢武也。
	庾亮		庾以筆才逾親。
	溫嶠		溫以文思益厚。
成、康、穆、哀、簡文	簡文帝		簡文勃興,淵乎清峻,微言精理,函滿玄席,澹思醲采,時灑文囿。
孝武、安、恭	袁宏、殷仲文、孫盛、干寶		其文史則有袁、殷之曹,孫、干之輩,雖才或淺深,珪璋足用。
自中朝貴玄,江左稱盛,因談餘氣,流成文體。是以世極迍邅而辭意夷泰,詩必柱下之旨歸,賦乃漆園之義疏。故知文變染乎世情,興廢繫乎時序,原始以要終,雖百世可知也。			

續　表

時　代	作　者	作品	評　價
劉宋	武帝、文帝、孝武帝		宋武愛文,文帝彬雅,秉文之德,孝武多才,英采雲構。
	王、袁、顏、謝家族		爾其縉紳之林,霞蔚而飆起;王、袁聯宗以龍章,顏、謝重葉以鳳采。
	何長瑜、何承天、范泰、范曄、張敷、張永、沈達文、沈達遠等		何、范、張、沈之徒,亦不可勝也。(蓋聞之於世,故略舉大較。)
南齊	太祖、高祖、文帝、中宗		暨皇齊馭寶,運集休明:太祖以聖武膺籙,高祖以睿文纂業,文帝以貳離含章,中宗以上哲興運,并文明自天,緝遐景祚。
	今		今聖歷方興,文思充被,海岳降神,才英秀發,馭飛龍於天衢,駕騏驥於萬里,經典禮章,跨周轢漢,唐虞之文,其鼎盛乎!鴻風懿采,短筆敢陳;颺言讚時,請寄明哲。

　　觀上表可知,這真是一幅"人文"的壯闊圖景。《時序》篇所涉之"文",包括各種著述,不僅有經("《周南》勤而不怨"),而且有史("孟堅珥筆于國史"),甚至有子("鄒子以談天飛譽"),至於集部的各類文章,更是不勝枚舉。在這一篇裏,劉勰以"論人"爲主,通過論述不同的作家來展開各個時代的風貌。因爲以時代爲中心,所以劉勰在《時序》篇中特別重視對相應帝王的論述,這一做法可謂探驪得珠,因爲在古代中國,政治對文學的影響總是無論如何不能被低估的。

　　不過,也正因爲《時序》站在宏觀的角度對各個時代展開論述,所以劉勰很少具體到某一文體,更少具體到某一作品來談。應該説,《時序》篇并無文體上的側重。唯獨在敘述兩晉時代的末尾,劉勰似乎偏重於詩賦。在敘述完從晉宣帝到晉安帝、晉恭帝的文學史之後,劉勰做了如下總結:

　　　　自中朝貴玄,江左稱盛,因談餘氣,流成文體。是以世極迍邅而辭意夷泰,詩必柱下之旨歸,賦乃漆園之義疏。故知文變染乎世情,興廢繫乎時序,原始以要終,雖百世可知也。

這段話裏的"文變染乎世情,興廢繫乎時序"二句,可以説是全篇的高度概括。如果説"自中朝貴玄"開始的幾句話還是在概括兩晉文學的話,那麽這兩句話卻適用於一切時代,所以劉勰緊接着就作出"原始以要終,雖百世可知也"這樣一個大判斷。爲什麽劉勰要在敘述完兩晉文學之後就作如此總結?他在後文不還要評述宋齊兩代的文學嗎?這或許是因爲,《文心雕龍》建立系統論述的主要經驗依據乃是上古至兩晉的"文",對於劉宋以降的"近世"文學,由於上文曾提到的種種原因,劉勰祇是籠統地涉及,將這兩個時代作爲補充。所以,先秦至兩晉的經驗論述足以支撐并引出"文變染乎世情,興廢繫乎時序"這一普遍規律了,於是劉勰就在這裏作一理論總結。

而在這段話裏,劉勰單獨舉出了兩晉詩、賦的變化,來説明兩晉文學受玄學影響之深。這説明在劉勰看來,至少對兩晉文學來説,詩賦二體不僅最重要,而且具有籠罩一代的代表性。而就文學史的發展來看,兩晉詩賦確實同時興盛,繁榮程度超過前代。

最後討論《才略》篇。這也是一篇大文學史,同樣以人爲中心,囊括了不同時代諸多作家的各類文體。

此篇的文學史敘述可分五部分,每部分敘述一個或幾個時代。①《才略》篇談的是作家的才能和才華,理論上,一個作家的才能蘊藏在他的所有作品裏。但實際上,作家在文體上總是有偏向的,故而劉勰論作家才能,并不列舉某作家之所有作品,而是抓住最能體現作家才能的那部分作品。劉勰在《才略》中以作品展現文學才能,有四種辦法:一是舉作家的幾類作品,如論王粲時,劉勰就兼提詩賦;②二是舉作家的一類作品,如論嵇康和阮籍時,劉勰就突出嵇康的"論"和阮籍的"詩";③三是既舉作家的一類作品,也舉作家的具體作品,如論曹丕時,就分別評價了他的樂府和《典論》;四是舉作家一種或幾種具體作品來呈現其才能。

因爲此篇涉及作家、文體和作品太多,若將所有情況一一羅列,將會相當繁冗,所以下文集中描述劉勰的第三、四種辦法,且祇探究劉勰列舉了哪些具體作品。爲什麽祇討論具體作品?這一方面是因爲易於操作;另一方

---

① 亦據王運熙説,見《文心雕龍探索》,頁 325—327。
② "仲宣溢才,捷而能密,文多兼善,辭少瑕累,摘其詩賦,則七子之冠冕乎。"
③ "嵇康師心以遣論,阮籍使氣以命詩,殊聲而合響,異翮而同飛。"

面則是因爲這些被列出書名或篇名的具體作品,肯定是劉勰眼中能够代表該作家才能的作品,考察"代表作"的流變,有助於我們理解文體重心的流動。

第一部分評述虞、夏、商、周時代的作家,提到具體題目的祇有《楚辭》。①

第二部分評述兩漢作家,提到具體題目的有:陸賈《孟春賦》及《新語》②、枚乘《七發》和鄒陽《上吴王書》及《獄中上梁王書》③、桓譚《集靈宫賦》等賦④、馮衍《顯志賦》和《自序》⑤、班彪《王命論》和劉向《新序》⑥。

第三部分評述曹魏作家,提到具體題目的有:曹丕《典論》⑦、劉劭《趙都賦》、何晏《景福殿賦》、應璩《百一詩》、應貞《臨丹賦》。⑧

第四部分評述兩晉作家,提到具體題目的有:張華《鷦鷯賦》、左思《三都賦》及《詠史詩》、潘岳《西征賦》⑨、郭璞《南郊賦》及《遊仙詩》。⑩

第五部分評述劉宋作家,因爲"世近易明,無勞甄序",劉勰在這一段没有涉及具體人物和作品。

由上可知,兩漢作家的"代表作"包括賦、書、論以及子書;⑪到了曹魏,"代表作"的範圍變窄,尚有子書、賦和詩;至兩晉時期,則祇有詩和賦可以成爲作家的"代表作",而且是共同構成作家的"代表作"。這一變化,頗能説明在劉勰的文學史圖景中,隨着時代的推移,賦和詩越來越重要,越來越能够反映作家才能。

---

① "戰代任武,而文士不絶;諸子以道術取資,屈、宋以《楚辭》發采,樂毅報書辯以義,范雎上疏密而至,蘇秦歷説壯而中,李斯自奏麗而動,若在文世,則楊、班儔矣。荀况學宗而象物名賦,文質相稱,固巨儒之情也。"實際此處之"楚辭"更多指向一類文獻,而非一部書。
② "賦《孟春》而選《新語》。"今存陸賈作品中并無《孟春賦》,但一般認爲《漢書·藝文志》著録的"《陸賈賦》三篇"中有篇名《孟春》者,見前引《文心雕龍義證》,頁1773。
③ "枚乘之《七發》,鄒陽之《上書》,膏潤於筆,氣形於言矣。"
④ "桓譚著論,富號猗頓,宋弘稱薦,爰比相如,而《集靈》諸賦,偏淺無才,故知長於諷諭,不及麗文也。"
⑤ "敬通雅好辭説,而坎壈盛世,《顯志》《自序》,亦蚌病成珠矣。"
⑥ "二班、兩劉,奕葉繼采,舊説以爲固文優彪,歆學精向,然《王命》清辯,《新序》該練,璿璧産於崑岡,亦難得而踰本矣。"
⑦ "魏文之才,洋洋清綺,舊談抑之,謂去植千里,然子建思捷而才儁,詩麗而表逸;子桓慮詳而力緩,故不競於先鳴;而樂府清越,《典論》辯要,迭用短長,亦無懵焉。"
⑧ "劉劭《趙都》,能攀於前修;何晏《景福》,克光於後進;休璉風情,則《百一》標其志,吉甫文理,則《臨丹》成其采。"
⑨ "張華短章,奕奕清暢,其《鷦鷯》寓意,即韓非之《説難》也。左思奇才,業深覃思,盡鋭於《三都》,拔萃於《詠史》,無遺力矣。潘岳敏給,辭自和暢,鍾美於《西征》,賈餘於哀誄,非自外也。"
⑩ "景純艷逸,足冠中興,《郊賦》既穆穆以大觀,《仙詩》亦飄飄而凌雲矣。"
⑪ 《新語》和《新序》在《隋書·經籍志》中都被著録在"子部",見前引《隋書》,頁997。

就數量而言,賦始終是漢魏晉"代表作"中最多的。至於詩,論曹魏作家的代表作時,劉勰祇列舉了應璩《百一詩》;論兩晉作家的代表作時,左思的《詠史詩》和郭璞的《遊仙詩》都被列出,詩歌"代表作"在數量上的增長,或許并不僅僅是偶然?不妨想象,假如劉勰能看到他身後的南朝文學發展,那麼他在評述南朝作家時,應該會列舉更多的詩歌作爲"代表作"。此外,能够成爲"代表作"的詩皆是組詩,這已經隱約透露出,詩賦在容量上的差别使得單首的詩歌很難"代表"一位詩人。①

如果我們不限於"代表作",同時考察劉勰在五部分中先後用哪些文體來展示作家們的才華,不難發現,到了魏晉時期,賦、詩二體越來越頻繁地被用以呈現作家之"才"。

結合《時序》和《才略》兩篇,可以看到:劉勰的整體文學史始終是不分"文筆"的文學史。但是,在各種文體中,隨着時間的推進,賦和詩變得愈來愈重要,在文學史敘述中也越來越突出。而在詩、賦之間,賦的文學史地位顯然更加重要。

三、"泛論寫作方法與技巧"背後的詩與賦

劉勰不僅在經驗層面上有分體和整體的文學史述論,而且還有頗具理論性的對寫作方法與技巧的泛論。那麼在這些部分,是否也有詩賦的痕迹呢?

答案當然是肯定的,劉勰絕不是一位"空頭理論家",抽象的方法與技巧必然要建立在具體的作品批評與創作經驗之上。因此在《神思》至《總術》的十九篇中,我們屢屢能看到具體文體和作品的痕迹,其中最顯豁的就是劉勰用以支撑他所論寫作方法和技巧的例子。通過討論這十九篇中的舉例,不難發現,在經驗層面觸發劉勰理論思考并爲他提供依據和支撑的文學創作,主要是詩賦創作,總體上辭賦創作更突出,有的論題則和詩歌有直接聯繫。

以下分篇具體析論之。

《神思》篇論述"人們進行創作時的思維活動"。② 劉勰在討論"人之禀才,遲速異分;文之制體,大小殊功"時,先以司馬相如、揚雄、桓譚、王充來説明人之不同;又以張衡作《二京賦》、左思作《三都賦》兩例來説明"思之緩";

---

① 本書最後一章討論庾信的詩賦時還會涉及這一問題。
② 此處及下面幾段對各篇主旨的概括以及每篇的段落劃分,悉據王運熙對《文心雕龍》各篇的"題解",見前引《文心雕龍探索》,頁305—323。

繼而以淮南王劉安作《離騷賦》、枚皋"應詔而成賦"、曹植"援牘"、王粲"舉筆"、阮瑀"制書"、禰衡"草奏"六例來説明"思之速"。① 應該説,觸發劉勰思考"人之禀才"和"文之制體"對思之緩速的影響的首要文學體式是辭賦創作,其次是應用性質的書、奏的創作。這其實是很容易理解的,雖然唐人也有"二句三年得,一吟雙淚流"或"吟安一箇字,撚斷數莖鬚"這樣的苦思之作,但如果四句、八句詩是文學創作的重心所在,恐怕思維的快慢問題就不會那麽突出。而辭賦這樣一種篇幅或長或短,既可呈現知識也可抒發情志的文體,更容易啓發人們多角度思考思維緩速的問題。劉勰能從作者("人之禀才")和作品("文之制體")兩方面綜合考量思維快慢的問題,應該説頗得益於漢魏晉以來辭賦創作的多樣和發達。

《體性》篇論述"文章體貌風格和作家情性、個性的關係"。在談到作者情性和文章風格關係時,劉勰一口氣列舉了十二位作家,他們分别是：賈誼、司馬相如、揚雄、劉向、班固、張衡、王粲、劉楨、阮籍、嵇康、潘岳、陸機。其中漢代和魏晉各六位。這些作家創作繁多,漢代六位皆是大賦家,魏晉六位則皆有詩賦傳世,其中劉楨、阮籍的詩比賦重要許多。不過他們除了詩賦,在其他文體上也頗多建樹,《文心雕龍》一書就多有論列。因此在《體性》篇中,倒看不到太多文體的身影。

《風骨》篇之所謂"風骨",歷來爭議甚多。② 此篇舉例説明"風骨"時,分别以"潘勖錫魏"和"相如賦仙"來對應"骨髓峻"和"風力遒"。這兩句話并非泛泛而論,而是有具體所指：潘勖的《册魏公九錫文》和司馬相如的《大人賦》。《册魏公九錫文》乃是創體,此前未有同類文字,③《大人賦》則是騷體賦。劉勰在《風骨》篇中祇列舉了這兩篇具體作品,這樣的分配恐怕不是無意爲之。而賦,又成爲了文藝性作品的代表。

《通變》篇論述"作文須有變化創新",開篇即以"詩、賦、書、記"來論述"設文之體有常",這當然不是説此篇祇討論"詩、賦、書、記",而是用這四種文體囊括"文筆"。隨後,在評述"九代詠歌"時,劉勰列舉了一些上古傳説

---

① "子建援牘如口誦,仲宣舉筆似宿搆"二句,并未涉及具體的文體或作品。
② 關於"風骨"的所指,除前引王運熙對本篇的"題解"外,還可參看王運熙《〈文心雕龍〉風骨論詮釋》和《〈文心雕龍·風骨〉箋釋》,俱收入前引《文心雕龍探索》,頁79—87,頁112—125。并參看楊明著《〈文心雕龍〉精讀》(上海：復旦大學出版社,2007年)之第十講《〈風骨〉——論優良的文風：鮮明有力,準確精健》,頁122—139。本節對"風骨"的理解主要根據王運熙和楊明的論述。
③ 《文選》在"册"一類文體中僅存録此文,《文心雕龍》則在《詔策》篇中論及此篇。漢魏禪代之後,朝代間的禪代頗爲頻繁,而"册……九錫文"也相應屢見不鮮,且都遴選當代大手筆撰寫。見周勛初《潘勖〈九錫〉與劉勰崇儒》,收入前引《魏晉南北朝文學論叢》,頁150—163。

中的作品，如《卿雲歌》等。但進入典籍較多的時代後，劉勰就不再舉具體的篇目，而是泛論各時代："暨楚之《騷》文，矩式周人；漢之賦頌，影寫楚世；魏之篇製，顧慕漢風；晉之辭章，瞻望魏采。"這一段論述，當然不是說漢代祇有賦和頌，而是爲了行文多姿用賦頌指代漢之篇章。不過劉勰以"賦頌"歸漢，而以"篇製""辭章"歸魏、晉，多少也是看到了賦頌（主要是賦）在漢代尤爲突出吧？此後，劉勰舉具體例子說明何爲通變，他列舉了五位漢代名家辭賦中的句子，①來解釋"通變之數"。在舉例之前，劉勰先作了一個文學史的大判斷："夫誇張聲貌，則漢初已極，自茲厥後，循環相因，雖軒翥出轍，而終入籠内。"因爲要集中在"誇張聲貌"這一個方面談，所以劉勰祇以漢賦爲例。這個大判斷背後正是劉勰對辭賦發展史的觀察，辭賦在漢代較早地形成了典範，此後的作品很少超出此一"牢籠"。而對於"誇張聲貌"來說，賦自然是最合適的文體。劉勰以漢賦之"誇張聲貌"來解釋通變，多少也是因爲漢賦佳作較多、內容豐富，比較容易舉例。

《定勢》篇談"文章體裁與風格的關係"，對於各種文體都有論述，既與"上篇以上"的二十篇專論有關，也連接《宗經》。劉勰在此篇中對"近代辭人"的批評當有具體所指，但他并未列舉作者篇目，此處亦不深究。

《情采》篇談論"作者情志與作品文采（即辭采）的關係"。劉勰開篇引《孝經》《老子》《莊子》《韓非子》之言引出"立文之本源"，隨後指出兩種創作傾向：值得肯定的"爲情而造文"，"詩人什篇"是典範；應該否定的"爲文而造情"，"辭人賦頌"是代表。這裏的"詩人什篇"并非泛指一切詩作，而是專指《詩經》，故實乃"經"，而"辭人賦頌"也偏重於賦。② 在此篇中，賦是作爲反面教材，和作爲正面教材的《詩經》同時構成劉勰論情采的經驗基礎。

《鎔裁》篇論述"鎔情理、裁文采，講謀篇之道"。此篇的大部分篇幅談論的是一般原則，又舉謝艾、王濟爲正面例子，讚賞他們行文得當；舉陸機爲反面例子，援引陸雲批評他行文過繁。謝艾、王濟并未留下什麼作品，③而上一節論述《文賦》時曾經比較詳細地論證過，陸機之"文繁"主要體現在他的辭賦中。

《聲律》篇論述文章的聲律，劉勰對聲律問題的探討無疑是時代風氣的

---

① 分別是：枚乘《七發》、司馬相如《上林賦》、馬融《廣成賦》、揚雄《羽獵賦》、張衡《西京賦》。
② 説詳《文心雕龍義證》，頁1158、1159。
③ 一般認爲，此篇所謂"王濟"是晉王渾之子王濟（字武子），周振甫、牟世金對此已有質疑，周勛初更全面論證《鎔裁》之王濟非王武子。不論如何，這位王濟沒有留下作品。參看：《文心雕龍義證》，頁1202、1203；周勛初《西河王濟非王武子辨》，氏著《文心雕龍解析》，頁540—544。

產物,宋齊時代對聲律的研究主要圍繞着詩歌展開,也直接推動了詩歌的新變。劉勰在《聲律》篇中也把握住了永明聲律說的要義。在舉例部分,劉勰分別從聲律角度評價了曹植、潘岳、陸機、左思四人,并特別論述了《詩經》傳統和《楚辭》傳統對聲律的不同影響。① 雖然劉勰沒有列舉曹植等人的具體作品,但從他的評價以及此後分述《詩》《騷》兩大聲律傳統來看,此篇的理論來自詩歌創作,劉勰提煉出技巧和方法針對的也是詩歌創作。

《章句》篇論述"章、句的安排"。劉勰分別討論了四言句、六言句、三言句、五言句應該如何搭配使用,劉勰強調"詩頌大體,以四言爲正",這和他在《明詩》篇中"四言正體"的定位是一致的。不過,劉勰強調"四言爲正",除了"宗經"以外,也可能與辭賦中四、六言佔主流有關(至於頌讚,幾乎純爲四言),如果同時考慮詩、賦、頌、讚等文體,那祇能是"四言爲正"。在討論字數問題時劉勰還列舉了一些篇目,皆爲先秦歌謠和《詩經》中的篇章。討論了字數問題後,劉勰又討論變換韻腳的問題,在這一段中他沒有列舉具體的篇章,祇是討論了不同作者的換韻情況。雖然我們由此段中的"魏武論賦"可以知道劉勰討論換韻問題兼及詩賦,當然也包括其他的"有韻之文",但就"百句不遷"等論述來看,換韻問題的主要對象還是詩。最後,劉勰還討論了語助字和虛字的問題,舉《楚辭》和傳說中的《南風》,自然針對的主要是詩歌。《章句》所論的寫作方法與技巧,主要針對詩,兼及賦。

《麗辭》篇論述駢儷、對偶在文章中的運用,尤具六朝特色。劉勰從經典談起,論證"造化賦形,支體必雙",故而作文講求"麗辭"具備先天正確性。之後劉勰將"麗辭之體"分爲四種,分別舉司馬相如《上林賦》、宋玉《神女賦》、王粲《登樓賦》和張華《七哀詩》中的句子來說明何爲"言對""事對""正對""反對"。接着劉勰又以張華、劉琨詩中的句子,作爲反面教材來說明"對句之駢枝"。因此,"麗辭"雖適用於六朝衆多文體,但在詩賦中最突出。

《比興》篇論"比"和"興"兩種寫作手法。"比興"源自《詩經》,可說是中國詩學之一大基本問題。② "比興"手法雖出於《詩》,卻并不祇能用於詩,而劉勰之論"比興",不僅以詩爲例,而且以賦爲例。《比興》篇之第二段結合先秦兩漢作品論"比興",劉勰指出,《詩經》和屈原的作品都兼有比興,但

---

① "陳思、潘岳,吹籥之調也;陸機、左思,瑟柱之和也。概舉而推,可以類見。又《詩》人綜韻,率多清切,《楚辭》辭楚,故訛韻寔繁。及張華論韻,謂士衡多楚,《文賦》亦稱取足不易,可謂銜靈均之聲餘,失黄鐘之正響也。"

② 關於比興的諸多不同解釋,以及比興在中國詩學中的重要地位,參看徐復觀《釋詩的比興——重新奠定中國詩的欣賞基礎》,收入前引《中國文學論集》,頁91—117。

兩漢賦家大量用"比"卻導致"興義銷亡"。故《比興》篇之第三段專論"比"的不同形態,劉勰分別列舉了如下作家作品:宋玉《高唐賦》、枚乘《梁王菟園賦》、賈誼《鵩鳥賦》、王褒《洞簫賦》、馬融《長笛賦》、張衡《南都賦》。之後又舉潘岳《螢火賦》、張翰《雜詩》來說明"比"須"以切至爲貴"。劉勰還指出,辭賦中爭先使用"比",導致"興"的手法被遺忘,故兩漢賦家"文謝於周人"。劉勰之集中以辭賦中的例子來說明"比",并非讚賞,而是批評兩漢賦家祇顧着"比"而忘了"興"。但也讓我們看到了"比"這一手法在辭賦中何等繁多發達,從一個側面反映了劉勰文學史圖景中辭賦的繁榮。

《誇飾》篇論述誇張手法,列舉了宋玉、景差、司馬相如《上林賦》、揚雄《甘泉賦》、班固《西都賦》、張衡《西京賦》、揚雄《羽獵賦》、張衡《羽獵賦》的例子,說明漢代辭賦中過分誇張形成了違背事理的浮濫之風,但同時他們對誇張的運用以及後人沿着他們軌跡的發展也有藝術上的正面效果。劉勰對"誇飾"的一般論述主要建立在辭賦創作的基礎上。

《事類》篇談論用典。第一段先談文章用典的歷程,劉勰指出,《易》《書》中已有最初的用典;至屈原、宋玉,"雖引古事,而莫取舊辭";到了西漢,賈誼《鵩鳥賦》和司馬相如《上林賦》開始有了和前人之作相同的詞句,但尚是偶然;直到揚雄的《百官箴》和劉歆的《遂初賦》,才出現了自覺的多用故實,此後崔駰、班固、張衡、蔡邕繼承此做法。第二段談文章和才學之關係,并由此提出怎樣的用典才是好的,在這一段,劉勰舉劉劭《趙都賦》爲例說明如何用典才能"稱理而得義要"。第三段劉勰從反面列舉用典的謬誤,他舉了曹植《報孔璋書》、司馬相如《上林賦》和陸機《園葵詩》加以批評。《事類》之論用典,涉及各類文體,例子中辭賦最多,而且在劉勰敘述的用典發展史上,若干篇辭賦具有界碑性的意義,這是值得注意的。

《練字》篇論述文字的選擇,劉勰列舉了一些作家作品得益於小學之處,也指出了一些作品用字不當和典籍流傳過程中文字訛誤的問題。在強調小學對文學的重要性時,劉勰舉張敞、揚雄爲例,說明他們對文字的掌握幫助他們"多賦京苑",在討論用字不當時則舉了曹攄的詩。

《隱秀》篇殘缺,論述"含蓄和警策兩種表現技巧",在現存文字中劉勰祇引用了王讚《雜詩》中的兩句,因不完整,今人無法確定劉勰引用這兩句的作用。

《指瑕》篇專門指摘文章的瑕疵毛病,第一段劉勰列舉了曹丕《武帝誄》和《明帝頌》、左思《七諷》、潘岳"悲內兄"之哀文、崔瑗爲李公所寫的誄文、向秀《思舊賦》來說明即使是大作家也"鮮無瑕病"。在第三段中,劉勰專門討論了注解的問題,舉了薛綜注《西京賦》和應劭注《周禮》的錯誤。此篇之舉例并無文體側重。

《養氣》《附會》《總術》三篇,談的問題也都比較普遍,劉勰在這三篇中很少舉具體作家作品的例子。

通過以上逐篇的剖析,我們可以發現,劉勰論說的具有普遍性和理論意義的"寫作方法和技巧",總體上植根於他之前各體文章的創作土壤中,但主要還是在漢魏晉詩賦創作的基礎之上抽繹而得的。詩賦之中,賦的分量更重,劉勰對辭賦創作中的正面經驗和反面經驗都有深入的開掘,并由此提煉出"寫作方法和技巧"。而《聲律》《章句》兩篇則主要建立在詩歌創作的基礎上,聲律問題更是與詩歌直接關聯。

剩餘的五篇"雜論",《時序》和《才略》上文已有詳述,《知音》與《程器》談的問題比較普遍,少涉具體文章。唯有《物色》還需要略加討論。《物色》篇談的是"自然景物和文學創作的關係",①此篇的產生和南北朝時期山水文學的發達有關,而文士們對山水的描寫主要通過詩賦展開。② 在《物色》篇第二段中,劉勰敘述寫景文辭的發展時也區分了"詩人"和"辭人"兩類。③而在指出寫景的正確方向時,劉勰特別強調要依循《詩》《騷》的傳統,這一強調并不能説明《物色》篇主要針對詩歌創作,因爲強調《詩》《騷》正是劉勰"執正馭奇"宗旨的另一種説法。而且,《物色》篇和辭賦的聯繫,至少不會弱於和詩歌的聯繫,因爲《文選》之賦類子目中恰有"物色"一類。④ 應該説,在引導和推進劉勰討論"自然景物和文學創作的關係"的過程中,賦的作用絕不會比詩小。

體大慮周、結構謹嚴的《文心雕龍》論"文"無所不包,涵蓋甚廣,劉勰對具體文體和一般規律的探討也建立在對各體文章和具體作品的研讀之上。但劉勰論"爲文之用心"時并非對所有文體平均使力。從《明詩》《樂府》《詮賦》這三篇分體詩論、賦論來看,劉勰對他之前的詩、賦各自的"文體生命"歷程有着清晰的把握,在剩餘十七篇對各體文章的分論中,也能看到賦和其他文體間的聯繫。而在劉勰的整體文學史敘述中,詩賦二體隨着時間的推進越來越頻繁出現,地位也越來越重要,其中賦更優先於詩。

---

① 用王運熙説,前人對《物色》在《文心雕龍》中的位置頗有懷疑,王運熙認爲今日所見各本《文心雕龍》的篇章排序不誤,《時序》討論"時代和文學的關係",《物色》討論"自然景物和文學創作的關係",甚有見。參看王運熙《〈物色〉篇在〈文心雕龍〉中的位置問題》,收入前引《文心雕龍探索》,頁148—154。
② 第七章第二節還會具體展開這一問題。
③ "所謂詩人麗則而約言,辭人麗淫而繁句也。"
④ 參看曹虹《〈文選〉賦立"物色"一目的意義》,收入前引《中國辭賦源流綜論》,頁190—201。

到了《文心雕龍》"泛論寫作方法與技巧"的部分,詩賦二體更是特別顯豁,劉勰所談的大量"寫作方法與技巧",都主要建立在詩賦創作的經驗基礎之上,其中辭賦創作所佔分量更重。

《文心雕龍》不同部分中詩賦(尤其是賦)的突出,既與劉勰對"文"的認定有關,也與劉勰之前文學史的歷程有關。雖然《文心雕龍》囊括"文""筆"、涵蓋"著""述",但劉勰始終認爲文學應該是"裝飾性"的,而詩賦正是"裝飾性"最強的兩種文體。① 同時,劉勰雖然處在一個詩歌創作越來越受重視的時代,但漢魏晉最豐厚的文學積累還當首推辭賦,其次方是詩歌。故而劉勰在推演具有普遍意義的"寫作方法與技巧"時,更多從辭賦中汲取經驗。

第三節 《詩品》與賦:不在場的在場者

歷史的發展有時實在神奇,《文心雕龍》成書後不久,又一部偉大的文論鉅著——《詩品》也在南朝誕生了。②

《詩品》與《典論·論文》、《文賦》和《文心雕龍》之兼及各種文體不同,乃是我國現存最早的一部詩論專著,而且不及四言詩等,專論五言詩。③ 而在五言詩中,鍾嶸又同時評論五言徒詩和五言樂府。④

---

① 參看興膳宏在《〈文心雕龍〉總説》中對"劉勰文學論的基本立場"的闡述,見前引《興膳宏〈文心雕龍〉論文集》,頁120—122。
② 《詩品》之本名或爲《詩評》,但至少在隋唐時期此書已有兩種名稱,此後則祇流行《詩品》一名。故本章行文都用《詩品》之名。參看曹旭《〈詩品〉的稱名》,收入氏著《詩品研究》(上海:上海古籍出版社,1998年),頁72—81。《詩品》的撰成時間,當在梁武帝時,參看前引《中國文學批評通史(貳)·魏晉南北朝卷》,頁494。又,本章所引詩品文本,如無特殊説明,悉據前引曹旭集注《詩品集注(增訂本)》,但標點上不完全遵從,不再一一注出頁碼。
③ 或以爲《詩品》評夏侯湛詩乃四言,此爲"變例",見張伯偉著《鍾嶸〈詩品〉研究》(南京:南京大學出版社,1993年),頁21。或以爲"下品·齊釋寶月條"提到的《行路難》乃七言爲主的雜言體樂府。曹旭辨此二説之非,今從之。故《詩品》並未評論四言或雜言詩,確如《詩品序》所説,"止乎五言"。見曹旭著《詩品研究》,頁118—121。其實,《詩品》"下品·齊釋寶月條"中的敘述文字,亦可看作鍾嶸之"自注"。
④ 關於《詩品》是否涉及樂府詩,或以爲:"鍾嶸在《詩品》裏完全沒有談到樂府,但是《詩品》包括曹操,而曹操的所有作品都屬於歌曲傳統,這表示鍾嶸至少把文學性樂府視爲詩的一種亞類型。"見宇文所安(Stehpen Owen)《作爲體裁名稱的"樂府"》,收入〔美〕宇文所安著,胡秋蕾、王宇根、田曉菲譯,田曉菲校《中國早期古典詩歌的生成》(北京:生活·讀書·新知三聯書店,2012年),頁357。或以爲:"不評樂府,卻又時時涉及樂府。"(曹旭概括許印芳、楊祖聿語)曹旭對《詩品》中涉及樂府詩的情況做了細密的考察,歸納出《詩品》評論五言樂府詩的兩種情況,相當有力地論證了鍾嶸"祇能,也應該把五言樂府闌入評論範圍"。見曹旭著《詩品研究》,頁113—118。

專論五言詩著作的出現,反映了鍾嶸生活的時代——齊梁時期五言詩創作的繁盛。① 同時,鍾嶸和劉勰一樣有着高度的理論自覺,故而他在《詩品序》中就自陳撰書條例:"嶸今所錄,止乎五言""一品之中,略以世代爲先後,不以優劣爲詮次""(又)其人既往,其文克定,今所寓言,不錄存者"。② 對這些條例,鍾嶸的執行有經有權,曹旭就指出:"爲了表現自己的詩學理想,鍾嶸除了整體框架以'三品升降'顯現優劣外,在'上品'中仍采用了'以優劣詮次'的原則;而'中、下品'則'不以優劣爲詮次',三品原則不同。"③ 不過總體上鍾嶸還是在自己陳説的條例之下展開評詩的。

《詩品》既然有如此自覺的條例和嚴格的限定,那麽,鍾嶸對歷代五言詩和五言詩人的評述,是否主要就在五言詩的内部傳統中展開?

答案顯然是否定的。一方面,從來就没有所謂獨立而封閉的五言詩傳統,現在可知的最早的成熟詩體乃是四言,五言的流行相較四言可説偏晚,而雜言詩也在先秦早早出現。即使是在五言詩成爲詩歌主流後,四言也并未立即退出詩歌舞臺,④七言、雜言的變化一直在生發,故而五言詩祇能與其他詩體在糾纏中共生,而不可能與其他詩體絶緣。另一方面,鍾嶸之前(包括之後)也從來不曾有過一位祇創作五言詩的詩人,文體、詩體可以分,但文人、詩人不能分,寫作五言詩、四言詩以及賦頌、章表奏議的是同一個人。因此,鍾嶸雖然明確劃定《詩品》的"疆域",但在展開批評時,他不必也不能"畫地爲牢",定會受到"非五言因素"的影響。⑤

在諸多"非五言因素"中,同一詩人的四言、七言、雜言詩作較多受到注意,這自是因爲其他體式的詩與五言詩之間最具親緣度(畢竟都是詩)。同時,《詩品》所論詩人的大部分五言詩作都不幸亡佚,有的詩人甚至没有五言詩傳世,在這種情況下,祇要是這位詩人的詩作,都能幫助我們理解其詩歌風格特徵,吉光片羽,亦足珍貴。相應地,研究《詩品》的學者們對《詩品》所

---

① 歷史的奇妙就在於,詩文評領域,《文心雕龍》之後出現《詩品》;總集領域,《文選》之後又出現了《玉臺新詠》。《文選》先賦後詩,收羅蕭統以前之"美文"甚富;《玉臺新詠》則祇選詩歌,且五言爲主。
② 《詩品序》歷來有兩種文本形態,或分三部分,分别出現在《詩品》上中下三品的開頭;或并爲一篇。并爲一篇的做法乃後人所爲,不可從,這三項"條例",俱見於《詩品中》之《序》。關於《詩品序》的形態,參看張伯偉著《鍾嶸〈詩品〉研究》,頁24—30;曹旭著《詩品研究》,頁81—94。對這三項"條例"的具體展開,參看張伯偉著《鍾嶸〈詩品〉研究》,頁20—24。
③ 見曹旭著《詩品研究》,頁113。曹旭辨析的這一原則對下文論述極爲重要,故引錄於此。
④ 説詳本書第三章第一節。
⑤ 曹旭已經注意到了這一點,他在討論《詩品》撰例的結尾提出:"至於鍾嶸品評時,對五言詩人的評價,是否會受到其四言、七言、雜言,甚至人品、地位等'非五言因素'的影響呢? 我想可能會。但這是另一個問題,與撰例無關。"見前引《詩品研究》,頁121。

評詩人的詩作大多有全面的討論。①

不過,從本書的立場出發,考察相關詩人的辭賦創作對於鍾嶸評詩的可能影響也有必要。這不僅是因爲本書的討論對象和研究重心是魏晉南北朝詩賦及二者關係,還基於以下原因:正如以上各章及本章前二節揭示的,漢魏晉的文學創作重心乃是辭賦,辭賦很早就達到了高峰并持續成熟發展,對於漢魏晉的整體文學圖景來說,辭賦是最重要的組成部分,某種意義上可以說對漢魏晉文學具決定性影響,這一點,魏晉南朝的文論家們就已經有清晰的認識。既然辭賦是構築漢魏晉整體文學史中最重要的環節,而詩歌正是在這樣的文學史中開展自己的道路,那麼如果在詩歌之外存在對詩歌具較大影響力的文體,那首推辭賦。② 鍾嶸在文學以及文學之外的儒學、玄學等學術領域都有着深厚的修養,③對於前代文學史的整體圖景以及漢魏晉文學的首要文體自然不會熟視無睹。質言之,鍾嶸持有的整體意義上的文學觀念必然會影響他的五言詩標準,而辭賦正是構築鍾嶸整體文學觀念的重要元素。

事實也是如此,鍾嶸在《詩品序》裏就不止一次直接談到賦。在上品開篇之《序》中,鍾嶸敘述五言詩的早期發展時,對漢代五言詩和漢代文學有這樣的論述:"逮漢李陵,始著五言之目矣。'古詩'眇邈,人世難詳。推其文體,固是炎漢之製,非衰周之倡也。自王、楊、枚、馬之徒,詞賦競爽,而吟詠靡聞。從李都尉迄班婕妤,將百年間,有婦人焉,一人而已。詩人之風,頓已缺喪。東京二百載中,惟有班固《詠史》,質木無文。"可以看到,鍾嶸對兩漢五言詩相當不滿,他祇表彰了李陵、"古詩"、班婕妤并有保留地提到了班固《詠史詩》。這幾位也都被他選入《詩品》,前三位在"上品",班固和酈炎、趙壹入"下品",此外兩漢詩人中還有秦嘉、徐淑夫婦在"中品"。爲什麼兩漢"缺喪"了"詩人之風"? 鍾嶸認爲,"詞賦競爽"導致了"吟詠靡聞"。這一段文學史論述有兩點值得我們注意:第一,在事實層面,鍾嶸看到了兩漢文學的創作重心在辭賦;第二,在邏輯層面,鍾嶸上把兩漢辭賦的興盛和五言詩的"缺喪"作了因果關聯,也就是說,辭賦的發達會影響"吟詠"。

《詩品序》中除了直接評述兩漢辭賦,還在討論詩之"六義"時涉及了

---

① 如曹旭在《詩品集注(增訂本)》中就詳細考辨介紹了那些存詩偏少詩人的詩歌創作情況。
② 本書前四章已經從不同方面證明了這一點。
③ 具體來說,鍾嶸的《易》學造詣尤其突出,這甚至影響了《詩品》評論詩人的數量,見曹旭《品評人數與"易數"的關係》,收入前引《詩品研究》,頁94—103。關於鍾嶸在《易》學、儒學和玄學方面修養及這些修養與《詩品》的關係,還可參看張伯偉著《鍾嶸〈詩品〉研究》,頁38—61。

"賦""比""興",其文曰:"故詩有六義焉:一曰興,二曰比,三曰賦。文已盡而意有餘,興也;因物喻志,比也;直書其事,寓言寫物,賦也;弘斯三義,酌而用之,幹之以風力,潤之以丹彩,使詠之者無極,聞之者動心,是詩之至也。若專用比興,則患在意深,意深則詞躓。若但用賦體,則患在意浮,意浮則文散,嬉成流移,文無止泊,有蕪漫之累矣。"①此段之"賦比興"自是針對作詩而言,值得注意的是,鍾嶸不按傳統的"賦比興"排列(《詩大序》即按此序),卻先言"興",次言"比",再言"賦"。在討論"專用比興"和"但用賦體"的弊端時,也是將"比興"和"賦"二分(劉勰《文心雕龍·比興》亦合論"比興"),且在言及"但用賦體"之弊時用了更多篇幅來展開。《詩品序》談論"興比賦"的順序以及批評"專用比興"和"但用賦體"時的不平衡,與鍾嶸對詩歌"吟詠情性"之本質的認定息息相關。② 在鍾嶸看來,文學手法上的"賦"距離詩歌的本質更遠,這多少能夠解釋上一段所說的辭賦發達對"吟詠"的影響何在,因爲賦體文學畢竟最集中地使用"賦"之手法。而鍾嶸對"但用賦體"產生的"意浮""文散""蕪漫"的批評,也能隱約透露出他對賦的看法。

《詩品序》之外,鍾嶸還在品評詩人時至少兩次提到賦,皆在"下品"。《詩品下·宋監典事區惠恭》:"惠恭本胡人,爲顔師伯幹。顔爲詩筆,輒偷定之。後造《獨樂賦》,語侵給主,被斥。"這段敘述接近於《詩品下·齊釋寶月》敘述寶月竊東陽柴廓《行路難》事,乃通過"逸話"來豐富詩人形象,③無關詩歌評論。鍾嶸另一次提到賦是在《詩品下·齊鮑令暉 齊韓蘭英》:"令暉歌詩,往往嶄絕清巧,擬古尤勝。惟《百韻》淫雜矣。照常答孝武云:'臣妹才自亞於左芬,臣才不及太沖爾。'蘭英綺密,甚有名篇。又善談笑,齊武以爲'韓公'。借使二媛生於上葉,則'玉階'之賦,'紈素'之辭,未詎多也。"所謂"'玉階'之賦,'紈素'之辭",指的是班婕妤《自悼賦》與《怨歌行》。④ 班婕妤在《詩品》中有崇高的地位,不僅位列"上品",而且在《詩品序》中被專門表彰。鍾嶸在這裏同時舉出班婕妤的《自悼賦》和《怨歌行》,雖然并

---

① 曹旭在《詩品集注》中,於此段"意浮則文散"後加一句號,今不從,因之後的"嬉成流移"幾句實與之前屬同一意脈,皆論述"但用賦體"的弊端,故引文在"意浮則文散"和"嬉成流移"兩句間用逗號,參看楊明撰《文賦詩品譯注》,頁36。

② 鍾嶸之以"吟詠情性"爲詩歌的本質,強調詩歌之基本特徵爲抒情,前人論之已詳,參看曹旭著《詩品研究》,頁128—130;前引《中國文學批評通史(貳)·魏晉南北朝卷》,頁502。關於鍾嶸對"興"的詮釋,張伯偉有詳細的論述,他最後的結論是:"鍾嶸對於'興'的解釋,完全站在詩歌本質的立場而非政教的或語言學的立場,因而也最符合詩歌的特性。"參看前引《鍾嶸〈詩品〉研究》第六章《"興"義發微》,頁96—112,引文在頁112。

③ 見曹旭著《詩品研究》,頁119。實際上,《詩品》中不乏無關詩作的敘述成分,這些文字主要是爲了展現詩人,頗似上文提及的"自注"。

④ 見《詩品集注(增訂本)》,頁596。

非一味表揚這兩篇作品,①但至少説明詩和賦是可比、可相提并論的。

《詩品》中直接提及賦的段落實在不多,但這些有限的段落足以説明在鍾嶸的詩史和詩歌批評圖景中,賦隱然存在。下文將試着進一步抉發辭賦與《詩品》評詩之關係。

一、《詩品》中人作詩賦情况述略

根據逯輯《全詩》和嚴可均、程章燦所輯魏晉南北朝賦,這裏將《詩品》中詩人現存的詩歌數量、五言詩數量、辭賦數量以及相應的比例製成附表6.5。②

觀察附表6.5,我們可以發現:

首先,"上品"詩人今存詩歌中,五言詩的比例都超過50%,且除曹植外,都在60%或以上,"中品"和"下品"則不然。漢魏晉南朝五言詩乃隨着時間推移而愈發興盛,故而時間越往後,詩人詩作中的五言詩比例就越高。因此南朝詩人詩作中五言爲主,實屬正常。但在魏晉,雖然總體上五言比四言受重視,但在不同詩人那裏還是存在着不同選擇。對鍾嶸而言,在詩歌量上的以五言爲主,應當是能否列入"上品"的一項必要條件(但不是充分條件)。因此,嵇康、陸雲之入"中品",曹操之入"下品",原因固然很多,但他們的詩歌創作不以五言詩爲主必是重要原因。

其次,結合上述各詩人五言詩中五言樂府和五言徒詩的數量分佈,如果一位詩人五言詩創作的主體是樂府,那麽這位詩人祇能進入"下品"。《詩品》所論詩人中,祇有五言樂府詩存世的有三位:曹操、曹叡、釋寶月;而存世的五言詩中樂府佔一半或一半以上的有六位:傅玄(38/28)、惠休(5/2)、吳邁遠(9/2)、張融(2/2)、陸厥(6/1)、江洪(9/9)。③ 這些詩人無一不在"下品"。④

以上就詩歌數量和比例討論鍾嶸在品第高下時的詩體側重,如果結合詩人們的辭賦創作,是否也存在某些標準或通則?

---

① 這段話至少包含了兩重信息:首先,班婕妤《自悼賦》和《怨歌行》見重於後人;其次,如果鮑令暉和韓蘭英生活在前代,憑着她們二位的詩作,《自悼賦》和《怨歌行》"就不會一下子被人看重了"。見前引《文賦詩品譯注》,頁110。
② 五言詩包括五言樂府和五言徒詩,至於那些不完整的殘句是否算作一首詩,本節的辦法和本書第一章第一節相同。辭賦數量包括祇留下題目的賦。
③ 人名之後大致用括號列出他們現存的五言樂府詩數量和五言徒詩數量,五言樂府詩居前。
④ 關於鍾嶸對樂府的態度以及五言樂府詩在《詩品》中的地位,除前引曹旭研究外,還可參看前引《中國文學批評通史(貳)·魏晉南北朝卷》,頁513—515,頁518,頁524、525,頁530—538,頁540、541。

就附表 6.5 而言,從中并不能提煉出可靠的標準或通則,唯一可以發現的,就是列於"上品"的魏晉南朝詩人,都有辭賦創作傳世,"中品"和"下品"詩人則不然。但這一發現并無太大意義,最多祗能説明"上品"詩人同時也是一流文學家,故而詩賦皆較易傳世。

因此,爲了考察《詩品》詩人辭賦創作對鍾嶸品第詩人可能存在的影響,有必要更換考察的角度。

附表 6.5 《詩品》詩人詩作、賦作數量及相關比例簡表

詩　人	詩歌總數	五言詩數	五言所佔比例	賦總數	賦詩比	賦五言詩比
上　品							
李陵	4	3	0.75	0	0	0
班姬	1	1	1	2	2	2
曹植	130	77	0.59	61	0.47	0.79
劉楨	26	24	0.92	7	0.27	0.29
王粲	26	20	0.77	31	1.19	1.55
阮籍	98	83	0.85	6	0.06	0.07
陸機	119	82	0.69	36	0.30	0.44
潘岳	25	15	0.6	23	0.92	1.53
張協	15	13	0.87	7	0.47	0.54
左思	15	13	0.87	6	0.4	0.46
謝靈運	101	87	0.86	15	0.15	0.17
中　品							
秦嘉、徐淑	9	7	0.78	0	0	0
曹丕	55	29	0.53	30	0.55	1.03
嵇康	32	12	0.38	6	0.19	0.5
張華	45	39	0.87	8	0.18	0.21
何晏	3	3	1	1	0.33	0.33

續 表

詩 人	詩歌總數	五言詩數	五言所佔比例	賦總數	賦詩比	賦五言詩比
孫楚	8	2	0.25	19	2.38	9.5
王讚	5	1	0.2	1	0.2	1
張翰	6	3	0.5	3	0.5	1
潘尼	29	17	0.59	14	0.48	0.82
應璩	36	34	0.94	0	0	0
陸雲	34	9	0.26	11	0.32	1.22
石崇	10	6	0.6	1	0.1	0.17
曹攄	11	4	0.36	3	0.27	0.75
何劭	5	4	0.8	0	0	0
劉琨	3	2	0.67	0	0	0
盧諶	10	8	0.8	11	1.1	1.38
郭璞	30	24	0.8	10	0.33	0.42
袁宏	6	4	0.67	4	0.67	1
郭泰機	1	1	1	1	1	1
顧愷之	3	3	1	8	2.67	2.67
謝世基	1	1	1	0	0	0
顧邁	0	0		0		
戴凱	0	0		0		
陶潛	124	114	0.92	3	0.02	0.01
顏延之	34	29	0.85	5	0.15	0.17
謝瞻	6	6	1	1	0.17	0.17
謝混	5	4	0.8	0	0	0
袁淑	7	5	0.71	4	0.57	0.8

續　表

詩　人	詩歌總數	五言詩數	五言所佔比例	賦總數	賦詩比	賦五言詩比
王微	5	5	1	0	0	0
王僧達	5	4	0.8	0	0	0
謝惠連	34	26	0.76	5	0.15	0.19
鮑照	205	166	0.81	10	0.05	0.06
謝朓	146	143	0.98	9	0.06	0.06
江淹	126	107	0.85	31	0.25	0.29
范雲	43	41	0.95	0	0	0
丘遲	11	10	0.91	2	0.18	0.2
任昉	20	17	0.85	3	0.15	0.18
沈約	185	154	0.83	11	0.06	0.07
下　品						
班固	10	1	0.1	8	0.8	8
酈炎	2	2	1	0	0	0
趙壹	2	2	1	4	2	2
曹操	23	7	0.30	4	0.17	0.57
曹叡	18	10	0.56	1	0.06	0.1
曹彪	1	1	1	0	0	0
徐幹	6	5	0.83	13	2.17	2.6
阮瑀	14	14	1	4	0.29	0.29
歐陽建	1	1	1	1	1	1
應瑒	6	5	0.83	0	0	0
嵇含	4	3	0.75	18	4.5	6
阮侃	2	2	1	0	0	0

續　表

詩　人	詩歌總數	五言詩數	五言所佔比例	賦總數	賦詩比	賦五言詩比
嵇紹	1	1	1	0	0	0
棗據	9	8	0.89	4	0.44	0.5
張載	21	14	0.67	8	0.38	0.57
傅玄	97	58	0.60	60	0.62	1.03
傅咸	20	6	0.3	36	1.8	6
繆襲	1	1	1	5	5	5
夏侯湛	10	0	0	25	2.5	
王濟	4	1	0.25	1	0.25	1
杜預	0	0		1		
孫綽	13	5	0.38	3	0.23	0.6
許詢	3	3	1	0	0	0
戴逵	0	0		3		
殷仲文	3	3	1	0	0	0
傅亮	4	2	0.5	6	1.5	3
何長瑜	2	2	1	0	0	0
羊曜璠	0	0		0		
范曄	2	2	1	0	0	0
劉駿	27	24	0.89	2	0.07	0.08
劉鑠	10	9	0.9	1	0.1	0.11
劉宏	0	0		0		
謝莊	17	12	0.71	4	0.24	0.33
蘇寶生	0	0		0		
陵修之	0	0		0		

續　表

詩　人	詩歌總數	五言詩數	五言所佔比例	賦總數	賦詩比	賦五言詩比
任曇緒	0	0		0		
戴法興	0	0		0		
區惠恭	0	0		1		
惠休	11	7	0.64	0	0	0
道猷	1	1	1	0	0	0
釋寶月	3	2	0.67	0	0	0
蕭道成	2	1	0.5	0	0	0
張永	0	0		0		
王儉	8	5	0.63	2	0.25	0.4
謝超宗	0	0		0		
丘靈鞠	1	1	1	0	0	0
劉祥	0	0		0		
檀超	0	0		0		
鍾憲	1	1	1	0	0	0
顏測	2	2	1	1	0.5	0.5
顧則心	1	1	1	0	0	0
毛伯成	0	0		0		
吳邁遠	11	11	1	0	0	0
許瑤之	3	3	1	0	0	0
鮑令暉	7	7	1	1	0.14	0.14
韓蘭英	1	1	1	1	1	1
張融	5	4	0.8	1	0.2	0.25
孔稚珪	5	5	1	0	0	0

續　表

詩　人	詩歌總數	五言詩數	五言所佔比例	賦總數	賦詩比	賦五言詩比
王融	76	67	0.88	2	0.03	0.03
劉繪	8	9	1.13	0	0	0
江祏	0	0		0		
王中	0	0		0		
卞彬	1	1	1	4	4	4
卞鑠	0	0		0		
袁嘏	0	0		0		
張欣泰	0	0		0		
范縝	1	0	0	1	1	
陸厥	11	7	0.64	0	0	0
虞羲	13	11	0.85	0	0	0
江洪	18	18	1	0	0	0
鮑行卿	0	0		0		
孫察	0	0		0		

二、"風力"與"丹彩"背後——兼説"用事"

鍾嶸品詩評人，除了"品第高下"，還運用了"推源溯流"這一重要批評方法。① 在《詩品》涉及的一百二十多位中，鍾嶸對其中"三十六"人的體貌

---

① "品第高下""推源溯流"皆爲張伯偉用語，張伯偉將《詩品》的批評方法歸納爲六種："品第高下""推尋源流""較量同異""博喻意象""知人論世""尋章摘句"。其中"推尋源流"和"較量同異"又構成"推源溯流"法（包括"淵源論""本文論"和"比較論"）。説詳前引《鍾嶸〈詩品〉研究》，頁76—95；并參看張伯偉著《中國古代文學批評方法研究》（北京：中華書局，2002年）之《内篇》第二章《推源溯流論》，在頁104—193。曹旭則歸納《詩品》批評方法論爲六端："比較批評法""歷史批評法""摘句批評法""本事批評法""知人論世批評法""形象喻示批評法"，見前引《詩品研究》，頁141—169。

特徵作了追溯。① 將鍾嶸"推源溯流"所及的三十六人及各自品第列於下表,并在人名之後標出現存賦篇數量,同時又另起一行標出該人現存詩賦的"賦詩比"和"賦五言詩比",②若某詩人無辭賦傳世,則不標數字。如此可得表6.6如下。③

表6.6 《詩品》三十六詩人源流關係及作賦情況一覽

周	漢	魏	晉	宋	齊	梁
	古詩(上)	劉楨(上)7 0.27/0.29	左思(上)6 0.4/0.46			
國風		曹植(上)61 0.47/0.79	陸機(上)36 0.30/0.44	顏延之(中)5 0.15/0.17	謝超宗(下)	
					丘靈鞠(下)	
					劉祥(下)	
					檀超(下)	
					鍾憲(下)	
					顏測(下)1 0.5/0.5	
					顧則心(下)	
				謝靈運(上,雜有景陽之體)15 0.15/0.17		

---

① 如前所述,鍾嶸精於《易》學,《詩品》論人之數量以及"推源溯流"的人數背後都大有深意,曹旭對此有精彩的考辨闡發,參見前引《詩品研究》,頁94—103,頁153。
② 根據各人不同情況,小數點後保留二至四位并四捨五入。
③ 學者們對三十六人的源流關係早有細密的研究,亦製作了精良的示意圖,本表主要參考相關示意圖製作,因是表格,無法清楚呈現全部淵源(因爲鍾嶸"推源溯流"時,有時候會用"又協"等詞揭示多重源頭),表中儘量用文字加以彌補。相關圖示,參看:陳慶浩編《鍾嶸詩品集校》(巴黎-香港:東亞出版中心,1978年),頁17;前引曹旭著《詩品研究》,頁154;前引《詩品集注(增訂本)》,頁33;前引《中國文學批評通史(貳)·魏晉南北朝卷》,頁550。

第六章 文論中的詩與賦 ·361·

續　表

周	漢	魏	晉	宋	齊	梁
小雅		阮籍(上)6 0.06/0.07				
	班姬(上)2 2/2					
楚辭	李陵(上)	王粲(上)31 1.19/1.55	潘岳(上)23 0.92/1.53	郭璞(中)10 0.33/0.42		
			張協(上)7 0.47/0.54	鮑照(中)10 0.05/0.06		沈約(中)11 0.06/0.07
			張華(中)8 0.18/0.21	謝瞻(中)1 0.17/0.17		
				謝混(中)	謝朓(中)9 0.06/0.06	江淹(中,筋力於王微,成就於謝朓)31 0.25/0.29
				王微(中)		
				袁淑(中)4 0.57/0.8		
				王僧達(中)		
			劉琨(中)			
			盧諶(中)11 1.1/1.38			
		曹丕(中,頗有仲宣之體)30 0.55/1.03	應璩(中)	陶潛(中,又協左思風力)3 0.02/0.02		
			嵇康(中)6 0.19/0.5			

不妨依鍾嶸之品第,分類考論。

"上品"詩人分五類,源出《國風》者二:"曹植—陸機/謝靈運"一系與"古詩—劉楨—左思"一系;源出《小雅》者一:阮籍一人;源出《楚辭》者二:班婕妤一人與"李陵—王粲—潘岳/張協"。

"上品"詩人中,成就最高的自然是曹植,鍾嶸可能將他能夠想到的美好贊詞都獻給了曹植,還在品評曹植時爲不如曹植的那些詩人排了排座次。① 而曹植恰是在詩和賦上都有卓越成就的作家,今存曹植賦數量衆多,《洛神賦》被《文選》收錄,可以見其辭賦之受認可。巧的是,"曹植—陸機/謝靈運"一系三人都有很高的辭賦創作成就,而且在南朝時人們就清楚認識到了他們辭賦之偉大。陸機作賦亦多,《文選》收錄其《豪士賦序》及《文賦》,謝靈運存賦數量不如曹、陸(這與晉宋之際文體創作重心的轉移有關),但《宋書·謝靈運傳》收錄其《撰征賦》和《山居賦》。同處這一系的顏延之雖然存賦較少,但其《赭白馬賦》亦被《文選》選錄。

比較接近曹植一系的是"王粲—潘岳/張協",王粲賦作甚多,《登樓賦》見於《文選》;潘岳之賦亦多,《文選》更是收錄了他八篇賦,是《文選》入選篇目最多的賦家。② 至於張協,存賦雖不多,但《文選》載錄了他的《七命》,而且張協存詩也不多,故他的賦詩比倒不低。同處於"李陵—王粲"一系的"中品"詩人中,張華、郭璞、鮑照、沈約、謝朓、江淹也都有爲數不少的賦篇傳世,其中張華《鷦鷯賦》、郭璞《江賦》、鮑照《蕪城賦》、江淹《恨賦》與《別賦》都見於《文選》。

"曹植—陸機/謝靈運"和"王粲—潘岳/張協"兩系詩人的共同特點是詩賦兼擅,且在辭賦史上地位很高。③

與曹植一系作賦情況比較不同的是"劉楨—左思",劉楨和左思留下的詩賦都不算多,故而賦詩比倒不低。不過劉楨在辭賦史上地位遠不如他在詩歌史上地位高,如果說在詩歌史上劉楨和王粲可以并稱,那麼在辭賦史上劉楨的地位就頗不如王粲了。④ 左思的情況比較特殊,《三都賦》是魏晉南

---

① "其源出於《國風》。骨氣奇高,詞彩華茂。情兼雅怨,體被文質。粲溢今古,卓爾不群。嗟乎! 陳思之於文章也,譬人倫之有周、孔,鱗羽之有龍鳳,音樂之有琴笙,女工之有黼黻。俾爾懷鉛吮墨者,抱篇章而景慕,映餘暉以自燭。故孔氏之門如用詩,則公幹升堂,思王入室,景陽、潘、陸,自可坐於廊廡之間矣。"
② 這八篇分別是:《秋興賦》《西征賦》《懷舊賦》《寡婦賦》《藉田賦》《閒居賦》《笙賦》《射雉賦》。分佈在七類中(《文選》中賦共分十五類)。參看傅剛著《〈昭明文選〉研究》,頁232。
③ 參看前引《賦史》《中國辭賦發展史》《魏晉南北朝賦史》中的相關章節段落。
④ 馬積高在《賦史》中對禰衡、王粲有專節論述,劉楨則無此待遇,見前引《賦史》,頁147—150;并參看郭維森、許結著《中國辭賦發展史》,頁197—202。

北朝賦史上空前絶後的大作,堪稱"騁辭大賦最後的輝煌",左思也因此在辭賦史上擁有着崇高的地位。① 不過,一篇(或三篇)《三都賦》似乎耗盡了左思的氣力,他的其他傳世賦作數量少且質量有限。② 而他用一生心力創作的《三都賦》,遠不止於文學(文藝)之牢籠,《三都賦》的知識含量是極爲豐富的,而且左思絶不僅僅用知識點綴文藝,更是以文藝呈現知識。這一點在皇甫謐爲《三都賦》所作之《序》和左思自爲之《序》中都有清楚的呈現。實際上,《三都賦》不僅具有類似於類書、志書的"實用價值",③而且在一些讀者那裏也確實是被當作實用書來閱讀的。④ 總體來説,劉楨、左思的賦作存世都不多,《三都賦》固然有很高的文學價值,但劉楨、左思的其他賦作就都比較尋常。

"上品"中之阮籍最爲特殊,三十六人中唯有他源出《小雅》,且并無其他人與他有淵源關係。阮籍今存六篇辭賦,《清思賦》之内容更是別緻。⑤不過相較於他的詩歌創作,阮籍的辭賦創作確實遜色許多,而在"上品"詩人中,阮籍的賦詩比恰恰是最低的,且遠比其他人爲低。

至於班婕妤,存録詩賦太少,此不展開。

同處一系的"上品"詩人(包括部分"中品"詩人)在辭賦創作上具有高度的一致性,這難道僅僅出於偶然?⑥

這絶非偶然現象,因爲鍾嶸的文學理想和批評尺度并不僅僅植根於詩

---

① 關於《三都賦》比較全面的討論,見程章燦著《魏晉南北朝賦史》,頁187—201。
② 程章燦指出:"據嚴輯《全晉文》,《三都賦》之外,傳世左思賦作祇有《白髮賦》《齊都賦》(殘)和《七諷》(殘)三篇。對於這樣一個賦史大家,這一數目不用説是微不足道的。除了《白髮賦》詞義可觀外,《齊都賦》和《七諷》主要是模擬之作,可能是左思早年練習作賦時期的産品……左思確實是把一生不遺餘力地獻給《三都賦》的。他没有更多的時間和精力投入其他賦的創作。"見前引《魏晉南北朝賦史》,頁199。
③ 除前引程章燦的論述外,周勛初對"左思《三都賦》的實用價值"也有精闢的研討,并認爲:"自司馬相如《子虛賦》《上林賦》,到班固的《兩都賦》,再到左思的《三都賦》,作家的寫作態度一直在向徵實的方向發展。"見周勛初《左思〈三都賦〉成功經驗之研討》,收入前引《魏晉南北朝文學論叢》,頁36—48,引文在頁44。
④ 王羲之曾寫信給他的一位隨桓温遠征蜀地的朋友,信中説:"省足下别疏,具彼土山川諸奇,揚雄《蜀都》、左太沖《三都》,殊爲不備。"由此可知,王羲之就是通過閱讀《三都賦》來獲取關於蜀地的知識。見王羲之《雜帖》,收入《全晉文》卷二十二,載《全上古三代秦漢三國六朝文》,頁1583。田曉菲對這封信中透露出的關於"異域之旅"的信息有精彩的論述,見田曉菲著《神遊:早期中古時代與十九世紀中國的旅行寫作》(北京:生活·讀書·新知三聯書店,2015年),頁64、65。以上關於《三都賦》的知識性和實用性的簡單討論,可以補充本書第四章有關辭賦在功能上偏向於知識一面的論述。
⑤ 《清思賦》涉及想象問題,頗不尋常,參看前引《中國文學批評通史(貳)·魏晉南北朝卷》,頁72—74。
⑥ 并稱"顔謝"的顔延之和謝靈運現存詩賦作品的"賦詩比"和"賦五言詩比"在數據上高度接近,四捨五入後皆爲0.15和0.17,此事則純屬偶然。

歌史,而是以整體的文學史爲背景,他的詩歌理想和批評尺度同時受到詩和其他文學體式(這其中賦最重要)的共同作用。具體説來,鍾嶸對"風力"(或曰"骨氣")的推尊主要來自詩歌傳統,同時以辭賦爲對立面,這是南朝的新風尚,鍾嶸在理論上對此風尚貢獻最大;而鍾嶸對"丹彩"(或曰"詞彩")的重視則是由賦和詩共同確定的,這是漢魏晉以來的舊傳統,也是新風尚的背景。

鍾嶸在《詩品序》中就旗幟鮮明地亮出了他詩歌創作主張:"弘斯三義,酌而用之,幹之以風力,潤之以丹彩。"①"風力"與"丹彩"之間不是并列,而是主從關係。(《漢書·古今人表》首三品之"聖人""仁人""智人"已是主從結構。《詩品》大致上遵循《古今人表》的基本結構。)所謂"幹之以風力",即"以'風力'爲詩之骨幹";所謂"潤之以丹彩",即"以'丹彩'潤飾詩之容貌"。② 骨幹自然爲主,潤飾則居從屬地位。鍾嶸在品評他心目中最偉大的詩人曹植時再一次陳説了這一審美理想:"骨氣奇高,詞彩華茂。情兼雅怨,體被文質。""骨氣奇高"即以"風力"爲骨幹;"詞彩華茂"即有"丹彩"之潤飾。③

鍾嶸既有"骨氣"和"詞彩"兩方面的標準,那麼一位值得品評的詩人的詩歌高下在理論上就有四種狀態:

(一)"骨氣"高且"詞彩"華;

(二)"骨氣"高但"詞彩"不夠華;

(三)"骨氣"不夠高但"詞彩"華;

(四)"骨氣"不高且"詞彩"不華。

狀態(一)自然最佳;狀態(四)自然最劣。因爲"風力"是骨幹,所以狀態(二)又要優於狀態(三)。

依此標準,曹植屬狀態(一),劉楨和阮籍屬狀態(二),王粲屬狀態(三)。鍾嶸在品評劉、王時對此有明確的提示。

鍾嶸評價劉楨曰:"其源出於'古詩'。仗氣愛奇,動多振絶。貞骨凌霜,高風跨俗。但氣過其文,雕潤恨少。然自陳思已下,楨稱獨步。"鍾嶸特別強調劉楨的"氣""骨""風",又專門表出劉楨在"文"和"雕潤"上的不足,正是要呈現狀態(二)。

鍾嶸評價阮籍曰:"其源出於《小雅》。雖無雕蟲之巧,而《詠懷》之作,可以陶性靈,發幽思。言在耳目之内,情寄八荒之表。洋洋乎會於《風》

---

① "弘斯三義"之"三義",即"興""比""賦"。
② 用曹旭之釋譯,見《詩品集注(增訂本)》,頁52。
③ 見《詩品集注(增訂本)》,頁52,頁122—125;及前引《詩品研究》,頁137—140。

《雅》，使人忘其鄙近，自致遠大。頗多感慨之詞。厥旨淵放，歸趣難求。顏延注解，怯言其志。"所謂"無雕蟲之巧"，指的應當就是阮籍無意於"丹彩"。值得注意的是，"雕蟲"一説最初乃針對辭賦而言，①這裏已經隱約透露了"丹彩"和賦的關係。

鍾嶸評價王粲曰："其源出於李陵。發愀愴之詞，文秀而質羸。在曹、劉間别構一體。方陳思不足，比魏文有餘。""文秀"，也即"詞彩"够好；"質羸"，也即"骨氣"不足。王粲正是典型的狀態（三）。②

不過，以上的四種狀態衹是抽象劃分，每一種狀態内部還有高下之别，故而并非狀態（一）的詩人就必然優於狀態（二）的詩人。比如曹植一系的陸機、謝靈運都屬於狀態（一），但他們在《詩品》中的地位不及劉楨，因爲他們并非狀態（一）中最好的，而劉楨卻是狀態（二）的極致。

如果結合"上品"詩人的辭賦創作來看，"曹植—陸機/謝靈運"一系詩、賦水準都相當高；③"劉楨—左思"一系則詩歌水準高而辭賦創作在數量和質量上都相對有限；④"王粲—潘岳/張協"一系的詩歌創作不如曹植和劉楨兩系，但辭賦創作水準仍然很高。至於阮籍，他的詩賦創作比例太過懸殊，他可能是少數早早就把創作重心放在詩歌的詩人。曹植、王粲二系統中的"中品"詩人也基本如此。

從上述詩人的創作情況和鍾嶸對他們的分類品第看，我們能够發現"丹彩"與辭賦創作間存在着一定的關聯。就辭賦創作本身而言，作賦必須鋪陳，若無"詞彩"則難以成立，故"詞彩"與賦更近；同時，辭賦若無"風力"或"骨氣"，或許會妨礙其水準，卻不至於無法作賦。⑤ 鍾嶸在品評阮籍時以"雕蟲之巧"來指代"文"，也爲這一推論提供了旁證。此外，鍾嶸評謝靈運曰："其源出於陳思。雜有景陽之體，故尚巧似，而逸蕩過之。頗以繁蕪爲累。"陳思"風力""丹彩"俱足；景陽則"丹彩"足而"風力"不够。謝之不足，在"繁蕪"，此"繁蕪"當與"丹彩"勝於"風力"有關。而鍾嶸在《詩品序》中謂"但用賦體"則"有蕪漫之累"，"蕪漫"和"繁蕪"意義接近，此更可證"丹

---

① 典出揚雄《法言·吾子》，參看《詩品集注（增訂本）》，頁156。
② 鍾嶸在這裏特别"曹、劉"并稱，不僅是呼應評價劉楨時提出的"然自陳思已下，楨稱獨步"，也是在提醒讀者，在他的五言詩評價系統中，王不如劉。魏晉南北朝時，曹植在文學上的崇高地位較早奠定且相當穩固，當時人或曹（植）、王（粲）并稱，或曹（植）、劉（楨）并稱，不同的并稱正與不同的文體關聯，說詳本章第五節。
③ 這裏所謂"創作水準"，兼顧數量和質量。
④ 在這一論述中，左思實屬特例，目前衹能以《三都賦》的價值在文學以外且左思作賦數量有限來解釋。
⑤ 辭賦有"風力"，自然最好，如《文心雕龍·風骨》就表彰司馬相如《大人賦》之有"風"。但無"風力"對辭賦的影響絶不如無"丹彩"那麼大。

彩"與"賦"法有關。

正因爲詩人的詩歌體貌是其整體文學體貌之一部分,而漢魏晉文學的"文體秩序"中辭賦位列最前,且辭賦的"文體生命"始終旺盛,故而辭賦創作在很大程度上決定了詩人們的文學風格乃至詩歌風格,因此,詩人之"詞彩"乃詩賦共同作用的結果,故而《詩品》中處同一源流的詩人,其辭賦創作狀態也相當類似。

而鍾嶸對"風力"的推崇以及將"風力"定爲骨幹,則主要來自詩歌本身,而且鍾嶸之強調"風力",還隱然存在一個對立面,那就是辭賦以及辭賦所代表的舊傳統。

鍾嶸對五言詩推崇備至,給予五言詩罕見的至高地位,不僅虛尊卻懸置四言詩,而且對於兩漢辭賦抑制了五言詩的發展也有不客氣的批評。既然五言詩對鍾嶸而言如此重要,那麼關於五言詩的審美理想和批評標準,就應該誕生於五言詩獨有之傳統。上文已經論證,"詞彩華茂"很大程度上是詩和賦共同享有的審美理想,而且在辭賦這一文體上已經得到了相當充分的展示。因此,鍾嶸強調"骨氣奇高",而且把"風力"置於"主"的地位,讓"丹彩"居於"從"的位置,正是爲了突出詩歌不同於辭賦的自身價值并追求獨立的評價標準。這在某種程度上是"反(辭賦)潮流"的,故而《詩品》"推源溯流"的三十六人中,除劉楨、左思外,鍾嶸明確讚揚其風力的衹有陶淵明("又協左思風力"),而淵明之辭賦創作恰極不重要(詳下章)。

認爲鍾嶸在爲五言詩確定審美理想和批評標準時具有"反辭賦"的一面,還可以從鍾嶸對"隸事"的嚴厲批評得到佐證。與《文心雕龍》不同,《詩品》不僅有大量的"近世"乃至"當代"批評,而且頗具"戰鬥性",對"自南齊永明年間到梁天監年間所形成和流行的詩風"有專門的批判。[1] 鍾嶸對當代詩風的批判不止一端,[2]其中對永明聲律和"險俗之調"的批判,主要來自詩歌內部,針對的是當時詩歌中的新變因素。而對"用事"的批判,就不僅是詩歌內部之事。上一章第二節已經指出,南朝瀰漫着"知識至上"的風氣,當時文人不論是在言談還是在寫作中都喜歡"隸事",鍾嶸之反對"用事",在這一背景下才能得到全面的理解。[3] 辭賦寫作必須"用事",不"用事"就難

---

[1] 見張伯偉著《鍾嶸〈詩品〉研究》,頁30。
[2] 張伯偉歸納劉勰批判流行詩風的重心爲三端:"其一,破'永明'拘忌,暢'自然英旨'";"其二,斥險俗之調,標雅正之音";"其三,反'用事''補假',取'性靈''直尋'"。見前引《鍾嶸〈詩品〉研究》,頁30—37。
[3] 胡寶國在前引《知識至上的南朝學風》中已經點出此一關聯。

以鋪陳。① 上一章已經指出,南朝辭賦"知識性"的一面頗受重視,官方組織文人爲賦作注,作注自是因爲賦中有大量典故。因此,"知識至上"的學風與辭賦創作重用典的傳統一旦合流,新的創作重心——詩歌自會大受影響,"用事"之風也便在詩歌創作中流行。而當鍾嶸以詩歌的本質是"吟詠情性"來放逐詩歌中的"用事"和"補假"時,他腦中應該不衹閃過"經國文符"和"撰德駁奏",也還會有辭賦或明或暗的身影吧?

通過以上分析,可以看到:鍾嶸論詩之理想與評詩之標準,皆受辭賦影響。辭賦作爲構築漢魏晉南朝文學整體的重要部分,和詩歌共同導出了鍾嶸對"丹彩"的重視;而辭賦長期在"文體秩序"中位列最先又導致鍾嶸在推尊五言詩、追尋五言詩自身價值時,將離賦較遠而離詩較近的"風力"確定爲首要理想和第一標準。此外,鍾嶸論詩之反"用事"也與辭賦創作之重"用典"有關。

雖然《詩品》中直接論述辭賦的文字相當有限,但當我們將《詩品》和鍾嶸放置到完整的文學傳統和當時文風中時,就能發現,辭賦這一"不在場者"對鍾嶸之評詩論人影響不小,《詩品》論詩的背後,畢竟還是整體的"文"和過往的文學傳統。

第四節 文體側重與文學史觀

南朝在我國文學批評史上特別重要,不僅是因爲此時産生了劉勰與鍾嶸,還因爲總集《文選》亦可視作文評的重要文獻。《文選》涵蓋各種文體,不過以美文學爲選文旨歸,故文體範圍上不若《文心雕龍》廣。總集雖非"文學批評專書",但選家之選文與排列處處包孕著批評的意味,而《文選序》更是南朝至關重要的一篇文學批評文獻。這三種鉅著在論文、選文的過程中,往往自覺或不自覺地流露出對過往文學史的概括與判斷,三書各不相同的文學史判斷,恰與劉勰、鍾嶸、蕭統對於"文"的不同理解,以及在論文選文時的文體側重大有關係。而他們的文體側重與文學史判斷,又影響了各自的文學觀念。

一般認爲,《文選》之成書在普通七年(公元 526 年)至中大通三年(公

---

① 此處僅舉一例,現存魏晉南北朝完整辭賦中篇幅最短的是向秀《思舊賦》,向秀在《序》中敘述了此賦乃路過嵇康舊廬聽鄰人吹笛有所感而作,就在這樣一篇抒情性極強的小賦中,向秀仍用了"黍離"、李斯等典故。而鍾嶸反對"用事"的理由,正是"吟詠情性,亦何貴於用事",也即抒情不需要"用事"的幫助。

元531年)之間。① 此外,劉勰與蕭統有所接觸,《文心雕龍》和《文選》在文體分類、文章觀念上亦多相似之處,《文選》之編纂可能受到劉勰影響;鍾嶸則可能不曾與昭明太子往來。② 故以下依照三書成書之先後論其文學史觀與觀念背後的文體側重。

一、劉勰:不同的層次與波動的文學史

《文心雕龍》宗旨明確、結構謹嚴,劉勰明確標舉"原道""徵聖""宗經",認爲"道"通過"聖"而寫就的"經"(具體來説就是儒家經典)是後世一切文章的源頭和典範。③ 那麽經典是否可以在劉勰的時代復現?答案無疑是否定的。依照《原道》篇所云"道-聖-文"關係("道沿聖以垂文,聖因文以明道"),唯有聖人方可製作經典。而劉勰雖然没有在《文心雕龍》中明確討論聖人是否可後天達成,但從《序志》篇中他因爲"馬鄭諸儒,弘之已精"就轉而言"爲文之用心"來看,至少"深得文理"的劉勰是無法製作經典的(甚至於無法在解釋經典上作突出貢獻)。結合魏晉南北朝時對於聖人是否可至能學的爭論,可以確認劉勰站在"聖人不可至不能學"一邊,故而最高的經典也無法通過對"爲文之用心"的掌握而復現。④ 結合"經典爲最高之文學"以及"聖人不可至不能學、經典無法復現"這兩點,很容易推導出劉勰的文學史觀是"倒退的"。⑤

不過,"宗經"是劉勰高懸的理想,實質上有些近乎口號。⑥ 經學籠罩一

---

① 說詳前引《〈昭明文選〉研究》,頁163。
② 《〈昭明文選〉研究》,頁202—221。
③ 《序志》篇云:"唯文章之用,實經典枝條,五禮資之以成,六典因之致用。君臣所以炳焕,軍國所以昭明,詳其本源,莫非經典。"此言經典爲文章之本源。《宗經》篇云:"義既挺乎性情,辭亦匠于文理;故能開學養正,昭明有融。"此言經典不論内容還是形式都是一切文章的至高典範。
④ 湯用彤對中國思想史有一大判斷:"夫'人皆可以爲堯舜'乃先秦已有之理想。謂學以成聖似無何可驚之處。但就中國思想之變遷前後比較言之,則宋學精神在謂聖人可至,而且可學;魏晉玄談多謂聖人不可至不能學;隋唐則頗流行聖人可至而不能學(頓悟乃成聖)之説。"見湯用彤撰,湯一介等導讀《魏晉玄學論稿》(上海:上海古籍出版社,2001年),頁103。而劉勰在《徵聖》篇對聖人恰有"妙極生知"一説,此足證劉勰之立場。"聖人不可至不能學"的立場對《文心雕龍》一書之體系有關鍵意義,説詳陳特《〈文心雕龍〉的"人-文"二重結構及其理論體系》,載《文藝理論研究》2023年第5期。
⑤ 傅剛綜合討論劉勰"宗經"的主張和"通變"的文學史觀,認爲二者存在一定矛盾,但其"通變"觀也是倒退的。見傅剛《〈昭明文選〉研究》,頁118。
⑥ 與之類似的是,劉勰在討論到他所在的南齊的文學時,往往滿口讚語卻又多泛泛之詞,如《時序》篇縱論各代文學,最後云:"暨皇齊馭寶,運集休明:太祖以聖武膺籙,高祖以睿文纂業,文帝以貳離含章,中宗以上哲興運,并文明自天,緝熙景祚。"這不能不説是一種含有自我保護目的的"口號"(但不可謂之"理想"),實際上,對於當時的文風,劉勰是有所針砭的。下文還會對此加以展開。

切的時代畢竟已經過去了,南朝的集部又極度發達,早已超出"經"之藩籬。① 因此,討論劉勰的文學史觀,在整體的、理想的、口號的層面外,還可以對他的"倒退"文學史圖景作更細微的辨析和描畫。

劉勰是他所在的時代知識最廣博的人之一,除了在經學上造詣不淺,他在史學上也有相當的水準。故而他有極好的歷史感和清晰的文學史意識,《文心雕龍》中既蘊藏了"分體文學史",也囊括有"簡要的文學史",本章第二節已經對《時序》和《才略》兩篇有詳細討論。

值得注意的是,劉勰對不同時期的論述并非平均使力,對於過於遙遠的夏商周以及過於切近的宋齊,他着墨不多,《時序》的主要篇幅圍繞着戰國漢魏晉展開,其中漢魏晉時期用筆尤多。這與《文心雕龍》全書其他篇章,尤其是"上篇"各"分體文學史"的情況也是一致的,也就是説,劉勰的文學史敘述,主要圍繞着先秦漢魏晉展開,而漢魏晉尤爲重要。劉勰在整體和分體文學史中的這一敘述重心有不同的理據。對於夏商周時期比較疏略,自是由於書闕有間。對於宋齊較少展開,則與《文心雕龍》的著作體例以及劉勰本人的顧忌有關。因此《時序》篇結束了對東晉的論述後,尤其是在談及南齊文學時滿口贊詞,實乃不得不然。

實際上,劉勰對宋齊文學,尤其是劉宋一朝的文風,多有不滿和批評,《通變》云:"宋初訛而新。"②在《明詩》篇中,劉勰對劉宋興起的山水詩的特點有所貶斥;③在《指瑕》篇中,劉勰對某些"晉末篇章"的做法("每單舉一字,指以爲情")作出批評,而他批評的重要理據正是類似做法"漢魏莫用",但這一做法卻被"宋來才英"繼承發展了。④ 總體而言,劉勰對他所面對的"當代文學"實多不滿,這也是他寫作《文心雕龍》的一大動力。⑤

那麼宋齊之前的漢魏晉文學,又是怎樣的狀況呢?就《時序》篇而言,劉勰描述的圖景可説是各代有各代之美;若具體到各"分體文學史",漢魏晉的各體文章亦是各有優劣。劉勰在《通變》篇中有另一絕大判斷:"搉而論之,

---

① 就目錄學史而言,南朝乃"七略與四部互競"之時期,最終"經史子集"四分的四部分類法成爲目錄學之主流。參看汪辟疆著《目錄學研究》,頁19—25。南朝集部之發達,則可于《隋書·經籍志》中窺見。
② 王運熙認爲這是對"劉宋初期以謝、顏、鮑三家爲代表的文風"的概括,見《中國文學批評通史(貳)·魏晉南北朝卷》,頁412。
③ 王運熙云:"在指陳山水詩的特點後,用'此近世之所競也'一句作小結,這句話表面是客觀敘述,實際內含貶意。"《中國文學批評通史(貳)·魏晉南北朝卷》,頁410。
④ 參看《中國文學批評通史(貳)·魏晉南北朝卷》,頁413。
⑤ 《序志》篇云:"而去聖久遠,文體解散,辭人愛奇,言貴浮詭,飾羽尚畫,文繡鞶帨,離本彌甚,將遂訛濫。"這段話主要針對的就是劉勰所處的"當代",而不是泛指魏晉南朝的總體狀況。

則黃、唐淳而質,虞、夏質而辨,商、周麗而雅,楚、漢侈而豔,魏、晉淺而綺,宋初訛而新。""侈而豔",詹鍈引《風骨》篇"楚豔漢侈"一語釋曰:"漢賦文辭侈靡,比《楚辭》有所發展。""淺而綺",詹鍈引《明詩》篇"晉世群才,稍入輕綺"一語,又引劉師培說,謂"淺"乃"用字平易,不事艱深"。① 因此,如果說宋齊文學有明顯的不足("訛"字的負面意義遠超"侈"與"淺"),那麼此前的漢魏晉文學則是各有優劣,雖然整體而言比起經典都有不足,但倒退的幅度有限,甚至可以說有進有退,是一個波浪形的圖景,祇是到了南朝,有了比較明顯的退步。

概言之,如果撥開劉勰出於謹慎而設置的門面話語,不難發現:在劉勰的文學史圖景裏,經典以後的文學史在整體上是退步的。然而漢魏晉時期尚是有進有退,很多時候甚至進步多於退步,祇是到了宋齊時代,整體上退步比較明顯,然而劉勰卻祇能迂曲地呈現這一明顯的退步。

本章第二節已經指出,劉勰的整體文學史始終是不分"文筆"的雜文學史。但是,在各種文體中,隨着時間的推進,賦和詩變得愈來愈重要,在文學史敘述中也越來越突出。而在詩、賦之間,賦的文學史地位顯然更加重要。

而劉勰的這一文體側重,正能解釋爲何他的文學史圖景呈現出時進時退的"波浪形"。

劉勰的文學史敘述,是在"人文"層面展開的,故而他不論是在《時序》還是在《才略》篇,都既兼攝有韻無韻的文與筆,亦稍及成部的史書和子書。不過,在這一層面,劉勰不能不有所側重,否則他的文學史將會太過汗漫而無歸依。從《才略》篇中,我們不難發現,劉勰文學史的核心還是詩賦二體(詳上)。考慮到辭賦是在漢代就高度發達,至魏晉仍然創作最多的文體;詩歌(尤其是五言詩)則是在漢代有所成長,至魏晉進一步成熟的僅次於辭賦的重要文體。劉勰以這兩種文體作爲他那含攝各種文體的文學史中心,也是理所當然的。

正因爲劉勰的文學史敘述以詩賦爲中心,而兩漢與魏晉又恰是辭賦和詩歌高度繁榮發展的時期,優秀的作家作品不斷呈現,故而劉勰不僅在文學史論述中用最多的筆墨來敘述漢魏晉時期,而且在作出價值判斷時也多正面意見。② 至南朝,辭賦創作進入平穩期,詩歌創作則有了大量的新變,然而許多當時的新變因素恰是劉勰不滿的,於是劉勰出於多方面的考慮,不對宋齊文學作具體評述,同時又迂曲地在整體上持否定性意見。

---

① 《文心雕龍義證》,頁 1090—1091。
② 本章第二節認爲,劉勰的詩史敘述包含了兩個傳統;賦史敘述則祇有一個傳統。

至此,我們可以對劉勰的文學史判斷作一總結。

從"宗經"的文學觀出發,結合當時流行的"聖人不可至不能學"觀念,《文心雕龍》的文學史觀衹能是"倒退的"。這是劉勰文學史觀的抽象層次。①

在"倒退的"這一大框架下,劉勰的文學史其實是波動起伏的,兩漢魏晉是他文學史論述的重心,這一時期的文學并非一味的倒退,倒是有很多可圈可點之處,衹是從漢魏晉到宋齊,文學史經歷了明顯的倒退。這是劉勰文學史觀的具體層次。

而《文心雕龍》之所以會在抽象層次之外還有波動的具體層次,主要原因就在於劉勰終究實在論"文"而非論"經",《文心雕龍》的主體是文與筆,其中有韻之文,尤其是詩賦更是重心所在。當劉勰的文學史論述脱離抽象層面,落實到具體的作家作品和具體的文體時,就不能不面對波瀾壯闊的文學史作出相應的描述和評判,那也就自然有波動起伏。

劉勰"宗經"的立場、"論文敘筆"的文體範圍和偏向詩賦的文體側重,決定了他文學史觀的多層次,在抽象的"倒退"之下,實有具體而複雜的"波動"。

二、鍾嶸與蕭統:跌宕和平穩

《文心雕龍》在"文"上近乎無所不包,《詩品》則衹論五言詩。但鍾嶸在《詩品序》中并不衹談五言詩,還旁涉了四言詩、楚辭與辭賦等其他文體。同時,考慮到鍾嶸認爲五言詩是"文詞之要",乃"衆作之有滋味者",那麽五言詩的變化無疑也能反映文詞的變化。因此,《詩品序》實際上包含了鍾嶸的文學史判斷。

鍾嶸的文學史敘述,見於《詩品序》的第一部分,即從"昔《南風》之辭,《卿雲》之頌"至"斯皆五言之冠冕,文詞之命世也"的一段文字。這段文字述論了鍾嶸之前五言詩的發展歷程,從尚無五言的時代説起,通貫到南朝的元嘉時代。

鍾嶸爲五言詩的出現劃定了明確的時間界限,他認爲漢代才是五言詩誕生的時期("固是炎漢之制,非衰周之倡也"),此前衹能是濫觴期。然而,

---

① 如果從"政治正確"和保全自身的角度出發,我們可以認爲劉勰的文學史論述還有一個抽象層次,那就是他寫作時的南齊文學成就很高(因爲南齊政治很偉大)。但這一層次衹是劉勰的門面話,他自己也不信從,故而這裏還是將劉勰的文學史觀歸納爲兩個層次。參看陳特《劉勰的"門面語"與"真心話"》,"澎湃新聞·上海書評"2021 年 8 月 12 日(https://www.thepaper.cn/newsDetail_forward_13996828)。

漢代文學雖然孕育了偉大的五言詩,卻因爲辭賦的太過繁榮,反而成就不高,甚至可以說,因爲辭賦的繁榮壓制了五言詩的發展,兩漢文學乏善可陳。幸運的是,東漢之後的曹魏馬上迎來了轉機,這一時期貢獻了鍾嶸文學史圖景中最偉大的人物——曹植,而在曹植的時代還有一群卓越的詩人,故而此期可說是"彬彬之盛,大備于時矣"。建安文學達到了前所未有的頂峰,後來也未能超越。不過,建安之後的文學史,雖然與這一頂峰有距離,且有"陵遲衰微""稍尚虛談"的時期,卻也不乏新的成就,鍾嶸用"文章之中興"定位太康文學,又特別表彰郭璞、劉琨、謝混、謝靈運諸人。在這個意義上,鍾嶸的兩晉南朝文學史圖景,可說是既有一些低谷,又有不少高峰。

綜上所述,鍾嶸的文學史圖景可說是跌宕起伏:對於五言詩以前的時代,鍾嶸一語帶過,少作評價;對於孕育了五言詩的漢代,他持嚴厲的否定態度;對於魏晉南朝,他則高度肯定建安文學這一頂峰,同時對於其後不同階段有褒有貶,既述永嘉等時期的不足,又贊郭璞等人的高度,態度非常明確直接。

與劉勰文學史圖景的多層面與波動不同,鍾嶸文學史圖景簡單明晰,那是一個先跌落(兩漢)後興起(魏晉南朝)的過程,建安是這一文學史進程的頂峰。

而鍾嶸的文學史判斷之所以如此明快,最主要的原因就在於他獨尊五言詩。鍾嶸不像劉勰那樣以"宗經"爲宗旨,雖然他有深厚的經學素養(其易學背景甚至直接影響了《詩品》的結構),但鍾嶸在論五言詩時,基本不涉及"經"(甚至有意回避),而祇在"文"的脈絡中品評詩歌。這樣的文體側重,也就導致了他迥異于劉勰的文學史判斷。

與鍾嶸在《詩品序》中表達文學史觀類似,蕭統的文學史觀可從《文選序》中窺見。①

不同于劉勰、鍾嶸之通貫敘述過往文學史,《文選序》并未作一歷時的回顧,但文中仍有許多隱而不顯的文學史判斷。具體而言,《文選序》的文學史敘述亦有整體和分體兩層面。

---

① 古人多認爲《文選》之編纂主要出自蕭統之手,現代學者則對蕭統是否真的編纂《文選》有近乎對立的兩種意見,如清水凱夫等學者認爲蕭統祇是掛名,真正編纂《文選》的是劉孝綽;屈守元等學者則對此持激烈的反駁意見。類似地,有學者甚至認爲《文選序》乃劉孝綽代作。但即使《文選》和《文選序》主要不出自蕭統之手,但其書其序的思想是蕭統認同的,則無疑問。故而這裏還是把《文選》的思想歸之于蕭統。參看:《〈昭明文選〉研究》,頁 153—163;屈守元著《文選導讀》(成都:巴蜀書社,1993 年),頁 21—32,頁 151—152。

所謂整體層面的文學史敘述,即《文選序》開頭"式觀元始"至"難可詳悉"的文字。① 這一部分先談文章之興起,再談文章之發展。

在興起方面("式觀元始"至"文之時義遠矣哉"),《文選序》同樣賦予"文"極大的意義,認爲"文籍"誕生於伏羲氏之"畫八卦",更引《易》中"觀乎天文以察時變,觀乎人文以化成天下"②一語來強調"文之時義遠矣哉"。在興起方面,《文選序》與《文心雕龍·原道》頗多類似處,都將"文"與傳說中的上古聖人聯繫,并賦予"文"極大的意義。

但到了文章發展方面("若夫椎輪爲大輅之始"至"難可詳悉"),蕭統的看法與劉勰、鍾嶸大不相同。蕭統于此以物喻文,先以"椎輪"與"大輅"、"增冰"與"積水"的關係作類比,進而引出"序文的中心思想"③:"蓋踵其事而增華,變其本而加厲。物既有之,文亦宜然。隨時改變,難可詳悉。"也就是說,在蕭統看來,文章和其他物一樣,隨著時間的推移必有改變,而這種改變是有明確的方向的,那就是"踵事增華""變本加厲"。而對於這一個過程,蕭統雖未明言,但應該是持肯定態度的。

在從整體上概括了文章的興起和發展後,蕭統進而分體述各體文章的變化過程,在敘述中都貫穿了文章"隨時改變""踵事增華""變本加厲"的中心思想。在敘述各體文章的演變歷程時,蕭統重"頭"而輕"尾",對"源"的辨析詳於對"流"的梳理。

蕭統之分體文學史敘述順序與《文選》各文體的排序大致相應。他的論述順序是:賦、騷、詩、頌、各類雜文。④ 這其中最值得注意的是對賦的定位。

如前所述,不論是在創作還是觀念層面,辭賦都是漢魏晉文學的第一文體,《文選》選文,首列辭賦,亦是對這一歷史事實的承認。但詩因爲有《詩經》這一源頭,天然地在價值上居於優先地位。⑤ 爲了進一步解釋《文選》爲

---

① 本節所引《文選》文字,悉據中華書局1977年影印出版之胡克家刻本李善注《文選》,不再一一標注頁碼。《文選序》李善無注,阮元曾組織學海堂諸生十人合作《梁昭明太子文選序注》,高步瀛《文選李注義疏》對此序有注疏,屈守元據學海堂諸生、高步瀛及向宗魯批校,對此序作有章句(見其《文選導讀》),本節討論《文選序》時對以上各家有所參考。
② 《文心雕龍·原道》亦云:"觀天文以極變,察人文以成化。"
③ 屈守元語,見《文選導讀》,頁153。
④ 具體包括:箴、戒、論、誄、贊、詔、令、表、記、書、檄、哀祭、答客、篇、辭、序、引、碑、碣、志、狀。
⑤ 正因爲"詩"有着這一兩重性:一方面,在六朝時詩無疑屬於集部,是"文"之一種;另一方面,從源頭來說,"詩"又不能不追溯到《詩經》這一偉大的經典。因此,《文心雕龍》之"論文敘筆",先《明詩》《樂府》而後《詮賦》,鍾嶸亦直接貶斥漢代辭賦至興盛,這都是因爲賦不像詩那樣可以直接與"經"勾連。而蕭統選文,先賦後詩,也就一定要在歷史事實之外尋找價值方面的解釋。

何首列辭賦,蕭統巧妙地借用了"六義"中的"賦",從源頭上爲辭賦"攀附"了一個偉大的"先祖",《文選序》曰:"《詩序》有云:'詩有六義焉,一曰風,二曰賦,三曰比,四曰興,五曰雅,六曰頌。'至於今之作者,異乎古昔。古詩之體,今則全取賦名。"既然後來之"賦"就是"古詩之體",那麼辭賦與《詩經》之後的詩歌都源出於作爲經典的"詩",擁有同樣崇高的地位,是故《文選序》論文和《文選》選文,先賦後詩,也就理所當然。

在結束了分體文學史的敘述(也即分別論說了賦、騷、詩、頌、雜文的"源"與"流")後,蕭統又作一總結:"衆制鋒起,源流間出。譬陶匏異器,并爲入耳之娛;黼黻不同,俱爲悦目之玩。作者之致,蓋云備矣。"可以發現,蕭統對各體文章盡可能地追溯一個光鮮的"源"并稍及各種變化,其分體論述基本上是對"隨時改變""踵事增華""變本加厲"的具體展開和印證。

如果和《文心雕龍》《詩品序》的文學史觀比較,《文選序》的文學史敘述,可以用"平穩上升"形容之,也即"文"從誕生之後,就隨着時間的推移踵事增華、變本加厲,變化越來越多。

蕭統之所以會有不同于劉勰之"倒退"與"波動"和鍾嶸之"跌宕"的文學史觀,原因就在於《文選》之"文"乃是單篇著成的美文學,既不同於《文心雕龍》兼包著述的雜文學,亦不同於《詩品》之以五言詩爲"文"的精華和代表。

《文選》之"文"乃單篇著成的美文學,這一點在《文選序》和具體的文章選目中都有充分的體現,不必多言。① 《文選序》針對史傳之"贊論"和"序述"的入選標準"事出於沉思,義歸乎翰藻",實際上也是普遍適用于《文選》的各類文體的②:前一句規定了入選之"文"需出於著作而非編述,③後一句則規定了入選之"文"需以詞藻華美爲旨歸。

---

① 楊明論此甚清晰,見《中國文學批評通史(貳)·魏晉南北朝卷》,頁 275—278。
② 至於蕭統爲何唯獨在論及"記事之史"的"贊論"與"序述"時強調這兩點,我以爲其原因在於集部的文章在蕭統看來天然具備這兩點特徵,不需要再專門點出;經部和子部的著述則天然不具備這兩點,亦不需強調,祇有史部中既有符合這兩點的篇什,又有不符合這兩點的文章,故需要專門強調。參看朱自清《〈文選序〉"事出於沈思義歸乎翰藻"說》,前引《朱自清古典文學論文集》,頁 39—51。
③ 古人著述作文,有"著""述"之別,前者從無到有,後者有所依憑,秦漢魏晉時人區分此二種方式甚明晰。張舜徽云:"綜合我國古代文獻,從其內容的來源方面進行分析,不外三大類:第一是'著作',將一切從感性認識所取得的經驗教訓,提高到理性認識以後,抽出最基本最重要的結論,而成爲一種富於創造性的理論,這才是'著作'。第二是'編述',將過去已有的書籍,重新用新的體例,加以改造、組織的工夫,編爲適應於客觀需要的本子,這叫做'編述'。第三是'鈔纂',將過去繁多複雜的材料,加以排比、撮錄,分門別類地用一種新的體式出現,這成爲'鈔纂'。三者雖同是書籍,但從內容實質來看,卻有高下淺深的不同。"這其中"鈔"("鈔纂")實從"述"("編述")中析出。見前引《中國文獻學》,頁 24。

既然《文選》之文限定在單篇著成的美文學,那麽地位最高的"經"自然就不屬於"文",其文學史敘述也就不必涉及經典。蕭統也就由此回避了"經"與"文"的高下問題,故其文學史觀不像劉勰那樣在整體層面是"倒退的"。① 此外,蕭統在單篇著成的美文學間并無特別强烈的偏重與好惡,也不認爲哪一種文體明顯優於其他的文體。因此他的文學史敘述也就不像鍾嶸那樣因聚焦於五言詩而跌宕起伏,不同的美文學文體在不同階段有各自的變化,於是蕭統的文學史也就是一部平穩地前進與上升的文學史。

經由以上的討論,至此可對劉勰、鍾嶸和蕭統的文學史觀再作一總結。
《文心雕龍》彌綸群言,故其文學史觀亦最爲複雜。如果抛去劉勰出於謹慎而讚頌當代的場面話,那麽其文學史觀又可分兩個層面。在抽象層面,劉勰的"宗經"立場决定了他的文學史觀是"倒退的",經典之後的各類"文"皆不若經典;在具體層面,回到"文"本身而言,劉勰最看重的是漢魏晉文學與詩賦二體,《文心雕龍》中不論是整體的還是分體的文學史,亦就這一時期和這兩種文體着墨最多。這其間并無明顯的倒退,祇是到了劉勰所處的"當代"才有了較大的退步,因此其具體文學史觀可説是"波動"的。

鍾嶸和蕭統的文學史觀較劉勰要明確很多。《詩品序》以五言詩爲"文詞之要",透過五言詩在不同時期的演生,鍾嶸描述了文學史從漢代的跌落到建安的頂峰再到後來的有起有落的過程,其文學史觀可説是"跌宕"的。蕭統的文學史論述不若劉勰和鍾嶸具體,他祇在整體層面描述了"文"的興起和發展,又在分體層面敘説了賦、騷、詩等文體的源流,但他的文學史觀是非常明確的,那就是文章"隨時改變""踵事增華""變本加厲",其文學史觀可説是"平穩"的。

劉、鍾、蕭之所以會有這三種差異頗大的文學史觀,一大重要原因就在於他們論"文"時不僅範圍不同,而且各有文體側重。

《文心雕龍》的"文"涵蓋最廣,一方面,人類的一切文字著述皆可謂文;另一方面,劉勰真正關切的還是詩賦爲主的集部之文,因此劉勰的文學史觀有不同的層次,抽象層面是"倒退"的,具體層面則是"波動"的。

---

① 當然,作爲一個古代文士,蕭統不可能不尊經,不可能不認爲經高於詩賦等美文學,因此《文選序》對"經"的處理其實和《詩品序》一樣,祇是不像劉勰那樣正面去觸碰這一問題。《文選序》中其實還是稍微談到了"經":"若夫姬公之籍,孔父之書,與日月俱懸,鬼神爭奧,孝敬之准式,人倫之師友,豈可重以芟夷,加之剪裁?"這段話一般認爲是蕭統藉着"尊經"將經典移出了"文"的領域,但我們也不能忽視,蕭統仍然認爲經典是爲人(自然也包括爲文)的準則,在這個意義上,周勛初認爲蕭統和劉勰都屬於梁代文論的"折衷派"。參看周勛初《梁代文論三派述要》,《魏晉南北朝文學論叢》,頁239。

《詩品》祇論五言詩,而且鍾嶸明確以五言詩爲"文"之精華,其餘文體(尤其是辭賦)皆不足觀。在這樣一種文體聚焦下,漢魏晉南朝的文學史也就跌宕起伏。

《文選》的"文"範圍上不若《文心雕龍》那麼廣,祇涵蓋單篇著成的美文學,其中賦和詩又是重點所在。蕭統巧妙地爲辭賦追溯了一個偉大的源頭,於是不同階段各有出彩的文體,他筆下的文學史也就平穩地"隨時改變"了。

第五節　説"曹王"與"曹劉"

在閲讀南朝與文論有關的文獻時,我們時不時會碰到"曹王""曹劉"這兩對并稱。當時爲何會出現這兩對并稱?這兩對并稱背後有無明確的指向?經歷了以上四節的討論,從文體側重和文論風尚的角度,本節將對此作一疏解。

誰是魏晉時期最偉大的文人(或詩人)?今天,我們可能會將這頂桂冠賦予晉末宋初的陶淵明。這無疑是受到唐宋以來文學觀念與風氣的影響。而在當時及其後相當長的時間裏,長期佔據文學"第一人"寶座的是曹植。在南北朝,相傳謝靈運以"才高八斗"稱賞曹植,①鍾嶸更是在《詩品》中將他所能想到的贊詞都堆砌到了曹植頭上。如果説早在南朝,人們普遍推崇曹植爲"第一人",那麼誰可以被尊爲"第二人",就没那麼明確了。而中國古代常見的"二人并稱",可以爲這一問題提供重要綫索。

名人并稱,古已有之。而在文學領域,"并稱"更是屢見不鮮。②某甲與某乙若能被并成爲"甲乙"(或"乙甲",如"班馬""屈宋"等),自然説明此二人被視作水準相當,境界相類。而在魏晉,能夠在文學方面和曹植并稱的,首推王粲和劉楨,"曹王"與"曹劉",在南朝各類文獻(尤其是文論文獻)中也頻頻出現。

關於"曹王"與"曹劉"之并稱,已有學者關注,但主要集中于詩歌史層面展開考論,如張亞新從"審美觀念、審美情趣和審美視角的不同"加以釋論;③又如李静從"五言詩、重風力、重氣、善用比興、不傍經史"等方面論述

---

① 語見宋人《釋常談》,"才高八斗"之説,究竟起於何時,尚待考索。
② 參看張珊著《中國古代文學并稱現象研究》(北京:科學出版社,2016年)。前引汪涌豪、駱玉明主編《中國詩學(二)》有專門的"詩歌流派(并稱)"專題板塊,其中亦有"曹王""曹劉"二詞條,在頁345、346。
③ 張亞新《"曹王"、"曹劉"辨》,載《貴州大學學報》1988年第3期。

"曹劉"何以并稱。① 然而,僅從詩歌史内部考察"曹王"和"曹劉",尚不能窺破這一對"并稱"背後的觀念差異。實際上,南朝頻頻出現的這一對并稱,恰代表了當時的兩種文學觀念,而這兩種文學觀念最直接的表現,就在偏重哪種文體。簡單來説:"曹王"代表的是傳統的,兼重各體(尤重詩賦)的文學觀念;而"曹劉"代表的則是南朝新興的,推重詩歌(尤重五言詩)的文學觀念。

試證諸相關文獻:

《宋書·謝靈運傳論》是目前見到最早并稱"曹王"的文獻。《宋書》無專門之"文苑(文學)傳",故《謝靈運傳》部分承擔了相關功能,其論更是不限於謝靈運,縱論整體意義上的文學。《謝靈運傳論》將"自漢至魏"的文學發展作爲一段落加以論説,其文曰:"自漢至魏,四百餘年,辭人才子,文體三變。相如巧爲形似之言,班固長於情理之説,子建、仲宣以氣質爲體,并標能擅美,獨映當時。是以一世之士,各相慕習,原其飆流所始,莫不同祖《風》《騷》。徒以賞好異情,故意制相詭。"在這裏,"曹王"是魏之代表,司馬相如和班固則是漢之代表,他們"同祖《風》《騷》"。司馬相如和班固均是大賦家,當然也有歌詩之作,這裏對"曹王"文學成就的褒揚,顯然不限於詩歌,而是着眼於整體之文章,而最能代表整體文章的,自然是辭賦和詩歌。隨後,《謝靈運傳論》又敘説了晉代文學之變化:"降及元康,潘、陸特秀,律異班、賈,體變曹、王,縟旨星稠,繁文綺合。"史臣將潘岳與陸機選定爲西晉文學之代表,他們均是詩賦兼美且擅各體文章的。而所謂"律異班、賈,體變曹、王",或許理解作"律、體"不同于"班、賈、曹、王"更爲合適。這裏的"曹王"和上文一樣,是魏文學的代表,潘、陸與曹、王之不同,也不限於詩歌。《謝靈運傳論》的最後部分討論了聲律的問題,這是當時文學界的新動向,也是謝靈運的貢獻所在。而這一部分的論述,確實集中在詩歌上。在這一部分,史臣又舉出了曹植和王粲的詩作("子建函京之作,仲宣霸岸之篇"),并以漢魏晉之先賢不解聲律反襯謝靈運及其時代的偉大,("張、蔡、曹、王,曾無先覺;潘、陸、謝、顔,去之彌遠。")這裏的"曹王"并稱,倒確實是集中於詩歌方面。② 與之類似的,《周書·王褒庾信傳論》和《隋書·文學傳序》也是"曹王"并稱,以之爲一時文學之代表。③ 正史修撰,多有因循,《周書》與《隋書》的并稱,當主要受到《宋書·謝靈運傳論》之影響。

---

① 李静《試論"曹劉"并稱》,載《中國韻文學刊》2005年第3期。
② 參看前引《宋書》,頁1778、1779。
③ 參看:《周書》,頁743;《隋書》,頁1730。

在《文心雕龍》中,"曹王"和"曹劉"均被提及。但這并不意味着劉勰在"第二人"的選擇上首鼠兩端,他同樣堅定地認爲王粲是僅次於曹植的"第二人"。在《明詩》篇的"敷理以舉統"部分,劉勰總結説:"若夫四言正體,則雅潤爲本,五言流調,則清麗居宗;華實異用,唯才所安。故平子得其雅,叔夜含其潤,茂先凝其清,景陽振其麗;兼善則子建、仲宣,偏美則太沖、公幹。"而"曹劉"的出現,則與劉勰對經典時代之後文人文學的批評有關。在《比興》篇中,劉勰在列舉了"比"的幾種情況後,批評後來的文人説:"若斯之類,辭賦所先,日用乎比,月忘乎興,習小而棄大,所以文謝于周人也。至於揚、班之倫,曹、劉以下,圖狀山川,影寫雲物,莫不織綜比義,以敷其華,驚聽回視,資此效績。"由此可見,當劉勰并列"曹王"時,乃讚揚他們兼善四言、五言詩;而他并列"曹劉"時,則是批評漢代以來的作者們在運用比興手法時(尤其是辭賦創作中)"習小而棄大",不能和經典時代的作家("周人")相比。"并稱"之外,劉勰在《才略》篇中,不僅強調了王粲爲文有"兼善"之長,還集中於"詩賦",定王粲爲"七子之冠冕",其文曰:"仲宣溢才,捷而能密,文多兼善,辭少瑕累,摘其詩賦,則七子之冠冕乎?"故在劉勰眼中,王高於劉,爲僅次於曹植的"第二人",殆無疑義。我們甚至可以推測,《比興》篇爲何"曹劉"并提:正因爲在劉勰筆下,"曹王"是正面代表,故他在此處的負面論述中用"曹劉"。

至於正面并列"曹劉",且明確論定劉高於王,在《詩品》中有全面的陳説。《詩品》以曹、劉爲"文章之聖"。王粲雖然也被鍾嶸列於"上品",卻無法媲美劉楨。上文已經申説,《詩品》一書結構謹嚴,鍾嶸對於五言詩有明確的評價標準,即"風力"爲主、"丹彩"爲輔。准乎此,曹、劉、王高下立判:曹植"風力"與"丹彩"兼善,故曰"骨氣奇高,詞采華茂";劉楨則"風力"佳而"丹彩"遜,故"氣過其文,雕潤恨少";王粲恰與劉楨相反,"丹彩"有餘而"風力"不足,故"文秀而質羸"。可以説,《詩品》之"曹劉"并稱,乃鍾嶸依據自家論詩準則所作的慎重判斷。

而在留存部分文字的所謂《雕蟲論》中,雖然裴子野對當時文風的大判斷與沈約、劉勰、鍾嶸迥異,但在行文中也"曹劉"并稱,視他們爲五言詩的代表:"其五言爲詩家,則蘇、李自出;曹、劉偉其風力,潘、陸固其枝柯。"[①]

以上諸例,均非隨手并稱,而是在論及文學史脈絡并有所評斷時并稱"曹王"或"曹劉",《文心雕龍》與《詩品》更是結構謹嚴的文論佳構。故由上文之討論可知,僅僅在詩歌史的脈絡下討論"曹王"與"曹劉",尚未達一

[①] 前引《中國歷代文論選新編·先秦至唐五代卷》,頁227。

間。"曹王"與"曹劉"在文體上的指向并不一致:"曹王"所指向的是整體的"文"(詩賦爲代表),"曹劉"所指向的則是"詩"(尤其是五言詩)。而"曹王"與"曹劉"之指向不同文體,正應和着南朝文學觀念的兩股思潮。

"曹王"指向整體的"文",其中又以詩賦爲代表,這對應的是漢魏以來的傳統文學觀,"文"之重心乃詩賦,且辭賦重於詩歌。"曹劉"指向"詩",其中又特重五言詩,這對應的則是南朝新興的文學觀,"詩"(尤其是五言詩)成爲"文"的中心。進而言之,新觀念之所以"新",就在高揚詩獨有的特質,用鍾嶸的話來說,那就是"風力"("丹彩"則是詩賦共有的)與"直尋"(相較於詩,賦更離不開用典)。這兩種文學觀念,一舊一新,在南朝交錯競逐。大體而言,《文心雕龍》和《文選》更傾向于傳統觀念,故詩賦兼重,劉勰強調"文"天然具備修飾性,蕭統則懸"翰藻"爲選文標準之一;而《詩品》則是新興觀念的典範,故虛尊四言而實重五言,以五言詩爲"衆作之有滋味者",并突出"風力"("骨氣")的優先性。

今天的我們站在歷史的下游,能夠清楚地看到這一對觀念競逐的結果,那就是新觀念的全面勝出。唐代是詩歌的時代,不論是陳子昂之高標"風骨""興寄",還是李白之"綺麗不足珍",無疑都在"曹劉"的延長線上。魏晉以後,"曹王"與"曹劉"之起伏,實有文體重心與文學觀念之嬗變在焉。

小結　多重的"文"與多變的"論"

本章重點討論了魏晉南北朝最重要的四種文論著作和一部總集。從《典論·論文》到《文賦》,詩賦在文論中的位置越來越突出。至《文心雕龍》,劉勰雖彌綸群言綜論各體文章,但詩賦二體文學仍然是他構築五十篇的最重要依憑,尤其是在"泛論寫作方法和技巧"部分,詩賦提供了主要的經驗支撐。而詩賦之中,賦更加突出。此外,劉勰這位文學批評的專門家,對於他之前詩賦發展的歷史圖景,也有極爲精準的把握。到了梁代,專論五言詩的《詩品》自是五言詩創作極度興盛的產物,而鍾嶸對五言詩的極力推尊也反映五言詩地位在觀念世界的提升,但《詩品》中"不在場"的辭賦卻從正反兩方面影響了鍾嶸的立論。在一部專論五言詩的著作中,辭賦卻能有相當影響,這說明在五言詩成爲文學創作的重心之後,辭賦因爲背負着強大的文學傳統,仍然在文士們的觀念世界中佔據重要地位。

由上述文論著作可知,從漢末到梁代,在文論家的批評視野中,詩賦始終是最爲重要的文體,而辭賦更是漢魏晉文學的首要文體。這與上一章考察"一般"視野後所得的結論是一致的。

但魏晉南北朝文學批評實在發達,除了本章討論的著作外,當時人所寫正史之"史論"(如《南齊書·蕭子顯傳論》《宋書·謝靈運傳論》)、書信(如蘭陵蕭氏家族成員間的通信)、子書(如蕭繹《金樓子》)中都蘊藏了大量信息,從中自可考釋出當時人觀念世界中的"文學"何指,并探究當時人如何看待詩賦的歷史、地位與功能。限於時間和能力,這裏無法再對這些文獻展開釋讀。

以上兩章呈現了"一般"視野下和文論家著述中的詩賦圖景及詩賦位置,揭示出魏晉南北朝及唐初不同觀念世界中詩與賦的複雜情況。觀念世界中之詩賦固已多姿多彩,然而,"理論是灰暗的,生命的黃金樹是碧緑的",①當時文士筆下的詩賦世界,比起觀念中的詩賦,更加異彩紛呈。最後兩章便將聚焦於幾位大文人的詩賦,展示他們文學面貌的多姿多彩。

---

① 歌德(Goethe)名言,用錢鍾書漢譯,見其《讀〈拉奥孔〉》,收入錢鍾書著《七綴集》,頁42。

第七章　轉捩之際的多元路徑：
陶淵明、謝靈運與鮑照

　　以上六章從不同層面和不同角度論證了詩賦創作之重心在晉宋之際發生了轉移：實際創作上，南北朝文士將更多的精力和熱情投入到詩歌；而在觀念世界中，辭賦始終有着重要地位。

　　這尚衹是整體上的把握，而文學的魅力正在於，即使我們能夠勾勒整體的趨勢和風尚，不同作者的創作仍有自身特點，甚至同一位作者在不同的階段、運用不同的文體時其文學表現也會各具面目。① 因此本章和下一章將針對幾位偉大的作家展開研討。

　　本章聚焦於創作重心發生轉移的晉宋之際，考察晉宋間最重要的三位文學家：陶淵明、謝靈運與鮑照的創作。透過他們，我們可以看到，偉大的作者如何在變革關頭作出各自的選擇，而他們的路徑又怎樣影響後人并引導文學史的流向。

　　關於陶、謝、鮑，古今之評論研究可謂汗牛充棟。然而，從本書的視角出發，仍能有許多新的觀察、解釋與評說。

第一節　陶淵明："詩人"的誕生

　　在今人眼中，陶淵明至少是中國歷史上最偉大的詩人之一，而且在唐代以前，似乎沒有哪位詩人可以與他媲美。但淵明崇高的文學史地位并非"古已有之"，在劉勰、鍾嶸、蕭統等南朝人眼中，曹植是他們之前最偉大的文學家（詳第六章），而阮籍、陸機等許多詩人在南朝人的詩史版圖中也遠比陶淵

---

① 錢鍾書於《談藝錄》開篇之《詩分唐宋》即倡言此事："且又一集之內，一生之中，少年才氣發揚，遂爲唐體，晚節思慮深沈，乃染宋調。若木之明，崦嵫之景，心光既異，心聲亦以先後不侔。"見前引錢鍾書著《談藝錄》，頁5。

明重要。陶淵明在他生前身後更多是以隱士的形象和高潔的道德爲人們銘記稱頌。①

幸運的是,蕭統等陶淵明的"功臣"爲陶之詩賦文作了妥善的整理和保存的工作,故而陶淵明的作品比較多地流傳到了後代,而宋代以後,陶之地位有了顯著提升,逐漸超越魏晉南北朝所有詩人,成爲中國詩史上的高峰。②

陶淵明在文學史上如此與衆不同的命運,與他在文學創作上的孤明先發、迥異時流息息相關。通過下文的論述,我們會發現:陶淵明是中國文學史上第一位完全依靠詩歌而獲得偉大地位的文學家,在他之前并沒有這樣的文學家,在他之後的南北朝出現了若干類似的文學家,但他們的地位遠不如陶。③

一、迥異時流的"詩人"

在魏晉南北朝文學家中,陶淵明是幸運的,陶集有無自定本,今難考知。但梁代以前就有兩種陶集(八卷本、六卷本,皆亡佚),蕭統又精心編撰八卷本陶集,其後北齊陽休之又編有十卷本陶集,《隋書·經籍志》和《舊唐書·藝文志》還著録了其他幾種版本的陶集。這些版本的陶淵明集雖皆亡佚(蕭統之《陶淵明集序》和《陶淵明傳》流傳至今),但在宋元時期的陶集仍有幾部保存至今,因此,"在魏晉諸家文集中,陶集是最爲流傳有緒的,因而也是最接近原貌的"。④

現存陶集中,詩共一百二十餘首,辭賦三篇,記傳贊述十三篇,疏祭文四篇。⑤ 詩是陶集"當仁不讓"的主體與重心。

---

① 本章所引陶淵明詩賦文,若無特別説明,皆據袁行霈撰《陶淵明集箋注》,不一一標出頁碼。
② 關於陶淵明及其文學在他身後的命運,參看鍾優民著《陶學發展史》(長春:吉林教育出版社,2000年);田菱(Wendy Swartz)著,張月譯《閲讀陶淵明》(臺北:聯經出版事業股份有限公司,2014年)。
③ 這裏所謂的"文學史地位",是站在今天的立場上,綜合歷代之評價而言的。
④ 見袁行霈《宋元以來陶集校注本之考察》,收入袁行霈著《陶淵明研究》(北京:北京大學出版社,1997年),頁199—210,引文在頁205。關於陶淵明集的版本,還可參看:梁啓超《陶集考證》,收入梁啓超著《陶淵明》(臺北:臺灣商務印書館,1969年),頁78—93;郭紹虞《陶集考辨》,收入郭紹虞著《照隅室古典文學論集(上編)》(上海:上海古籍出版社,1983年),頁258—326。
⑤ 此據袁行霈撰《陶淵明集箋注》,詩歌數量上,因爲對首的認定不同,各家有不同的統計。如袁行霈將《形影神》看作三首,逯欽立卻認爲是一首之三章;又如逯欽立將《歸去來兮辭》也收入《先秦漢魏晉南北朝詩》,袁不然;又如《四時》一首,《藝文類聚》收録此詩有小注,曰:"此顧愷之《伸情詩》。"但此詩又在部分宋本陶集中,袁行霈對此詩是否爲淵明作存疑,但仍收録於《陶淵明集箋注》卷第三,逯欽立則未將此詩輯入《先秦漢魏晉南北朝詩》,在他校注的《陶淵明集》裏也沒有收録《四時》。我在前面章節的統計皆依據逯欽立的(轉下頁)

即使陶集在流傳過程中有所散佚而且散佚的主要是辭賦，淵明在詩賦創作上的不均衡也是驚人的。現存三篇辭賦中，《歸去來兮辭》性質特殊（詳下），狹義的賦祇有《感士不遇賦》和《閑情賦》。

數量祇能説明部分的問題，上一章曾談到，左思作賦數量并不算多，但《三都賦》這樣的鴻篇鉅製足以讓左思成爲中國辭賦史上繞不過去的人物。那陶淵明的兩篇賦是否也具備這樣的性質呢？答案是否定的。

《感士不遇賦》和《閑情賦》篇幅接近，前者96句，後者122句，據本書第三章第二節的考述，百句上下的辭賦在魏晉南北朝時較爲常見。此二篇賦皆有陶之自序，第四章第一節已有所引録。在《感士不遇賦序》中，淵明陳述此賦乃讀董仲舒《士不遇賦》和司馬遷《悲士不遇賦》後"感而賦之"，至於淵明之"感"，《序》中也有具體展開。《閑情賦序》則開篇即標舉張衡《定情賦》、蔡邕《静情賦》，繼而展開辭賦主旨。

對於此二篇賦，歷來有不同的解釋和評價，蕭統有"白璧微瑕者，唯在《閑情》一賦"的評斷，後人解釋《閑情賦》，亦有"言情"和"寄託"兩種説法。袁行霈以爲："從《閑情賦》之題目、承傳關係、序中自白，可以斷定此賦乃模擬之作，淵明寫作此賦之主觀動機是防閑愛情流蕩。"同時，袁行霈還認爲此賦的藝術成就并不很高："然而賦之爲體勸百諷一，不鋪陳（如此賦中之"十願"）則不合賦體，而鋪陳太過又難免掩其主旨。客觀效果與主觀動機或不盡吻合，乃賦體通常情況，淵明此賦亦難免如此也。"[1]也正因爲這是一篇模擬之作，後人對此篇之繫年差異極大，作於早年、中年以及晚年的推測都有。[2]

至於《感士不遇賦》，因淵明在賦序和正文中一再借古人表達自己"固

（接上頁）輯録，故此處模糊處理，祇言"一百二十餘首"。參看《陶淵明集箋注》，頁59—71，頁313，頁460—477；前引《先秦漢魏晉南北朝詩》，頁985—990；并見逯欽立校注《陶淵明集》（北京：中華書局，1979年），頁1—6，頁35—38。若依照袁行霈計入《四時》，將《形影神》算作三首且不計入《歸去來兮辭》《桃花源詩》的做法，陶詩總數爲125首；若按照逯欽立不計《四時》，將《形影神》算作一首且計入《歸去來兮辭》《桃花源詩》的做法，陶詩總數爲124首。又案：以上計數，都將陶與他人同作之《聯句》詩算入陶詩。

[1] 見《陶淵明集箋注》，頁452，袁對《閑情賦》"言情"和"寄託"兩説亦有概述及評斷，見頁459。并參看〔晉〕陶潛著，龔斌校箋《陶淵明集校箋》（上海：上海古籍出版社，1996年），頁389、390；及許結《〈閑情賦〉的思想性與藝術特色》，收入前引《中國賦學歷史與批評》，頁505—512；林曉光《〈閑情賦〉譜系的文獻還原——基於中世文獻構造與文體性的綜合研究》，載《文學評論》2014年第3期。

[2] 古直以爲此乃淵明"少年示志之作"，王瑶以爲此賦或是淵明太元十九年喪偶後作。袁行霈亦以爲此是淵明"少壯閒居時所作"。逯欽立推測："賦作於彭澤致仕以後，以追求愛情的失敗表達政治理想的幻滅。"龔斌辨析古直、王瑶、逯欽立三説，傾向於逯。見前引袁行霈撰《陶淵明集箋注》，頁452；逯欽立校注《陶淵明集》，頁153；龔斌校箋《陶淵明集校箋》，頁383。

窮篤志"之念,意旨相對明確,但各家對此篇的繫年同樣異説紛呈。① 其實,《感士不遇賦》和《閑情賦》一樣,也是向前人致敬的接續傳統之作,其中必有模擬成分。祇是因爲其内容意旨看起來比較接近後人心目中隱逸的陶淵明,故而不像《閑情賦》那樣容易引發争議,其模擬的一面也就相對不够突出。但模擬前人作品和抒發自身情志本就不矛盾。

簡言之,《閑情賦》因其内容"不似"後人想象的陶淵明,故比較廣泛地被認定爲模擬之作。若以判斷《閑情賦》是否爲模擬之作的標準("題目、承傳關係、序中自白")衡量《感士不遇賦》,那麽《感士不遇賦》也應該被看作一篇模擬之作。

陶的這兩篇賦當然具備一定水準,然而也不能因爲淵明之偉大而"愛屋及烏"過分强調這兩篇賦的文學價值和文學史意義。② 如果掩去作者,僅就兩篇作品判斷,我們自會承認這是一位善於操持文字,能够繼承傳統的作者。但就辭賦史而言,這也祇是兩篇中規中矩的作品,并非"先因後創"之作。如果結合淵明其人和詩文作品,甚至不妨認爲:這兩篇賦對於陶來説是可有可無的,即使這兩篇作品不幸散佚,也不影響陶淵明的文學史地位和陶集的文學價值。《閑情賦》中展現的技巧和模擬能力,《感士不遇賦》中表露的安貧樂道情懷,在陶詩中都有更全面而精彩的展示。

陶淵明之前存在如他一般的大文學家嗎?那些在當時和後來爲人們推尊的魏晉文學家中,有誰僅憑藉着詩歌就獲得了崇高的文學史地位?③ 如果我們丢失了曹植、曹丕、嵇康、陸機、陸雲、潘岳的辭賦,他們還是現在的面目,還有如此的地位嗎? 而淵明以後的大作家,雖然辭賦創作的量不如前代大作家,卻也很少有人像淵明一般。且不説謝靈運、沈約、庾信這些辭賦存於正史的大家,也不説江淹這樣的有大量辭賦傳世的作者,主要以詩見長的鮑照、謝朓,他們的賦在整體文學創作中的分量,也比淵明賦在陶集中的分量要重。大概祇有何遜、陰鏗、徐陵等在詩賦創作狀態上比較接近淵明,祇是他們後來的文學史地位距離淵明實在太遠。

實際上,整個魏晉南北朝時期,在文體創作形態上最接近陶淵明的大作家是阮籍。阮籍憑藉着他卓絶的《詠懷詩》獲得了不朽的文學史地位。但阮

---

① 古直以爲是"彭澤去官後作",王瑶以爲乃晉宋易代後之作,逯欽立以爲作於義熙二年,龔斌以爲作於義熙十二年間,袁行霈以爲乃"初歸園田"所作。見前引《陶淵明集校箋》,頁369;《陶淵明集箋注》,頁435。

② 辭賦專史中亦有開闢專門章節論述陶淵明者,這一章節安排自有合理處(陶之《歸去來兮辭》確值得詳細討論),但也與淵明在宋代以後崇高的地位有關。參看前引馬積高著《賦史》,頁191—194;王琳著《六朝辭賦史》,頁191—201。

③ 如果把《楚辭》看作是純粹的詩歌的話,那屈原自屬這種情况。但《楚辭》本就兼具詩賦之特質,且與漢賦頗有淵源。

籍現存的詩幾乎全是《詠懷詩》,不如陶詩之多樣。① 至於阮籍的賦作,雖數量有限,卻還是比淵明多,其賦詩數量比也高過淵明不少。② 而且阮籍的《東平賦》《清思賦》比起淵明的《感士不遇賦》《閑情賦》亦更有賦史意義。此外,阮籍詩賦之外還有十分重要的創作,如《大人先生傳》《通易論》等,這些作品對於阮籍其人其文都不可或缺。而淵明詩賦之外的創作,雖然也極富價值(詳下),但其文學史價值似也不及阮籍詩賦之外的作品。③

要之,陶淵明乃是我國文學史上第一位幾乎完全憑詩歌獲得崇高地位的大文學家,在這個意義上,淵明真可說是我國第一位純粹的"詩人"。④

不過,陶淵明現存兩篇賦也透露出,淵明并非完全與他的時代和風氣"絶緣",這兩篇模擬之作足以説明淵明知曉當時風尚且有所練習。祇是陶之爲陶的關鍵,在於淵明并沒有完全投入時代風氣中,反而迥異時流,對於辭賦創作僅僅淺嘗輒止,轉而經營他那不朽的詩世界。而淵明的詩世界,又是怎樣一個世界呢?

二、"塵網"内外:陶詩的廣闊世界

陶集雖在魏晉諸集中最"流傳有緒",但陶淵明現存的詩歌總數并非魏晉南北朝詩人之最,曹植、陸機、謝靈運現存詩數皆與淵明不相上下,而鮑照的現存詩數更是比陶淵明多不少。但陶詩構築之世界的廣闊程度,卻是其他詩人無法媲美的。

在我看來,陶詩之世界即淵明之世界,淵明以詩全面展示他的人,包括他的人生歷程、日常狀態、觀念思想乃至嗜好習慣。某種意義上,陶詩即淵明其人。⑤

---

① 現存的阮籍詩,幾乎都被置於"詠懷"題下。用"詠懷"一題來收納這麽多不成於一時一地的四言、五言詩,究竟是阮籍的做法,還是後人的處理,尚待考論。但阮籍的諸多《詠懷詩》,相較陶詩,確實顯得不够多樣。
② 關於淵明和上述作者的現存詩、賦數量及賦詩數量比,參看第一章第二節之表 1.5。
③ 阮籍在文學史上的特殊性,其實早就引起了注意,鍾嶸在《詩品》中"推源溯流",源出《小雅》的祇有阮籍,參看上一章第三節的相關討論。而蔡宗齊在以"四種詩歌模式"結構漢魏晉五言詩史時,阮籍是特殊的"象徵模式",而非"抒情模式"(以曹植爲代表)。見前引《漢魏晉五言詩的演變:四種詩歌模式與自我呈現》,頁 163—210。
④ 而淵明之後再次出現類似創作形態的大文學家,要到唐代,以"李杜"爲代表的初盛唐詩人在"獨重詩歌"上頗近淵明,雖然他們的審美取向并不相同。而中唐以後,又很難找到類似的大文學家,至於宋之"歐蘇"或"蘇黄",其創作形態與淵明、"李杜"截然不同。
⑤ 宋人在推尊陶淵明時已經對此多有留意,故他們建立了陶淵明"詩人合一"的典範地位,不過宋人在建構淵明"思晉忠憤"的政治形象時,因所處時代影響,未免有過度之處。今人蔡瑜以"人境詩學"把握淵明,可稱探驪得珠,參看蔡瑜《陶淵明的人境詩學》(臺北:聯經出版事業股份有限公司,2012 年),關於宋人建立陶淵明"詩人合一"典範地位的討論,見蔡書頁 5。

以往學者論陶淵明其人其詩,往往突出其人之高潔與詩中與田園自然有關的一面。① 這誠然是淵明和陶詩最動人的地方,但同樣"迥異時流"的魯迅早已看出:"但在全集裏,他卻有時很摩登……就是詩,除論客所佩服的'悠然見南山'之外,也還有'精衛銜微木,將以填滄海,形天舞干戚,猛志固常在'之類的'金剛怒目'式,在證明着他并非整天整夜的飄飄然。這'猛志固常在'和'悠然見南山'的是一個人……陶潛正因爲并非'渾身是"靜穆",所以他偉大'。"② 實際上,陶淵明在歸隱田園之前,與當時之政治多有糾葛,而這些經歷,與陶之家世、交遊、學術皆大有關係。③ 淵明的生命歷程與豐富形象在陶詩中或多或少有所呈現。

那麼,陶詩呈現了怎樣的陶淵明呢? 在"詩言志"的傳統下,詩歌自然是要表現詩人情志的,陶詩亦是如此。不過,陶詩除了呈現淵明的情感,還有更廣闊的面向。

首先,陶詩爲我們勾勒了淵明一生的行迹與交遊,陶詩中,僅詩題含有明確時間、地點和人物的就至少有三十三首:④《贈長沙公族孫》一首(并序)、《酬丁柴桑》一首、《答龐參軍》一首、《九日閑居》一首、《遊斜川》一首、《示周續之祖企謝景夷三郎》一首、《諸人共遊周家墓柏下》一首、《怨詩楚調示龐主簿鄧治中》一首、《答龐參軍》一首(并序)、《五月旦作和戴主簿》一首、《和劉柴桑》一首、《酬劉柴桑》一首、《和郭主簿》二首、《於王撫軍座送客》一首、《與殷晉安別》一首(并序)、《贈羊長史》一首、《歲暮和張常侍》一首、《和胡西曹示顧賊曹》一首、《悲從弟仲德》一首、《始作鎮軍參軍經曲阿》一首、《庚子歲五月中從都還阻風於規林》二首、《辛丑歲七月赴假還江陵夜行塗中》一首、《癸卯歲始春懷古田舍》二首、《癸卯歲十二月中作與從弟敬遠》一首、《乙巳歲三月爲建威參軍使都經錢溪》一首、《戊申歲六月中遇火》一首、《己酉歲九月九日》一首、《庚戌歲九月中於西田穫旱稻》一首、《丙辰

---

① 如葛曉音在《八代詩史》中爲陶淵明專立一章,又分二節展開,這二節標題分別是:《寧固窮以勵志的靖節先生》《融興寄於自然美的田園詩歌》,見前引《八代詩史(修訂本)》,頁126—146。
② 見《題"未定草"(六至九)》,載《且介亭雜文二集》,收入《魯迅全集》第六卷,頁436—444。王鍾陵論陶詩,即以"'淡'與'不淡'交織統一的陶淵明詩"爲章標題,見前引《中國中古詩歌史》,頁355—370。
③ 陳引馳對陶淵明走向田園的曲折歷程及"陶潛文學對其現實經驗的轉化和提升"有極其精彩的闡發,見陳引馳《塵網中:陶淵明走向田園的側影》,載《政大中文學報》2015年6月,頁5—32。本小段之標題即效法此文。
④ 陶詩版本既繁,異文自多,此處詩題悉據袁行霈撰《陶淵明集箋注》。

歲八月中於下潠田舍穫》一首、《蜡日》一首。①

以上所列三十餘首詩,佔全部陶詩的四分之一多,②其中更有不少標明年月的作品。這些詩歌作品,對於淵明的生平考訂和陶詩的繫年,具有最重要的意義。當然,蘊含生平和交遊信息的陶詩并不止以上這些。③從陶詩中,我們可以知道淵明何時何地做了何事,也可以知道淵明與哪些人打過交道。實際上,雖然除了蕭統爲淵明所作之傳外,還有不止一部正史記録了淵明其人,④但後人研究淵明之生平與交遊,主要還是依靠陶詩展開推考。⑤陶淵明甚至也是我國文學史上第一位可以依靠詩歌進行全面繫年和生平考訂的詩人。⑥當然,詩歌畢竟不同正史,更非檔案,因此後來學者對陶淵明生平的考訂和對陶詩的繫年也衆説紛紜,難有定論。要之,陶詩對淵明之進退出處、政治態度、交遊往來多有呈現,具備很高的紀實性。⑦

其次,陶詩向我們呈現了淵明的讀書、思考歷程,也展示淵明的思想世

---

① 以上所列尚不包括《還舊居》這樣衹模糊標出地點的作品,也不包括《責子》這樣在序中列出諸子之名的作品。因此陶詩中包含具體信息的作品遠不止以上三十三首。
② 陶詩在流傳過程中自然容易發生文字訛誤和遺漏,不過,理論上,有明確信息的題目容易在輾轉傳抄過程中遺失時間、地點、人物等信息,而原本没有這些信息的題目,除非有人刻意作僞,否則不會在流傳中增益具體信息。
③ 除了在詩題中標出信息外,淵明還很善於利用詩序來交代時間地點人物等信息,參看本書第四章第二節的相關列舉。
④ 關於陶淵明生平,最重要的四種傳記即《宋書·隱逸傳》《晉書·隱逸傳》《南史·隱逸傳》中的陶淵明傳及蕭統《陶淵明傳》。田曉菲對這四種傳記之異同有詳細分析,見田曉菲著《塵几録——陶淵明與手抄本文化研究》(北京:中華書局,2007年),頁62—82。
⑤ 古今爲陶淵明作年譜者甚多,除前引逯欽立、龔斌、袁行霈所校注的陶集外,還可看:梁啓超《陶淵明年譜》,收入前引梁著《陶淵明》,頁39—77;楊勇《陶淵明年譜彙訂》(香港:新亞書院,1965年);鄧安生著《陶淵明年譜》(天津:天津古籍出版社,1991年);袁行霈《陶淵明年譜彙考》,收入前引《陶淵明研究》,頁243—380。關於淵明之交遊,還可參看朱光潛《詩論》第十三章《陶淵明》,見朱光潛撰,朱立元導讀《詩論》(上海:上海古籍出版社,2001年),頁197—215。
⑥ 孫康宜讀解陶淵明,就突出強調其詩之爲"自傳式的詩歌":"他爲詩歌自傳採用了各種不同的文學形式,有的時候,他採用寫實的手法,時間、地點皆有明文;有的時候,他又採用虛構的手法,披露自我。"參看孫康宜著、鍾振振譯《抒情與描寫:六朝詩歌概論》,頁15—39,尤其是第15頁的注24,與上文所論多有相關處。宇文所安同樣強調陶詩作爲"自傳"(poetry as autobiography)的一面,衹不過他更加警惕陶詩對淵明自我形象建構的可疑之處。See Stephen Owen, "The Self's Perfect Mirror: Poetry as Autobiography", in *The Viatlity of Lyric Voices: Shih Poetry from the Late Han to the T'ang*, ed. Shuen-fu Lin & Stephen Owen, Princeton: Princeton University Press, 1986, pp. 71–102.
⑦ 再舉一特例以説明陶詩之"紀實",陶詩中有一首《庚戌歲九月中於西田穫早稻》,此詩題中之"早稻",各本皆作"早稻",但丁福保、逯欽立、王叔岷皆提出質疑,九月如何能稱"早稻"? 故他們皆以"九月"或誤,袁行霈則據詩中"山中饒霜露,風氣亦先寒"二句證"九月"不誤,又引《齊民要術》等書,且實地考察江西之農業情況,將"早稻"理校爲"早稻"。此正陶詩寫實之具體表現也。見袁行霈撰《陶淵明集箋注》,頁227、228。

界。陶詩中關於讀書的有《詠二疏》一首、《詠三良》一首、《詠荆軻》一首、①《讀山海經》十三首等。而淵明高深思想的結晶則首推《形影神》。陳寅恪以大師的眼光對此詩作出精闢闡釋,并由此拈出淵明思想與清談之關係,更揭示淵明之"新自然論":"故淵明爲人實外儒而内道,捨釋迦而宗天師者也。推其造詣所極,殆與千年後之道教採取禪宗學説以改進其教義者,頗有近似之處。然則就其舊義革新,'孤明先發'而論,實爲吾國中古時代之大思想家,豈僅文學品節居古今之第一流,爲世所共知者而已哉!"②淵明思想之深刻,陳氏論之已詳,這裏衹想再次强調,淵明用以呈現他的思想的,既非子書,也非"論"體文,而是詩。當然,淵明對詩之形式有特别選擇,不論《形影神》是一首三章之詩,還是三首詩,淵明以"序-形贈影-影答形-神釋"的巧妙結構推展思想,借助形、影之對話和神之"釋"來呈現哲理,頗有黑格爾(Hegel)"辯證法"所謂"正反合"之韻味。③ 展露淵明思想的陶詩當不止《形影神》,如《擬挽歌辭》三首呈現了淵明對於死亡的嚴肅態度,亦是我們瞭解魏晉南北朝人生命觀念的重要材料。以上種種,均揭出陶詩與淵明思想世界的密切聯繫。

再次,陶詩還向我們表露了淵明和詩歌傳統之關係,淵明有《擬古》九首,這一組詩乃淵明致敬漢魏古詩之作。④ 而淵明的《詠三良》、《詠荆軻》、《飲酒》二十首、《雜詩》十二首、《詠貧士》七首,體製上亦取法於魏晉間的詠懷、詠史、擬古之類。⑤

最後,在陶詩中我們還能看到淵明之生活情趣與日常嗜好,陶詩中多有寫酒之篇什,如《連雨獨飲》一首、《飲酒》二十首、《止酒》一首、《述酒》一

---

① 陶淵明對二疏、三良、荆軻等歷史人物的瞭解來自讀書,而且我們甚至可以從淵明的這些作品中推考可能的知識來源,我對《詠荆軻》中透露出的淵明讀何書而知荆軻有簡單推考,參看陳特《史事・故事・人物——唐前荆軻故事流衍考論》,載《新亞學報》第三十六卷。
② 參看陳寅恪《陶淵明之思想與清談之關係》,收入前引《金明館叢稿初編》,頁201—229,引文在頁229。
③ 而借對話展開思想,本就是中西哲人常用之手段,吾國之子書就多採此一形式,魏晉南北朝之"論"亦如此。我在《〈弘明集〉"論"篇探微》中曾基於"論"中的對話形式探究"論"與賦之關係,而《形影神》之序加三段的結構,不正與《三都賦》高度類似(左思之手法自又源於漢賦)?
④ 參看袁行霈撰《陶淵明集箋注》,頁315—338。
⑤ 説詳前引錢志熙著《中國詩歌通史・魏晉南北朝卷》第四章第五節《陶淵明的詩歌藝術(上)》,錢志熙認爲《飲酒》二十首之一部分之體製出於阮籍《詠懷》八十二首的哲理之作",《飲酒》之"長公曾一仕"與《詠貧士》七首之體製則出於左思《詠史》,《讀山海經》十三首則是"陶淵明對魏晉遊仙詩的創造性發展"。在頁298—304。

首。① 淵明之傳記皆敘及其好酒,而陶詩更是形象生動地描繪了一位可愛的好酒之徒。

以上衹是對陶詩的世界(或淵明的世界)的一個最粗略的概括,并不全面,所論幾部分之間亦有交叉。從上文粗略的描述來看,淵明的詩歌涵蓋了廣闊的世界,這在此前此後都不多見。

陶淵明之前之後的六朝作家,對於陶詩所涉及的領域,其實都有涉及,但很少有一位作者能在他的一體文學中展現如此廣闊的世界,這也是淵明"迥異時流"的地方。

就紀事紀實而言,詩賦歷來有此功能,魏晉辭賦的這一功能比較突出,本書第四章第一節開列的魏晉賦序中就多有交代時地人的,而像潘岳《西征賦》那樣開篇就交代時地背景的賦作也不少。② 但頻繁地在詩歌中以詩題、詩序的方式留存時間地點人物信息,淵明當是第一人,就是在他之後這樣的詩人也不多見。③

就表述思想而言,東晉流行的玄言詩自然是談玄理、談思想的,但玄言詩所談之理,與淵明的"新自然論"在思想層面實有天淵之別。

就記錄生活點滴、表現日常情趣而言,魏晉詩歌中也有少量這樣的作品,如左思《嬌女詩》。但前文已經說到,魏晉南北朝詩歌對日常生活的表現力度相當不夠,所以陶詩之"田園境界"才會備受推崇。④

在魏晉南北朝時期,很少有文士用詩歌如此全面地表現廣闊的生活和豐富的人生,就這一點而言,淵明可謂"前無古人,後乏來者"。⑤ 若將淵明與稍晚於他的謝靈運(他們在後世并稱"陶謝")稍加對比,陶詩的這一特徵就更爲突出:謝詩的内容相當單薄,恰與陶詩形成鮮明的反差。⑥

陶淵明將詩歌的可能性拓展到了一定高度,在他之後,詩世界自然還有

---

① 據簡單考索,淵明當是魏晉南北朝詩人中寫酒最多的一位,排第二的則是庾信。
② 《文選》卷十潘安仁《西征賦》:"歲次玄枵,月旅蕤賓。丙丁愍軾,乙未御辰。潘子憑軾西征,自京徂秦。"見前引《六臣注文選》,頁187。潘岳這種開篇即交代時間地點的做法,在漢魏晉辭賦中很是尋常。
③ 下一章詳細討論的庾信恰可與淵明作比較,庾信存詩多於淵明,但是詩題中明確包含時地人的詩作卻沒那麽多。詳下章。
④ 關於淵明"田園境界"相對於魏晉南北朝文學的特殊,除前引葛曉音、王鍾陵、錢志熙、蔡瑜各書外,還可看葛曉音著《山水田園詩派研究》(瀋陽:遼寧大學出版社,1993年),頁71—86。
⑤ 這裏的"後"是限定在魏晉南北朝之内而言的,唐宋的情況就大爲不同。
⑥ 王鍾陵概括謝靈運詩曰:"謝靈運的存詩,除了數量不多的十數首樂府舊題詩外,大略說來主要衹有兩類:一類是山水登遊詩,一類是親友贈答詩,其内容之單薄是十分明顯的。"見前引《中國中古詩歌史》,頁373。

進一步的張開,但能在"詩世界"上媲美淵明的詩人或許要到盛唐才出現：那就是杜甫。① 正因爲淵明的詩歌創作(以及辭賦創作)與他所處的時代風氣截然不同,所以陶詩的偉大之處,在當時并不能被廣泛理解,尚需等待唐宋人來懂他的偉大。②

假如陶淵明詩歌之外的所有作品都不幸亡佚,僅憑詩歌,他也能擁有不比現在低多少的文學史地位。不過,淵明的"迥異時流"與"孤明先發",不僅體現在他的詩歌上,還體現在他的其他文體上,不知是有意還是無意,淵明已然觸及了文學的新境界。

三、不止詩賦：觸碰"文"的境界

陶集的主體是詩,詩歌之外的其他文體數量都很有限,但是就是在這些有限的篇章中,卻有三篇千古名作,那就是《歸去來兮辭》《桃花源記(并詩)》和《五柳先生傳》。③

《歸去來兮辭》當然是一篇賦,但辭之爲賦,乃就廣義而言。方師鐸區分"辭""賦""辭賦",認爲三者"各有體裁、風格","不能混爲一談",他認爲"辭"乃是"言志抒情的詩篇,凄涼婉轉一唱三歎,詩多而文的成分少,以屈原《離騷》爲代表"。④ 不過此説立足於先秦西漢辭賦而言,魏晉以降并没有這樣的明確區分。

能夠系統反映南朝文體觀念的著作首推《文心雕龍》和《文選》,這兩部書距離陶淵明也比較近。幸運的是,《歸去來兮辭》恰被蕭統選入《文選》。但《歸去來兮辭》并未被放入《文選》最前面的"賦"中,而與漢武帝《秋風辭》一同構成"辭"這一小類,在"對問""設論"之後,"序"之前。⑤

《文選》選文,以賦爲首,其次是詩,再次爲騷與七,然後是詔、册等三十餘種文體。賦、騷、七都屬廣義之賦("騷"其實也是在詩賦之間"兩棲"的文

---

① 王禹偁讚杜甫曰："子美集開詩世界。"參看程千帆、莫礪鋒、張宏生著《被開拓的詩世界》(上海：上海古籍出版社,1990年)。
② 關於陶詩之不被當時欣賞,除前引葛曉音、王鍾陵、錢志熙等人的詩史和鍾優民、田菱書外,還可參看傅剛著《魏晉南北朝詩歌史論》(長春：吉林教育出版社,1995年)第五章《陶淵明論》的第三節《一個超時代美學思想建立者的寂寞與悲哀》,頁198—202。
③ 關於這三篇作品的歷代評説,參看龔斌校箋《陶淵明集校箋》中每篇的【集説】和【集評】部分,此不贅引。這三篇作品在今天仍然有着崇高的地位和巨大的影響,至少中國各地的中學教材中普遍選錄了這三篇作品,而且要求學生背誦。在這個意義上,淵明的這三篇作品一直在鑄造我們當代的文化。
④ 轉引自程章燦著《魏晉南北朝賦史》,頁5。程章燦對辭、賦、頌之考辨,在頁5—7。
⑤ 參看前引傅剛著《〈昭明文選〉研究》,頁278、279。

體),今人多將詔、册開始的三十餘種文體統稱爲"文",①自無不可。不過,在魏晉南北朝時期,并無和"詩"平行的"文",當時人恐怕不會將這三十五種并稱爲"文"而與"賦"(包括《文選》之"賦""騷""七")、"詩"并列。涵蓋詔、册等三十五種文體的"文",實際上接近唐宋"古文運動"興起以後"詩文"并稱之"文"。②

《歸去來兮辭》既是辭賦,爲何蕭統這位淵明的"知音"要將此篇選入"辭"一類中?傅剛討論《文選》的三十五種"文"時,將"對問""設論"與"辭"一併論述,引錢穆"稱這三體皆淵源《楚辭》"之説,并指出:"至於辭,則明是楚聲,《文選》收録漢武帝《秋風辭》一首和陶淵明《歸去來兮辭》一首。昭明太子愛陶文,既親爲編集、寫序,又爲立傳,他主要欣賞陶淵明作品中顯現的作者人格。《歸去來兮辭》鮮明表現了陶淵明'曠而且真'的人格,這大概是此篇入選的主要原因。"③其實,"對問""設論"和"辭"一樣,都與"言辭"有關,所謂辭,本就與"言"不可分割,也即帶有口頭言談的特點。④"對問""設論"之與言談有關,不必多言,而《秋風辭》和《歸去來兮辭》,必然也是適合口頭吟唱的,故蕭統將此二篇歸爲一類且放置於此。⑤

《歸去來兮辭》之與口頭吟唱有關,還可以從"歸去來"這一六朝習語的使用情況得到佐證。袁行霈考辨"歸去來"曰:"至於'歸去來'乃六朝習語,《樂府詩集》卷二五梁鼓角橫吹曲《黄淡思歌辭》其四:'緑絲何葳蕤,逐郎歸去來。'(又有"還去來",《樂府詩集》卷二五《黄淡思歌辭》其一:"歸歸黄淡思,逐郎還去來。")《樂府詩集》卷八九《梁武帝時謡》:'城中諸少年,逐歡歸去來。'同卷《陳初時謡》:'日西夜烏飛,拔劍倚梁柱。歸去來,歸山下。'……"⑥樂府之作,自能吟唱,由此推擬淵明之《歸去來兮辭》創作時即能吟唱,想來雖

---

① 見傅剛著《〈昭明文選〉研究》,頁278。
② 説詳附録《從"詩賦"到"詩文"》,因此本節這一部分提到"詩文"并稱之"文"時,都加上引號。
③ 見前引《〈昭明文選〉研究》,頁299、300。
④ 關於先秦"言辭"與文章之關係,參看傅斯年著《中國古代文學史講義》之《泛論·語言和文字——所謂文言》,收入《傅斯年全集》第一册(臺北:聯經出版事業公司,1980年),頁21—41;朱自清著《經典常談·文第十三》(北京:生活·讀書·新知三聯書店,1980年),頁116—122;及陳平原著《中國散文小説史》(上海:上海人民出版社,2014年),頁20—29。
⑤ 《秋風辭》之可歌,還可以從正文"兮"之位置得到明證。陳引馳論先秦西漢楚辭等作品中"兮"之位置與相關篇章音樂性之關係,指出"兮"居於句中者多可唱,而《秋風辭》之"兮"字正是句中第四字。見《由句中"兮"字之位置推擬楚辭歌誦之别》,收入陳引馳著《文學傳統與中古道家佛教》(上海:復旦大學出版社,2015年),頁41—50。
⑥ 袁行霈於樂府詩之後還引了沈約《八詠詩》、吴均《贈別新林詩》、盧思道《聽鳴蟬詩》中"歸去來"的用例,以證明"歸去來"乃六朝習語。之後他又引用了《史記·孟嘗君列傳》所載《彈歌》之"長鋏歸來乎!食無魚。"等用例,強調"歸去來"之涵義重在"歸"字。見前引《陶淵明集箋注》,頁464、465。

不中亦不遠。①

　　正因爲昭明太子眼中的《歸去來兮辭》與賦距離較遠，所以深愛淵明的蕭統不選《感士不遇賦》入《文選》且不滿《閑情賦》，同時又將《歸去來兮辭》收入"辭"一類中。而《歸去來兮辭》本身之宜吟唱，也使得此篇雖爲辭，卻具備詩歌的許多特質。② 因此逯欽立將此篇收入《先秦漢魏晉南北朝詩》，不爲無據。③

　　如果説《歸去來兮辭》以賦體的形式、詩體的特質被蕭統列入《文選》中相當於唐宋之"文"的區域中，那麽《桃花源記》就是標準意義上的散文了。

　　《桃花源記》初看頗類魏晉南北朝之詩序，本書第四章已經指出，至南朝，"序"已成爲獨立的文體，精心撰作的賦序、詩序爲數不少。但淵明的這篇相當於詩序的"記"，卻與當時其他長篇詩序大不相同：從文辭方面看，《桃花源記》純用散體，這與《文選》中顔延之、王融二人的《三月三日曲水詩序》文風相差不可以道里計，此不同之一。從結構方面看，雖然顔、王之《三月三日曲水詩序》文繁詞麗，但仍名之曰"序"，理論上服務於"詩"，處於從屬地位；而《桃花源記》與《桃花源詩》在陶集中卻與傳、贊、述同處一卷且列于詩、辭賦之後，其題目則作《桃花源記（并詩）》，如此則"記"爲主而"詩"爲從，此不同之二。④

　　面對詩歌，散文獲得了"主"的地位，這也是相當超越時代的現象。而《桃花源記》以散體敘故事，《桃花源詩》以詩體詠其事，《記》與《詩》間這種"非通常序文與本詩之關係"，與唐人之《長恨歌傳》《長恨歌》之組合又是何

---

① 今之吟誦或吟唱古詩文者，亦多喜吟《歸去來兮辭》，此事自不足證成淵明所作《歸去來兮辭》與口語之關係，但至少能説明，雖經千年流變，《歸去來兮辭》内部的音樂性仍舊很强。

② 詩比賦更需要内在音樂性，説詳前引朱光潛著《詩論》及馮勝利著《漢語韻律詩體學論稿》。對於那些連用大量相同偏旁之字的賦（如《三都賦》之"杞櫧椅桐，櫻枒楔樅"）來説，視覺優先於聽覺，故而音樂性對於辭賦創作來説并非必要元素。其實，即使用今日的普通話朗誦《感士不遇賦》《閑情賦》和《歸去來兮辭》，我們也能明顯感覺到後者的音樂性强很多。辭賦之音樂性乃一複雜問題，這裏祇是强調如果從總體上把握詩賦，那詩對音樂性的要求更高，而賦之音樂性并非必須。其實，據今人考論，司馬相如的辭賦尚比較追求聽覺效果，揚雄則不然，見谷口洋《揚雄"口吃"與模擬前人——試論文學書面化與其效果》，收入蘇瑞隆、龔航主編《廿一世紀漢魏六朝文學新視角——康達維教授花甲紀念論文集》（臺北：文津出版社，2003年），頁44—58；并參看前引陳引馳著《文學傳統與中古道家佛教》，頁50，頁60—62。

③ 而漢武帝的《秋風辭》，自然也被逯欽立收入其中，見《先秦漢魏晉南北朝詩》，頁94、95。

④ 或云：《桃花源記》之篇名，是否有可能非原貌？這種可能自然無法徹底排除。但且不説目前尚未出現足以挑戰今題的早期異文，從編排次第來看，在現存較早的完整陶集（而非祇收錄詩歌的陶集）中，《桃花源記》都被排列在詩、賦二體之後。故而"記"與"詩"之主從關係，還是最有可能出自陶淵明之設計，而非後人改易的結果。

其相似乃爾。①《桃花源記》之超前處,正與後來之古文暗合。②

　　至於《五柳先生傳》這一自傳,亦以散體結構,與唐宋古文家文集中"傳"之面目十分接近,③對其後的自傳文學更是影響深遠。④

　　這三篇非詩歌作品外,淵明的《自祭文》《與子儼疏》等也是名篇,且具一定文學史地位,⑤但在影響上不能與以上三篇相比。

　　要之,在文學史上具備極高地位的《桃花源記》和《五柳先生傳》,與唐宋古文所開出的"文"的境界完全吻合,而以辭賦爲體卻頗具詩韻的《歸去來兮辭》,也與《感士不遇賦》《閑情賦》相差甚遠,反與"文"爲近。⑥

　　陶淵明對"文"之境界的觸碰,出於有意還是無心爲之,今已無法確知。但他在詩賦之外的又一次"孤明先發""迥異時流",無疑再次拉遠了他和晉宋文士的距離。所以淵明祇是觸碰,卻未開啓"文"之境界。而他已然達到的這一境界,也要等唐宋士大夫通過所謂"古文運動"開啓"文"的境界後,⑦

---

① 陳寅恪箋證《長恨歌》,有一文體上的大判斷:"陳氏之《長恨歌傳》與白氏之《長恨歌》非通常序文與本詩之關係,而爲一不可分離之共同機構。"參看陳寅恪著《元白詩箋證稿》(北京:生活・讀書・新知三聯書店,2001年)之第一章《長恨歌》,引文在頁4、5。陳之論斷未必契合歷史實相,但他對文體間關係的敏銳捕捉,確啓人深思。關於陳寅恪此說的迴響,參看楊焄《〈長恨歌〉與〈長恨歌傳〉:啓人深思的陳寅恪"謬見"》,"澎湃新聞・上海書評"2018年1月24日(https://www.thepaper.cn/newsDetail_forward_1962289)。

② 《桃花源記》之"記"與"詩",在內容上還有一怪異處,即"詩"大體上是以韻語重述"記"之內容。這樣一種組合,與佛典中"長行"(修多羅)和"重頌"(祇夜)之關係高度類似。淵明此篇是否受佛典影響,尚待進一步考索。關於漢譯佛典與中國文學之關係,尤其是"長行""重頌"之體制特徵,參看陳允吉《論佛偈及其翻譯文體》,收入陳允吉著《佛教與中國文學論稿》(上海:上海古籍出版社,2010年),頁1—17。范子燁認爲,《桃花源記并詩》以及《遊斜川并序》"都具有'偈散結合'之特色",他進而論定:"就作品內部的結構功能而言,《遊斜川》詩和《桃花源詩》實際上就是'祇夜'。"形式之外,范子燁還從思想上對"桃花源"作一大判斷:"至於《桃花源記并詩》描寫的理想國,其原型可能是當時廣泛流傳於南方民間的蠻族故事,陶淵明加以提煉、昇華,從而表達了他的國家理想與社會理想,以此回應廬山僧徒往生西天淨土的理想。"見范子燁著《悠然望南山——文化視域中的陶淵明》(上海:東方出版中心,2010年),頁202、204。范氏還在《五斗米與白蓮社》(南京:鳳凰出版社,2020年)中論定陶淵明爲天師道教徒。

③ 關於唐宋古文家文集中"傳"之一體的風格特徵,參看陳特《從史傳到"集傳"》(載《中國文學學報》第八期),唐宋古文家文集之"傳"的風格特徵,多能在《五柳先生傳》中找到。

④ 參看〔日〕川合康三著,蔡毅譯《中國的自傳文學》(北京:中央編譯出版社,1999年)之第三章《希望那樣的"我"——〈五柳先生傳〉型自傳》中的相關部分,在頁48—116。

⑤ 見前引《中國的自傳文學》,頁120—131。

⑥ 錢鍾書論《歸去來兮辭》時就強調宋人推尊此篇:"宋人以文學推陶潛,此辭猶所宗仰;歐陽修至謂晉文章唯此一篇,蘇軾門下亦仿和賡續……"見前引錢鍾書著《管錐編》,頁1928、1929。

⑦ 唐宋古文的發展并非一團體的主觀"運動",但今日"唐宋古文運動"之名近乎約定俗成,故此處仍用之。關於唐宋古文發展,參看朱剛著《唐宋"古文運動"與士大夫文學》(上海:復旦大學出版社,2013年)。

才被挖掘出來并受到推崇。①

　　在晉宋之際這一轉捩關頭,陶淵明以揚棄辭賦、重在詩歌、旁涉散文的創作狀態選擇了一條"孤明先發"的文學道路。偉大也要有人懂,淵明"迥異時流"的文體選擇鑄就了他的卓絕,也掩蓋了他的光彩。而在當時就熠熠生輝的首要文人,是謝靈運。

第二節　謝靈運:"模山範水"與詩賦離合

　　謝靈運在晉宋時和後來的地位,從幾個稱呼就能看出,他和顏延之在南北朝時就被并稱爲"顏謝",②又和陶淵明在唐宋以後被并稱爲"陶謝"。③在今人的文學史敘述中,謝靈運、顏延之、鮑照又往往被合稱爲"元嘉三大家"。④ 在劉宋文學的版圖中,謝靈運無論如何都是首屈一指的,鍾嶸《詩品》稱靈運爲"元嘉之雄",其實不僅在詩歌領域,在整個文學領域,謝靈運都是當之無愧的"元嘉之雄"。⑤

---

① 關於宋人(如東坡、朱子)推尊淵明背後的複雜詩學問題和思想背景,參看前引張健著《知識與抒情——宋代詩學研究》。

② 僅南北朝文獻中,就多次出現"顏謝"之并稱,如《宋書》卷六十七《謝靈運傳論》曰:"爰逮宋氏,顏、謝騰聲。靈運之興會標舉,延年之體裁明密,并方軌前秀,垂範後昆。"《文心雕龍·時序》曰:"爾其縉紳之林,霞蔚而飆起;王袁聯宗以龍章,顏謝重葉以鳳采,何范張沈之徒,亦不可勝也。"《南齊書》卷五十二《文學傳論》曰:"顏、謝并起,乃各擅奇,休、鮑後出,咸亦標世。"見前引《宋書》,頁 1778;《文心雕龍義證》,頁 1716;《南齊書》,頁 908。又如邢邵《蕭仁祖集序》曰:"昔潘陸齊軌,不襲建安之風;顏謝同聲,遂革太原之氣。"見《全北齊文》卷三,載《全上古三代秦漢三國六朝文》,頁 3842。由此可知"顏謝"之齊名流行南北。

③ "陶謝"并稱最早起於何時,尚難確定。但借助幾個數據庫("中國基本古籍庫""CHANT 漢達文庫"及"漢籍電子文獻資料庫"),大致能確定的是,唐以前尚無此并稱。唐宋文獻中此一并稱頗多,如杜甫有名句曰:"焉得思如陶謝手,令渠述作與同遊。"(《江上值水如海勢聊短述》)不過老杜此詩之"陶謝",仇兆鰲以爲指陶淵明與謝惠連,謝杰則曰:"陶謂淵明,謝指靈運、惠連、玄暉輩。"見〔唐〕杜甫著,〔清〕仇兆鰲注《杜詩詳註》(北京:中華書局,1979 年),頁 810、811;及蕭滌非主編《杜甫全集校注》(北京:人民文學出版社,2014 年),頁 2169。要之,謝靈運與陶淵明并稱應該始於唐代。曹道衡、沈玉成考釋"鮑謝"并稱時也提及了"陶謝",并論及杜甫之"陶謝不枝語",見曹道衡、沈玉成著《中古文學史料叢考》(北京:中華書局,2003 年),頁 303。

④ 參看前引《中國詩學(二)》,頁 374—377。

⑤ 對謝靈運其人其文的評述,除前引諸種詩史、賦史和文學史外,還可參看顧紹柏校注《謝靈運集校注》(臺北:里仁書局,2004 年)之《前言》。本章所引謝靈運文字,若無特殊說明,皆出自此書,不再一一標註頁碼。

謝靈運之集早已失傳，故今存詩文皆是後人從各種總集、類書和史書中輯錄而得。謝賦今存十五篇，其中篇幅完整的祇有《撰征賦》和《山居賦》二篇，其餘各篇都祇有片段留存；謝詩今存百餘首，具體體式分佈參看本書第三章。

因爲今存靈運詩賦及其他作品相當不完整，故將整體上討論其現存詩賦意義并不大，本章將圍繞着謝靈運文學中最突出的部分——山水文學展開探討。

一、《山居賦》：是否"山水"？如何"山水"？

謝靈運最突出的文學(史)成就是什麼？如果限定在詩歌史內部，答案不言而喻是他的山水詩；①如果考察辭賦史，後來人最推重的也是他的"山水賦"。② 而謝靈運雖然還有《與諸道人辨宗論》這樣在宗教史、思想史上極爲重要的"論"體文，但謝客其人在當時之文壇及後來之文學史中，主要是還是憑着山水文學獲得巨大聲望和崇高地位。詩賦之間，謝氏山水詩之於中國詩史，較《山居賦》之於中國賦史更爲重要。

用文辭描寫山水，古已有之，故對山水文學的溯源，往往可以追溯到《詩經》《楚辭》以及不被看作文學的其他早期經典。③ 不過，《詩》《騷》之涉及

---

① 如葛曉音《八代詩史》第七章《晉宋詩運的轉關》的第二節專論謝靈運，題目即《謝靈運和山水詩》，在頁177—189；又如錢志熙著《魏晉南北朝詩歌史述》第六講《劉宋時期的詩歌》之第二部分題目爲《謝靈運山水詩藝術》，在頁125—135；錢志熙著《中國詩歌通史·魏晉南北朝卷》亦以此爲第五章第三節之標題，在頁341—365。關於謝靈運山水詩在中國詩史、文學史上的位置，除前引各種詩歌史、文學史外，還可參看林文月著《謝靈運》（臺北：河洛圖書出版社，1977年）；林文月《從遊仙詩到山水詩》《中國山水詩的特質》及《鮑照與謝靈運的山水詩》，收入林文月著《山水與古典》（臺北：三民書局，1996年），頁1—65，頁99—130。

② 不過謝之辭賦大多散佚，祇有《撰征賦》和《山居賦》以基本完整的形態傳世，因此談謝賦，祇能圍繞這兩篇展開，《山居賦》相對來說受到更多關注，故論謝賦而突出《山居賦》，實有不得已之因。參看前引馬積高著《賦史》第六章《魏晉南北朝賦(下)》第四部分之《(二)謝靈運、謝惠連、謝莊等》，在頁200—202；郭維森、許結著《中國辭賦發展史》第四章第四節《晉宋之際賦風的轉變》之《二、謝靈運山水賦及其他》，在頁272—277；王琳著《六朝辭賦史》第五章《南朝賦(上)》第三節《謝氏清風：謝靈運、謝惠連、謝莊之賦》，在頁211—219。

③ 參看前引葛曉音著《山水田園詩派研究》第一章《山水田園詩溯源》，在頁3—17；于浴賢著《六朝賦述論》第八章《山水賦》，在頁284—290。關於魏晉前後山水與文學的不同關係，徐復觀有一精闢分判，他認爲："在魏晉以前，通過文學所看到的人與自然的關係，是詩六義中的'比'與'興'的關係。……但到了魏晉時代，則主要是以山水爲美地對象；追尋山水，主要是爲了滿足追尋者的美地要求。"見徐復觀著《中國藝術精神》（臺北：臺灣學生書局，1974年）之第四章第二節《山水與文學》，引文在頁230、231。宗白華亦有"晉人向外發現了自然，向內發現了自己的深情"之絕大判斷，見《論〈世說新語〉和晉人的美》，收入宗白華著《美學散步》（上海：上海人民出版社，1981年），頁215。

山水，多爲片段，并非全篇，此後文辭中之山水經由兩漢賦家、漢晉子家的多方探索，至東晉方才"附庸蔚成大國"，出現了系統描寫山水的作品。①

靈運之《山居賦》自然已非"附庸"，而是集中寫山水之"大國"。那麼，《山居賦》寫了怎樣的山水，又是如何寫山水的呢？

《山居賦》載録於《宋書》卷六十七《謝靈運傳》，第五章對謝靈運此傳的結構和內容有簡單的概括。在《山居賦》之前，《宋書》交代了靈運在東晉和宋初的仕宦經歷，少帝即位後，靈運政治上并不得意，故"出爲永嘉太守"，但無心政務："郡有名山水，靈運素所愛好，出守既不得志，遂肆意游遨，徧歷諸縣，動踰旬朔，民間聽訟，不復關懷。所至輒爲詩詠，以致其意焉。在郡一周，稱疾去職，從弟晦、曜、弘微等并與書止之，不從。"②在這段文字之後，《宋書》不再敘述靈運的政治活動，轉而寫他的山居生活并引出《山居賦》：

> 靈運父祖并葬始寧縣，并有故宅及墅，遂移籍會稽，修營別業，傍山帶江，盡幽居之美。與隱士王弘之、孔淳之等縱放爲娛，有終焉之志。每有一詩至都邑，貴賤莫不競寫，宿昔之間，士庶皆徧，遠近欽慕，名動京師。作《山居賦》并自注，以言其事。③

《宋書·謝靈運傳》結構比較清晰，"在郡一周……不從"是一部分之終結，這段話則是引出《山居賦》的導語。此段導語主要交代了兩方面的信息：一是靈運在會稽"傍山帶江"環境下的幽居縱放生活；二是政壇失意的靈運在當時已經是名滿天下的文壇宗主。"縱放爲娛"既是世家子弟的能事，也多少是不滿於現實處境的排遣。而先言"縱放"，再敘靈運之文壇地位，恐非史家隨手寫來，我以爲多少暗示了靈運不僅通過現實中的"遊山水"來排解失

---

① 説詳錢鍾書："嘗試論之，詩文之及山水者，始則陳其形勢産品，如《京》《都》之《賦》，或喻諸心性德行，如《山》《川》之《頌》，未嘗玩物審美。繼乃山水依傍田園，若蔦蘿之施松柏，其趣明而未融，謝靈運《山居賦》所謂'仲長願言''應璩作書''銅陵卓氏''金谷石子'，皆'徒形域之薈蔚，惜事異於栖盤'，即指此也。終則附庸蔚成大國，殆在東晉乎？袁崧《宜都記》一節足供標識：'……（案：此處略去引文）'（《水經注》卷三四《江水》引）。游目賞心之致，前人抒寫未嘗。六法中山水一門於晉、宋間應運突起，正亦斯情之流露，操術異而發興同者。……"錢鍾書由東漢仲長統之《樂志論》（從《昌言》一書中析出）談起，旁徵博引，推源溯流，不僅將"詩文之及山水者"的發展歷程分爲三個階段且各舉例子，而且引袁崧《宜都記》證東晉山水詩文之獨立（下文還會討論《宜都記》），又拓展到謝赫"六法"中"山水一門"，指出詩文與繪畫發展之同步。錢之判分與前述徐復觀之大判斷，實有暗合之處。見前引《管錐編》，頁 1641—1645。
② 見前引《宋書》，頁 1753、1754。
③ 見前引《宋書》，頁 1754。

意,也經由文字之"寫山水"來紓解抑鬱。①

《山居賦序》内容十分豐富,兹引録於下:

> 古巢居穴處曰巖棲,棟宇居山曰山居,在林野曰丘園,在郊郭曰城傍,四者不同,可以理推。言心也,黄屋實不殊於汾陽。即事也,山居良有異乎市廛。抱疾就閑,順從性情,敢率所樂,而以作賦。揚子雲云:"詩人之賦麗以則。"文體宜兼,以成其美。今所賦既非京都宫觀遊獵聲色之盛,而敍山野草木水石穀稼之事,才乏昔人,心放俗外,詠於文則可勉而就之,求麗,邈以遠矣。覽者廢張、左之艷辭,尋臺、皓之深意,去飾取素,儻值其心耳。意實言表,而書不盡,遺迹索意,託之有賞。

序文首先追溯了自古以來"有異乎市廛"的不同居住形態,爲自己之"山居"溯源。此處之"市廛",指的是朝堂。隨後靈運强調作此賦乃是"順從性情,敢率所樂",頗有"賦言情"之姿態。靈運之後又引揚雄名言,對賦的文體特徵下一判斷,繼而將自己之作與辭賦傳統作一接續,并自謙己賦之不足。序文最後之"意實言表,而書不盡",與《文賦序》之"若夫隨手之變,良難以辭逮"頗爲接近,而"遺迹索意,託之有賞",更相當於《文心雕龍》之最後一句("文果載心,余心有寄")。從這篇序中,我們可以看到靈運對此賦極爲重視。

《山居賦序》對先前辭賦傳統的態度值得我們注意:"廢張、左之艷辭,尋臺、皓之深意"一句表述了靈運欲追比前賢,一方面繼承傳統,一方面擺脱影響。所謂繼承傳統,主要表現爲"如實鋪陳";所謂擺脱影響,則落實在"去飾取素"上。②

《山居賦》繼承《三都賦》之傳統,篇幅巨大,内容繁複,此處不擬細論,祇討論三個問題。

第一,《山居賦》是否是對靈運居所的真實鋪展? 答案應該是肯定的。

謝靈運自我期許中對張(衡)、左(思)辭賦的繼承和發展就在於"如實"和"素",而《山居賦》也具有較高的寫實性,確是基於靈運的現實經驗撰成。③ 今人根據千餘年前的《山居賦》文本,在靈運當年山居之地——今浙

---

① 汪春泓已注意到這一點,見其《論山水詩與陳郡謝氏之關係——兼論"莊、老告退,而山水方滋"》,收入張健、郭鵬編《古代文論的現代詮釋》,頁194、195。
② 説詳周勛初《論謝靈運山水文學的創作經驗》,收入前引《魏晉南北朝文學論叢》,頁83—85。
③ 孫康宜認爲:"謝靈運的賦不管有多長,也同他的山水詩一樣,首先是植根於'描寫的現實主義'(descriptive realism)。"這是她基於《山居賦》作出的準確判斷,如果考慮到《羅浮山賦》,情況就未必如此了。見前引《抒情與描寫:六朝詩歌概論》,頁76—80,孫康宜在這裏對靈運詩歌的異同離合作了一些討論。

江省嵊州市進行野外考察,竟還能以實地印證賦文。① 僅此一端,就能證明靈運作《山居賦》,不僅像左思那樣博覽群書,還吸納了他現實莊園生活的經驗。這亦是《山居賦》與孫綽《遊天台山賦》之大不同,汪春泓認爲《山居賦》與孫綽《遊天台山賦》存在淵源關係,但謝、孫之作的最大不同就在於:"《遊天台山賦》想象居多,具有奇幻、幽眛及地理博物之性質,而《山居賦》則是謝氏身臨其境,以'山水'作'詩意的棲居'。"② 靈運還有一篇不完整的《羅浮山賦》,由賦序可知,《羅浮山賦》乃想象之作,與《遊天台山賦》更具繼承關係。

第二,《山居賦》祇如實寫了山水嗎? 答案顯然是否定的。

《山居賦》雖以靈運所居之山莊爲對象,在展開結構上則繼承"漢代'京殿苑獵'等大賦中常見的那種'前後左右廣言之'的手法",故而此賦"層次經驗有序,追求整齊對稱之美,形成莊重穩厚的風格"。③ 但山水祇是靈運作賦的觸發與憑藉,靈運之作《山居賦》,不僅寫優美之山水,還要納其淵博之學問與深廣之思想入其中,而且後二者對於靈運而言,可能比優美之山水更重要。

《山居賦》在形式上最引人注目之處并非篇製宏大或有自序,而是其系統而詳實的自注。對於魏晉南北朝賦注,本書第五章第二節曾作探討。就現存文獻而言,雖然從殘篇斷簡中能夠推擬晉人曾有自注,但系統而周密的自注,仍當首推靈運此篇,在這個意義上,靈運之於辭賦自注,有開創之功。④《山居賦》之自注,今日學者多以爲與當時佛教之"合本子注"有關。⑤ 不過,南北朝時期自注發達,史注、文論中都有自注,可見自注隱然已成一風氣,靈運之《山居賦》自注,定受此風氣影響,"合本子注"是構成此風氣的重

---

① 參看金午江、金向銀著《謝靈運山居賦詩文考釋》(杭州:中國文史出版社,2009 年),尤其是此書之代前言《〈山居賦〉野外考察記》,在頁 1—13。不過,嵊州人對家鄉有特殊感情,因而對於曾在家鄉居住過的偉大文學家也不免特別親切,在以實地證賦文時或許特別強調賦與當地之關聯,但即使他們的考述有一些誇張,祇要還有能夠成立的部分,就足以證明《山居賦》包含現實經驗。

② 見汪春泓《論山水詩與陳郡謝氏之關係——兼論"莊、老告退,而山水方滋"》,收入前引《古代文論的現代詮釋》,頁 195。并參看前引田曉菲著《神遊》,頁 41—45。

③ 用周勛初語,見其《論謝靈運山水文學的創作經驗》,前引《魏晉南北朝文學論叢》,頁 84、85。

④ 王芑孫、周勛初、許結都認爲謝靈運是第一位爲自家賦作注之人。

⑤ 陳寅恪最早揭出"合本子注"與南北朝各類注疏之關係,見其《支愍度學説考》之《戊、"格義"與"合本"之異同》,收入前引《金明館叢稿初編》,頁 181—187;及《讀洛陽伽藍記書後》,收入前引《金明館叢稿二編》,頁 175—180;以及《徐高阮重刊洛陽伽藍記序》,收入陳寅恪著《寒柳堂集》(北京:生活・讀書・新知三聯書店,2001 年),頁 161。程章燦和汪春泓在討論《山居賦》之自注時,都強調"合本子注"的影響,見前引《魏晉南北朝賦史》,頁 186;及前引《古代文論的現代詮釋》,頁 195。

要部分,但過分強調《山居賦》自注與"合本子注"之聯繫,或無必要。

《山居賦》如此詳實的自注主要注釋了些什麽? 謝之自注,實已囊括集部注釋的各方面,以下簡單舉例述之:

一是釋字詞,如"魚則鰻鱧鮒鱮,鱒鯶鰱鯿"一句,靈運用兩種方式注讀音曰:"鰻音優。鱧音禮。鮒音附。鱮音敘。鱒音寸袞反。鯶音皖。鰱音連。鯿音悉仙反。"

二是釋地理名物,如"近南則會以雙流,縈以三洲"一句,靈運注曰:"雙流,謂剡江及小江,此二水同會於山南,便合流注下。三江在二水之口,排沙積岸,成此洲漲。"今人能以《山居賦》作實地考察,就有賴這些自注。

三是釋典故,具體又包括釋語典與事典。前者如"昔仲長願言,流水高山"一句,靈運注曰:"仲長子云:'欲使居有良田廣宅,在高山流水之畔。溝池自環,竹木周布,場圃在前,果園在後。'"後者如"愧班生之夙悟,慚尚子之晚研"一句,靈運注曰:"班嗣本不染世,故曰夙悟;尚平未能去累,故曰晚研。"

四是補充信息,如"《本草》所載,山澤不一"一段,靈運注曰:"……此境出藥甚多,雷公、桐君……"①

五是闡發義理,相對集中在後半篇,錢鍾書認爲《山居賦》自注"太半皆箋闡意理"。

謝靈運的自注中還有兩部分的內容比較特殊,一是他在賦中提到了一些民歌,并用自注加以解釋;②二是他在《山居賦》的偏後部分比較多地涉及"佛教活動的描寫和玄理佛義的闡述",③自注中相應地也有展開。

靈運的自注展示了他淵博的知識儲備,是劉宋"知識至上"學風和辭賦"知識性"面向的最佳展現。通過靈運的自注,可以看到他七略四部無書不讀,儒道玄佛無學不涉,若要瞭解靈運的知識結構,此賦無疑是最佳入口。④而且,據《隋書·經籍志》,靈運曾作《遊名山志》和《居名山志》,前者尚有少量文字存世。⑤ 且不論《居名山志》和《山居賦》在題目上的相似,就《遊名

---

① 這個例子周勛初已經提到,見其《謝靈運山水文學的創作經驗》,前引《魏晉南北朝文學論叢》,頁86。
② 周勛初對這一點作了專門分析,見其《謝靈運山水文學的創作經驗》,前引《魏晉南北朝文學論叢》,頁86。
③ 見前引郭維森、許結著《中國辭賦發展史》,頁275。
④ 靈運學問之精深淵博,《宋書》本傳已有表彰,《隋書·經籍志》著錄之靈運著作亦可讓我們一窺究竟。而現代諸種文學史、詩史及佛教史,衹要涉及劉宋,都會談到這一點。
⑤ 見《謝靈運集校注》,頁391—407;并參看趙樹功《謝靈運〈遊名山志〉辨名及佚文》,載《文獻季刊》2009年第2期。

山志》留存至今的文字來看,這些片段與《山居賦》自注實高度類似。無論《遊名山志》是否撰成於《山居賦》之前,若胸中沒有關於山川地理的豐富知識,謝靈運是不可能寫出《山居賦》的。①

因此,《山居賦》絕非靈運基於眼前所見、平日所居一揮而就的作品,而是他在日常生活和現實經驗的基礎上,融合自己的知識、思想和信仰精心結構的一篇大作,無怪乎靈運在《序》中對此賦如此重視。② 可以說,《山居賦》像是一部著作,③其中既有謝靈運對山水的描繪和讚賞,也有他淵綜廣博的知識積累,還有他幽深精微的玄理佛義。自然,在文字的背後,還有靈運凝結在筆端的與現實糾纏着的并不平靜的心情。④

第三,《山居賦》是一篇優秀的辭賦作品嗎？之前兩個問題關乎事實,此一問題則屬價值判斷,并無絕對之是非。

先不論閱讀感受,就《山居賦》之謀篇佈局和遣詞造句而言,靈運確耗巨大心力經營此賦。周勛初指出:"在《山居賦》中,他一方面吸收漢賦的創作經驗,一方面努力納入當時詩歌創作中的新成果。"程章燦認爲:"注文用散體,與賦本文用駢體相對,語言亦多可觀。其中如'若乃南北兩居,水通路阻'一段的自注,輕靈流利,婉轉成文,像一篇山水遊記小品。"曹虹論道:"……但從謝靈運的運筆看,其自注更可視爲是他以同樣的心境創作正文的某種延伸或補充,其中有不少相關段落的自注描述山川形勢、木石景物,用筆看似不經意,卻表達得生動暢達,不遜正文。更爲重要的是,以六朝人文筆區分的眼光看,賦體當屬於文,而注充其量祇能屬於筆,文與筆所用的語言模式一般說來各不相同。在謝靈運《山居賦》中,賦的句子整飾,講究壓韻

---

① 漢晉多詳載異物的地志,晉宋以後則多描寫山水風光的地志,這也是山水文學獨立并繁盛的一個標誌,而上文引用錢鍾書論山水文學的那段宏論,正是以東晉人的地志《宜都記》來作爲山水文學獨立之標誌。關於漢唐間州郡地志的轉變,參看胡寶國《州郡地志》,收入前引《漢唐間史學的發展》,頁159—185。

② 靈運之重視《山居賦》,還有一佐證,《山居賦》結尾二句云:"權近慮以停筆,抑淺知而絕簡。"與《序》之"意實言表,而書不盡,遺迹索意,託之有賞"成一呼應。但靈運又注末二句曰:"謂此既非人迹所求,更待三明五通,然後可踐履耳。故停筆絕簡,不復多云,冀夫賞音悟夫此旨也。"錢鍾書批評如此做法云:"復重《序》語,何'多云'而不憚煩歟？"錢鍾書頗不屑謝之文章("靈運以詩名,文遠不稱"),故有此痛詆。但靈運之重複序文,也可能因爲太過重視此賦,故再三致意。參看錢鍾書著《管錐編》,頁2014,頁2017。

③ 本書第五章已經提到,《隋書·經籍志》著錄了部分單篇辭賦,由此可知在當時一篇賦可以被視作一部著作。

④ 因此,如果因爲《山居賦》"後段頗多佛教活動的描寫和玄理佛義的闡述"而批評靈運"少剪裁",那實是把《山居賦》看窄了,在靈運那裏,"佛教活動"和"玄理佛義"本就是"山居"的重要組成部分,如何能少？參看前引《中國辭賦發展史》,頁275。

和對偶,而注則句式錯落不齊,韻律不求諧協。當謝靈運以疏朗散放之筆在注文中重申或補充他在正文中所寫的山水景觀時,某些描述的生動性和親切感甚至超過正文。"①這些評價都很恰當,不過,上述褒揚之詞主要集中在《山居賦》的部分段落上,若是將這篇大賦作爲一個整體來閱讀欣賞,錢鍾書的評斷或許會獲得更多讀者的認同:"賦既塞滯,註尤冗瑣,時時標示使事用語出處,而太半皆箋闡意理,大似本文拳曲未申,端賴補筆以宣達衷曲,或幾類後世詞曲之襯字者。"②

分開來看,《山居賦》之正文與自注具備周、程、曹所述的諸多優點;合在一起,《山居賦》又讓人在閱讀中時時感到滯塞,這在根本上乃是因爲:《山居賦》雖寫山水,卻并不僅僅通過"模山範水"以抒發情志;《山居賦》實承載了太多的任務,兼具呈現知識和表達思想的功能。在這個意義上,《山居賦》絕不僅僅衹是一篇"山水賦",而是富於綜合性的大賦的自覺繼承者,甚至較爲接近子書。③

《山居賦》的重要,就在於它承載了描寫、抒情、知識與思想,展現了靈運文學家、學問家和思想家的諸多面向。如此高度綜合而又體量龐大,無怪乎沈約等史臣不吝篇幅,將此賦與序、自注全文引錄,并認真撰寫引語。

《山居賦》多方面的重要卻也導致了它在審美意義上的不完善與閱讀上的不友好。對於辭賦史和山水賦來說,《山居賦》是繞不開的鉅製,但對於文學家謝靈運其人、文學史和山水文學來說,《山居賦》卻不如靈運的山水詩重要。

二、山水詩:"模山範水"的另一可能

在我國山水詩的發展過程中,謝靈運無疑具有里程碑式的意義。

一般來說,在敘述山水詩的發生時,學者們會從兩條線索入手:一是從

---

① 見周勛初《謝靈運山水文學的創作經驗》,前引《魏晉南北朝文學論叢》,頁 86—88;程章燦著《魏晉南北朝賦史》,頁 186;曹虹《謝靈運〈山居賦〉自注與柳宗元山水遊記》,前引《中國辭賦源流綜論》,頁 77。

② 錢氏於此一評斷後再引《山居賦》之文本細細評論,多有否定之處,此不再錄,見前引《管錐編》,頁 2015—2202。

③ 漢賦乃一高度綜合之文體,而大賦之綜合性自然最強。錢鍾書論漢賦,屢言漢賦有類書、字書、志書之功能,又言"漢賦似小說",這些都是漢賦綜合性的具體表現。參看《管錐編》,頁 578—580,頁 1573—1576。還可參看:姜書閣著《漢賦通義》(濟南:齊魯書社,1989 年),頁 282—286;許結《論漢賦"類書說"及其文學史意義》,載《社會科學研究》2008 年第 5 期。

玄言到山水;①二是從山水賦到山水詩。② 而謝靈運的山水詩,恰好矗立在這兩條線的交匯處。

謝靈運擅玄理佛義,故能作玄言;③而他的山水賦創作情況上文已作詳述。但對於單個作家,自然不存在先寫玄言詩/山水賦再寫山水詩的情況,也就無所謂從玄言詩/山水賦到山水詩的影響過程。而在文學價值和文學史敘述兩個層面,謝靈運又都是山水詩史上當之無愧的"第一人"。④ 因此,對比謝靈運山水詩、山水賦創作之異同并探究異同背後的文學理由,必將有所發現。職是,下文將參照靈運的山水賦(主要是《山居賦》,兼及《羅浮山賦》),探討謝客山水詩的特質及詩、賦在表現山水上的不同。

《山居賦》呈現出的最大特點就是高密度的知識性和思想性,那麼靈運的山水詩在知識和道理方面又如何呢?

謝氏山水詩中的知識與道理,遠不如其山水賦頻密。知識與道理雖有關,卻非一事,不妨分而述之。

先談靈運山水詩中的知識。詩歌如何表現知識?最直接的手段當爲用典。而祇要翻閱黃節和顧紹柏爲謝之山水詩所作的箋注,⑤我們就能發現,靈運詩雖也用典,但并不頻繁,絕不至於像《山居賦》那樣隨處可見。這裏不擬詳細排比列舉靈運每首山水詩分別用了多少典故,因爲詩歌中典故的數量和頻率,總無法和《山居賦》相比。此處祇想列舉靈運山水詩中較長的名章稍加探討,因爲理論上,較長的篇幅才容許多用典。

謝詩中篇幅最長的是《還舊園作見顏范二中書》,共四十二句,但這并不

---

① 這一線索最早的表述來自《文心雕龍·明詩》中的"莊老告退,山水方滋"兩句,現代學者多認爲從玄言詩到山水詩是一個接續而非否定的過程。參看王瑶《玄言·山水·田園——論東晉詩》,收入前引王瑶著《中古文學史論》,頁261—281;王鍾陵《中國中古詩歌史》,頁90—95;葛曉音著《山水田園詩派研究》,頁17—31;傅剛著《魏晉南北朝詩歌史論》,頁259—274。

② 前引周勛初《論謝靈運山水文學的創作經驗》就着重討論了《山居賦》對靈運山水詩在"程式"上的影響。還可參看:歸青《從賦到詩:山水詩成因初探》,載《中州學刊》1994年第2期;程蘇東《再論晉宋山水詩的形成——以漢魏山水賦爲背景》,載《南京師範大學文學院學報》2014年第3期。

③ 關於謝靈運的玄言詩,參看前引《八代詩史(修訂本)》,頁179—182;《中國中古詩歌史》,頁377、378。

④ 孫康宜讚靈運曰:"他是中國第一個山水詩人,也是最有成就的山水詩人。"即在文學史價值和文學價值兩個層面同時肯定大謝。見前引孫康宜著《抒情與描寫:六朝詩歌概論》,頁54。

⑤ 參看黃節注《謝康樂詩注》,收入《黃節注漢魏六朝詩六種》(北京:人民文學出版社,2008年)。

是典型的山水詩,故而不妨根據《石門新營所住四面高山廻溪石瀨脩竹茂林》稍加研討,詩曰:

> 躋險築幽居,披雲臥石門。
> 苔滑誰能步,葛弱豈可捫。
> 嫋嫋秋風過,萋萋春草繁。
> 美人遊不還,佳期何由敦?
> 芳塵凝瑤席,清醑滿金尊。
> 洞庭空波瀾,桂枝徒攀翻。
> 結念屬霄漢,孤景莫與諼。
> 俯濯石下潭,仰看條上猿。
> 早聞夕飆急,晚見朝日暾。
> 崖傾光難留,林深響易奔。
> 感往慮有復,理來情無存。
> 庶持乘日用,得以慰營魂。
> 匪爲衆人説,冀與智者論。

此詩不僅篇幅長(二十六句),而且收入《文選》,并非泛泛之作。參考《文選》各家注及黄、顧注,詩中用典的句子有以下五處:(一)"嫋嫋秋風過,萋萋春草繁"二句,分別用《九歌·湘夫人》與淮南小山《招隱詩》之語典。(二)"洞庭空波瀾"一句,或翻用《九歌·湘夫人》之"洞庭波兮木葉下"。(三)"桂枝徒攀翻"一句,或糅合《楚辭》之語。(四)"庶持乘日用"一句,"用"字或作"車",若作"車",注者以爲典出《莊子》,然《文選考異》辨"車"之非,引靈運《擬王粲詩》之句例論證當作"日用",故此句是否用典,尚在兩可之間。(五)"得以慰營魂"一句,陸機《文賦》有"攬營魂以探賾",《老子》則有"載營魄抱一"之説。① 即便放寬"用典"之標準,我們也能發現,靈運此詩用典少,且多爲語典,知識性不强。

謝氏山水詩的其他篇章也多屬此種情况,不再舉例。

當詩歌中的知識(或典故,尤其是事典)寥寥無幾的時候,詩歌中還有什麼内容? 謝靈運之所以能成爲山水詩之第一人,就在於他第一次用大量的篇幅以描寫的手法來表現風景,由此開創了獨立的"山水詩"(而不是"含有

---

① 見《謝靈運集校注》,頁 256—261;《黄節注漢魏六朝詩六種·謝康樂詩注》,頁 644、645。

山水的詩")。① 《山居賦》并非不表現山水景色,但《山居賦》之"體物",乃是鋪陳"景"之方方面面,帶有很强的闡發、説明色彩,故需要知識;而謝氏山水詩之表現景色,卻是通過直接的描寫來呈現其美,故無需用典,亦少涉知識。就以上文所舉詩歌爲例,面對"嫋嫋秋風過,萋萋春草繁"二句所呈現的風光,一位没有讀過《楚辭》的讀者也能感受其美,而另一位讀者若知曉此二句之語典,也衹是增添一層韻味,并不會對風光的欣賞産生質的不同。

靈運山水詩與山水賦對知識的不同訴求,與詩賦二體本身的差異有關。賦需鋪陳,純粹的描寫難以做到這一點,故往往需要借助典故,借前人之力來幫助鋪展;詩則不然,對於詩來説,用典并非必要條件,可用可不用。因此謝靈運在描寫山水之美時,更多使用詩歌,應該説是一明智的選擇。此外,《山居賦》對他來説,重心并不在表現山水之美,更在展示自己學問之富與思想之深。

次談道理。前人早已看到,靈運山水詩中多有道理,如上文所引詩之結尾二句,就在談道。② 這是靈運山水詩最受詬病的地方,儘管也有學者對此表示同情與理解。③ 不論批評還是同情,論者多從"玄言詩到山水詩"這一線索來解釋靈運山水詩的"玄言尾巴"。這一解釋當然是有效的。但還可補充的是,當我們認識到靈運《山居賦》中同樣藴含着大量玄理佛義的時候,就不能不考慮:靈運山水詩中的"玄言尾巴",在玄言詩這一影響來源外,還可能和《山居賦》這樣的山水賦有關。《山居賦》向我們展示了靈運對自己學術和思想的珍視,既然如此,在面對山水風光時,再表現一下頗爲自得的思想,不也相當自然嗎?

對比《山居賦》和謝靈運的山水詩,我們可以看到詩賦間的異同:在知識方面,靈運將知識放逐出了山水詩而專意描寫,開創了"山水詩"的傳統;在道理方面,靈運仍不忘在詩中言理,雖然詩中之理的濃墨重彩程度不如賦。

---

① 林文月討論從遊仙詩到山水詩的歷史進程時,曾比較郭璞和謝靈運的詩作,指出謝詩中寫景的詩句大量增加:"大體言之,一首詩之中,有一半以上的句子是直接描寫山水,或因山水而發,這種情形是未有前例的。"見其《從遊仙詩到山水詩》,前引《山水與古典》,頁 20。孫康宜《抒情與描寫:六朝詩歌概論》專論謝詩之第二章的標題即是《謝靈運:創造新的描寫模式》,在頁 52—87。錢志熙則指出:"但謝靈運詩歌最重要的貢獻,恐怕還是其奠定了詩歌以表現景物爲主的藝術發展的方向。"見前引《中國詩歌通史·魏晉南北朝卷》,頁 348。
② "匪爲衆人説,冀與智者論"二句的最後一字皆關乎談論,我甚至懷疑靈運生恐别人不知他的這首山水詩中有"道理"。
③ 如王鍾陵就持同情的態度,强調不可割裂"玄言"和"山水",見前引《中國中古詩歌史》,頁 380—382。錢志熙也有類似説法,見前引《中國詩歌通史·魏晉南北朝卷》,頁 349、350。

靈運的另一篇山水賦《羅浮山賦》是另一種形態的山水賦,那就是想象之作。那麼靈運的山水詩是否也有想象之作(如後來李白之《夢遊天姥吟留別》)?

這一問題就引出了靈運山水詩的另一大不同於山水賦之處:即謝氏山水詩與親身遊覽和現實生活的關係更加密切。靈運之山水詩大量爲"登遊"之作,甚至有"行田"之詩。從靈運山水詩中我們可以很輕鬆地還原他的遊覽歷程;而不同山水詩對於景色的寫法上的差異背後,正是不一樣的遊覽順序和遊覽方式。① 因此,透過靈運的山水詩,我們不僅可以與他"同遊",還可以看到"其詩所反映的大莊園主的生活情趣"。② 有學者甚至認爲靈運的山水詩代表了"一個求道的過程",故而他的山水詩的起點便是"記遊",詩中的"記遊"部分向讀者提供的,則是一個"活的情境"。③

靈運山水詩與《羅浮山賦》的最大不同就在這裏,《羅浮山賦》完全可以憑藉想象和書本寫成,但靈運的山水詩必須建立在他的親身經歷之上。上述靈運山水詩與他親身遊覽的密切關係,甚至讓讀者覺得靈運的大部分山水詩都應當作於遊覽之同時或不久,而不會在遊覽結束很久之後再作。這也是靈運山水詩與《山居賦》的一大不同,《山居賦》顯然是靈運基於莊園生活的長期經驗逐漸撰作而成;而他的山水詩則大多是基於旅行經驗較快地作出,有的作品甚至可能是在旅行途中的一瞬間迸發而成。④

山水詩多寫親身經歷且成於行旅之中或結束不久;山水賦可以憑想象而成且與現實生活距離較遠,山水詩賦的這一不同也與詩賦之體製差異有關,田曉菲在對比孫綽《遊天台山賦》和支遁的同題材詩後提出:"如果說'賦'/敷在描寫一地或一物時總是儘量做到鋪張詳盡,譬如說一篇山賦對一座山的每個方面都會盡情鋪陳渲染,那麼早期中古詩歌則越來越傾向於歌詠具體的場景和個人化的情境。"⑤因此,靈運在詩賦上的不同選擇也正是

---

① 説詳葛曉音著《八代詩史(修訂本)》,頁183—189。
② 王鍾陵對謝靈運的登遊詩、行田詩和詩中透露的"大莊園主的生活情趣"有比較集中的論述,見前引《中國中古詩歌史》,頁373—380。孫康宜也特別強調靈運豐富多彩的遊覽和不乏危險刺激的探險對他的山水詩的巨大影響,她甚至用"描寫的現實主義"(descriptive realism)形容靈運之詩賦。見前引《抒情與描寫:六朝詩歌概論》,頁52—67,頁77。田曉菲甚至認爲,就在靈運同時,"像臨海太守那樣拒絕與謝靈運同遊的人物,很可能反而倒是謝靈運山水詩最熱情的讀者"。若如此,則謝靈運山水詩頗具今日旅遊文學之效,見前引《神遊》,頁111。
③ 見譚元明著《謝靈運山水詩新探》(香港:曙光圖書公司,1992年),頁115、116。
④ 田曉菲對謝靈運的行旅與詩歌有精彩的描述,參看其《煉獄詩人》,前引《神遊》,頁110—133。
⑤ 見田曉菲著《神遊》,頁45。

對二者各自特點的恰當發揮。

在山水賦的觀照下,我們能夠看到靈運山水詩最突出的特點:對描寫的突出和與現實經歷的緊密關聯。靈運通過詩,開出了"模山範水"的另一可能。而現存靈運山水賦如此之少,山水詩卻相對較多,是否也反映了靈運在"模山範水"時的自覺偏向呢?

三、山水詩與山水賦的不同命運和走向

謝靈運的文學成就(尤其是山水詩賦成就)在他生前就得到了巨大的認可,他之後不久沈約就將《山居賦》載入《宋書》,而《宋書》記敘的他的詩歌在當時受追捧的狀態,也可以讓我們想象大謝山水詩之流行。

同時,靈運的文學創作屬於他的時代,他在賦上的傾注心血的同時,又更多用詩來"模山範水",這一選擇正是晉宋之際詩賦競逐的具體表現。一個屬於他的時代且生前就得到巨大認可的文學家,理應在他身後得到及時的繼承和發揚。而歷史也確實如此。

不過,還要特別指出的是,靈運被繼承和發揚的,主要是他的山水詩,而非山水賦。靈運之後的南北朝,仍有一些山水賦,但在數量上遠遠沒法和山水登遊詩相比。[①] 南北朝山水賦的沉寂,和當時整體辭賦創作的平穩是一致的,但也與典範之不可學有關。《山居賦》這樣的綜合性大賦,對作者各方面的要求太高,非常人可學。故南北朝雖有山水賦,卻再也沒有像《山居賦》這樣的鴻篇鉅製,而靈運獨具匠心的自注,也沒能再次出現在山水賦中。[②] 在山水賦的歷史上,《山居賦》真可謂"孤篇橫絕"。

靈運的山水詩則得到了詩人們較為全面的繼承,且山水詩的後來走向頗有内在理路。靈運以後,鮑照、謝朓都對山水詩的發展有重要推進。在他們的山水詩中,與賦聯繫最密切的"玄言的尾巴"被自覺丟棄。下一節將以鮑照為主展開討論,故這裏祇想指出鮑照山水詩不同於謝靈運的一個特點,那就是"感情色彩重"。[③] 按照上文的分析,山水詩擺脱山水賦的一個重要方面就是遠離知識和書本并聯繫現實和自身,如果詩歌進一步挖掘自身,不就會自然而然地加重感情色彩嗎?至於謝朓,"小謝"也留下了山水賦(《臨

[①] 參看前引于浴賢著《六朝賦述論》第八章《山水賦》中的詳細敘述,在頁284—321。
[②] 謝靈運之後為長篇賦作自注的還有張淵(《觀象賦》)和顏延之(《觀我生賦》),但"張注在解釋文意外,偏重天象訓史",顏注則基本在敘述個人經歷和歷史事件,彌補辭賦敘述能力之不足(詳下章),故張、顏之自注與《山居賦注》差異較大。見程章燦著《魏晉南北朝賦史》,頁186;并參看錢鍾書著《管錐編》,頁2016、2017。
[③] 王鍾陵語,見前引《中國中古詩歌史》,頁416。

楚江賦》),與此同時,謝朓的山水詩則進一步走向自我。此外,山水詩比起山水賦來更加即時,更容易表現眼前的景色,故在謝朓的山水詩中開始出現"袖珍畫的形式美學"。①　不論是在內容上的重感情與走向內心,還是在形式上的通過縮短篇幅來把握眼前之景,這些變化都在謝靈運開出的山水詩道路的邏輯延長線上。②　至於我們更加熟悉的唐人的"題寫名勝"模式及其波瀾變化,則可以看作這一邏輯的完成與翻新。③

鮑照和謝朓之後,何遜、陰鏗等人繼續通過山水詩表現自然美,陰何的山水詩也走在謝靈運開出的道路上,因與本章主旨聯繫較少,這裏不再對陰何之山水詩展開論述,但有一點仍可指出,那就是:陰何這兩位山水詩人,對於辭賦創作,已然相當忽視。④

謝靈運寫下了中國山水賦的"孤篇",也奠定了中國山水詩的發展路線,而山水詩和山水賦在謝靈運之後的不同走向,決定了此後山水文學的開展。至於山水文學新境界的開拓,尚需等待"文"的興起。⑤

第三節　鮑照:詩歌内部的新姿與裂變

如果説陶淵明在他的時代被普遍無視,謝靈運在他的時代被普遍認可,那鮑照在他的時代則極具爭議。雖然他們大體處於同一時代。

一、批評指向何方?

鍾嶸在《詩品》中對鮑照有不很高卻也不算低的評價,他把鮑照列在"中品":

> 其源出於二張。善製形狀寫物之詞。得景陽之諔詭,含茂先之靡嫚。骨節强於謝混,驅邁疾於顏延。總四家而擅美,跨兩代而孤出。嗟其才秀人微,故取湮當代。然貴尚巧似,不避危仄,頗傷清雅之調。故言險俗者,多以附照。

---

① 孫康宜《抒情與描寫:六朝詩歌概論》中專論謝朓的第四章的標題就是《謝朓:山水的内化》。所謂"袖珍畫的形式美學",指的是謝朓對四句詩多有探索。在頁159—167。
② 山水詩從大謝到小謝的發展歷程,參看葛曉音著《山水田園詩派研究》,頁48—69。
③ 説詳商偉著《題寫名勝》(北京:生活・讀書・新知三聯書店,2020年)。
④ 本書第一章對此有簡單的涉及。關於何遜、陰鏗的山水詩,還可參看王鍾陵著《中國中古詩歌史》,頁458—471。
⑤ 參看:前引曹虹《謝靈運〈山居賦〉自注與柳宗元山水遊記》;葉曄《游與居:地理觀看與山嶽賦書寫體制的近世轉變》,載《復旦學報》2018年第2期。

不過鍾嶸在《詩品序》中批判當代文風時又說：

> 次有輕蕩之徒，笑曹、劉爲古拙，謂鮑照羲皇上人，謝朓今古獨步。而師鮑照，終不及"日中市朝滿"。學謝朓，劣得"黃鳥度青枝"。徒自棄於高聽，無涉於文流矣。①

這段話雖然對鮑照也不算客氣，但卻爲我們保存了當時鮮活的文學圖景，讓我們知道鮑照、謝朓在齊梁之受歡迎。這幅景象，不由讓我想起《宋書·謝靈運傳》中所述"每有一詩至都邑"的情景。

在鍾嶸的五言詩版圖中地位不高的鮑照在梁代還有不同的評價，蕭子顯在《南齊書·文學傳論》中敘述前代文學時，將鮑照與湯惠休并舉；討論"今之文章"時，又分衆作者爲"三體"，其中亦有鮑照的身影：

> 顏、謝并起，乃各擅奇，休、鮑後出，咸亦標世。

> 次則發唱驚挺，操調險急，雕藻淫豔，傾炫心魂。亦猶五色之有紅紫，八音之有鄭、衛。斯鮑照之遺烈也。②

實際上，鍾嶸和蕭子顯對鮑照的態度十分相似，他們自己就處在矛盾之中。一方面，對於鮑照的文學成就，他們有清楚的體認并相當讚賞，而對於鮑照在當時的巨大影響力，他們也都如實呈現；另一方面，他們又覺得鮑照對於當時文風有不良影響，而鮑照的流行又使得他的"不良影響"顯得愈發嚴重。所以他們對鮑照的追隨者都有峻急的批評。③ 而蕭子顯批評追隨者時的用語（"發唱驚挺，操調險急，雕藻淫豔，傾炫心魂"），和鍾嶸的用詞（"險俗""輕蕩"）也十分接近。

對鮑照之追隨者的批評決不能和對鮑照的批評混爲一談。如所謂"險俗"，鍾嶸直接指的是"附照"之徒，那麼鮑照自己是否"險俗"呢？從鍾嶸這段話，最多祇能推斷鮑照的作品中有"險俗"的一面（或傾向），但不能突出放大這一面。鍾嶸對鮑照的直接批評是"傷清雅之調"，其理由則是"貴尚巧似，不避危仄"。同樣的，"發唱驚挺，操調險急，雕藻淫豔，傾炫心魂"的

---

① 見前引《詩品集注（增訂本）》，頁381，頁69。
② 見前引《南齊書》，頁908。對這"三體"的詮解，參看周勛初《梁代文論三派述要》，收入前引《魏晉南北朝文學論叢》，頁230—253。
③ "附照"的自然是追隨者，"輕蕩之徒"和"鮑照之遺烈"亦指追隨者。

是"鮑照之遺烈",而不是鮑照本人,鮑照最多也衹是有這一傾向。

那麽,鮑照身上的這些可能存在的負面傾向,是普遍存在於他的各類文章中(《南齊書·文學傳論》所論乃"今之文章")? 還是存在於他的五言詩中(《詩品》的範圍是五言詩)? 抑或別有專門的針對?

答案相當明確:這些批評主要針對的是鮑照的樂府。

《詩品序》中提到的"日中市朝滿",出自鮑照的樂府詩《代結客少年場行》。[1] 鍾嶸品詩,止乎五言,在他的五言版圖中,五言徒詩的地位又高於五言樂府(説詳第五章第三節)。而所謂"不避危仄,頗傷清雅之調"之"危仄""清雅之調",都是偏於描述聲音的語詞,故鍾嶸對鮑照的負面意見集中在鮑之五言樂府。[2] 至於蕭子顯之四句評語,"發唱驚挺,操調險急"也集中在聲音方面,所指也應該集中在樂府詩上。衹是《南齊書·文學傳論》不同於《詩品》之"止乎五言",其批評應該包括七言和雜言。

由上可知,在鍾嶸、蕭子顯看來,鮑照的樂府詩創作中存在着"險俗"等傾向,而這些傾向在鮑照熱切的追隨者那裏被放大了,故而對文壇風氣影響頗惡。

鮑照在當時之受歡迎,自無疑問;樂府在當時甚爲流行,鮑之樂府受到熱切追捧,也容易理解。而追隨者在水平上不及他們追隨的偶像,更是常態。故鍾嶸、蕭子顯比較一致的批評雖受他們社會環境和文化立場的影響,卻并非無的放矢。

有趣的是,集中承受了南朝史臣、論家批評的鮑照樂府詩,卻是鮑照所有作品中,最受後來人重視的。那麽,鮑照的樂府詩,究竟有什麽特點呢?

二、批評背後:鮑照樂府詩的特點

鮑照詩歌以樂府詩成就最高,這在現在已是共識,在齊梁時大約也不乏這種看法。[3] 鮑照的樂府詩可以分爲五言、雜言和七言等(具體數量分佈見第三章之表3.1)。

鮑照樂府詩的一大突出特徵就是他開展了語言和體式方面多種多樣的

---

[1] 見前引丁福林、叢玲玲校注《鮑照集校注》,頁137—144。本章所引鮑照文字,若無特殊説明,悉據此書,不再一一標出頁碼。

[2] 王叔岷、曹旭注《詩品》,皆不及此點,且王、曹注"危仄",俱引《文心雕龍·體性》之"危側趣詭"。但呂德申注此句曰:"這除了指鮑照詩在藝術上受樂府民歌的影響外,還有他對現實的不滿和批評。"見前引《鍾嶸詩品箋證稿》,頁287、288;前引《詩品集注(增訂本)》,頁389、390;及呂德申著《鍾嶸〈詩品〉校釋》(北京:北京大學出版社,1986年),頁143。

[3] 曹道衡論鮑照詩歌曰:"鮑照的詩歌以樂府詩的成就最高,這在現在大約也不大有人否認。其實,早在《宋書》和《南史》本傳中,都一開頭就説他'嘗爲古樂府,文甚遒麗'。可見樂府詩在他詩作中的地位,很早就受到了人們的重視。"見其《論鮑照詩歌的幾個問題》,收入曹道衡著《中古文學史論文集》(北京:中華書局,2002年),頁226、227。

試驗:一方面,他廣泛而熟練地使用七言句,他的純七言詩雖然不多,但雜言詩中多見七言句;另一方面,鮑照詩體試驗的"生新"程度極其驚人,他不僅有逐句押韻的七言體,還有首尾完足的三言體詩(《代春日行》),這在魏晉南北朝相當罕見;① 此外,他對口語、民間音樂俱有很多吸收。②

鮑照樂府詩中,以《擬行路難》十八首爲代表的七言及雜言體的短篇歌行樂府詩"最具獨特性、對後世影響最爲深遠"。③ 對於《擬行路難》十八首的思想境界和藝術手段,學者們多有考論,一般認爲這一組詩多有寄託,雖然表現的都是傳統詩歌中的人生主題,卻有着濃厚的自我抒情色彩。④

鮑照的《擬行路難》十八首凸顯了鮑照樂府詩的奇特面目:分明是浸潤着自我生命體驗的作品,卻在形式上以擬樂府舊題的方式展開,⑤在主題上選擇傳統詩歌中常見的人生主題。

類似的情況也發生在鮑照的其他樂府上,鮑照樂府的一大形式特徵就是題目中多有"代"字,這在漢魏六朝文學中可稱特殊。⑥ 葛曉音首先比對鮑詩版本,推測"代"字在南朝《鮑照集》中就有,比較可能爲鮑詩原來面貌,進而通過綿密的分析指出:"總之,通過以上辨析,可以看出鮑照詩集中用'代'字題的樂府詩,或用新題代舊題,或以新意代舊意,大都寄託了鮑照個人獨特的身世之感,在內容主題上顯示出不同於舊體樂府的特點。而不加

---

① 見前引葛曉音著《八代詩史(修訂本)》,頁 201、202。三言有着獨特的韻律結構和語法功能,説詳馮勝利著《漢語韻律詩體學論稿》第八章《三音節的韻律特徵與三言詩的歷時發展》,在頁 166—191。
② 關於鮑照樂府詩和南北朝民歌之關係,曹道衡在《論鮑照詩歌的幾個問題》中有精細的考論,見前引《中古文學史論文集》,頁 226—242。
③ 錢志熙語,見前引《中國詩歌通史·魏晉南北朝卷》,頁 375。葛曉音著《八代詩史》第七章《晉宋詩運的轉關》之第三節即爲《鮑照和樂府七言體》,也突出了鮑照的七言樂府詩,見頁 189。
④ 《擬行路難》末首有"余當二十弱冠辰"一語,故而以往多以爲是鮑照二十歲時寫的。但曹道衡考訂這十八首並非一個整體,也非一時之作,而是"反映了多種人物的思想和生活",并引余冠英説認爲《擬行路難》中存在着反映作者以後的生活經歷的內容"。其説可從,按照曹道衡之考釋,這組詩中很大一部分是鮑照的自我情志的抒發,而十八首中那些寫"棄婦和行子、思婦們"的篇章,也不是與鮑照生命無關的練筆之作,而與鮑照其人有着切實關聯。見前引《論鮑照詩歌的幾個問題》,《中古文學史論文集》,頁 239—242;以及錢志熙著《中國詩歌通史魏晉南北朝卷》,頁 375—379,傳統詩歌人生主題卻帶有濃厚自我抒情色彩是對錢著的概括。
⑤ 不過錢志熙指出:"'行路難'這個題目,本身是一個象徵。"并引吳競語,將"行路"之"路"引申爲"世路"。見前引《中國詩歌通史魏晉南北朝卷》,頁 376。
⑥ 葛曉音論鮑照與漢魏樂府創作傳統曰:"但他的樂府題與前代及後世的文人擬樂府詩有一個重要的區別,即大部分都著有一個'代'字,這似乎是漢魏六朝文學史中的一個特殊現象。"見其《鮑照"代"樂府體探析——兼論漢魏樂府創作傳統的特徵》,原載《上海大學學報》2009 年第 2 期,收入前引葛曉音著《先秦漢魏六朝詩歌體式研究》,頁 358—373。

'代'字的樂府則大都是模仿晉宋時期新興的清商曲辭,沒有任何個人寄託。這是'代'樂府與其他樂府的基本差別。雖然不能據此認定這些'代'字均出自鮑照本人,也無法排除最早的編集者添加的可能性,但'代'字確實提供了一個考察鮑照樂府詩歌體式的角度。"①

前文曾談到,"擬""代"之詩歌初看之下給人模仿、練習的感覺。而通過上述討論,我們可以看到,鮑照的大部分樂府詩無關練習,亦非技巧性的模擬,而是鮑照自身情志的精彩表露。這便可以解釋爲何鮑照的樂府極富魅力,受到當時人追捧:鮑照樂府融合了新奇的語言形式和獨特的身世之感,自然在情和采兩方面都别具一格,具備相當之感染力。

不過,疑問仍然存在,那就是爲何鮑照不僅使用在當時地位不如五言徒詩的樂府,而且還刻意選擇"擬""代"舊題樂府這樣一種看似練習模仿的方式來呈現他的藝術技巧和身世之感?

葛曉音從漢魏樂府的文體傳統的角度進行的解釋應該是最有力的,錢志熙對"行路難"的引申也頗有解釋效力。然而,若將鮑照樂府詩的這一奇特現象與鮑照研究中的一大框架結合,或許能得到更到位的解釋。

鮑照研究中有一影響巨大的解釋框架,即以鮑照的出身和身世來詮解其心態與作品(尤其是詩)。南齊之虞炎爲鮑照集作序,便言其"家室貧賤",今存鮑集中就保留着鮑照本人類似的自我陳述。而鍾嶸在《詩品》中用"才秀人微"來解釋鮑之"取湮當代",亦是此意。故而鮑照在他的時代實在特殊:他與謝靈運不同,出身寒微,又始終不能像陶淵明那樣超越時代脱離塵網,對功名顯達的追求從未停止。② 正因爲鮑照自己不諱言這一點甚至時而在作品中表露這一點,而他的出身及境遇與他的性格情感又密不可分,故而通過"人(微)"探究"才(秀)",成爲鮑照研究的一大有力框架。③

綜合以上幾端,可知如下的事實:

首先,鮑照對自己的出身和處境有清醒的認識,而這樣的環境和他的處

---

① 葛曉音《鮑照"代"樂府體探析——兼論漢魏樂府創作傳統的特徵》,前引《先秦漢魏六朝詩歌體式研究》,頁366。
② 或以爲晉宋之"寒士"不同"寒人","寒士"乃"寒素之士",所謂"素",指的是"門第較低之士族";"寒人"則非"士人"。參看周一良所作關於"素族"之札記,見周一良著《魏晉南北朝史札記》(北京:中華書局,1985年),頁217—219;并見唐長孺《讀史釋詞·素族 寒士》,收入《唐長孺文集》第二卷《魏晉南北朝史論拾遺》(北京:中華書局,2011年),頁251—259。鮑照在當時究竟是否屬"士族",向有争論,如曹道衡與丁福林就有不同意見。不過就有限的材料來看,他的出身與家庭恐怕是比陶淵明還要差的。參看丁福林著《鮑照研究》(南京:鳳凰出版社,2009年),頁52—62。
③ 參看前引王鍾陵著《中國中古詩歌史》,頁400—419;錢志熙著《中國詩歌通史·魏晉南北朝卷》,頁365—371;以及鍾優民著《社會詩人鮑照》(臺北:文津出版社,1994年)。

境必然使得他比較小心而敏感。

其次,鮑照對於他的處境是不滿的,他又明確認識到,他的不幸與艱難,很大程度上來源於他本人無法決定的出身門第,這背後又是他無力改變的時代大局。因此他那複雜而深沉的情感,以及覺醒後的無力和憤懣,都會在詩歌中有所表露。

再次,鮑照對於時代和社會的不滿,能否直接表露? 答案顯然是否定的,一方面,鮑照不滿於自身處境與造就這一處境的時代;另一方面,鮑照又希望能在這一時代顯達,故而他不能直接批判。

結合這些事實,鮑照樂府詩的奇特難解之處便渙然冰釋:鮑照之所以選擇了形式上最不具備自家面目的"擬""代"舊題樂府詩,正是爲了掩蓋他那不合於時代的"身世之感"。某種意義上,用"文體秩序"中位階較低的樂府詩(其中七言排位更後)和"擬""代"樂府舊題的手法,鮑照爲自己不合時宜的"身世之感"塗上了一層"保護色"。選取樂府的體式以及在詩題中頻繁使用抹去個人特點的"擬""代"舊題,正是鮑照既不滿於時代又無力直接對抗的結果。鮑照樂府的動人之處與其詩歌的偉大之處,在這一糾結中表露無遺。

鮑照的樂府在當時頗具流行音樂的地位,但如同多年後的柳郎中一樣,流行的完全可以是經典。抄本時代詩歌的流傳方式決定了鮑照的詩歌應該和他的前輩謝靈運、後輩白居易一樣,大多以一首或幾首的方式流傳,[1]所以劉宋齊梁時期人能讀到的鮑照詩,未必有我們今天多。我們今日能夠讀到較爲完整的鮑照詩歌,故而當我們全面閱讀其《擬行路難》十八首和大量的"代"樂府詩後,比較容易從中體會到鮑照的"身世之感"。而當時人讀到的,更可能是單篇、片段的鮑照詩歌。這時候,鮑照爲他的樂府詩塗上的"保護色"就具備了高度的"欺騙性",而鮑照樂府詩語言和體式上的大膽試驗,恐怕會首先引起讀者的注意。所以南北朝時,鮑照樂府詩語言和形式上的"新變"更引人注目。在這個意義上,甚至可以推想:當鍾嶸、蕭子顯見到鮑照的大量樂府詩後,肯定會奇怪他何以寫了這麽多在文體傳統和當時"文體秩序"中并不那麽重要的樂府,也會特別留意鮑照樂府中的試驗性"新變"。作爲優秀的文學批評家,鍾嶸和蕭子顯在奇怪之餘,還是給了鮑照中肯的評價,雖然這些評價并不完全基於鮑之樂府詩(詳下)。但當鮑照的樂府成爲流行風尚,時人紛紛追隨鮑照的樂府詩時(這些追隨者顯然沒有鮑照的"身

---

[1] 在交通有了進一步發展的唐代,唐詩即使以集的形式傳播,也往往是篇幅不大的"小集",參看傅璇琮、陳尚君、徐俊編《唐人選唐詩新編》(北京:中華書局,2014 年)。而杜甫詩集的早期流傳,也主要表現爲"小集"的形式,參看陳尚君《杜詩早期流傳考》,收入陳尚君著《唐代文學叢考》(北京:中國社會科學出版社,1997 年),頁 306—337。

世之感"),他們自然無法接受,并作出了聲色俱厲的斥責。

這,就是鮑照樂府詩的特點,也是鍾嶸和蕭子顯相關批評背後的邏輯。

鮑照在樂府詩之外,還創作有不少五言徒詩、辭賦,這些作品與樂府詩面目頗不相同。而不同面目的背後,則是鮑照面對過往文學傳統、當時"文體秩序"所作的文體選擇。

三、五言徒詩和辭賦:不同的面目

鮑照的五言徒詩(在這一部分將"五言徒詩"簡稱作"五言詩")成就也不低,相比他新奇的樂府詩,鮑照的五言詩更合乎晉宋詩風。錢志熙將鮑照的五言詩分爲四類,分別是:(一)雅頌及侍從登臨之作;(二)紀行抒情之作;(三)酬贈抒情之作;(四)擬古抒情之作。他進而總結道:"鮑照的五言詩,比起他的新舊樂府體來,更多地體現了元嘉詩壇五言詩的時風,並且元嘉體的一些消極因素,在鮑氏五言詩中同樣不能除盡。……由於鮑照五言詩數量豐富,題材風格多樣,所以最能完整地反映元嘉詩學的整體狀貌。"[①]曹道衡也指出:"鮑照除了樂府詩以外,還寫了不少其他詩歌。這些詩除了一部分'擬古'之作外,有不少首的風格和謝靈運以至顏延之似乎差別不大。"[②]

因此,如果說鮑照的樂府詩在他的時代以奇特的面目而不同尋常,那他的五言詩就以合乎時代風氣而又能具備這一時代的高水準而被人們重視。鮑照五言詩在謝靈運等人的基礎上,在藝術表現上有了進一步的提升,起到了承前啓後的重要作用。關於鮑照五言詩之集元嘉大成以及在詩歌史上的承前啓後,前人論之已詳,此不展開。[③]

對比鮑照的樂府和五言詩,就能看到,鮑照的五言詩乃是在時代風氣和前輩基礎上加入了自己的風格和手法,進而提升了五言詩的品質并拓寬了原本的道路;[④]而他的樂府,則是在無所依傍的情況下平地而起,[⑤]且面目奇特。故而在重視"新變"的現代文學史視域下,鮑照樂府詩的成就要高於五

---

① 見前引《中國詩歌通史·魏晉南北朝卷》,頁381。
② 見前引曹道衡《論鮑照詩歌的幾個問題》,《中古文學史論文集》,頁251。
③ 除前引葛曉音、王鍾陵、錢志熙書外,還可參看傅剛著《魏晉南北朝詩歌史論》第七章第五節《元嘉三大家的詩歌史意義》,在頁308—318。
④ 所謂"拓寬道路",也即前有所繼而後有所傳,這裏用以山水詩爲例説明鮑照五言詩的這一特點。上一節已經談到,鮑照是謝靈運之後山水詩的重要一環,在某種意義上構成了"二謝之間的橋樑"。而鮑照用什麼詩體來寫山水?答案自然是五言詩。參看蘇瑞隆《二謝之間的橋樑——論鮑照的山水詩》,收入前引《廿一世紀漢魏文學新視角》,頁236—270。
⑤ 葛曉音指出,鮑照和謝靈運"同時恢復了在東晉中斷已久的寫作樂府的傳統",見其《鮑照"代"樂府體探析兼論漢魏樂府創作傳統的特徵》,前引《先秦漢魏六朝詩歌體式研究》,頁358。不過不論從題材内容還是風格體式上看,鮑之樂府與謝之樂府都不存在傳承關係。

言詩;而在鍾嶸、蕭子顯這樣的當時正統文士看來,鮑照的五言詩更爲重要,他們對鮑照的正面評價,我認爲主要基於鮑之五言詩。

當然,鮑照的五言詩還有一項樂府詩不具備的重要功能,那就是參與社交。故而錢志熙所分的鮑照五言詩四大類中,一類就是"酬贈抒情之作"。鮑照的樂府雖流行,但他不可能用樂府贈答,更無法用樂府干謁。對於鮑照的仕宦生涯來說,五言詩有着重要的地位。這也可以從側面解釋爲何鮑照用樂府詩寄託"身世之感",因爲鮑照樂府詩的讀者,未必是能決定他命運的人;而能夠決定鮑照命運的人,直接接觸到的是他的五言詩。

既然鮑照的詩歌内部存在着兩種不同狀態,那麼鮑照的辭賦又有怎樣的特點呢?

我認爲鮑照辭賦近於五言詩而遠於樂府詩,皆是以個人才能繼承前代傳統的作品。

鮑照因爲有集流傳,其賦存世較多,我們今日能夠看到的就有十篇,而且多有完整之作。鮑照的辭賦在賦史上有着顯著的地位,這與他辭賦創作本身之成就有關,也與他的辭賦作品留存較多且鮑照整體的文學史地位很高有關。馬積高論"元嘉三大家"的辭賦成就曰:"以賦而言,顔不如謝,謝不如鮑。"[1]無論以什麼標準衡量,鮑照都算得上南北朝第一流的賦家。

鮑照的賦與他的五言詩類似,多爲"先因後創"之作,他的十篇賦涉及的題材,都是前人寫過的,體式上也沒有太多新變。當然,在繼承的基礎上,鮑照通過主題的革新、情感的寄託,對於辭賦的境界有所提升。[2]但總體來說,與南北朝賦整體上的較爲平穩一樣,鮑照賦在賦史上也沒有太多的波瀾。

跳出辭賦史的視野,鮑照賦與鮑照其人又有着怎樣的關係呢?

論者多能從鮑照賦中讀出"悲傷的感情"或"悲憤扼腕",鮑照賦裏有沒有這些感情? 肯定有,因爲文學作品肯定會或多或少流露作者的情志。但論者對這些情感的把握,很大程度上也是緣於我們已經對鮑照其人其文有了一個整體的瞭解,故而會對他悲憤方面的感情特别敏感并着意解讀。如果僅僅就辭賦之文字來看,鮑照賦中的個體情志不如鮑照樂府詩強烈,而更接近五言詩。如果將這一判斷施加到鮑照的九篇賦上,想必論者都會比較贊成,但對於見諸《文選》的《蕪城賦》,這一判斷是否成立呢?

《蕪城賦》是鮑照辭賦作品中當之無愧的"第一篇",歷來極受關注,對

---

[1] 見馬積高著《賦史》,頁206。
[2] 參看前引《賦史》,頁206—210;及前引《中國辭賦發展史》,頁280—284。

於此賦的意旨與本事，也有諸多詮解。五臣之李周翰就將此賦與宋臨海王之叛逆勾連，此後將此篇與政治聯繫的解說不絕如縷。① 但是，東西方現代學界最傑出的三位中古文學研究者，卻都認爲這篇賦無關某一政治事件，祇是登廣陵故城後"爲悲嘆漢代廣陵而寫"。② 故而不論詞彩，僅就撰作因緣而言，《蕪城賦》不過是尋常辭賦。

綜上所述，鮑照的辭賦大多是承襲傳統的作品，和現實的關聯也并不十分直接。

就賦史而言，鮑照的賦比較接近他的五言詩，都是置身於文學傳統中的"先因後創"之作；就文學作品與現實人生的關係而言，鮑照的賦比較接近他的樂府詩，并不直接參與現實社交。

在這個意義上，鮑照的賦也正是南朝賦的一個縮影，相比南朝詩，南朝賦之失去活力表現在很多方面，其中一個重要的面向就是詩歌的社交功能越來越強大，介入現實的程度也越來越深，辭賦卻在很大程度上將這一功能讓渡給了詩歌（説詳第四章第三節）。所以我們在鮑照的賦中看不到太多交遊往來（下一章將討論的庾信在南所作賦也是如此）。

但南朝以前長期佔據"文體秩序"第一位的辭賦的影響力仍在（説詳上二章），故鮑照這樣一位需要通過文學證明并提升自己地位的"寒微之人"，不能祇寫詩歌，也必須通過辭賦鍛造并證明自己，所以我們能夠看到鮑照的十篇涉及不同題材的賦。

但南朝畢竟以詩歌爲創作重心，故而鮑照將主要精力投入到了詩歌創作中，他的辭賦創作，主要是對自家文才的鍛鍊和證明。

第一流的文學家一定有超出時代的一面，對於鮑照來説，他的樂府就是那超出時代的部分；而文學家總是要活在塵世上（更何況鮑照不是職業文學家，首先是士人），對於并不超脱的鮑照來説，五言詩和辭賦是他順應時風、接續傳統的一面，其中五言詩與現實生活關係更密切，辭賦則更近於對文學才能的證明。

---

① 關於《蕪城賦》的撰作時地及因緣，相關的討論參看〔南朝宋〕鮑照著，錢仲聯增補集說校《鮑參軍集注》（上海：上海古籍出版社，1980年）對該篇的注〔一〕和【集説】部分，在頁14，頁24；及康達維（David R. Knechtges）《鮑照〈蕪城賦〉的創作時間與場合》，收入康達維著，蘇瑞隆譯《漢代宮廷文化與文學之探微：康達維自選集》（上海：上海譯文出版社，2013年），頁220—231；以及前引《鮑照集校注》對該篇的【解題】和【集説】部分，在頁17—22，頁40、41。

② 參看：曹道衡《鮑照幾篇詩文的寫作時間》，收入前引《中古文學史論文集》，頁417—421；前引曹道衡、沈玉成著《中古文學史料叢考》，頁293、294；前引康達維著《漢代宮廷文化與文學之探微：康達維自選集》，頁220—231。康達維在論文中引用了曹道衡文。

明乎此,我們便能理解鮑照在當時的評價和他後來的文學史地位,正是他自己在文體間採取了不同的偏重所導致的。鮑照通過并不那麼傑出的辭賦創作,證明了自己的文學才能;又通過合乎時風的高明的五言徒詩創作,贏得了一定的聲望和地位;但他仍然將最多的心血和真摯的情感投向了當時"文體秩序"中較低的樂府,故而鍾嶸論詩之將他列於"中品",蕭子顯也對他的影響有所不滿。

在鮑照這樣一位身份特殊的大文學家身上,我們不僅看到了詩賦的分離,也看到了詩歌内部的新姿和裂變。那麼裂變後的詩賦,又走向了何方?

鮑照對後世文學影響最大的是他的樂府詩,尤其是其中的七言作品(包括以七言爲主的雜言),唐詩之所以能成爲唐詩,其中就有鮑照樂府的巨大貢獻。"俊逸鮑參軍"一語,更是道出了李白和鮑照之間的關係,而李白在樂府和七言上對鮑照正有多方面的繼承和發展。①

鮑照的五言詩則和謝靈運、顏延之等人共同構成元嘉詩風,成爲南朝詩歌演進的重要階段,上述各種詩歌史論此點甚詳,此處不作展開。

而鮑照的辭賦,雖也焕然成章,但鮑賦所涉題材,前人大多已有典範,故而鮑照能爲辭賦傳統添磚加瓦,但貢獻和影響有限。

文學史的演進和展開,仿佛有一雙慧眼,通過後人的繼承和發揚爲鮑照的詩賦作了判分。

小結 幸與不幸:變革時代與個體選擇

變革時代對於渺小的個體來説可遇不可求,而遭逢變革時代對於普通的個人來説也未必是好事。不過對於文學家來説,變革時代總是激動人心的。

晉宋之際就是一個全方位變革的時代,就像本書第一章第四節説的那樣,晉宋之變出現在政治、社會、學術等諸多領域,當然也在發生在文學領域。晉宋之際的文學變革,在文體創作上表現爲由賦到詩的重心轉移,文士們將更多的精力和心思投入到詩歌創作中。但變革和轉折都不可能一蹴而就,在觀念世界裏,辭賦仍然重要。

---

① 見葛曉音《鮑照"代"樂府體探析兼論漢魏樂府創作傳統的特徵》,前引《先秦漢魏六朝詩歌體式研究》,頁 373;及鍾優民著《社會詩人鮑照》,頁 330—384;陳敬介《俊逸鮑參軍——南朝元嘉三大家之鮑照詩研究》(臺北:讀册文化事業有限公司,2000 年),頁 179—191。

面對這樣一個大背景,被拋入此時的陶淵明、謝靈運和鮑照作出了不同選擇,走上了各自的道路。

陶淵明徹底超越(或揚棄)了他的時代,在他那裏辭賦并沒有什麽地位,他將主要精力投放到他的詩世界之中,同時也觸碰到了"文"的境界。在陶的創作實踐和觀念世界中,賦都沒有地位,如此"孤明先發",實在令人吃驚。

謝靈運屬於他的時代,所以他一方面仍有漢魏晉風氣,雖然辭賦存世不多,但《撰征賦》和《山居賦》都是大賦,《山居賦》更是集文辭、學問、思想於一體,是漢晉大賦的直接傳承,謝之重視賦,正是他因襲於前代的地方;另一方面,靈運在辭賦之外,大大開拓了詩歌的可能,詩成爲他"模山範水"的主要文體,而且他也像陶淵明一樣,將生命融於詩歌,他的山水詩,與他的現實經歷不可分離。可以説,靈運在詩賦兩方面都有投入,所以他是屬於這個時代的當之無愧的第一人。

鮑照與他的時代既疏離又關聯。所謂疏離,指的是他的身世經歷在當時可稱"異類",這影響了鮑照一生;所謂關聯,指的是他渴望得到時代的認同并爲之投入其中。而在文學創作上,鮑照用樂府詩承載了他疏離的一面,又用五言詩和辭賦加強了與時代的關聯。故而他順應了創作潮流,將詩作爲重心;又呼應了觀念世界,對賦也曾努力。相較而言,同樣屬於這個時代,謝靈運更像是從魏晉"順流而下",詩賦兼美;鮑照則像是從劉宋"逆流接上",用賦證明自己,用詩展現自己。不同的文學狀態,與他們不同的生命歷程息息相關。

變革時代的區區個人往往是不幸的,陶淵明、謝靈運、鮑照在政治上都不得志,謝靈運與鮑照甚至死於非命,從這點看,或許真是"詩能窮人"。[①]

變革時代的偉大人物往往又是幸運的,陶淵明、謝靈運和鮑照開出的多元路徑,在後來都得到了繼承。而文學上的繼承也非一元,不同的路徑有着不同的走向。陶淵明孤明先發,故直到宋代才被那時的士大夫們發潛德之幽光;謝靈運當世居首,所以被宋齊梁之詩人直接繼承;鮑明遠姿態不一,因而既被追捧,又被批評,對他比較全面的發揚,尚待唐人。

在晉宋之際這個轉捩關頭,幸與不幸的三位大文學家爲我們構築了豐富的文學史圖景,也留下了多元路徑,這是一個美好的開頭。而在這個轉捩過程的終點(唐詩)之前,又會有樣的景象呢?下一章將對終點之前最偉大的文學家——庾信作一番審視。

[①] 參看吳承學《"詩能窮人"與"詩能達人"——中國古代對於詩人的集體認同》,載《中國社會科學》2010年第4期。

第八章　最後的詩人與賦家：
庾信的詩和賦

身處南北朝末期的庾信無疑是南北朝文學研究中最受重視的作家,而庾信創作的數量頗多、水準極高的詩與賦自是構成"文學家"庾信的最主要元素。那麽,在"詩賦競逐"的最後階段,庾信有着怎樣的文體選擇和詩賦創作,他的做法,又爲南北朝文學畫上了怎樣的一個句號?

本章採取不同於上一章的路徑,首先對過往研究的主要方式加以檢討,進而通過對詩賦繫年的梳理,討論庾信詩與賦的不同功能和性質,從而揭示出:庾信在南朝的詩賦創作,主要是貴族文化下文藝才能的鍛鍊與展演,亦是他獲得文學、政治地位的"文化資本";由南入北後,更加深摯的情感體驗和獨特的家國感懷使得庾信的文學創作別具面目,庾信用賦更加集中且出色地抒發情志,而賦中最重要的《哀江南賦》則在結撰"形態"上遠遠高於其他文體。

第一節　"知人論世"與比次作品

儘管從唐代開始,對庾信其人其文有着或高或低、起伏不定的價值判斷,但庾信和他的作品始終受到較多的關注,相關批評和闡釋不絶。[1] 進入

---

[1] 關於庾信在他身後的被接受和被評價,比較集中的歸納和論述,參看許東海《庾信生平及其賦之研究》(臺北:文史哲出版社,1984年)之第四章第三節《庾信辭賦歷來之評價》及第五章第三節《庾信與後世文學》,頁275—281、頁288—290;鍾優民《望鄉詩人庾信》(長春:吉林大學出版社,1988年)第十部分《高瞻六代 永放異彩》,頁230—241;李國熙《庾信後期文學中鄉關之思研究》(臺北:文津出版社,1994年)第八章第二節《庾信"鄉關之思"作品的影響》,頁353—368;魯同群《庾信傳論》(天津:天津人民出版社,1997年)第七章《一個使杜甫十分傾倒的詩人——庾信對後世詩人的影響》以及該書附録二《歷代評論選輯》,頁310—326、頁352—359;徐寶余《庾信研究》(上海:學林出版社,2003年)第四章第二節《隋唐作家對庾信的接受》,頁204—222。

現代學術,庾信及其作品更是得到了系統而全面的研究。① 現代學者對庾信的研究,主要集中在兩方面:一是根據史傳材料和庾信的作品,來推考庾信生平經歷,再由此對其作品作時空定位;二是在知人論世的基礎上,或區分生平不同階段,或區分文體,對庾信作品的文學審美特質進行發揮,也討論庾信本人的文學思想及他在文學史上的地位。②

一、豐富的考訂

這樣一種充分(乃至有些過度)的研究所帶來最大的成果,就是對庾信作品,尤其是外部時空信息不那麼明確的詩賦的撰作背景的考索,已臻"題無剩義"之境。現將古今學者關於庾信詩賦的繫年研究作簡單歸納,制成附表 8.1。

通覽附表 8.1,我們可以發現庾信賦的繫年的基本情況是:

第一,15 篇賦,大的階段分期十分明確,8 篇為北遷以後之作,7 篇在南朝時寫就。

第二,各家考訂意見一致的辭賦祇有《象戲賦》一篇,其撰作時間地點確定無疑。這是因為周武帝制《象經》一事於史有徵。至於同樣是應制而作的《三月三日華林園馬射賦》,因為無法在史籍中找到明確對應的事件,就祇能根據正文中"歲次昭陽"所提供的辛年這一信息,結合當時北周的外交、軍事形勢,用排除法來推定時間。

第三,餘下各篇,文本所提供的時空信息遠不如《三月三日華林園馬射賦》確定,故而言人人殊,祇能根據各自理解的庾信入北後的經歷和對賦中文句的推測,來作出相應的猜測。

總之,庾信 15 篇賦,7 篇祇能籠統歸於南朝時。剩餘 8 篇中,能準確繫年者 1 篇;能確定關聯之事但不能具體至年份者 1 篇;關聯之事不能確知故祇能猜想推定者 6 篇。

---

① 這方面比較全面的論述可參看吉定《庾信研究》(上海:上海古籍出版社,2008 年)的附錄一《世紀回眸:庾信研究的回顧與展望》和附錄二《庾信研究百年論著目錄索引》,頁 235—292。

② 興膳宏的《望鄉詩人——庾信傳記》根據生平,分階段分析庾信的作品和心態。參看興膳宏著,譚繼山編譯《望鄉詩人——庾信傳記》(臺北:萬盛出版有限公司,1984 年)。魯同群《庾信傳論》也採用這一論說方法。鍾優民《望鄉詩人庾信》則在介紹詩人生平之後分文體論說。三種《庾信研究》(林怡、徐寶余、吉定)都偏於專題式的展開,其中林著作在生平上落筆較多,徐著也偏向於在專題之下以生平爲線索,吉著則有專門的分體討論。參看林怡著《庾信研究》(北京:人民文學出版社,2000 年)。牛貴琥的《腸斷江南——庾信與齊梁文士現象》(太原:山西教育出版社,1994 年)強調從大的文化背景下分析庾信,在齊梁文化的大背景下爲庾信勾勒了若干關鍵詞。

庾信詩的數量遠多於賦,情況也要複雜一些,根據附表 8.1 總結其詩①繫年的基本情況如下:

第一,《庾子山集注》卷三、卷四所收的 166 篇詩,②即使以庾信在南或北遷爲兩大階段,也祇能將大部分作品歸類,有少數詩篇,仍無法確定作於哪一階段。③

第二,落實到詩歌撰作具體年份的考訂,又可以分四種情況:

(一) 和上述《象戲賦》的情況類似,在詩題或詩句中含有具體的人物、時間、地點或事件的信息,這些信息又可以與史書中的相關事件明確關聯,所以能夠明確判定年份,這種情況的詩有 24 篇。④

(二) 和上述《三月三日華林園馬射賦》的情況類似,詩題或詩句中頁包含了到具體信息,但所含信息有限,不能與史書的記載直接對接,所以祇能判定大致的時間,無法落實到某年。如《就蒲州使君乞酒》《蒲州刺史中山公許乞酒一車未送》二詩,蒲州使君或蒲州刺史可以確證爲中山公宇文訓。據《周書·武帝紀》,宇文訓在天和元年二月至天和六年五月間爲蒲州總管,但宇文訓與庾信到底有怎樣的交往,他又是在甚麽情況下贈酒於庾信,皆於史無徵,所以祇能判斷大概的時間,或在這範圍内猜測一個年份。這種情況下,因爲對詩句和

---

① 從廣義上來説,樂府和郊廟歌辭也都屬於"詩",但在庾信的時代,作爲文體的"(徒)詩"與"樂府""歌辭"還是不同的,今日能見到的明代以來的各種庾信集也都通過分卷作了區分,所以這裏祇討論《庾子山集注》卷三、卷四收録的詩,之後再討論庾信所作樂府和郊廟歌辭的繫年情況。卷四最後一首《俠客行》應當歸入樂府,理由見附表 8.1《俠客行》的註解中引述的倪注,不過這一首詩對於本章的討論影響不大,所以仍根據《庾子山集注》的編排展開討論。不作特殊説明的情況下,本章中的"詩"就指徒詩。

② 本章用"篇"而不是之前各章的"首"作爲詩歌的計量單位,因爲庾信的組詩(如《擬詠懷二十七首》)一般作爲整體被討論,但這一組詩不可以被稱爲"一首"。故而庾信的組詩或標爲"兩首"的詩作,這裏稱作一篇,若分開計算,本章則仍以"首"稱呼。

③ 如《仰和何僕射還宅懷故》,因爲對何僕射的理解不同,傳統認爲是暮年所作,劉文忠則斷爲早期作品。又如《鏡》等幾首,劉開揚僅據語言風格編於在南朝時,理據不足。再如《詠畫屏風詩》二十四首,其中第四首也收入明刻本和吳兆宜注本《玉臺新詠》,劉文忠由此入手,結合南北朝的畫屏風詩情況,推測這一組詩作於南朝;鍾優民没有討論這二十四首的撰作時間,但用第六首分析庾信在南朝不知憂愁的享樂生活(前引鍾書,頁 138);興膳宏根據庾信南朝詩作大多散佚而這一組詩完整保留,推斷此一組詩作於北遷之後(前引興膳書,頁 154)。參看劉文忠《庾信前期作品考辨》,載《文史》第二十七輯(北京:中華書局,1986 年),頁 219—229。

④ 分別是:《奉報寄洛州》《謹贈司寇淮南公》《正旦上司憲府》《任洛州酬薛文學見贈别》《將命至鄴酬祖正員》《將命至鄴》《入彭城館》《同州還》《從駕觀講武》《同盧記室從軍》《奉和闡弘二教應詔》《奉和法筵應詔》《預麟趾殿校書和劉儀同》《奉和趙王西京路春旦》《西門豹廟》《和王少保遥傷周處士》《對宴齊使》《聘齊秋晚館中飲酒》《别周尚書〔處士〕弘正》《將命使北始渡瓜步江》《反命河朔始入武州》《奉和永豐殿下言志(十首)》《奉和平鄴應詔》《送衛王南征》。

史事的理解有歧異,自然會有不同的繫年。這種情況的詩共有35篇。①

(三)和上述《哀江南賦》各篇的情況相似,詩題或詩句中并不包含明確的人物、時間地點或事件的信息,但可以間接指向某些具體信息,或者可以從詩中體味出庾信的某種心境。將間接"提煉"出的信息或分析而得的心境與研究者所理解的庾信的生平作比照,再將詩篇定在某一時段或某一年。②這種方法所得的結論自然差異更大,這種情況的詩共有13篇。③

(四)完全無法判定可能的時空歸屬的詩共有94篇。④ 無法判定又存在兩種情況:一是全詩没有任何外部信息,如《率爾成詠》《慨然成詠》這樣的純粹抒發感慨之作;二是雖然詩中包含具體信息,但相關的人或事存在的可能性太多,如多首和趙王招發生關係的詩(《奉和趙王》《和趙王看伎》等),庾信北遷後與趙王關係密切,交遊頗多,時間跨度很大,而詩中關涉的事又多屬尋常生活,何時何地皆有可能,故無法繫年。

至於卷五的12篇樂府,祗有《燕歌行》受到了較多關注。倪注引《周書·王褒傳》關於王褒作《燕歌行》以及梁元帝、諸文士和之的記載來説明"信亦有此歌"。⑤ 王褒、梁元帝的《燕歌行》流傳至今,⑥如果庾信此篇《燕歌行》是與梁元帝等人唱和王褒的作品,那祗能撰作於庾信的江陵時期,興膳宏即據此將其繫年於554年。《燕歌行》之外,也有少部分學者認爲《楊柳歌》作於同一階段,⑦這或許是因爲梁元帝有一首《折楊柳》流傳至今。⑧ 除《燕歌

---

① 分别是:《陪駕幸終南山和宇文内史》《和宇文内史春日遊山》《和宇文京兆遊田》《上益州上柱國趙王(二首)》《奉報趙王出師在道賜詩》《和趙王送峽中軍》《和何儀同講竟述懷》《和張侍中述懷》《和宇文内史入重陽閣》《忝在司水看治渭橋》《登中州新閣》《蒙賜酒》《奉報趙王惠酒》《喜晴應詔敕自疏韻》《同顔大夫初晴》《和李司録喜雨》《奉和趙王西京路春旦》《和樂儀同苦熱》《和裴儀同秋日》《傷王司徒褒》《冬狩行四韻連句應詔》《奉答賜酒》《奉答賜酒鵝》《衛王贈桑落酒奉答》《就蒲州使君乞酒》《蒲州刺史中山公許乞酒一車未送》《答王司空餉酒》《集周公處連句》《寄徐陵》《寄王琳》《和劉儀同臻》《和侃法師三絶》《送周尚書弘正(二首)》《重别周尚書(二首)》《徐報使來止得一見》。
② 這裏所謂的"時段"并不是在南或在北這樣的大判分,而是相對具體的某幾年。下文還將展開討論這種解詩方法。
③ 分别是:《擬詠懷(二十七首)》《園庭》《歸田》《寒園即目》《幽居值春》《臥疾窮愁》《山齋》《望野》《詠樹》《山中》《山齋》《暮秋野興賦得傾壺酒》《望渭水》。案:此卷有兩首《山齋》。
④ 即除掉上述三種情況外,卷三、卷四所剩下的詩。
⑤ "褒曾作《燕歌行》,妙盡關塞苦寒之狀,元帝及諸文士并和之。"參看〔北周〕庾信撰,〔清〕倪璠注,許逸民點校《庾子山集注》(北京:中華書局,1980年),頁407。又,本章所引庾信文字,若無特别説明,悉據此書,不再一一標出頁碼。
⑥ 參看逯欽立輯校《先秦漢魏晉南北朝詩》,頁2334,頁2035。
⑦ 參看前引吉定著《庾信研究》,頁21,吉定認爲《燕歌行》和《楊柳歌》都作於548年至554年間,但并未説明如此定位《楊柳歌》的理由。
⑧ 見《先秦漢魏晉南北朝詩》,頁2032,不過庾信的《楊柳歌》爲七言,而梁元帝的《折楊柳》乃五言。

行》可以較爲明確地編排在江陵時期,《楊柳歌》存在一定可能之外,剩餘 10 篇至多祇能判定是在南朝或在北朝的作品。

而卷六收録的數量不少的《郊廟歌辭》,是爲朝廷而作,何時完成較爲確定。不過這些是庾信配合北周"正定雅音""創造鐘律"而作的歌辭,創作時主要考慮的,應當是這一體類本身的傳統,以及朝廷的意志。

二、考訂背後：觀念與邏輯

以上根據既有研究成果,對庾信詩賦及相關作品的繫年情況作了簡要歸納,其中詩的情況更複雜。繫年研究的主要方法,古今并無太大差異,即沿着"知人論世""詩如其人"的思路,通過對詩人生平和作品的整體與局部之間不斷進行"闡釋之循環",①進而作出具體的判斷。這種做法在古代的高峰是倪璠的《庾子山集注》,倪璠注本之前有吳兆宜的《庾開府集箋注》,但吳箋"合衆手以成之,頗傷漏略",故倪氏在其基礎上大大增益。而倪注最重要的一點,就是"詳考諸史,作年譜冠於集首"。② 倪璠所作乃第一個系統的庾信年譜,注詩和作譜相結合的辦法,是傳統詩歌箋釋方法之一種。這一方法在清代得到了空前的發展,也有了理論上的自覺,倪注本便是這一普遍思潮下的產物。③ 不過倪璠雖然撰作年譜,但對具體篇目的繫年頗爲謹慎,落實到詩賦上,很多都祇推演大致時段。後來的研究者的繫年工作,基本是在倪璠的思路上踵事增華。

現代學者在方法上亦有增益,約略來説有兩點值得特別注意。

第一是陳寅恪的名文《讀〈哀江南賦〉》④對後來學者的巨大影響。陳氏強調庾信賦中的"今典"意義甚大,并由《哀江南賦》中三句涉及時間的關鍵句("中興道銷,窮於甲戌。""天道周星,物極不反。""況復零落將盡,靈光巋然。日窮於紀,歲將復始。逼切危慮,端憂暮齒。踐長樂之神皋,望宣平之貴里。")推論此賦的寫作時間必在"西魏取江陵"的甲戌年之後的"歲星一周"(十二年)或"再周"(二十四年)之時,復將"靈光巋然"坐實爲王褒去世,從而論定《哀江南賦》祇能作於周武帝宣政元年戊戌(578 年)。這一推

---

① 錢鍾書曾用"闡釋之循環"論説戴震等漢學家讀書時所強調方法論,即由字詞、文句、段落通達全篇之意旨("志"),復由全篇之意旨回望解決局部之問題("文"),此亦可以用於説明作者生平考索和作品繫年比定之間的關係。參看錢鍾書著《管錐編》,頁 276—284。
② 引文爲四庫館臣語,參看〔清〕永瑢等撰《四庫全書總目》(北京:中華書局,1965 年),頁 1276。
③ 關於這一箋釋方法和清人運用此法注詩的系統討論,參看顏崑陽《李商隱詩箋釋方法論》(臺北:臺灣學生書局,1991 年),尤其是其第二章。
④ 文見陳寅恪著《金明館叢稿初編》,頁 234—242。

論之結果是陳氏此文立論的基礎性前提,後文對賦中具體文句、典實和庾信作此賦的緣由的推考,都建立在這一前提之上。陳寅恪的基本方法,是認定庾信所用之典和具體文句中有切實指向,他拈出這些文句加以落實之後,再建立確定的坐標系進行闡說。在方法論上,這仍不出倪璠和清人箋詩方法之藩籬。但陳氏對"今典"的強調和突出,以及陳文的強大示範性,使得現代學者沿其軌轍,在詩賦繫年上大大推進,所得成果之豐厚遠非倪璠能及。這其中魯同群的系列研究最爲重要,他採用與陳寅恪相似的方法,坐實《哀江南賦》中另外的文句和典故,得出了和陳寅恪大不相同的結論,認爲《哀江南賦》是庾信入北之初所作,而且作賦的主要目的是爲擺脫當時的困境而求官。他用同樣的辦法對庾信的大量作品作了繫年,林怡等則在魯同群的基礎上又作了一些細化和探究。從倪璠到陳寅恪再到當代學人,通過推定作品文句的實際所指來增進對作品背景和作者生平的理解,這一路向可說基本題無剩義。

第二是文學史意識滲入造成的影響。在現代的文學史敘述中,南北朝時期的"南、北"是大不相同且各有特色的。[1] 具體到作家研究,像庾信這樣的由南入北、經歷家國巨變的重要作家,生命的不同時期和南北之間的不同,自然會對其作品產生影響。於是,有的論者認爲庾信在南朝之作都帶有"宮體"特徵(這也是受到了史書論述的影響),而北遷之後則會在作品中加入北方的特質(包括使用的語詞和作品的風格)。附表8.1中蕭滌非、劉開揚等人對部分作品創作階段的判斷就基於這一邏輯。不過在近幾十年對庾信的專門研究中,隨着研究的細化,這種方法已經被逐漸揚棄。因爲庾信部分被確證作於南朝的詩篇遠非"宮體"所能概括,已經具有開闊宏大的氣象,而明確作於北朝的部分作品,和早期的宮廷唱和之作在語詞、風格上也沒有太大不同。[2]

通過以上討論,我們可以看到,庾信研究中最爲重要、取得最多成果的詩賦繫年研究,雜糅了對作品中所含事實的推證和對作品風格的分期辨析,而後者的有效性是相當有限的。若從邏輯出發,我們可以抽繹出一條抽象標準——作品中是否含有確定的外部信息,進而據此標準對庾信詩賦繫年的可能性及確定性再作審視。

所謂"確定的外部信息",指的是明確的人物、事件、時間、地點,上文所

---

[1] 不論是古代文學通史還是集中於魏晉南北朝或南北朝的文學專史,多少都會涉及這一問題,此處無法詳細舉例。田曉菲對"'南、北'觀念的文化建構"有比較清楚的梳理,并對此作出頗爲激烈的反思和批判,參看田曉菲著《烽火與流星》,頁240—276。

[2] 前引鍾優民書、劉文忠文、魯同群書和三種《庾信研究》都或多或少地作了這樣的論述。

論《象戲賦》《三月三日華林園馬射賦》和詩中第（一）、（二）類的全部作品和第（四）類的部分作品都具備"確定的外部信息"。① 剩餘的作品又可分爲兩類：第（三）類中的大部分作品和第（四）類中的一部分不具備"確定的外部信息"；而《哀江南賦》《擬詠懷（二十七首）》等少部分作品，則具備一些"不確定的外部信息"。

理論上，不具備"確定的外部信息"的作品，很難推考其創作時地。但爲何相關考索仍不絕如縷？這恰説明這些作品被研究者們認爲是庾信詩賦中能夠反映作者情感思想的比較重要的作品，故而需要作一番"知人論世"的考索，方能更好地解讀作品和作者。

作品具有"確定的外部信息"，便可以直接勾連"人事"和"詩賦"。若不具備，從詩賦文本反推，祇能體味其情志，若要進一步聯繫人事，便自然近似猜謎。更重要的是，對於《哀江南賦》《小園賦》《竹杖賦》《擬詠懷》這樣篇幅頗大，蘊藏情思豐富的作品來説，很可能是作者生命中的許多人事共同釀造了一系列情思，進而有了作品。研究者各執詩賦的一部分，將其坐實并還原到某一事件，進而落實到某一時期。因而各人雖皆言之成理、持之有故，但所持材料不同，結論便相差極大。

經由以上的檢討，本章想要採取另一種辦法，由詩賦所包含的確定的外部信息入手，討論詩賦的功能，由此爲庾信的詩賦略加分類，②從而增進我們對庾信其人其文的理解。

第二節　功能分類與詩賦異同

一、爲人爲己：分類的另一種嘗試

庾信的 166 篇詩中，完全不包含"外部信息"的共有 58 篇。③ 這些詩篇

---

① 具備"確定的外部信息"并非作出繫年的充分條件，上文討論詩的第（四）種情況時已經指出，有的詩題明確標明是奉和趙王，但相關文獻不足徵，仍祇能闕疑。
② 對於庾信詩歌的分類，除了上述基於繫年的時期分類，還有根據風格、題材等的分類，如吉定將"庾信的後期詩作"分爲七類：綺豔詩、應酬詩、寫景題畫詩、閒適詩、抒情詩、歸隱詩、樂府詩（這是一個雜糅的分類法，標準不一致）。參看吉定著《庾信研究》，頁 36—46。下文還會提到林怡對庾信"和詩"在題材上的三分。
③ 分別是：《遊山》《夢入内堂》《夜聽搗衣》《歲晚出橫門》《園庭》《歸田》《寒園即目》《幽居值春》《臥疾窮愁》《山齋》《望野》《郊行值雪》《詠園花》《見遊春人》《率爾成詠》《慨然成詠》《舟中望月》《望月》《對雨》《喜晴》《晚秋》《詠畫屏風詩（二十四首）》《鏡》《梅花》《詠樹》《鬥雞》《杏花》《贈别》《仙山（二首）》《山齋》《野步》《山中》《閨怨》《看舞》　（轉下頁）

篇幅普遍不長，或詠物，或書寫日常生活的某種狀態，①有清新自然之作，也有愁苦悲涼之音。有的則可能是帶有訓練性質的隨手之作。② 其中《詠畫屏風詩（二十四首）》因為是此前少見的題畫詩，獲得較多關注。《園庭》《歸田》《寒園即目》《幽居值春》《臥疾窮愁》《山齋》《望野》被部分當代學者認定為真實描寫庾信入北後的生活，有專門討論。其他 50 篇作品不是庾信詩歌研究的重點。③

108 篇包含外部信息的詩中，很大一部分是"和詩"。林怡曾全面歸納討論庾信"和詩"的藝術特色，她將 47 首和詩（標題中都有"和"字，和附表 8.1 所作的歸納一致）根據創作時段（分南北）、題材（分三類："景物""豔情""抒懷"）、句數（四、八、十、十二、十四、十六、十八、二十、二十二、六十）和韻腳（平仄）進行分類并撰成一表。④ 這些"和詩"中很大一部分是"奉和"之作（20 篇），那是奉自上而下的命令寫就的，"奉和"之外的"和詩"主要也是與上級（如趙王）或同僚（如劉臻）的唱和之作。⑤

與上級或同僚有關以及與朝廷事務有關的詩作，除了上述"和詩"外，還有 47 篇。⑥

（接上頁）《聽歌一絕》《暮秋野興賦得傾壺酒》《對酒》《春日極飲》《春望》《新月》《秋日》《望渭水》《塵鏡》《弄琴（二首）》《詠羽扇》《題結綾袋子》《賦得鷺鷥》《賦得集池雁》《詠雁》《忽見檳榔》《賦得荷》《移樹》《奉梨》《傷往（二首）》《春日離合（二首）》《秋夜望單飛雁》《代人傷往（二首）》《俠客行》。

① 其中《賦得鷺鷥》和《賦得集池雁》，可能是應制詩，也可能是和其他詩人集會時所得之題，但也可能是純粹的即景物賦詩。
② 如卷四既有二首五言四句《傷往》，又有二首七言四句《代人傷往》，"代人"當如何理解，尚不能確定，但可能就是庾信用不同的體式來試著表達對過去的感傷。
③ 本節所述功能，與本書第四章有異有同，蓋第四章乃通貫之宏觀描述，本章則是具體的作家析論，故從庾信具體作品出發而作的歸納與第四章之"功能"不會完全吻合。
④ 參看林怡《論庾信的"和詩"》，載《福建論壇（人文社會科學版）》1996 年第 2 期，該表在頁 15。
⑤ 祇有 4 篇是與上級或同僚之外的人的和詩：《和靈〔昊〕法師遊昆明池（二首）》《和庾四》《和侃法師三絕》《和江中賈客》，唱和的對象是僧人、親屬和賈人。
⑥ 分別是：《奉報寄洛州》《奉報窮秋寄隱士》《上益州上柱國趙王（二首）》《謹贈司寇淮南公》《正旦上司憲府》《任洛州酬薛文學見贈別》《將命至鄴祖正員》《將命至鄴》《入彭城館》《同州還》《從駕觀講武》《奉報趙王出師在道賀詩》《同盧記室從軍》《侍從徐國公殿下軍行》《伏聞遊獵》《見征客始還遇獵》《至老子廟應詔》《忝在司水看治渭橋》《北園新齋成應趙王教》《同〔司〕會河陽公新造山池聊得寓目》《蒙賜酒》《奉報趙王惠酒》《喜晴應詔敕自疏韻》《同顏大夫初晴》《西門豹廟》《傷王司徒襃》《對宴齊使》《聘齊秋晚館中飲酒》《別周尚書〔處士〕弘正》《別張洗馬樞》《將命使北始渡瓜步江》《反命河朔始入武州》《冬狩行四韻連句應詔》《奉答賜酒》《奉答賜酒鵝》《正旦蒙趙王賚酒》《衛王贈桑落酒奉答》《就蒲州使君乞酒》《蒲州刺史中山公許乞酒一車未送》《答王司空餉酒》《詠春近餘雪應詔》《應令》《集周公處連句》《送周尚書弘正（二首）》《重別周尚書（二首）》《行途賦得四更應詔》《送衛王南征》。其中《奉報窮秋寄隱士》，倪璠認為是"報趙王"之作，魯同群從之，當可信。

剩下的 14 篇中,①《擬詠懷(二十七首)》《登中州新閣》《北園社堂新成》《有喜致醉》《入道士館》之外,其餘 9 篇也是庾信與人交遊所作之詩。

綜上所述,庾信 108 篇直接包含外部信息的詩中,與他在朝爲官生活直接有關的共 90 篇,其中很大一部分爲應制和交遊之作。與在朝爲官生活并不直接有關的 18 篇中,也有 13 篇是爲親友而作的。② 所以,今存庾信之詩,六成以上(確切地説是 103 篇)與他人或爲官有關,似可歸之爲"爲人之作",四成不到的作品則可歸之爲"爲己之作"。③

這裏所謂"爲人""爲己"的區分也是一種抽象提煉,可以説祇是抽象的兩極,詩人的具體詩篇不可能和某一極完全契合而與任何另一極絲毫無關。如多受論者關注的《奉和永豐殿下言志》十首,庾信在與蕭撝唱和的同時,也在表達自己的情志,而且更可能是有意借唱和來言志抒情。④ 作這樣一種偏向於邏輯的"理想型"二分,祇是爲了從功能上進行界定。

賦的情況則相對簡單,在南朝所作的 7 篇作品,是很典型的宮廷文人爲展現技藝而作的體物賦,而且一部分是君主和文人們同題共作的成果。我們今天還能看到梁簡文帝蕭綱有《對燭賦》《鴛鴦賦》,梁元帝蕭繹作有《春賦》《對燭賦》《鴛鴦賦》,徐陵有《鴛鴦賦》。這七篇作品,應該説都是含有"爲人"成分。北遷後的 8 篇賦作,2 篇是爲朝廷帝王而作,剩餘 6 篇則偏向於"爲己"。

庾信詩大部分爲宦遊交際而作,這與庾信的生平經歷是高度統一的。作爲六朝時期典型的文學之臣,"文章"始終是庾信安身立命之根本。傳統的庾信研究,囿於庾信本人自述(主要是《哀江南賦》)、滕王逌爲庾信集所作序和《周書》《北史》中的相關傳記資料,認爲庾信家世清貴、仕宦通達,即使北遷之後也"位望通顯"。現代學者所作的一項重要研究,就是將上述陳

---

① 分别是:《擬詠懷(二十七首)》《登中州新閣》《北園社堂新成》《有喜致醉》《送靈〔昊〕法師葬》《别庾七入蜀》《入道士館》《贈周處士》《尋周處士弘讓》《寄徐陵》《寄王琳》《徐報使來止得一見》《問疾封中録》《示封中録(二首)》。

② 這其中周弘讓、徐陵等人自然也都擔任過不同官職,不過和周弘讓相關的兩首一般都認爲是庾信在南朝時所作,當時周弘讓還未出仕。《寄徐陵》則是庾信在北仕官時寫給在南朝爲官的老友徐陵。

③ 還需注意的是,這樣一番推定和分類,很大程度上是依靠詩題所提供的信息而作出的。陳尚君曾經全面梳理唐詩的詩題,指出今日所見的許多唐詩,詩題都有改易,有的甚至是後人擬定,并非唐人原貌。六朝詩作應當存在類似情況。不過在詩歌的流傳過程中,確定的外部信息流逝的可能性遠遠大於增益的可能性。所以如果庾信部分詩之題目受到改易,那"爲人之作"的比例可能更高。參看陳尚君《唐詩的原題、改題和擬題》,收入陳致主編《中國詩歌傳統及文本研究》(北京:中華書局,2013 年)。

④ 參看魯同群著《庾信傳論》,頁 122—128。

述和資料放在整個南北朝史之下考察,并挖掘了更多相關史料,從而論證庾信的家世"并不顯貴"。① 庾信之父庾肩吾以文學侍臣的身份進入朝廷,② 庾信在南朝主要憑藉着文學才能擔任與王室關係密切的不同官職,他的出使東魏,也主要是因爲能文。③ 北遷之後,庾信的生活更非一帆風順,曾經歷過不短的困頓生涯(在朝廷祇有虛銜而無實職,收入和地位都不甚高)。④ 北朝君王對他的重視或忽視,也都與他的文士身份有關。⑤ 綜觀庾信一生,

---

① 參看魯同群著《庾信傳論》第一章《家世與生平》,該章第一節題目即作"并不顯貴的家世",以及林怡著《庾信研究》第一章《風流世家子——庾信鄉里世系和家族》,頁3—16。
② 庾信家世并不顯貴,他的祖父庾易名聲頗大,但終身未仕,以"隱逸"而入《南齊書·高逸傳》,庾易的長子庾黔婁受蕭統賞識,擔任過荆州大中正等職,但主要以孝行知名(曾棄官盡孝)并進入《梁書·孝行傳》。庾易次子庾於陵以其文章和學問受蕭衍、蕭統認可,梁武帝蕭衍曾以"官以人清,豈限甲族"爲理由擢拔庾於陵爲太子洗馬(見《南史·庾易傳》附於陵傳),他和庾肩吾的傳記都在《梁書·文學傳》之中,最基本的信息可見第五章附表5.3。
③ 關於南北朝時期的外交通使情況,參看徐寶余著《庾信研究》,頁6—10。庾信作爲使臣善言辭的故事,唐人已多流傳,如段成式《酉陽雜俎》中就有相關記載,但可信度并不很高。參看:興膳宏著《望鄉詩人——庾信傳記》,頁46—55;徐寶余著《庾信研究》,頁58—60;吉定著《庾信研究》,頁14—17。庾信出使東魏,寫下了《將命使北始渡瓜步江》等我們可以判定爲前期的詩作,也正説明了這一使臣的文士本色。至於庾信出使西魏并由之經歷巨變,可能與庾信和梁元帝的關係以及當時的政治情勢有關,倒不可簡單歸因於庾信能文,對這一問題的探討可參看:林怡著《庾信研究》,頁37—44;徐寶余著《庾信研究》,頁60—62,頁115—117;吉定著《庾信研究》,頁20、21。此外,葛曉音根據倪璠《庾子山年譜》、滕王逌之序以及庾信的詩篇,認爲庾信曾屢聘東魏,出使西魏也有兩次,參看葛曉音《庾信的生平和思想》,《漢唐文學的嬗變》,頁344注①,不過這一説法并未得到廣泛的認可。
④ 參看:魯同群著《庾信傳論》,頁19—40,頁120—175;林怡著《庾信研究》,頁41—61;徐寶余著《庾信研究》,頁78—100;以及魯同群《庾信入北仕歷及其主要作品的寫作年代》,載《文史》第十九輯(北京:中華書局,1983年),頁137—151;魯同群《庾信在北朝的真實處境及其鄉關之思産生的深層原因》,載《南京師大學報(社會科學版)》1990年第1期,頁24—29;吴先寧《庾信〈園庭〉等七詩作年考》,載《文學遺産》1991年第3期,頁101、102;牛貴琥《庾信入北的實際情況及與作品的關係》,載《文學遺産》2000年第5期,頁33—41。
⑤ 對庾信在北的不受重視,除了上文提及的庾信曾有一段困頓歲月之事以及庾信擔任的實職(司水下大夫、弘農郡守等)地位有限外,常被舉用以説明此點的例子還有兩個:一是庾信"預麟趾殿校書"時,入麟趾學之人參差不齊,庾信能够參與此事,恰説明他祇被看作一般降人。參看:《周書·明帝紀》《周書·于翼傳》關於麟趾殿校書的記載,以及魯同群著《庾信傳論》,頁178、179;林怡著《庾信研究》,頁50、51;徐寶余著《庾信研究》,頁88—92。二是庾信、王褒作爲南朝最負盛名的文士,在許多北周顯貴眼中,遠不如精通醫術的姚僧垣父子、精通律曆的庾季才值得重視。參看:《周書·姚僧垣傳》附《僧垣子姚最傳》、《隋書·庾季才傳》;魯同群著《庾信傳論》,頁255;徐寶余著《庾信研究》,頁93—95。這兩個例子,都與庾信是且祇是一個文士有關。至於庾信在北朝受到滕王逌、趙王招的優待重視,也都是源於對他文辭的欣賞,滕王對庾信文章方面的激賞,從他爲庾信集所作之序即可看出;至於趙王,《周書·文閔明武宣諸子傳》如此描述他:"博涉群書,好屬文。學庾信體,詞多輕豔。"庾信在北朝爲不少官宦撰作神道碑和墓誌銘(收入《庾子山集注》卷十四、十五),這自然也是因爲他享有很高的文名。

他始終以一文士(或文臣)身份出入宮廷、朝堂,以這一身份與他人交遊。①無怪乎他的詩作中有比例較高的"爲人之作"。

二、南北不同:生命歷程與文體差異

以往論者多以魏晉南北朝爲門閥社會(或貴族社會),在庾信研究中,這一論述框架也經常被使用。② 不過,田餘慶早已深刻地指出,嚴格意義上的"門閥政治",即士族能够與皇族"共天下"的非正常政治狀態,祇存在於東晉一朝,"前此的孫吴不是,後此的南朝也不是;至於北方,并没有出現過門閥政治"。③ 具體到六朝文人身上,我們可以發現,庾信深受貴族文化的薰染,也有這方面的繼承,這是他與陶淵明、鮑照不同的地方;但庾信始終没有介入政治過深,這是他與謝靈運不同的地方。在討論了庾信詩賦功能的總體情况,以及這一情况和庾信身份的關係後,不妨更具體地分辨庾信不同時期創作的詩賦負擔怎樣的功能。

庾信在南朝時的詩賦,除了可以明確繫年的出使東魏時的詩作及與周弘讓有關的兩首詩外,大部分是宫廷文化的產物。④ 這些作品,不論詩賦,多是當時風尚和文學傳統的產物,往往帶有很强的技藝訓練、展演成分。⑤ 庾信一方面通過這些詩賦在上層社會遊歷交往,另一方面也借此鍛煉自我。

---

① 徐寶余認爲庾信具備"侍臣與詩人的雙重品格"(這是其《庾信研究》第二章第一節的標題),其實"侍臣"和"詩人"在庾信身上是統一的,不必分爲"雙重"。庾信能够入仕,主要就因爲他能"詩",而且南北朝時本來就很少"獨立"的"詩人"。
② 如林怡、吉定的研究。
③ 參看前引田餘慶著《東晉門閥政治》,頁2。
④ 研究者們多認爲庾信早期的詩作主體爲"宫體詩",由於在一段時間内,"宫體詩"被看作是負面的,故庾信研究者過去對其早期詩作多持否定態度,即使有正面評價也侷限在藝術手法上。不過,田曉菲在整體上對宫體詩持較爲肯定的態度,并過多新穎分析,參看田曉菲著《烽火與流星》第四章。駱玉明根據史書的有限記載,依時間排列相關事件,輔之以合理的推理判斷,對"宫體"的發生作出過精彩的論説,認爲"宫體"的背後是政治力量的博弈,"宫體"之名的出現是政治事件,而非文學論斷,後人從道德、政治上所作的批評也都可以以此爲起點。故本章不儘量用"宫體"之名,而强調"宫廷文化"或"貴族文化"。參看駱玉明、吴仕逑《宫體詩的當代批評及其政治背景》,載《復旦學報》1999年第3期;駱氏在此基礎上略有修改調整的還有《色情與陰謀——關於"宫體詩"事件,兼談古代文學與政治》,載《書城》2004年第4期,此文也收入駱玉明著《權力玩家:中國歷史上的大陰謀》(上海:復旦大學出版社,2009年)作爲附録。
⑤ 就詩而言,吉定曾列出今存梁代《詠舞》詩十八篇(十二人作)、《山池》詩六篇(五人作)、《七夕》詩十三篇(十一人作),説明"庾信早年確實是在宫體文人集團中磨練并成長起來的一位才華傑出的詩人",參看吉定著《庾信研究》,頁31—34。賦方面,傅咸有《鏡賦》,謝朓也有"奉護軍王命作"的《七夕賦》,江淹也有《燈賦》。故而庾信寫作《七夕賦》《燈賦》《鏡賦》這一類很普遍被創作的題目,無疑也是在文學傳統中自我訓練。

庾信這一時期的詩賦作品,最大的特點,恐怕是"新變"。① 庾信南朝時期的詩賦創作中,最突出的"新變"元素,在後來的唐詩中屢見不鮮。明人胡應麟認爲庾信的《烏夜啼》可稱"七言律祖",②清人劉熙載則進一步提出:"庾子山《燕歌行》開唐初七古,《烏夜啼》開唐七律,其他體爲唐五絶、五律、五排所本者,尤不可勝舉。"③庾信的早期詩歌(後期作品也是如此)在聲律上與唐代格律詩多有相似之處,④這其實是所謂"齊梁體"的普遍傾向,⑤而庾信遠超出平均水準的藝術技巧使得其詩在這方面的"新變"特別突出。在賦的方面,被定爲作於早期的七篇賦中已經出現了較多篇幅的七言句式(《春賦》《對燭賦》《鴛鴦賦》《蕩子賦》),興膳宏敏鋭地注意到了這點,他指出"這種七言的輕快韻律,在過去的賦是很少使用的",并認爲初唐的某些作品就是受到庾信和其他"宫體詩人"的影響。興膳宏還注意到,"庾信北遷後的賦,就很少使用七言",極其有限的七言句式,也是"描寫回顧南朝時代華美生活的情景",他甚至提出了一個有趣的假設:"庾信被沉重憂愁所封閉的關外文學,是否也像七言的輕快韻律一般,此時此刻已經成爲不合用了呢?"⑥興膳氏提出的這個問題恐怕無法得到圓滿的解答,但他的觀察足以説明,庾信早期的詩賦都在形式上追求"新變",而且庾信在技巧上的訓練和提昇,在早期也已基本完成。⑦

正因爲庾信南朝時期的詩賦承擔着一致的功能,是貴族文化的産物,主

---

① "新變"一詞,見《梁書·徐摛傳》《梁書·庾肩吾傳》(《南史》二人之傳亦用此詞)。《徐摛傳》中的"屬文好爲新變,不拘舊體"是對徐摛創作上的形容,《庾肩吾傳》中的"新變"則是關於永明以來王融、謝朓、沈約對四聲的發現和對聲律的倡導的描述。所謂"新變",主要是用來描述藝術形式和創作手法的,故而用在上接永明、直承徐庾的庾信身上,頗爲恰當。
② 〔明〕胡應麟撰《詩藪》(上海:上海古籍出版社,1979年),頁81。不過首樂府,蕭滌非、劉文忠根據其中"織錦秦川竇氏妻"一句,認爲全篇藴有"鄉關之思"和羈留北方的感慨,故認爲此篇爲在北朝時所作。然而,下文還要指出,庾信的藝術手法在南朝已經基本完成,所以即使七言《烏夜啼》(《庾子山集注》卷四有兩篇《烏夜啼》,一五言一七言)是在北之作,那也衹是其"新變"的延續。
③ 〔清〕劉熙載撰《藝概》卷二(上海:上海古籍出版社,1978年),頁57。
④ 鍾優民和林怡都通過舉例有具體分析。參看鍾優民著《望鄉詩人庾信》,頁244—246;林怡著《庾信研究》,頁101、102。
⑤ 關於"齊梁體"在體式上的特徵及其與唐代格律詩的關係,參看王運熙《唐人的詩體分類》,收入王運熙著《漢魏六朝唐代文學論叢》(《王運熙文集》第二卷,上海:上海古籍出版社,2012年),頁395—419;以及陶敏《爲齊梁體正名》,收入陶敏著《唐代文學與文獻論集》(北京:中華書局,2010年),頁774—781。
⑥ 見興膳宏著《望鄉詩人——庾信傳記》,頁98。
⑦ 用作品來論證庾信在南朝已經完成了"新變"的技藝之外,還可以從人情事理上增加一旁證。庾信554年出使北魏,從此羈留不歸。庾信生於513年,554年已四十二歲,北遷之後庾信的生活又頗多波折,從常理推斷,寫作技法也應該在中年以前已經完成。

要用以展演自己作爲文學侍從在文辭上的高水平,所以庾信早期詩賦之間也没有太大的區隔。徐寶余在其《庾信研究》中關有專節討論庾信"詩賦之間的互滲",并展開爲"賦的詩化"和"詩的賦化"。徐氏所謂"詩的賦化",主要指的是庾信詠物寫景詩中大量運用的鋪陳手法,他舉出《奉和同泰寺浮屠》和《同會河陽公新造山池》來説明此點,這兩首詩都是交遊之作;他所謂的"賦的詩化",則集中在賦中的五七言句式,所舉賦作就是南朝七篇。造成這種現象的原因,就在於詩賦功能的一致。① 葛曉音也曾指出庾信集中有兩首長詩(《夜聽擣衣》和《楊柳歌》)屬於"以賦爲詩",這兩首詩屬於哪個階段,尚無法判定。但從功能上來看,這兩首詩都不含外部信息,與外界人事無涉,其中也并没有多少作者個人獨特的情志可以尋覓,故而這兩首詩和《春賦》等作品類似,主要供作者進行技藝的訓練和展演。②

不過,上面推論庾信南朝時期詩賦主要承擔貴族文化下的寫作技藝訓練和展演的功能,并不意味着庾信的早期詩賦中没有個人情志。詩賦作品必然包含作者的情志,袛是庾信在這一階段并没有形成足够鮮明的個人情志,這些作品也主要不是受到某種情志的激發而不得不作。因而這些詩賦作品包含的袛是當時風尚下的一般情志。這也導致了庾信集中有少量作品存在著作權爭議,被認爲是乃父庾肩吾或他人之作。③

如果庾信的一生都像他在建康時期那樣優遊順暢,那他很可能袛是一個比庾肩吾或徐陵在技法上更高明的文人。但不知是幸運還是不幸,庾信不僅遭逢了侯景之亂,而且使北不歸,於是他的人生被空間上的南北劃分成了截然不同的兩個階段。④

北遷對庾信的巨大影響是全方位的,這一點歷來是庾信專論和文學史通論庾信部分的重中之重。這裏袛就與庾信詩賦功能有關的部分展開論述。

庾信北遷後不再能過着建康時期衣食無憂的舒適生活,北朝也不具有

---

① 見徐寶余著《庾信研究》,頁167—175。
② 參看葛曉音著《八代詩史(修訂本)》,頁281—283。葛還在這裏討論了庾信在近體詩歌形式的發展中的貢獻。本書第三章已經比較全面地介紹、評斷了六朝所謂"詩的賦化"和"賦的詩化"。
③ 如《庾子山集注》卷四《贈周處士》,《藝文類聚》《文苑英華》皆謂乃庾肩吾之作,而《文苑英華》所載庾肩吾《經陳思王墓》,逯欽立認爲是庾信作品。此外,《庾子山集注》卷十二《玉帳山銘》(一般認爲是南朝時期的作品)在《藝文類聚》中也被歸入庾肩吾名下。庾信集中還有被收入王褒集的作品。相關討論參看鍾優民著《望鄉詩人庾信》,頁243;及徐寶余著《庾信研究》,頁41。
④ 對庾信人生的分期,或分兩階段,或分三階段(建康時期、侯景之亂後的江陵時期、入北以後),前者更爲通行,而且也能兼顧庾信作品的流衍特徵。

南朝那樣的貴族文化,這自然給庾信的生活、仕宦帶來了影響(上文已經簡單提及)。必須爲家庭和生計勞碌的仕宦,使得庾信的許多詩都因官場應酬而作,不再像在梁時那樣優哉游哉。

不過,北遷對文學家庾信最重要的影響,乃是庾信的個體情志因爲家國之變而得到了極大的豐富和擴充。巨變的親歷、歲月的流逝和閱歷的豐富,使得庾信擁有了自己獨特的情感和思想,入北後庾信豐盈的情志,自然或多或少灌注到了他的詩賦中。

上文已經論及,"爲人之作"中也含有作者情志。對於庾信而言,入北後的部分與人交遊或關涉仕宦之作,有着比較濃烈的情志,也一直受到研究者關注。這些作品是:《和張侍中述懷》《預麟趾殿校書和劉儀同》《忝在司水看治渭橋》《和王少保遥傷周處士》《傷王司徒褒》《奉和永豐殿下言志(十首)》等長篇和《寄徐陵》《寄王琳》《送周尚書弘正(二首)》《重別周尚書(二首)》等短章。結合這些詩篇的外部信息,我們可以分明感受到:庾信在與人和詩或贈詩於人時,并非僅爲應酬或祇施展技法,他還傾注了自身之情感,而他的個體情感又和他獨特的經歷關係密切。

而在不包含明確外部信息的"爲己之作"中,也有一些詩篇包含鮮明而強烈的個人情志,其中最突出的自然是《擬詠懷(二十七首)》,其次則是《庾子山集注》卷四《園庭》以下的七首詩。這些作品,即使没有時間、地點甚至北方名物風俗,也一望可知是庾信北遷後所作,因爲其中的情感,是庾信北遷後特有的。同時我們在讀詩時也能感到,這些詩篇,是庾信傾吐情志而成的,絶非練筆或逞才之作。

至於北遷後的賦,除了兩篇應制之作外,餘下六篇,所有的研究者都認爲是有所寄託的,這與前期的體物賦迥然有别(祇有《邛竹杖賦》略似體物賦)。倪璠在《竹杖賦》題下之注解謂"庾信之文,可謂篇篇有哀矣",指的就是北遷後賦的情況。

但庾信北遷後的這些含有情志的詩與賦,在言志抒情方面,是否没有區别呢?答案顯然是否,詩賦之間最大的區别,就是位階不同。也即在言志抒情層面上,賦比詩更加重要,具備優先性,也耗費了庾信更多的心血。其理由有二:

一方面,從功能角度判斷,賦的個體性高於詩。庾信北遷之後的八篇賦,兩篇有"確定的外部信息",六篇則無法確知其背後的具體人事,但這六篇無不蘊藏着庾信曲折幽微的情志。無怪乎現代學者想盡各種辦法猜測此六篇的撰作年份。北遷後的八篇賦,功能相對純粹(大部分詩則兼有言志抒情和交遊應酬之功能),其中六篇承擔言志抒情的功能,比例遠高於詩。①

另一方面,從詩賦結撰的用心程度上來看,賦也在詩之上。庾信入北之後的六篇賦都寄託深情,在形式上保留了他一貫的善使事用典、精工不失自然的風格。在內容上則大不同前,陳寅恪所強調的"蘭成作賦,用古典以述今事"的特徵,主要存在於入北後的作品,尤其是在賦中。更爲重要的是,庾信用來言志抒情的賦,明顯比他的詩更加精心結撰,結構和意藴上也更加渾然。這裏試用庾信詩中最受關注、相關闡釋也最多的《擬詠懷(二十七首)》作一對比,具體説明這一點。

三、《擬詠懷》:尚不夠用心結撰的"言志抒情"

庾信詩中可與《哀江南賦》并稱的唯有《擬詠懷(二十七首)》,②但關於《擬詠懷(二十七首)》懸而未決的問題也不少。

首先,《擬詠懷》這一詩題到底本來有無"擬"字?《詠懷》之作,創自阮籍,詩歌擬作,在六朝也是常事(最知名的自然是陸機)。而庾信《擬詠懷》第一首開篇即是"步兵未飲酒,中散未彈琴",興膳宏認爲這一首具有"有着'序'的地位"。③ 開篇就向"詠懷"詩的創製者致敬,是否説明這確實是"詠懷"傳統下的一組擬作?但《藝文類聚》中收録的這組詩的題目無"擬"字,徑作《詠懷》,陳沆據此認爲"擬"字乃《詩紀》強增,陳氏同時強調"《哀江南賦》與此表裏",甚至不無誇張地認爲"詩史之目,無俟杜陵"。④《藝文類聚》雖距離庾信時代不遠,但類書引録文獻多有省略割裂,并不講求文本上

---

① 錢鍾書對庾信前後期詩賦之變化有極爲精闢的論述,他指出庾信之賦,入北後有極大變化,確臻"老成",但詩則沒有太大變化。從比例上來説,確實如此。其論述與本章關聯極大(可以説本章的大部分論述都衹是在爲錢氏之説作注解),故鈔録相關段落於此:"子山詞賦,體物瀏亮、緣情綺靡之作,若《春賦》《七夕賦》《燈賦》《對燭賦》《鏡賦》《鴛鴦賦》,皆居南朝所爲。及夫屈體魏周,賦境大變,惟《象戲》《馬射》兩篇,尚仍舊貫。他如《小園》《竹杖》《邛竹杖》《枯樹》《傷心》諸篇,無不託物抒情,寄慨遥深,爲屈子旁通之流,非復荀〔案:三聯 07 版誤作'苟',依中華本等改〕卿直指之遺,而窮態盡妍於《哀江南賦》。早作多事白描,晚製善運故實,明麗中出蒼渾,綺縟中有流轉;窮然後工,老而更成,洵非虚説。至其詩歌,則入北以來,未有新聲,反失故步,大致仍歸於早歲之風華靡麗,與詞賦之後勝於前者,爲事不同。"見前引錢鍾書著《談藝録》,頁 728、729。
② 許逸民即將此二篇并提:"賦則《哀江南》,詩則《擬詠懷》,這是庾信作品中并峙的雙峰。論其成就,前者窮態盡妍,老而更成;後者刮除麗藻,仗氣振奇。"參看許逸民譯注《庾信詩文選譯》(成都:巴蜀書社,1991 年),頁 165。
③ 見興膳宏著《望鄉詩人——庾信傳記》,頁 181。
④ 陳沆《詩比興箋》卷二,收入陳沆著,宋耐苦、何國民編校《陳沆集》(武漢:湖北教育出版社 2001 年),頁 357。

的嚴格存録,①故而詩題究竟是否有"擬"字,文獻無徵,難下定論。但《擬詠懷》不同於陸機的擬作,也不同於庾信早期的那些在文學傳統之内的作品,則無疑議。

其次,《擬詠懷(二十七首)》到底撰作於何時? 興膳宏因爲這組詩與《哀江南賦》頗多文辭、内容上的相似處(這主要是接受了倪璠"其辭旨與《哀江南賦》同矣"的論斷,對於這種"相似",下文還有具體討論),認爲《擬詠懷(二十七首)》與《哀江南賦》作於同時,是對過去的回顧。由這個視點出發興膳氏討論了組詩中的十六首,認爲這些詩參與構建了庾信獨特的文學世界。② 而鍾優民、魯同群、林怡等人都傾向於認爲這組詩并非作於同一時期,其中魯同群的考訂最爲細緻,他由考辨第二十六首中的"關門臨白狄,城影入黄河"兩句入手,認爲部分作於弘農郡守任上,由此再考論具體的某首作於某年或某幾年(魯氏的結論參看附表8.1)。推進至此,《擬詠懷》作於不同時期的結論得到了普遍的接受,但更具體的共識則未形成。

再次,二十七首《擬詠懷》編次是否得當,全詩是否有一貫之意旨? 陳沆在《詩比興箋》中高度揄揚《擬詠懷》的同時也指出這組詩存在"情繁無序,詞亂不倫"的問題,并選録其中十八首"別爲次第",③鍾優民則在此基礎上,"根據組詩内容及作者思想感情變化的邏輯",對全部二十七首重新編排次第,認爲按照他所編定的次序讀這一組詩,"當會感到思路清晰,前後照應,整個組詩渾然一體,結構緊湊,較爲可取。"④陳、鍾二氏的重新編次,恰恰説明了今存《擬詠懷(二十七首)》并不渾然一貫,其原因固然可能是庾信集在流傳中打亂了原來的編次,但也可能是庾信本來就没有精心結撰這一組詩。而且,這二十七首詩不成於一時一地,很可能就是庾信有感而作,編集時再將這些大致都可以視作"詠懷"的作品彙集爲一組。所以興膳宏衹取其中部分來論述庾信的"文學世界",而陳、鍾二人的重編也衹能視爲讀解者的"再發揮"。所以,作爲"組詩"的《擬詠懷》,與後來杜甫的《秋興八首》《諸將五首》等組詩相比,在整體性和統一感方面,尚有較大差異。

最後,《擬詠懷(二十七首)》的藝術成就究竟如何? 這組詩"向來便有

---

① 關於《藝文類聚》引録六朝文學文本,參看前引林曉光《論〈藝文類聚〉存録方式造成的六朝文學變貌》。
② 興膳宏討論的十六首分别是:第一、二、四、五、六、七、十一、十二、十八、二十、二十一、二十二、二十三、二十四、二十六、二十七。參看前引《望鄉詩人——庾信傳記》,頁177—213;對《擬詠懷》的討論構成了該書第四章《江南時代的回顧》的第一部分《回顧江南——〈擬詠懷〉》。
③ 前引《陳沆集》,頁357—362。
④ 鍾優民著《望鄉詩人庾信》,頁172、173。

極譽與極毀兩種不同的評價",①差異不小的評價很大程度上來源於對庾信其人政治操守的判斷,這點此處不論。在藝術和審美上,也有不同意見,讚美之論上文已經有簡單引述。批評的聲音中,錢鍾書的意見最爲犀利深刻,錢氏在《談藝錄》中綜合評介了陳沆《詩比興箋》之後,指出陳氏所論庾信的疏失,進而轉入對庾信的探討,他指出:"至於慨身世而痛家國,如陳氏所稱《擬詠懷》二十七首,雖有骯髒不平之氣,而筆舌木強,其心可嘉,其詞則何稱焉。"錢氏還進一步分析爲何《擬詠懷》之"詞"不如人意,他先給六朝的詩歌作了一個大判斷:"六代之詩,深囿於妃偶之習,事對詞稱,德鄰義比。……流弊所至,意單語複。"然後申說,庾信此篇欲擺脱六朝詩歌的一般習氣("子山此詩,抗志希古,上擬步兵,刮除麗藻,參以散句"),卻未能處理好舊習和革新("而結習猶存,積重難革,失所依傍,徒成支弱"),遂多"幾類打諢"的"稚劣"語句。② 田曉菲也持類似的看法,認爲《擬詠懷》"既不是庾信最優秀的作品,也不是他最典型的作品"。③《擬詠懷》藝術風格上的不足,頗能説明庾信并未耗費太多心神在這組詩上,他仍用"結習"來呈現過去未曾有過的情志,故其中間有佳作佳句,④情感也很豐沛,卻并非整體上的佳構。

通過以上四個方面的討論,我們可以看到,《擬詠懷(二十七首)》確實是庾信詩中最重要的言志抒情之作,在整個南北朝詩史上也有重要地位。但庾信在撰作這一組詩時,并不是將其作爲大事業來精心結撰,真正耗費庾信心力的言志抒情之作,是他的賦。

綜上所論,庾信入北之後,個人命運的沉浮使他的心志有了巨大的改變,相比在南之時,他的詩賦創作既有延續,又有斷裂。他仍然撰作大量的

---

① 胡大雷語,見胡大雷著《中古詩人抒情方式的演進》(北京:中華書局,2003年),頁320。該書第二十一章《庾信〈擬詠懷〉抒情主人公的雙重身份》是對《擬詠懷(二十七首)》的專論,該章第一部分《對庾信的兩種不同評價》梳理了"極譽"和"極毀"的不同情況,可參看。
② 見錢鍾書著《談藝錄》,頁727、728。錢氏對《擬詠懷》的這一判斷,和他不"主内容",而"言功用"的文學觀是一致的,基於這一文學觀所作的批評,與根據庾信政治操守判斷而作的批評,實有上下之別。關於錢氏的文學觀,參看前引張健《〈中國文學小史序論〉與錢鍾書的文學觀》。
③ 前引《烽火與流星》,頁300。田氏的論説比錢簡略,點到即止,她舉出了《郊行值雪》和《見遊春人》這兩首不包含明確外部信息的詩篇作爲對比,認爲這兩首才是庾信"最出色的時刻"。在田氏眼中,保持了南朝藝術風格的詩篇才是好的,這也説明了《擬詠懷》在藝術上的不諧。
④ 錢鍾書在評論拙劣和佳妙的詩句時分別舉了一些例子,他的結論是佳句"寥寥無幾"。田曉菲則在注中援引王夫之的評價來支持己説,王夫之祇稱讚了二十七首中的第二十一首。

詩用以交遊應酬,以維持其作爲文臣的仕宦生涯,也需要爲讚頌君主、朝廷而作賦,此延續所在;但他的部分詩篇和大部分賦作中有了以前不曾見過的屬於庾信個人的獨特情志,此斷裂所存。① 在這些言志抒情的作品中,賦的位階高於詩,當庾信想要比較完整而深切地表達某種情志時,他偏向於用精心結撰辭賦的方式來進行。

至此,我們可以從功能的角度,對庾信前後期詩賦的同與不同作一歸納:南朝時期庾信詩賦的功能比較一致,主要供庾信訓練和展演自己的文學才能,以便他能在貴族文化的環境中優遊不迫。入北之後,文名頗盛的庾信仍然需要依靠自己已經完成的文學技藝,創作詩賦以維持自己的生活;但北遷後的庾信大部分的賦和小部分的詩中已然灌注了他特有的情志,這些作品中,賦比詩重要。而最爲重要的作品,首推《哀江南賦》。

第三節　海涵地負:《哀江南賦》的"集成"與"優先"

對庾信而言,入北後言志抒情時的"賦重於詩",體現了他對文學傳統的繼承。如前所論,在庾信的時代,詩歌已經成爲文學創作的中心,但賦在觀念世界仍然有重要地位。尤其是對於那些有很高自我期許的"文壇盟主"來説,一篇賦比一首詩(甚至一組詩)更適合作爲"代表作"。職是,南北朝基本上衹有一流文學家才會詩賦兼擅。而謝靈運(《山居賦》)、沈約(《郊居賦》)之珠玉在前,對庾信也必有影響。② 因此,庾信重點通過辭賦來言志抒情,頗爲符合他當時的文學地位和文學上的自我期許。

庾信賦作中最重要的無疑是《哀江南賦》,可以説,入北後的庾信若無此篇賦作,就不能被視爲南北朝最重要的文人。

即使以中國歷代辭賦爲範圍,《哀江南賦》也是最受重視的篇章之一,本集之外,此賦也存錄於《周書》卷四十一庾信本傳中。《隋書·魏澹傳》載廢太子楊勇曾命魏澹注釋庾集,而《新唐書·藝文志》"總集"類下有"張庭芳

---

① 這些藴涵鮮明情志的詩賦,許多并不包含確定的外部信息,但因爲讀者能從中讀到作者的情感和思想,所以研究者們便想方設法,不惜借助猜測,也要爲這些作品確定一個相對明確的時空背景。上面的討論,也具體解答了本書第一部分所謂"能夠反映作者情感思想的重要作品"到底有哪些。

② 本書第五章對此已有所論述。

注庾信《哀江南賦》一卷,崔令欽注一卷"的著録。① 《哀江南賦》之受重視,由此可見一斑。古往今來,注釋闡發《哀江南賦》者不可勝數,本章衹想從"第一文體"(即在庾信處,辭賦仍然是最重要的文體)之"第一篇"(《哀江南賦》在庾信的自我認識中自然也是最重要的辭賦)這一角度出發探討《哀江南賦》的特點和重要性。

上面已經提到,相較於其他文體,"文體秩序"中居先的文體(也即高位階的文體)往往具有全面的籠罩性影響,而庾信賦中最重要的《哀江南賦》恰恰具備這一點,《哀江南賦》最突出的特徵,可以被概括爲"集成"。② 具體來説,《哀江南賦》的"集成"突出地體現在兩方面。

一、"集"庾信各體創作之"成"

首先是對庾信本人各體創作的"集成"。上文已經提及,興膳宏發現《擬詠懷(二十七首)》中的部分詩句在内容上或寫法上與《哀江南賦》中的文句十分接近,興膳宏還指出:"庾信在晚年把思想託付在過去的長篇作品,除了《哀江南賦》與《擬詠懷》之外,實際上還有一種,那就是《擬連珠》四十四首連作。"③對於《擬連珠》特別的重視顯示了興膳宏獨到的眼光,他詳細分析譯述了其中十四首,勾勒出庾信是如何借助對過去的回望,用這一組作品完成了他的"心的自傳"。④ 興膳氏所勾勒的《擬連珠》的歷史敘述,和《擬詠懷》一樣,不論是在内容上,還是在語詞上,都有許多和《哀江南賦》類似的地方。其他研究者也或多或少發現《哀江南賦》某句之用典、結撰在庾信其他作品中也存在。由於《哀江南賦》最大的特點就是用典繁密,又往往"用古典以述今事",賦中的"今典"詮説不易,而且多借"古典"呈現,所以在集中閱讀、比對《哀江南賦》和庾信的其他作品後,不難發現:庾信在《哀江南賦》中所用之典,一半以上能在其他篇章中找到。不過這一點還不怎麽能説明問題,因爲作爲一個抄本時代的文人,庾信的知識儲備是有限的,常用

---

① 參看趙樹功《〈中國古籍善本書目〉收王闓運注釋庾信〈哀江南賦〉糾謬——兼論〈哀江南賦〉注釋的基本源流》,載《南昌大學學報(人文社會科學版)》2009年第5期,頁100—102。庾信之前,曹植那不朽的《洛神賦》也享受過類似待遇。
② 杜曉勤曾比較庾信和杜甫詩歌創作的嬗變過程以及後期精神境界之昇華,并討論庾、杜詩歌之"集大成",他的關注點與這裏對《哀江南賦》之"集成"的討論有所不同。同時,因爲"集大成"一詞與杜甫聯繫太過密切,所以這裏用"集成"。參看杜曉勤《庾信、杜甫詩歌集大成之比較》,載《陝西師範大學學報(哲學社會科學版)》1996年第3期。
③ 見前引《望鄉詩人——庾信傳記》,頁214。
④ 分别是:第一、六、七、十、十六、十九、二十、二十三、二十七、二十九、三十五、四十二、四十三、四十四。"心的自傳"是興膳書第四章第二部分的題目,見前引《望鄉詩人——庾信傳記》,頁213—238。關於《擬連珠(四十四首)》的性質問題,下文還有討論。

的典故肯定有一個範圍,而在不同時期、場合下寫作不同類型的作品時調動一些常用典故,實屬正常。《哀江南賦》中一大部分典故見於庾信他作,祇能說明他在寫作時用了許多他喜愛用的典故。

比較有意思的是以下幾組對比(上一行出自《哀江南賦》,下一行出自其他作品):

楚歌非取樂之方,魯酒無忘憂之用。
操樂楚琴悲,忘憂魯酒薄。(《和張侍中述懷》)

值五馬之南奔,逢三星之東聚。
五馬南浮,三星東宿。(《周大將軍司馬裔碑》)

既傾蠡而酌海,遂測管以窺天。
以管窺天,以蠡酌海。(《三月三日華林園馬射賦》)

非玉燭之能調,豈璿璣之可正。
當今玉燭調和,既非金革之世;璿璣齊政,豈忘松檟之餘?(《爲杞公讓宗師驃騎表》)

望廷尉之逋囚,反淮南之窮寇。
淮南望廷尉之囚,合淝稱將軍之寇。(《周大將軍懷德公吳明徹墓誌》)

地則石鼓鳴山,天則金精動宿。
既而金精氣壯,師出有名;石鼓聲高,兵交可遠。(《周大將軍懷德公吳明徹墓誌》)

五郡則兄弟相悲,三州則父子離別。
兄弟則五郡分張,父子則三州離散。(《傷心賦》)

雲梯可拒,地道能防。
雖復瓶缶聽聲,無防於地道;冠繩柴結,不卻於雲梯。(《故周大將軍義興公蕭公墓銘》)

競動天關,爭迴地軸。

德動天關,威移地軸。(《齊王進白兔表》)
地軸左轉,天關北開。(《周柱國大將軍拓拔儉神道碑》)

直虹貫壘,長星屬地。
直虹朝映壘,長星夜落營。(《擬詠懷》)

仁壽之鏡徒懸,茂陵之書空聚。
徒懸仁壽鏡,空聚茂陵書。(《和宇文內史入重陽閣》)

橫琱戈而對霸主,執金鼓而問賊臣。
常願執金鼓而問吳王,橫琱戈而返齊地。(《周柱國大將軍紇干弘神道碑》)

驅綠林之散卒,拒驪山之叛徒。
非綠林之散卒,即驪山之叛徒。(《擬連珠》)

豈冤禽之能塞海,非愚叟之可移山。
是以愚公何德,遂荷鍤而移山;精衛何禽,欲銜石而塞海。(《擬連珠》)

周含鄭怒,楚結秦冤。
周王逢鄭忿,楚后值秦冤。(《擬詠懷》)

俄而梯衝亂舞,冀馬雲屯。
梯衝已鶴列,冀馬忽雲屯。(《擬詠懷》)

箭不麗於六麋,雷無驚於九虎。
箭起六麋,鋒摧九虎。(《周車騎大將軍賀婁公神道碑》)

莫不聞隴水而掩泣,向關山而長歎。
關山則風月悽愴,隴水則肝腸斷絕。(《小園賦》)

石望夫而逾遠,山望子而逾多。
是以章華之下,必有思子之臺;雲夢之傍,應多望夫之石。(《擬連珠》)

栩陽亭有離別之賦,臨江王有愁思之歌。
栩陽離別賦,臨江愁思歌。(《夜聽搗衣》)

荊山鵲飛而玉碎,隋岸蛇生而珠死。
人人自謂握靈蛇之珠,抱荊山之玉矣。(《〈趙國公集〉序》)

天地之大德曰生,聖人之大寶曰位。
雖聖人之大寶曰位,實天地之大德曰生。(《燕射歌辭·角調曲》)

見鐘鼎於金、張,聞絃歌於許、史。
來往金張館,弦歌許史間。(《奉和永豐殿下言志》)

豈知灞陵夜獵,猶是故時將軍。
誰知灞陵下,猶有故將軍。(《奉和趙王西京路春旦》)

　　以上所列,上一句出自《哀江南賦》,下一句或兩句出自庾信的其他作品,前後高度類似。這裏所謂的"高度類似",不僅僅在於用典相同,還在與典實之間的對舉、用典意義的所指和結構用典的語句都很相似。而且,後一句出自庾信的各體創作,包括詩、賦、樂府、郊廟歌辭、表、連珠、神道碑、墓誌銘,散落在庾集各卷之中,其中有"文"有"筆",撰作或出於主動或出於被動。① 這也從一個側面説明了庾信確以"文"立身爲官,在他的體裁、功能、目的不同的文章中,一以貫之的,是他的文辭。

　　如此比照絕不意味着庾信寫作各體文章,都是在爲《哀江南賦》作準備,彷彿《哀江南賦》即是庾信創作的高峰,也是其終點。② 上述比照想要説明的是,《哀江南賦》集中了庾信在用典和文辭上的得意之筆,可以想見,在撰作《哀江南賦》時,庾信腦中肯定會浮現出之前各體文章中的某些可用資源,他將它們熔鑄至一篇;而在創作了《哀江南賦》之後,某些得意寫法也會有意無意地在撰寫某一篇文章時出現。但如此密集地匯聚庾信得意之筆的,祇有《哀江南賦》。在這個意義上,《哀江南賦》的確"集成"了庾信各體創作中的得意之筆。

---

① 區分詩賦和表、神道碑、墓誌銘,可以用是否"實用"作爲標準,也可以從撰作出於"主動"或"被動"作出判别。
② 《哀江南賦》的撰作時間無法確定,僅僅從寫作先後上,就能夠輕易推翻這一説法。

這裏還想附帶討論《擬連珠(四十四首)》。今人研究《擬連珠》,面臨一個尷尬,就是不知道如何從文體上定位"連珠"。"連珠"確實是一小文體,《文心雕龍》在《雜文》篇有專門論列,此體屬"有韻之文"。《文選》則選錄陸機的五十首《演連珠》,列在"論"之後,"箴"之前。劉師培對"連珠"有精要論斷:"一曰'連珠',始於漢魏,蓋荀子演《成相》之流亞也。首用喻言,近於詩人之比興,繼陳往事,類於史傳之讚辭,而儷語韻文,不沿奇語,亦儷體中之別成一派者也。"[1]劉氏從"詩人之比興"和"史傳之讚辭"兩方面解析"連珠",獨具隻眼,而庾信的《演連珠》與這兩點皆十分符合。"連珠"在後世發展得并不繁盛,這大約是因爲作爲"儷體中之別成一派者",離開了六朝的特殊環境,"連珠"便難有活力。故而現代研究者在文體上頗難把握此體,祗有興膳宏從文學的角度把握住了"詩"和"史傳"這兩面,把《擬連珠》看作和他理解的《擬詠懷》一樣的回顧過去之"詩"來對待,進行了精彩的分析。魯同群則基於他對《哀江南賦》和庾信生平的理解,將《擬連珠》定位在"560年或稍後",他也認爲《擬連珠》是書寫過去的,但并不局限在南方的過去:"這一組詩大致可以分爲兩個部分,第一至第二十首爲第一部分,從梁武立國直寫到江陵之亡,是以連珠形式記敘的梁朝簡史,其中亦雜有作者的若干慨嘆與評論。從第二十一至第四十四首爲第二部分,寫作者在北朝的生活狀況及思想感情。"[2]魯同群討論的重心是後二十四首,他將這一部分分爲三組,對應庾信在北的不同思想。興膳宏和魯同群眼中的《擬連珠》在結構和意義上都比較明確,這種確定性并不僅僅來自《擬連珠》作品本身,更來自他們採用的參照系,興膳宏主要以《哀江南賦》爲參照系;魯同群在《哀江南賦》之外,還加入了他對庾信入北後生平的研究作爲參照系。《擬連珠(四十四首)》本身其實無法提供這些明確的信息。如果參考上文所列的比照文句,或許可以推測:《擬連珠》的"擬"字是有意義的,這一組作品,很可能是庾信零散隨意思想的表述和各種寫作手法的運用。而更爲精密的思想表述和更爲成熟手法結構,還是要到庾信心中的第一文體——賦中去找尋。[3] 如果説《擬詠懷》的"擬"字還讓人比較迷惑,那《擬連珠》的"擬"字,能夠説明這組作品是庾信尚不成熟狀態的留存,優先性低於辭賦,是"集成"

---

[1] 劉師培《論文雜記》論雜文源流之語,轉引自〔南朝梁〕劉勰著,詹鍈義證《文心雕龍義證》,頁488。
[2] 見魯同群著《庾信傳論》,頁189。
[3] 興膳宏的工作已經很好地説明了通過《哀江南賦》這一高位階的參照系,能夠對《擬連珠》的部分篇章作出較爲清楚的梳理。而如果延續魯同群的思路,將《擬連珠》中的用典、結句和《哀江南賦》之外的入北各篇賦作一比照,或許會有新的發現。不過限於篇幅和本章主要旨趣,這裏暫不進行這項工作。

二、"集"先前辭賦傳統之"成"

在庾信本人各體創作之外,《哀江南賦》還"集成"了過往的賦的各種手法。用現代的概念來看,《哀江南賦》中集中了各種文學手法,敘述、描寫、議論、抒情無不包括。回到傳統的觀念中,賦的本色應該是"鋪采摛文,體物寫志",②《哀江南賦》充分展現了這一本色。但在保有賦體本色之外,《哀江南賦》還有非常突出的自身特色,在賦史上值得注意。

從賦之流變的角度來看,《哀江南賦》首當其衝的特徵就是通過敘述個人與國家之史來完成言志抒情。用賦敘事,漢代已有,隨着賦的演進,敘事也由簡到繁。《哀江南賦》所敘述歷史的時間跨度、涉及的人物事件,繁密宏大程度都是前所少有的。而在敘述的過程中,庾信不僅把個人和國家放在一起,還把描寫、議論和抒情融入敘述的大框架中,③遂使《哀江南賦》"成了一幅空前規模的歷史畫卷"。④

我們可以爲這篇空前之作在歷史上找到不少或遠或近的源頭。⑤ 論者多以謝靈運《撰征賦》、蕭繹《玄覽賦》和李諧《述身賦》作爲同類之先導,并指出這幾篇賦還是重在個人,不重展現歷史畫面、總結歷史經驗,這是它們與《哀江南賦》之間的差異。⑥ 林怡還將北魏李騫《釋情賦》納入這個系譜,

---

① 這倒不是說《擬連珠(四十四首)》就是爲《哀江南賦》的創作而準備的,似乎《擬連珠》是一個初步草稿。本節要強調的是:《擬連珠》在形態上尚比較簡單和初步,對庾信來說可能是隨意而成的。這種"隨意而成",時間上也可能在《哀江南賦》完成之後。錢鍾書還曾指出:"庾信《思舊銘》。按《哀江南賦》之具體而微也。"所謂"具體而微",就可以理解爲形態上的"前集成"狀態。參看前引《管錐編》,頁 2374。
② 《文心雕龍·詮賦》語,程章燦認爲這正是"構成賦體的充要條件,是賦體的基本特徵",見前引《魏晉南北朝賦史》,頁 12。
③ 庾信在此賦中何處、如何描寫和議論,研究者多有措意,論述甚夥,此處不進行具體的文本分析。
④ 馬積高語,見前引《賦史》,頁 241。
⑤ 曰"源頭",就須涉及直接或間接的影響,但實際上文學史研究中的很多"源流"研究,祇是"相似",尤其是在早期和中古文學中,文獻無徵之處太多。關於"相似"和影響的問題,呂正惠在討論杜甫和六朝詩人時有很精闢的方法論省思,參看呂正惠著《杜甫與六朝詩人》(臺北:大安出版社,1989 年)之《緒論》,尤其是《緒論》之第三部分。這裏用"不少或遠或近的源頭",既強調影響是多元的,也是部分接受了什克洛夫斯基(Viktor Shklovsky)關於文學史上的世代之間"不是父子相傳,而是叔侄相傳"的發展公式的影響。關於"叔侄相傳",參看 л. н. 梅德維傑夫《文藝學中的形式方法》第四編第二章《形式主義關於文學歷史發展的理論》,收入錢中文主編,李輝凡、張捷、張傑、華昶等譯《巴赫金全集(第二卷)》(石家莊:河北教育出版社,2009 年),頁 315、316。
⑥ 這主要是馬積高的論述,參看前引《賦史》,頁 241。馬積高接受陳寅恪說法,也將沈炯《歸魂賦》作爲這類"自傳性的抒情賦"的代表。如果接受陳寅恪之繫年,沈炯與庾信(轉下頁)

列在李諧《述身賦》之前,幷指出這兩篇賦"都重在敘述國家政局的興衰和個人的身世經歷,不以體物抒情爲主"。這兩篇賦的一大特殊之處在於它們都是北朝之賦,而北朝賦的特點就是敘事(北朝賦存留甚少,以這兩篇作代表,似可得此結論),由此可證庾信入北後匯通南北文風。① 這一個南北朝賦的系譜讓我們看到,《哀江南賦》正是順着賦的嬗變軌轍,用"體物"(也即描寫)的本色寫法,以敘述爲框架言志抒情。至於議論,《哀江南賦》對梁元帝有異乎尋常的嚴厲批評,魯同群則進一步比較了陸機的《辨亡論》和干寶的《晉紀·總論》,幷論述了《哀江南賦》和陸、干之文的類似之處。魯同群甚至認爲:"我們不妨把《哀江南賦》看作是一篇賦體的《辯亡論》或《梁紀·總論》。"② 這足以説明《哀江南賦》中的議論成分之重。論説之文,在魏晉南北朝甚多,相應地,論説之風在當時也極盛,且頗有特色,與唐宋以降不同(如以駢儷之文展開議論)。③ 故而庾信將議論納入《哀江南賦》也是很自然的。

若要推究《哀江南賦》的遠源,論者無不將此賦與以屈原爲代表的楚騷傳統聯繫。庾信用"哀江南"這一出自楚辭的題目(《招魂》:"魂兮歸來哀江南"),就已主動承接楚騷之傳統,而楚騷本就可以歸於廣義的"辭賦"。當然,《哀江南賦》和《離騷》的區別也是一望可知的,《離騷》除了少數紀實性敘述外,全篇皆是"象徵、比喻、幻想"。④ 其實,在屈原之外,庾信還有一個明確的承接對象,那就是司馬遷。《哀江南賦》在敘述了侯景之亂後,對庾信和庾肩吾在江陵的相遇以及庾肩吾的過世有四句敘説:"信生世等於龍門,辭親同於河洛,奉立身之遺訓,受成書之顧託。"這四句話祇用了一個古典——司馬談將著史大業交託給司馬遷,此處用典密度之低,全篇少見。"生世等於"之説,幷非泛泛之辭,對於同樣在中年經歷巨變的司馬遷,庾信

(接上頁)雖然同時,其賦卻對庾信大有影響,許東海對此已多有申説,參看前引《庾信生平及其賦之研究》,頁 213—217。但如果接受魯同群、牛貴琥、林怡等人的意見,結論將大不相同,故《歸魂賦》不宜斷爲先導。

① 引文見林怡著《庾信研究》,頁 137。林怡重點從交匯南北角度加以論述,幷引用曹道衡《略論北朝辭賦及其與南朝辭賦的異同》一文作爲大背景,參看曹道衡著《中古文學史論文集續編》(臺北:文津出版社,1994 年),頁 325—339。且不論庾信是否有意主動地匯通南北不同風氣(南北朝時期南北文學究竟在什麼程度上"不同"其實也有待研究),《哀江南賦》確實彙集了存在於之前不同地域的賦作的手法,也就是本章所强調的"集成"。

② 參看魯同群著《庾信傳論》,頁 162—170,引文見頁 168。

③ 關於魏晉南北朝的論説之文和論説風氣,比較全面的梳理和論述參看王京州《魏晉南北朝論説文研究》(上海:上海古籍出版社,2014 年);及王琳妮《〈文心雕龍〉"論"篇探微》(復旦大學 2009 年碩士學位論文)。

④ 見馬積高著《賦史》,頁 241。

有深切的同情。尤其值得一提的是,屈原、司馬遷和庾信還有一高度相似之處,那就是"人以文傳"。關於屈原的生平,我們除了《史記·屈原賈生列傳》外,最主要的材料就是《離騷》等屈原的作品;關於司馬遷其人,最重要的生平材料自然是《史記·太史公自序》和《報任安書》。更何況,《史記》《漢書》中的屈原、司馬遷傳記,很大程度上也取材於《離騷》《太史公自序》等。對於庾信也是如此,《周書》《北史》的《庾信傳》詳於北而略於南,我們對庾信在南朝時期經歷的了解,最主要的材料也就是《哀江南賦》。這一相似之處的背後,是他們共同的文士身份,"文"才是屈原之所以爲屈原、庾信之所以爲庾信的根本(在司馬遷那裏"文"與"史"不分軒輊)。而作爲第一流的文士,恰巧他們都有那麼一篇集中言志抒情的大手筆,屈原選擇了騷體,司馬遷選擇了史傳,庾信則選擇了辭賦。所以,過去的研究者討論《哀江南賦》的史學色彩或庾信和司馬遷的聯繫,多從《哀江南賦》所記錄的事實和史書記錄的比對、庾信如何用史書之典等方面入手。① 本章從司馬遷和庾信的這一相同之處着眼,認爲庾信與司馬遷有着深層共鳴。在這個意義上,或許還可以大膽地作一宏觀判斷:《哀江南賦》不僅集成了此前辭賦的不同手法,還集成了士人文學中的"詩騷"和"史傳"兩大傳統。②

總之,《哀江南賦》不僅集成了庾信各體文學的創作,還集成了先前辭賦之手法,更可能集成了"詩騷"與"史傳"兩大傳統。這樣一種多方位的"集成",使得《哀江南賦》在許多地方看上去淵源有自,但作爲一個整體,此賦卻是新的,我們無法在庾信之前找到一篇整體風貌上類似的辭賦。不妨將《哀江南賦》與同樣享有盛名的鮑照《蕪城賦》稍作對比。一般認爲,鮑照借着描繪被毀的廣陵城(也即"蕪城"),抒發他對當下的感想和意見。這篇名賦和《哀江南賦》的一個相似之處就在於大家都無法確定鮑照在何時何地爲何寫下此篇。不論是採用傳統説法認爲鮑照在劉誕叛變後寫下此賦,回顧過往并哀嘆當下;還是接受曹道衡、沈玉成、康達維等人的考索,因《蕪城賦》無法和任何事件聯繫起來",進而認爲"這篇賦是鮑照爲悲嘆漢代廣陵而寫"。③ 我們都須承認,《蕪城賦》可能有很多與鮑照息息相關的新元素,但其整體結構和結撰狀態是非常傳統的,至多衹是"舊瓶裝新酒"。而《哀

---

① 徐寶余强調庾信有着强烈的"史家意識",他從南北朝時期的史學風氣入手,從庾信和《太清紀》的關係、庾信在不同作品的表述和《哀江南賦》的用典、述史、論史幾方面論述了這一點,甚至推測庾信可能有撰寫史書的經歷,參看徐寶余著《庾信研究》,頁109—131。
② 關於中國文學中的"史傳"和"詩騷"兩大傳統,參看陳平原《"史傳""詩騷"傳統與中國小説敘事模式的轉變——從"新小説"到"現代小説"》,尤其是第一部分,收入陳平原著《千年文脈的接續與轉化》(上海:復旦大學出版社,2010年),頁2—27。
③ 見前引《漢代宮廷文化與文學之探微:康達維自選集》,頁231。相關討論見上一章第三節。

江南賦》,卻是熔部分之舊而成整體之新的"集成"之作。

而在這篇"集成"之作中,我們還能看到庾信的詩筆、史才、議論以及情志的充分展露。① 可以説,如果没有《哀江南賦》,庾信的文學史地位將大有改易。"文學家"是由他的作品鑄造而成的,在庾信的諸多作品中,《哀江南賦》自然意義最大,最爲"優先"。

三、《哀江南賦》與文學家庾信

"詩筆"方面,《哀江南賦》中各種手法皆臻高妙之境,對該賦藝術審美上的鑑賞評價,尤其是對其使事用典之妙,歷來研究甚多。這裏僅據錢鍾書的意見略作引申。錢氏在《管錐編》中對庾信在不同作品中的用典有比較全面的討論,②在正面評價了庾信之賦後,錢氏指出庾賦用典的最大問題是:"然章法時病疊亂複沓,運典取材,雖左右逢源,亦每苦支絀,不得已而出於蠻做杜撰。"③錢氏在作了概括之後引述明清以來的相似議論,④然後諸篇評點庾信之賦,談相關問題(很多已經與庾信無關,這是錢氏的一貫風格)。根據這一概括細查錢氏對諸賦之評介,我們可以發現,《哀江南賦》收到的負面評價最少,這也可以看出《哀江南賦》是最能見庾信文才之篇章。作爲一個抄本時代的知名文士,庾信一生撰文甚多,如果要求他篇篇都不"儷事乏材""左支右絀",⑤近乎不可能。而在"集成"之作中,他努力避免了這一問題,盡情展現自己的長才。

"史才"方面,如果依據倪璠等人的注釋,將《哀江南賦》與《梁書》《南史》《資治通鑑》等史書比讀,我們可以發現庾信在《哀江南賦》厚重的典實背後所敘述的歷史進程和史籍所載重合度很高,庾信對他所親歷的當代史的描述和把握,是比較準確的。據此甚至可以推想,庾信在用《哀江南賦》言志抒情的同時,也兼有以此"存史"的目的。賦本身就有很大的包容度,可以

---

① "詩筆、史才、議論"本是宋人趙彦衛在《雲麓漫鈔》中對唐人行卷(或"温卷")之作的描述,這裏斷章取義,借用其詞以描述庾信和《哀江南賦》。
② 參看錢鍾書著《管錐編》第二五七至二六二則,頁 2359—2380。
③ 參看《管錐編》,頁 2359。
④ 其實庾信用典重複,爲求對仗而不顧文義之處,何止《管錐編》所舉和所引之例。這裏有着時代的限制:文學的發展,在工藝上總是容易趨向精嚴的,在唐宋以後看來的詩之"合掌"等對偶問題,在六朝時未必是問題。同時庾信一生撰文甚多,自然更不免於此。故而如徐寶余那樣認爲庾信的用典存在"一典多用""多典并用""曲用典故"等情況,他的用典"已經由生硬的嵌入變爲創作的語源",并據此反駁錢之批評,實是愛庾太過。參看徐寶余著《庾信研究》,頁 181—187。
⑤ 錢鍾書在討論《小園賦》時提出此説,這其實就是對前面一段概括的再概括,見《管錐編》,頁 2361。

涵蓋知識與事件。而在正史中，我們能夠看到許多"志"引賦爲證，史志引賦，正說明了賦可以提供確定的知識與事件(說詳以上各章)。庾信是否會希望《哀江南賦》提供給後人一些確定的歷史呢？這種可能性是完全存在的。① 而《哀江南賦》也確實被完整收入了《周書》。② 倪璠和後來論者常用"賦史"來稱譽此篇，也正着眼於此。③

"議論"方面，上文已經簡單提及。應該說，庾信並非思想家，不論是他關於"天道"的論說，還是對蕭梁王朝禍起蕭牆的批評，或是對梁元帝的譴責，都不見得特別高明。庾信研究者也曾花費許多篇幅討論庾信的歷史觀念和文學思想，這方面的探討或許已經抉發殆盡乃至挖掘過度了。而《哀江南賦》在"議論"上最大的意義，實是在於它保留了庾信對於個人和南朝的比較多的意見，如果沒有此賦，我們對庾信活潑潑的個人思想的瞭解，將大有缺失。

相較上述各端，《哀江南賦》中最動人的，還是庾信情志的展現。正因爲《哀江南賦》從文辭、典實、手法上都堪稱"集成"，而庾信在精心結撰此賦時，又回想了無數南朝往事，所以賦中的情志極爲豐饒，而且真切生動。僅就"悲哀"之情而言，陳寅恪讀出了對王褒的懷念、魯同群讀出了對仕官的追求、林怡讀出了喪母之痛，這些都是可能的。古人論此賦，多跟隨正史中"鄉關之思"之論，今人或拓展"鄉關之思"的可能性，或跨越這一樊籠，讀出更多情志。正如《紅樓夢》是說不盡的，一千個讀者眼中有一千個哈姆雷特一樣，《哀江南賦》在"情志"層面也是讀不完的。可以說，"集成"的《哀江南賦》，自然擁有無盡的情志。

正是這樣一篇"集成"性的《哀江南賦》，宣告了卓越文學家庾信的完成。

---

① 如果依照徐寶余等人的看法，庾信在《哀江南賦》的歷史敘述中，還進行了自我辯解。
② 關於正史存錄辭賦的多重作用，本書第五章已經作了詳細探討。
③ 倪璠在此篇序中"追爲此賦，聊以記言，不無危苦之辭，惟以悲哀爲主"一句後注曰："此賦記梁朝之興亡治亂及己世之飄飄播遷，古有'詩史'，此可謂'賦史'矣。"(《庾子山集注》，頁98)"詩史"之說，唐代以來各代皆有，內涵豐富，而"賦史"之說，極爲少見，據有限的檢索，可能就始於倪璠之注。這也從一個側面說明了用賦敘史未成傳統。同時，如果按照龔鵬程、張暉等學者的研究，"詩史"之說演進至明清，早已有了明確的價值指向，並不僅僅描述詩能敘史，以"詩史"稱讚某詩是很高的價值評判。而在"詩史"說的影響下，又有了"詞史"說，倪璠之"賦史"，是否也像"詩史""詞史"，是對《哀江南賦》的一種高度價值判斷？這一想法尚不成熟，姑記於此。關於"詩史"，參看龔鵬程《詩史本色與妙悟》(臺北：臺灣學生書局，1986年)第二章《論詩史》；及張暉著《中國"詩史"傳統》(北京：生活·讀書·新知三聯書店，2012年)。關於"詞史"，參看張宏生《清初詞史觀念的建構與演進》，載《南京大學學報》2008年第1期，頁101—107。

小結　從《哀江南賦》到《北征》

　　興膳宏在他的庾信傳記開篇之《序》的最初部分,用頗爲動情的筆觸寫道:"在寫本書時,一面追蹤庾信的一生,同時還有一個人的形象,始終和庾信形影不離的留在腦海中——那就是《顏氏家訓》的作者顏之推。"① 在我閱讀庾信的過程中,顏之推也常常在我腦海中浮現。不過,顏之推之外,還有一位詩人時常出現,那就是杜甫。尤其是在比較仔細地閱讀《哀江南賦》時,我常常會想起杜甫的《北征》。

　　庾信與顏之推有太多的相似之處,這一點已經被過去的研究者不斷指出,庾信與杜甫也是如此。這裏祇想在結束了對《哀江南賦》的頗爲駢枝的討論之後,再談談爲何顏之推的《觀我生賦》和杜甫的《北征》會時時浮現在我的腦海中。

　　正如顏之推和庾信的生平經歷高度類似一樣,《觀我生賦》和《哀江南賦》也有很多相似之處。不過,雖然顏之推與庾信同列《北史·文苑傳》,《觀我生賦》也被收錄在《北齊書·文苑傳》中。但從《顏氏家訓》來看,顏之推的自我期許更接近學者而非文人。所以《觀我生賦》雖然是北朝賦(或隋賦)中的大作,卻未必是顏之推最爲看重的作品。而《觀我生賦》和《哀江南賦》在形態上最直接的差異,就在於前者有顏氏自注。爲自己之賦作注,古已有之,最有名的或許是謝靈運之《山居賦》。顏之推爲《觀我生賦》作注,可能與他不以文人自命有關,但也確實揭示了用賦敘述的"短板",那就是在敘事上,"鋪采摛文"(尤其是大量使用排偶的手法)很不利於敘述之清晰。對《哀江南賦》中的許多"今事",至今無法得到確解,這部分出於文學的特點,部分卻也與此"短板"有關。而《哀江南賦》或許確實窮盡了賦的可能性,用體物的手法、敘史的框架來言志抒情,至此已達頂峰,於是顏之推祇能在賦的外部尋找解決辦法,他採取了自注。②

　　但當文人們跳出賦之藩籬,尋求另一種"海涵地負"之形式的時候,杜甫的《北征》或許可以被視爲這個方向上的又一高峰。在《北征》中,我們讀到了國家的興衰、詩人的憂思、征途的景物、團聚的歡欣,我們可以在杜甫留下的上千首詩中找到許多與《北征》的某一段落類似的詩作,也可以在更多的詩作中找到屬於《北征》的豐饒情志中的某一面。《北征》無疑是杜詩中的

---

① 見前引《望鄉詩人——庾信傳記》,頁1。
② 本書第五章和第七章對賦之自注皆有涉及。錢鍾書對《觀我生賦》之自注頗多褒獎(同時對《山居賦》之自注多有貶斥),甚至推而論之曰:"讀庾信《哀江南賦》時,正憾其乏此類自註。"見前引《管錐編》,頁2016。

一首"集成"之作。① 而杜甫,在同樣經歷了家國巨變後,用長篇五言詩的方式,完成了他的"集成"。②

詩賦體式上的不同之外,《哀江南賦》《觀我生賦》和《北征》都將作者個人和家國之變結合在一起,國家的命運和個人的命運是密不可分的。不過在杜甫那裏,我們能看到個人對國家的一種更深的情懷,這應該是成長於盛唐之際的儒者所獨具的情志。

從《哀江南賦》到《北征》,正是漢唐文學蜿蜒曲折的嬗變長河中重要的一脈。

庾信作爲魏晉南北朝時期最後一位偉大的文學家,站在這個時代的終點,在詩賦二體上都達到了極高的成就,他不僅匯通了南北文學,也彙集了先前各時代的偉大文學傳統。而新的時代距離他已經很近了,在這位舊時代的最後一位偉大文學家身上,正蘊藏了新時代的生機。

附表 8.1　庾信詩賦繫年各家説簡彙

篇　題	各　家　説　法
卷一　賦	
1. 三月三日華林園馬射賦(并序)	許東海、興膳宏、魯同群：561 年。牛貴琥、林怡：573 年。張鵬及韓理州：563 年。
2. 小園賦	倪璠：554 年。許東海："五十歲以後"(案：即 562 年以後)。③ 許逸民："作賦的時間當是入北初期,很可能在周閔帝元年(557)春季。"魯同群："此賦應作於 555 或 556 年,以 556 年的可能較大。"林怡：555 年。徐寶余：554 年至 557 年。吉定："北周初年"。
3. 竹杖賦	許東海：五十歲(案：即 562 年)之前的作品。興膳宏："這篇賦的寫作年代不詳,但以賦中出現的許多形容身體老衰的句子而言,很可能是在《枯樹賦》以後很久才寫的。"魯同群：563 年。林怡：555 年。徐寶余：554 年至 557 年階段。

---

① 祇要看看仇兆鰲在《杜詩詳註》此詩後羅列的各家評論,就能獲得"集成"的感覺。見前引《杜詩詳註》,頁 406—407。對於《北征》與《北征賦》《西征賦》等賦的聯繫,注杜評杜者多已注意,而胡光煒(小石)論此詩則曰："其臚陳時事,直抒憤懣,則頗得力於庾子山《哀江南賦》。"真可謂獨具隻眼。見胡小石《杜甫〈北征〉小箋》,收入《胡小石論文集》(上海：上海古籍出版社,1982 年),頁 115。
② 長篇古詩外,杜甫一系列精彩的組詩,也可以看作是對尚不夠成熟的《擬詠懷》的超越。
③ 許東海的考定建立在王質廬《庾子山〈小園賦〉——清倪璠註的幾點辨正》一文的基礎上。據許書徵引和轉述,王質廬推定《小園賦》作於建德元年之前,約即庾信五十歲以後,六十歲以前(案：即 562 年至 572 年)。

續 表

篇　　題	各　家　説　法
4. 邛竹杖賦	許東海：五十歲（案：即562年）之前的作品。
5. 枯樹賦	《朝野僉載》："從南朝初至北方"（今人多認爲不可信）。許東海：554之後。① 興膳宏、林怡：555年。② 許逸民："入北初年"。魯同群：560年前後、"入北初期"。
6. 傷心賦	許東海："六十歲左右（案：即572年）的作品，而時間在《小園賦》與《哀江南賦》之間。"（吉定同此説）魯同群：557年九月至十二月之間。林怡：557年。
7. 象戲賦	倪璠、許東海、舒寶璋：568年。興膳宏、鍾優民、魯同群、牛貴琥、林怡：569年。③
8. 春賦	以上七篇，倪璠以下皆認爲乃在梁時作，且多認爲是"宫體""徐庾體"的代表性作品。主要依據有二，一是語言風格；二是徐陵、蕭綱等人有同題的詩賦作品，可能正是與庾信的唱和之作。
9. 七夕賦	
10. 燈賦	
11. 對燭賦	
12. 鏡賦	
13. 鴛鴦賦	
14. 蕩子賦	
卷二　賦	
15. 哀江南賦	倪璠、王仲鏞：天和年間（案：即566年至572年）。陳寅恪、饒宗頤、許逸民：578年。④ 興膳宏：晚年後期。⑤ 魯同群：557年十二月。牛貴琥：566年或568年，568年12月。⑥ 林怡：566年在長安守母喪。⑦ 胡政："周孝閔元年（557）12月至周明帝武成元年（559）8月間。"徐寶余：557年至567年階段。

① 許氏又謂，若《朝野僉載》所説屬實，《小園賦》當在554年後一二年之内。
② 興膳宏又謂："關於《枯樹賦》的寫作時期，也無法確定是否爲北遷後不久的作品。"故他在《庾信年譜》對於《枯樹賦》的編年衹是從權之舉。
③ 倪注引《周書》筆誤，當是"四年"。
④ 許東海在其書討論《傷心賦》的部分曾判斷《哀江南賦》爲庾信"六十五歲（案：即577年）的作品"（頁201），但在專門討論《哀江南賦》的部分，又用較大篇幅論述，同意并補充陳寅恪説，前之判斷當爲筆誤。
⑤ 在《庾信年譜》中，興膳宏也將此篇繫於578年。
⑥ 牛貴琥在不同時期出版和發表的專書、論文中有不同意見，後者爲其較晚提出的比較確定的説法。
⑦ 關於庾信母卒時間，曹道衡及沈玉成考定在563年或566年。

續 表

篇　　題	各　家　説　法
卷三　詩	
1. 奉和泛江	舒寶璋：和蕭綱《泛舟横大江》而作。
2. 奉和山池	興膳宏、魯同群、林怡等皆以此詩爲南朝作品的代表作并有分析。倪璠以下各家都指出蕭綱有《山池》詩。
3. 陪駕幸終南山和宇文内史	林怡：556 年至 561 年間，繫在 556 年。
4. 和宇文内史春日遊山	
5. 遊山	
6. 和宇文京兆遊田	林怡：572 年至 574 年間，繫於 572 年。
7. 奉報寄洛州	倪璠、興膳宏、舒寶璋、魯同群、林怡：577 年。
8. 奉報窮秋寄隱士	魯同群：559 年 9 月之後。徐寶余：557 年至 568 年階段。
9. 上益州上柱國趙王（二首）	鍾優民：562 年。
10. 謹贈司寇淮南公	魯同群、林怡：577 年。
11. 正旦上司憲府	魯同群：575 年末。林怡：575 年。徐寶余：567 年至 579 年階段。
12. 任洛州酬薛文學見贈别	林怡：576 年。徐寶余：567 年至 579 年階段。
13. 將命至鄴酬祖正員	倪璠、興膳宏、鍾優民、劉文忠、魯同群、林怡、吉定：545 年。
14. 將命至鄴	
15. 入彭城館	劉文忠、魯同群、林怡、吉定：545 年。
16. 同州還	鍾優民、舒寶璋、林怡：580 年。
17. 從駕觀講武	舒寶璋、林怡：562 年。
18. 奉報趙王出師在道賜詩	鍾優民：562 年。
19. 和趙王送峽中軍	鍾優民：562 年。林怡：577 年。

續　表

篇　題	各　家　説　法
20. 奉和趙王途中五韻	
21. 同盧記室從軍	倪璠、舒寶璋、林怡：571 年。
22. 侍從徐國公殿下軍行	
23. 伏聞遊獵	
24. 見征客始還遇獵	
25. 奉和闡弘二教應詔	倪璠、興膳宏、鍾優民、魯同群、牛貴琥、林怡：569 年。
26. 至老子廟應詔	
27. 奉和趙王遊仙	
28. 奉和同泰寺浮屠	倪璠以下皆以爲早期創作，蕭綱有《幸同泰寺浮屠》詩。
29. 奉和法筵應詔	興膳宏、鍾優民、魯同群、林怡：572 年。
30. 和從駕登雲居寺塔	
31. 和何儀同講竟述懷	徐寶余：554 年至 557 年階段。
32. 奉和趙王隱士	倪注："《褒集》中有《和趙王隱士》。"
33. 擬詠懷（二十七首）	興膳宏："寫作時期雖然無法確定，但從內容看來，《擬詠懷》很可能和《哀江南賦》同樣是屬於晚年後期的作品。"①許逸民："二十七首大抵作於北周保定三年（563）至四年之間。"魯同群：部分作於 563 年至 564 年。② 林怡：部分作於 564 年。牛貴琥：554 年至 557 年。
34. 和張侍中述懷	魯同群：姑定於 555 年。林怡：555 年。徐寶余：557 年至 567 年階段。
35. 奉和示内人	一般認爲作於早期。

---

① 在《庾信年譜》中，興膳宏將此一組詩繫在 578 年。
② 魯同群對這一組詩有細密的討論，具體來說，他認爲第二首作於 557 年底以前，約與《和張侍中述懷》同時；第八、十三、十五、二十七諸首，"我們雖無法斷定其具體寫作時間，但從其所敘之事，所抒之懷來看，也不可能作於弘農郡守任上，而是在此之前"。而第六、八、十三、十五、二十七諸首，大致均應作於 558、559 年左右。第一、五、十七、十八、十九、二十及二十六共七首則作於弘農郡守任上。據魯氏考證，庾信 563 年出任弘農郡守，565 年回到長安，任職不詳。

續 表

篇 題	各 家 説 法
36. 奉和趙王美人春日	
37. 奉和趙王春日	
38. 夢入内堂	
39. 和詠舞	早期作品,蕭綱有《詠舞》,徐陵亦有和作。
40. 夜聽擣衣	劉開揚:可能在江陵時期。劉文忠:寫於長安。
41. 預麟趾殿校書和劉儀同	魯同群、鍾優民、林怡:560年。徐寶余:557年至567年階段。
42. 和宇文内史入重陽閣	興膳宏、魯同群:560年。林怡:556年至561年。
43. 忝在司水看治渭橋	興膳宏:北遷初期。鍾優民、林怡:557年。魯同群:561年。吉定:556年或557年。王褒有《和庾司水修渭橋》詩。
44. 北園新齋成應趙王教	
45. 同〔司〕會河陽公新造山池聊得寓目	
46. 登中州新閣	林怡:疑在578年。①
47. 歲晚出横門	
48. 北園社堂新成	
卷四　詩	
49. 園庭	舒寶璋:60歲後。魯同群:"其寫作時間當在大象二年(580年)或開皇元年(581年),其時庾信六十八或六十九歲,自稱七十,自無不可。"林怡:568年至575年。徐寶余:579年至581年階段。
50. 歸田	林怡:568年至575年。徐寶余:579年至581年階段。
51. 寒園即目	魯同群:580年或581年。林怡:568年至575年。徐寶余:579年至581年階段。
52. 幽居值春	魯同群:"毫無疑問當作於560年以前,比較大的可能即爲559年春。"

① 林於其《庾信年表》中將詩題誤作《登州中新閣》。

續　表

篇　題	各　家　説　法
53. 臥疾窮愁	林怡：568 年至 575 年。徐寶余：554 年至 557 年階段。
54. 山齋	
55. 望野	林怡：568 年至 575 年。徐寶余：557 年至 567 年階段。吳先寧：《園庭》至此詩的七首，都作於 573 至 575 年間庾信賦閒在家時。
56. 蒙賜酒	徐寶余：557 年至 567 年階段。
57. 奉報趙王惠酒	徐寶余：557 年至 567 年階段。
58. 有喜致醉	倪璠定爲"生子之辭"。
59. 喜晴應詔敕自疏韻	牛貴琥：572 年。林怡：574 年。①
60. 同顔大夫初晴	林怡：579 年。
61. 奉和趙王喜雨	
62. 和李司録喜雨	林怡：當在 561 年 7 月後至 562 年李昶轉御正中大夫之前。②
63. 郊行值雪	
64. 奉和趙王西京路春旦	魯同群：560 年。
65. 奉和夏日應令	
66. 和樂儀同苦熱	林怡：580 年。徐寶余：557 年至 567 年階段。
67. 和裴儀同秋日	林怡：581 年。③
68. 詠園花	

---

① 倪璠在《庾子山年譜》"大象二年"一條指出："集中有《喜晴應詔》詩、《同顔大夫初晴》、《奉和趙王喜雨》、《和李司録喜雨》諸篇，自明帝二年、保定三年、建德元年、二年（案：分别是 558 年、563 年、572 年和 573 年），并有祈雨、喜雨之事。子山諸詩，以《英華》類聚一處，未詳何年所作，故備録焉。"
② 林怡於其《庾信年表》中將此詩繫於 561 年。
③ 林怡此説從倪璠之注，認爲裴儀同乃裴政，魯同群認爲決不可能，依吳兆宜注，認爲裴儀同乃裴文舉（560 年爲儀同三司），并結合本詩内容上的"愁苦之音"推論本詩作於 561 年以前。

續表

篇　　題	各　家　説　法
69. 西門豹廟	魯同群：545 年。①
70. 和王少保遥傷周處士	興膳宏、林怡：572 年。
71. 傷王司徒褒	興膳宏：576 年。林怡：577 年。徐寶余：579 年至 581 年階段。
72. 仰和何僕射還宅懷故	劉文忠：何僕射爲何敬容，詩作於 531 年至 537 年之間。林怡：疑在 578 年。
73. 送靈〔炅〕法師葬	
74. 和春日晚景宴昆明池	
75. 對宴齊使	倪璠、舒寶璋、徐寶余：569 年。
76. 聘齊秋晚館中飲酒	
77. 奉和潛池初成清晨臨泛	倪注："《王褒集》有《玄圃潛池臨泛奉和》。"
78. 和靈〔炅〕法師遊昆明池（二首）	許逸民："或許是庾信初至長安時的作品。"
79. 見遊春人	
80. 別周尚書〔處士〕弘正	鍾優民、舒寶璋、魯同群、林怡：562 年。
81. 別張洗馬樞	
82. 別庾七入蜀	
83. 將命使北始渡瓜步江	劉文忠、魯同群、吉定：545 年。
84. 反命河朔始入武州	鍾優民：545 年。劉文忠：545 年十月。
85. 冬狩行四韻連句應詔	林怡：561 年。

---

① 魯同群認爲："《將命至鄴酬祖正員》《將命至鄴》《入彭城館》《西門豹廟》《將命使北始渡瓜步江》似皆作於庾信出使東魏之時。"并將這五首詩創作的先後順序排定爲：《將命使北始渡瓜步江》《入彭城館》《將命至鄴酬祖正員》《西門豹廟》。劉文忠討論庾信前期作品時也作了相關的探究，他没有討論《西門豹廟》，但認爲其餘四首詩以及《反命河朔始入武州》都作於 545 年，他排定的先後順序是：《將命使北始渡瓜步江》《入彭城館》《將命至鄴》《將命至鄴酬祖正員》《反命河朔始入武州》。

續表

篇　　題	各　家　説　法
86. 和王内史從駕狩	
87. 入道士館	
88. 奉和永豐殿下言志（十首）	魯同群：554 年冬。林怡：554 年。
89. 率爾成詠	
90. 慨然成詠	
91. 奉和賜曹美人	
92. 和趙王看伎	
93. 奉答賜酒	徐寶余：557 年至 567 年階段。
94. 奉答賜酒鵝	
95. 正旦蒙趙王賚酒	
96. 衛王贈桑落酒奉答	魯同群：567 年。林怡：574 年。
97. 就蒲州使君乞酒	倪璠、興膳宏：571 年。徐寶余：557 年至 567 年階段。
98. 蒲州刺史中山公許乞酒一車未送	倪璠：571 年。
99. 答王司空餉酒	林怡：573 年。
100. 舟中望月	
101. 望月	
102. 對雨	
103. 喜晴	
104. 詠春近餘雪應詔	
105. 奉和初秋	倪注："和梁簡文帝也。簡文集中有《初秋》詩。"
106. 晚秋	
107. 和潁川公秋夜	

續表

篇　　題	各　家　説　法
108. 詠畫屏風詩(二十四首)	劉文忠："似應寫於南朝。"興膳宏：北遷後的作品。
109. 贈周處士	魯同群：在南朝之作。
110. 尋周處士弘讓	興膳宏："在皇太子綱的屬下任東宫學士時的早期作品。"魯同群：在南朝之作。
111. 鏡	劉開揚認爲，此詩以及《梅花》《詠樹》《鬥雞》《和迴文》"可以肯定是在建康時所寫"。劉文忠認爲無據。
112. 梅花	
113. 詠樹	徐寶余：557 年至 567 年階段。
114. 鬥雞	
115. 應令	
116. 杏花	
117. 集周公處連句	吴兆宜、吉定："周公"爲宇文覺(周孝閔帝)，吉定進而推定詩作於 556 年至 557 年。倪璠、舒寶璋、魯同群、林怡："周公"爲周弘正，詩作於 560 年至 562 年。何世劍："周公"爲宇文泰。
118. 寄徐陵	許逸民：564 年。
119. 寄王琳	林怡：556 年。
120. 奉和趙王	
121. 和劉儀同臻	魯同群：579 年前後。林怡：疑在 581 年。曹道衡及沈玉成：詩寫伐陳，故在 581 年九月。
122. 和庾四	
123. 和侃法師三絶	魯同群：574 年。
124. 送周尚書弘正(二首)	鍾優民、林怡：562 年。魯同群：561 年前後。
125. 重別周尚書(二首)	
126. 贈别	
127. 徐報使來止得一見	許逸民：564 年，"徐"爲徐陵。吉定："徐報"確有其人，曾出使北周，此詩作於 562 年徐報回南之後。

續 表

篇　　題	各　家　說　法
128. 行途賦得四更應詔	
129. 和江中賈客	
130. 奉和平鄴應詔	興膳宏、鍾優民、舒寶璋、林怡：577 年。
131. 送衛王南征	倪璠、鍾優民、魯同群、林怡：567 年。
132. 仙山（二首）	
133. 山齋	林怡：568 年至 575 年。徐寶余：557 年至 567 年階段。
134. 野步	
135. 山中	徐寶余：557 年至 567 年階段。
136. 閨怨	
137. 和趙王看妓	
138. 看舞	
139. 聽歌一絕	
140. 暮秋野興賦得傾壺酒	徐寶余：557 年至 567 年階段。
141. 對酒	蕭滌非：在北朝之作。劉文忠：存疑。
142. 春日極飲	
143. 春望	
144. 新月	
145. 秋日	
146. 望渭水	林怡：557 年。
147. 塵鏡	
148. 和淮南公聽琴聞弦斷	
149. 弄琴（二首）	
150. 詠羽扇	

續表

篇　　題	各　家　說　法
151. 題結綫袋子	
152. 賦得鸞臺	
153. 賦得集池雁	
154. 詠雁	
155. 忽見檳榔	
156. 賦得荷	
157. 移樹	
158. 奉梨	
159. 傷往(二首)	
160. 春日離合(二首)	
161. 和迴文	倪注："和湘東王《後園》。"
162. 問疾封中錄	
163. 示封中錄(二首)	
164. 秋夜望單飛雁	
165. 代人傷往(二首)	
166. 俠客行①	
卷五　樂府	
167. 對酒歌	據《文苑英華》,此篇非庾信所作。《樂府詩集》則歸於庾信名下。
168. 昭〔明〕君辭應詔	劉文忠：似應爲前期之作。
169. 王昭君	
170. 出自薊北門行	

---

① 據倪注,此詩也作組詩《畫屏風詩》第一首,《文苑英華》中則作《俠客行》,故倪璠將此詩放在卷四之末,卷五"樂府"之前。

續表

篇　　題	各　家　説　法
171. 結客少年場行	
172. 道士步虛詞(十首)	
173. 烏夜啼	
174. 怨歌行	吳兆宜、倪璠、蕭滌非：在北朝時。
175. 舞媚娘	劉文忠：非暮年所作。
176. 烏夜啼	蕭滌非、劉文忠：在北朝時。
177. 燕歌行	興膳宏：554 年，"這也是唯一一一首能推測是庾信在江陵時作的詩。"王褒、梁元帝皆有問題之作。吉定：548 年至 554 年在江陵時。
178. 楊柳歌	吉定：548 年至 554 年在江陵時。
卷六	
郊廟歌辭	倪璠、興膳宏、林怡：573 年。
卷九　連珠	
擬連珠(四十四首)	興膳宏："庾信在晚年把思想託付在過去的長篇作品，除了《哀江南賦》與《擬詠懷》之外，實際上還有一種，那就是《擬連珠》四十四首連作。"①魯同群："它應該作於庾信五十歲之前，最多五十歲，亦即作於 562 年之前。筆者認為其最可能的寫作時間是 560 年，其時子山四十八歲。"牛貴琥：560 年前後。林怡：560 年。徐寶余：557 年至 567 年階段。
佚　文	
七夕	收入《玉臺新詠》《古今歲時雜詠》，劉文忠認為是前期之作。

説明：
1. 本表綜合各家之説，祇錄結論，不一一注明出處與頁碼，涉及的專著論文的出版信息請參看下面的"附表 8.1 參考文獻"；
2. 南北朝時年號多而混雜，故本表一律使用公元紀年；
3. 各家結論一致的，本表依據成書、成文時序列於一起，用頓號隔開排列；如果是合作的結論，則用"及"字，如"曹道衡及沈玉成"；
4. 庾信集中詩賦標題偶有異文，凡倪璠注出者，本表用〔　〕標出。

---

① 在《庾信年譜》中，興膳宏將此一組詩繫在 578 年。

附表 8.1 參考文獻

〔北周〕庾信撰,〔清〕倪璠注,許逸民校點:《庾子山集注》,北京:中華書局 1980 年。
〔北周〕庾信撰,〔清〕吳兆宜註:《庾開府集箋註》,上海古籍出版社影印四庫全書本。
譚正璧、紀馥華選註《庾信詩賦選》,上海:古典文學出版社 1958 年。
許逸民譯注:《庾信詩文選譯》,成都:巴蜀書社 1991 年。
〔南北朝〕庾信著,舒寶璋選注:《庾信選集》,鄭州:中州書畫社 1983 年。
〔日〕森野繁夫編著:《庾子山詩集》,東京都:(株)白帝社 2006 年。
William T. Graham, Jr: 'The Lament for the South': YU HSIN'S 'AI CHIANG-NAN FU', Cambridge, London: Cambridge University Press, 1980.

〔日〕興膳宏原著,譚繼山編譯:《望鄉詩人——庾信傳記》,臺北:萬盛出版有限公司 1984 年。
許東海著:《庾信生平及其賦之研究》,臺北:文史哲出版社 1984 年。
劉文忠著:《鮑照和庾信》,上海:上海古籍出版社 1986 年。
鍾優民著:《望鄉詩人庾信》,長春:吉林大學出版社 1988 年。
牛貴琥著:《腸斷江南——庾信與齊梁文士現象》,太原:山西教育出版社 1994 年。
李國熙著:《庾信後期文學中鄉關之思研究》,臺北:文津出版社 1994 年。
魯同群著:《庾信傳論》,天津:天津人民出版社 1997 年。
林怡:《庾信》,瀋陽:春風文藝出版社 1999 年。
林怡著:《庾信研究》,北京:人民文學出版社 2000 年。
徐寶餘著:《庾信研究》,上海:學林出版社 2003 年。
吉定著:《庾信研究》,上海:上海古籍出版社 2008 年。
蕭滌非著:《漢魏六朝樂府文學史》,北京:人民文學出版社,1984 年。
曹道衡、沈玉成著:《中古文學史料叢考》,北京:中華書局 2003 年。

劉開揚:《論庾信及其詩賦》,收入氏著《唐詩論文集》,上海:中華書局上海編輯所 1961 年。
曹道衡:《庾信〈哀江南賦〉四解》,收入氏著《中古文學史論文集》,北京:中華書局 1986 年。
魯同群:《庾信入北仕歷及其主要作品的寫作年代》,《文史》第十九輯,北京:中華書局 1983 年。
劉文忠:《庾信前期作品考辨》,《文史》第二十七輯,北京:中華書局 1986 年。
吳先寧:《北方文風和庾信後期創作》,《廈門大學學報(哲社版)》1989 年第 1 期。
吳先寧:《庾信〈園庭〉等七詩作年考》,《文學遺產》1991 年第 3 期。
樊運寬:《論庾信後期駢文的特色》,《廣西師範大學學報(哲學社會科學版)》第 32 卷第 1 期(1996 年 3 月)。
牛貴琥:《庾信入北的實際情況及與作品的關係》,《文學遺產》2000 年第 5 期。
林怡:《庾信作品考辨二則》,《文學遺產》2000 年第 5 期。
吉定:《庾信詩〈集周公處連句〉中"周公"辨正》,《文學遺產》2002 年第 2 期。

王茂福:《庾信賦倪注辨誤十例》,《文藝研究》2003 年第 4 期。

張鵬、韓理州:《庾信作品編年二則》,《西北大學學報(哲學社會科學版)》第 38 卷第 5 期(2008 年 9 月)。

尹冬民:《庾信〈哀江南賦〉"胡書"新證》,《文學遺産》2011 年第 4 期。

胡政:《庾信弘農郡守任期考辨》,《文藝評論》2011 年第 12 期。

何世劍:《〈贈周處士〉〈尋周處士弘讓〉爲"庾肩吾"作辨正》,《文獻》2012 年第 2 期。

何世劍:《庾信詩"集周公處連句"中"周公"再辯》,《文學遺産》2013 年第 5 期。

結語　文體的遠與近：結構文學史的另一種可能

　　經由以上八章的描述和分析，本書對魏晉南北朝詩賦之間的"文體秩序"和詩賦二體的"文體生命"進行了完整而多面的呈現。在此基礎上，對於魏晉南北朝文學的整體面貌，也能獲得更爲深入的把握。

　　將要結束本書的時刻，一個最爲基礎與核心的問題，一再浮出水面：上述八章對詩歌和辭賦二種文體作了不同層面和維度的描述與解釋，那麼，"文體"（genre）究竟是什麼？①

　　這無疑是"大哉問"，"文體學"是近幾十年古代文學研究領域的重鎮，相當多傑出的學者深耕於此，碩果累累，不論是理論推演還是歷史還原，均有豐厚的成果。本書第三章之《小結》强調對"詩"和"賦"不宜持"本質主義"之認定；同理，對於文體，"本質主義"的認定也是無甚意義的。② 然而，破壞一種"本質主義"的理解是容易的，但消解了"本質主義"以後，我們還剩什麼？如果不能爲"文體"提供相對確定和明晰的理解，本書所論，便如鏡花水月。對於這樣根基性的問題，本書自然不求一勞永逸地解決，但仍願爲理解"文體"做一嘗試。

　　"文體"是一個"概念詞（概念）"，也是一個"虛位"；被判定爲某一文體的具體作品，則是"專名（對象）"或"定名"。③ 作爲"概念（詞）"的文體，實

---

① 本書《引論》已經指出，"文體"這一"能指"（signifier）本就對應着不同的"所指"（signified），古今均是如此，如《文心雕龍》中的"體"或"文體"，就有多元而有機的指向與層次。本書所云"文體"，指的就是文章（或文學）的體裁，也即英文中的 genre。
② 中國古代偉大的文體學家劉勰就已經清晰體認到了這一點，他在《文心雕龍》中用很大的篇幅"論文叙筆"，其間有着相當明確的非本質主義立場。對此我有另文詳論，此不贅述。下文對"文體"的理解，多有受惠於劉勰處。
③ 這裏所謂的"概念詞"與"專名"，是弗雷格（Gottlob Frege）語言哲學中的專門術語，當我們説《哀江南賦》是一篇賦"時，作品——《哀江南賦》是專名，而文體——賦是概念詞。"概念詞-專名"是對語言在邏輯（而非語法）層面的區分，與之密切關聯的是"概念-對象"。參看：弗雷格《論概念和對象》，收入王路譯、王炳文校《弗雷格哲學論著選輯》（北京：商務印書館，2006年），頁79—94，并參該書頁4、5；王路著《弗雷格思想研究》（北京：商務印書館，2008年）第五章。至於"虛位"與"定名"，則來自韓愈《原道》（"仁與義爲定名，道與德爲虛位"）。實

是一種"認同"(identity)。所謂"認同"(或"身份"),也就是"同一性"。當若干篇作品被看作具備某一同一性(也即某種認同形成)後,某一文體方有可能成立。①

一旦明確了"文體是一種認同"(genre as identity),對文體的"本質主義"認定便悄然瓦解,不同文體間森嚴的壁壘也自然打破。② 但"認同"卻又不是隨心所欲,毫無判準的。如果説陶淵明的《歸去來兮辭》、庾信的《春賦》既可被認作賦,也可被認作詩;那麽,設若某人寫出了相當規整的五言律詩卻自認其作品爲"某某賦",或者某人寫了八句完全無視黏對等規範的五言卻自認其作品爲"律詩",恐怕大部分讀者不會接受此等個體"認同"。由此可見,引出"文體"的認同必須爲一定時空内一定羣體(主要是文人羣體)之認同。此種認同來自文學傳統(所謂傳統,便是持續且更爲宏大的"認同"),凝聚爲若干名詞(概念),又體現在典範作品中,還具備寫作上的規範性,這也就是《文心雕龍》"論文敘筆"部分的基本構成("原始以表末""釋名以章義""選文以定篇""敷理以舉統",劉勰在《序志》篇敘説這四句話之順序,似有深意存焉)。

這一羣體認同雖具備相當確定性和穩定性,卻又時刻面對着個體的挑戰。個人天才(individual talent)并不祇會完全同意羣體認同,或先因後創,或直接反叛,或別開境界,而與羣體認同不盡合拍的新變之作在獲得成功(也即被越來越多後來者認可)後,又隨時匯入原先的"認同"中,從而形成新的認同,是故文體有常有變。就此而言,文學發展離不開天才,而文學史的演進,也總是在個體與羣體、新變與傳統間交錯展開。

面對"文體是什麽"之問,上文給出了"文體是一種認同"之答。然而,提問還未結束,我們還可追問:"認同又是什麽?"對這一提問也有初步回答:"文體"之爲"認同",是一具備"家族類似"(familiy resemblance)特徵的"理想類型"(ideal type)。③

---

① "文體"是一種"認同",不等於對若干作品的"認同"祇能是"文體"。就此而言,"認同產生"是"文體成立"的必要條件。
② 這也就是《引論》第五部分"技術性説明"中第一點"任何文體都具有彈性"的理據所在。
③ "家族類似"(familiy resemblance,或譯爲"家族相似"等)是維特根斯坦(Ludwig Wittgenstein)後期哲學的重要概念,"理想類型"(ideal type,或譯爲"理想型""理念型"等)則是馬克斯·韋伯(Max Weber)方法論的核心概念。關於這兩個概念,不論是維特根斯坦還是韋伯,抑或是他們的研究者,都發表了大量的論説。本書對這兩個概念的理解和使用,除參照二氏文字(中英文)外,主要參考了張志林、陳少明的論説,參看張志林、陳少明著《反本質主義與知識問題——維特根斯坦後期哲學的擴展研究》(廣州:廣東人民出版社,1995年)。該書在消解傳統"本質主義"後,融合"家族類似"與"理想型",在一定程度上重建了"本質"(也即重建確定性和穩定性)。這一部分對"文體""認同"的思索,直接受到該書啓發。

文體是一類型,該類型中有形形色色的作品,但很少有人會認爲,某一篇具體作品就是這一類型中最完美和標準的,與之不同的其他作品都是有缺失或不標準的。① 此即"理想類型"之所謂。那麽,同一文體的不同作品間,又是什麽關係呢？既然不存在完美的標準件,作品間的關係,便祇能是"家族類似"。由此,我們便可以坦然接受,《漢書·藝文志》"詩賦略"不同類賦、不同作者賦之間,很難抽繹出共有的某一特徵。

　　然而,如前所述,人們對某一文體的認識又不是漫無邊際、隨心所欲的；同時,人們往往也不會通覽同一"文體家族"中的各色作品後歸納而出對這一文體之認識。實際上,對文體的認識,主要是由典範作品形塑的。正是通過一篇篇具備典範意義的詩篇與賦作,我們才越來越深入地把握了什麽是詩和賦。② 就此而言,典範之作無疑位居"文體家族"中的核心位置。然而,家族有伸縮,核心會變化,典範亦非一成不變。家族與典範之變遷,正是本書念兹在兹的"文體秩序"與"文體生命"變化的另一表達。③ 在此一變遷中,恰蘊藏着文學史演進的内在綫索。

　　故而,在儘可能立體地探討了魏晉南北朝詩賦之方方面面後,在行將結束本書之際,還可圍繞"文體秩序"與"文體生命",對此後的文學史演變作一鳥瞰。

　　相較前代,魏晉南北朝時期各類文體蓬勃發展,理論家們也有了明晰的"辨體"意識。④ 但魏晉南北朝各體"文"中,最受文士重視的始終是詩賦二體(换言之,詩和賦是當時"文學家族"中的典範或曰核心)。而詩與賦,不論是在題材、體式還是功能方面,都頗多重合且交互影響,在這一意義上,詩與賦可謂"近距"文體(或曰相似度高),詩賦之間的"競逐",也是相近文體之間的競争。故而詩賦之興替,"對抗性"并不强,更接近於文體間的"禪代",詩歌在吸收辭賦之養分的同時不斷壯大,并逐步在創作實踐和觀念世

---

① 如果我們認爲確有某篇作品是某一文體完美的標準件,那麽這篇作品所藴藏的特徵,便是這一文體的"本質"。
② 張志林在闡發"家族類似"時指出:"家族類似不是一個傳統的定義描述概念而是語用學概念。我們不能用一個周延的定義來刻畫家族類似概念的内涵和外延,但能用一系列相似的範例來顯示它們。設想有人問維特根斯坦:究竟什麽是家族類似？很可能維氏會這樣回答:你看看我怎樣使用這個概念吧。"前引《反本質主義與知識問題》,頁48、49。故而上文并不對"文體"下定義,而本書《引論》的"方法論反思",很大程度上也是由"家族類似"的這一特點引發的。
③ 具備"同一性"的作品匯聚於一"家族",此爲"文體";具備"同一性"的文體匯聚於一更大之"家族",便是"文學"。
④ 東漢時期已經出現了諸多文體,但進一步的細化分化和繁榮發展尚待魏晉南北朝,參看前引何詩海著《漢魏六朝文體與文化研究》。

界中取代早已成熟卻日漸停滯的辭賦成爲首要文體。詩賦在"文體秩序"上的興替直接開出了其後唐代的"詩國"境界。而詩賦這兩種"近距"文體既各自競逐又相互依存的狀態,又共同構築了漢唐間文學的主要形態。

魏晉南北朝時期往往被目之爲"文學自覺"的時代,① 從當時文章中最重要的二體——詩與賦來看,此二體在當時確實已經具備相當獨立的審美價值。故而詩賦成爲魏晉南北朝文學之主體,在很大程度上決定了魏晉南北朝之"文學自覺"。

當然,魏晉南北朝詩賦作者大多爲精英文士,他們的創作和觀念與朝堂宮廷和貴族文化息息相關,因此魏晉南北朝詩賦觸及的世界還是偏重於精英和上層,展現的審美形態也集中表現爲華美和精緻,"詩世界"的進一步開拓,尚待唐人。② 不過,唐人在走向"詩國高潮"③的同時,也同時致力於其他文體。以今日的"後見之明"重審唐代文學版圖,我們不難發現,古文和傳奇在唐代文學中佔據有極重要的地位。④ 而古文、傳奇與詩賦相比,可説是"遠距"文體。⑤ 唐代文學中詩歌備受推崇以及與詩"遠距"文體的勃興合力造就了唐代文學不同於魏晉南北朝文學的面貌,也進一步導出了宋代文學截然不同的景象。⑥ 此後的元明清文學,更可説是"衆聲喧譁":一方面,主流文人仍然多作詩詞、古文;另一方面,新的文人羣體或層累、或獨創,戲曲

---

① 本書第六章對此問題已有所涉及。
② 聞一多在評述初唐"四傑"的詩歌史意義時,曾要言不煩地指出:"正如宫體詩在盧駱手裏是由宫廷走到市井,五律到王楊的時代是從臺閣移至江山與塞漠。"這一"走向"和"移至"的過程,正是"詩世界"打開的過程,其間自然也伴隨着審美形態的轉變。見聞一多《四傑》,收入聞一多撰,傅璇琮導讀《唐詩雜論》(上海:上海古籍出版社,1998年),頁26。宇文所安(Stephen Owen)論初唐詩,亦精當地指出初唐詩之演進,乃一走出"宫廷詩"、走向更多題材(尤其是"京城詩")的過程,參看〔美〕宇文所安著,賈晉華譯《初唐詩》(北京:生活・讀書・新知三聯書店,2004年)。
③ "詩國高潮"一説借自葛曉音,參看葛曉音著《詩國高潮與盛唐文化》(北京:北京大學出版社,1998年)。
④ 在當時,傳奇的地位不如古文。祇是在現代文學(史)研究的視野中,傳奇這種接近小説(fiction)的文體受到了格外的重視。
⑤ 今人之唐代文學史,必然涉及古文與傳奇,這是依照我們今天對"文學"產生了某種"認同"後的回溯。然而,在唐人眼中,詩賦與古文、傳奇是否居於同一"家族"(還是分居兩家甚至三家)? 我尚無確切的把握。不過,即使唐人視詩賦與古文、傳奇爲同一類型,這三者間的相似度也遠不如詩與賦之間的高,故曰"遠距"。
⑥ 在文學/文化層面,内藤湖南所説的"唐宋變革"極具解釋力。宋代(更嚴格地説是中唐以後)文學的新變化,絶不僅僅是詞的高度發達,還體現爲詩歌内部不斷細化,古體詩和近體詩、律詩和絶句也在詩歌内部的"文體秩序"中競逐,嚴羽在《滄浪詩話》中就對詩歌内部的"文體秩序"作出了理論回應。而唐宋文學的新貌,更表現在接近於散文的"文"之勃興以及庶民文學的發展(這一點宋以後愈發明顯)。這一大問題此處無法展開,可以參看:前引張健著《知識與抒情——宋代詩學研究》;及本書附録。

和小説開始吸引人們的關注。如果説古文、傳奇與詩賦相比衹是"遠距",那麽戲曲小説就更是遥遠甚至異質的文體了。① 若以此回視魏晉南北朝文學,不難發現,雖然今日之文學史在敘説這一時段時也會提及《世説新語》《搜神記》這樣的"小説"以及《水經注》這樣的"散文",但魏晉南北朝"小説"和"散文"面對詩賦,實居"邊緣",在當時是否會被置入以詩賦爲核心的"文學家族"中,亦難斷言,故決不能與唐人之"古文"與"傳奇",更不能和明清戲曲小説類比。② 就整體"文學"的豐富和雜多而言,魏晉南北朝文學因由詩賦主導,故在整體上相對同質,也給後來文人留出了許多空間。

魏晉南北朝文學由詩賦主導,"近距"的詩賦間既共生又競逐,如是狀態在很大程度上決定了魏晉南北朝文學不同於漢、唐文學的特質。從文學史的長河來看,魏晉南北朝處於統一强盛的漢唐之間,卻不僅僅是一過渡階段,這一時期文學的自家面目和勃勃生機,正藴藏在詩賦主導的"文體秩序"和此一秩序下的諸多"文體生命"之中。

---

① 所謂"異質",指的是戲曲小説與詩文在當時就不怎麽被看作同一類型,不會被置入同一"家族",這從作者身份上就能獲得直觀的體認。説詳朱剛著《中國文學傳統》(北京:高等教育出版社,2018年)。

② 《世説新語》《搜神記》《水經注》等作品,今日看來具有很高的文學價值,但在當時更接近"述"而非"作"。但唐人之"古文"與"傳奇"不僅多以單篇形式呈現,且大多是用心經營的創作。

附録　從"詩賦"到"詩文"

　　詩、賦、文這三個與文學息息相關的詞語，出現甚早，其具體所指，在歷史的流衍中自然多有變化。如果不從"詩""賦""文"在古文字中的字形、意義以及淵源演變這一内涵的角度入手，而從後來被普遍認爲是"詩"或"賦"的作品何時成熟這一外延的角度入手，我們可以看到：至少在春秋時，彙總了早期不同類型詩的《詩經》已經成型且被用作教化的經典，"詩"以齊言爲主而押韻的主要特質，也貫穿着中國"詩"之發展歷程；[1]而至遲在西漢，已經出現了大量成熟的賦，[2]"賦"重鋪排、描寫的基本特徵此後也始終明確；[3]至於"文"，其意義層次更爲複雜，從最寬泛的意義上來說，凡是有修飾的皆可視之爲"文"，若稍加限定，則有文字的都是"文"。[4]"文"用來具體表示某一類作品，則在歷史上不斷演變，下文還會涉及相關問題。

　　本文關心的，則是"詩賦"和"詩文"的連用。雖然這三個詞在先秦早已出現，但將"詩賦"或"詩文"連用，卻比上述成熟的詩、賦作品大量出現要晚。故而考察"詩賦"和"詩文"的連用，并討論這背後的文學創作、文學觀念之變化，對於文學史和文學批評史的理解，都會不無裨益。

---

[1]　不過需要注意的是，秦漢以降，《詩經》主要是作爲"經"被接受的，"詩"的一面相對於"經"，沒有那麽重要。

[2]　"賦"因屬中國特有，故在定義上歧義頗多，如有的學者認爲"賦"即"辭賦"，有的則認爲"辭賦"祇是"賦"之一種，具體到賦之演變上，或以爲《荀子》之《賦篇》爲早期之賦，但若以漢賦的共同體製爲標準，則《賦篇》更多被視爲"源"之一。參看龔克昌《漢賦探源》，收入氏著《漢賦研究》；以及程章燦著《魏晉南北朝賦史》第一章第一節《中國文學中的石楠花》。

[3]　程章燦從淵源和流變入手，指出賦體的特徵不斷變化發展，不同時代人的觀念也不斷變化，但劉勰在《文心雕龍·詮賦》中所提出的"鋪采摛文，體物寫志"是"構成賦體的充要條件，是賦體的基本特徵"（着重號爲原所有），參看前引《魏晉南北朝賦史》，頁12。

[4]　劉勰在《文心雕龍·原道》中就採用最寬泛的理解，章太炎在《文學總略》中也從文字學入手指出有繪飾的皆可謂"䇳"，且認爲"文"是大於"䇳"的概念，但章氏真正關注的，還是有"文字"的"文"。參看程千帆撰《文論十箋》，收入《程千帆全集》第六卷，頁3—8。

一、正史及相關文獻中的"詩賦"與"詩文"

藉助相關電子數據庫,現在可以較快較全面地檢索某些關鍵詞在某一時段的出現情況。故本文首先考察由漢至宋的正史中"詩賦"和"詩文"出現的情況。① 製成表一。

選用從《史記》到《宋史》的正史,出於以下幾點考慮:第一,唐前文獻多散亂,而正史不僅篇幅大,而且較爲完整;②第二,唐宋以降的文獻浩如煙海,而正史是士大夫文化的比較典型的體現;第三,大部分正史的修撰成於衆手,且"述"多於"作",採取多方資源,保存了較多面向的記錄。而以《宋史》爲斷限,則是由於到宋代及以後,"詩文"之連用大大增多(詳下)。

表一③

正史中的"詩賦"	卷數	條目數	次數	正史中的"詩文"	卷數	條目數	次數
1. 史記	0	0	0	1. 史記	0	0	0
2. 漢書	6	8	9	2. 漢書	0	0	0
3. 後漢書	7	10	10	3. 後漢書	0	0	0
4. 三國志	3	4	4	4. 三國志	0	0	0
5. 裴注	4	4	4	5. 裴注	0	0	0
6. 晉書	13	23	24	6. 晉書	1	1	1
7. 宋書	1	2	2	7. 宋書	0	0	0
8. 南齊書	0	0	0	8. 南齊書	0	0	0
9. 梁書	7	8	8	9. 梁書	0	0	0

---

① 本文考察的是構成一個意義完整的名詞詞組的"詩賦"和"詩文",故如《詩·文王》或"投詩賦只"(《大招》)這種類型的連接(這兩個例子并非"連用"),自不在考察範圍内。
② 當然這其中也有像《北齊書》有所缺失,後人據《北史》加以增補的情況,但較之其他文獻,正史仍然是相對完整的。
③ 關於表一還有兩點説明:一、表一分别統計"詩賦"和"詩文"在《史記》至《宋史》(含《三國志》裴注)中的出現情況。二、表一分别列出卷數、條目數和次數三項數據,紀傳體之正史,或數卷爲一篇(如部分紀、志),或一卷兼及多人之傳,此處以卷爲基本單位。所謂"條目數",指的是意義完整的一個段落,有的段落中出現多次"詩賦"或"詩文",所以分别列出"條目數"和"次數"。

正史中的"詩賦"	卷數	條目數	次數	正史中的"詩文"	卷數	條目數	次數
10. 陳書	4	4	4	10. 陳書	0	0	0
11. 魏書	15	16	16	11. 魏書	0	0	0
12. 北齊書	5	6	6	12. 北齊書	0	0	0
13. 周書	2	2	2	13. 周書	0	0	0
14. 南史	11	11	11	14. 南史	0	0	0
15. 北史	18	20	20	15. 北史	0	0	0
16. 隋書	3	9	10	16. 隋書	0	0	0
17. 舊唐書	10	12	16	17. 舊唐書	0	0	0
18. 新唐書	3	3	3	18. 新唐書	0	0	0
19. 舊五代史	5	7	8	19. 舊五代史	0	0	0
20. 新五代史	1	1	1	20. 新五代史	0	0	0
21. 宋史	38	65	90	21. 宋史	24	31	31

表一十分直觀地展示出，"詩賦"連用在漢代已經出現，其後一直在不同的情境下被使用，而"詩文"的連用，到宋代才開始大量出現。[1]

但這一現象，是否祇是存在於正史的書寫之中，而不具有普遍意義呢？所幸今日的古代文獻數據庫十分發達，斷代或以某一時代爲斷限的全面檢索也頗爲便捷，根據漢達文庫（CHANT）、中國基本古籍庫等數據庫的先秦兩漢魏晉南北朝文獻，再將"詩賦"與"詩文"在這一時段文獻中的出現情況製成表二。

表二[2]

書　名	"詩賦"條目數/次數	"詩文"條目數/次數
22. 前漢紀	1/1	
23. 潛夫論	1/1	

---

[1] 除《史記》之外，正史皆爲後代修撰。但上文已經論及，正史多根據一代之相關材料整合修撰而成，故《宋史》取材於宋人材料甚多，不能認爲《宋史》反映的是元代的情況。表一統計的《舊唐書》的相關材料，就多有避唐諱之處（如以"代"代替"世"），即是一典型例子。

[2] 這一部分文獻多有出自轉引的，故表二祇列出條目數和次數。

續　表

書　　名	"詩賦"條目數/次數	"詩文"條目數/次數
24. 東觀漢記	1/1	
25. 毛詩異同評	1/1	
26. 修行道地經	1/1	
27. 晉中興書	1/1	
28. 晉諸公別傳	2/2	
29. 晉書	1/1	
30. 晉諸公贊	1/1	
31. 高士傳	1/1	
32. 七錄序	1/4	
33. 顔氏家訓	3/3	
34. 高僧傳	2/2	
35. 出三藏記集	1/1	1/1
36. 金樓子	2/2	
37. 《世説》劉注	2/2	
38. 文心雕龍	2/2	
39. 夏侯湛	1/1	
40. 陸雲	1/1	1/1
41. 王僧孺	1/1	
42. 徐陵	2/2	
43. 洛陽伽藍記	2/2	
44. 文選	3/3	1/1
45. 全文	21/21	3/3

表二和表一的情況是高度一致的，漢魏六朝的不同文獻中都出現了"詩賦"連用的情況。而"詩文"的連用，不僅數量極少，而且也不同於"詩賦"這樣的名詞并列，以下就相關文本中的"詩文"稍作分疏：

《出三藏記集》卷一《胡漢譯經文字音義同異記》的"齊語音訛，遂變詩文"的"詩",指的是《詩經》,中華書局標點本於"詩"字加書名標記,此處之"詩文"自然是《詩》的文字。①

劉楨的《贈五官中郎將》(見《文選》)中"望慕結不解,貽爾新詩文"的"詩文",當指"詩"的文辭,相當於"詩"。②

江淹的《傷友人賦》(見《全梁文》)中的"愛詩文之綺發,賞賦艷兮錦起","詩文"與"賦艷"相對,此處的"文"與"艷"一樣,當是描述"詩"的形容詞。③

陸雲的《與兄平原書》一〇(見《全晉文》及今人整理《陸士龍文集校注》)中"思兄常欲作詩文"之"詩文",初看似是兼指"詩"與"文",但考察全文,陸雲在這封信中盛讚《九歌》,并建議陸機"試作之",陸雲還指出:"兄復不作者,恐此文獨行千載",這裏的"此文",自然指的是《九歌》,所以此處的"詩文",與其理解作"詩"和"文",倒更接近"詩"之"文"(文字)。④

此外,《晉書》中的"詩文"("其詩文多不載")⑤初看比較接近"詩賦"連用的并列形態,細讀則可知意謂所獻"詩"文辭過多,不再載錄,故唐前文獻中,"詩文"并列連用可以説幾乎不存在。

---

① 上下文爲:"《詩》云:'有兔斯首'。'斯'當作'鮮'。齊語音訛,遂變《詩》文。此'桑門'之例也。"
② 上下文爲:"余嬰沈痼疾,竄身清漳濱。自夏涉玄冬,彌曠十餘旬。常恐遊岱宗,不復見故人。所親一何篤?步趾慰我身。清談同日夕,情眄敘憂勤。便復爲別辭,遊車歸西鄰。素葉隨風起,廣路揚埃塵。逝者如流水,哀此遂離分。追問何時會?要我以陽春。望慕結不解,貽爾新詩文。勉哉修令德,北面自寵珍。"
③ 上下文爲:"余既好於斯友,乃神交於一顧。邈疇年之繾綣,竊生平之遊遇。既遊遇兮可尋,乃協好兮契心。懷愛重於素璧,結分珍於黃金。識一代而笑淺,訪古人而求深。故高術而共邅,豈異袖而同襟?爾挂情於霜柏,我發意於冬桂。攬千品之消散,鏡百侯之衰替。帶荆玉而爭光,握隨珠而比麗。披圖兮炤籍,抽經兮閲史。共檢兮《洛書》,同析兮《河紀》。既思遊兮百説,亦窮精兮萬里。愛詩文之綺發,賞賦艷兮錦起。馨古今之寶賚,殫竹素之琛奇。信朝日之徒晨,屬夜星之空移。覽秋實於西苑,摘春華於東池。孟同歲於上京,未滿年於下國。爾湘水兮深沉,我前山兮眇默。惟音華與書酒,伊楚越兮南北。"
④ 上下文爲:"雲再拜:嘗聞湯仲歎《九歌》,昔讀《楚辭》,意不大愛之。項日視之,實自清絶滔滔。故自是識者,古今來爲如此種文,此爲宗矣。視《九章》,時有善語,大類是穢文,不難舉意。視《九歌》,便自歸謝絶。思兄常欲其作詩文,獨未作此曹語。若消息小佳,願兄可試作之。兄復不作者,恐此文獨單行千載。間常謂此曹語不好,視《九歌》,正自可欺息。王褒作《九懷》亦極佳,恐猶自繼。真玄盛稱《九辯》,意甚不愛。"
⑤ 上下文爲:"羲少有時譽,初爲吳國内史。時穆帝頗愛文義,羲至郡獻詩,頗存諷諫。因上表曰:'陛下以聖明之德,方隆唐虞之化,而事役殷曠,百姓凋殘。以數州之資,經瞻四海之務,其爲勞弊,豈可具言!昔漢文居隆盛之世,躬自儉約,斷獄四百,殆致刑厝。賈誼欺息,猶有積薪之言。以古況今,所以益其憂懼。陛下明鑒天挺,無幽不燭,弘濟之道,豈待瞽言。臣受恩奕世,思盡絲髮。受任到東,親臨所見,敢緣弘政,獻其丹愚。伏願聽斷之暇,少垂察覽。'其詩文多不載。羲方見授用而卒。"

至於唐代文獻中"詩賦"和"詩文"連用之情況,則非新舊兩《唐書》可以全部代表,這裏再對《全唐文》進行檢索統計,製成表三。

表三①

	篇　數	條目數	次　數
"詩賦"	58	58	79
"詩文"	10	10	10

根據以上三表,我們可以作出這樣的描述:"詩文"連用,在唐前幾乎不曾出現,在唐代,尤其是中唐以後稍稍增多,而比較固定而具有一定量的連用,則需至宋代。

而"詩賦"連用雖然出現較早且一直在不同的文獻中出現,但這一詞組具體在什麽情境下針對何人而被使用,在不同的歷史時段,還是有較爲明顯的差異的。約略而言,漢代的"詩賦"連用,除了目錄學的分類意義之外,主要用於說明"賦家"的文學才能和文學創作;魏晉南北朝的"詩賦"連用,則主要作爲文體分類連用;②從唐代開始,"詩賦"連用主要出現在與科舉有關的場合。

二、對現象的解釋

以上僅僅根據粗略的檢索統計,對"詩賦"連用和"詩文"連用的出現、發展作了鳥瞰式的描述。這一現象,實則蘊含了從漢代開始對"文學"的不同理解和想象。

(一) 最初的"詩賦"連用:目錄學分類與以《詩》爲"賦"的準則

本文開頭就指出,内涵和外延意義較爲明確的"詩"和"賦",在漢代已經大量出現,那麽將這二者并稱,也是十分自然之事。而可以并稱連用,説明"詩"與"賦"之間存在一定的相關和聯繫,劉向歆父子整理群籍,將"詩賦"分爲一類,説明至遲在西漢末,"詩賦"可以構成單獨一類的觀念已然明確。

爲何"詩賦"可以成爲單獨的一類,承襲《七略》的《漢書·藝文志》有這樣的解釋:

---

① "詩文"部分,有的條目明顯并非單獨的"詩文"連用,有的條目則指"詩之文",本表將這些全部納入,并非單獨連用的"詩文"能夠反映"詩文"單獨連用產生過程的部分情況。
② 在這個意義上,"詩、賦、銘、誄"這樣的例子,也應當視作"詩賦"連用的情形。

《傳》曰:"不歌而誦謂之賦,登高能賦可以爲大夫。"言感物造耑,材知深美,可與圖事,故可以爲列大夫也。古者諸侯卿大夫交接鄰國,以微言相感,當揖讓之時,必稱《詩》以諭其志,蓋以別賢不肖而觀盛衰焉。故孔子曰"不學《詩》,無以言"也。春秋之後,周道寖壞,聘問歌詠不行於列國,學《詩》之士,逸在布衣,而賢人失志之賦作矣。大儒孫卿及楚臣屈原,離讒憂國,皆作賦以風,咸有惻隱古詩之義。其後宋玉、唐勒,漢興枚乘、司馬相如,下及揚子雲,競爲侈麗閎衍之詞,没其風諭之義。是以揚子悔之,曰:"詩人之賦麗以則,辭人之賦麗以淫。如孔氏之門人用賦也,則賈誼登堂,相如入室矣,如其不用何?"自孝武立樂府而采歌謡,於是有代趙之謳,秦楚之風,皆感於哀樂,緣事而發,亦可以觀風俗,知薄厚云。序詩賦爲五種。①

這段話清楚地交代了,"賦"源於"詩"(《詩經》),在這中間則有楚辭這一轉圜(在這段文字中屈原、宋玉的楚辭作品也都被歸於"賦")。而賦從《詩經》繼承而來的最重要的方面,就是"風諭"的政教意義,《詩賦略》中的"歌謡"也是這樣。這與漢王朝的意識形態以及傳統文化的主流,以及其時的經學、文學觀念是完全一致的。②

學者們討論賦之淵源、賦之體製、漢人對賦之批評等問題時,歷來十分重視這段文字。作爲最早的韻文,後來的一切韻文作品自然都可以在《詩經》找到相類似的因素,進而認定《詩經》是其源頭。不過,這段歷史追溯不僅是一種事實描述,更是一種價值判斷。關於漢賦的起源,爭論頗多,最爲穩妥的看法,自然是多元起源説,如龔克昌就認爲《詩經》、楚辭、《荀子·賦篇》、倡優以及先秦縱橫家都是漢賦的來源,③這自是十分完備的事實描述。但《漢志》的這一段總結,卻可以代表劉向歆父子以及班固的價值判斷,那就是賦需要以《詩經》爲楷則,需有"風諭之義"。這顯然是兩漢間的共識,④無論是被《漢志》點名批評的枚乘、司馬相如,還是早已自我批評的揚雄,都持這樣的觀點,區别祇是他們有的認爲自己的作品能出色地做到"勸百諷一",有的則認爲不能。即使是自我否定十分嚴厲的揚雄,也不否認存在着"賢人

---

① 陳國慶編《漢書藝文志注釋彙編》,頁183—185。
② 關於這一問題,朱自清在《詩言志辨》中有精闢的分析,尤其是其中《詩言志》的第四部分《作詩言志》,《朱自清古典文學論文集》,頁218—222。
③ 參看龔克昌《漢賦探源》,收入氏著《漢賦研究》,頁305—321。
④ 《潛夫論·務本》中討論了"詩賦"應當如何("温雅以廣文,興喻以盡意")以及當時"詩賦"的反面情形("苟爲饒辯屈蹇之辭,競陳誣罔無然之事"),所持的正是政教標準。而且,這裏先言"詩賦"應當如何;再批評當時的"賦頌之徒",可見此中之"詩賦"重點在"賦"。

君子詩賦之正"。①

因此,漢代之"詩賦"連用,不僅僅是因爲"賦"與"詩"(主要是《詩經》)有着淵源關係,也是因爲"詩"在價值取向上規定着"賦",故而稱"詩賦"而不稱"賦詩",除聲韻上的順暢協調外,是否也與這一價值趨向有關呢?

當然,漢代及之前賦和樂府、歌詩類作品數量較多,不能再附庸於六藝中的《詩》,而需單獨歸類,也是"詩賦"成爲目録上專門一類的重要原因。

在漢代,《詩》已經是非聖人不能爲的"經",故而我們今天視爲重要文學家的那些士人們創作的重點,便是賦了。不過,儘管没有人會在口頭和理論上否定"賦"須以《詩》爲準則,但在實際創作中,"賦"自會自行發展,甚至遠離理論上的準則。在文學的實際發展過程中,"賦"毫無疑問是漢代最重要的文體,《漢志》的"詩賦略",前四類都是"賦",最後一類才是"歌詩"。② 在"賦"中,前三種都明確出於士的創作,而"歌詩"中很大比例卻出自不知名的民間創作。

在西漢已經意義明確的"詩賦"連用,正反映了西漢文學的基本狀況:"賦"是最主要的文學創作,但在理論上"賦"需以"詩"爲準則,也即"詩賦"當服務於政教。③

這裏還要附帶討論"詩賦"與"文學自覺"的問題。④ 自魯迅承接日本學者鈴木虎雄之説——認爲"曹丕的一個時代可説是文學的'自覺時代'"⑤以來,學者們或支持或反對,⑥對此一問題多有申論,反對的意見中,比較集中

---

① 《漢書》卷八十七《揚雄傳》:"雄以爲賦者,將以風也,必推類而言,極麗靡之辭,閎侈鉅衍,競於使人不能加也,既乃歸之正,然覽者已過矣。往時武帝好神仙,相如上《大人賦》,欲以風,帝反縹縹有陵雲之志。繇是言之,賦勸而不止,明矣。又頗似俳優淳于髡、優孟之徒,非法度所存,賢人君子**詩賦**之正也,於是輟不復爲。"
② 章學誠就對"詩賦略"先賦後詩的順序提出過批評:"賦者,古詩之流,劉勰所謂'六藝附庸,蔚成大國'者是也。義當列詩於前而敘賦於後,乃得文章承變之次第。劉、班顧以賦居詩前則標略之稱詩賦,豈非顛倒乎? 每怪蕭梁《文選》賦冠詩前,絶無義理,而後人競效法之爲不可解,今知劉、班著録已啓之矣。又詩賦本《詩經》支系,説已見前,不復置議。"(《校讎通義》卷三〈《漢志》詩賦第十五〉之三,《文史通義校注》,頁 1065。)章氏在此未能注意"詩"的多義,没有區分已作爲"經"的《詩經》和當時實際流行的"歌詩"。章氏對《文選》批評,下文的討論將會有所回應。當然,"賦"的數量遠多於"詩",也是排列上先"賦"後"詩"的重要原因,這一點徐有富有具體辨析,參看氏著《目録學與學術史》(北京:中華書局,2009 年),頁 33。
③ 《漢書·禮樂志》中的"詩賦"就是最好的例子,司馬相如等人所作的"詩賦",直接服務於官方的制禮作樂。
④ 關於"文學",本就難以界定,本文爲論述方便,將文學界定爲"以文辭動人情者"。
⑤ 魯迅《魏晉風度及文章與藥及酒之關係》,《魯迅全集》第三卷《而已集》,頁 526。
⑥ 如影響較大的游國恩主編《中國文學史》("建安時代表現了文學的自覺精神")與章培恒、駱玉明主編《中國文學史》("魏晉時文學的自覺時代")都支持魯迅之説。

的一種意見即認爲漢代已經詩文學的"自覺時代"，主要的論據即漢賦的繁榮。①

所謂"自覺"，主要指的是意識層面的確認。漢代賦數量多、創作者多、"賦家"們發展了豐富的技巧、讀者們享受着賦的華麗，這些都是事實，但從上文對"詩賦"連用的分析來看，"賦"脱離了"詩"的準則就不具備獨立存在的意義，這一點是毋庸置疑的。客觀上，賦已經是一種成熟的文學樣式，也承擔起文學的審美功能；但主觀上，賦并不具備政教意義之外的獨立審美價值。與下文涉及的魏晉時代獨立的審美標準相比，漢代的"文學自覺"恐怕并没有那麽"自覺"。

（二）作爲重要文體的"詩賦"

《漢志》雖然著録了大量的賦（四類七十八家一千零四篇），但同時其他文體的發展并不發達，從東漢到魏晉，隨着文學的進一步發展，"詩賦"作爲專門的文體指稱，大量并列連用。

《後漢書》中的"詩賦"（或"詩、賦"）連用就能體現這一點，②范曄之《後漢書》雖然成書較晚，但從其中收録的大量奏疏詩賦來看，范曄應當能接觸到大量的東漢材料，而這八例傳主文體撰作情況反映了東漢文體的分化發達。③

如果以《後漢書》的情況作爲標準——即"詩賦"連用是專門説明某人的撰作情況（或是直接説明某人之集），且其後往往跟有其他文體（或篇數、卷數），那麽表一中魏晉南北朝諸正史的"詩賦"連用大多屬於這種情形。④

屬於這一情形的條目中，有的同時記録了傳主所撰作的成部之書，在敍述時，成部之書與不同文體的單篇作品是分開敍述的，而且排列次序也暗示

---

① 如龔克昌、詹福瑞、張少康都持漢代爲"文學自覺"時代的主張，參看龔克昌《論漢賦》，收入前引《漢賦研究》；詹福瑞《文士、經生的文士化與文學的自覺》《從漢代人對屈原的批評看漢代文學的自覺》，收入氏著《漢魏六朝文學論集》；張少康《中國文學觀念的演變和文學的自覺》，載香港浸會大學《人文中國》第九期。
② 表一的《後漢書》部分的十則材料中，八則是"詩、賦"連用，用以著録相關傳主的文體撰作情況。
③ 何詩海已經根據這些材料論證"兩漢文體之繁榮"，何氏還特别考證了《後漢書》敍述中著録文體和篇名的體例，認爲范曄努力保存後漢文章原貌，并非按照晉宋以後的習慣以敍述。參看氏著《漢魏六朝文體與文化研究》，頁12—14。
④ 下面列出各正史的符合這一情況的條目數，其後再列出總條目數。《三國志》：3/4；《三國志》裴注：3/4；《晉書》：22/23；《宋書》：2/2；《梁書》：6/8；《陳書》：0/4；《魏書》：12/16；《北齊書》：3/6；《周書》：1/2；《南史》：6/11；《北史》：14/20；《隋書》：2/10。

了重要程度。① 這一種記録的方式,説明在東漢文體分化發展的同時,單篇之文與成部之書的分際,也日益明確。②

在上述相關材料中,大部分的"詩賦"排列於最前,這或許與"詩賦略"這一目録學分類的影響有關,卻也説明了這兩種文體在士人的撰作中地位最爲重要,因爲正史中的記敘并非隨意爲之,各種文體的位置排列無疑與其重要性直接相關。如《後漢書》卷五十九《張衡傳》敘述張衡的撰作情況,③"詩、賦"之後是"銘、七言"等,而卷六十《蔡邕傳》對蔡邕撰作情況的敘述中,④"詩、賦"之後排列的則是"碑、誄、銘"等,這顯然是因爲張衡的《四愁詩》比較突出,而蔡邕的碑誄之文尤其重要。表一中這樣的例子甚多,不再一一枚舉。同樣的,《晉書·葛洪傳》在敘述了葛洪最重要的著作《抱朴子》之後,交代他的其他撰作:"其餘所著碑誄詩賦百卷,移檄章表三十卷,《神仙》《良吏》《隱逸》《集異》等傳各十卷,又抄五經、史、漢、百家之言、方技雜事三百一十卷,《金匱藥方》一百卷,《肘後要急方》四卷。"在這裏,"詩賦"列於"碑誄"之後,或許就是緣於葛洪的碑誄之作更爲重要。葛洪的著作留存頗多,但單篇詩文極少,嚴可均輯《全晉文》中即無葛洪之文。逯欽立輯《全晉詩》,輯有四首,第一首《洗藥池詩》從《金陵玄觀志》中輯出,逯氏已疑其爲僞作,餘下三首都從《漢武帝内傳》輯出,逯氏根據余嘉錫的辯證,認爲《漢武帝内傳》乃葛洪所作,故其中之詩也出於葛洪手筆,换言之,這三首詩肯定不在葛洪"碑誄詩賦百卷"之中。葛洪詩賦的傳世情況似乎也可以從一個側面證明其詩賦并没那麽重要。這樣的例子還有一些(如《晉書》卷九十一《儒林傳》中的文立),但所佔比例很小。從東漢開始,"詩賦"成爲士人撰作的最主要文體。

這與我們熟知的文學史常識也是相符的,現在能考知姓名且留下較多作品的詩歌作者,正是從東漢開始逐漸增多,至魏晉而蔚爲大觀的。

---

① 如下面要具體分析的《晉書》卷七十二《葛洪傳》的情況,就是先敘述《抱朴子》這一子書,再記録其"碑誄詩賦""移檄章表"的卷數,繼而交代其《神仙傳》《金匱藥方》等方技、數術著作的情況。這樣的例子有不少,若逐一分析可以看到在不同的時段、不同人那裏,不同的成部之書和各體單篇文章的重要性是不同的,此處限於篇幅和主題,不作具體分辨。
② 當然在手抄本時代,這一分際不可能一旦出現就確定不移,模糊含混的中間情形也是存在的,參看陳特《〈弘明集〉"論"篇探微》第一章第三節《介乎篇、書之間的一種形態》,頁16—18。
③ "著《周官訓詁》,崔瑗以爲不能有異於諸儒也。又欲繼孔子《易》説《彖》《象》殘缺者,竟不能就。所著**詩**、**賦**、銘、七言、《靈憲》、《應間》、《七辯》、《巡誥》、《懸圖》凡三十二篇。"
④ "其撰集漢事,未見録以繼後史。適作《靈紀》及十意,又補諸列傳四十二篇,因李傕之亂,湮没多不存。所著**詩**、**賦**、碑、誄、銘、讚、連珠、箴、弔、論議、《獨斷》、《勸學》、《釋誨》、《敘樂》、《女訓》、《篆勢》、祝文、章表、書記,凡百四篇,傳於世。"

（三）作爲文學批評範疇的"詩賦"與廣狹兩種含義的"文"

文學本身既然有了這樣的發展，在理論上也自然會有相應的新變，這一新變最突出的表現，就是曹丕的"詩賦欲麗"。《典論》是曹丕承後漢文士中盛行的撰作子書的風氣，欲"成一家之言"而撰的著作。《論文》中的文體論①"與長時期内尤其是東漢以來各種文體的蓬勃發展、各體文章的大量積累是分不開的"。② 這句文體論，不僅將當時比較流行的八種文體分爲四科，并且對每一科的語言風格加以規定。與漢代"詩賦"須以政教意義爲準則相比，這一依照各自的文體風格，在形式層面各立標準的做法，更具有"文學自覺"的意義。③

但在《典論・論文》的八體四科中，"詩賦"卻排列在最後，這是否并非偶然？這裏試着提出一種猜測：這與《典論・論文》之"文"的概念以及曹丕的身份有關。《典論・論文》中之"文"，即曹丕稱之爲"經國之大業，不朽之盛事"的"文章"，包含各種文體。對於曹丕而言，雖然他愛好文學，但他的最重要的身份是政治人物，故而奏議、書論、銘誄這些更實用的文體，與他政治身份的關切度更高，對他而言，他的這些"文"，與國家大事息息相關，更直接地"經國"，也更容易"不朽"。這是曹丕與之前東漢的那些文士（即《後漢書》在記敘他們的撰作情況時將他們的"詩賦"列在最前的諸人）最大的不同。不過曹丕自己私心最爲看重的，恐怕還是表述思想的《典論》和抒發才情的詩賦，他爲帝後親自編次《典論》和詩賦，并將《典論》和詩賦贈與孫吳，都是這一心態的表現。④

曹丕的這一兼容各種文體的寬泛的"文"的觀念，是"文"在魏晉南北朝的一大主流，陸機《文賦》、劉勰《文心雕龍》之"文"都近乎此。陸機的《文

---

① "夫文，本同而末異。蓋奏議宜雅，書論宜理，銘誄尚實，詩賦欲麗。"
② 王運熙、楊明著《中國文學批評通史（貳）・魏晉南北朝卷》，頁39。
③ 這并不意味着曹丕衹重形式，或者他的文學批評已經和西方的形式論文論接近。曹丕《典論・論文》的重大意義，正是在文學的思想内容之外，開闢了相對獨立的形式標準。按照馮友蘭對中國哲學史的大判斷，漢代開始，中國就進入了一個"經學時代"，儘管作爲統治術的儒學有形形色色的發展，但在近代以前，恐怕没有誰的思想能够逸出經學的籠罩。所以對文學觀念的討論，不能僅僅作性質的判定（即文學是否能絶對獨立自足，其實文學本就很難成爲絶對獨立的存在）；還應該有程度的區分（即文學是否能相對獨立）。在這個意義上，魏晉南北朝的文學，無論是和之前還是之後相比，都是具有很高程度的相對獨立性的。與曹丕身份頗有幾分類似的蕭綱，對文學的獨立有更加自覺的要求，提出"立身之道與文章異"，并認爲"文章且須放蕩"，但同時他又强調"立身先須謹重"（《誡當陽公大心書》），重點還是在立身謹重（參看前引《中國文學批評通史（貳）・魏晉南北朝卷》，頁299）。但蕭綱的這種視文章爲高度相對獨立的領域的看法，是很值得重視的。
④ 此一史事，《三國志》卷二《文帝紀》裴注引《魏書》及卷四十七《吴主傳》裴注引《吴歷》都有相關記載。本書第六章第一節對此有進一步的論説。

賦》對詩、賦、碑、誄、銘、箴、頌、論、奏、説分別作了風格上的規定;《文心雕龍》更是"論文敍筆",從四個層面("原始以表末""釋名以章義""選文以定篇""敷理以舉統"),分二十篇(自《明詩》至《書記》)論列各體文章,①包含史傳、諸子,比曹丕、陸機所論範圍都要廣。在陸機和劉勰那裏,詩賦都屬於最先論列的兩種文體,這應該與他們主要是文士的身份有關。

與這一寬泛的包容性極强的"文"的觀念同時存在的,是一種比較狹窄的"文"的觀念,這是"文"在魏晉南北朝流衍的另一主流,那就是以"文筆説"和《文選》爲代表的,"文"指"美文"的觀念。

"文筆"的觀念在六朝普遍存在,這是一個確定無疑的事實。而"文筆"之分中,"文"指有韻之文,"筆"指無韻之文,這是這一區分得到明確後的一般情況。② 不過,古人對概念的判定和使用,并不嚴格遵循今人之形式邏輯,更何況"文筆説"採用了意義極爲豐富、使用頻率極高的"文"來和"筆"相對,自然在使用中容易産生歧義。所以,"文筆"的區分在南北朝是客觀存在的,但在時人的主觀意圖和相應表述上,没有人會專門强調他所使用的"文"是寬泛含義上的"文"還是有韻的和"筆"相對的文,今人衹能依據上下文推敲考定。③ 因爲語詞和概念使用上的不確定,有的學者便認爲"文筆"的定義有前期後期、傳統革新之變。④ 其實,"文筆"既然衹是南北朝時期客觀存在的一種"習慣説法",而非"具有嚴格定義的用語",⑤更不是明確的理論建構,那也就無所謂"前期後期"或"傳統革新"了。既然從具體的形式規定來界定"文筆"并不十分嚴密精確,那麽不如從相對抽象的區分尺度角度來探究"文筆"的意藴。不論是像劉勰那樣繼承晉人傳統以有韻無韻來區别"文筆",還是永明聲律興起之後以句中聲律是否和諧來分别"文筆"(阮元、黄侃的歸納),抑或如蕭繹那樣以聲律、情、采爲區分標準(逯欽立的歸納),這些不同的具體標準背後,有着統一的區分尺度,那就是以形式上的美作爲抽象尺度。這和魏晉南北朝貴族文化下講求人工之美的主流風尚是一致的,這一主流風尚落實到文章上,就是要在形式上講求修飾,從

---

① 《文心雕龍》的《辨騷》和《正緯》兩篇,屬於"文之樞紐"。文體論各篇中,首先是《明詩》和《樂府》(都屬於"詩賦略"中的"詩"),其次就是《詮賦》。
② 目前能見到的最早明確作出這一區分的材料是范曄的《獄中與諸甥姪書》和《宋書》中的一些篇章,故而"文筆"之分的明確當在劉宋初年,參看前引《中國文學批評通史(貳)·魏晉南北朝卷》,頁192—193。
③ 最爲典型的例子就是劉勰在《文心雕龍》中的"文",説詳本書第六章第二節。
④ 持這種觀點的最爲重要學者是黄侃和逯欽立,參看前引《中國文學批評通史(貳)·魏晉南北朝卷》第196—198頁的引述和辨析。
⑤ 前引《中國文學批評通史(貳)·魏晉南北朝卷》,頁198。

而使人愉悦。不論是用韻,還是進一步追求句中聲律和諧,乃至蕭繹的最爲極端的描述(《金樓子》卷四《立言》:"至如文者,維須綺縠紛披,宮徵靡曼,脣吻適會,情靈摇蕩。"),①都祇不過是這一抽象尺度不同程度的具體發揮而已。

《文選》雖然兼收有韻無韻的文章,但《文選》的"文"與"文筆"之文在抽象尺度上是一致的,那就是狹義的"美文"觀念。關於《文選》所反映的"文"的觀念,昭明太子的《文選序》有比較清晰的交代,在《文選》選取的具體篇章中也得到體現。如果依照"文筆"的一般區分,那麽《文選》既選了"文",也選了"筆",②而在兼及"文筆"的同時,《文選》選文有内在的尺度。以往的學者特别重視《文選序》中"事出於沈思,義歸乎翰藻"一句,多少都認爲這可以代表昭明的選録標準。③朱自清已經注意到,這句話是昭明在交代了不取經、子、史、辭,但取"讚論"和"序述"之後才提出的,④所以這句話有特殊的針對性。楊明則進一步指出,"事"和"義"都指的是"寫作讚論序述之事",且作爲選録標準,"綜緝辭采""錯比文華"比"翰藻"二字表述得更明白。⑤其實,既然"事"和"義"所指相同,不妨將"出於沈思"理解爲對選文著作的規定,即《文選》選録之文,必須出自一人之"作",而非"述"他人之作;"歸乎翰藻"則不妨理解爲對選文形式的規定,也即"綜緝辭采""錯比文華"。面對"讚論"和"序述",這兩條標準確有必要强調,因爲早期的子書和史書,往往夾雜"述"與"作",非一人之創作。而這兩條標準也同樣適用於整部《文選》。"翰藻"也好,"綜緝辭采""錯比文華"也罷,都是在文章形

---

① 需要注意的是,蕭繹在這裏并不是給"文筆"下嚴格的定義,而是在泛論"今之學者"時對"文"作了一番描述式的界定,前引《中國文學批評通史(貳)·魏晉南北朝卷》頁198已經指出這一點。不過,這一描述式的界定所反映的蕭繹的文學觀,在古代中國是相當大膽而突出的。朱東潤在析論蕭繹的文學批評時,就認爲這句話可謂"直抉文藝之奥府",章培恒則進一步指出:"换言之,在蕭繹看來,文學祇要具有審美特徵、激情以及聲律上的諧和就够了。這是與我國文學史上佔有主流地位的觀點——首先强調文學的政治、倫理、教化作用——截然相反的。"參看朱東潤撰、章培恒導讀《中國文學批評史大綱》,頁75,頁7。蕭繹是否以"文"等同於今人概念中的"文學",尚難判定,但《金樓子》中對"文筆"之"文"的這一描述,確實是祇强調其審美特徵。

② "文筆説"和《文選》,針對的都是單篇的文,這承襲了東漢以來明確分辨單篇之文與成部之書的傳統(上文已有簡單分析)。這和廣義的"文"的概念也不相同(《文心雕龍》就包含諸子、史傳這些成部之書)。

③ 關於這一句話的具體内涵,古今學者多有申説,楊明有很好的歸納總結,參看楊明《"事出於沈思,義歸乎翰藻"解》,氏著《漢唐文學辨思録》(上海:上海古籍出版社,2005年),頁176—188。

④ 參看朱自清《〈文選序〉"事出於沈思義歸乎翰藻"説》,前引《朱自清古典文學論文集》,頁40。

⑤ 《漢唐文學辨思録》,頁187。

式上的要求。所以,在抽象尺度的意義上,《文選》之"文"雖然兼容"文筆",卻仍然是以"美文"爲去取標準的。

而"美文"中最突出、最典型的兩種文體,自然是"詩"與"賦",故而我們甚至能發現當時單獨編次的詩賦集——《梁武帝詩賦集》二十卷(《隋書·經籍志》著録)。可以説,狹義的"文"("美文")的内在規定性,就是由作爲一個範疇的"詩賦"提供的。

而在"詩賦"内部,"賦"又佔據了主要地位,它是漢魏晉的第一文體,"詩賦"在審美上的内在規定性,主要是由"賦"提供的。"詩賦欲麗"和"詩緣情而綺靡,賦體物以瀏亮"中的"麗""綺靡""瀏亮",都更符合賦的特徵。同時,《文選》之編次先賦後詩;當時的文士往往用賦來創作自己最重要的作品(如庾信《哀江南賦》、顔之推《觀我生賦》);賦與詩在魏晉南北朝構成"競逐"關係,流轉共生。而詩歌經過了漫長的歷程終於在唐代成爲當之無愧的第一文體。①

辨析了魏晉南北朝時期的兩種對"文"的理解,以及狹義的"文"("美文")的内在規定性,就可以解釋爲何在唐前基本没有"詩文"并稱,因爲不論是廣義還是狹義,"文"都没有發展出相當於今人所謂的"散文"("散文"的重要標準即"非詩")的意義指向,廣義的"文"包含與文字有關的一切著述,詩、賦都衹是它的部分;狹義的"文"("美文")主要就是指的"詩賦",自然也不會有"詩文"之説。

(四) 關乎科舉的"詩賦"及"詩文"的出現

既然"詩賦"在魏晉南北朝成爲"美文"的主體,同時又是當時文士創作的最主要文體,那麽唐代科舉取士,將"詩賦"作爲重要環節,也便理所當然。

表一中,《舊唐書》有關"詩賦"的十二則材料裏四條是與科舉有關的;《新唐書》有關"詩賦"的三則材料中有一則關乎科舉;《舊五代史》和《新五代史》的含有"詩賦"的材料全部與科舉有關。

表三所統計《全唐文》有關"詩賦"的五十八則材料中,二十七則與科舉有關。

與科舉有關之外的"詩賦"連用,則承襲了之前的情況,或表示文體,或用以代指文學。

不過,文學史常識告訴我們,唐人雖然仍然創作賦,但"詩賦"中的第一

---

① 陳引馳曾通過分析《世説新語·文學》,指出賦在魏晉相對於詩的優先性,參看氏著《由〈世説新語·文學〉略窺其時"文學"之意味》,載《古代文學理論研究》第二十三輯(上海:華東師範大學出版社,2005年)。前引程章燦《魏晉南北朝賦史》對賦在魏晉南北朝的具體變化和相應地位有詳盡的分析。

文體,無疑是詩而不是賦。詩人林庚在從事文學史研究時,早已敏鋭地洞察到這一現象。① 其實,唐代的賦自有發展變化,祇是賦在文士的個體書寫中失去了生命力,②而詩成爲了文士言志抒情、用力經營的最主要文體。

爲何會出現這種現象?這一有趣的大問題并非本文所能解答,但六朝貴族社會的解體所帶來的文化轉向,恐怕與這一現象有着直接關係。③

在"詩賦"與科舉相關,"詩"成爲第一文體的同時,"詩文"連用在唐代文獻中逐漸出現,表三中十則有關"詩文"的材料,其中有半數以上的"詩文"并非"詩"與"文"并列,現分别列出并簡述於下:

《全唐文》卷一百五十三李義府《大唐故蘭陵長公主碑》:

> 貞觀十年乃下詔曰:第十九女,理識幽閑,質性柔順。幼嫻禮訓,夙鏡詩文。湯沐之典,抑有恒規。可封蘭陵郡公主,食邑三千户。
> (案:這裏的"詩文"對"禮訓",與《禮》相對的"詩"當指《詩經》。)

《全唐文》卷四百九十權德輿《崔吏部衛兵部同任渭南縣尉日宿天長寺上方唱和詩序》:

> 慮屋壁之隙壞,詩文之磨滅,不若刻勒片石之爲堅且久也。

卷四百九十一權德輿《送袁尚書相公赴襄陽序》:

---

① 林庚指出:"'漢賦''唐詩'各自代表着漢唐兩代如此相似的統一盛世,而兩者之間卻又表現着如此水火不能相容。漢代有賦家而無詩人,唐代有詩人而無賦家;中間魏晉六朝則詩賦并存,呈現着一種過渡的折衷狀態;着難道不也是一個值得注意的客觀現象嗎?"張國風圍繞着這段描述,對漢唐間各種文體的變化消長作了一番歷時的描述,但并未對各種現象提供足夠的解釋,參看張國風《一種過渡的折衷狀態——詩、賦、駢文、散文的相互消長》,載《中國人民大學學報》1995 年第 5 期,頁 72—75。
② 關於唐賦的具體演變發展,參看吳儀鳳《賦寫帝國:唐賦創作的文化情境與書寫意涵》(臺北:萬卷樓圖書股份有限公司,2011 年)。此書强調唐賦的創作大多站在帝國立場之上,故而在以抒情言志批評傳統爲主的文學史建構中不能受到重視。這也即本文所謂的"在文士的個體書寫中失去了生命力"。
③ 貴族文化講求大量的平面的知識和形式的華美,這都最適合在賦上面得到體現。而貴族文化解體後,對一般的讀書人,形式要求較高的賦的創作是比較困難的,而詩則相對門檻較低。所以,同樣是科舉的重要環節,唐詩更爲發達,就不能僅僅用科舉的引導來解釋。蔣寅對這一問題有精彩的分析,參看蔣寅《一代有一代之文學——以唐詩繁榮原因的探討爲中心》,氏著《古典詩學的現代詮釋》(北京:中華書局,2003 年),頁 217—232。

少傅滎陽公,首爲詩文二百言以餞。

卷七百九十二崔龜從《書敬亭碑陰》:

《宣州圖經》云:宋永初山水記,宛陵北有昭亭山,山有神祠。又案《齊諧記》云:宋元嘉二年,有錢塘神姓梓名華,居住東境。友人雙霞乃識之,神遂得與攜接同住廟中,更具酒食言晷。別後縣令盛凝之縱火焚燒,來托此山。百姓恭祭,乃號昭亭山,至今祠禱,必致靈驗。謝玄暉爲文,又有賽昭亭兩詩文,嘗遊此,賦詩曰:"茲山亘百里,合遝與雲齊。隱淪既已托,靈異居然棲。"

(案:以上三則中的"詩文",指的就是"詩"。)

《全唐文》卷四百九十二權德輿《送三從弟況赴義興尉序》:

漢廷諸公,皆附經術而施政事,故其有猷有爲,不疚不懼。若況者,嘗理左右史記事記言之經傳暮訓,居有司籍奏中。乃令參調署吏,以養以仕,言顧於行,行本於經,修性勤身,而祿在其中矣。夫學者病口肆其言而心不能通,故吾三年第經明者三百餘士,而知類通達者往往有焉。嘗與賢諸侯河東柳敬叔、吳郡陸伯衝寓書往復,論取士之道,二君子言之頗詳,若況之所履,其吾與二君子之所欲求也。豈無多文之富耶,而況不耀;豈無趣捷之敏耶?而況不爲,蓋質素者受采必固,平夷者遵道必遠,況之志其在是乎?吾與況也,行以五彩衣裳視朝夕膳,裘褐初解,綬黃甚新。彼陽羨有佳山水,玉潭東舍溪,南嶽洞靈,仁祠仙觀。邑子鄉導,窮年勝賞,筮仕於斯,其樂如何?有以賀義方之慶,輕少別之戚,伯仲群從,類其詩文,亦命小子璩係於編末。

(案:這裏的"類其詩文",也更可能是對詩的分類。)

《全唐文》卷五百二十二梁肅《朝散大夫使持節常州諸軍事守常州刺史賜紫金魚袋獨孤公行狀》:

仲尼述《易》道,於《坤》曰:"君子敬以直內,義以方外。《詩三百》,一言以蔽之,曰思無邪。"公天生懿德,外方內直,氣茂才全。發爲詩文,得大《易》之中,詩人之正,邈乎其不可及已。七歲誦《孝經》,先秘書異其聰敏,問曰:"汝志於何尚?"公曰:"立身行道,揚名於後,是所尚也。"後博究五經,舉其大略,而不爲章句學,確然有可大之業。知者益器之。十五秘書捐館,公茹血在疚,逾時而後杖,由是鄉黨稱孝。二十餘以文章遊梁宋間,通人潁川陳兼、長樂賈至、渤海高適,見公皆色授心服,約子孫之契。

(案:這裏先言"發爲詩文",再言"詩人之正",強調的也是"詩"。)

《全唐文》卷五百六十三韓愈《國子司業竇公墓誌銘》:

國子司業竇公,諱牟,字某。六代祖敬遠,曾封西河公。大父同昌司馬,比四代仍襲爵名。同昌諱胤,生皇考諱叔向,官至左拾遺溧水令,贈工部尚書。尚書於大曆初名能爲詩文。及公爲文,亦最長於詩。孝謹厚重,舉進士登第。佐六府五公,八遷至檢校虞部郎中。元和五年,真拜尚書虞部郎中,轉洛陽令都官郎中澤州刺史,以至司業。年七十四,長慶二年二月丙寅,以疾卒。其年八月某日,葬河南偃師先公尚書之兆次。

(案:韓愈在這裏先言竇叔向"能爲詩文",又説竇牟"爲文亦最長於詩",這個"亦"字,正説明了前面的"詩文"偏重的是"詩",而"爲文"中的"文",則包括"詩"在內。)

而表三剩下的幾則卻恰能被視爲宋代開始才大量出現的"詩文"并稱的先導,簡論於下:

《全唐文》卷四百九十三權德輿《唐贈兵部尚書宣公陸贄翰苑集序》:

公之文集有詩文賦,集表狀爲別集十五卷。其關於時政,昭昭然與金石不朽者,惟制誥奏議乎!雖已流行,多謬編次,今以類相從,冠於編首,兼略書其官氏景行,以爲序引,俾後之君子,覽以制作,效之爲文爲臣事君之道,不其偉歟!

(案:這裏"詩文賦"共同構成了陸贄的"文集",陸贄的著名的"表狀"則構成了他的"別集",這裏區別於"詩"和"賦"的"文"已經出現,而且位置在"詩""賦"之間。)

《全唐文》卷八百八十九韋縠《〈浣花集〉敘》:

余家之兄莊,自庚子亂離前,凡著歌詩文章數十通。屬兵火迭興,簡編俱墜。惟余口誦者,所存無幾。爾後流離漂泛,寓目緣情。子期懷舊之辭,王粲傷時之制,或離群軫慮,或反袂興悲。《四愁》《九愁》之文,一詠一觴之作,迄於癸亥歲,又綴僅千餘首。庚申夏,自中諫(闕四字)辛酉春,應聘爲西蜀奏記。明年,浣花溪尋得杜工部舊址,雖蕪没已久,而柱砥猶存。因命芟夷,結茅爲一室。蓋欲思其人而完其廬,非敢廣其基構耳。藹便因閒日,錄兄之槁草。中或默記於吟詠者,次爲五卷,目之曰《浣花集》,亦杜陵所居之義也。餘今之所制,則俟爲別錄,用繼於右。時癸亥年六月九日藹集。

卷九百二十二曇域《〈禪月集〉序》:

葬事既周,哀制斯畢。暇日或勳賢見訪,或朝客見尋,或有念先師一篇兩篇,或記三句五句,或未閑深旨,或不曉根源。衆請曇域編集前後所制歌詩文讚,日有見問,不暇枝梧。遂尋檢槁草,及暗記憶者,約一千首,乃雕刻成部,題號《禪月集》。曇域雖承師訓,藝學無聞,曾奉告言,輒直序事。時大蜀乾德五年癸未歲十二月十五日序。

(案:以上兩則中的"詩文"并非嚴格的"詩文"連用,前者是"歌詩文章"并稱,後者則是"歌詩文讚"并稱。不過這裏的"文章"或"文",顯然不再包括"詩",已經具備散文的意義。)

到了宋代,"詩文"連用增多,而"詩賦"連用則主要在有關科舉的場合中出現,表一的《宋史》部分,六十五則材料中,五十七則與科舉有關。剩下八則中,兩則是書名。① 一則爲中蘇軾稱讚歐陽修"詩賦似李白",其中的"詩賦"就是用來代指文學,而且側重於"詩"。② 另有三則中的"詩賦"則是

---

① 《宋史》卷二百八《藝文志》集部別集類:"鄧綰《治平文集》三十卷,又《翰林制集》十卷,《西垣制集》三卷,《奏議》二十卷,《雜文**詩賦**》五十卷。""喬執中《古律**詩賦**》十五卷,又《雜文碑誌》十卷。"(案:前一則記錄鄧綰的著作情況,鄧已有《治平文集》三十卷列在最前,最後又有《雜文詩賦》五十卷,《雜文詩賦》中"詩賦"與"雜文"在一起,且排在最後,可見是相對不重要的。)
② 《宋史》卷三百一十九《歐陽脩傳》:"好古嗜學,凡周、漢以降金石遺文、斷編殘簡,一切掇拾,研稽異同,立説於左,的的可表證,謂之《集古錄》。奉詔修《唐書》紀、志、表,自撰《五代史記》,法嚴詞約,多取《春秋》遺旨。蘇軾敘其文曰:'論大道似韓愈,論事似陸贄,記事似司馬遷,**詩賦**似李白。'識者以爲知言。"

士大夫之間相互酬唱應對的工具。① 還有一則中的"古詩賦"是兒童教育的材料。② 一則中的"長於詩賦"是描述甄棲真的創作才能,而這一才能恰是科舉需要,其實也可認爲是與科舉有關。③《宋史》中的"詩賦"連用,沒有一處,是像《後漢書》到唐代文獻那樣,用來記録一人的文體撰作情況的。

而《宋史》中的"詩文",卻多被用來記録文體撰作情況。表一的《宋史》部分,共有三十一則包含"詩文"的材料,其中四則是書名,十六則用以記録撰作情況。這一情況表明,與"詩"并列的"文"之概念在宋代已被廣泛使用,"詩文"取代"詩賦",成爲文集的主體。④ 這一"文"的觀念,近於今人的"散文",與"美文"截然不同。約而言之,"詩文"之"文"在風格上追求自然,在意義上則以"道"爲歸依。⑤ 至此,當"文"可以指向"非詩"後,"賦"又

---

① 《宋史》卷三百六十三《李光傳》:"十一年冬,中丞万俟卨論光陰懷怨望,責授建寧軍節度副使,藤州安置。越四年,移瓊州。居瓊州八年,仲子孟堅坐陸升之誣以私撰國史,獄成;吕愿中又告光與胡銓**詩賦**倡和,譏訕朝政,移昌化軍。論文考史,怡然自適。年踰八十,筆力精健。又三年,始以郊恩,復左朝奉大夫,任便居住。至江州而卒。孝宗即位,復資政殿學士,賜謚莊簡。"卷四百五十六《孝義傳·易延慶》:"易延慶字餘慶,筠州上高人。父贇,以勇力仕南唐至雄州刺史。延慶幼聰慧,涉獵經史,尤長聲律,以父蔭爲奉禮郎。顯德四年,周師克淮南,贇歸朝,授道州刺史;延慶亦授大名府兵曹參軍,後爲大理評事,知臨淮縣。乾德末,贇卒,葬臨淮。延慶居喪摧毁,廬於墓側,手植松柏數百本,旦出守墓,夕歸侍母。紫芝生於墓之西北,數年又生玉芝十八莖。本州將表其事,延慶懇辭。或畫其芝來京師,朝士多爲**詩賦**,稱其孝感。"卷四百五十七《隱逸傳·陳摶》:"太平興國中來朝,太宗待之甚厚。九年復來朝,上益加禮重,謂宰相宋琪等曰:'摶獨善其身,不干勢利,所謂方外之士也。摶居華山已四十餘年,度其年近百歲。自言經承五代離亂,幸天下太平,故來朝覲。與之語,甚可聽。'因遣中使送至中書,琪等從容問曰:'先生得玄默修養之道,可以教人乎?'對曰:'摶山野之人,於時無用,亦不知神仙黄白之事、吐納養生之理,非有方術可傳。假令白日沖天,亦何益於世? 今聖上龍顏秀異,有天人之表,博達古今,深究治亂,真有道仁聖之主也。正君臣協心同德、興化致治之秋,勤行修煉,無出於此。'琪等稱善,以其語白上。上益重之,下詔賜號希夷先生,仍賜紫衣一襲,留摶闕下,令有司增葺其所止雲臺觀。上屢與之屬和詩賦,數月放還山。"

② 《宋史》卷四百三十九《文苑傳·和峴》附峴弟㠓:"㠓字顯仁,凝第四子也。生五六歲,凝教之誦古**詩賦**,一歷輒不忘。試令詠物爲四句詩,頗有思致,凝歎賞而奇之,語峴曰:'此兒他日必以文章顯,吾老矣不見,汝曹善保護之。'"

③ 《宋史》卷四百六十二《方技傳·甄棲真》:"甄棲真字道淵,單州單父人。博涉經傳,長於**詩賦**。一應進士舉,不中第,歎曰:'勞神敝精,以追虚名,無益也。'遂棄其業,讀道家書以自樂。初訪道於牢山華蓋先生,久之出遊京師,因入建隆觀爲道士。周歷四方,以藥術濟人,不取其報。祥符中,寓居晉州,性和静無所好惡,晉人愛之,以爲紫極宫主。"

④ 朱自清在《論"以文爲詩"》中已經論説了從宋代開始有了詩文分别,這之前是没有的。但宋代以來,"詩文的界限"在理論上雖然分明,實際上卻不全然分明。朱文論述的主體與本文多有重合,但論説路徑不同。參看前引《朱自清古典文學論文集》,頁91—99。

⑤ 陸游的《老學庵筆記》中記載了兩則有趣的諺語,一是宋初的"《文選》爛,秀才半",一是宋中期以後流行的"蘇文熟,吃羊肉;蘇文生,吃菜羹"。其實這兩則諺語,正反映了狹義的"文"的觀念,從"美文"到散文的進程。周裕鍇從文章風格和文學趣味出發,對這兩則諺語有精彩的解讀,參看氏著《從工藝的文章到自然的文章——關於宋代兩則諺語的另類解讀》,載《文學遺産》2014年第1期。

時時被歸於"文"。

　　這樣一種接近於現代"散文"觀念的"文",是如何萌芽於唐而成熟於宋,同樣不是本文能够解决的。但這裏可以提供一點相關的觀察,那就是這變化的過程,與今人所謂的"古文運動"(同樣創發於唐而完成於宋)的進程,在時間上似乎存在着高度重合,而所謂"古文運動",也正是從中唐開始的儒學復興落實到文學上的另一面。①

　　而宋代的"詩文"的規定性,主要則是由可以"載道"的"文"(散文)來提供的。吉川幸次郎對宋詩特徵的描述以及宋詩與散文的關係的精闢論述就揭示了這一點。②

　　以上針對漢至宋相關文獻中的"詩賦"連用和"詩文"連用的情況,分析了這一時期文學觀念的變化。這一番勾勒自然是極其粗疏,掛一漏萬的,但是如果要爲這一番嬗變圖景作一個簡單的概括,那麼不妨説,上文描述的這一過程,就是文學走向相對獨立(漢魏六朝)再反折回"道"之下(唐至宋)的過程,也就是從"詩賦"到"詩文"的過程。

附識:

　　本文完成於 2014 年夏,爲香港中文大學中文系博士課程所要求的讀書報告。這一報告直接觸發了我的博士論文寫作,故可看作本書之大背景。後經修訂,收入張健、郭鵬主編的《古代文論的現代詮釋》(北京:北京大學出版社,2015 年)中,此次作爲附錄,又有微調。由於撰寫在前,本文的許多論説不如本書正文完備,亦不乏重複。

　　本文撰作之初,附有一個含六部分的附録,包含表一、二、三涉及的具體文本和出處,但頗爲冗長,故不附於此,祇將涉及本文論述的内容引入正文或在腳注中引用,因此雖努力彌合,行文上仍會有不甚通暢之處,特此説明。

---

① 關於"古文運動"這一概念的産生,以及這一概念所指涉的歷史進程與唐宋儒學復興的内在聯繫,參看朱剛著《唐宋"古文運動"與士大夫文學》。
② 參看吉川幸次郎《宋詩概説》之《序章　宋詩的性質》。

主要參考文獻

古籍文獻

1. 〔梁〕蕭統 編,〔唐〕李善、吕延濟、劉良、張銑、吕向、李周翰 注:《六臣注文選》,北京:中華書局,2012 年。
2. 〔梁〕蕭統 編,〔唐〕李善 注:《文選》,北京:中華書局,1977 年。
3. 〔梁〕蕭統 編選,〔唐〕吕延濟、劉良、張銑、吕向、李周翰、李善 注:《日本足利學校藏宋刊六臣注文選》,北京:人民文學出版社,2008 年。
4. 〔梁〕蕭統 編,〔唐〕李善 注:《文選》,上海:上海古籍出版社,1986 年。
5. 〔清〕嚴可均 校輯:《全上古三代秦漢三國六朝文》,北京:中華書局,1958 年。
6. 逯欽立 輯校:《先秦漢魏晉南北朝詩》,北京:中華書局,1983 年。
7. 黄節 著:《黄節注漢魏六朝詩六種》,北京:人民文學出版社,2008 年。
8. 郁賢皓、張采民 箋註:《建安七子詩箋註》,成都:巴蜀書社,1990 年。
9. 吴雲 主編:《建安七子集校注(修訂版)》,天津:天津古籍出版社,2005 年。
10. 俞紹初 輯校:《建安七子集》,北京:中華書局,2005 年。
11. 魏宏燦 校注:《曹丕集校注》,合肥:安徽大學出版社,2009 年。
12. 夏傳才、唐紹忠 校注:《曹丕集校注》,石家莊:河北教育出版社,2013 年。
13. 〔魏〕曹植 著,趙幼文 校注:《曹植集校注》,北京:人民文學出版社,1984 年。
14. 〔三國魏〕嵇康 著,戴明揚 校注:《嵇康集校注》,北京:中華書局,2014 年。
15. 陳伯君 校注:《阮籍集校注》,北京:中華書局,1987 年。
16. 〔晉〕陸機 著,金濤聲 點校:《陸機集》,北京:中華書局,1982 年。
17. 〔晉〕陸機 著,劉運好 校注整理:《陸士衡文集校注》,南京:鳳凰出版社,2007 年。

18. 〔晉〕陸機 著,張少康 集釋:《文賦集釋》,上海:上海古籍出版社,1984年;北京:人民文學出版社,2002年。
19. 〔晉〕陸雲 撰,黃葵 點校:《陸雲集》,北京:中華書局,1988年。
20. 〔晉〕陸雲 著,劉運好 校注整理:《陸士龍文集校注》,南京:鳳凰出版社,2010年。
21. 逯欽立 校注:《陶淵明集》,北京:中華書局,1979年。
22. 〔晉〕陶潛 著,龔斌 校箋:《陶淵明集校箋》,上海:上海古籍出版社,1996年。
23. 袁行霈 撰:《陶淵明集箋注》,北京:中華書局,2003年。
24. 顧紹柏 校注:《謝靈運集校注》,臺北:里仁書局,2004年。
25. 〔南朝宋〕鮑照 著,丁福林、叢玲玲 校注:《鮑照集校注》,北京:中華書局,2012年。
26. 〔南朝宋〕鮑照 著,錢仲聯 增補集說校:《鮑參軍集注》,上海:上海古籍出版社,1980年。
27. 〔南朝宋〕劉義慶 著,〔南朝梁〕劉孝標 注,余嘉錫 箋疏,周祖謨、余淑宜、周士琦 整理:《世說新語箋疏》,北京:中華書局,2007年。
28. 〔南朝齊〕謝朓 著,曹融南 校注集說:《謝宣城集校注》,上海:上海古籍出版社,1991年。
29. 〔南朝梁〕劉勰 著,詹鍈 義證:《文心雕龍義證》,上海:上海古籍出版社,1989年。
30. 俞紹初 校注:《昭明太子集校注》,鄭州:中州古籍出版社,2001年。
31. 呂德申 著:《鍾嶸〈詩品〉校釋》,北京:北京大學出版社,1986年。
32. 王叔岷 撰:《鍾嶸詩品箋證稿》,臺北:"中研院"中國文哲研究所,1992年。
33. 〔梁〕鍾嶸 著,曹旭 集注:《詩品集注(增訂本)》,上海:上海古籍出版社,2011年。
34. 〔梁〕何遜 著,李伯齊 校注:《何遜集校注》,濟南:齊魯書社,1988年。
35. 〔北周〕庾信 撰,〔清〕倪璠 注,許逸民 點校:《庾子山集注》,北京:中華書局,1980年。
36. 〔唐〕劉知幾 著,〔清〕浦起龍 通釋:《史通通釋》,上海:上海古籍出版社,2009年。
37. 〔唐〕杜甫 著,〔清〕仇兆鰲 注:《杜詩詳註》,北京:中華書局,1979年。
38. 蕭滌非 主編:《杜甫全集校注》,北京:人民文學出版社,2014年。
39. 〔明〕胡應麟 撰:《詩藪》,上海:上海古籍出版社,1979年。

40. 〔明〕許學夷 著,杜維沫 校點:《詩源辯體》,北京:人民文學出版社,1998年。
41. 〔清〕章學誠 著 葉瑛 校注:《文史通義校注》,北京:中華書局,1994年。

42. 〔漢〕司馬遷 撰:《史記》,北京:中華書局,1959年。
43. 〔漢〕班固 撰:《漢書》,北京:中華書局,1962年。
44. 〔宋〕范曄 撰,〔唐〕李賢等 注:《後漢書》,北京:中華書局,1965年。
45. 〔晉〕陳壽撰,陳乃乾 校點:《三國志》,北京:中華書局,1959年。
46. 〔唐〕房玄齡等 撰:《晉書》,北京:中華書局,1974年。
47. 〔梁〕沈約 撰:《宋書》,北京:中華書局,1974年。
48. 〔梁〕蕭子顯 撰:《南齊書》,北京:中華書局,1972年。
49. 〔唐〕姚思廉 撰:《梁書》,北京:中華書局,1973年。
50. 〔唐〕姚思廉 撰:《陳書》,北京:中華書局,1972年。
51. 〔北齊〕魏收 撰:《魏書》,北京:中華書局,1974年。
52. 〔唐〕李百藥 撰:《北齊書》,北京:中華書局,1972年。
53. 〔唐〕令狐德棻等 撰:《周書》,北京:中華書局,1971年。
54. 〔唐〕李延壽 撰:《南史》,北京:中華書局,1975年。
55. 〔唐〕李延壽 撰:《北史》,北京:中華書局,1974年。
56. 〔唐〕魏徵等 撰:《隋書》,北京:中華書局,1973年。
57. 〔後晉〕劉昫等 撰:《舊唐書》,北京:中華書局,1975年。
58. 〔宋〕歐陽修、宋祁 撰:《新唐書》,北京:中華書局,1975年。
59. 〔宋〕薛居正等 撰:《舊五代史》,北京:中華書局,1976年。
60. 〔宋〕歐陽修 撰,〔宋〕徐無黨 注:《新五代史》,北京:中華書局,1974年。
61. 〔元〕脫脫等 撰:《宋史》,北京:中華書局,1977年。
62. 〔日〕興膳宏、川合康三 著:《隋書經籍志詳攷》,東京:汲古書院,1995年。

63. 〔唐〕歐陽詢 撰,汪紹楹 校:《藝文類聚》,上海:中華書局上海編輯所,1965年。
64. 〔唐〕歐陽詢 撰:《宋本藝文類聚》,上海:上海古籍出版社,2013年。
65. 〔唐〕徐堅等 著:《初學記》,北京:中華書局,1962年。
66. 董治安 主編:《唐代四大類書》,北京:清華大學出版社,2003年。
67. 〔宋〕李昉等 撰:《太平御覽》,北京:中華書局,1960年。

現代著述（姓名拼音排序）

1. 蔡瑜 著：《陶淵明的人境詩學》，臺北：聯經出版事業股份有限公司，2012 年。
2. 蔡宗齊 著，陳婧 譯：《漢魏晉五言詩的演變：四種詩歌模式與自我呈現》，北京：北京大學出版社，2015 年。
3. 曹道衡 著：《中國中古文學史論集》，北京：中華書局，2002 年。
4. 曹道衡 著：《中古文學史論文集續編》，臺北：文津出版社，1994 年。
5. 曹道衡、沈玉成 編著：《南北朝文學史》，北京：人民文學出版社，1991 年。
6. 曹道衡、沈玉成 著：《中古文學史料叢考》，北京：中華書局，2003 年。
7. 曹虹 著：《中國辭賦源流綜論》，北京：中華書局，2005 年。
8. 曹旭 著：《詩品研究》，上海：上海古籍出版社，1998 年。
9. 陳平原 著：《中國散文小說史》，上海：上海人民出版社，2014 年。
10. 陳尚君 著：《漢唐文學與文獻論考》，上海：上海古籍出版社，2008 年。
11. 陳引馳 著：《文學傳統與中古道家佛教》，上海：復旦大學出版社，2015 年。
12. 陳寅恪 著：《金明館叢稿初編》，北京：生活・讀書・新知三聯書店，2001 年。
13. 陳寅恪 著：《金明館叢稿二編》，北京：生活・讀書・新知三聯書店，2001 年。
14. 陳寅恪 著：《元白詩箋證稿》，北京：生活・讀書・新知三聯書店，2001 年。
15. 陳寅恪 著：《寒柳堂集》，北京：生活・讀書・新知三聯書店，2001 年。
16. 陳允吉 著：《佛教與中國文學論稿》，上海：上海古籍出版社，2010 年。
17. 陳允吉 著：《唐音佛教辨思錄（修訂本）》，上海：復旦大學出版社，2018 年。
18. 程千帆 著：《程千帆全集》，石家莊：河北教育出版社，2000 年。
19. 程章燦 著：《魏晉南北朝賦史》，南京：江蘇古籍出版社，1992 年；2001 年。
20. 程章燦 著：《賦學論叢》，北京：中華書局，2005 年。
21. 范子燁 著：《悠然望南山——文化視域中的陶淵明》，上海：東方出版中心，2010 年。
22. 范子燁 著：《五斗米與白蓮社——對陶淵明的宗教文化解讀》，南京：

鳳凰出版社,2020 年。
23. 方詩銘 編著:《中國歷史紀年表(修訂本)》,上海:上海人民出版社,2007 年。
24. 傅剛 著:《魏晉南北朝詩歌史論》,長春:吉林教育出版社,1995 年。
25. 傅剛 著:《〈昭明文選〉研究》,北京:中國社會科學出版社,2000 年。
26. 高友工 著:《中國美典與文學研究論集》,臺北:臺大出版中心,2004 年。
27. 葛曉音 著:《八代詩史》,西安:陝西人民出版社,1986 年;修訂本,北京:中華書局,2012 年。
28. 葛曉音 著:《漢唐文學的嬗變》,北京:北京大學出版社,1990 年。
29. 葛曉音 著:《山水田園詩派研究》,瀋陽:遼寧大學出版社,1993 年。
30. 葛曉音 著:《先秦漢魏六朝詩歌體式研究》,北京:北京大學出版社,2012 年。
31. 龔鵬程 著:《中國文學批評史論》,北京:北京大學出版社,2008 年。
32. 郭紹虞 著:《中國文學批評史》,北京:商務印書館,2010 年。
33. 郭紹虞 著:《照隅室古典文學論集》,上海:上海古籍出版社,1983 年。
34. 郭維森、許結 著:《中國辭賦發展史》,南京:江蘇教育出版社,1996 年。
35. 胡寶國 著:《漢唐間史學的發展》,北京:商務印書館,2003 年。
36. 胡國瑞 著:《魏晉南北朝文學史》,上海:上海古籍出版社,1980 年。
37. 黃侃 著:《文心雕龍札記》,北京:中華書局,2006 年。
38. 黃霖、吳建民、吳兆路 著:《原人論》,上海:復旦大學出版社,2000 年。
39. 黃永年 著:《史部要籍概述》,南京:江蘇教育出版社,2008 年。
40. 馬積高 著:《賦史》,上海:上海古籍出版社,1987 年。
41. 梅家玲 著:《漢魏六朝文學新論——擬代與贈答篇》,北京:北京大學出版社,2004 年。
42. 繆鉞 著:《繆鉞全集》,石家莊:河北教育出版社,2004 年。
43. 林庚 著:《唐詩綜論》,北京:人民文學出版社,1987 年。
44. 林文月 著:《山水與古典》,臺北:三民書局,1996 年。
45. 劉師培 撰,程千帆等 導讀:《中國中古文學史講義》,上海:上海古籍出版社,2000 年。
46. 劉躍進 著:《門閥士族與永明文學》,北京:生活·讀書·新知三聯書店,1996 年。
47. 劉躍進 著:《門閥士族與文學總集》,西安:世界圖書出版公司,2014 年。

48. 逯欽立 遺著,吳雲 整理:《漢魏六朝文學論集》,西安:陝西人民出版社,1984 年。
49. 逯耀東 著:《魏晉史學的思想與社會基礎》,北京:中華書局,2006 年。
50. 逯耀東 著:《抑鬱與超越:司馬遷與漢武帝時代》,北京:生活・讀書・新知三聯書店,2008 年。
51. 魯同群 著:《庾信傳論》,天津:天津人民出版社,1997 年。
52. 駱玉明 著:《簡明中國文學史》,上海:復旦大學出版社,2004 年。
53. 駱玉明 著:《〈世說新語〉精讀》,上海:復旦大學出版社,2007 年。
54. 羅宗強 著:《魏晉南北朝文學思想史》,北京:中華書局,2006 年。
55. 羅宗強 著:《當代名家學術思想文庫・羅宗強卷》,瀋陽:萬卷出版公司,2010 年。
56. 呂正惠 著:《杜甫與六朝詩人》,臺北:大安出版社,1989 年。
57. 呂正惠 著:《抒情傳統與政治現實》,武漢:華中師範大學出版社,2011 年。
58. 錢志熙 著:《魏晉詩歌藝術原論》,北京:北京大學出版社,1993 年。
59. 錢志熙 著:《魏晉南北朝詩歌史述》,北京:北京大學出版社,2005 年。
60. 錢志熙 著:《中國詩歌通史・魏晉南北朝卷》,北京:人民文學出版社,2012 年。
61. 錢志熙 著:《唐詩近體源流》,北京:北京大學出版社,2015 年。
62. 錢鍾書 著:《寫在人生邊上・人生邊上的邊上・石語》,北京:生活・讀書・新知三聯書店,2002 年。
63. 錢鍾書 著:《七綴集》,北京:生活・讀書・新知三聯書店,2002 年。
64. 錢鍾書 著:《談藝錄》,北京:生活・讀書・新知三聯書店,2007 年。
65. 錢鍾書 著:《管錐編》,北京:生活・讀書・新知三聯書店,2007 年。
66. 錢鍾書 著:《宋詩選注》,北京:生活・讀書・新知三聯書店,2002 年。
67. 孫康宜 著,鍾振振 譯:《抒情與描寫:六朝詩歌概論》,上海:上海三聯書店,2006 年。
68. 田曉菲 著:《塵几錄——陶淵明與手抄本文化研究》,北京:中華書局,2007 年。
69. 田曉菲 著:《烽火與流星——蕭梁王朝的文學與文化》,北京:中華書局,2010 年。
70. 田曉菲 著:《神遊:早期中古時代與十九世紀中國的旅行寫作》,北京:生活・讀書・新知三聯書店,2015 年。
71. 田餘慶 著:《東晉門閥政治》,北京:北京大學出版社,1996 年。

72. 王琳 著：《六朝辭賦史》，哈爾濱：黑龍江教育出版社，1998 年。
73. 王瑤 著：《中古文學史論》，北京：北京大學出版社，1998 年。
74. 王元化 著：《文心雕龍講疏》，上海：上海古籍出版社，1992 年。
75. 王運熙 著：《王運熙文集》，上海：上海古籍出版社，2012 年。
76. 王運熙、楊明 著：《中國文學批評通史（貳）·魏晉南北朝卷》，上海：上海古籍出版社，2011 年。
77. 王鍾陵 著：《中國中古詩歌史》，南京：江蘇教育出版社，1988 年；北京：人民出版社，2005 年。
78. 聞一多 撰，傅璇琮 導讀：《唐詩雜論》，上海：上海古籍出版社，1998 年。
79. 徐復觀 著：《中國文學論集》，臺北：臺灣學生書局，1974 年。
80. 徐復觀 著：《中國文學論集續篇》，北京：九州出版社，2014 年。
81. 徐復觀 著：《中國藝術精神》，臺北：臺灣學生書局，1974 年。
82. 徐公持 編著：《魏晉文學史》，北京：人民文學出版社，1999 年。
83. 許結 著：《中國賦學歷史與批評》，南京：江蘇教育出版社，2001 年。
84. 許結 講述，潘務正 整理：《賦學講演錄》，北京：北京大學出版社，2009 年。
85. 顏崑陽 著：《詮釋的多向視域——中國古典美學與文學批評系論》，臺北：臺灣學生書局，2016 年。
86. 楊明 著：《漢唐文學辨思錄》，上海：上海古籍出版社，2005 年。
87. 楊明 著：《〈文心雕龍〉精讀》，上海：復旦大學出版社，2007 年。
88. 楊明 著：《欣然齋筆記》，上海：東方出版中心，2010 年。
89. 余英時 著：《士與中國文化》，上海：上海人民出版社，2003 年。
90. 余英時 著：《中國文化史通釋》，北京：生活·讀書·新知三聯書店，2012 年。
91. 袁行霈 著：《陶淵明研究》，北京：北京大學出版社，1997 年。
92. 張伯偉 著：《鍾嶸〈詩品〉研究》，南京：南京大學出版社，1993 年。
93. 張伯偉 著：《中國古代文學批評方法研究》，北京：中華書局，2002 年。
94. 張健 著：《知識與抒情——宋代詩學研究》，北京：北京大學出版社，2015 年。
95. 張健、郭鵬 主編：《古代文論的現代詮釋》，北京：北京大學出版社，2015 年。
96. 章培恒、駱玉明 主編：《中國文學史》，上海：復旦大學出版社，1997 年。
97. 章培恒、駱玉明 主編：《中國文學史新著》，上海：復旦大學出版社，2007 年。

98. 朱東潤 撰,章培恒 導讀:《中國文學批評史大綱》,上海:上海古籍出版社,2001 年。
99. 朱東潤 著:《史記考索(外二種)》,上海:華東師範大學出版社,1996 年。
100. 朱剛 著:《唐宋"古文運動"與士大夫文學》,上海:復旦大學出版社,2013 年。
101. 朱剛 著:《中國文學傳統》,北京:高等教育出版社,2018 年。
102. 朱光潛 撰,朱立元 導讀:《詩論》,上海:上海古籍出版社,2001 年。
103. 朱自清 著:《朱自清古典文學論文集》,上海:上海古籍出版社,2009 年。
104. 朱自清 著:《經典常談》,北京:生活·讀書·新知三聯書店,1980 年。
105. 周勛初 著:《魏晉南北朝文學論叢》,南京:江蘇古籍出版社,1999 年。
106. 周勛初 著:《當代學術研究思辨(增訂本)》,北京:北京大學出版社,2013 年。
107. 周勛初 著:《周勛初文集》,南京:江蘇古籍出版社,2000 年。

108. 陳尚君:《〈先秦漢魏晉南北朝詩〉校訂釋例》,《古籍整理研究學刊》2007 年第 1 期。
109. 〔日〕稻畑耕一郎 著,陳植鍔 譯:《賦的小品化初探(下)——賦的表現論之一》,《杭州大學學報》1980 年第 3 期。
110. 胡寶國:《知識至上的南朝學風》,《文史》第八十九輯。
111. 胡寶國:《"知識至上"以外的》,《文匯報·筆會》2015 年 5 月 24 日。
112. 林庚:《詩化與賦化》,《煙臺大學學報》1988 年第 1 期。
113. 劉文忠:《庾信前期作品考辨》,《文史》第二十七輯。
114. 駱玉明:《壅塞的清除——南朝至唐代詩歌藝術的發展一題》,《復旦學報》2003 年第 3 期。
115. 駱玉明:《〈枯樹賦〉的解讀及其他》,褚鈺泉主編《悦讀MOOK(第十二卷)》(南昌:二十一世紀出版社,2009 年)。
116. 錢志熙:《漢魏六朝"詩賦"整體論抉隱》,《文學遺產》2019 年第 4 期。
117. 吳承學:《論古詩製題製序史》,《文學遺產》1996 年第 5 期。
118. 吳承學、何志軍:《詩可以群——從魏晉南北朝詩歌創作形態考察其文學觀念》,《中國社會科學》2001 年第 5 期。
119. 吳承學:《"詩能窮人"與"詩能達人"——中國古代對於詩人的集體認同》,《中國社會科學》2010 年第 4 期。

120. 王運熙：《談漢代的小賦》，《新亞學術集刊》第十三期《賦學專輯》。
121. 徐公持：《詩的賦化與賦的詩化——兩漢魏晉詩賦關係之尋蹤》，《文學遺產》1992 年第 1 期。
122. 許結：《論小品賦》，《文學遺產》1994 年第 3 期。
123. 楊明：《言志與緣情辨》，《上海師範大學學報》2007 年第 1 期。
124. 張伯偉：《"文化圈"視野下的文體學研究——以"三五七言體"爲例》，《中國社會科學》2015 年第 7 期。
125. 張健：《〈中國文學小史序論〉與錢鍾書的文學觀》，《北京大學學報》2014 第 2 期。
126. 張健：《〈文心雕龍〉的組合式文體理論》，《北京大學學報》2017 年第 3 期。
127. 朱剛：《從類編詩集看宋詩題材》，《文學遺產》1995 年第 5 期。

128. 〔日〕吉川幸次郎 著，李慶等 譯：《宋元明詩概説》，鄭州：中州古籍出版社，1987 年。
129. 〔日〕吉川幸次郎 著，〔日〕高橋和巳 編，章培恒 等譯：《中國詩史》，合肥：安徽文藝出版社，1988 年。
130. 〔日〕清水凱夫 著，韓基國 譯：《六朝文學論文集》，重慶：重慶出版社 1989 年。
131. 〔日〕興膳宏 著，彭恩華 編譯：《興膳宏〈文心雕龍〉論文集》，濟南：齊魯書社，1984 年。
132. 〔日〕興膳宏 著，譚繼山 編譯：《望鄉詩人——庾信傳記》，臺北：萬盛出版有限公司，1984 年。

133. Chang, Kang-i Sun: *Six dynasties poetry*, Princeton: Princeton University Press, 1986.
134. Cai, Zong-qi: *The matrix of lyric transformation: poetic modes and self-presentation in early Chinese pentasyllabic poetry*, Ann Arbor: Center for Chinese Studies, University of Michigan, 1996.
135. Knechtges, David R.: *Court culture and literature in early China*, Aldershot: Ashgate, 2002.
136. Owen, Stephen: *The making of early Chinese classical poetry*, Cambridge, Mass.: Harvard University Press, 2006.
137. Tian, Xiaofei: *Tao Yuanming & manuscript culture: the record of a dusty*

table, Seattle: University of Washington Press, 2005.
138. Tian, Xiaofei: *Beacon fire and shooting star: the literary culture of the Liang (502 - 557)*, Cambridge, Mass. : Harvard University Press, 2007.
139. Tian, Xiaofei: *Visionary journeys: travel writings from early medieval and nineteenth-century China*, Cambridge, Mass. : Harvard University Press, 2011.

後　　記

　　本書由我的博士論文《詩賦關係與六朝文學的演變》(香港中文大學，二〇一六年)修改而來，基本框架保持不變，具體章節則有程度不一的調整。對這一論題的關注，肇始於本科期間陳引馳師"中國古代文學史"等課上提出的許多睿見；讀博期間，張健師講授宋代詩學、《文心雕龍》等課程，格局宏大而又思理綿密，進一步引導我從"文體"角度思索文學史與文批史。

　　二〇〇六年進入大學後，有幸在復旦大學、淡江大學、香港城市大學、香港中文大學求學，一路遇到諸多師友，都是求索路上的善知識，對本書的思考與研究大有助益。尤其是碩士、博士、博士後期間的兩位導師陳引馳教授和張健教授，更是在爲學和爲人上多有指點，并在方方面面照拂有加。本書之書名，即在數年前由陳老師賜下；近日陳老師又在百忙之中賜《序》於我，感激之情，寔難言表。本書若尚有些許學問上的推進，首先要感謝兩位老師，也要感謝一路上諸多相遇者。

　　本書出版過程中，復旦大學中文系諸多師長一再幫助，對我關愛有加；上海古籍出版社各位老師全力支持，惠我良多。同時，本書之出版，有賴"國家社科基金後期資助項目"的資助，在立項、結項的過程中，若干位評審專家提供了無私而到位的指導。對於立項、出版諸環節提供指教與幫助的師友，謹此致謝。

　　本書第六、第七章中的部分內容，曾改撰爲單篇論文，并發表於《嶺南學報》《古代文學理論研究》《中華文史論叢》《百年選學：回顧與展望》《光明日報》《中國文學研究(輯刊)》等報刊或論文集，感謝相關平臺提供機會，感謝編輯與評審老師的提點指教。

　　最後要感謝我的家人，父母、妻子對我深切的愛，是生命中最大的溫暖。

　　本書的基本面貌完成於七年以前。近日校改書稿，既對自己當初的工作有幾分滿意，又覺得在許多問題上有了更深入的看法。一些與當初不盡相同的看法,希望能夠儘快呈現爲新的文字。在校讀過程中,我努力修訂了若干錯訛與疏漏,但書中必然還有或大或小的舛誤,希望能夠得到讀者的賜教。

陳　特
二〇二三年十一月五日

圖書在版編目(CIP)數據

詩賦興替與六朝文學的演進／陳特著.—上海：
上海古籍出版社,2023.11
ISBN 978-7-5732-0959-7

Ⅰ.①詩… Ⅱ.①陳… Ⅲ.①古典詩歌－詩歌研究－
中國－六朝時代②中國文學－古代文學史－六朝時代
Ⅳ.①I207.22②I209.37

中國國家版本館CIP數據核字(2023)第204679號

詩賦興替與六朝文學的演進
陳　特　著
上海古籍出版社出版發行
(上海市閔行區號景路159弄1-5號A座5F　郵政編碼201101)
(1) 網址：www.guji.com.cn
(2) E-mail：guji1@guji.com.cn
(3) 易文網網址：www.ewen.co
上海商務聯西印刷有限公司印刷
開本787×1092　1/16　印張32　插頁2　字數557,000
2023年11月第1版　2023年11月第1次印刷
印數：1—1,500
ISBN 978-7-5732-0959-7
I·3775　定價：138.00元
如有質量問題,請與承印公司聯繫